The Mortal Instruments
City of Bones

MORTAL INSTRUMENTS Book 1: CITY OF BONES
by Cassandra Clare

Copyright © 2007 by Cassandra Clare, LLC
All rights reserved.

This Korean edition was published by Woongjin Think Big Co., Ltd. in 2013 by arrangement with Cassandra Clare c/o Barry Goldblatt Literary LLC, New York through KCC(Korea Copyright Center Inc.), Seoul.

1 · 뼈의 도시

새도우 헌터스

카산드라 클레어 장편소설 · 나중길 옮김

Contents

1부
어두운 추락

1	팬더모니엄	8
2	비밀과 거짓말	30
3	새도우 헌터	51
4	래브너	65
5	클레이브와 계약	77
6	추방자	108
7	5차원의 문	128
8	그녀가 선택한 무기	142
9	서클과 형제	168

2부
내려가기 쉬운 지옥

10	뼈의 도시	190
11	매그너스 베인	240
12	마법사의 파티	272
13	새하얀 기억	287
14	뒤모트 호텔	318
15	완전한 고립	353
16	추락천사	370
17	자정의 꽃	387
18	죽음의 잔	405
19	아바돈	437
20	쥐들의 골목	464

3부
손짓하며 부르는 내리막

21	늑대인간의 이야기	482
22	렌윅의 붕괴	498
23	발렌타인	536

에필로그 575

1부
어두운 추락

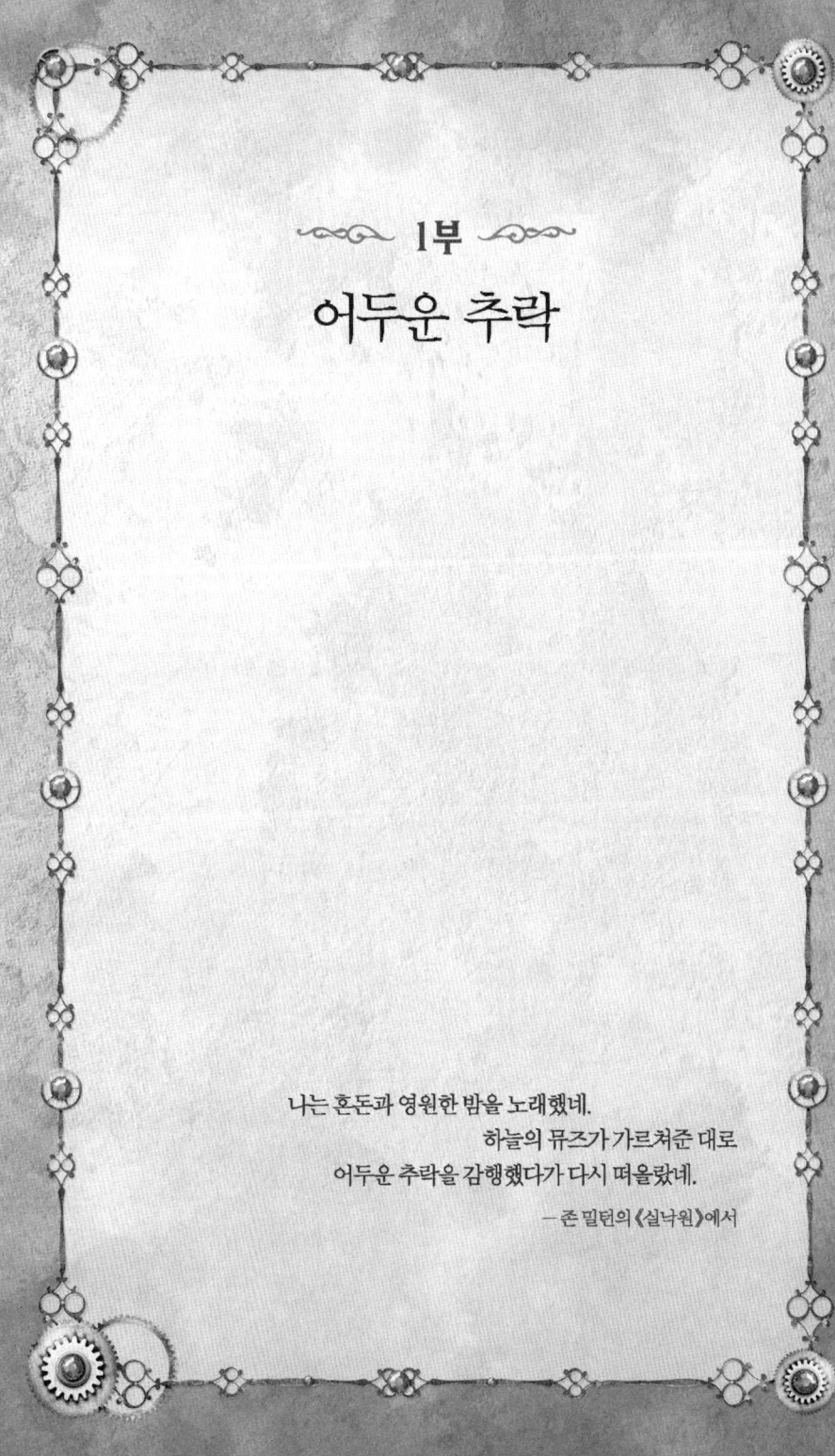

나는 혼돈과 영원한 밤을 노래했네.
하늘의 뮤즈가 가르쳐준 대로
어두운 추락을 감행했다가 다시 떠올랐네.

— 존 밀턴의 《실낙원》에서

1
팬더모니엄

"지금 장난해?"

경비원은 자신의 육중한 가슴 위로 팔짱을 끼며 말했다. 그는 지퍼가 달린 뻘간색 재킷을 입은 소년을 빤히 내려다보다가 빡빡머리를 가로저었다. "그건 가지고 들어갈 수 없어."

팬더모니엄 클럽 바깥에 줄지어 서 있던 50여 명의 10대 아이들은 맨 앞에서 무슨 일이 벌어지는지 엿들으려고 몸을 앞으로 기울였다. 나이와 상관없이 누구나 출입할 수 있는 팬더모니엄 클럽에 들어가려면 한참을 기다려야 했다. 특히 일요일은 더 심했다. 하지만 사람들은 줄을 서 있는 동안 소란이나 말썽을 거의 피우지 않았다. 무시무시한 경비원들이 말썽을 부릴 것처럼 보이는 사람에게 즉각 다가가 분란의 소지를 차단했다. 올해 열다섯 살인 클라리 프레이는 단짝 친구 사이먼과 줄을 서 있다가 무언가 흥미진진한 일이 벌어지기를 기대하며 다른 사람들처럼 몸을 앞으로 기울였다.

"에이, 그러지 말고 좀 봐주세요."

소년은 자기 머리 위로 무언가를 추켜올렸다. 그것은 한쪽 끝이 뾰족한 나무 몽둥이처럼 보였다. "이건 제 의상의 일부라니까요."

경비원은 한쪽 눈썹을 치켜세웠다. "이게 뭔데?"

소년은 씩 웃었다. 클라리의 생각에 이 아이는 팬더모니엄에 입장하는 데 전혀 문제가 없어 보였다. 새파랗게 물들인 머리카락이 무언가에 깜짝 놀란 문어의 발처럼 머리통 주변으로 삐죽삐죽 솟아 있었지만, 얼굴에는 화려한 문신도 없었고 귀나 입술에 큼지막한 쇠붙이가 박혀 있지도 않았다.

"저는 뱀파이어 사냥꾼이란 말이에요." 소년은 몽둥이로 무언가를 두들겨 패는 시늉을 했고, 몽둥이는 풀잎처럼 좌우로 손쉽게 휘었다. "보세요. 가짜라니까요. 고무로 만든 거예요."

소년의 커다란 눈은 아주 연한 녹색을 띠고 있었다. 클라리는 그것이 봄에 돋아나는 풀잎이나 부동액의 색깔과 비슷하다고 생각했다. 어쩌면 그런 색깔의 콘택트렌즈를 끼고 있는지도 몰랐다. 경비원은 갑자기 따분해졌는지 어깨를 으쓱해 보였다. "알았어. 들어가."

소년은 뱀장어처럼 빠르게 경비원의 곁을 미끄러지듯이 지나서 안으로 들어갔다. 클라리는 아이가 양쪽 어깨를 가볍게 흔들면서 머리카락을 뒤로 젖히고 걸어가는 모습이 멋지다고 생각했다. 클라리의 어머니가 그 소년을 보았더라면 철딱서니가 없다고 말했을 것이다.

"저 친구가 귀엽다고 생각했지?" 사이먼이 체념하는 투로 말했다. "아냐?"

클라리는 팔꿈치로 사이먼의 옆구리를 한 방 먹였을 뿐, 아무런 대답도 하지 않았다.

클럽 안은 드라이아이스 연기로 가득했다. 천장에서 쏟아지는 형형

색색의 불빛은 무대를 청색, 녹색, 분홍색, 그리고 황금색의 동화 나라로 만들어놓고 있었다.

빨간색 재킷을 입은 남자아이는 입가에 느긋한 미소를 머금은 채 손에 들려 있는 면도날처럼 날카롭고 기다란 칼을 어루만졌다. 그가 구사한 현혹술 '글래머' 덕분에 평범한 인간들의 눈에는 그것이 전혀 위협적인 무기로 보이지 않았다. 소년이 눈에도 글래머를 걸어 경비원을 똑바로 쳐다보자, 그는 소년을 들여보내주었다. 물론 그렇게 번거롭게 굴지 않아도 그곳을 무사히 통과할 수 있었겠지만, 양처럼 순한 얼굴에 멍한 표정을 짓고 있는 사람들을 공개적으로 골려먹는 것은 그의 즐거움 중 하나였다.

소년의 녹색 눈이 무대를 찬찬히 훑어보았다. 사람들이 춤을 출 때 비단과 검정 가죽에 덮여 있는 가느다란 팔다리들이 언뜻 보였다가 순환하는 연기 기둥 속으로 사라졌다. 여자애들이 기다란 머리카락을 탁탁 튀기는 동안 남자애들은 가죽으로 덮인 엉덩이를 흔들어댔고, 불빛에 드러난 피부는 땀으로 번들거렸다. 사람들의 몸에서 활력이 뿜어져 나왔다. 에너지의 파장을 느끼고 그는 술에 취한 것처럼 어지러웠다. 그의 입술이 비틀어졌다. 그들은 자신들이 얼마나 운이 좋은지를 모르고 있었다. 그들은 태양에 바싹 타버린 숯처럼 하늘에 헐겁게 걸려 있는 저승의 생활이 어떤 느낌인지 알지 못했다. 그들의 삶은 촛불처럼 밝게 타올랐다. 하지만 입김 한 방에 손쉽게 꺼질 수도 있었다.

소년은 칼을 잡은 손에 힘을 주었다. 그가 무대로 향할 때 어떤 여자아이가 춤추는 사람들에게서 떨어져 그에게 다가오기 시작했다. 그는 소녀를 빤히 바라보았다. 그녀는 인간치고는 아름다운 편이었다. 기다란 머리카락은 흡사 검정 잉크 같았고, 두 눈은 숯처럼 새까맸다. 흰색 가운은 바닥에 닿을 정도로 길었다. 그것은 이 세상이 좀 더 젊었을 때 여자들이 흔히 입던 가운이었다. 레이스가 달린 소매는 그녀의 가느다란 두 팔 둘레에서 부풀어 있었다. 그녀의 목에는 두꺼운 은색 목걸이가 걸려 있었고, 목걸이 위에는 아기의 주먹 크기만 한 암적색 펜던트가 드리워져 있었다. 그는 그것이 값비싼 진품인지 알아보기 위해 눈을 가늘게 뜨기만 하면 되었다. 그녀가 가까이 다가오자 그의 입에 군침이 고였다. 벌어진 상처에서 흘러나오는 피처럼 생명력이 그녀의 몸에서 콸콸 흘러넘쳤다. 그녀는 그를 스쳐 지나가면서 미소를 짓고 따라오라는 눈빛을 보냈다. 그는 죽음의 맛을 미리 느끼며 뒤따라가려고 몸을 돌렸다.

일은 언제나 쉬웠다. 그는 벌써 그녀의 증발하는 생명의 힘이 불길처럼 자신의 혈관을 따라 흐르는 걸 느낄 수 있었다. 먼데인은 상당히 멍청했다. 그들은 아주 귀한 것을 가지고 있으면서도 그것을 좀처럼 지키려 하지 않았다. 그들은 돈이나 가루 몇 봉지, 또는 낯선 사람의 매력적인 미소에 넘어가 자신의 생명을 주저 없이 버렸다. 소녀는 형형색색의 연기 속으로 창백한 유령처럼 멀어져 갔다. 그녀는 벽 쪽으로 가더니 두 손으로 스커트를 말아 쥐고 돌아섰고, 다음 순간 그를 향해 씩 웃어 보이며 스커트를 치켜들었다. 스커트 속에는 넓적다리까지 오는 부츠를 신고 있었다.

그는 어슬렁어슬렁 걸어서 그녀에게 다가갔다. 그녀에게 접근하는 동안 그의 피부에는 소름이 돋았다. 막상 다가가 보니 소녀는 그다지 완벽하지는 않았다. 그녀의 눈 아래쪽에는 마스카라가 뭉개져 있었고, 땀 때문에 머리카락은 목에 들러붙어 있었다. 그는 그녀에게서 죽을 수밖에 없는 운명을 타고난 인간의 냄새, 달콤한 부패의 냄새를 맡을 수 있었다. '넌 꼼짝없이 걸러든 거야' 하고 그는 생각했다.

그녀의 입술에 서늘한 미소가 걸렸다. 그녀는 옆으로 옮겨갔고, 그는 그녀가 닫힌 문에 몸을 기대고 있는 것을 볼 수 있었다. 문에는 빨간색 페인트로 '창고: 관계자 외 출입 금지'라는 글자가 적혀 있었다. 그녀는 등 뒤로 손을 돌려 손잡이를 잡은 다음 부드럽게 문을 열고 안으로 미끄러지듯 들어갔다. 짧은 순간이었지만 그는 창고 안에 쌓여 있는 상자들과 뒤엉켜 있는 전선 무더기를 보았다. 그는 뒤를 슬쩍 돌아보았다. 지켜보는 사람은 없었다. 그녀가 은밀한 공간을 원한다면 그보다 더 좋을 수 없었다.

그는 누군가 자신을 뒤따르고 있다는 사실을 까맣게 모른 채 그녀를 따라 창고 안으로 들어갔다.

"흠, 음악 꽤 괜찮은데?" 사이먼이 말했다.

클라리는 대꾸하지 않았다. 그들은 춤을 추고 있었다. 그걸 춤이라고 할 수 있을지는 모르겠지만, 아무튼 그들은 금속제 코르셋을 입은 10대 아이들 사이의 비좁은 공간에서 몸을 앞뒤로 연신 흔들어댔다. 그러다 이따금 콘택트렌즈를 떨어뜨린 것처럼 바닥으로 쓰러질 것 같은 동작을 취하곤 했다. 젊은 아시아계 커플 한 쌍이 열정적으로 구애의 몸짓을 하고 있었다. 치렁치렁한 그들의 염색 모발이 덩굴처럼 뒤엉켰다. 입술에 피어싱을 하고 봉제 곰 인형이 매달린 배낭을 메고 있는 한 남자애가 엑스터시 알약을 무료로 나눠주고 있었다. 그가 입고 있는 헐렁한 낙하산 바지가 기계에서 뿜어 나오는 바람에 펄럭거렸다. 클라리는 자기 주변 상황에는 별로 신경을 쓰지 않았다. 아까부터 클라리의 시선은 경비원을 설득해서 클럽에 간신히 들어온 파란 머리 소년에게 고정되어 있었다. 그는 마치 무엇을 찾고 있는 것처럼 빽빽한 인파 사이를 어슬렁거리고 있었다. 그의 움직임을 유심히 지켜보던 클라리는 무언가 생각나는 게 있었다.

"이거 오늘 기분 죽이는군." 사이먼이 지껄였다. 청바지 차림에 'MADE IN BROOKLYN'이라는 글자가 가로로 적힌 낡은 티셔츠를 입은 사이먼은 항상 그랬듯이 클럽에서 눈에 확 띄는 존재였다. 숱이 많은 그의 머리는 녹색이나 분홍색이 아닌 암갈색이었고, 안경은 코끝에 비뚜름하게 걸려 있었다. 그는 어둠의 힘을 음미하기보다는 체스 클럽에 가는 사람처럼 보였다.

"흐음." 클라리는 자기가 팬더모니엄을 좋아하기 때문에 사이먼이 할 수 없이 따라온 것이며, 지금 그가 지루해하고 있다는 것을 너무도 잘 알고 있었다. 클라리는 자신이 왜 그곳을 좋아하는지 알지 못했다. 사람들의 기괴한 복장 때문일까? 아니면 몽환적인 음악 때문일까? 그도 아니면 자신의 지루한 일상과는 전혀 다른 남들의 삶을 볼 수 있어서? 하지만 클라리는 지나치게 소심해서 사이먼 외에는 어느 누구와도 얘기를 나눠보지 못했다.

파란 머리의 소년은 이제 무대에서 벗어나고 있었다. 그는 찾고 있던 것을 끝내 못 찾은 사람처럼 약간 상심에 젖어 있는 듯이 보였다. 클라리는 이 소년에게 다가가 자신을 소개하고 클럽의 이곳저곳을 안내해주겠다고 하면 그가 어떤 반응을 보일지 궁금했다. 그저 빤히 쳐다보기만 할지, 아니면 그녀처럼 수줍어할지 알 수 없었다. 어쩌면 반갑고 고마운 마음을 내색하지 않으려고 애쓸지도 모른다. 클라리는 남자애들이 속마음을 숨기려고 애쓸 때마다 예리하게 상대의 마음을 읽어내곤 했다. 또 어쩌면…….

그때 갑자기 파란 머리 소년이 몸을 꼿꼿이 세우며 마치 사냥개가 사냥감의 위치를 가리키듯 잽싸게 자세를 취했다. 클라리는 소년의 시선을 따라가다가 하얀 드레스를 입은 여자애를 보았다. '오, 이런.' 클라리는 마치 바람 빠진 파티 풍선이 된 기분이었지만 내색하지 않으려고 애썼다. '저 여자애 때문에 그렇게 넋이 나가 있었군.' 키가 크고 날씬한 데다 검은 머리를 길게 늘어뜨린 여자애는 클라리가 봐도 매력적이었다. 멀리 떨어져 있었지만 클라리는 여자애의 목에 걸려 있는 빨간색 펜던트를 볼 수 있었다. 그것은 몸에서 떨어져 나온 심장처럼 불빛 아래에서 고동을 쳤다.

"오늘 DJ 선곡이 특이하네. 안 그래?" 사이먼이 말했다.

클라리는 눈알만 굴릴 뿐 아무런 대답도 하지 않았다. 사이먼은 트랜스 음악을 무척 싫어했다. 클라리는 하얀 드레스를 입은 여자애한테 아직도 정신이 팔려 있었다. 어둠과 연기, 인공 안개 속에서 여자애가 입고 있는 파리한 빛깔의 드레스가 등대처럼 빛나고 있었다. 아니나 다를까, 파란 머리 소년은 마력에 홀린 사람처럼 완전히 넋이 나가 주변에는 신경도 쓰지 않은 채 여자애를 따라가고 있었다. 두 개의 어두운 형체가 인파를 헤치고 소년을 바짝 뒤따라가고 있었지만, 그는 그 사실도 알아차리지 못했다.

클라리는 춤동작을 늦추고 그 모습을 멍하니 지켜보았다. 그녀는 남자애를 뒤따르고 있는 두 형체가 소년들이라는 것을 알아차렸다. 두 소년 모두 키가 크고 검은 옷을 입고 있었다. 클라리는 그들이 파란 머리 소년을 뒤쫓고 있다는 사실을 알 수 있었다. 아까부터 유심히 소년을 지켜보던 그들이 그를 따라 움직이고 있었기 때문이었다. 그들의 움직임은 은밀하고도 민첩했다. 이제 클라리의 가슴속에서 불안감이라는 자그마한 꽃이 피어나기 시작했다.

"지금 와서 하는 말인데 나 사실 여장 취미가 있어. 그리고 너희 엄마랑 잔 적도 있어. 네가 알아야 할 것 같아서 밝히는 거야." 사이먼이 말했다.

여자애는 벽으로 다가가더니 '관계자 외 출입 금지'라고 적힌 문을 열었다. 그녀는 파란 머리 소년에게 따라 들어오라는 손짓을 했다. 두 사람은 문으로 미끄러져 들어갔다. 클라리는 예전에도 남녀 한 쌍이 사랑을 나누려고 클럽의 어두운 구석으로 들어가는 장면을 보았다. 하지만 이번 경우가 특이한 것은 두 사람의 뒤를 몰래 밟는 사람들이 있다는 것이다.

클라리는 사람들의 머리 위로 구석 자리를 지켜보기 위해 발끝으로 섰다. 뒤따르던 두 소년은 문 앞에 멈춰 서서 어떻게 할지 의논하는 것처럼 보였다. 한 아이는 금발이었고, 다른 아이는 검은 머리였다. 금발머리가 재킷 속에 손을 넣더니 길고 날카로운 무언가를 꺼냈다. 그것은 요란하게 돌아가는 불빛 아래에서 반짝 빛났다. 칼이었다.

"사이먼!" 클라리가 다급하게 소리치며 사이먼의 팔을 붙잡았다.

"왜? 뭔데 그래?" 사이먼이 어리둥절한 표정을 지었다. "너희 엄마와 잤다는 건 거짓말이야. 네 주의를 끌고 싶어서 그랬어. 그렇다고 너희 엄마가 매력적이지 않다는 얘기는 아니야. 연세를 생각하면 충분히 매력적이지."

"저 애들 보여?" 클라리는 손으로 황급히 구석 자리를 가리키다가 하마터면 바로 옆에서 춤추고 있는 흑인 소녀를 칠 뻔했다. 흑인 소녀의 몸매는 굴곡이 뚜렷해 관능적으로 보였고, 기분이 상했는지 클라리를 잡아먹을 듯이 쏘아보았다.

"미, 미안해!" 클라리는 이렇게 말하고 사이먼을 돌아보았다. "저쪽에 있는 두 아이 보여? 문 옆에 서 있는 애들 말이야."

사이먼은 눈을 가늘게 뜨고 잠시 살펴보는 것 같더니 어깨를 으쓱했다. "내 눈에는 아무것도 보이지 않는데?"

"두 사람이야. 파란 머리 남자애를 따라가고 있었어."

"네가 귀엽다고 생각한 그 애?"

"응. 하지만 지금은 그게 중요한 게 아냐. 금발 머리가 칼을 빼들었어."

"정말? 확실해?" 사이먼은 아까보다 더 유심히 구석 자리를 살펴보더니 고개를 가로저었다. "아무것도 안 보여."

"분명히 있다니까."

사이먼은 갑자기 정색하더니 어깨를 쫙 폈다. "내가 가서 경비원을 불러올게. 넌 여기 있어." 사이먼은 인파를 헤치고 저쪽으로 성큼성큼 걸어갔다.

클라리가 돌아서는 순간, 금발 머리 소년이 '관계자 외 출입 금지'라고 적힌 문으로 막 들어가고 있었다. 그의 친구도 바로 뒤따라 들어갔다. 클라리는 주변을 둘러보았다. 사이먼이 인파를 헤치며 나아가고 있었지만 아직도 무대를 벗어나지 못하고 있었다. 사람들이 워낙 많아서 이동 속도가 더딜 수밖에 없었다. 지금 클라리가 고함을 지른다고 해봤자 어느 누구도 그녀의 말을 들을 수 없을 것 같았다. 사이먼이 돌아올 때쯤에는 무언가 끔찍한 일이 이미 벌어져 있을지도 모른다. 클라리는 아랫입술을 질끈 깨물면서 사람들을 헤치고 힘겹게 나아가기 시작했다.

"이름이 뭐야?"

그녀는 돌아서서 미소를 지었다. 방범창을 덧댄 높은 창문에서 희미한 빛이 창고 안으로 흘러내리고 있었고, 유리창에는 먼지가 잔뜩 끼어 있었다. 바닥에는 전선 무더기와 부서진 미러볼 파편들, 그리고 페인트 통이 여기저기 흩어져 있었다.

"이사벨이야."

"예쁜 이름이군." 소년은 전선들 가운데 하나에 아직 전기가 통하고 있을지도 모르니 조심하면서 그녀 쪽으로 다가갔다. 희미한 불빛 속에서 어렴풋이 그녀의 속이 들여다보일 것만 같았다. 핏기라고는 찾아볼 수 없는 그녀의 몸은 하얀 옷으로 감싸여 마치 천사와 같았다. 그녀를 타락의 늪에 빠뜨릴 수 있다면 얼마나 기쁠지 상상만 해도 유쾌했다. "지금까지 여기서 한 번도 못 본 것 같은데?"

"자주 들러달라는 얘기야?" 그녀는 손으로 입을 가리고 깔깔 웃었다. 손목에는 팔찌 같은 걸 차고 있었는데, 그것이 드레스의 소맷부리 바로 아래로 드러나 보였다. 좀 더 가까이 다가갔을 때, 소년은 그것이 팔찌가 아니라 피부에 새긴 무늬라는 것을 알아차렸다. 무늬는 여러 개의 선이 소용돌이치는 모양을 하고 있었다.

그것을 보자 소년은 그 자리에 얼어붙었다. "아니, 넌······."

소년은 말을 채 마치지도 못했다. 그녀는 번개처럼 날렵하게 움직여 손바닥으로 그의 가슴을 공격했다. 만약 그가 인간이었다면 일격에 당하고 그 자리에 곧장 쓰러졌을 것이다. 그는 비틀거리며 뒷걸음질을 쳤다. 이제 그녀의 손에는 돌돌 말린 채찍이 들려 있었다. 황금색 채찍을 내리칠 때마다 금빛이 사방으로 튀었다. 채찍은 그의 발목을 휘감아 몸의 중심을 무너뜨렸다. 그는 뒤로 벌러덩 나자빠지면서 바닥에 부딪혔다. 소년이 몸을 비틀며 몹시 괴로워하는 동안 분노한 쇠붙이가 그의 피부 깊숙이 파고들었다. 그녀는 그를 내려다보며 깔깔 웃었다. 아찔한 현기증 속에서 그는 자기가 경솔했다고 생각했다. 인간이라면 어느 누구도 이사벨이 입고 있는 옷을 입지 않을 것이다. 그녀는 피부를 모두 가리기 위해 일부러 그런 옷을 입고 있었던 것이다.

이사벨은 채찍을 홱 잡아당겨 손으로 거머쥐었다. 그녀의 미소는 독약을 탄 물처럼 번들거렸다. "자, 이제 처리해."

소년 뒤편에서 낮은 웃음소리가 들려왔다. 다음 순간 몇 개의 손이 바닥에 쓰러진 소년을 일으켜 세우더니 그의 몸을 번쩍 들어 콘크리트 기둥으로 던졌다. 소년은 등에 닿는 눅눅한 돌을 느낄 수 있었다. 그의 양손이 등 뒤로 꺾였고, 손목은 전선으로 꽁꽁 묶였다. 그가 괴로워할 때 누군가가 기둥의 측면을 돌아 그의 시야에 들어왔다. 이사벨 또래의 예쁘장한 소년이었다. 그의 황갈색 눈은 호박 보석처럼 반짝였다.

"여기는 누구랑 왔어?" 그가 물었다.

파란 머리 아이는 억세게 묶인 전선 아래에서 피가 솟아올라 손목이 부푸는 것을 느낄 수 있었다. "누구랑 오다니?"

"이거 왜 이래." 황갈색 눈을 가진 소년이 양손을 치켜들자 어두운 빛깔의 소매가 아래로 흘러내렸다. 그의 손등, 손바닥, 손목 전체에 룬 문자가 새겨져 있었다. "이제 내가 누군지 알았을 거야."

손목이 꽁꽁 묶인 아이의 두개골 안쪽에서 바드득바드득 이를 가는 소리가 들리기 시작했다.

"섀도우 헌터……." 그는 숨이 넘어가는 소리로 간신히 내뱉었다.

다른 소년이 만면에 미소를 지었다. "그래, 맞았어."

클라리는 창고의 문을 열고 안으로 들어갔다. 한순간 그녀는 그곳이 텅 비었다고 생각했다. 창문은 모두 높은 곳에 있었고, 창살이 박혀 있었다. 창문으로 거리의 자동차들이 울리는 경적 소리와 끽끽거리는 브레이크 소리가 희미하게 들렸고, 방에서는 오래된 페인트 냄새가 났다. 바닥에는 먼지가 두껍게 쌓여 있었고, 신발 자국이 여기저기 찍혀 있었다.

클라리는 혼란스러운 표정으로 방을 둘러보고 나서 그곳에 아무도 없다는 사실을 깨달았다. 바깥은 8월의 열기로 푹푹 찌는데 그 방에서는 냉기가 느껴졌다. 그녀의 등은 식어버린 땀으로 서늘했다. 앞으로 한 걸음 나서는데 두 발이 전선에 휘감겼다. 운동화에 걸린 전선을 벗겨내려고 허리를 굽혔을 때 어디선가 목소리가 들려왔다. 여자애의 깔깔거리는 웃음소리와 남자애가 날카롭게 대꾸하는 소리였다. 클라리가 허리를 꼿꼿이 세웠을 때 비로소 그들의 모습이 그녀의 눈에 들어왔다.

마치 눈을 한 번 깜박거리는 순간에 보이지 않던 사람들이 어디선가 불쑥 나타난 것 같았다. 기다란 흰색 드레스를 입은 여자애가 축축한 해초 같은 검은 머리를 등 뒤로 늘어뜨리고 있었다. 그녀의 곁에는 두 소년이 있었다. 키가 큰 친구는 그녀와 마찬가지로 검은 머리였고, 키가 작은 친구는 금발이었다. 높은 곳에 뚫려 있는 창문으로 들어오는 희미한 불빛 속에서 그의 머리가 황동처럼 빛났다. 금발 소년은 양손을 주머니에 넣고 파란 머리를 향해 서 있었다. 파란 머리는 한쪽 기둥에 피아노 줄처럼 보이는 것으로 꽁꽁 묶여 있었다. 아이의 두 손은 등 뒤로 축 늘어져 있었고, 발목에도 전선이 단단히 묶여 있었다. 아이의 얼굴은 고통과 두려움으로 바짝 긴장되어 있었다.

클라리의 가슴이 두근거렸다. 그녀는 가장 가까이에 있는 콘크리트 기둥 뒤로 얼른 몸을 숨기고 금발 소년이 팔짱을 낀 채 방을 왔다 갔다 하는 모습을 지켜보았다. "그래도 아직 함께 온 패거리를 밝히진 않는군."

'패거리라고?' 클라리는 그가 무슨 말을 하고 있는지 궁금했다. 그녀는 어쩌면 자기가 갱단 사이의 전쟁에 휘말려버렸는지도 모르겠다고 생각했다.

"난 네가 무슨 소리를 지껄이는지 모르겠어." 파란 머리 아이의 말투는 고통에 일그러져 있으면서도 퉁명스러웠다.

"다른 악마들은 없느냐고 묻는 거야." 검은 머리 소년이 처음으로 입을 열었다. "악마가 뭔지는 알고 있겠지?"

기둥에 묶인 소년이 얼굴을 돌리더니 입을 옴지락거렸다.

"악마들 말이야, 악마들." 손가락으로 허공에 글자를 쓰면서 금발 아이가 느리게 말했다. "종교적으로 정의하자면 지옥의 거주민이자 사탄의 종이지. 하지만 여기에서는 악령으로 통하지. 태생이 우리 종족과는 근본적으로 다른……."

"제이스, 그만해." 여자애가 말했다.

"이사벨 말이 옳아." 키가 큰 친구도 동의했다. "여기서 의미론이나 거 뭐냐, 악마론에 대해 들먹일 필요는 없잖아."

'미친 애들이야. 정말로 미쳤어.' 클라리는 이렇게 생각했다.

제이스는 고개를 들고 미소를 지었다. 그의 몸짓에는 무언가 섬뜩한 구석이 있었다. 클라리는 디스커버리 채널에서 보았던 사자들에 관한 다큐멘터리가 생각났다. 사자는 고개를 치켜들고 먹잇감의 냄새를 킁킁대며 맡곤 했다. "이사벨과 알렉은 내가 말을 너무 많이 한다고 생각하는군." 그가 비밀을 털어놓듯이 말했다. "네 생각은 어때? 내가 말이 많아?"

파란 머리 소년은 대꾸하지 않았다. 그의 입은 아직도 옴지락거리고 있었다.

"내가 정보를 주지. 난 발렌타인이 어디에 있는지 알고 있어." 그가 말했다.

제이스가 알렉을 힐끗 돌아보자 그는 어깨를 으쓱했다.

"발렌타인은 땅속에 있어. 그 빌어먹을 놈이 우리를 가지고 놀고 있다고." 제이스가 말했다.

이사벨이 머리카락을 젖히며 말했다. "제이스, 그만 죽여버려. 더 이상 얘기해봐야 나올 게 없어."

제이스가 손을 높이 들었다. 클라리는 그가 들고 있는 칼에서 희미한 빛이 번쩍이는 것을 보았다. 칼은 이상하게도 속이 희미하게 비쳐 보였다. 칼날은 수정처럼 맑았고 유리 조각처럼 날카로웠으며 손잡이에는 붉은 돌이 여러 개 박혀 있었다.

기둥에 묶여 있는 아이가 놀라서 숨을 헐떡거렸다. "발렌타인이 돌아왔어!" 그는 등 뒤로 양손을 묶고 있는 끈을 끌어당기며 저항하듯 말했다. "지옥의 모두가 그 사실을 알고 있고 나도 알고 있어. 말해줄게. 그가 어디에 있는지……."

제이스의 얼음 같은 눈에서 갑자기 분노의 불길이 솟구쳤다. "헛소리 집어치워! 우리가 너희 족속들을 붙잡을 때마다 너희는 하나같이 발렌타인이 어디에 있는지 알고 있다고 주장하더군. 우리도 그 녀석이 어디에 있는지 알아. 지옥에 있지. 그리고 너도……." 제이스가 쥐고 있던 칼을 돌리자 가장자리가 불꽃처럼 빛났다. "이제 너도 그곳으로 가는 거야."

클라리는 더 이상 보고만 있을 수가 없었다. 그녀는 기둥 뒤에서 튀어나오며 소리쳤다. "그만해! 이러면 안 돼."

제이스가 몸을 홱 돌렸다. 그는 너무 놀라 손에 쥐고 있던 칼을 그만 떨어뜨렸다. 칼은 콘크리트 바닥에 부딪치며 쨍그랑 소리를 냈다. 이사벨과 알렉도 그와 함께 돌아섰고, 두 사람 모두 깜짝 놀란 표정을 지었다. 파란 머리 아이도 놀라기는 마찬가지였다. 그는 입을 떡 벌린 채 넋이 나간 표정을 지었다.

먼저 입을 연 사람은 알렉이었다. "쟤는 뭐야?" 그는 클라리에게서 자기 동료들로 시선을 옮겼다. 그는 클라리가 거기서 무엇을 하는지 동료들이 알고 있기라도 하듯 그렇게 물었다.

"여자애군." 제이스가 냉정을 되찾으며 말했다. "알렉, 너도 여자애들을 많이 봤잖아. 네 동생 이사벨도 여자애지."

그는 클라리 쪽으로 한 걸음 다가서며 자기 눈을 믿을 수 없다는 듯이 눈을 가늘게 뜨고 클라리를 바라보았다. "먼데인이야. 우리를 볼 수 있나 봐." 그는 혼잣말처럼 말했다.

"물론 볼 수 있지. 보다시피 난 맹인이 아니니까." 클라리가 말했다.

"그럴 리가 없는데 이상하군." 제이스가 바닥에 떨어진 칼을 주우려고 허리를 굽히며 말했다. "넌 내가 무슨 말을 하는지 모르고 있어. 여기에서 나가는 게 좋을 거야. 네 신상에 뭐가 좋은지 알고 있다면." 그는 허리를 곧게 폈다.

"난 아무 데도 안 가. 내가 나가버리면 저 애를 죽일 거잖아." 클라리는 파란 머리 소년을 가리켰다.

"그건 사실이야." 제이스가 손가락 사이에서 칼을 돌리며 순순히 인정했다. "내가 이 친구를 죽이든 말든 그게 너랑 무슨 상관이지?"

"그, 그건 왜냐하면……." 클라리는 침을 튀기며 다급하게 말했다. "사람을 죽이면 안 되는 거잖아."

"네 말이 맞아. 바로 그거야. 사람을 죽이면 안 되지." 제이스가 말했다. 그는 파란 머리 소년을 가리켰다. 소년의 눈은 가늘었다. 클라리는 소년이 기절한 것은 아닌지 궁금했다. "어린 아가씨, 여기 있는 이 친구는 사람이 아니야. 사람처럼 보이고, 사람처럼 말하고, 심지어 사람처럼 피를 흘릴지도 모르지만, 사실은 괴물이란 말이야."

"제이스, 그만해." 이사벨이 주의를 주듯 말했다.

"넌 미쳤어." 클라리가 뒤로 물러서며 말했다. "벌써 경찰에 신고했어. 곧 경찰이 들이닥칠 거야."

"거짓말이야." 알렉이 말했다. 하지만 그의 얼굴에는 미심쩍은 표정이 드러났다. "제이스, 너는 저 말을……."

그는 말을 채 마치지 못했다. 그 순간 파란 머리 아이가 큰 소리로 울부짖으며 자신을 묶고 있는 끈을 뚝 끊어버리고 제이스를 향해 달려들었기 때문이었다.

그들은 땅바닥으로 쿵 쓰러지며 한데 뒤엉켜 데굴데굴 굴렀다. 파란 머리 아이는 쇠붙이가 박힌 것처럼 번쩍이는 두 손으로 제이스를 찢어버릴 듯이 움켜잡았다. 클라리는 달아나려고 돌아서다가 그만 말아놓은 전선에 두 발이 걸려 넘어졌다. 숨이 컥 막혔고, 그 순간 이사벨의 날카로운 비명 소리가 들렸다. 몸을 돌렸을 때 클라리는 파란 머리 아이가 제이스의 가슴 위에 걸터앉아 있는 것을 보았다. 그의 면도칼 같은 갈고리발톱 끝에서 피가 번들거렸다.

이사벨과 알렉이 그들을 향해 달려가고 있었다. 이사벨은 손에 들린 채찍을 휘둘렀고, 파란 머리 소년은 기다란 갈고리발톱으로 제이스를 내리쳤다. 제이스는 방어하려고 한쪽 팔을 치켜들었다. 갈고리발톱이 제이스의 팔을 할퀴자 피가 사방으로 튀었다. 파란 머리 아이가 다시금 제이스를 찔러대기 시작했다. 그때 이사벨의 채찍이 그의 등으로 떨어졌고, 그는 날카로운 비명을 내지르며 한쪽으로 쓰러졌다.

이사벨의 채찍만큼이나 잽싸게 제이스가 몸을 옆으로 굴렀다. 그의 손에는 칼날이 번득이고 있었다. 제이스는 파란 머리 소년의 가슴에 칼을 쑤셔 박았다. 칼의 손잡이 주변으로 거무스름한 액체가 콸콸 솟아올랐다. 소년은 활처럼 구부리더니 꾸르륵거리는 소리를 내며 몸을 비틀었다. 제이스는 얼굴을 찡그리며 자리에서 일어섰다. 그의 검정 셔츠가 피에 젖어 몇 군데인가는 다른 곳보다 더 검게 보였다. 그는 자신의 발치에서 경련을 일으키고 있는 소년을 내려다보다가 허리를 굽혀 칼을 핵 빼냈다. 칼의 손잡이는 검은 액체 때문에 미끄러웠다.

파란 머리 소년의 눈이 파르르 떨리더니 떠졌다. 제이스에게 고정된 그의 두 눈은 활활 타오르는 것 같았다. 이빨 사이로 거친 소리를 내며 그가 말했다. "좋아. 멋대로 해봐. 추방자들이 너희를 가만두지 않을 거야."

제이스가 아이를 향해 으르렁거리는 것 같았다. 아이의 눈알이 뒤집혔다. 다음 순간, 그의 몸이 꿈틀거리다가 들썩이기 시작하더니 종이처럼 구겨졌다. 몸은 안으로 접혀 들어가며 점점 더 작아지더니 결국 흔적도 없이 사라졌다.

클라리는 발에 걸린 전선을 걷어차고 겨우 자리에서 일어섰다. 그녀는 뒤로 물러서기 시작했고, 그녀에게 신경 쓰는 사람은 아무도 없었다. 알렉은 제이스에게 다가가 팔을 붙잡더니 상처를 자세히 살펴보려고 소매를 끌어 올렸다. 달아나려고 돌아서는 순간, 클라리는 채찍을 손에 든 이사벨이 어느새 길을 가로막고 있는 것을 발견했다. 황금색 채찍에는 검은 액체가 묻어 있었다. 이사벨은 클라리를 향해 튀기듯이 그것을 휘둘렀다. 채찍 끝이 클라리의 손목을 휘감고 팽팽하게 끌어 당겼다. 클라리는 고통과 경악으로 숨이 막혔다.

"바보 같은 년. 너 때문에 제이스가 목숨을 잃을 뻔했어." 이사벨이 이를 악물고 말했다.

"미쳤어." 클라리가 손목을 끌어당기려고 애쓰며 말했다. 채찍은 피부 속으로 점점 더 파고들었다. "너희는 모두 미쳤어. 너희가 뭔데? 함부로 목숨을 빼앗는 자경단원이라도 된다는 거야? 경찰이……."

"시신이 없으면 경찰은 관심도 안 가져." 제이스가 말했다. 그는 다친 팔을 감싼 채 전선이 흩어져 있는 바닥을 가로질러 클라리에게 다가왔다. 알렉이 우거지상을 하고 그를 뒤따랐다.

클라리는 소년이 사라진 지점을 힐끗 쳐다보고는 침묵했다. 그곳에는 핏자국조차 남아 있지 않았다. 소년이 존재했다는 사실을 보여주는 것은 아무것도 없었다.

"궁금한 것 같은데, 쟤들은 죽으면 자기네 세계로 돌아가게 돼 있어." 제이스가 말했다.

"제이스, 조심해." 알렉이 거친 목소리로 말했다.

제이스는 감싸고 있던 팔을 떨어뜨렸다. 그의 얼굴에는 자잘한 핏방울들이 주근깨처럼 찍혀 있었다. 클라리는 폭이 넓고 빛깔이 연한 그의 두 눈과 황갈색에 가까운 금발을 보자 또다시 디스커버리 채널에서 보았던 사자가 생각났다. "알렉, 이 애는 우리를 볼 수 있어. 이미 너무 많은 걸 알아버렸단 말이야." 제이스가 말했다.

"이 애를 내가 어떻게 하길 원해?" 이사벨이 대답을 요구했다.

"보내줘." 제이스가 조용히 말했다. 이사벨은 놀란 눈빛으로 거의 화가 나서 그를 쏘아보았지만 이의를 제기하지는 않았다. 클라리의 팔을 감고 있던 채찍이 스르르 풀렸다. 클라리는 아픈 손목을 비비며 어떻게 해야 그곳을 벗어날 수 있을지 생각했다.

"이 애를 데려가야 하지 않을까? 호지 선생님이 얘랑 얘기 좀 하고 싶어할 것 같은데." 알렉이 말했다.

"인스티튜트로 데려가는 건 안 돼. 이 계집애는 먼데인이잖아." 이사벨이 말했다.

"그래?" 제이스가 부드럽게 말했다. 그의 조용한 말투는 이사벨의 톡 쏘는 말투나 알렉의 분노보다 더 섬뜩했다. "꼬마 아가씨, 혹시 악마하고 거래해본 적 있어? 마법사들과 함께 걷고, 밤의 아이들과 얘기해본 적은? 혹시……."

"내 이름은 '꼬마 아가씨'가 아니야." 클라리가 그의 말을 잘랐다. "그리고 난 너희가 무슨 말을 하는지 도무지 모르겠어." 그때 클라리의 머릿속에서 어떤 목소리가 그녀에게 말했다. 무슨 말을 하는지 모른다고? 너는 사람이 흔적도 없이 사라지는 걸 봤어. 제이스는 미치지 않았어. 너는 제이스가 미쳤으면 하고 바라고 있을 뿐이야. "나는 네가 말하는 악마나 뭐…… 그런 것들의 존재를 믿지 않아."

"클라리?" 사이먼의 목소리였다. 클라리는 몸을 돌렸다. 사이먼이 창고 문 옆에 서 있었고, 정문을 지키던 건장한 체격의 경비원이 그의 옆에 서 있었다.

"괜찮아?" 사이먼이 어두컴컴한 창고를 들여다보며 말했다. "혼자 왜 여기 들어와 있어? 그 녀석들은 어떻게 됐어? 칼을 들었다는 녀석들 말이야."

클라리는 사이먼을 빤히 쳐다보고 나서 뒤를 돌아보았다. 거기에는 여전히 제이스, 이사벨, 알렉이 서 있었다. 제이스는 아직도 손에 칼을 들고 피투성이가 된 셔츠를 입고 있었다. 그는 클라리를 보고 씩 웃으며 유감 반, 조롱 반으로 어깨를 으쓱해 보였다. 그는 사이먼과 경비원이 자기들을 볼 수 없다는 사실에도 전혀 놀라지 않았다.

클라리도 놀라지 않기는 마찬가지였다. 그녀는 플라스틱 전선에 두 발이 엉킨 채 눅눅한 창고 안에 혼자 서 있는 자신이 사이먼의 눈에 어떻게 비칠지 알고 천천히 그를 향해 돌아섰다.

"그 애들이 여기로 들어왔다고 생각했는데 아무래도 아닌가 봐. 미안해." 클라리는 힘없이 말했다. 그녀는 사이먼을 힐끔 쳐다보고 나서 경비원에게 시선을 옮겼다. 사이먼의 표정은 염려에서 당혹감으로 변해 가고 있었고, 경비원은 짜증이 묻어나는 표정을 짓고 있었다. "제가 잘못 본 것 같아요."

그녀의 뒤편에서 이사벨이 키득키득 웃었다.

"믿을 수가 없어." 클라리가 길가에서 택시를 잡으려고 필사적으로 애쓰는 동안 사이먼이 고집스럽게 말했다. 그들이 클럽에 들어가 있는 동안 청소차가 지나갔는지 거리는 기름이 섞인 새까만 물로 반들거렸다.

"알아." 클라리가 사이먼의 말에 동의했다. "넌 그래도 택시가 몇 대 있을 거라고 생각했겠지. 일요일 자정인데 택시들이 모두 어디로 가버린 거야?" 클라리가 사이먼을 향해 돌아서며 어깨를 으쓱했다. "휴스턴가까지 나가면 잡을 수 있을까?"

"택시 얘기가 아니야. 난 네 말을 못 믿겠어. 칼을 가진 녀석들이 그냥 사라졌다니, 그게 말이 된다고 생각해?" 사이먼이 말했다.

클라리는 한숨을 쉬었다. "사이먼, 칼을 가진 애들이 애초에 없었을 수도 있잖아. 어쩌면 내가 상상했는지도 몰라."

"무슨 소리야? 그럴 리가 없어." 사이먼은 머리 위로 손을 들었다. 하지만 그 순간 달려오던 택시들은 더러운 물을 흩뿌리며 사이먼의 곁을 쏜살같이 지나갔다. "내가 창고에 들어갔을 때 넌 마치 유령이라도 본 것처럼 완전히 넋이 나간 표정을 짓고 있었어."

클라리는 사자의 눈알을 가진 제이스를 생각했다. 그녀는 손목을 힐끗 내려다보았다. 이사벨의 채찍이 휘감겼던 자리에 가느다란 붉은 줄이 팔찌처럼 그려져 있었다. '아니야, 그건 유령이 아니었어. 유령보다 더 무시무시했어.'

"그건 그냥 실수였어." 클라리가 힘없이 말했다. 그녀는 자신이 왜 사실대로 말하지 않는지 궁금했다. 물론 사실대로 말하면 사이먼은 미쳤다고 생각할 것이다. 그리고 클라리가 목격한 장면에는 무언가 껄끄러운 구석이 있었다. 제이스의 칼 주변으로 부글부글 솟아오르던 검은 피도 그렇고, 밤의 아이들과 얘기해본 적이 있느냐고 물었을 때 그 목소리에 담긴 무언가도 그랬다. 클라리는 그것들을 비밀로 간직하고 싶었다.

"그래, 정말 말도 안 되는 실수를 저질렀지." 사이먼이 말했다. 그는 클럽을 슬쩍 돌아보았다. 클럽에서 구불구불 흘러나온 흐릿한 연기가 거리를 적시고 있었다. "다시 클럽으로 들어가겠다고 하면 들여보내주지 않겠지?"

"넌 저 클럽 싫어하잖아." 클라리가 다시 손을 들었을 때 어떤 노란 형체가 연기를 뚫고 두 사람에게 빠르게 다가왔다. 이번에는 택시가 그들이 서 있는 모퉁이에서 끼익 소리를 내며 멈추었다. 택시 기사는 그들의 주의를 끌 필요가 있다고 생각했는지 경적을 울렸다.

"드디어 잡았네." 사이먼은 택시 문을 확 당겨서 열고 뒷좌석에 올라탔다. 클라리는 찌든 담배 연기, 가죽, 헤어스프레이 등 뉴욕 택시의 익숙한 냄새를 맡으며 뒤따라 탔다. "브루클린으로 가주세요." 사이먼은 택시 기사에게 말하고 나서 클라리를 돌아보았다. "나한테는 무슨 얘기든 털어놔도 돼. 알았지?"

클라리는 한순간 망설이다가 고개를 끄덕였다. "응, 알았어."

클라리가 택시 문을 닫자, 택시는 밤의 거리를 달리기 시작했다.

2
비밀과 거짓말

어둠의 왕자는 자신의 흑마에 올라타 있었다. 검은 망토를 등 뒤로 길게 늘어뜨린 그는 황금색 헤드밴드로 금발을 질끈 묶었고, 잘생긴 얼굴은 치열한 전투를 앞두고 싸늘하게 굳어 있었다. 그리고…….
"팔이 꼭 가지 같네." 클라리는 화가 나서 혼자 중얼거렸다. 그림은 그녀의 기대에 미치지 못했다. 그녀는 한숨을 내쉬며 스케치북에서 다시 한 장을 찢어내어 꼬깃꼬깃 구긴 다음 침실의 오렌지색 벽에 던졌다. 이미 방바닥에는 버려진 종이 뭉치가 여기저기 흩어져 있었다. 그것은 그녀의 창의력이 기대한 대로 움직여주지 못하고 있다는 확실한 증거였다. 클라리는 어머니를 조금 더 닮을 수 있기를 수백, 수천 번 바랐다. 그녀의 어머니 조슬린 프레이가 그린 것들은 그것이 데생이든, 유화든, 스케치든 간에 무엇이든지 아름다웠고, 전혀 수고를 들이지 않고 그린 것처럼 보였다.
클라리는 이어폰을 귀에서 뽑고 지끈지끈한 관자놀이를 비벼댔다. 그 바람에 피터 토시의 〈스테핑 레이저〉라는 노래가 중간에 끊겼다. 그제야 그녀는 고막을 찢을 것 같은 전화벨 소리가 아파트 안에 쩌렁쩌렁 울려 퍼지고 있다는 것을 알아차렸다. 클라리는 스케치북을 침대 위로 던져버리고 자리에서 벌떡 일어나 거실로 뛰쳐나갔다. 현관문 근처의 탁자 위에는 복고풍의 새빨간 전화기가 놓여 있었다.

"클라리사 프레이?" 상대가 누구인지 즉각 알아차릴 수는 없었지만 수화기 저쪽의 목소리는 왠지 그녀의 귀에 익었다.

클라리는 갑자기 초조해져서 손가락으로 전화선을 비비 꼬았다. "네, 전데요?"

"안녕, 난 어젯밤 팬더모니엄에서 손에 칼을 들고 있던 불량배 중 하나야. 어제는 나쁜 인상만 심어준 것 같아 기분이 영 찜찜해. 나한테 보상할 기회를 주었으면 하는데……."

"사이먼!" 클라리가 귀에서 수화기를 떼자 사이먼은 깔깔거리며 웃어댔다. "그렇게 웃을 일이 아니야!"

"왜 웃을 일이 아냐. 넌 유머 감각이 없어."

"나쁜 자식." 클라리는 한숨을 쉬며 벽에 몸을 기댔다. "어젯밤 집에 돌아왔을 때 네가 여기에 있었다면 지금처럼 그렇게 웃지 못할 거야."

"무슨 소리야?"

"우리 엄마 말이야. 너무 늦게 들어왔다고 엄청 화를 내셨어. 난리가 아니었다니까."

"뭐? 그건 교통의 문제지 우리 탓이 아니라고." 사이먼이 항변하듯 말했다. 3남매 중 막내인 사이먼은 가족의 부당한 처사에 대처하는 요령을 완벽히 터득하고 있었다.

"그래, 맞아. 하지만 우리 엄마는 그렇게 생각 안 해. 자기가 나 때문에 얼마나 실망하고 걱정했는지 아느냐고 잔소리를 주절주절 늘어놓으셨어. 엄마 인생에서 나는 지긋지긋한 골칫거리라고 하는 거야." 클라리는 약간의 죄책감을 느끼면서도 어머니가 했던 말을 그대로 흉내 내며 말했다.

"그래서 지금 외출 금지를 당한 거야?" 사이먼이 약간 호들갑스럽게 물었다. 클라리는 사이먼의 뒤편에서 낮게 웅성거리는 목소리들을 들을 수 있었다.

"아직 몰라. 엄마는 오늘 아침에 루크랑 나가서 아직 안 돌아오셨어. 그건 그렇고 지금 어디야? 에릭의 집에 있어?"

"응. 방금 연습을 마쳤어." 사이먼의 뒤쪽에서 심벌즈가 부딪치는 소리가 들렸다. 클라리는 저도 모르게 몸을 움츠렸다. "오늘 밤 에릭이 자바 존스에서 시 낭송을 해." 사이먼은 클라리의 집 앞 모퉁이 근처에 있는 카페 이름을 대며 말했다. 밤에는 가끔 라이브 연주를 하는 곳이다. "밴드 전체가 응원하기 위해 갈 거야. 너도 갈래?"

"그래. 알았어." 클라리는 잠시 말을 멈추고 전화선을 걱정스럽게 끌어당기더니 말했다. "잠깐, 안 돼."

"얘들아, 시끄러워서 통화를 못하잖아. 조용히 좀 해줄래?" 사이먼이 소리를 질렀다. 목소리가 아주 희미하게 들리는 걸로 봐서 수화기를 입에서 멀찍이 떼어놓고 있는 듯했다. 사이먼은 금세 수화기로 돌아와서 걱정스러운 목소리로 말했다. "오겠다는 거야? 못 오겠다는 거야?"

"나도 모르겠어." 클라리는 입술을 깨물었다. "어젯밤 일로 엄마의 화가 아직 안 풀렸어. 이런 상황에서 나가겠다고 하면 노발대발하실 텐데 어쩌지. 내가 곤경에 빠지더라도 난 에릭의 어설픈 시를 욕먹게 하고 싶지는 않아."

"이거 왜 이래. 시가 제법이라니까." 사이먼이 말했다. 에릭은 사이먼의 옆집에 사는 친구로, 둘은 아주 어릴 적부터 알고 지냈다. 두 사람 사이는 사이먼과 클라리의 관계처럼 친밀했다. 그들은 에릭의 친구들인 매트, 커크와 함께 2학년이 시작될 무렵에 록 밴드를 결성해 에릭 부모님의 차고에서 매주 부지런히 연습을 하고 있었다. "게다가 이건 부탁이 아니야. 너희 집에서 시작해서 마을 전체에 시를 알리는 거지. 내가 지금 무슨 호보켄(뉴저지 주 동북부의 항구도시―옮긴이)에서 섹스 파티를 하자고 초대하는 것도 아니잖아. 어머니가 오시겠다고 하면 모시고 와도 돼."

"호보켄에서 섹스 파티를!" 클라리는 누가 그렇게 소리를 치는 것을 수화기로 들었다. 아마 에릭일 것이다. 다시 심벌즈가 부딪치는 소리가 들렸다. 클라리는 자기가 써온 시를 에릭이 읽고 엄마가 거기에 귀기울이는 장면을 상상하고 진저리를 쳤다.

"모르겠어. 너희 모두가 이곳에 나타나면 우리 엄마는 아마 펄펄 뛰실 거야."

"그러면 나만 갈게. 내가 집으로 데리러 가서 함께 자바 존스로 가면 되잖아. 나머지 애들은 거기에서 만나고. 어머니도 반대는 안 하실 거야. 나를 귀여워하시잖아."

클라리는 소리 내어 웃지 않을 수 없었다. "취향이 워낙 독특하신 분이니까."

"알았어. 끊어." 밴드 친구들의 시끄러운 소리가 들리더니 사이먼이 딸깍 하고 전화를 끊었다.

클라리는 수화기를 내려놓고 거실을 빙 둘러보았다. 어머니의 예술적인 취향을 엿볼 수 있는 증거들이 사방에 널려 있었다. 암적색 소파 위에는 장식용 수제 벨벳 쿠션이 쌓여 있었고, 벽에는 어머니의 유화를 넣은 액자들이 걸려 있었다. 황금빛 노을에 물든 맨해튼 시내의 구불구불한 거리, 브루클린에 있는 프로스펙트 공원의 겨울 풍경, 가장자리에 레이스 같은 하얀 얼음장이 붙어 있는 회색 연못 등 풍경화가 대부분이었다.

벽난로 위의 선반에는 액자에 담긴 클라리의 아빠 사진이 놓여 있었다. 군복을 입은 그는 미남으로 사려 깊은 사람처럼 보였다. 눈가에는 웃을 때 생기는 주름이 잡혀 있었다. 외국에서 군 복무를 하고 훈장까지 받았다. 조슬린은 침대 옆의 작은 상자에 남편이 그동안 받은 메달들을 넣어두었으나, 그것들은 아무한테도 도움이 되지 않았다. 왜냐하면 조너선 클라크는 올버니 외곽에서 차로 나무를 들이받고 딸이 태어나기도 전에 죽었기 때문이다.

조슬린은 남편이 죽고 나서 처녀 때 성을 다시 썼다. 그녀는 클라리의 아빠에 대해서는 한 번도 얘기하지 않았지만, 그의 이름 이니셜인 J. C.가 새겨진 상자를 자기 침대 옆에 두고 지냈다. 상자에는 메달 외에도 사진 한두 장, 결혼반지, 그리고 금발 머리 한 타래가 들어 있었다. 조슬린은 가끔 상자를 꺼내서 열어보았다. 그녀는 머리 타래를 아주 부드럽게 어루만지다 다시 상자에 넣고는 조심스럽게 자물쇠를 채우곤 했다.

현관문에 열쇠를 꽂고 돌리는 소리에 클라리는 공상에서 깨어났다. 클라리는 얼른 소파로 달려가 풀썩 주저앉은 다음 어머니가 소파 앞의 작은 탁자에 쌓아둔 책을 집어 들고 읽는 척했다. 조슬린은 독서를 고상하고 신성한 취미라고 생각해서 클라리가 책을 읽고 있으면 방해를 하지 않았고 큰소리도 치지 않았다.

쿵 하는 소리와 함께 문이 열렸다. 루크였다. 그는 정사각형의 커다란 판지처럼 보이는 것들을 잔뜩 안고 있었다. 루크가 그것들을 내려놓았을 때에야 클라리는 납작하게 접은 종이 상자라는 것을 알아차렸다. 루크는 허리를 펴고 클라리를 향해 돌아서서 빙그레 웃었다.

"안녕하세요. 아저…… 루크." 클라리가 말했다. 1년 전쯤에 루크는 자기를 루크 아저씨라고 부르면 자기가 벌써 늙은 사람처럼 생각되고, 또 《톰 아저씨의 오두막》이 생각난다면서 그렇게 부르지 말아달라고 부탁했다. 덧붙여 그는 부드러운 말로 자기는 진짜 아저씨도 아니며 그저 어머니의 오래되고 친한 친구일 뿐이라는 사실을 상기시켜주었다. "엄마는요?"

"트럭을 주차하고 있어." 꿍 소리와 함께 깡마른 체구를 간신히 펴면서 루크가 말했다. 그는 평소처럼 낡은 청바지와 플란넬 셔츠를 입고 있었고, 콧등에는 휘어진 금테 안경이 비뚜름하게 걸려 있었다. "이 건물엔 왜 승강기가 없는지 다시 한 번 말해줄래?"

"건물이 낡아서 그래요. 그게 특색이죠." 클라리가 즉각 대꾸했다. 루크는 씩 웃어 보였다. "그 상자들은 뭐하시게요?"

그의 얼굴에서 웃음이 사라졌다. "엄마가 몇 가지 물건을 싸고 싶어 하더구나." 그녀의 시선을 회피하며 그가 말했다.

"어떤 물건이요?"

루크는 손을 휘저었다. "집에 흩어져 있는 쓸모없는 것들이겠지. 방해가 되는 것들. 너도 알다시피 엄마는 물건을 함부로 버리지 않지. 그런데 뭐하고 있었어? 공부?" 그는 클라리의 손에 들려 있는 책을 빼앗아 소리 내어 읽었다.

"세상은 아직도 이성적인 철학이 버린 잡다한 존재들로 가득하다. 요정과 악귀, 영혼과 악마 들은 아직도 세상을 떠돌고……." 그는 책을 내리고 안경 너머로 클라리를 바라보았다. "이게 학교에서 읽는 책이니?"

"《황금가지》요? 아니에요. 학교에는 몇 주 동안 안 나가요." 클라리는 루크의 손에 들린 책을 빼앗았다. "엄마가 보던 책이에요."

"그럴 것 같았어."

클라리는 책을 탁자 위에 도로 내려놓았다.

"루크?"

"응?" 책은 이미 잊어버린 그는 벽난로 옆에 놓인 도구 상자를 뒤지고 있었다. "아, 여기 있군." 그는 접착테이프를 뽑는 오렌지색 기계를 끄집어내서 무척이나 만족스러운 표정으로 그것을 바라보았다.

"이 세상 누구도 볼 수 없는 무언가를 봤다면 어찌시겠어요?"

테이프 뽑는 기계가 루크의 손에서 떨어져 벽난로에 부딪혔다. 그는 클라리를 돌아보지 않고 그것을 집으려고 무릎을 꿇었다.

"그러니까 어떤 범죄 사건에서 내가 유일한 목격자라면 어쩌겠느냐, 뭐 그런 말이지?"

"아뇨. 제 말은 사람들이 주변에 있는데 자기 혼자만 어떤 것을 볼 수 있다면 어떻게 하겠느냐는 거예요. 그 물체가 자신의 눈에만 보이고 다른 사람들 눈에는 안 보인다면 말이에요."

루크는 아직도 무릎을 꿇은 상태로 흠집이 생긴 기계를 손에 쥐고서 머뭇거렸다.

"제 얘기가 허무맹랑하다는 건 저도 알아요." 클라리는 초조한 표정으로 용기를 내어 말했다. "하지만······."

루크가 몸을 돌렸다. 안경 뒤에서 새파란 눈이 애정을 담뿍 담고 그녀를 바라보았다. "클라리, 너는 예술가야. 네 엄마처럼. 그건 다른 사람들이 보지 못하는 방식으로 이 세상을 본다는 뜻이지. 평범한 사물들 속에서 미와 공포를 볼 수 있다는 건 특별한 능력이야. 그렇다고 네가 미치거나 그러지는 않아. 단지 다를 뿐이지. 남들과 다르다는 건 전혀 이상한 게 아냐."

클라리는 두 다리를 끌어당겨 세운 다음 턱을 무릎에 올려놓았다. 마음의 눈으로 그녀는 클럽에 있던 창고, 이사벨의 황금색 채찍, 숨이 넘어갈 것처럼 경련을 일으키는 파란 머리의 아이, 그리고 제이스의 황갈색 눈을 보았다. 미와 공포. "만약 아빠가 살아계셨다면 아빠도 예술가가 되셨을까요?"

루크는 당황하는 것처럼 보였다. 그가 대답하기 전에 현관문이 활짝 열리더니 클라리의 어머니가 들어왔다. 그녀의 부츠 뒷굽이 매끄러운 나무 바닥 위에서 또각또각 소리를 냈다. 그녀는 루크에게 쩔렁거리는 열쇠 꾸러미를 건네주고 딸을 향해 돌아섰다.

조슬린 프레이는 날씬하고 아담한 여자였다. 암적색 머리카락은 클라리의 머리보다 조금 더 어두운 빛을 띠었고 두 배는 더 길었다. 말아 올려 매듭을 지은 머리는 그림을 그릴 때 쓰는 연필을 꽂아 고정했다. 그녀는 라벤더색 티셔츠 위에 물감이 여기저기 튄 작업복을 입고 갈색 하이킹 부츠를 신고 있었다. 부츠 밑바닥에는 말라버린 물감이 붙어 있었다.

사람들은 항상 클라리를 보고 엄마를 닮았다고 말했지만, 정작 그녀는 정말 그런지 알 수 없었다. 두 사람 사이에 닮은 게 하나 있다면 그것은 몸매였다. 두 사람 모두 몸이 호리호리했고 가슴과 엉덩이가 작았다. 클라리는 자기가 엄마만큼 아름답지 않다는 걸 알고 있었다. 아름다우려면 몸매가 버들가지처럼 유연하고 키가 커야 했다. 클라리처럼 키가 150센티미터를 간신히 넘을까 말까 하는 짜리몽땅한 애는 귀여울 뿐이다. 예쁘지도 아름답지도 않고 그냥 귀엽다. 게다가 그녀는 머리카락이 붉고 얼굴에는 주근깨가 가득했다. 클라리가 래기디 앤(붉은 머리 여자

아이의 봉제 인형—옮긴이)이라면 클라리의 어머니는 바비 인형이었다.

조슬린은 걷는 모습까지 우아해서 그녀가 지나가면 사람들은 고개를 돌려 멍하니 쳐다보곤 했다. 그와 대조적으로 클라리는 자기 발에 걸려 넘어지기가 일쑤였다. 사람들이 고개를 돌려 클라리가 지나가는 것을 쳐다보는 경우는 그녀가 아래층으로 미친 듯이 달려서 내려갈 때밖에 없었다.

"상자를 올려다 줘서 고마워." 클라리의 어머니가 루크에게 말하며 미소를 지었다. 그는 미소를 짓지 않았고 클라리는 속이 거북했다. 분명히 무슨 일인가가 벌어지고 있었다. "주차 공간을 찾는 데 너무 오래 걸렸어. 미안해. 오늘은 왜 그렇게 사람들이 많은지……."

"엄마?" 클라리가 끼어들었다. "상자를 가지고 뭐하려고요?"

조슬린은 입술을 깨물었다. 루크는 클라리를 향해 눈짓을 해 보이며 조슬린에게 얘기를 해주라는 무언의 독촉을 했다. 조슬린은 긴장했는지 떨리는 손으로 머리카락을 귀 뒤로 넘긴 다음 소파에 앉아 있는 딸에게 다가갔다.

가까이 다가갔을 때 클라리는 어머니가 무척 피곤해 보인다는 걸 알 수 있었다. 눈 밑에는 반달 모양의 다크서클이 있었고, 눈꺼풀은 잠을 못 자서 그런지 진줏빛이 되어 있었다.

"어젯밤 일 때문에 그래요?"

"아니야." 클라리의 어머니는 재빨리 말하고 나서 머뭇거렸다. "어쩌면 그것도 조금은 관련이 있겠지. 어젯밤처럼 행동하면 안 되는 거였어. 너도 철이 들었으면 그 정도는 알겠지."

"그 일은 이미 사과드렸잖아요. 그런데 이게 뭐죠? 외출 금지를 하려면 머뭇거리지 말고 그렇게 하세요."

"그게 아냐." 어머니의 목소리는 전선처럼 팽팽했다. 그녀가 루크를 힐끗 쳐다보자, 루크는 고개를 흔들었다.

"조슬린, 그냥 말해줘." 루크가 말했다.

"제가 마치 여기에 없는 것처럼 꼭 그런 식으로 말씀하셔야겠어요?" 클라리가 화가 나서 말했다. "저한테 말해주라니, 그게 무슨 소리죠? 뭘 말해주라는 건데요?"

조슬린은 한숨을 길게 내쉬었다. "우리는 휴가를 떠날 거야."

루크의 표정은 물감을 깨끗이 닦아낸 캔버스처럼 완전히 사라졌다.

클라리는 고개를 가로저었다. "그것 때문에 이 난리를 피운다고요? 휴가를 가느라고?" 그녀는 몸을 뒤로 기울여 쿠션에 기댔다. "전 이해가 안 돼요. 정말 왜 이러시죠?"

"네가 이해를 못하는 것 같구나. 내 말은 그러니까 우리 모두 휴가를 떠난다는 거였어. 너, 나, 루크, 우리 세 사람 말이야. 우리는 농가로 갈 거야."

"뭐라고요?" 클라리는 루크를 힐끗 쳐다보았지만 그는 팔짱을 긴 채 창밖만 물끄러미 내다보고 있었다. 턱의 근육이 빳빳하게 당겨져 있었다. 그녀는 무엇이 그를 긴장하게 만들고 있는지 궁금했다. 그는 뉴욕 주 북부에 있는 그 오래된 농가를 좋아했다. 10년 전에 농가를 사서 직접 수리를 했고 틈날 때마다 찾아가곤 했다.

"얼마나 오래 가 있을 건데?"

"여름이 끝날 때까지. 나는 혹시 네가 책이나 그림 도구를 챙겨가고 싶을까 봐 상자들을……."

"여름 내내 있겠다고요?" 클라리는 화가 나서 똑바로 앉았다. "엄마, 난 그럴 수 없어요. 나도 계획이 있단 말이에요. 개학 전에 사이먼과 파티도 해야 되고, 미술 동아리 사람들과 여러 번 만나 회의도 해야 돼요. 그리고 아트 스쿨에 가서 강의도 열 번 더……."

"아트 스쿨에 대해서는 미안하게 생각해. 하지만 다른 것들은 취소할 수 있잖아. 사이먼은 이해해줄 거야. 동아리도 그럴 거고."

클라리는 어머니의 어조에서 누그러뜨릴 수 없는 결의 같은 것을 읽고 어머니가 무척 심각해져 있다는 걸 깨달았다. "하지만 미술 강의 들으려고 돈도 벌써 다 냈단 말이에요! 그거 내려고 꼬박 1년 동안 돈을 모았어요! 엄마가 약속했잖아요."

그녀는 루크 쪽으로 몸을 휙 돌렸다. "엄마한테 말해줘요! 이런 법이 어디 있어요? 이건 부당하다고 엄마한테 말해달라고요!"

루크는 뺨 근육을 실룩거리면서도 창문에서 눈을 떼지 않았다. "조슬린은 네 엄마야. 결정은 엄마가 내리는 거다."

"전 받아들일 수 없어요." 클라리는 다시 어머니를 향해 돌아앉았다. "왜죠?"

"클라리, 난 여기를 떠나야 돼." 조슬린이 말했다. 입술 가장자리가 바르르 떨리고 있었다. "그림을 그리기 위해선 마음의 평안을 얻을 수 있는 조용한 곳이 필요하단다. 그리고 당장은 돈도 빠듯하고."

"그럼 아빠의 주식을 좀 더 팔면 되잖아요. 지금까지 그렇게 해왔잖아요. 안 그래요?"

조슬린은 움찔했다. "그건 안 돼."

"가고 싶으면 엄마나 가세요. 난 몰라요. 엄마 없이 여기에 남아 있을래요. 일도 할 수 있어요. 스타벅스나 뭐 그런 데서 아르바이트 자리를 얻을 수도 있고요. 사이먼이 그러는데 그런 곳에서는 항상 일할 사람을 구한대요. 나도 앞가림을 할 수 있을 정도로 나이를 먹었고……."

"안 돼!" 조슬린의 목소리가 날카로워 클라리는 깜짝 놀랐다. "클라리, 네가 지불한 수강료는 내가 줄게. 그 대신 우리와 함께 가는 거다. 이건 네가 선택을 하는 문제가 아니야. 너는 너무 어려서 혼자 있으면 안 돼. 무슨 일이 생길 수도 있고."

"어떤 일요? 무슨 일이 생길 수 있다는 거죠?" 클라리가 캐물었다.

그 순간 쨍그랑 소리가 들렸다. 클라리가 깜짝 놀라 돌아보니 루크가 그림 액자 하나를 넘어뜨린 것이었다. 당황한 표정으로 루크는 액자를 주워 제자리에 세웠다. 허리를 펴고 일어선 그는 입을 굳게 다물고 있었다. "난 그만 가봐야겠어."

조슬린은 입술을 깨물었다. "기다려." 그녀는 루크를 뒤따라 허겁지겁 현관 쪽으로 가서 문손잡이를 거머쥐는 그를 따라잡았다. 클라리는 소파 위에서 어머니가 다급하게 속삭이는 소리를 엿들을 수 있었다.

"……베인. 지난 3주 동안 난 그 사람한테 여러 번 전화를 했어. 음성 메일을 들으니 지금 탄자니아에 있대. 어떻게 해야 할까?"

"조슬린." 루크는 고개를 가로저었다. "영원히 그 사람을 찾아갈 수는 없잖아."

"하지만 클라리……."

"조너선이 아니야." 루크가 낮은 소리로 말했다. "당신은 그 일이 있고 나서 달라졌어. 하지만 클라리는 조너선이 아니야."

'우리 아빠가 이 일과 무슨 상관이 있다는 거지?' 클라리는 어리둥절한 표정을 지으며 그렇게 생각했다.

"난 애를 집 밖에 못 나가도록 묶어둘 수가 없어. 애도 참지 못할 거고."

"물론 그렇겠지!" 루크는 정말로 화가 난 것 같았다. "클라리는 애완동물이 아니야. 10대 청소년이니까 이제 거의 성인이나 다름없어."

"우리가 이 도시를 벗어나 있으면……."

"조슬린, 애한테 말해." 루크의 목소리는 단호했다. "진심이야." 그는 다시 문손잡이를 잡았다.

그때 밖에서 누가 문을 홱 열었다. 조슬린은 약한 비명을 질렀다.

"깜짝이야!" 루크가 탄성을 내뱉었다.

"왜 그렇게 놀라세요. 저예요." 사이먼이 말했다. 그러고는 문간에서 클라리를 향해 손을 흔들었다. "준비됐니?"

조슬린은 입을 막고 있던 손을 뗐었다. "사이먼, 우리 얘기를 엿듣고 있었던 거니?"

사이먼은 눈을 껌벅거렸다. "아뇨. 저는 방금 도착했는데요."

사이먼은 조슬린의 하얘진 얼굴과 루크의 굳어버린 얼굴을 번갈아 쳐다보았다. "무슨 문제라도? 저 갈까요?"

"아니, 그럴 필요까지는 없어." 루크가 말했다. "우리 얘기는 여기서 끝난 것 같으니까."

루크는 사이먼을 지나쳐 빠른 걸음으로 계단을 쿵쿵거리며 내려갔다. 아래층에서 쾅 하고 정문을 닫는 소리가 울려 퍼졌다.

사이먼은 어떻게 하면 좋을지 모르겠다는 표정으로 문간에서 서성거렸다. "갔다가 나중에 올 수도 있는데. 정말이에요. 그렇게 해도 전 괜찮아요."

"그럼 그렇게……." 조슬린이 말을 시작하려 했지만 클라리는 어느새 자리에서 일어나 있었다.

"사이먼, 그럴 필요 없어. 같이 나가자." 클라리가 문 근처의 고리에 걸린 가방을 벗겨내며 말했다. 그녀는 가방끈을 한쪽 어깨에 메고 어머니를 노려보았다. "나중에 봐요, 엄마."

조슬린은 입술을 깨물었다. "클라리, 하던 얘기는 마저 해야 하지 않겠니?"

 "휴가 가면 얘기할 시간은 충분하잖아요."

 클라리는 악의에 차서 말했다. 어머니가 움찔하는 모습을 보고 클라리는 만족감을 느꼈다. "늦을지도 모르니 기다리지 말고 주무세요." 클라리는 그렇게 덧붙이고 나서 사이먼의 팔을 붙잡고 그를 반쯤 끌다시피 해서 밖으로 데리고 나갔다.

 사이먼은 끌려가지 않으려고 버티는 사람처럼 멈칫거리며 어깨 너머로 클라리의 어머니를 송구스럽게 바라보았다. 깍지를 낀 채 문간에 서 있는 그녀는 그 어느 때보다 작고 쓸쓸해 보였다. "어머니, 그럼 안녕히 계세요! 저녁 잘 보내시고요!" 사이먼은 큰 소리로 말했다.

 "그만해, 사이먼." 클라리가 톡 쏘듯이 말했다. 두 사람이 나가고 문이 쾅 닫히자 조슬린의 응답도 차단되어 버렸다.

 "이봐요, 아가씨. 그러다가 내 팔 빠지겠어." 클라리의 팔에 이끌려 아래층으로 내려가는 동안 사이먼이 하소연을 했다. 성난 발걸음으로 계단을 내려가던 클라리의 녹색 운동화가 나무 계단에 부딪히며 소리를 냈다. 그녀는 어머니가 층계참에 나와 아래를 내려다보고 있을 거라고 내심 기대하며 힐끗 위를 쳐다보았다. 하지만 아파트의 문은 이미 굳게 닫혀 있었다.

 "미안해." 클라리는 사이먼의 손목을 놓아주며 중얼거렸다. 그녀는 계단의 발치에 잠시 멈춰 섰다. 가방이 엉덩이에 부딪혔다.

 파크 슬로프(뉴욕 브루클린의 주택지―옮긴이)에 있는 대부분의 집들처럼 클라리의 집은 한때 어떤 부유한 가족의 단독주택이었다. 곡선 계단,

건물 입구의 부서진 대리석 바닥, 그리고 천장에 박혀 있는 넓은 채광창에서 예전의 웅장함을 아직도 어느 정도는 엿볼 수 있었다. 그 단독주택은 지금 세 개의 독자적인 아파트로 쪼개어져 있었다. 클라리와 그녀의 어머니는 3층짜리 건물을 아래층 세입자와 함께 쓰고 있었다. 아래층 세입자는 할머니인데 아파트에 점집을 차려놓았다. 찾아오는 손님이 드문데도 그녀는 가게에서 거의 나오지 않았다. 가게 문에는 '점술사이자 예언가 도로시아 여사'라고 적힌 금색 장식판이 붙어 있었다.

짙고 달콤한 향냄새가 반쯤 열린 문에서 현관 쪽으로 흘러나왔다. 클라리는 사람들이 낮게 웅성거리는 소리를 들을 수 있었다.

"장사가 잘되니 보기 좋네. 요즘엔 꾸준히 점집을 꾸려나가기가 쉽지 않거든." 사이먼이 말했다.

"넌 뭐든 그렇게 빈정거려야 속이 시원해?" 클라리가 톡 쏘아붙였다.

당황한 기색이 역력한 사이먼은 그저 눈만 껌벅거렸다. "난 네가 이런 말투를 좋아하는 줄 알았지."

클라리가 막 대꾸를 하려는 순간, 도로시아의 가게 문이 활짝 열리면서 어떤 남자가 밖으로 걸어 나왔다. 남자는 키가 크고 피부가 단풍시럽 색깔이었다. 눈은 고양이처럼 약간 초록빛이 도는 금색이었고, 검은 머리는 헝클어져 있었다. 그는 클라리를 보더니 하얗고 날카로운 이를 드러내며 눈부시게 웃었다.

클라리는 현기증이 밀려오는 걸 느꼈다. 당장이라도 정신을 잃고 쓰러질 것 같은 강력한 느낌이었다.

사이먼은 클라리를 불안한 표정으로 쳐다보았다. "괜찮아? 너 기절할 것 같아."

클라리는 사이먼을 보며 눈을 껌벅거렸다. "뭐? 아냐. 괜찮아."

사이먼은 집요하게 말을 이어나갔다. "꼭 유령을 본 사람 같다니까."

클라리는 고개를 흔들었다. 무언가를 보았다는 기억이 그녀를 괴롭혔지만 집중을 하려고 애쓰자 물처럼 빠져나가버렸다. "아무것도 아냐. 도로시아의 고양이라고 생각했는데 그냥 빛이 한 번 번쩍였나 봐." 사이먼은 클라리를 유심히 쳐다보았다.

"어제부터 쫄쫄 굶었어." 클라리는 방어적으로 덧붙였다. "그래서 컨디션이 정상이 아닌 것 같아."

사이먼이 한 팔로 클라리의 양쪽 어깨를 위로하듯 감싸며 말했다. "가자. 내가 먹을 것 좀 사줄게."

"정말 왜 그러는지 모르겠다니까." 클라리는 나초의 끝으로 과카몰리를 휘저으며 아까 했던 말을 네 번째로 반복했다. 그들은 '나초 마마'라는 허름하고 비좁은 멕시코 음식점에 있었다. "격주로 외출 금지를 시키는 건 그나마 약과였어. 이제 여름이 끝날 때까지 여기에서 추방당하게 생겼다니까."

"어머니는 가끔 그런 행동을 하시더라. 숨을 들이쉬고 내쉬는 것처럼 아주 자연스럽게 말이야." 사이먼이 말했다. 그는 부리토를 우적우적 씹어 먹으며 클라리를 보고 씩 웃었다.

"그래, 넌 내 말이 재미있나 본데, 그런 외진 곳에 끌려가지 않아 다행이다 이거지. 얼마나 있을지도 모르는데······."

"클라리." 사이먼이 그녀의 장광설을 자르며 말했다. "그렇다고 나한테 화를 내면 어떡해. 게다가 영원히 가 있어야 하는 것도 아니잖아."

"그걸 어떻게 알아?"

"왜냐하면 난 너희 어머니를 아니까." 사이먼은 잠시 뜸을 들이더니 말했다. "너랑 내가 친구로 지낸 게 햇수로 10년째인가? 아무튼 아주 오래됐잖아. 그래서 어머니가 가끔 그런 행동을 하신다는 걸 알고 있지. 걱정 마. 생각을 고쳐먹으실 거야."

클라리는 생각에 잠겨 접시에 담긴 고추의 가장자리를 조금씩 물어뜯었다. "그렇게 생각해? 그러니까 내 말은, 우리 엄마를 잘 알고 있다고 생각하느냐고. 나는 가끔 그런 생각이 들어. 이 세상에 우리 엄마가 어떤 사람인지 제대로 아는 사람이 과연 있을까 하는."

사이먼은 클라리를 보고 눈을 껌벅거렸다. 클라리는 매운 입을 식히기 위해 급히 공기를 들이마셨다. "그러니까 내 말은, 엄마가 자기 자신에 대해선 절대 얘기를 안 한다는 거지. 난 엄마의 어린 시절이나 가족, 아빠를 만나게 된 사연을 전혀 몰라. 심지어 엄마는 결혼사진도 없어. 나를 낳았을 때부터 엄마의 인생이 시작된 것 같다니까. 내가 물으면 항상 그렇게 말씀하셔."

"에이, 설마." 사이먼은 클라리를 향해 얼굴을 찌푸렸다.

"정말이라니까. 아무래도 이상해. 내가 조부모님에 대해 아무것도 모르고 있다는 것도 이상하잖아. 아빠의 부모님은 엄마를 살갑게 대해주지 않았어. 어째서 며느리한테 그렇게 차갑게 대할 수 있었을까? 어떻게 손녀를 만나고 싶어하지도 않는지 난 도저히 이해를 못하겠어."

"혹시 어머니가 조부모님을 싫어하는 건 아닐까? 조부모님이 폭력적이라거나 뭐 그럴 수도 있겠지." 사이먼이 자신의 추측을 밝혔다. "그런 상처를 가지고 계시잖아."

클라리가 사이먼을 빤히 쳐다보았다. "우리 엄마가 뭘 가지고 있다고?"

사이먼은 입속에 들어 있는 부리토를 꿀꺽 삼키고 나서 말했다. "작고 가느다란 상처 자국들 말이야. 등과 두 팔에 온통 흉터가 있었어. 어머니가 수영복을 입고 계실 때 봤는데."

"난 하나도 못 봤어. 내 생각엔 네가 상상을 하고 있는 것 같은데?" 클라리가 단호하게 말했다.

사이먼이 클라리를 빤히 바라보며 무슨 말을 하려고 할 때 클라리의 가방 속에 있던 휴대전화가 집요하게 울어대기 시작했다. 클라리는 전화기를 꺼내어 액정 화면에서 깜박이는 번호를 확인하고는 얼굴을 찌푸렸다. "엄마야."

"표정을 보고 알았어. 받으려고?"

"지금은 안 받을래." 벨소리가 멈추고 음성 메시지로 넘어갔을 때 클라리는 평소처럼 약간의 죄책감을 느꼈다. "엄마하고 싸우기 싫어."

"언제든 우리 집에 머물러도 돼. 있고 싶을 때까지 편하게 있어."

사이먼이 말했다.

"우선 엄마가 진정하는지 보고." 클라리는 전화기의 음성 메시지 단추를 눌렀다. 조슬린의 목소리는 굳어 있었지만 밝게 말하려고 애쓰는 기색이 역력했다. "클라리, 엄마가 휴가 계획을 강요했다면 미안해. 집에 돌아와서 얘기를 나눠보자." 클라리는 메시지를 끝까지 듣지 않고 전화를 꺼버렸다. 그녀는 조금 전보다 더 큰 죄책감과 여전한 분노를 동시에 느꼈다. "휴가에 대해 얘기를 나누고 싶대."

"네 생각은?"

"모르겠어." 클라리는 손등으로 눈을 비볐다. "시 낭송 모임에 갈 거야?"

"가겠다고 약속했어."

클라리는 의자를 뒤로 빼고 일어섰다. "그럼 나도 따라갈래. 엄마한테는 모임이 끝나면 전화할 거야." 가방끈이 팔을 타고 미끄러져 내려왔다. 사이먼은 멍한 표정으로 끈을 다시 올려주었다. 사이먼의 손가락이 클라리의 어깨에 머물렀다.

바깥 공기는 습기가 많아 찜찜했다. 습기 때문에 클라리의 머리카락은 엉망이 되었고, 사이먼의 청색 티셔츠는 등에 찰싹 달라붙었다.

"밴드는 잘 돼가? 새로운 소식은 없고? 너하고 통화할 때 주변이 엄청 시끄럽던데." 클라리가 물었다.

사이먼의 얼굴이 밝아졌다. "잘 돼가고 있어. 매트가 그러는데 스크랩 바에서 연주할 수 있도록 힘써줄 사람을 자기가 알고 있대. 밴드 이름을 어떻게 할 건지에 대해서도 다시 얘기하고 있어."

"그래?" 클라리는 미소를 감추었다. 사이먼의 밴드는 제대로 된 음악을 하나도 만들어내지 못했다. 그들은 사이먼의 거실에 둘러앉아 밴드 이름과 로고를 두고 자기네끼리 논쟁만 벌였다. 클라리는 그중에서 악기를 연주할 수 있는 사람이 하나라도 있는지 궁금했다. "어떤 이름들이 나왔는데?"

"'식용 해초의 음모'와 '바위처럼 단단한 판다' 중에서 하나를 고를 생각이야."

클라리는 고개를 절레절레 흔들었다. "둘 다 촌스러워."

"에릭은 '잔디밭 의자의 위기'로 하자고 제안했어."

"에릭은 도박이나 해야겠다."

"그렇게 되면 우리는 드러머를 새로 구해야 돼."

"아, 에릭이 드럼을 맡았니? 걔는 너희 돈이나 훔쳐가고 학교 여자애들한테 가서 걔네들한테 감동을 주기 위해 밴드를 하고 있다며 떠벌릴 것 같은데?"

"안 그래. 예전의 에릭이 아냐. 새 사람이 되었다니까. 여자 친구가 생겼는데 석 달째 만나고 있지." 사이먼이 유쾌하게 말했다.

"그럼 결혼한 거나 마찬가지네." 클라리가 아기를 태운 유모차를 밀고 오는 젊은 부부를 피해 걸으며 말했다. 노란색 플라스틱 머리핀을 꽂은 여자 아기는 금색 줄무늬가 그려진 사파이어 반지를 끼고 장난꾸러기 요정 인형을 껴안고 있었다. 클라리는 인형의 날개가 파닥이는 것을 곁눈으로 언뜻 본 것 같았다. 그녀는 급히 고개를 돌렸다.

"그러니까 이제 밴드에서 여자 친구가 없는 멤버는 나밖에 없어. 솔직히 밴드 활동을 하는 목적이 그거지 뭐. 여자 친구 만드는 거."

"나는 음악에만 전념하는 줄 알았는데." 지팡이를 든 어떤 남자가 클라리의 앞을 가로질러 버클리 거리 쪽으로 걸어갔다. 그녀는 누군가를 너무 오래 쳐다보면 그 사람의 몸에서 날개나 몇 개의 팔, 또는 뱀처럼 끝이 갈라진 기다란 혀가 돋아나올까 두려워 시선을 돌렸다. "여자 친구가 없으면 어때서?"

"난 신경이 쓰여." 사이먼이 침울하게 말했다. "머지않아 여자 친구가 없는 사람들은 나와 학교 수위인 웬델밖에 없게 될 거야. 그 사람한테서는 윈덱스(유리 세척제 이름—옮긴이) 냄새가 나더라."

"그 사람은 아직 가능성이 있잖아."

사이먼이 노려보았다. "재미없어, 프레이."

"실라 '허리끈' 바바리노가 있잖아." 클라리가 제안했다. 클라리는 9학년 수학 수업 시간에 실라의 뒷자리에 앉았다. 실라는 연필을 자주 떨어뜨렸는데, 그럴 때마다 실라의 골반을 훤히 드러낸 청바지 허리끈 위로 속옷이 치켜 올라가는 모습을 볼 수 있었다.

"지난 석 달 동안 에릭과 데이트를 한 애가 바로 실라야. 그 녀석은 학교에서 몸매가 가장 잘 빠진 여자애를 하나 골라 학기 첫날에 데이트 신청을 하라고 조언해주더군."

"에릭은 여성 비하가 심한 머저리야." 클라리가 말했다. 클라리는 사이먼이 누구 몸매가 가장 괜찮다고 생각하는지 알고 싶지도 않았다.

"차라리 밴드 이름으로 '여성 비하가 심한 머저리들'은 어때?"

"그것도 괜찮군." 사이먼은 조금도 당황하지 않은 듯 보였다. 클라리는 얼굴을 찌푸렸다. 전화벨 소리가 울리면서 가방이 바르르 떨렸다. 그녀는 지퍼 주머니에서 휴대전화를 꺼냈다.

"또 어머니야?" 사이먼이 물었다.

클라리는 고개를 끄덕였다. 그녀는 마음의 눈으로 아파트 문간에 홀로 힘없이 서 있는 어머니를 볼 수 있었다. 가슴속에 죄책감이 서서히 퍼졌다.

클라리는 사이먼을 힐끗 쳐다보았다. 사이먼은 걱정스러운 눈빛으로 그녀를 바라보고 있었다. 이제 사이먼의 얼굴은 너무나 익숙해 클라리는 자면서도 그 윤곽을 그려낼 수 있을 정도였다. 사이먼을 떠나 몇 주 동안 외롭게 보낼 생각을 하니 눈앞이 캄캄했다. 휴대전화를 가방 속으로 밀어 넣고 그녀가 말했다. "가자. 이러다가 공연에 늦겠어."

3
섀도우 헌터

그들이 자바 존스에 도착했을 때, 에릭은 벌써 무대에 올라가 눈을 질 끈 감은 채 마이크 앞에서 몸을 앞뒤로 흔들고 있었다. 그는 공연을 위해 머리카락 끝을 분홍색으로 물들이고 있었다. 술에 취한 듯 보이는 매트는 에릭의 뒤쪽에서 불규칙적으로 젬베(서아프리카의 전통 타악기―옮긴이)를 두들기고 있었다.

"저래 가지고 되겠어? 오늘 공연은 보나 마나 실패하겠네." 클라리는 이렇게 말하고 사이먼의 소매를 붙잡아 가게 입구 쪽으로 끌고 갔다. "그만 가자. 빨리 여길 뜨자고."

하지만 사이먼은 단호하게 고개를 가로저었다. "약속을 했는데 지켜야지." 사이먼은 어깨를 반듯이 펴며 말했다. "넌 자리나 맡아. 커피는 내가 가져올게. 무슨 커피로 가져올까?"

"그냥 커피. 내 영혼 같은 블랙으로."

사이먼은 뭐라고 중얼거리며 커피 판매대로 걸어갔다. 클라리는 자리를 잡으러 갔다.

월요일이라 카페는 사람들로 붐볐다. 낡아 보이는 소파들과 안락의자들은 대부분 평일 밤을 여유롭게 즐기는 10대들이 차지하고 있었다. 커피와 담배 냄새가 가게 안을 가득 채웠다. 마침내 클라리는 가게 안쪽의 어두컴컴한 구석에 2인용 의자가 비어 있는 것을 발견했다. 그 주변에 앉은 사람이라고는 오렌지색 탱크톱을 입은 금발 여자애 하나밖에 없었다. 여자애는 아이팟을 만지작거리느라 정신이 없었다.

'잘됐군. 안쪽 자리에 처박혀 있으면 에릭이 못 찾겠지? 낭송을 끝내고 다가와 자기 시가 어땠는지 물어볼 수 없을 거야.'

금발 여자애가 의자 옆으로 몸을 기울이더니 클라리의 어깨를 툭 건드렸다. "저기, 실례지만……." 클라리는 깜짝 놀라 올려다보았다. "저 사람이 그쪽 남자 친구예요?" 여자애가 물었다.

클라리는 '아뇨. 모르는 사람인데요'라고 대답할 준비를 갖추고 여자애의 시선을 따라가다가 그녀가 가리킨 사람이 사이먼이라는 걸 깨달았다. 사이먼은 종이컵을 떨어뜨리지 않으려고 집중하느라 얼굴을 구긴 채 두 사람 쪽으로 다가오고 있었다. "아, 아니에요. 우린 그냥 친구예요." 클라리가 말했다.

그러자 여자애의 얼굴이 환해졌다. "귀엽게 생겼네. 여자 친구는 있대요?"

클라리는 잠시 머뭇거리다가 대답했다. "없어요."

여자애는 미심쩍어하는 표정을 지었다. "혹시 게이예요?"

클라리는 사이먼이 올 때까지 여자애의 질문에 대꾸하지 않았다. 사이먼이 컵 두 개를 테이블에 내려놓고 클라리의 옆자리에 털썩 주저앉자 여자애도 얼른 자리에 앉았다.

"짜증나게 머그잔이 다 떨어졌대. 엄청 뜨거워." 사이먼은 손가락을 후후 불면서 얼굴을 찌푸렸다. 클라리는 그런 사이먼을 바라보며 웃음을 참으려고 애썼다. 평소에 클라리는 사이먼이 잘생겼는지 어떤지 한 번도 생각해보지 않았다. 클라리가 생각하기에 사이먼의 눈은 상당히 검었다. 그리고 지난 1년여 동안 살이 많이 쪘다. 머리 모양은 그런대로 괜찮고…….

"왜 그렇게 빤히 쳐다봐? 얼굴에 뭐라도 묻었어?" 사이먼이 말했다.

클라리는 이상하게 주저되었지만 얘기를 해줘야 된다고 생각했다. 얘기해주지 않으면 나쁜 친구가 되는 거라는 생각이 들었다. "지금은 보지 마. 저쪽에 앉은 금발 여자애는 네가 귀엽다고 생각해." 클라리는 속삭이듯 말했다.

사이먼은 곁눈으로 여자애를 힐끗 쳐다보았다. 여자애는 만화 잡지인 《소년 점프》를 들여다보느라 정신이 없었다. "오렌지색 상의를 입은 애?" 클라리는 고개를 끄덕였다. 사이먼은 의심스러운 표정을 지었다. "왜 그렇게 생각해?"

클라리의 마음속 목소리가 용기를 내어 말해주라고 소리치고 있었다. 그녀가 대답하려고 입을 여는 순간, 갑자기 마이크에서 굉음이 터져 나왔다. 무대에 있던 에릭이 마이크와 씨름하는 동안 클라리는 몸을 잔뜩 움츠린 채 귀를 틀어막았다.

"여러분, 죄송합니다!" 에릭이 큰 소리로 외쳤다. "자, 좋습니다. 저는 에릭이고, 이쪽은 드럼을 맡고 있는 제 친구 매트입니다. 첫 번째로 낭송할 시의 제목은 〈무제〉입니다."

에릭은 고통스럽다는 듯이 얼굴을 찌푸린 채 마이크에 대고 울부짖었다. "오라, 나의 거짓된 힘, 불가항력아. 가증스러운 허리여! 메마른 열정으로 튀어나온 곳들을 모두 칠하라!"

사이먼은 의자 깊숙이 몸을 파묻었다. "쪽팔려 미치겠군. 어디 가서 내가 쟤를 안다고 아무한테도 말하면 안 돼."

클라리가 킥킥 웃어댔다. "'허리'라는 낱말은 누가 쓴 거야?"

"에릭이야." 사이먼이 굳은 표정으로 말했다. "쟤가 쓴 시에는 하나같이 '허리'가 들어가 있어."

"부풀어 오르는 아랫배의 고통! 몸속에서 부푸는 번민!" 에릭이 울부짖었다.

"정말 못 들어주겠네." 클라리는 이렇게 말하며 사이먼의 옆자리에서 아래로 미끄러지며 의자에 몸을 묻었다. "그건 그렇고, 너를 귀엽다고 여기는 저 여자애 있잖아."

"신경 쓰지 마." 사이먼이 말했다. 클라리는 놀란 표정으로 사이먼을 보고 눈을 껌벅거렸다. "너한테 해주고 싶었던 얘기가 있어."

"미쳐 날뛰는 두더지는 밴드 이름으로 좋지 않아." 클라리가 즉각 말했다.

"그 얘기가 아니야. 전에 얘기했잖아. 난 여자 친구가 없다고." 사이먼이 말했다.

"아, 그거?" 클라리는 한쪽 어깨를 올려 으쓱하는 동작을 취했다. "제이다 존스한테 데이트를 신청해봐." 그녀는 세인트 제이비어 고등학교에서 자신이 좋아하는 얼마 안 되는 여자애 가운데 하나의 이름을 거론하며 그렇게 제안했다. "괜찮은 애야. 그리고 걔는 너를 좋아해."

"나는 제이다 존스하고 사귀고 싶지 않아."

"왜 싫은데?" 클라리는 갑자기 알 수 없는 분노가 치솟는 걸 느꼈다. "똑똑한 애들이 싫어? 아직도 몸매만 잘빠진 애를 찾는 거야?"

"둘 다 아니야." 사이먼이 흥분한 표정으로 말했다. "걔한테 데이트를 신청하면 걔한테 공정하지 못하기 때문에 나는 그러고 싶지가 않은……."

사이먼은 말끝을 흐렸다. 클라리는 몸을 앞으로 기울였다. 그녀는 곁눈으로 금발 여자애가 몸을 앞으로 기울인 채 얘기를 엿듣고 있는 걸 볼 수 있었다. "걔가 왜 싫어?"

"내가 좋아하는 사람은 따로 있어."

"좋아." 사이먼은 언젠가 공원에서 축구를 하다가 발목이 부러져 집으로 절뚝거리며 돌아와야 했을 때처럼 얼굴이 약간 푸르스름해 보였다. 클라리는 누군가를 사랑한다는 게 대체 어떤 힘을 지녔기에 사이먼을 그토록 초조하고 긴장하게 만드는지 궁금했다. "너 게이는 아니지?"

사이먼의 푸르스름한 얼굴빛이 더욱 깊어졌다. "내가 게이라면 이렇게 입고 다니지 않지."

"그럼 뭐라는 거야?" 클라리가 물었다. 혹시 실라 바바리노를 사랑하고 있다면 에릭이 가만있지 않을 거라는 말을 클라리가 막 덧붙이려고 할 때, 뒤에서 누가 크게 기침을 하는 소리가 들렸다. 그것은 조롱하는 투의 기침, 큰 소리로 웃지 않으려고 애쓰는 사람이 만들 수 있는 그런 종류의 소음이었다.

클라리는 몸을 돌렸다. 불과 몇 미터 떨어진 빛바랜 녹색 소파에 앉아 있는 사람은 바로 제이스였다. 그는 전날 밤 클럽에서 입었던 검은 옷을 입고 있었다. 훤히 드러난 두 팔은 오래된 흉터처럼 보이는 하얀 선들로 뒤덮여 있었고, 손목에는 큼지막한 금속 팔찌를 차고 있었다. 클라리는 왼쪽 손목에서 삐죽 튀어나와 있는 칼의 상아 손잡이를 볼 수 있었다. 제이스는 클라리를 똑바로 쳐다보며 재미있다는 듯이 히죽 웃었다. 가느다란 입술의 가장자리가 비틀리며 움푹 파였다. 조롱을 받고 있다는 사실보다 더 기분 나쁜 건 분명히 5분 전에는 제이스가 그 자리에 있지 않다는 클라리의 확신이었다.

"뭔데 그래?" 사이먼은 클라리의 시선을 따라 눈길을 돌렸지만, 얼굴에 아무 표정도 나타나지 않는 걸로 봐서는 제이스를 볼 수 없는 게 분명했다.

'하지만 나는 너를 볼 수 있어.' 클라리는 제이스를 빤히 쳐다보았다. 제이스가 그녀를 향해 왼손을 흔들었고, 가느다란 손가락에 낀 반지가 반짝거렸다. 제이스는 자리에서 일어나 천천히 문 쪽으로 걸음을 옮겼다. 클라리의 입술이 놀라서 벌어졌다. 그가 점점 멀어지고 있었다.

클라리는 자신의 팔에 사이먼의 손이 닿는 걸 느꼈다. 사이먼은 클라리의 이름을 부르면서 무슨 문제가 있는지 물었다. 그녀는 그의 말을 겨우 알아들었다.

"곧 돌아올게." 클라리는 커피가 담긴 컵을 내려놓는 것도 잊은 채 소파에서 벌떡 일어서며 말했다. 사이먼은 문을 향해 뛰듯이 걸어가는 클라리의 뒷모습을 멍하니 쳐다볼 뿐이었다.

클라리는 제이스가 유령처럼 골목길의 어둠 속으로 사라졌을까 봐 문을 얼른 박차고 나갔다. 그러나 제이스는 구부정한 자세로 담에 몸을 기댄 채 서 있었다. 주머니에서 무언가를 막 꺼낸 그는 거기에 붙어 있는 단추를 눌렀다. 그러다 카페 문이 닫히는 소리를 듣고 고개를 들었다.

땅거미가 빠르게 지고 있었고, 제이스의 머리카락은 구릿빛의 황금처럼 보였다.

"친구의 시가 형편없더군." 제이스가 말했다.

클라리는 순간적으로 허를 찔린 사람처럼 눈만 껌벅거렸다. "뭐라고?"

"시가 형편없다고 했어. 마치 사전 한 권을 꿀꺽 삼키고 나서 낱말들을 무작위로 토해내는 것 같더라"

"난 에릭의 시에 관심 없어. 왜 나를 뒤쫓는지 알고 싶을 뿐이야." 클라리는 화가 나 있었다.

"내가 뒤쫓고 있다고 누가 그래?"

"넌 우리가 나누는 대화를 엿듣고 있었잖아. 왜 그러는지 순순히 밝히시지. 그렇지 않으면 경찰을 부를 수밖에."

"경찰한테는 뭐라고 하려고?" 제이스가 어리둥절한 표정을 지으며 말했다. "눈에 안 보이는 사람들이 괴롭히고 있다고? 이봐, 꼬마 아가씨. 경찰은 눈에 안 보이는 사람은 체포하지 않아."

"전에도 말했지만 내 이름은 꼬마 아가씨가 아니야. 내 이름은 클라리란 말이야." 그녀는 이를 악물고 말했다.

"알아. 예쁜 이름이지. '클라리 세이지'라는 허브처럼. 옛날 사람들은 그 씨앗을 먹으면 초자연적인 존재들을 볼 수 있다고 믿었는데, 그거 알고 있었어?"

"지금 무슨 소리를 하는지 전혀 모르겠어."

"아는 게 별로 없군. 그렇지?" 능글맞은 제이스의 금색 눈빛에는 경멸이 담겨 있었다. "넌 다른 먼데인들과 똑같아 보이지만 날 볼 수 있지. 그게 수수께끼란 말이야."

"먼데인?"

"인간 세상의 사람 말이야. 너 같은 사람."

"하지만 너도 인간이잖아." 클라리가 말했다.

"그렇지. 하지만 나는 너랑 달라." 제이스의 어조에는 방어적인 태도가 전혀 없었다. 그는 클라리가 자기 말을 믿든 믿지 않든 신경 쓰지 않는 것처럼 말했다.

"너는 자신을 남들보다 나은 존재로 여기고 있어. 그래서 우리를 비웃었던 거야."

"난 사랑 고백이 우스워서 웃었던 거야. 특히 그게 짝사랑일 경우." 제이스가 말했다. "내가 본 먼데인 가운데 사이먼은 가장 평범한 먼데인이야. 하지만 호지 선생님은 네가 위험한 인물일지도 모른다고 생각해. 만약 네가 정말로 위험한 인물이라면 너는 그 사실을 모르고 있는 게 분명하군."

"내가 위험한 인물이라니 그게 무슨 소리야?" 클라리는 놀라서 목소리가 커졌다. "나는 어젯밤에 네가 누군가를 죽이는 장면을 목격했어. 너는 그 사람을 칼로 쑤시고……." 그 사람은 면도칼 같은 손가락으로 너를 베었어. 넌 피부가 찢어져 피를 흘렸지. 그런데 지금 보니 아무 일도 겪지 않은 것처럼 멀쩡해 보여.

"어쩌면 나는 살인자인지도 몰라. 하지만 나는 내가 누구인지 잘 알아. 너도 이렇게 말할 수 있어?"

"난 네가 말한 대로 평범한 인간이야. 근데 호지는 누구지?"

"우리 선생님. 내가 너라면 자신을 평범한 존재라고 성급하게 분류하지 않을 거야." 제이스는 몸을 앞으로 기울였다. "오른손 좀 보자."

"오른손?" 클라리가 울리는 목소리로 말하자, 제이스는 고개를 끄덕였다. "손을 보여주면 나를 내버려둘 거야?"

"그러지." 제이스의 목소리는 흥미를 느끼는 듯했다.

클라리는 마지못해 오른손을 내밀었다. 손은 유리창으로 쏟아져 들어오는 어슴푸레한 빛 속에서 창백해 보였고, 자잘한 주근깨가 손가락 마디를 덮고 있었다. 어찌된 일인지 클라리는 마치 셔츠를 끌어 올려 제이스에게 가슴을 보여주는 것 같은 느낌을 받았다. 제이스는 손을 붙잡더니 뒤집어 보았다. "아무것도 없군." 그는 실망한 듯한 목소리로 말했다. "왼손잡이는 아니지?"

"아닌데 왜?"

제이스는 어깨를 으쓱하면서 손을 놓아주었다. "섀도우 헌터 아이들은 대부분 어릴 적에 오른손에 표시를 받게 되거든. 나처럼 왼손잡이라면 왼손에 표시가 되어 있지. 그 표시는 영원한 문자로, 무기들을 능숙하게 다룰 수 있게 해주지." 제이스는 왼손의 손등을 클라리에게 보여주었다. 클라리에게 그 손등은 지극히 정상적으로 보였다.

"아무것도 안 보이는데?"

"마음을 편하게 하고 보일 때까지 기다려. 수면으로 떠오를 무언가를 기다리듯이."

"넌 미쳤어." 하지만 클라리는 긴장을 풀고 그의 손을 응시했다. 기다란 손가락 관절과 그 위에 그려져 있는 가느다란 선들을 바라보다가······.

그것은 갑자기 들이닥쳤고, 신호등의 '건너지 마시오' 표시처럼 빛났다. 제이스의 손등에는 눈알 같은 검은 무늬가 새겨져 있었다. 클라리가 눈을 깜박이자 그것은 어느새 사라져버렸다.

"문신 같은 거야?"

제이스는 우쭐거리며 미소를 짓더니 손을 내렸다. "네가 그걸 볼 수 있을 줄 알았어. 문신은 아니야. 그냥 마크지. 우리 피부에 새겨 넣은 룬 문자야."

"그게 있으면 무기들을 더 능숙하게 다룰 수 있다고?" 클라리는 좀비의 존재만큼이나 제이스의 말을 믿기 힘들었다.

"마크에 따라 능력도 달라져. 어떤 마크는 영구적이지만, 대부분은 사용되고 나면 사라져버려."

"그래서 네 팔에 아무 마크도 나타나지 않았던 거야? 내가 정신을 집중해서 살펴봤는데도 없던데?"

"맞아. 바로 그거야." 제이스는 만족한 목소리로 말했다. "역시 넌 일반인들은 지니지 못한 투시 능력을 갖추고 있어." 그는 하늘을 힐끗 쳐다보았다. "날이 많이 어두워졌군. 우리는 그만 가야 돼."

"우리? 손을 보여주면 날 내버려두기로 했잖아."

"거짓말이었어." 제이스는 조금도 당황하지 않고 태연하게 말했다. "호지 선생님은 무슨 일이 있어도 너를 인스티튜트로 데려와야 한다고 말했어. 너랑 얘기를 하고 싶어해."

"왜 나랑 얘기하고 싶어하지?"

"왜냐하면 너는 이제 진실을 알고 있으니까. 적어도 100년 동안 우리에 대해 알고 있었던 먼데인은 없었어."

"우리에 대해? 너 같은 사람들을 말하는 거니? 악마를 믿는 사람들?"

"악마를 죽이는 사람들이지. 우리는 섀도우 헌터로 불려. 우리도 스스로를 그렇게 부르고. 다운월드 사람들은 우리에게 악감정을 품고 있기 때문에 좋은 이름으로 부르지 않지."

"다운월드 사람들?"

"밤의 아이들, 마법사들, 초자연적인 사람들. 이 세계의 불가사의한 존재들이지."

클라리는 고개를 가로저었다. "계속해봐. 이제 거 뭐냐, 뱀파이어와 늑대인간, 또 좀비까지 나오겠네."

"물론 그런 것들도 있지. 대체로 좀비들은 더 남쪽, 부두교 사제들이 있는 곳에 있지만."

"그럼 미라들은? 미라들은 이집트 근처만 배회하는 거야?"

"웃기는 소리 그만해. 미라를 믿는 사람은 아무도 없어."

"그래?"

"호지 선생님을 만나면 전부 설명해줄 거야."

클라리는 팔짱을 꼈다. "내가 그 사람을 만나고 싶지 않다면?"

"그건 네 문제야. 자발적으로 오든, 마지못해 오든 와야 해."

클라리는 자신의 귀를 믿을 수 없었다. "지금 날 납치하겠다고 협박하는 거야?"

"네가 그런 식으로 생각하고 싶다면 할 수 없지."

클라리가 거세게 항의하려고 입을 벌렸을 때 귀에 거슬리는 소음이 들렸다. 그녀의 전화기가 다시 울어대고 있었다.

"받고 싶으면 받아." 제이스가 선심이라도 쓰듯 말했다.

전화기는 울음을 잠시 멈추는가 싶더니 다시 큰 소리로 집요하게 울어댔다. 클라리는 얼굴을 찌푸렸다. 어머니는 딸이 염려가 되어 제정신이 아닌 게 틀림없었다. 클라리는 제이스한테서 몸을 반쯤 돌리고 가방을 뒤졌다. 가방에서 전화기를 꺼냈을 때 그것은 세 번째로 울어대는 중이었다. 클라리는 전화기를 귀로 가져갔다. "엄마?"

"오, 클라리. 감사합니다, 하나님." 클라리는 날카로운 통증이 척추를 타고 오르는 걸 느꼈다. 어머니는 거의 공황 상태에 빠져 있었다. "내 얘기 좀 들어······."

"괜찮아요, 엄마. 난 무사해요. 지금 집으로 가고 있어······."

"안 돼!" 극심한 공포로 조슬린의 목소리가 갈라졌다. "집에 오면 안 돼! 무슨 말인지 알겠니, 클라리? 절대로 집에 오면 안 돼. 사이먼의 집으로 가거라. 곧장 사이먼의 집으로 가서 내가 연락할 때까지 그곳에서……."

전화기 속에서 어떤 소음이 들리면서 조슬린의 말이 끊겼다. 무언가가 바닥에 떨어져 산산조각이 나는 소리, 묵직한 어떤 물건이 바닥에 부딪혀…….

"엄마!" 클라리는 전화기에 대고 소리쳤다. "엄마, 괜찮아요?"

전화기 속에서 지지직거리는 소음이 흘러나왔다. 소음을 뚫고 조슬린의 목소리가 들렸다. "집으로 오지 않겠다고 약속만 해줘. 사이먼의 집으로 가서 루크한테 전화를 해. 전화해서 그 사람이 나를 찾아냈다고……." 조슬린의 말은 나무가 쪼개지는 것처럼 묵직한 소리에 묻혀버렸다.

"누가 엄마를 찾아냈다고요? 엄마, 경찰은 불렀나요? 경찰에……."

클라리의 다급한 질문은 그녀가 절대로 잊을 수 없는 소음에 잘려버렸다. 전화기 속에서 무언가가 주르륵 아래로 미끄러지는 것 같은 거친 소리가 들리더니 뒤이어 나무가 쓰러지듯 쿵 하는 소리가 들렸다. 클라리는 어머니가 말을 하기 전에 짧고 거칠게 숨을 들이마시는 소리를 들었다. 어머니의 목소리는 섬뜩할 정도로 차분했다. "사랑해, 클라리."

거기서 전화는 끊어졌다.

"엄마!" 클라리는 전화기에 대고 날카롭게 울부짖었다. "엄마, 듣고 있어요?" 액정 화면에 통화가 끊겼다는 표시가 떴다. 왜 엄마는 그런 식으로 전화를 끊었을까?

"클라리." 제이스가 말했다. 제이스가 클라리의 이름을 부른 건 그때가 처음이었다. "무슨 일이야?"

클라리는 제이스의 말을 들은 척도 하지 않았다. 그녀는 초조한 표정으로 미친 듯이 집 전화번호를 두드렸다. 그러나 어머니의 목소리 대신 통화 중 신호음만 굵직하게 들려왔다.

클라리의 손은 주체할 수 없을 정도로 부들부들 떨리기 시작했다. 재발신 단추를 누르려 했을 때, 전화기가 덜덜 떨리는 손에서 미끄러지면서 길바닥에 세게 부딪혔다. 그녀가 무릎을 꿇고 앉아 얼른 주웠지만 전화기는 이미 망가져 있었다. 액정 화면에 가로로 기다란 금이 나 있었다.

"이런 젠장!" 눈물이 날 것 같았다. 클라리는 전화기를 바닥에 던져버렸다.

"그만해." 제이스가 클라리의 손목을 붙잡아 일으켜 세웠다. "무슨 일이라도 생겼어?"

"전화기 좀 빌려줘." 클라리는 제이스의 셔츠 주머니에서 직사각형의 검은색 금속 물체를 꺼냈다. "아무래도 전화를……."

"그건 전화기가 아니라 센서야. 너는 사용할 수 없을 거야." 제이스는 클라리의 손에 들려 있는 물체를 낚아채지 않고 그저 그렇게만 말했다.

"하지만 경찰에 신고해야 한단 말이야!"

"우선 나한테 무슨 일이 벌어졌는지 얘기해봐." 클라리는 손목을 홱 빼내려 했지만 제이스의 악력은 점점 더 세지고 있었다. "내가 도와줄 수 있어."

클라리는 분노의 물결에 휩쓸렸다. 뜨거운 물결이 그녀의 혈관을 따라 흘렀다. 클라리는 자기도 모르게 제이스의 얼굴을 향해 손을 뻗어 날카로운 손톱으로 그의 뺨을 확 긁어버렸다. 제이스는 깜짝 놀라 뒤로 몸을 젖혔다. 클라리는 그를 떨쳐내고 7번가의 불빛을 향해 달려갔다.

거리에 다다랐을 때 클라리는 제이스가 뒤쫓아 올 거라고 반쯤 예상하고 돌아섰지만, 골목은 텅 비어 있었다. 잠깐 동안 클라리는 의혹의 눈빛으로 어둠 속을 응시했다. 어둠 속에서 움직이는 것은 아무것도 없었다. 클라리는 다시 돌아서서 집으로 달려갔다.

4
래브너

밤이 깊어갈수록 날은 더욱 무더워졌다. 클라리는 집으로 달려가는 동안 펄펄 끓는 수프 속을 최대한 빠르게 헤엄치는 듯했다. 건널목에 이르렀을 때 신호등에 빨간 불이 들어와 할 수 없이 멈춰야 했다. 클라리는 전조등을 켠 차량들이 쏜살같이 스치고 지나가는 동안 발끝으로 선 채 안절부절못했다. 다시 집에 전화를 걸어보려고 했지만 제이스의 물건은 사람들이 흔히 쓰는 전화기가 아니었다. 그의 말은 거짓이 아니었다. 일단 모양부터가 클라리가 지금까지 본 그 어떤 전화기와도 달랐다. 센서의 단추들에는 번호가 적혀 있지 않았고, 괴상한 기호만 그려져 있었으며, 화면 따위는 아예 없었다.

집을 향해 거리를 달려 올라가면서 클라리는 2층 창문에 불이 켜져 있는 걸 보았다. 엄마가 집에 있다는 표시였다. '됐어. 아무 문제도 없는 거야.' 그녀는 이렇게 혼잣말을 했다. 하지만 건물에 발을 들여놓는 순간 가슴이 조여들었다. 머리 위의 전등이 나가버려 건물 입구는 어두컴컴했고, 어둠은 은밀한 움직임으로 가득해 보였다. 몸을 벌벌 떨면서 클라리는 위층으로 뛰어갔다.

그 순간 어떤 목소리가 들렸다. "지금 어디 가는 거지?"

클라리는 홱 돌아섰다. "누구……."

클라리는 말을 이을 수가 없었다. 눈이 어둠에 익숙해지자 커다란 안락의자가 보였다. 의자는 도로시아 집의 닫힌 문 앞에 있었는데, 할머니는 속을 두툼하게 채운 등받이 방석처럼 그 의자에 끼어 있었다. 어둠 속에서 클라리는 분을 칠한 할머니의 둥근 얼굴과 손에 들려 있는 하얀색 레이스 부채, 그리고 말을 할 때 하품하듯 벌어지는 입을 볼 수 있을 뿐이었다.

"네 엄마가 위층에서 얼마나 소란을 피워대던지. 대체 뭘 한다고 그러는 거야? 가구라도 옮기나?" 도로시아가 말했다.

"그렇지는 않은 것 같은데……."

"계단 전등까지 나가버렸잖아. 너도 봤지?" 도로시아는 부채로 의자의 팔걸이를 두드렸다. "네 엄마가 남자 친구한테 전등을 갈아달라고 부탁하면 좋겠는데."

"루크는……."

"천장의 채광창도 지저분해서 청소를 한번 해야 돼. 창이 저 모양이니 건물 안이 칠흑같이 어둡지."

클라리는 '루크는 건물 주인이 아니에요.' 하고 말해주고 싶었지만 참았다. 이 나이 많은 이웃 할머니는 항상 그런 식이었다. 언젠가 도로시아는 루크를 불러 전구를 갈도록 시켰다. 그뿐만이 아니었다. 그녀는 마치 루크가 하인이라도 되는 양 식료품을 사가지고 오라는 둥, 구멍이 막힌 샤워기를 고치라는 둥, 온갖 자질구레한 일을 루크에게 시켰다. 한번은 문짝을 떼어내지 않고 아파트 밖으로 소파를 끌어낼 수 있도록 도끼로 소파를 토막토막 내달라는 부탁까지 했다.

클라리는 한숨을 쉬었다. "제가 부탁해볼게요."

"그래라." 도로시아는 손목을 휙 돌려 부채를 접었다.

클라리가 자신의 집 현관 앞에 이르렀을 때 무언가 잘못되었다는 느낌은 더욱 커졌다. 자물쇠가 잠겨 있지 않은 문은 빠끔히 열려 있었고, 그 틈으로 쐐기 모양의 빛이 층계참으로 흘러나오고 있었다. 클라리는 점점 더 두려움을 느끼며 문을 밀었다.

모든 전등에 불이 켜져 있어 집 안은 대낮처럼 밝았고, 강한 불빛이 클라리의 눈을 찔렀다. 어머니의 열쇠와 분홍색 손가방이 정교하게 세공한 작은 철제 선반 위에 놓여 있었다. 어머니는 항상 물건을 그곳에 두었다.

"엄마?" 클라리가 큰 소리로 불렀다. "엄마, 저 왔어요."

아무런 응답도 없었다. 클라리는 거실로 들어갔다. 창문 두 개가 모두 열려 있었고, 얇은 흰색 커튼이 한자리에 가만히 있지 못하는 영혼들처럼 산들바람에 휘날리고 있었다. 바람이 잦아들어 커튼의 움직임이 진정되고 나서야 클라리는 소파에서 떼어낸 쿠션들이 거실 여기저기에 흩어져 있다는 것을 알았다. 어떤 쿠션은 세로로 길게 찢겨 속을 채우고 있던 솜이 흘러나와 있었고, 책꽂이는 뒤집혀 책과 각종 문서가 바닥에 온통 흩어져 있었다. 피아노 의자는 모로 쓰러져 있었고, 의자의 수납공간은 상처처럼 벌어져 조슬린이 아끼던 악보들이 쏟아져 나와 있었다.

가장 무시무시했던 것은 그림들이었다. 하나도 남김없이 액자와 분리된 그림들이 갈가리 찢겨 바닥에 흩어져 있었다. 맨손으로 캔버스를 찢는 일은 거의 불가능할 테니 칼로 그런 짓을 한 게 틀림없었다. 텅 빈 액자들은 살점을 깨끗이 발라낸 뼈다귀처럼 보였다. 클라리는 가슴속에서 비명이 솟구치는 걸 느꼈다.

"엄마!" 그녀는 날카롭게 울부짖었다. "어디 있어요? 마미!"

클라리는 여덟 살 이후로 조슬린을 '마미'라고 불러본 적이 없었다. 가슴이 쿵쾅거렸다. 그녀는 부엌으로 달려갔지만, 부엌은 비어 있었다. 수납장 문은 모두 열려 있었고, 부서진 타바스코 소스 병에서 붉은 액체가 바닥으로 흘러나오고 있었다. 무릎이 마치 물주머니처럼 느껴졌다. 당장 아파트를 나가 전화기를 찾고 경찰을 불러야 한다는 것을 알고 있었지만, 그 모든 것이 까마득해 보였다. 우선 엄마부터 찾아내어 무사한지 확인해야 했다. 혹시 강도가 들어 맞서 싸우다가 잘못되었다면……?

그런데 이상했다. 정말 강도가 들었다면 지갑, 텔레비전, DVD 플레이어, 그리고 값비싼 노트북을 왜 가져가지 않았단 말인가?

클라리는 어머니의 침실로 가보았다. 얼핏 보니 침실은 누가 손을 댄 흔적이 전혀 없었다. 조슬린이 손수 만든 꽃무늬 이불이 침대 위에 곱게 개여 있었다. 침대 머리맡의 탁자에는 클라리 자신의 얼굴이 그녀를 보며 미소를 짓고 있었다. 사진 속에서 다섯 살인 그녀는 딸기 모양 머리를 하고 앞니가 벌어진 채 환하게 웃고 있었다. 클라리는 가슴속에서 갑자기 울음이 솟구쳤다. '엄마, 어떻게 된 거예요?' 그녀는 속으로 이렇게 울부짖었다.

하지만 돌아오는 대답은 침묵뿐이었다. 아니, 그것은 침묵이 아니라 집 안 어딘가에서 들려오는 소음이었다. 클라리는 목덜미의 솜털이 쭈뼛 일어서는 느낌을 받았다. 무언가가 넘어지는 소리였다. 무거운 물체가 바닥에 부딪히면서 쿵 하는 둔탁한 소리를 냈다. 그 소리가 들리고 나서 조금 있으니까 무언가를 질질 끌고 가는 소리가 들렸다. 소리는 침실을 향해 다가오고 있었다. 잔뜩 겁에 질린 클라리는 가슴이 오그라드는 것만 같았다. 그녀는 급히 걸어가서 천천히 돌아섰다.

한순간 클라리는 문간이 텅 비어 있다고 생각했다. 안심이 되었다. 그리고 다음 순간 아래쪽을 내려다보았다.

바닥에 무언가가 쭈그리고 있었는데, 몸이 온통 비늘로 뒤덮인 기다란 생물이었다. 여러 개의 새까맣고 밋밋한 눈알은 반구형의 두개골 앞면 한복판에 박혀 있었다. 악어와 지네 사이에서 태어난 것처럼 보이는 그것은 주둥이가 두껍고 납작했으며 위협적인 가시가 박힌 꼬리를 이쪽 저쪽으로 휘둘러댔다. 그것은 여러 개의 다리를 몸 아래쪽으로 모으고 당장이라도 튀어오를 것 같은 자세를 취했다.

날카로운 비명이 클라리의 목에서 저절로 튀어나왔다. 그녀는 비틀거리며 뒤로 물러서다가 무언가에 발이 걸려 넘어졌다. 그 순간 정체를 알 수 없는 생물이 그녀에게 달려들었다. 다행히 클라리는 옆으로 몸을 틀어 간발의 차로 생물의 공격을 피할 수 있었다. 생물은 나무 바닥에 주르륵 미끄러지면서 갈고리발톱 같은 손으로 바닥에 깊은 홈을 남겼다. 놈의 목구멍에서 낮게 으르렁거리는 소리가 흘러나왔다.

클라리는 허겁지겁 자리에서 일어나 현관을 향해 달렸다. 하지만 녀석은 클라리보다 훨씬 더 날렵했고, 다시 튀어오르며 현관문 바로 위쪽에 내려앉았다. 녀석은 거대하고 치명적인 거미처럼 그곳에 매달려 포도송이처럼 박혀 있는 눈으로 클라리를 빤히 내려다보았다. 턱이 천천히 벌어지면서 한 줄로 늘어선 엄니가 드러났다. 아가리에서는 푸르스름한 군침이 흘러나오고 있었다. 녀석은 꾸르륵, 슈웃 소리를 내면서 기다랗고 시커먼 혀를 위턱과 아래턱 사이로 내밀었다. 클라리는 녀석이 내는 소음이 낱말이라는 걸 알아차리고 전율을 느꼈다.

"아가씨." 녀석은 쉿쉿거렸다. "살, 피. 먹고 싶어. 아, 먹고 싶어."

그것은 벽을 타고 천천히 미끄러져 내려왔다. 클라리의 몸은 얼음처럼 딱딱하게 굳어버렸다. 녀석은 이제 바닥에 다리를 짚고 일어서서 클라리 쪽으로 기어왔다. 클라리는 뒤로 물러서면서 장식장 위에 놓여 있는 묵직한 사진 액자를 거머쥐었다. 언젠가 코니아일랜드에 놀러 갔을 때, 범퍼카에 오르기 직전 그녀와 엄마, 그리고 루크가 함께 찍은 사진이었다. 클라리는 괴물을 향해 액자를 힘껏 던졌다.

녀석의 몸통을 맞고 튕겨 나와 바닥에 떨어지면서 액자 유리가 박살이 났다. 녀석은 꿈쩍도 하지 않았다. 자기가 무엇에 얻어맞았는지도 모르는 것 같았다. 녀석은 클라리에게 다가왔다. 깨진 유리는 녀석의 발밑에서 산산조각이 났다. "뼈, 오도독오도독 씹어 먹을래. 골수는 뽑아 먹고, 피는 후루룩 마셔버리고……."

클라리는 등을 벽에 부딪혔다. 이제 더 이상 물러설 곳이 없었다. 그녀는 엉덩이 부근에서 어떤 움직임을 느끼고 하마터면 기뻐서 펄쩍 뛸 뻔했다. 그것은 뒷주머니에 들어 있었다. 그녀는 손을 뒷주머니에 쑤셔 넣어 제이스에게 받은 플라스틱 물체를 끄집어냈다. 센서는 진동 모드로 설정해놓은 휴대전화처럼 부르르 떨리고 있었다. 손바닥에 닿은 그 딱딱한 물체는 고통스러울 정도로 뜨거웠다. 클라리는 녀석이 튀어오르는 순간 센서를 손바닥으로 감쌌다.

녀석은 클라리를 향해 몸을 던져 그녀를 바닥에 넘어뜨렸다. 클라리의 머리와 양쪽 어깨가 바닥에 심하게 부딪혔다. 클라리는 옆으로 몸을 틀었지만 괴물은 너무도 무거웠다. 녀석은 클라리의 몸에 올라타서 끈적끈적한 몸으로 강하게 압박했고, 클라리는 엄청난 무게를 이기지 못해 숨이 막혔다.

"먹고 싶어, 먹고 싶어." 녀석은 끙끙거렸다. "하지만 그러면 안 되지.

꿀꺽 삼켜버리고 싶은데. 맛을 보고 싶은데."

클라리의 얼굴에 닿는 녀석의 뜨거운 입김에서 피 냄새가 진동을 했다. 클라리는 숨조차 제대로 쉴 수 없었고, 갈비뼈는 산산이 부서질 것만 같았다. 클라리의 팔은 자신의 몸과 괴물의 몸 사이에 짓눌려 있었고, 센서는 손바닥 안에 박혀 있었다. 그녀는 손을 빼내려고 애쓰며 몸을 비틀었다.

"발렌타인은 절대 모를 거야. 여자애에 대해서는 아무 말도 안 했으니까. 발렌타인은 화를 내지 않을 거야." 녀석의 턱이 천천히 벌어지며 입술 없는 입이 실룩거렸다. 지독한 악취가 품기는 숨결이 클라리의 얼굴에 뜨겁게 와 닿았다.

클라리는 간신히 손을 빼냈다. 그녀는 고함을 지르며 녀석을 주먹으로 때렸다. 생각 같아서는 녀석을 박살을 내놓든가 눈이라도 멀게 만들고 싶었다. 센서에 대해서는 거의 잊어버리고 있었다. 녀석이 턱을 크게 벌리고 얼굴을 향해 달려드는 순간, 클라리는 센서를 녀석의 이빨 사이에 쑤셔 넣어버렸다. 클라리는 뜨거운 산성의 군침이 손목을 적시는 것을 느꼈다. 그녀의 얼굴과 목 위로 뜨거운 침방울이 뚝뚝 떨어졌다. 클라리는 자기도 모르게 비명을 질렀다. 그 비명 소리는 저 멀리서 들려오는 것 같았다.

괴물은 깜짝 놀란 표정을 짓더니 뒤로 몸을 젖혔다. 센서는 두 개의 이빨 사이에 박혀 있었다. 괴물은 화가 나서 더욱 큰 소리로 으르렁거리며 고개를 뒤로 홱 젖혔다. 클라리는 녀석이 센서를 꿀꺽 삼키는 것을 보았다. 센서가 식도를 따라 내려가는 것도 볼 수 있었다.

'이제 내 차례야. 나는 여기서 꼼짝없이…….' 클라리는 공포에 질려 이렇게 생각했다.

그때 갑자기 녀석이 몸을 움찔거리기 시작했다. 그러고는 주체할 수 없을 정도로 경련을 일으키더니 클라리의 몸에서 굴러떨어졌다. 녀석은 무수한 다리를 허공에 휘저으며 이리저리 뒹굴었고, 입에서는 시커먼 액체가 콸콸 쏟아져 나왔다.

숨이 차서 헐떡거리던 클라리는 몸을 옆으로 굴린 다음 괴물한테서 멀찍이 떨어지려고 엉금엉금 기기 시작했다. 현관문에 거의 다다랐을 때, 그녀는 무언가가 바람을 가르며 머리 쪽으로 날아오는 소리를 들었다. 얼른 고개를 숙이려 했지만 때는 이미 늦어버렸다. 어떤 묵직한 물체가 그녀의 두개골 뒤쪽을 강타했다. 클라리는 앞으로 그대로 쓰러지며 칠흑 같은 어둠에 휩싸였다.

빛이 클라리의 눈꺼풀 속으로 날카롭게 파고들었다. 그 빛은 청색과 흰색과 빨간색이었다. 어디선가 날카롭게 울부짖는 소리가 들렸고, 그 소리는 겁에 질린 아이의 비명처럼 점점 더 커지고 있었다. 클라리는 캑캑거리며 눈을 떴다.

깨어보니 차갑고 축축한 잔디밭 위에 누워 있었다. 머리 위의 밤하늘은 물결 모양을 이루고 있었고, 백랍처럼 빛나는 별들은 도시의 불빛 때문에 맥을 못 추고 있었다. 제이스가 클라리의 옆에서 무릎을 꿇고 있었다. 제이스가 천 조각을 잘게 찢는 동안 손목에 차고 있는 은색 팔찌가 눈부신 빛을 쏘아댔다. "움직이지 마."

울부짖는 소리가 하도 커서 클라리의 두 귀를 쪼개버릴 것만 같았다. 클라리는 제이스의 지시를 무시하고 고개를 옆으로 돌렸다가 면도칼에 찔린 듯한 따끔한 통증을 맛보아야 했다. 통증은 등을 타고 순식간에 아래로 내려갔다. 클라리는 조슬린이 정성 들여 가꾼 장미 덤불 뒤쪽의 자그마한 잔디밭에 누워 있었다. 이파리들 사이로 도로를 건너다보니, 청색과 백색 불빛을 번쩍이며 달려온 경찰차 한 대가 사이렌을 울리며 길가에 멈춰 서 있었다. 벌써 몇몇 이웃이 모여들어 파란 제복을 입은 경찰관 두 명이 차에서 내리는 모습을 지켜보고 있었다.

클라리는 경찰이 출동했다는 것을 알고 자리에서 일어나 앉으려고 애썼지만 숨이 막혀 캑캑거렸다. 손가락에 경련이 일어나 습기를 머금은 땅속으로 파고들었다.

"움직이지 말라니까." 제이스가 쉿소리를 냈다. "래브너 악마가 목덜미를 후려친 거야. 신경이 반쯤 끊어져 제구실을 못하는 상태야. 일단 인스티튜트로 가야겠어. 그대로 가만히 있어."

"그 녀석, 아니, 그 괴물이 말을 했어." 클라리는 걷잡을 수 없을 정도로 오들오들 떨고 있었다.

"예전에도 악마가 말하는 걸 들었잖아." 매듭을 지은 천 조각을 클라리의 목 아래로 밀어 넣어 묶는 제이스의 양손은 부드러웠다. 천 조각에는 왁스처럼 끈적거리는 물질이 묻어 있었는데, 클라리의 어머니가 유화물감을 사용하느라 거칠어진 손을 부드럽게 하기 위해 바르던 연고 같았다.

"팬더모니엄의 악마는 사람 같아 보였어."

"그건 아이들론 악마야. 형태를 변화시키는 녀석이지. 래브너들은 보이는 그대로야. 흉하게 생긴 놈들이지만 아주 어리석으니 크게 신경 쓸 것 없어."

"나를 잡아먹겠다고 했어."

"그렇지만 잡아먹지 못했잖아. 네가 녀석을 죽인거야." 제이스는 끈을 다 묶고 물러나 앉았다.

목덜미의 통증이 가라앉자 클라리는 안심이 되었다. 그녀는 몸을 억지로 일으켜 세워 앉는 자세를 취했다. "경찰이 왔네." 그녀의 목소리는 개구리의 울음소리처럼 튀어나왔다.

"저들이 할 수 있는 건 아무것도 없어. 누가 네 비명 소리를 듣고 신고 했나 봐. 진짜 경찰이 아닐 가능성도 높아. 악마들은 자기네 흔적을 숨기는 방법을 알아."

"우리 엄마!" 클라리는 부어오른 목구멍을 통해 억지로 그 말을 내뱉었다.

"지금 네 혈관에는 래브너의 독이 흐르고 있어. 나랑 같이 가지 않으면 한 시간 뒤에 죽게 돼." 제이스는 자리에서 일어나 클라리에게 손을 내밀었다. 클라리가 손을 잡자 제이스는 손을 당겨 클라리를 똑바로 일으켜 세웠다. "가자."

클라리는 세상이 한쪽으로 기울어지는 것 같았다. 제이스가 한 손으로 클라리의 등을 감싸 안아 넘어지지 않도록 지탱해주었다. 제이스의 몸에서는 먼지와 피, 그리고 쇠 냄새가 났다. "걸을 수 있겠어?"

"응. 할 수 있을 것 같아." 클라리는 꽃이 만발한 덤불 사이로 밖을 힐끗 내다보았다. 경찰이 오솔길을 따라 올라오는 게 보였다. 그중 한 명은 몸매가 날씬한 금발 여자로 한쪽 손에 손전등을 들고 있었다. 여자가 손전등을 치켜들었을 때, 클라리는 여자의 손에 살점이 조금도 붙어 있지 않다는 걸 알 수 있었다. 뼈만 남은 손은 손가락 끝으로 갈수록 더욱 날카로워 보였다. "저 여자 손이……."

"내가 악마들일지도 모른다고 했잖아." 제이스는 집 뒤쪽을 힐끗 쳐다보았다. "여기서 나가야 해. 골목길로 나갈 수 있을까?"

클라리는 고개를 가로저었다. "벽돌로 막혀 있어. 빠져나갈 방법이 없…….”

 클라리는 말을 마치지 못하고 발작적으로 기침을 해댔다. 그녀는 손을 들어 입을 막았고, 입에서 손을 뗐을 때는 손이 시뻘게져 있었다.
 제이스는 클라리의 손목을 붙잡더니 팔 안쪽의 하얗고 연약한 살이 달빛에 드러나도록 손목을 뒤집었다. 여러 개의 푸르스름한 혈관이 클라리의 피부 아래에서 이리저리 뻗어 있었다. 혈관들이 독에 오염된 피를 심장과 뇌로 부지런히 옮기고 있었다. 클라리는 무릎의 관절이 뒤틀리는 걸 느꼈다. 제이스의 손에는 어느새 은색의 날카로운 무언가가 들려 있었다. 클라리는 손을 뒤로 빼내려고 버둥거렸지만 제이스의 손아귀 힘이 너무 강했다. 그녀는 피부에 따끔한 통증을 느꼈다. 제이스가 팔을 놓아주었을 때 클라리는 자신의 팔목 주름 바로 아래쪽에 제이스의 피부를 뒤덮고 있는 것과 같은 종류의 검은 기호가 찍혀 있는 것을 보았다. 그것은 여러 개의 겹쳐진 원처럼 보였다.
 “이게 뭐지?”
 “그게 너를 숨겨줄 거야. 잠시나마.” 제이스는 클라리가 칼이라고 생각했던 물건을 허리띠 속으로 밀어 넣었다. 그것은 기다랗고 빛이 나는 원통이었는데, 테두리는 집게손가락만큼 두꺼웠고 끝으로 갈수록 가늘어졌다. “내 스텔레야.” 제이스가 말했다.
 클라리는 그게 뭔지 묻지 않았다. 그녀는 넘어지지 않으려고 애쓰느라 정신이 없었고, 땅바닥은 울퉁불퉁했다.
 “제이스.” 그 순간 클라리는 제이스의 품으로 쓰러졌다. 제이스는 마치 까무러치는 여자애들을 날마다 잡아준 적이 있는 것처럼 노련하게 클라리를 붙잡았다. 어쩌면 그는 정말로 그랬는지도 모른다. 제이스는 서약처럼 들리는 소리를 클라리의 귀에 중얼거리더니 양팔로 클라리를 휙 들어 올렸다. 클라리는 제이스를 보려고 고개를 뒤로 젖혔지만 보이는 것이라고는 어두운 하늘을 가로지르는 별들밖에 없었다. 다음 순간, 바닥이 느닷없이 푹 꺼졌고, 클라리를 감싸고 있던 제이스의 두 팔도 그녀가 추락하는 것을 막을 수는 없었다.

5
클레이브와 계약

"깨어날 수나 있을까? 벌써 사흘째야."
"좀 더 기다려봐. 악마의 독은 강해. 게다가 먼데인이잖아. 우리처럼 룬을 몸에 새긴 것도 아니니 독을 이겨내기가 힘들겠지."
"먼데인들은 너무 쉽게 죽어. 그렇지?"
"이사벨, 병실에서는 죽음에 대해 얘기하는 거 아니야. 재수 없게."

3일, 클라리는 천천히 생각했다. 그녀의 모든 생각은 피나 꿀처럼 진하고 느리게 흘렀다. '깨어나야 해.' 하지만 뜻대로 되지 않았다.
여러 개의 꿈이 차례로 클라리를 붙잡고 놓아주지 않았다. 물살에 떠내려가는 나뭇잎처럼 여러 가지 모습이 그녀를 스치고 지나갔다. 그녀는 병원 침대에 누워 있는 어머니를 보았는데, 얼굴이 하얀 어머니의 두 눈은 시퍼렇게 멍이 든 것처럼 보였다. 뼈 무더기 위에 서 있는 루크도 보았다. 그리고 등에 새하얀 깃털 날개가 달린 제이스, 금반지처럼 자기 몸을 황금색 채찍으로 휘감고 벌거벗은 채 앉아 있는 이사벨, 양 손바닥에 십자가를 새긴 사이먼도 보았다. 천사들은 불타올라 하늘 밖으로 떨어지고 있었다.

"내가 같은 애라고 했잖아."

"알아. 꼬마 아가씨, 맞지? 제이스가 그러는데 애가 래브너를 하나 처치했대."

"흠. 난 애를 처음 봤을 때 장난꾸러기 요정인 줄 알았어. 하지만 요정이라고 하기엔 예쁘지가 않아."

"악마의 독이 혈관을 타고 흐르면 어느 누구도 예쁘게 보이지 않지. 호지 선생님이 침묵의 형제들을 방문할까?"

"그러지 않았으면 좋겠는데. 소름이 끼친다니까. 자기 몸을 그런 식으로 훼손하는 사람은……."

"우리도 그러잖아."

"알아, 알렉. 우리도 그렇게 하지만 영구적인 건 아니잖아. 게다가 항상 고통을 느끼는 것도 아니고."

"네가 충분히 나이가 들면 그렇겠지. 근데 제이스는 어디 있지? 제이스가 여자애를 구했다며? 난 제이스가 여자애의 회복에 관심이 있을 줄 알았는데."

"호지 선생님이 그러는데 제이스는 여자애를 여기로 데려오고 나서 한 번도 보지 않았대. 내 생각엔 관심이 없는 것 같아."

"가끔 보면 제이스는……. 어, 저기 봐! 쟤가 움직였어!"

"결국 살아난 것 같군. 호지 선생님한테 알려야지."

눈꺼풀이 마치 바늘로 꿰맨 것 같았다. 클라리는 사흘 만에 처음으로 서서히 눈을 뜨고 껌벅거리면서 피부가 찢어지는 기분을 느꼈다. 맑고 푸른 하늘, 새하얀 뭉게구름, 그리고 손목에 금박 리본을 매단 토실토실한 천사들이 머리 위로 보였다. '내가 죽은 건가? 이게 하늘나라의 실제 모습일까?' 그녀는 눈을 질끈 감았다가 다시 떴다. 이번에는 자신이 유심히 쳐다보고 있는 것이 아치형의 나무 천장이라는 걸 깨달았다. 천장에는 로코코 양식으로 구름과 아기 천사들이 그려져 있었다.

클라리는 고통을 느끼며 자리에서 억지로 일어나 앉았다. 몸 구석구석이 아팠지만, 특히 목덜미의 통증이 심했다. 그녀는 주변을 힐끗 둘러보았다. 철제 머리판이 달린 모양의 비슷한 침대들이 길게 줄지어 있었고, 자신은 그중에 리넨이 깔린 침대에 있었다. 침대 곁의 작은 탁자에는 컵이 꽂힌 하얀 자기 물병이 놓여 있었다. 뉴욕에서 언제나 들을 수 있는 자동차 소리가 창밖에서 희미하게 들렸지만, 창문에 레이스 커튼이 쳐져 있어 빛은 들어오지 않았다.

"드디어 깨어나셨군." 메마른 목소리가 말했다. "호지 선생님이 기뻐하시겠어. 우리는 네가 자다가 죽을 거라 생각했지."

클라리는 소리가 나는 쪽으로 고개를 돌렸다. 이사벨이 옆 침대에 걸터앉아 있었다. 두 갈래로 길게 땋은 새까만 머리가 허리 아래까지 내려와 있었다. 전에 입었던 하얀 드레스는 이제 청바지와 몸에 착 달라붙은 청색 탱크톱으로 바뀌어 있었다. 하지만 새빨간 펜던트는 여전히 그녀의 목에서 반짝이고 있었다. 소용돌이 모양의 검은색 문신은 이제 보이지 않았고, 피부는 크림의 표면처럼 깨끗했다.

"실망시켜서 미안해." 클라리의 목소리는 사포처럼 꺼끌꺼끌했다. "여기가 인스티튜트라는 곳이야?"

이사벨이 눈알을 굴렸다. "혹시 제이스가 말하지 않은 게 있어?"

클라리는 콜록콜록 기침을 했다. "여기가 인스티튜트지? 맞지?"

"그래. 아직 모르고 있나 본데 넌 지금 양호실에 있어."

갑자기 가슴을 찌르는 듯한 통증을 느낀 클라리는 배를 움켜쥐고 헉헉거렸다.

이사벨이 놀란 표정으로 클라리를 바라보았다. "괜찮아?"

통증은 가라앉고 있었지만, 목 안이 시큼한 느낌이 들면서 이상하게 머리가 어지러웠다. "배가 아파."

"아, 참! 까먹을 뻔했네. 네가 깨어나면 이걸 주라고 호지 선생님이 그랬어." 이사벨은 물병을 들고 거기에 담긴 것을 컵에 조금 따라 클라리에게 건넸다. 김이 조금 피어오르는 희뿌연 액체였는데, 허브 종류의 풍부하고 진한 냄새가 났다.

"넌 지난 사흘 동안 아무것도 못 먹었어. 그래서 아마 속이 메스꺼울 거야."

클라리는 아주 조심스럽게 한 모금을 마셨다. 맛이 괜찮았다. 뒷맛도 텁텁하지 않고 개운하고 은은한 게 썩 마음에 들었다. "이게 뭐지?"

이사벨은 어깨를 으쓱했다. "호지 선생님의 허브차 가운데 하나야. 항상 효험을 발휘하지." 이사벨은 침대에서 미끄러져 내려와 고양이처럼 등을 활 모양으로 구부리고 바닥에 앉았다.

"정식으로 인사나 할까? 난 이사벨 라이트우드라고 해. 여기 살고 있어."

"이름은 알고 있어. 나는 클라리야, 클라리 프레이. 제이스가 날 여기로 데려온 거야?"

이사벨은 고개를 끄덕였다. "호지 선생님이 화가 많이 나셨어. 입구에 있는 양탄자에 네가 악마의 독이 섞인 피를 온통 묻혀놨거든." 이사벨은 눈을 가늘게 뜨고 클라리를 바라보았다. "너 혼자 그 래브너 악마를 무찔렀다고 제이스가 그러더라."

전갈같이 생긴 괴물의 섬뜩한 모습이 클라리의 머릿속을 번개처럼 스치고 지나갔다. 클라리는 몸을 부들부들 떨면서 컵을 더욱 바짝 움켜쥐었다. "그랬던 것 같아."

"하지만 넌 먼데인이잖아."

"그래. 굉장하지?" 클라리는 이사벨의 표정을 살피며 말했다. "제이스는 어디 있어? 이 근처에 있어?"

"어딘가 있겠지." 이사벨은 어깨를 으쓱했다. "나는 가서 네가 일어났다고 알려야겠어. 호지 선생님이 너랑 얘기를 나누고 싶어할 거야."

"호지가 제이스의 선생님이지?"

"우리 모두를 가르치는 선생님이지. 욕실은 저쪽에 있어. 혹시 옷을 갈아입고 싶을까 봐 수건걸이에 내 옷을 몇 개 걸어놨어."

클라리는 컵에 담긴 액체를 한 모금 더 마시려고 입에 가져갔다가 이미 비어 있다는 걸 알았다. 하지만 더 이상 배가 고프지도, 머리가 어지럽지도 않아 안심이 되었다. 클라리는 컵을 내려놓고 시트로 몸을 감쌌다. "내 옷은 어떻게 된 거지?"

"피와 독으로 뒤덮여 있어서 제이스가 불태워버렸어."

"그게 정말이야? 걔는 항상 그렇게 무례한 거야? 아니면 날 위해 그런 행동을 한 거야?"

"모든 사람에게 무례해. 그래서 그렇게 섹시한 건지도 몰라. 제이스는 자기 또래의 누구보다도 악마를 많이 죽였어." 이사벨이 쾌활하게 말했다.

클라리는 혼란스러운 표정으로 이사벨을 바라보았다. "네 오빠 아니었어?"

이사벨은 큰 소리로 웃었다. "제이스가 우리 오빠라고? 아냐. 어째서 그런 생각을 했지?"

"너랑 여기에 함께 살잖아. 내 말이 틀려?"

이사벨은 고개를 끄덕였다. "그건 맞아. 하지만……."

"왜 제이스는 자기 부모님과 함께 살지 않지?"

이사벨의 얼굴에 당황한 표정이 스쳤다. "두 분 다 돌아가셨기 때문이야."

클라리의 입이 놀라서 벌어졌다. "사고로 돌아가셨어?"

"아니." 이사벨은 새까만 머리 다발을 왼쪽 귀 뒤로 넘기며 안절부절못했다. "어머니는 제이스가 태어났을 때 돌아가셨고, 아버지는 제이스가 열 살 때 살해당하셨지. 제이스는 그 모든 장면을 목격했고."

"저런!" 클라리가 작은 목소리로 말했다. "악마들의 소행이었어?"

이사벨이 자리에서 일어섰다. "나는 가서 네가 깨어났다고 모두에게 알려야겠어. 모두 사흘 내내 네가 눈을 뜨기만을 기다렸거든. 참, 욕실에 비누가 있어. 좀 씻고 싶어할 것 같아서 준비해놨지. 네 몸에서 냄새 나."

클라리는 이사벨을 노려보았다. "고마워."

"고맙긴."

이사벨의 옷은 하나같이 우스꽝스러워 보였다. 클라리는 청바지의 밑단을 여러 번 말아 올리고 나서야 바지에 걸려 넘어지지 않았다. 빨간색 탱크톱의 깊게 파인 목선은 그렇지 않아도 빈약한 가슴을 더욱 빈약하게 보이도록 만들었다. 만약 에릭이 이 모습을 봤으면 절벽이라고 불렀을 것이다.

클라리는 비좁은 욕실에서 딱딱한 라벤더 비누로 몸을 씻었다. 하얀색 수건으로 물기를 닦고 나자 머리카락에서 향기로운 냄새가 났다. 그녀는 눈을 가늘게 뜨고 거울에 비친 자기 모습을 바라보았다. 왼쪽 뺨 윗부분에 자줏빛 멍이 들어 있었고, 바짝 마른 입술은 부어올라 있었다.

'루크한테 연락해야 돼.' 이곳 어딘가에 분명히 전화기가 있을 것 같았다. 호지하고 얘기를 나누고 나면 전화기를 쓰도록 해줄지도 몰랐다.

클라리는 양호실 침대 발치에 반듯하게 놓여 있는 자신의 운동화를 발견했다. 그녀가 갖고 있던 열쇠들이 신발 끈에 묶여 있었다. 그녀는 신발 속으로 발을 밀어 넣으며 숨을 깊게 들이마시고 이사벨을 찾으러 나갔다.

양호실 바깥의 복도는 텅 비어 있었다. 클라리는 혼란스러운 표정으로 복도를 살폈다. 이 복도는 클라리가 악몽 속에서 가끔 내달리던 어두컴컴하고 무한한 복도와 어딘가 비슷해 보였다. 장미꽃 모양의 유리 램프가 벽에 드문드문 걸려 있었고, 공기에서는 먼지와 양초 냄새가 났다. 폭풍우에 흔들리는 풍경 소리처럼 희미하고 섬세한 소음이 저 멀리서 들려왔다. 클라리는 한 손으로 벽을 짚으며 천천히 복도를 걸어갔다. 빅토리아 시대의 것으로 보이는 벽지는 오랜 세월이 흐르는 동안 색이 바래 암적색과 파리한 회색을 띠고 있었고, 복도 양쪽에는 닫힌 문이 줄지어 있었다.

클라리가 따라가고 있는 동안 소리는 점점 더 커졌다. 이제 그녀는 그 소리의 정체가 피아노라는 것을 알 수 있었다. 무슨 곡인지는 알 수 없었지만, 산만하나 더할 나위 없이 뛰어난 연주 실력이었다.

모서리를 돌아가자 문이 하나 나왔다. 문은 버팀목에 기대어진 채 활짝 열려 있었다. 클라리는 안을 빼꼼히 들여다보고 나서 그곳이 음악실이라는 걸 깨달았다. 한쪽 구석에 그랜드 피아노가 있었고, 의자들이 줄지어 저쪽 벽에 서 있었다. 방의 한가운데에는 덮개를 씌운 하프도 놓여 있었다.

제이스가 그랜드 피아노에 앉아 가느다란 손을 건반 위에서 빠르게 놀리고 있었다. 그는 맨발에 청바지와 회색 티셔츠를 입고 있었고, 황갈색 머리카락은 방금 잠에서 깬 것처럼 마구 헝클어져 있었다. 빠르고 확신에 찬 손놀림을 지켜보면서 클라리는 제이스의 양팔에 안겼을 때의 느낌과 자신의 머리 주변으로 은빛 쇳조각 같은 별들이 무수히 쏟아지던 장면을 떠올렸다.

클라리가 자기도 모르게 무슨 소리를 냈는지 의자에 앉아 있던 제이스가 몸을 돌리고 어둠 속을 바라보았다. "알렉? 알렉이야?"

"나야, 클라리." 그녀가 방으로 들어서며 말했다.

제이스가 자리에서 일어설 때 피아노 건반이 귀에 거슬리는 소리를 냈다. "오, 우리 잠자는 숲 속의 공주님. 누가 드디어 키스를 해서 이렇게 깨어나셨나?"

"아무도. 혼자서 깨어났어."

"그럼 거기 아무도 없었단 말이야?"

"이사벨이 있었지만 누구한테 가버렸어. 아, 호지. 맞아, 호지한테 갔어. 나보고는 기다리라고 했지만."

"너는 지시에 절대 따르지 않는 아이라는 걸 이사벨한테 미리 알려줬어야 했는데 그러질 못했군." 제이스는 클라리를 향해 눈을 흘겼다. "그 옷은 이사벨이 입던 거야? 그렇게 입으니까 되게 웃겨."

"내 옷은 모두 불태웠다고 들었어."

"그건 순전히 예방 조치였어." 제이스는 번들거리는 새까만 피아노

뚜껑을 닫았다. "가자. 호지 선생님한테 데려다줄게."

인스티튜트는 규모가 상당했다. 거대한 동굴 같은 공간은 평면도에 따라 설계되었다기보다는 물길과 세월에 바위가 움푹 파이면서 자연적으로 생겨난 것처럼 보였다. 클라리는 반쯤 열린 문으로 똑같은 모양의 무수한 작은 방을 볼 수 있었다. 각 방에는 아무것도 덮여 있지 않은 침대, 작은 탁자, 그리고 나무로 만든 커다란 옷장이 있었다. 옷장의 문은 열려 있었다. 창백한 빛깔의 아치형 돌이 높은 천장을 떠받치고 있었고, 수많은 아치에는 작은 무늬들이 복잡하게 새겨져 있었다. 클라리는 반복되는 몇 가지 무늬를 알아보았는데, 그것들은 천사와 칼, 태양과 장미였다.

"왜 여긴 침실이 이렇게 많은 거야? 나는 연구소일 거라고 생각했는데." 클라리가 물었다.

"여긴 주거 공간이야. 섀도우 헌터가 요청할 경우에는 누구에게나 안전과 숙박을 제공하고 있지. 최대 200명까지 수용할 수 있어."

"근데 방이 대부분 비어 있네."

"다른 사람들은 왔다가 금방 가버려. 아무도 오래 머물지 않아. 그래서 주로 우리가 쓰고 있지. 알렉, 이사벨, 맥스, 그들의 부모님, 그리고 나와 호지 선생님."

"맥스?"

"예쁜이 이사벨은 만나봤지? 알렉은 걔네 오빠야. 맥스는 3남매 중 막내고. 지금은 자기 부모님이랑 외국에 나가 있어."

"휴가를 간 거야?"

"그건 아냐." 제이스는 잠깐 머뭇거렸다. "그 사람들은 외국에 나가 있는 외교관이라고 생각하면 돼. 여기는 일종의 대사관이라고 생각하면 되고. 지금 그들은 섀도우 헌터의 본국에서 아주 민감한 평화협정을 처리하고 있어. 맥스는 너무 어리니 데려간 거지."

"섀도우 헌터의 본국이라고? 그게 어딘데?" 클라리는 머리가 어지러웠다.

"이드리스."

"처음 들어봐."

"그럴 거야." 제이스의 목소리에 다시금 기분 나쁜 교만이 담겼다. "먼데인들은 모르겠지. 국경 지역 전체에는 방어적인 마술이 작용하게 되어 있어. 이드리스로 넘어가려고 하면 순식간에 한쪽 국경에서 다음 국경으로 옮겨지지. 사람들은 자기한테 무슨 일이 벌어졌는지 전혀 모르고."

"그럼 그곳은 지도에 나와 있지 않다는 얘기야?"

"먼데인이 만든 지도엔 나와 있지 않아. 이해하기 쉽게 설명하면 독일과 프랑스 사이에 있는 작은 나라라고 생각하면 돼."

"하지만 독일과 프랑스 사이에는 아무것도 없잖아. 스위스를 빼고."

"그래, 맞아."

"가본 것처럼 말하네, 이드리스라는 곳에."

"난 그곳에서 자랐어." 제이스의 목소리는 무덤덤했지만, 어조를 보건대 더 이상 꼬치꼬치 캐묻는 걸 달가워하지 않는 것 같았다. "우리는 대부분 그곳에서 자랐지. 물론 섀도우 헌터들은 세계 전역에 깔려 있어. 악마들이 모든 곳에서 활동하기 때문에 우리도 이 세계의 모든 곳에 나가 있어야 해. 하지만 섀도우 헌터에게 이드리스는 고향과 같은 곳이지."

"메카나 예루살렘처럼?" 클라리는 생각에 잠겨 말했다. "그러니까 너희 대부분이 그곳에서 자랐다고 했는데, 그럼 다 자라게 되면…….”

"우리를 필요로 하는 지역으로 가게 돼. 부모님이 본국에 있기 때문에 이사벨과 알렉처럼 본국에서 떨어져서 성장하는 아이들도 몇 명 있어. 이곳 인스티튜트의 모든 물자와 호지 선생님의 훈련으로…….” 제이스는 갑자기 말을 끊었다. "여기는 도서관이야.”

그들은 아치 형태의 나무 문 앞에 도착했다. 눈알이 노란 페르시아고양이 한 마리가 그들 앞에 몸을 웅크리고 앉아 있었다. 제이스와 클라리가 가까이 다가가자 고양이는 고개를 들고 길게 울부짖었다.

"처치, 조용히 해.” 제이스가 맨발로 고양이의 등을 쓰다듬으며 말했다. 고양이는 기분이 좋은지 눈을 가느다랗게 떴다.

"그럼 너랑 비슷한 또래 중 함께 어울리는 애들이 알렉과 이사벨, 맥스밖에 없는 거야?”

제이스는 고양이를 쓰다듬다가 멈췄다. "응.”

"좀 외롭겠다.”

"그래도 필요한 건 다 있어.”

제이스는 나무 문을 밀어서 열었고, 클라리는 한순간 머뭇거리다 제이스를 따라 안으로 들어갔다.

원형으로 생긴 도서관은 마치 탑 내부에 지은 것처럼 보였다. 천장은 폭이 줄어들다가 맨 꼭대기 지점에 이르러 뾰족해졌다. 벽을 따라가면서 책이 빼곡하게 진열되어 있었다. 선반이 너무 높아서 바퀴가 달린 키 큰 사다리가 선반을 따라 드문드문 놓여 있었다. 가죽과 벨벳으로 장정된 책들은 놋쇠와 은으로 만든 단단한 자물쇠와 경첩에 걸쇠로 고정되어 있었다. 책등에는 흐릿하게 빛나는 보석이 박혀 있었고, 글자는 금색으로 빛나고 있었다. 책들은 상당히 낡아 보였는데, 단지 오래되어서가 아니라 여러 사람의 사랑을 받으며 손을 타서 그렇게 된 것이 분명했다.

바닥은 유리, 대리석, 준보석 조각들을 박아 넣은 반들반들한 나무로 되어 있었다. 상감 세공은 클라리가 좀체 해독할 수 없는 무늬를 이루고 있었다. 별자리를 나타내는 것 같기도 하고, 세계지도를 나타내는 것 같기도 했다. 탑을 기어올라 아래를 내려다보면 그 무늬가 무엇을 나타내는지 제대로 알 수 있을 것 같았다.

방의 중앙에는 근사한 책상이 하나 놓여 있었는데, 커다랗고 묵직한 참나무 조각 하나를 깎아서 만든 상판에서는 은은한 빛이 났다. 상판은 같은 나무를 가지고 조각한 두 천사의 등에 얹혀 있었다. 천사들의 날개에는 금박이 입혀져 있었고, 그들의 얼굴은 상판의 무게 때문에 등이 부서질 지경이어서인지 무척 고통스러워 보였다. 책상 뒤에는 빼빼 마른 남자가 앉아 있었다. 희끗희끗한 머리에 기다란 부리처럼 생긴 코를 가진 사람이었다.

"이제 보니 책을 좋아하는 친구였군." 남자는 클라리를 보고 미소를 지으며 말했다. "제이스, 나한테 그 얘기는 안 했지?"

제이스가 낄낄거리며 웃었다. 클라리는 제이스가 자기 뒤로 다가와 주머니에 손을 넣은 채 기분 나쁘게 웃고 있다는 걸 알 수 있었다. "서로 알게 된 지 얼마 되지 않아 아직 많은 얘기를 못 나눴습니다. 독서 습관을 화제로 삼은 적은 없는 것 같네요." 제이스가 말했다.

클라리는 돌아서서 이글거리는 눈빛으로 제이스를 쏘아보았다.

"그걸 어떻게 아셨죠?" 클라리는 책상 뒤에 앉아 있는 남자에게 물었다. "제가 책을 좋아한다는 사실 말이에요."

"들어올 때 얼굴 표정을 보고 알았지." 남자는 자리에서 일어서더니 책상을 돌아 앞으로 나왔다. "네가 그렇게까지 내 능력에 감명을 받을 줄은 몰랐어."

자리에 앉아 있던 남자가 일어섰을 때 클라리는 너무 놀라 숨이 턱 막히는 것 같았다. 한순간 그녀의 눈에는 남자의 모습이 기괴하게 보였다. 왼쪽 어깨는 커다란 혹이 붙어 있었고 다른 쪽 어깨보다 높았다. 하지만 남자가 가까이 다가왔을 때 그 혹이 어깨 위에 차분하게 자리를 잡고 앉아 있는 새라는 것을 알아차렸다. 눈알이 새까만 새는 깃털이 반들반들했다.

"이 새는 휴고라고 해." 자기 어깨에 앉아 있는 새를 건드리며 남자가 말했다. "휴고는 까마귀야. 그래서 많은 걸 알고 있지. 참, 나는 호지 스타크웨더야. 역사학 교수지. 그래서 아는 게 많지는 않아."

클라리는 자기도 모르게 웃음을 터뜨리고 나서 호지가 내민 손을 마주 잡았다. "클라리 프레이라고 해요."

"이렇게 만나게 되어 영광이군. 맨손으로 래브너를 때려잡을 수 있는 사람을 알게 되었으니 영광이고말고."

"맨손으로 죽인 건 아닌데요." 무언가를 죽였다고 축하를 받는 것이 클라리는 아직도 이상했다. "제이스의 그걸로…… 아, 그걸 뭐라고 부르는지 지금은 기억이 안 나지만……."

"제가 준 센서를 말하는 겁니다. 센서를 녀석의 입에 쑤셔 넣었나 봅니다. 룬 문자가 녀석을 질식시킨 게 틀림없어요. 아무래도 센서를 새로 하나 장만해야 할 것 같아요. 그 말씀을 미리 드렸어야 했는데."

"무기고에 가면 얼마든지 있으니까 걱정 마." 호지는 제이스의 말에 답하며 클라리를 향해 미소를 지었다. 그의 눈가에서는 천여 개의 작은 주름이 환하게 드러났다. 그것은 오래된 유화에서 볼 수 있는 무수한 금 같았다. "임기응변이 뛰어나군. 센서를 무기로 쓸 생각은 어떻게 했지?"

클라리가 대답하기 전에 날카로운 웃음소리가 방 안에 울려 퍼졌다. 클라리는 책에 정신이 팔려 있었고 호지에게 주의를 기울이느라 알렉이 벽난로 옆의 빨간색 안락의자에 널브러져 있다는 것을 그때까지 알아차리지 못했다. "그런 얘기를 곧이곧대로 믿으시다니 저는 선생님이 이해가 안 되네요." 알렉이 말했다.

클라리는 처음에 알렉의 말이 무슨 뜻인지 몰랐다. 클라리는 알렉을 뚫어지게 쳐다보았다. 다른 많은 외동아이들처럼 그녀는 형제들 사이의 유사점에 매료되어 있었다. 그리고 지금 대낮의 환한 햇빛 속에서 클라리는 알렉이 자기 여동생과 얼마나 닮았는지를 확실히 알 수 있었다. 두 사람 모두 머리가 칠흑같이 검었고, 가느다란 눈썹은 끝이 치켜 올라가 있었으며, 피부는 맑으면서 불그스름했다. 하지만 이사벨이 노골적으로 오만함을 드러내는 것과는 달리, 알렉은 아무도 자기를 몰라보길 바란다는 듯이 의자에 몸을 깊이 파묻고 있었다. 알렉은 이사벨처럼 속눈썹이 길고 검었지만, 눈은 이사벨과 조금 달랐다. 이사벨의 눈은 검은색이었는데, 알렉의 눈은 암청색 유리병 같았다. 둘 모두 적대감이 가득한 눈빛으로 클라리를 노려본다는 것은 같았다.

"알렉, 나는 네가 무슨 말을 하는지 잘 모르겠구나." 호지가 한쪽 눈썹을 치켜세웠다. 클라리는 호지가 몇 살이나 되었는지 궁금했다. 비록 머리는 희끗희끗했지만 늙지도 않고 영원히 살 것 같은 느낌을 주었다. 호지는 다림질이 완벽하게 된 깔끔한 회색 정장을 입고 있었다. 얼굴 오른쪽의 굵은 흉터만 없었다면 자상한 대학 교수로 보였을 것이다. 클라리는 어쩌다 호지에게 그런 흉터가 생겼는지 궁금했다.

"그럼 이 아가씨가 악마를 죽이지 않았다는 얘기냐?"

"당연하죠. 선생님, 저 애를 보세요. 먼데인이잖아요. 게다가 아직 꼬마라고요. 어떻게 저런 몸으로 감히 래브너를 상대해요?"

"난 꼬마가 아니야. 열여섯 살이라고. 어…… 다가오는 일요일에 열여섯 살이 된단 말이야." 클라리가 끼어들었다.

"이사벨과 동갑이구나. 그럼 이사벨한테도 꼬마라고 할 수 있겠니?" 호지가 말했다.

"이사벨은 역사상 가장 위대한 섀도우 헌터 왕가 출신이잖아요. 그렇지만 저 여자애는 뉴저지 출신이라고요." 알렉이 냉담하게 말했다.

"난 브루클린 출신이야!" 클라리가 화가 나서 소리쳤다. "그리고 그게 어때서? 어쩌다 보니 우리 집에서 악마를 죽이게 됐어. 그런데 넌 내가 너와 네 여동생처럼 부잣집 개망나니가 아니라서 나를 헐뜯으려는 거야?"

알렉은 깜짝 놀란 표정을 지었다. "방금 뭐라고 했어? 내가 뭐라고?"

제이스가 웃음을 터뜨렸다. "알렉, 이 아가씨 말에도 일리가 있어. 네가 정말로 경계해야 할 상대는 악마들……."

"웃을 일이 아냐, 제이스. 저기에 서서 나한테 욕을 해대는데 그냥 두고 보겠다는 거야?" 알렉이 자리에서 벌떡 일어서며 말했다.

"별 수 없잖아. 이 아가씨의 말은 결국 너한테 도움이 될 거야. 인내력 훈련을 하고 있다고 생각해." 제이스가 부드러운 목소리로 말했다.

"우리가 사냥할 때는 파라바타이(진한 형제애로 맺어진 동료 전사―옮긴이)일지 모르지만, 난 네 건방진 태도 때문에 인내심에 한계를 느껴." 알렉이 갑자기 정색하고 말했다.

"그래? 난 네 고집 때문에 돌아버리겠는데? 내가 발견했을 때 이 아가씨는 죽어가는 악마에게 짓눌린 채 피가 고인 바닥에 쓰러져 있었어. 나는 악마가 사라지는 모습을 지켜봤어. 이 아가씨가 녀석을 죽이지 않았다면 과연 누가 죽였을까?"

"래브너들은 하나같이 어리석어. 어쩌면 자기 독침에 목이 찔려 죽었을지도 몰라. 예전에도 그런 일이……."

"이제 그 녀석이 자살을 했다고까지 주장하는 거야?"

알렉이 입을 다물었다. "아무튼 저 애가 여기에 있는 건 옳지 않아. 먼데인이 인스티튜트에 있으면 안 돼. 만약 누가 이 사실을 알게 되면 클레이브에 보고가 들어갈 수도 있어."

"꼭 그렇지는 않아. 법은 특별한 상황에서 먼데인에게 피난처를 제공하는 걸 허용하고 있으니까. 래브너가 이미 클라리의 어머니를 공격했으니 다음 차례는 클라리가 될 가능성이 크지." 호지가 말했다.

'공격을 했다고?' 클라리는 호지가 '살해당했다'는 말을 그렇게 완곡하게 표현한 것은 아닌지 궁금했다. 호지의 어깨에 앉아 있던 까마귀가 부드럽게 까옥까옥 소리를 냈다.

"래브너들은 수색 소탕을 전문적으로 하는 기계들이에요. 마법사나 막강한 우두머리 악마의 지시에 따라 행동하죠. 그런데 마법사나 우두머리 악마가 평범한 먼데인 가족에게 대체 무슨 관심이 있겠습니까?" 클라리를 바라보는 알렉의 눈빛에서 노골적인 혐오감이 드러났다. "제 말이 틀렸나요?"

"래브너가 틀림없이 실수를 했을 거예요." 클라리가 말했다.

"악마들은 그런 어처구니없는 실수를 하지 않아. 그들이 네 어머니를 뒤쫓고 있었다면 거기에는 분명히 무슨 이유가 있었을 거야. 만약 네 어머니가 죄가 없다면……."

"'죄가 없다면'이라니 무슨 뜻으로 하는 말이야?" 클라리가 착 깔린 목소리로 물었다.

알렉은 당황하는 표정을 지었다. "그러니까 내 말은……."

"알렉의 말은 수많은 악마를 지휘하는 아주 막강한 악마가 인간들의 일에 관심을 가지는 경우는 극히 드물다는 뜻이지. 먼데인은 그 누구도 악마를 불러들일 수 없어. 먼데인에겐 그런 능력이 없지. 하지만 마녀나 마법사를 찾아가서 그런 일을 해달라고 필사적으로 매달리는 어리석은 사람은 몇 명 있었지." 호지가 끼어들었다.

"우리 엄마는 마법사라곤 하나도 몰라요. 마법을 믿지도 않고요." 그 순간 어떤 생각이 클라리의 머리에 떠올랐다.

"도로시아 여사…… 저희 집 아래층에 사는 할머니가 점술가예요. 혹시 악마들이 그 할머니를 뒤쫓다가 실수로 우리 엄마를 데려간 걸까요?"

호지는 머리카락 속에 파묻힐 정도로 눈썹을 한껏 치켜세웠다. "마녀가 아래층에 살고 있다고?"

"허접한 삼류 점쟁이죠. 제가 이미 안을 살펴봤어요. 마법사가 그런 할머니에게 관심을 가질 이유가 전혀 없죠. 작동도 안 되는 수정 구슬을 구하러 다니는 마법사라면 또 모르겠지만." 제이스가 말했다.

"얘기가 원점으로 돌아왔군." 호지는 손을 들어 어깨에 앉은 새를 쓰다듬었다. "클레이브에 알려야 할 시간이 된 것 같아."

"안 돼요! 그렇게 할 순……." 제이스가 반대했다.

"클라리가 부상에서 회복될지 어떨지 몰랐을 때는 클라리의 존재를 비밀로 하는 게 옳았겠지. 하지만 이제 완전히 회복했잖아. 그리고 클라리는 100여 년 만에 인스티튜트의 문을 처음으로 통과한 먼데인이야. 제이스, 먼데인이 섀도우 헌터에 대해 알게 되면 어떻게 해야 하는지 너도 규정을 알고 있잖아. 클레이브에 알려야 돼." 호지가 말했다.

"당연하죠." 알렉이 동의했다. "아버지한테 전갈을 보내서······."

"클라리는 보통 먼데인이 아닙니다." 제이스가 조용히 말했다.

호지의 눈썹이 또다시 머리카락이 자라는 선까지 올라가서 멈추었다. 말을 미처 마치지 못한 알렉은 깜짝 놀라 숨이 막혔다. 갑작스러운 침묵 속에서 클라리는 휴고의 날개가 사각거리는 소리를 들을 수 있었다.

"저는 인간이 맞아요." 클라리가 말했다.

"아니야. 넌 아니란 말이야." 제이스가 호지를 향해 돌아섰다. 클라리는 제이스가 침을 꿀꺽 삼킬 때 목이 약간 움직이는 것을 보았다. 제이스가 바짝 긴장하는 걸 보고 어쩐지 안심이 되었다.

"그날 밤 경찰관 복장을 한 두시엔 악마들이 있었습니다. 우린 그들을 지나쳐야 했죠. 클라리는 너무 약해져 있어 달릴 수가 없었고 몸을 숨길 시간도 없었어요. 죽을 수밖에 없는 상황이었죠. 그래서 전 가지고 있던 스텔레를 사용했습니다. 클라리의 팔 안쪽에 멘델린 룬을 새겼죠. 그렇게 하면······."

"정신이 나간 거냐?" 호지가 손으로 책상을 어찌나 세게 내리쳤던지 클라리는 나무가 부서지는 줄 알았다. "먼데인에게 마크를 새겨 넣으면 어떻게 되는지 법에 뻔히 나와 있는데 알면서도 그런 짓을 해? 너, 아니 너희 모두 어쩜 그렇게 어리석은 짓을 할 수가 있단 말이냐!"

"하지만 효과는 나타났어요." 제이스가 말했다. "클라리, 팔을 보여 드려."

클라리는 어리둥절한 표정으로 제이스를 힐끗 쳐다보고 나서 팔을 내밀었다. 그날 밤 골목에서 자신의 팔을 내려다보며 무척 약해 보인다는 생각을 했던 기억이 났다. 이제 손목의 주름 바로 아래쪽에 세 개의 희미한 원이 겹쳐져 있는 걸 볼 수 있었다. 선은 오랜 세월이 흐르는 동안 색이 변한 흉터처럼 희미했다.

"보세요, 거의 사라졌잖아요. 조금도 아파하지 않더라고요." 제이스가 말했다.

"그게 중요한 게 아니야. 하마터면 이 아가씨를 추방자로 만들 수도 있었단 말이야." 호지는 들끓는 분노를 가까스로 억누르고 있었다.

알렉의 광대뼈에서 색깔이 있는 두 개의 밝은 점이 타올랐다. "제이스, 난 네가 하는 말을 못 믿겠어. 섀도우 헌터들만 코브넌트 마크를 받을 수 있어. 마크는 먼데인을 죽이고……."

"클라리는 먼데인이 아니라니까. 지금까지 내가 하는 말 못 들었어? 먼데인이 아니기 때문에 우리를 볼 수 있었던 거야. 클라리의 몸속엔 클레이브의 피가 흐르고 있는 게 틀림없어."

클라리는 갑자기 한기를 느끼고 팔을 내렸다. "그렇지 않아. 나한텐 아무 능력도 없어."

"분명해." 제이스는 클라리를 보지도 않고 말했다. "클레이브의 피가 없다면 내가 팔에 새긴 그 마크는……."

"그만하자, 제이스." 호지가 말했다. 그의 목소리에는 언짢은 기색이 역력했다. "아가씨한테 더 이상 겁을 줄 필요는 없어."

"하지만 제 말이 맞잖아요? 안 그래요? 이것으로 클라리의 어머니한테 일어난 일도 설명이 되고요. 만약 클라리의 어머니가 도피 중인 섀도우 헌터라면 다운월드의 적들과 맞닥뜨렸을 가능성이 크죠."

"우리 엄마는 섀도우 헌터가 아니야!"

"그럼 아버지는?"

클라리는 제이스의 눈을 뚫어질 듯이 쳐다보았다. "돌아가셨어. 내가 태어나기 전에."

제이스는 눈에 띄지 않을 정도로 미세하게 몸을 움찔했다. 클라리의 말을 받은 사람은 알렉이었다.

"가능할지도 몰라. 아버지가 섀도우 헌터였고 어머니가 먼데인이라면. 알다시피 먼데인과 결혼하는 것은 법에 어긋나잖아. 두 사람은 숨어서 생활했을지도 몰라."

"그랬다면 엄마가 나한테 모두 얘기해줬을 거야." 클라리는 아빠 사진이 딱 한 장밖에 없고 엄마가 아빠 얘기를 전혀 하지 않은 사실을 떠올리면서도 그렇게 말했다. 그녀는 자신의 말이 거짓이라는 걸 알고 있었다.

"그렇지 않을 수도 있어. 비밀이 없는 사람은 없으니까." 제이스가 말했다.

"루크…… 우리 엄마의 친구인 루크는 알고 있을 거야." 클라리는 루크를 머리에 떠올리며 한순간 죄책감과 두려움에 사로잡혔다.

"사흘이나 지났어. 지금 루크는 완전히 정신이 나가 있을 거야. 전화해도 돼? 전화 있어?" 클라리는 제이스에게 돌아섰다. "제발 하게 해줘."

제이스는 망설이며 호지를 쳐다보았다. 호지는 고개를 끄덕이더니 책상 옆으로 비켜섰다. 그의 뒤에는 놋쇠를 두드려서 만든 지구본이 있었는데, 그것은 클라리가 보아온 여느 지구본들과 달랐다. 나라와 대륙의 모양도 어딘지 이상해 보였다. 지구본 옆에는 은색 다이얼이 달린 까만색 구식 전화기가 놓여 있었다. 클라리는 그것을 들어 귀에 갖다 댔다. 익숙한 발신음이 부드러운 물처럼 그녀를 씻어주었다.

세 번째 발신음이 울렸을 때 루크가 전화를 받았다.

"여보세요?"

"루크! 저예요, 클라리." 그녀는 축 늘어진 몸을 책상에 기댔다.

"클라리." 그녀는 루크의 목소리에서 안도하는 기색을 읽을 수 있었다. 그리고 정확히 알 수는 없었지만 그 목소리에는 다른 감정도 섞여 있었다. "괜찮니?"

"저는 괜찮아요. 일찍 전화 못 드려 죄송해요. 엄마가……."

"나도 알아. 경찰이 찾아왔었어."

"엄마한테서는 아무 연락도 없었군요." 엄마가 집에서 달아나 어딘가에 숨어 있을 거라는 실낱같은 희망은 사라져버렸다. 엄마가 어딘가에 숨어 있다면 루크에게 연락하지 않았을 리가 없었다. "경찰은 뭐라고 해요?"

"실종됐다는 말만 하더구나." 클라리는 뼈가 앙상한 손을 가진 여경을 떠올리고는 몸을 떨었다. "지금 어디에 있니?"

"시내에 있어요. 정확히 어딘지는 모르겠어요. 친구 몇 명과 함께 있는데 지갑을 잃어버렸어요. 혹시 현금을 좀 가지고 계시면 제가 택시를 타고 그쪽으로 가서……."

"안 돼." 루크가 짧게 말했다.

손이 땀으로 젖어 전화기가 미끄러졌다. 클라리는 전화기를 움켜쥐었다. "뭐라고요?"

"안 된다고. 너무 위험해. 여기로 오면 안 돼."

"그럼 경찰을……."

"내 말 잘 들어." 루크의 목소리는 굳어 있었다. "엄마가 무슨 일에 휘말렸는지는 모르겠지만 나하고는 아무 상관도 없어. 그러니까 지금 있는 곳에 머물러 있는 게 나을 거야."
 "하지만 전 여기 있고 싶지 않아요." 클라리는 어린아이처럼 칭얼거리는 자신의 목소리를 들었다. "전 이곳 사람들을 몰라요. 루크가……."
 "클라리, 나는 네 아빠가 아니야. 전에도 얘기했을 텐데."
 클라리의 눈 안쪽에서 눈물이 솟구쳤다. "죄송해요. 저는 단지……."
 "부탁을 하려거든 두 번 다시 전화하지 마라. 나도 처리해야 할 문제가 한둘이 아니야. 네 문제로 골치를 썩이고 싶진 않아." 루크는 이렇게 말하고 나서 전화를 끊어버렸다.

 클라리는 몸을 일으켜 세우고 수화기를 멍하니 바라보았다. 발신음은 흉측하게 생긴 커다란 말벌이 윙윙거리는 소리처럼 들렸다. 클라리는 다시 루크의 번호를 돌리고 나서 기다렸다. 이번에는 전화를 받지 않았고 곧바로 음성 사서함으로 넘어갔다. 그녀는 쾅 소리가 날 정도로 전화기를 세차게 내려놓고서 양손을 부르르 떨었다.
 제이스가 알렉의 의자 팔걸이에 몸을 기댄 채 클라리를 지켜보고 있었다. "그 사람이 네 목소리를 듣고 싶지 않은 모양인데?"
 클라리는 심장이 호두알 크기만큼 쭈그러든 것 같았다. 가슴속에 작고 단단한 돌이 박혀 있는 것 같기도 했다. '울지 말아야지. 이 사람들 앞에서 눈물을 보여선 안 돼.'
 "클라리와 얘기를 나누고 싶군. 단둘이서 말이야." 호지는 제이스의 표정을 살피며 단호하게 말했다.
 알렉이 자리에서 일어섰다. "좋아요. 이 문제는 선생님께 맡길게요."
 "그건 공정하지 않아." 제이스가 반대를 하고 나섰다. "클라리를 발견한 사람은 나야. 목숨을 구해준 것도 나란 말이야! 내가 여기에 남아 있었으면 좋겠지? 그렇지?" 제이스는 클라리를 돌아보며 애원하듯이 말했다.

입을 열었다가는 당장이라도 울음을 터뜨릴 것 같아서 클라리는 고개를 돌렸다. 그녀는 저 멀리서 들려오는 것 같은 알렉의 웃음소리를 들었다.

"제이스, 모든 사람이 항상 너를 원하는 건 아니야."

"헛소리 집어치워." 클라리는 제이스가 쏘아붙이는 소리를 들었다. 하지만 그의 목소리에는 실망감이 깃들어 있었다. "좋아. 그럼 우리는 무기고에 가 있을게."

제이스와 알렉이 방을 나가자 문이 찰칵 하며 닫히는 소리가 또렷하게 났다. 클라리는 눈물을 너무 오래 참아서인지 두 눈이 아팠다. 호지가 그녀의 앞으로 다가왔다. 그의 모습이 흐릿한 회색으로 보였다. "앉지. 이쪽 소파에 앉아."

클라리는 주저하지 않고 부드러운 방석 위에 앉았고, 그녀의 두 뺨은 눈물에 젖어 있었다. 클라리는 눈을 껌벅이며 눈물을 닦으려고 손을 들었다.

"저는 잘 울지 않아요." 그녀의 입에서 저도 모르게 그런 말이 튀어나왔다. "이 눈물은 아무런 의미도 없어요. 곧 괜찮아질 거예요."

"사람들은 대부분 화가 나거나 겁을 먹었을 때보다는 좌절감을 느꼈을 때 눈물을 흘리지. 아가씨가 느끼는 좌절감은 이해할 만해. 아가씨는 아주 고통스러운 시간을 보냈으니까."

"고통스러운 시간요?" 클라리는 이사벨의 셔츠 자락으로 눈물을 닦았다. "네, 맞아요."

호지는 클라리와 마주 보고 앉으려고 책상 뒤에서 의자를 끌어왔다.

그의 눈은 머리카락과 트위드 재킷과 마찬가지로 회색이었지만 눈빛은 자상해 보였다. "뭐라도 좀 가져다줄까? 마실 거나 차라도?"

"차는 됐어요." 클라리는 불명확한 목소리로 말했다. "그보다 저는 엄마를 찾고 싶어요. 그리고 나서 누가 엄마를 데려갔는지 밝혀내서 죽여 버리고 싶어요."

"불행하게도 지금 이 순간 우리는 잔인한 복수를 할 수가 없어. 그러니 일단 차를 마시든 뭘 마시든 하지."

클라리는 축축한 자국으로 온통 뒤덮인 셔츠 자락을 떨어뜨리며 말했다. "그럼 제가 어떻게 해야 되죠?"

"우선 무슨 일이 있었는지 얘기해보지." 호지는 주머니를 뒤지면서 말했다. 그는 빳빳하게 접힌 손수건을 꺼내 클라리에게 건넸다. 클라리는 약간 놀랐지만 아무 말 없이 그것을 받아들었다. 그녀는 손수건을 가지고 다니는 사람을 여태껏 한 번도 보지 못했다.

"집에서 봤다는 그 악마, 아가씨가 이제껏 살면서 처음으로 본 거였나? 그런 괴물들이 존재한다는 걸 예전에는 짐작도 못했어?"

클라리는 고개를 흔들고 나서 잠시 머뭇거렸다. "전에 한 번 본 적이 있지만 그때는 그게 뭔지 몰랐어요. 제이스를 처음 만났을 때……."

"그래, 맞아. 내가 멍청하게도 그 사실을 잊고 있었군." 호지는 고개를 끄덕였다. "팬더모니엄에서 봤을 때가 처음이란 말이지?"

"네."

"어머님은 그것들에 대해 아무 말씀도 안 하셨나? 대부분 사람들이 보지 못하는 또 다른 세계에 대한 말씀도 없으셨고? 혹시 어머님이 신화나 동화, 환상적인 전설 같은 것에 특별히 관심이……."

"아니에요. 엄마는 그런 것들을 무척 싫어하세요. 디즈니 영화조차 싫어하셨는걸요. 제가 만화를 읽는 것도 좋아하지 않으셨고요. 그런 건 유치하다면서."

호지가 머리를 긁적였지만 그의 머리카락은 움직이지 않았다. "아주 특이한 분이군."

"아니에요. 엄마는 특이하지 않아요. 어떻게 보면 이 세상에서 가장 정상적인 사람이에요."

"정상적인 사람들은 일반적으로 자기 집을 악마가 샅샅이 뒤지도록 만들지 않지." 호지가 부드럽게 말했다.

"혹시 실수로 그런 짓을 저지른 게 아닐까요?"

"그게 만약 실수였고 네가 평범한 아가씨였다면 너를 공격한 그 악마를 보지도 못했을 거야. 설사 봤다 해도 네 마음은 그 악마를 전혀 다른 존재, 예를 들면 사나운 개라든가 미친 사람으로 파악했겠지. 그 악마를 네가 볼 수 있었다는 것과 악마가 너한테 말을 했다는 사실로 판단하건대……."

"악마가 저한테 말을 했다는 건 어떻게 아셨어요?"

"제이스가 그리더군."

"쉿쉿 하는 날카로운 소리를 냈어요." 클라리는 그때의 기억을 떠올리며 몸을 떨었다. "저를 잡아먹고 싶다고 하는 것 같았어요. 하지만 전 악마가 그런 말을 했다는 게 믿기지 않아요."

"래브너들은 대개 자기보다 강한 악마의 통제를 받지. 아주 어리석어서 자기 힘으로 혼자 할 수 있는 일이 별로 없어." 호지가 설명했다. "자기 주인이 무엇을 찾고 있는지 녀석이 말했어?"

클라리는 곰곰이 기억을 더듬었다. "발렌타인인가 뭔가에 대해 무슨 말을 했어요. 하지만……."

호지가 갑자기 몸을 젖혀 꼿꼿이 앉았다. 너무 순식간에 취한 동작이라 그의 어깨 위에 편안히 앉아 있던 휴고가 어깨에서 떨어져 허공으로 날아올랐다. 까마귀는 짜증스럽게 까옥까옥 소리를 냈다.

"뭐? 발렌타인이라고?"

"네. 팬더모니엄에서 그 남자애, 그러니까 악마한테서도 똑같은 이름을 들은 적이……."

"우리 모두가 아는 이름이야." 호지가 짧게 말했다. 호지의 목소리는 한결같았지만, 클라리는 그의 두 손이 약간 떨리는 것을 보았다. 호지의 어깨 위에 다시 내려앉은 휴고가 불편한 기색으로 흐트러진 깃털을 다듬었다.

"악마인가요?"

"아냐. 발렌타인은 지금…… 아니 예전에 섀도우 헌터였어."

"섀도우 헌터요? 왜 예전이라고 하시죠?"

"죽었으니까." 호지는 딱 잘라서 말했다. "죽은 지 16년이나 됐어."

클라리는 몸을 뒤로 눕혀 소파에 기댔다. 머리가 지끈거렸다. 차를 마셨더라면 좋지 않았을까 하는 생각이 들었다. "그럼 혹시 발렌타인이 다른 사람이 될 수도 있는 건가요? 동일한 이름을 가진 다른 사람 말이에요."

호지는 헛웃음을 지었다. "아니. 하지만 누군가 그의 이름으로 메시지를 보낼 수는 있지." 호지는 의자에서 일어나 양손을 등 뒤로 맞잡은 채 책상으로 걸어갔다. "지금이 그런 일을 할 때인 것 같아."

"왜 지금이죠?"

"협정 때문이지."

"평화협정이요? 제이스가 그러던데요. 근데 누구와의 평화죠?"

"다운월드 사람들." 호지가 우물거렸다. 그는 클라리를 내려다보며 잠시 입을 굳게 다물었다. "미안해. 이 상황이 무척 혼란스러울 거야."

호지는 책상에 몸을 기대고 우두커니 서서 휴고의 깃털을 쓰다듬었다.

"다운월드 사람들은 어둠의 세계를 우리와 함께 사용하고 있지. 지금까지 우리는 늘 불안한 평화 속에서 생활해왔어."

"그럼 그들이 바로 뱀파이어, 늑대인간, 그리고……."

"동화에 등장하는 자들이지. 요정들 말이야. 그리고 절반만 악마인 릴리스의 자식들이 바로 마법사들이지."

"그럼 섀도우 헌터들은 뭐죠?"

"우리는 종종 네피림이라 불리지. 성경에는 그들이 인간과 천사의 후손이라고 나와 있어. 섀도우 헌터의 기원에 관한 전설에는 인간 세상이 악마들의 침공으로 쑥대밭이 된 천 년 전에 창조되었다고 나오지. 어떤 마법사가 천사 라지엘을 불렀고, 라지엘은 자신의 피와 사람들의 피를 잔에 넣고 섞어서 인간들에게 마시라고 주었어. 라지엘의 피를 마신 사람들은 섀도우 헌터가 되었어. 그들의 아들과 손자 역시도. 그 뒤로 그 잔은 죽음의 잔으로 알려지게 되었지. 비록 전설은 사실이 아닐지도 모르지만, 부인할 수 없는 사실은 오랜 세월 섀도우 헌터의 수가 바닥을 드러낼 때마다 항상 죽음의 잔을 이용해 섀도우 헌터를 만들어낼 수 있었다는 거야."

"항상 만들어낼 수 있었다고요? 그럼 지금은요?"

"그 잔이 사라졌어. 발렌타인이 죽기 직전에 부숴버렸지. 그는 큰 불을 질러 아내와 자식 등 가족과 함께 타 죽었어. 땅은 시커멓게 그을렸고. 아직까지 아무도 거기에 건물을 지으려고 하지 않아. 사람들은 땅이 저주를 받았다고 해."

"정말 저주를 받은 건가요?"

"그랬을 수도 있지. 클레이브는 이따금 법을 어긴 데 대한 처벌로 저주를 내리지. 발렌타인은 가장 큰 법을 어겼어. 그는 동료 섀도우 헌터들을 상대로 무기를 들었고 살육을 저질렀지. 그와 그의 집단, 즉 서클은 마지막 협정 동안 수백 명의 다운월드 사람과 수십 명의 동료를 죽였어. 자신들은 거의 피해를 입지 않고 말이야."

"왜 발렌타인은 갑자기 다른 섀도우 헌터들과 대적했을까요?"

"협정을 인정하지 않았던 거지. 그는 다운월드 사람들을 경멸했고, 인간을 위해 이 세상을 깨끗하게 지키려면 다운월드 사람들을 모조리 쓸어버려야 한다고 생각했어. 다운월드 사람들은 악마도 침략자도 아니었지만, 발렌타인은 그들이 악마적인 본성을 지니고 있다고 생각했지. 그걸로 학살의 명분은 충분했어. 하지만 클레이브의 생각은 달랐어. 모든 악마를 영원히 몰아내기 위해서는 다운월드 사람들의 도움이 필요하다고 생각한 거야. 우리보다 동화 속 인물들이 이 세상에 더 오래 있었는데, 그들이 이 세상에 속하지 않는다고 누가 주장할 수 있겠어?"

"협정은 조인이 되었나요?"

"응, 조인이 되었지. 다운월드 사람들은 클레이브가 자기들을 보호하려고 발렌타인과 그의 서클을 적대시하는 걸 보고 섀도우 헌터들이 자기네 적이 아니라는 걸 깨달았어. 아이러니하게도 자신의 반란으로 발렌타인은 협정이 가능하도록 만들었던 거야." 호지는 다시 의자에 앉았다.

"지루한 역사 수업처럼 들릴 거야. 미안해. 아무튼 발렌타인은 그런 인물이었어. 선동자이자 공상가이며 대단한 개인적 매력과 신념을 갖춘 인물이었지. 살인자이기도 하고. 그런데 지금 누군가가 그의 이름을 들먹이고 있어."

"그게 누구죠? 그리고 우리 엄마가 그거랑 무슨 상관이 있는 거죠?"

호지는 다시 자리에서 일어섰다. "나도 몰라. 하지만 밝혀내도록 최선을 다해볼게. 클레이브와 침묵의 형제들에게 전갈을 보낼 생각이야. 어쩌면 너와 얘기를 나누고 싶어할지도 모르겠군."

클라리는 침묵의 형제들이 누구인지 묻지 않았다. 돌아오는 대답들이 자신을 더욱 혼란스럽게 만들 뿐이었기 때문에 질문을 던지는 것도 이제 넌더리가 났다. 그녀는 자리에서 일어섰다. "제가 집으로 돌아갈 가능성이 있나요?"

호지는 걱정스러운 표정을 지었다. "없어. 내 생각에는 집으로 돌아가는 건 현명한 일 같지 않아."

"이곳에 머물러 있더라도 저한테 필요한 것들은 거기 있어요. 옷이랑……."

"새 옷을 살 돈은 줄 수 있어."

"제발…… 집에 뭐가 남아 있는지 제 눈으로 확인해야겠어요."

호지는 잠시 망설이다가 짧게 고개를 끄덕였다. "제이스가 동의하면 함께 다녀와도 좋아."

그는 책상으로 고개를 돌리고 서류를 뒤적거렸다. 그러다가 클라리가 아직 그 자리에 있는지 확인이라도 하듯 어깨 너머를 힐끗거렸다. "제이스는 지금 무기고에 있어."

"무기고가 어딘지 몰라요."

호지는 뒤틀린 미소를 지어 보였다. "처치가 데려다줄 거야."

클라리는 뚱뚱하고 침울한 페르시아고양이가 작은 의자처럼 몸을 말고 있는 문 쪽을 힐끗 쳐다보았다. 그녀가 다가가자 처치가 자리에서 일어섰다. 녀석의 털은 액체처럼 파문을 일으켰다. 도도하게 야옹 소리를 한 번 내더니 녀석은 클라리를 복도로 데리고 나갔다. 클라리가 어깨 너머로 뒤를 돌아보았을 때, 호지는 이미 종이에 무언가를 휘갈겨 쓰고 있었다. 정체를 알 수 없는 클레이브에 전갈을 보내는 거라고 클라리는 추측했다. 클레이브가 뭔지는 몰라도 아주 좋은 사람들은 아닌 것 같았다. 클라리는 그들이 어떤 반응을 보일지 궁금했다.

흰 종이에 적은 빨간색 잉크 글씨가 마치 피처럼 보였다. 호지 스타크웨더는 눈살을 찌푸리며 편지를 조심스럽고 꼼꼼하게 원통형으로 만 다음, 휴고를 향해 휘파람을 불었다. 새는 부드럽게 까옥까옥 소리를 내며 그의 손목 위에 앉았다. 호지가 몸을 움찔했다. 몇 년 전 반란이 일어났을 때, 그는 그쪽 어깨에 부상을 입었다. 그래서 환절기 때, 온도나 습도에 변화가 있을 때, 팔을 갑자기 움직일 때, 그리고 휴고처럼 가벼운 무게에 짓눌리기라도 하면 오랫동안 잊고 지냈던 통증이 되살아나곤 했다.

절대로 지워지지 않는 몇 가지 기억도 있었다. 눈을 감으면 영상이 플래시 전구처럼 눈꺼풀 뒤에서 터졌다. 피와 시신, 짓밟혀 엉망이 되어버린 땅, 핏자국으로 더럽혀진 하얀색 연단, 죽어가는 사람들의 울부짖는 소리, 이드리스의 넘실거리는 녹색 들판, 끝을 알 수 없는 새파란 하늘, 그리고 그런 하늘을 쿡쿡 찔러대고 있는 유리 도시의 탑들. 그의 마음속에서 패배의 아픔이 물결처럼 밀려왔다. 호지는 주먹을 불끈 쥐었다. 날개를 파닥거리던 휴고가 그의 손가락을 매섭게 쪼아대는 바람에 손가락에서 피가 흘렀다. 호지는 손을 펴서 새를 놓아주었다. 새는 그의 머리 위를 맴돌다가 천장의 채광창으로 날아오르더니 이내 사라졌다.

호지는 불길한 예감을 떨쳐버리려고 애쓰며 다른 종이로 손을 뻗었다. 그는 글을 쓰는 동안 주홍색 핏방울이 종이를 더럽히는 것도 알아차리지 못했다.

6
추방자

　무기고는 그 이름이 주는 묵직한 느낌답게 보기에도 꼭 그랬다. 솔질이 잘된 철판 벽에는 장검, 단검, 창, 칼날이 장착된 지팡이, 총검, 채찍, 철퇴, 갈고리, 활 등 온갖 종류의 무기가 걸려 있었다. 화살이 가득 담긴 부드러운 가죽 가방들이 고리에 걸려 있었고, 부츠, 정강이 보호대, 손목과 팔목 가리개도 잔뜩 쌓여 있었다. 방에서는 쇠, 가죽, 그리고 금속 광택제 냄새가 났다. 제이스와 알렉은 방의 한가운데 있는 기다란 탁자에 앉아서 고개를 숙이고 그들 사이에 놓인 어떤 물건을 들여다보고 있었다. 클라리가 방으로 들어오자 제이스가 고개를 들었다.
　"호지 선생님은?"
　"침묵의 형제들에게 편지를 쓰고 계셔."
　알렉이 억지로 오한을 참았다. "으!"
　클라리는 알렉의 시선을 의식하면서 탁자로 천천히 다가갔다.
　"뭐해?"
　"이것들을 마무리하는 중이야."
　제이스는 클라리가 탁자에 놓인 것을 볼 수 있도록 옆으로 비켜주었다. 흐릿하게 은빛이 나는 가늘고 기다란 지팡이 세 개가 있었다. 그것들은 특별히 위험하거나 날카로워 보이지는 않았다.

"산비, 산산비, 세만겔라프야. 천사의 검들이지."

"칼처럼 보이지 않는데? 어떻게 만든 거야? 마법으로?"

"먼데인들이 재미있는 것은, 마법이라는 말의 정확한 의미도 모르면서 그런 데 지나칠 정도로 집착한단 말이야."

"나는 그게 뭘 뜻하는지 알아." 클라리가 발끈했다.

"아니, 넌 몰라. 그냥 알고 있다고 생각할 뿐이지. 마법이란 반짝이는 지팡이, 수정 구슬, 말하는 금붕어, 이런 것들이 아니라 어둡고 자연적인 힘이야."

"난 말하는 금붕어라고 한 적 없어. 넌……."

제이스는 손을 저으며 클라리의 말을 잘랐다. "전기뱀장어를 고무 오리라고 불렀다고 해서 뱀장어가 오리가 되는 건 아냐. 그렇지? 새끼 오리와 목욕을 하고 싶어하는 바보들이 불쌍하지."

"바보 같은 소리만 하네."

"아니라니까." 제이스는 한껏 점잔을 빼며 말했다.

"아니긴 뭐가 아냐." 알렉이 말했다. 그것은 다소 뜻밖이었다. "이봐, 우리는 마법을 부리는 게 아냐. 알겠어?" 클라리를 보지도 않고 알렉은 이렇게 덧붙였다. "넌 그렇게만 알고 있으면 돼."

클라리는 한마디 쏘아붙이고 싶었지만 간신히 참았다. 알렉은 이미 클라리를 좋아하지 않는 것처럼 보였다. 그런 상황에서 그의 적대감을 부추길 필요는 없었다. 클라리는 제이스에게 몸을 돌렸다.

"호지 선생님이 집에 가도 된대."

제이스는 하마터면 손에 들고 있던 천사의 검을 떨어뜨릴 뻔했다.

"뭐라고 했다고?"

"집에 가서 엄마 물건들을 살펴봐도 된대. 네가 나랑 함께 간다면 다녀와도 좋다고 하셨어."

"제이스." 알렉이 한숨을 내쉬었지만 제이스는 그를 무시했다.

"우리 엄마나 아빠가 섀도우 헌터라는 걸 입증하고 싶으면 엄마 물건들을 살펴봐야 돼. 남아 있는 물건들 말이야."

"토끼 굴에 들어가 보자는 얘기군." 제이스가 삐딱한 미소를 지었다. "좋은 생각이야. 지금 당장 출발하면 서너 시간은 햇빛이 있어서 환할 거야."

"나도 따라갈까?" 제이스와 클라리가 문 쪽으로 걸어가자 알렉이 물었다. 클라리가 알렉을 힐끗 돌아보았을 때 알렉은 의자에서 반쯤 몸을 빼고 기대에 찬 눈빛으로 그녀를 바라보고 있었다.

"안 돼." 제이스가 몸을 돌리지도 않고 말했다. "그럴 필요 없어. 이 일은 우리 둘이서 처리할 수 있으니까."

알렉이 독기 서린 눈빛으로 클라리를 쏘아보았지만, 문을 닫고 나왔을 때 클라리는 기뻤다. 제이스는 복도를 앞서 걸어갔고, 클라리는 긴 다리로 성큼성큼 걸어가는 그를 따라잡으려고 반쯤 달리다시피 했다.

"집 열쇠는?"

클라리는 신발을 힐끗 내려다보았다. "있어."

"좋아. 문을 부수든가 어떤 수를 써서라도 집에 들어갈 수는 있어. 하지만 그렇게 되면 주변을 지키고 있을지도 모르는 사람들에게 들킬 수 있지."

"알았어."

복도의 폭이 넓어지면서 대리석이 깔린 로비로 이어졌다. 한쪽 벽에 검은색 철문이 박혀 있었다. 제이스가 문 옆에 붙어 있는 단추를 누르자 거기에 불이 환하게 들어오는 걸 보고서야 클라리는 그것이 문이 아니라 승강기라는 걸 알아차렸다. 아래에서 올라오는 승강기가 삐걱거리며 힘겨워하는 소리를 냈다.

"제이스."

"응?"

"내 몸에 섀도우 헌터의 피가 흐르고 있다는 건 어떻게 알았어? 그걸 알아내는 방법이라도 있어?"

승강기가 마지막 신음을 내뱉으며 드디어 도착했다. 제이스는 문의 빗장을 푼 다음 한쪽으로 밀어서 열었다. 승강기 안은 클라리에게 새장을 연상시켰다. 온통 시커먼 금속으로 되어 있었고, 군데군데 금박으로 장식이 되어 있었다.

"추측한 거야." 제이스가 문에 다시 빗장을 걸며 말했다. "그게 아마 가장 그럴듯한 설명 같아."

"추측을 했다고? 날 죽이는 것까지 심각하게 고려했을 정도로 넌 확신에 차 있었어."

제이스가 벽에 붙은 단추를 누르자 승강기는 떨리는 소리를 내며 갑작스레 움직였다. 클라리는 두 발이 부르르 떨리는 걸 뼛속까지 느꼈다.

"90퍼센트는 확신했지."

"알았어."

제이스는 클라리의 목소리에서 이상한 낌새를 감지했는지, 몸을 틀어 클라리를 바라보았다. 그 순간 클라리의 손이 제이스의 뺨을 사정없이 후려쳤다. 불의의 일격을 당한 제이스는 비틀거리며 뒤로 물러섰다. 그는 자기 뺨을 손에 얹고 고통스러워하기보다는 당혹스러워하는 표정을 지었다.

"이게 무슨 짓이지?"

"나머지 10퍼센트야."

두 사람을 태운 승강기가 한참을 내려가 거리에 닿을 때까지 그들은 아무 말도 하지 않았다.

제이스는 브루클린까지 전철을 타고 가는 동안 화가 나서 아무 말도 하지 않았다. 클라리는 제이스의 뺨에 아직도 손자국이 벌겋게 남아 있는 걸 보고 죄책감을 느끼며 그의 곁에 바짝 붙어 있었다. 클라리는 어색한 침묵에는 별로 개의치 않았다. 오히려 침묵 덕분에 생각할 시간을 가질 수 있었다. 클라리는 루크와 나눈 대화를 거듭해서 머리에 떠올려 보았다. 부러진 이로 음식물을 깨무는 것처럼 고통스러웠지만 그녀는 멈추지 않고 계속 생각했다.

맞은편 좌석에 앉은 10대 소녀 둘이 키득거리고 있었다. 세인트 제이비어 고등학교에서 클라리가 정말 꼴불견이라고 생각했던 여자애들처럼 인위적인 선탠을 했고 분홍색 젤리 슬리퍼를 신고 있었다. 처음에 클라리는 자기를 비웃고 있는 건 아닌지 의심하다가 여자애들이 제이스를 쳐다보고 있다는 것을 깨닫고 깜짝 놀랐다.

클라리는 커피숍에서 사이먼을 빤히 바라보던 여자를 기억했다. 마음에 드는 누군가를 바라볼 때 여자애들은 항상 그런 표정을 지었다. 그동안 클라리는 제이스가 잘생겼다는 사실을 거의 잊고 있었다. 제이스는 알렉처럼 섬세하게 각이 진 얼굴은 아니었지만 전체적인 분위기가 더 흥미로웠다. 밝은 대낮에 보면 제이스의 눈은 황금색 시럽 빛깔이었다. 그런데 지금 그 눈이 클라리를 똑바로 쳐다보고 있었다.

"왜? 내가 뭐 좀 도와줘?"

클라리는 여자애들의 행동을 얼른 제이스에게 알려줬다. "저기 반대편에 있는 여자애들이 널 빤히 쳐다보고 있어."

제이스는 기분이 흐뭇해져서 부드러운 표정을 지었다. "그럴 만도 하지. 내가 이래 봬도 숨이 막힐 정도로 매력적이거든."

"겸손이 미덕이라는 말도 못 들어봤어?"

"못생긴 사람들이나 그런 소릴 하지. 온유한 사람들이 나중에 땅을 물려받을지도 모르지만 지금은 나처럼 자신만만한 사람들의 차지야."

제이스가 여자애들에게 눈을 찡긋하자 여자애들은 킥킥거리며 머리카락으로 얼굴을 가렸다.

클라리는 한숨을 내쉬었다. "어떻게 쟤들이 널 볼 수 있는 거지?"

"글래머를 계속 쓰면 피곤해져. 어떤 때는 그냥 신경을 쓰지 않지."

제이스는 여자애들 덕분에 아까보다 확실히 기분이 나아 보였다. 역을 빠져나와 클라리의 아파트가 있는 언덕을 올라갈 때, 제이스는 천사의 검들 가운데 하나를 주머니에서 꺼내어 손가락 마디 사이에 끼우고 앞뒤로 팔랑팔랑 뒤집으며 콧노래를 부르기 시작했다. 클라리가 따졌다.

"꼭 그렇게 해야겠어? 성가셔."

그러자 제이스는 더 크게 콧노래를 불렀다. 콧노래는 〈생일축하곡〉과 〈공화국 찬가〉(남북전쟁 당시 북군 병사들이 즐겨 부른 노래―옮긴이) 사이의 어떤 노래로 강하고 가락이 아름다웠다.

"아까는 뺨을 때려서 미안해."

제이스가 콧노래를 멈추었다. "알렉이 아닌 날 때린 걸 다행으로 생각해. 알렉은 가만히 안 있고 한 대 올려붙였을 거야."

"알렉은 나랑 싸우고 싶어 안달이 난 애 같아." 클라리가 길에 있는 빈

깡통을 걷어차며 말했다. "알렉이 널 뭐라고 불렀지? 파라, 뭐라고 했던 것 같은데?"

"파라바타이. 형제보다 더 친한 동료 전사란 뜻이지. 사실 알렉은 나한테 단순한 친구 이상이야. 우리 아버지와 알렉의 아버지는 젊었을 때 파라바타이였어. 알렉의 아버지는 나의 대부이기도 했고. 그래서 내가 그들과 함께 살고 있는 거야. 그들은 내 가족이야."

"하지만 네 성은 라이트우드가 아니잖아."

"아니지."

클라리가 성이 뭐냐고 물어보려 했을 때 마침 그들은 클라리의 집 앞에 이르렀다. 클라리의 가슴이 쿵쾅거리며 뛰기 시작했다. 심장 뛰는 소리가 어찌나 컸던지 마을 밖에서도 그 소리가 들릴 것 같았다. 귓속에서 윙윙거리는 소리가 났고, 손바닥은 땀으로 흥건했다. 그녀는 회양목 울타리 앞에 멈춰 섰다. 정문을 차단하는 노란색 경찰 테이프와 잔디밭에 흩어져 있을 유리 조각, 그리고 잡석 더미로 변해버렸을 아파트를 예상하고 그녀는 천천히 눈을 들었다.

하지만 파괴의 흔적은 조금도 보이지 않았다. 오후의 따스한 햇살 속에서 갈색 사암의 주택은 밝게 빛나고 있었다. 벌들이 윙윙거리며 도로시아네 창문 아래에 있는 장미 덤불을 맴돌고 있었다.

"예전 모습 그대로야." 클라리가 말했다.

"겉모습은 그렇군." 제이스는 청바지 주머니에 손을 쑤셔 넣더니 금속과 플라스틱으로 된 장치를 꺼냈다.

"그게 센서야? 어떻게 하는 건데?"

"라디오처럼 주파수를 잡아내는 거야. 악마가 일으키는 주파수."

"악마의 단파?"

"말하자면 그런 거지."

제이스는 집을 향해 다가가면서 자기 앞으로 센서를 뻗었다. 그들이 계단을 올라갈 때 센서에서 희미하게 딸깍거리는 소리가 나더니 멈췄다. 제이스가 얼굴을 찌푸렸다. "기계가 악마들의 흔적을 찾고 있어. 그날 밤 이후의 흔적을 찾아낸 걸 수도 있어. 지금은 악마들이 주변에 있다는 걸 알려주는 강한 주파수는 잡히지 않네."

클라리는 자기도 모르게 참고 있었던 숨을 길게 내뱉었다. "좋아." 그녀는 열쇠를 찾으려고 허리를 굽혔고, 다시 몸을 일으켜 세우다가 현관문에 있는 긁힌 자국들을 보았다. 지난번에는 너무 어두워서 그것들을 보지 못했다. 길게 평행을 이루고 있는 그것들은 나무 깊숙이 파고들어 있었는데 갈고리발톱에 찍혀서 생긴 자국들로 보였다.

"내가 먼저 들어갈게." 제이스가 클라리의 팔을 건드리면서 말했다. 클라리는 자기가 그의 뒤에 숨을 필요가 없다는 말을 해주고 싶었지만 막상 그 말이 입 밖으로 튀어나오지는 않았다. 그녀는 래브너를 처음 보았을 때 겪었던 공포의 맛을 느낄 수 있었다. 낡은 동전처럼 강렬한 구리의 맛이었다.

제이스는 한 손으로 문을 밀어서 열고 센서를 잡고 있는 손으로 클라리에게 따라오라는 손짓을 했다. 입구 통로로 들어갔을 때 클라리는 눈을 깜박이면서 어둠에 눈이 익도록 하려고 애썼다. 머리 위의 전구는 아직도 불이 나가 있었고, 천장의 채광창은 너무 지저분해서 조금의 빛도 들여보내지 못했다. 갈라진 바닥 전체에는 어둠과 그림자만 두껍게 쌓여 있었다. 도로시아의 문은 굳게 닫혀 있었고, 문 아래의 틈으로는 어떠한 불빛도 새어나오지 않았다. 클라리는 혹시 도로시아에게 무슨 일이 벌어진 것은 아닐까 하는 불안한 생각이 들었다.

제이스는 손으로 난간을 쓿어보았다. 그가 손을 떼었을 때 흐릿한 빛 아래에 축축하고 검붉은 무언가가 손에 묻어 있는 것이 보였다. "피야."

"그날 밤에 내가 흘린 걸 거야." 클라리가 기어드는 목소리로 말했다.

"그렇다면 지금쯤 말라 있어야지. 가자."

제이스가 먼저 계단을 올랐고, 클라리는 그 뒤를 바짝 따라갔다. 층계참은 어두웠다. 클라리는 세 번이나 더듬거리고 나서야 간신히 열쇠를 찾아 자물쇠에 밀어 넣었다. 제이스는 클라리에게 몸을 기울이며 초조하게 지켜보았다.

"내 목에 숨 좀 뱉지 마." 클라리가 날카롭게 말했다. 그녀의 손은 부들부들 떨리고 있었다. 드디어 자물쇠에서 철컥 하는 소리가 나더니 문이 열렸다.

제이스가 클라리를 뒤로 끌어당기며 말했다. "내가 먼저 들어갈게."

클라리는 잠깐 머뭇거리다가 제이스가 먼저 들어가도록 옆으로 비켰다. 그녀의 손바닥이 끈적거렸다. 하지만 그것은 열기 때문이 아니었다. 집 안은 시원했다. 시원한 정도가 아니라 추위가 느껴질 정도였다. 싸늘한 공기가 입구에서 흘러나와 클라리의 피부를 차갑게 쓿었다. 짧은 복도를 지나 거실로 들어가는 클라리의 온몸에 소름이 돋았다.

거실은 텅 비어 있었고 놀라울 정도로 썰렁했다. 처음에 이사를 왔을 때처럼 벽과 바닥은 말끔했고, 가구는 보이지 않았으며, 심지어 창문에 걸려 있던 커튼마저 떨어져 있었다. 벽에 남아 있는 희미한 사각의 자국이 어머니의 유화가 걸려 있던 자리라는 것을 알려줄 뿐이었다. 꿈속에서처럼 클라리는 돌아서서 부엌을 향해 걸어갔다. 그녀와 함께 부엌으로 걸어가는 제이스의 맑은 눈이 가늘어졌다.

부엌도 텅 비어 있기는 마찬가지였다. 냉장고, 의자, 식탁은 보이지도 않았고, 찬장 문은 열려 있었다. 비어 있는 선반을 보자 클라리는 어떤 자장가가 생각났다. 그녀는 목청을 가다듬었다. "악마들은 전자레인지를 가지고 무얼 할까?"

제이스가 고개를 가로저었다. "나도 모르겠어. 하지만 지금 악마의 존재는 전혀 감지되지 않아. 떠난 지 오래된 것 같아."

클라리는 다시 한 번 주위를 둘러보았다. 바닥에 쏟아졌던 타바스코 소스를 누군가가 말끔하게 닦은 것을 멀리서도 알아볼 수 있었다.

"이제 됐어?" 제이스가 물었다. "지금 여기엔 아무것도 없어."

클라리는 고개를 가로저었다. "내 방을 보고 싶어."

제이스는 무슨 말을 할 것처럼 하더니 그만두었다. "꼭 그래야 되겠다면 그래야지." 천사의 검을 주머니에 도로 넣으며 제이스가 말했다.

복도 전등은 꺼져 있었지만 클라리가 자신의 집을 휘젓고 다니는 데에는 불빛이 별로 필요하지 않았다. 제이스에게 바짝 뒤따라오게 하고서 클라리는 자기 방문의 손잡이를 잡았다. 손잡이는 차가웠다. 너무 차가워서 고드름이 맨살에 닿을 때처럼 얼얼한 느낌이 들었다. 클라리는 제이스가 재빨리 자신을 쳐다보는 걸 알아차렸지만 이미 손잡이를 돌리고 있었다. 아니, 손잡이를 돌리려고 애쓰고 있었다. 손잡이는 방의 안쪽에 끈적끈적한 아교를 발라놓은 것처럼 뻑뻑한 느낌이 들면서 아주 천천히 돌아가는 듯싶더니…….

그 순간 엄청난 폭풍에 밀리듯 문이 밖으로 왈칵 열렸고, 중심을 잃은 클라리는 뒤로 벌러덩 나자빠졌다. 클라리는 복도 바닥에 주르륵 미끄러지다 벽에 몸을 세게 부딪히고 나서야 바닥에 엎어졌다. 클라리가 간신히 무릎 높이까지 몸을 일으켜 세웠을 때 낮게 으르렁거리는 소리가 들려왔다.

제이스는 벽에 바짝 달라붙은 채 놀란 표정으로 주머니를 더듬거렸다. 제이스에게 다가온 것은 동화 속 거인처럼 어마어마한 체구의 사내였다. 사내의 몸통은 참나무만큼이나 굵었다. 파리하고 큼지막한 손에는 날이 넓은 도끼가 쥐어 있었다. 사내는 더럽고 너덜너덜한 누더기를 걸치고 있었는데, 피부도 옷만큼이나 더럽고 지저분해 보였다. 머리카락은 온통 헝클어져 한데 뒤엉켰고 먼지가 잔뜩 묻어 있었다. 그에게서는 지독한 땀내와 썩은 고기 냄새가 났다. 클라리는 사내의 얼굴을 볼 수 없어서 다행이라 생각했다. 등만 보아도 충분히 역겨웠기 때문이다.

제이스의 손에는 이제 천사의 검이 들려 있었다. 그는 그것을 치켜들고 소리쳤다. "산산비!"

그러자 원통에서 칼이 튀어나왔다. 클라리는 스위치만 누르면 지팡이에 감춰져 있던 칼이 탁 하고 튀어나오던 옛날 영화가 생각났다. 하지만 제이스가 들고 있는 칼은 지금까지 한 번도 보지 못한 것이었다. 손잡이는 발갛게 달아올라 있었고 칼날은 유리처럼 투명했다. 그리고 섬뜩할 정도로 날카로운 데다 제이스의 팔만큼이나 길었다. 제이스는 거구의 사내를 향해 나아가면서 칼을 휘둘렀다. 그러자 사내는 울부짖으며 비틀비틀 뒷걸음질을 쳤다.

제이스는 돌아서서 클라리에게 달려왔다. 그리고 클라리의 팔을 잡아 일으켜 세운 다음 그녀의 등을 떠밀어 앞장세우고 그 뒤를 따랐다. 클라리는 뒤에서 사내가 따라오는 소리를 들을 수 있었다. 발소리는 납덩어리가 바닥으로 쿵쿵 떨어지는 소리처럼 들렸고, 점점 더 빠르게 다가오고 있었다.

그들은 서둘러 현관을 지나 층계참으로 나갔다. 제이스는 홱 돌아서서 현관문을 쾅 소리가 나도록 거칠게 닫았다. 클라리는 자동 자물쇠가 찰칵 소리를 내며 문이 잠기는 걸 확인하고 나서야 숨을 돌릴 수 있었다. 집 안에서 엄청난 힘이 문을 가격하자 문돌쩌귀가 흔들렸다. 클라리는 계단 쪽으로 물러났다. 제이스가 그녀를 힐끗 쳐다보았다. 그의 눈은 긴장과 흥분으로 이글이글 불타오르고 있었다.

"내려가! 빨리 건물을 빠져……."

집 안에서 또다시 거칠게 문을 가격하는 소리가 들렸다. 이번에는 돌쩌귀가 빠지면서 문이 쾅 하는 소리를 내며 쓰러졌다. 제이스가 잽싸게 몸을 피했기에 망정이지 그러지 않았더라면 아마 문에 그대로 깔렸을 것이다. 클라리의 눈이 따라가지 못할 정도로 제이스는 몸이 날랬다. 어느새 그는 계단 꼭대기에서 별똥별처럼 밝게 빛나는 칼을 손에 쥐고 있었다. 클라리는 제이스가 자기를 향해 무어라고 소리치는 모습을 보았지만, 부서진 문에서 튀어나온 거대한 녀석이 제이스를 향해 곧장 달려가며 으르렁거리는 소리 때문에 제대로 알아들을 수 없었다. 클라리는 괴물이 열기와 악취를 한바탕 내뿜으며 지나갈 때 벽에 몸을 찰싹 붙이고 있었다. 녀석은 제이스의 머리를 잘라낼 기세로 도끼를 휘둘렀다. 도끼날이 허공을 가르는 날카로운 소리가 났다. 제이스는 잽싸게 몸을 피했고, 도끼는 묵직한 소리와 함께 난간 깊숙이 박혔다.

제이스가 웃음을 터뜨렸다. 웃음소리에 괴물은 화가 머리끝까지 치밀었다. 녀석은 난간에 박힌 도끼를 빼내는 걸 포기하고 거대한 두 주먹을 든 채 제이스에게 달려들었다. 제이스는 허공에 아치를 그리듯이 천사의 검을 크게 빙 돌려 거인의 어깨 속에 깊숙이 찔러 넣었다. 거인은 잠시 그 자리에서 비틀거리더니 다음 순간 제이스를 움켜쥐려는 듯 손을 뻗었다. 제이스가 황급히 옆으로 비켰지만 이번에는 동작이 충분히 빠르지 못했다. 거인은 쓰러지기 직전 거대한 손으로 제이스를 붙잡았고, 그 때문에 제이스도 거인을 따라 쓰러졌다. 제이스는 딱 한 번 비명을 질렀다. 거인이 계단을 굴러 내려가면서 쿵쿵거리는 소리가 연이어 들리더니 잠잠해졌다.

클라리는 급히 아래층으로 달려 내려갔다. 제이스는 계단 발치에 뻗어 있었다. 한쪽 팔이 부자연스러운 각도로 자기 몸에 짓눌려 있었고, 그의 두 다리 위에는 거인이 쓰러져 있었다. 거인의 어깨에는 제이스가 찔러 넣은 검의 손잡이 부분이 튀어나와 있었다. 괴물은 약하게 몸을 떨었고, 입에서는 피거품이 흘러나오고 있었다. 클라리는 이제야 녀석의 얼굴을 볼 수 있었다. 백지처럼 창백한 얼굴에 무시무시한 검은 흉터들이 격자 모양을 이루어 얼굴 생김새는 거의 알아볼 수 없었고, 눈구멍은 시뻘겋게 곪아 있었다. 클라리는 구역질이 나는 걸 억지로 참으며 마지막 몇 계단을 휘청휘청 내려갔다. 그녀는 경련을 일으키고 있는 거인을 넘어 제이스의 옆에 무릎을 꿇었다. 클라리는 한 손을 미동도 하지 않는 제이스의 어깨에 얹었다. 제이스의 셔츠는 그의 것인지 거인의 것인지 분간이 가지 않는 피로 끈적거렸다.

"제이스!"

제이스가 눈을 떴다. "죽었어?"

"거의." 클라리가 굳은 표정으로 말했다.

"이런 제기랄." 제이스가 몸을 움찔했다. "내 다리가……."

"가만히 있어."

클라리는 제이스의 머리 쪽으로 기어가서 양손을 팔 밑으로 넣은 다음 끌어당겼다. 제이스는 거인의 몸통에 짓눌린 두 다리를 빼낼 때 통증을 느끼며 끙끙거렸다. 클라리가 팔을 놓아주자 그는 왼팔을 가슴에 얹고 가까스로 자리에서 일어났다.

"팔은 괜찮아?"

"안 괜찮아. 부러졌어. 내 주머니에 손 좀 넣어줄 수 있어?"

클라리는 망설이다가 고개를 끄덕였다. "어느 주머니?"

"재킷 안쪽, 오른쪽에 있는 거. 천사의 검들 가운데 하나를 나한테 줘."

제이스는 클라리가 긴장한 표정으로 주머니 속에 손을 밀어 넣는 동안 가만히 있었다. 클라리는 제이스에게 바짝 붙어 있었기 때문에 그의 몸에서 풍기는 땀, 비누, 그리고 피 냄새를 맡을 수 있었다. 그의 입김이 클라리의 뒷목을 간질였다. 클라리는 제이스를 바라보지도 않고 주머니에서 원통을 꺼냈다.

"고마워." 제이스는 손가락으로 원통을 잠시 더듬다가 "산비!"라고 낮게 외쳤다. 아까와 마찬가지로 원통은 예리한 단검으로 변했다. 검이 빛을 발하면서 제이스의 얼굴을 환히 비추었다.

"보지 마." 흉터로 뒤덮인 거인에게 다가가며 제이스가 말했다. 그는 머리 위로 칼을 치켜들더니 힘껏 내리쳤다. 거인의 목에서 피가 샘물처럼 콸콸 쏟아져 나왔다. 피는 제이스의 부츠에도 튀었다.

클라리는 팬더모니엄에서 소년이 제 몸 안으로 접혀 들어갔던 것처럼 거인도 사라질 거라고 반쯤 예상했다. 하지만 거인은 그대로 있었고, 주변 공기는 피 냄새로 가득했다. 금속성의 무거운 냄새였다. 제이스가 목 안쪽에서 낮은 소리를 냈다. 제이스의 얼굴이 새하얘졌는데 클라리는 그게 고통 때문인지, 아니면 역겨워서인지 알 수 없었다.

"보지 말라고 했잖아."

"나는 거인이 사라질 줄 알았어. 네가 예전에 말한 대로 자기네 세계로 돌아갈 줄 알았다고."

"그건 악마들 얘기고." 제이스는 움찔하면서 어깨에서 재킷을 벗겨내려고 버둥거렸다. 그러자 왼팔의 윗부분이 드러났다. "이 거인은 악마가 아니었어." 제이스는 오른손으로 허리띠에서 무언가를 뽑아냈다. 클라리의 피부에 겹치는 원을 새겨 넣을 때 사용했던 지팡이 모양의 매끄러운 물건이었다. 클라리는 그것을 바라보면서 자신의 팔뚝이 달아오르는 걸 느꼈다.

제이스는 클라리가 빤히 쳐다보고 있는 걸 알아차리고 유령처럼 씩 웃어 보였다. "이건 스텔레야."

그는 어깨 바로 아래에 새긴 마크에 그것을 가져다 댔다. 괴상한 모양의 마크는 별처럼 보였는데, 서로 떨어져 있는 별의 두 팔이 마크의 나머지 부분에서 돌출되어 있었다. "섀도우 헌터들은 부상을 입으면 이렇게 해야 돼."

제이스는 스텔레의 끝으로 별의 두 팔을 잇는 선을 그렸다. 그가 손을 내렸을 때 마크는 인광성 잉크로 에칭을 한 것처럼 빛을 냈다. 클라리가 지켜보는 동안 마크는 추를 매단 물건이 물속에 가라앉듯 제이스의 피부 속으로 가라앉았다. 그러자 눈에 거의 띄지 않는 창백하고 희미한 흉터만 유령처럼 뒤에 남았다.

그때 클라리의 머리에 어떤 영상이 문득 떠올랐다. 수영복 상의에 제대로 가려지지 않은 엄마의 등, 어깨뼈, 그리고 등뼈의 곡선에도 가늘고 하얀 마크가 점점 찍혀 있었다. 그것은 그녀가 꿈에서 보았던 무엇과 비슷했다. 그 영상이 클라리를 줄곧 괴롭혔다.

제이스는 한숨을 내쉬었고, 고통으로 경직되었던 얼굴이 풀렸다. 그는 팔을 움직여보았다. 처음에는 천천히, 그다음에는 좀 더 쉽게 팔을 올렸다가 내려보고 주먹도 쥐어보았다. 부러졌다던 팔은 이제 누가 보더라도 멀쩡해 보였다.

"신기해. 어떻게 그렇게 감쪽같이……."

"이건 '이라체'라는 건데, 부상을 치유하는 룬이야. 스텔레를 가지고 룬을 완성하면 치유가 돼." 제이스는 가느다란 지팡이를 허리띠 속에 넣고 도로 재킷을 입었다. 그리고 나서 부츠의 끝으로 거인의 시신을 툭툭 건드려보았다.

"여기에서 벌어진 일을 호지 선생님한테 보고해야 될 거야. 이 얘기를 들으면 몹시 흥분하겠지." 제이스는 호지가 깜짝 놀라는 모습을 상상만 해도 즐거운지 그렇게 말했다. 클라리는 제이스가 설사 나쁜 일일지라도 끊임없이 사건이 발생하는 것을 좋아하는 성격이라고 생각했다.

"왜 호지 선생님이 흥분한다는 거지? 저건 악마가 아니잖아. 그래서 센서도 반응하지 않았던 거고. 안 그래?"

제이스가 고개를 끄덕였다. "녀석의 얼굴을 온통 뒤덮고 있는 흉터 보이지?"

"응."

"저것들은 스텔레로 만든 거야. 이것과 비슷한 스텔레." 제이스는 허리띠에 들어 있는 지팡이를 톡톡 두드렸다. "섀도우 헌터의 피가 흐르지 않는 사람에게 마크를 새기면 어떻게 되는지 물었지? 단 하나의 마크만 새긴다면 그 사람은 불타버릴 거야. 하지만 여러 개의 강력한 마크를 새긴다면? 조상 대대로 섀도우 헌터의 피가 전혀 흐르지 않는 지극히 평범한 인간의 살에 마크를 새겨 넣는다면? 바로 이렇게 되는 거야." 제이스는 거인의 시신을 향해 턱짓을 했다.

"룬을 새겨 넣으면 엄청 고통스러워. 마크를 받은 사람들은 미쳐버리지. 고통이 사람들의 본래 정신을 몰아내는 거야. 그들은 과격하고 무자비한 살인자가 돼. 잠도 자지 않고 먹지도 않아. 그리고 대개는 빨리 죽어버리지. 룬 문자는 선한 일을 하는 데도 쓰일 수 있지만 악한 일을 하는 데도 쓰일 수 있어. 추방자들은 악해."

클라리는 두려운 표정으로 제이스를 바라보았다. "하지만 누가 그런 짓을 자기한테 하겠어?"

"자기한테 일부러 그런 짓을 하는 사람은 아무도 없지. 마법사나 타락한 다운월드 사람들이 그러는 거야. 추방자들은 자기한테 마크를 부여한 자에게 충성을 다해. 그들은 사나운 살인자인 데다 단순한 명령에 복종해. 노예 군대를 갖는 거지." 제이스는 추방자, 즉 죽은 거인을 넘고 나서 어깨 너머로 클라리를 힐끗 쳐다보았다. "난 다시 위층에 가 볼게."

"하지만 거긴 아무것도 없었잖아."

"이런 녀석이 더 있을지도 몰라. 넌 여기 있어." 제이스는 마치 거인이 좀 더 있기를 바라는 것처럼 말하고선 계단을 오르기 시작했다.

그때 날카롭고 익숙한 목소리가 들렸다. "내가 너라면 가지 않을 거야. 첫 번째 녀석이 나왔던 곳에 놈들이 좀 더 있어."

계단 꼭대기까지 거의 올라간 제이스가 홱 돌아서며 아래를 보았다. 클라리는 목소리의 주인공이 누구인지 즉각 알아차렸다. 귀에 거슬리는 그 목소리가 누구 것인지는 뻔했다.

"도로시아 여사님?"

노파는 자줏빛 생사로 만든 텐트 같은 옷을 입고 자기 집 문간에 당당하게 서 있었다. 반짝이는 금색 사슬이 그녀의 목과 손목을 밧줄처럼 감고 있었고, 머리 꼭대기의 쪽머리에서 흘러내린 기다란 머리카락은 헝클어져 있었다.

제이스는 아직도 빤히 바라보고 있었다. "하지만……."

"뭐가 더 있다고요?" 클라리가 말했다.

"추방자들이 더 있다고." 도로시아는 그 상황에 걸맞지 않게 쾌활하게 대꾸했다. "난장판을 만들어놨군. 치울 생각은 하지도 않았겠지? 버릇이군, 버릇이야." 그녀는 입구 통로를 둘러보며 말했다.

"하지만 당신은 먼데인이잖아요." 제이스가 못다 한 말을 맺었다.

"관찰력이 무척 날카롭군. 클레이브가 정말 틀을 깼나 보네." 도로시아가 눈을 번득이며 말했다.

제이스의 얼굴에서 당혹스러운 표정이 점점 사라지고 그 자리에 분노가 피어나기 시작했다. "클레이브에 대해 알아요?" 그가 따지듯이 물었다. "클레이브를 알고 있었군요. 이 집에 추방자들이 있다는 것도 알고 있었고요. 그러면서도 알리지 않았죠? 추방자들이 있다는 것만으로도 코브넌트를 어기는 범죄······."

"클레이브나 코브넌트는 나를 위해 해준 게 아무것도 없어." 도로시아의 눈빛이 사납게 번득였다. "난 그들에게 빚진 게 하나도 없단 말이야." 잠시 동안 그녀의 입에서 귀에 거슬리는 뉴욕 억양 대신 클라리가 알 수 없는 더 굵고 깊은 말투가 흘러나왔다.

"제이스, 그만해." 클라리는 이렇게 말하고 도로시아를 향해 돌아섰다. "클레이브와 추방자에 대해 알고 계시면 우리 엄마한테 무슨 일이 벌어졌는지도 알겠네요?"

도로시아가 고개를 가로젓자, 귀걸이가 이리저리 흔들렸다. 그녀의 얼굴에는 클라리를 측은하게 여기는 정 같은 것이 어려 있었다. "내가 너한테 해줄 수 있는 말은 엄마를 잊어버리라는 거야. 이제 엄마는 가버렸으니까."

그 말을 듣자 클라리는 자기가 서 있는 바닥이 한쪽으로 기울어지는 것만 같았다. "엄마가 죽었다는 말씀이세요?"

"아냐. 아직 살아 있는 건 확실해. 지금까지는 말이야." 도로시아는 마지못해 이렇게 내뱉었다.

"그럼 엄마를 찾아야 해요." 기울어지는 것 같던 세상이 멈춰 섰다. 어느새 제이스가 클라리의 뒤에 서서 부축을 해줄 것처럼 그녀의 팔꿈치에 손을 얹고 있었지만, 클라리는 그 사실을 알아차리지도 못했다. "아시겠어요? 전 엄마를 찾아야 해요. 무슨 일이 생기기 전에……."

도로시아가 한 손을 들었다. "난 섀도우 헌터들의 일에 휘말리고 싶지 않아."

"하지만 우리 엄마를 아시잖아요. 엄마는 할머니의 이웃이었고……."

"이것은 클레이브의 정식 조사입니다." 제이스가 클라리의 말을 자르며 말했다. "전 언제든지 침묵의 형제들과 돌아올 수 있습니다."

"아, 이런……." 도로시아는 자기 집 문을 힐끗 쳐다보고 나서 제이스와 클라리를 바라보았다. "잠깐 들어오지 그래. 내가 해줄 수 있는 일이 뭔지 말해주지."

그녀는 문을 향해 걸어가다 문간에서 눈을 부릅뜨더니 멈춰 섰다. "하지만 내가 섀도우 헌터를 도와줬다는 말을 누구한테라도 하면 내일 잠에서 깨어날 때 머리카락은 온통 뱀으로 변해 있을 거고 팔은 두 개 더 생겨 있을 테니 알아서 해."

"팔이 두 개 더 있으면 좋죠. 싸울 때도 유리하고." 제이스가 말했다.

"하지만 그 팔들이 다른 곳도 아니고……." 도로시아는 잠시 말을 멈추더니 제이스에게 미소를 지었다. 미소에 악의가 담겨 있지는 않았다. "목에서 뻗어 나온다면?"

"어이쿠."

"이제 두려운가 보지, 제이스 웨이랜드." 도로시아는 자줏빛 텐트 같은 옷을 화려한 깃발처럼 펄럭이며 집 안으로 당당하게 들어갔다.

클라리는 제이스를 쳐다보았다. "웨이랜드?"

"내 이름이야." 제이스는 기분이 안 좋아 보였다. "저 할머니가 내 이름을 알고 있다는 게 찜찜해."

클라리는 도로시아의 뒷모습을 힐끗 보았다. 집 안에는 등불이 환하게 켜져 있었고, 짙은 향내가 피 냄새와 뒤섞여 역겨웠다. "할머니한테 얘기를 좀 더 해보는 게 좋지 않을까? 어차피 우리는 잃을 게 없잖아."

"네가 몰라서 그래. 우리 세상에서 조금만 더 지내다 보면 그런 말은 두 번 다시 하지 않을 거야."

7
5차원의 문

    도로시아의 집은 공간을 전혀 다르게 사용해서 그렇지, 구조 자체는 클라리의 집과 비슷했다. 향냄새를 짙게 풍기는 입구 통로에는 주렴과 점성술 관련 그림들이 걸려 있었다. 그림들 중에는 황도대의 별자리를 보여주는 것도 있었고, 중국의 신비한 상징들을 안내하는 것도 있었다. 또 한쪽 손바닥을 쫙 편 그림도 있었는데, 손바닥의 선에 일일이 이름이 붙어 있었다. 이 그림에는 라틴어로 'In Manibus Fortuna(손금─옮긴이)'라고 적혀 있었다. 그리고 책이 잔뜩 쌓인 비좁은 선반이 문 옆의 벽을 따라 놓여 있었다.

    짤랑거리는 주렴 소리가 나더니, 도로시아가 주렴 밖으로 고개를 내밀었다. "혹시 손금에 관심 있어?" 클라리가 뚫어지게 손 그림을 쳐다보는 걸 눈치채고 그녀가 말했다. "아니면 단순히 호기심 때문인가?"

    "둘 다 아니에요. 근데 정말 앞날을 점칠 수 있으세요?"

    "사실은 우리 어머니가 뛰어난 재능을 지니셨지. 어머니는 손이나 찻잔 바닥에 가라앉은 잎을 보고 미래를 맞힐 수 있었어. 내게도 몇 가지 기술을 가르쳐주셨지."

도로시아는 시선을 제이스에게 옮겼다. "차 얘기가 나와서 말인데, 젊은이, 차 좀 마시겠나?"

"네?" 제이스가 당황한 표정을 지었다.

"차 말이야. 위를 달래주고 집중력을 높여주는 차야. 썩 괜찮은 차지."

"저는 마실래요." 클라리는 오랫동안 아무것도 먹지도 마시지도 못했다는 것을 깨닫고 그렇게 말했다. 그녀는 병상에서 깨어난 뒤로 계속해서 아드레날린을 분비한 것만 같았다.

제이스도 결국 굴복했다. "좋습니다. 얼그레이만 아니면 됩니다." 그는 오뚝하게 잘생긴 코를 찡그리며 덧붙였다. "제가 베르가모트 향을 정말 싫어해서요."

도로시아는 큰 소리로 깔깔거리고 나서 다시 주름 뒤로 사라졌다.

클라리가 제이스를 보고 눈썹을 치켜세웠다. "베르가모트를 싫어한다고?"

어느새 제이스는 비좁은 책장으로 건너가서 책들을 살펴보고 있었다. "그게 뭐 잘못됐어?"

"지금껏 만난 내 또래 애들 중에 베르가모트를 아는 애는 너밖에 없을 거야. 얼그레이에 그런 게 들어간다는 사실도 다들 모를걸."

"그렇겠지. 난 다른 애들과는 차원이 달라." 제이스는 거만한 표정을 지었다. 그러고는 선반에서 책을 한 권 뽑으며 이렇게 덧붙였다. "게다가 우리는 인스티튜트에서 식물의 의학적 활용법에 대해 강의를 들어야 해. 필수과목이지."

"나는 너희가 살육하는 방법이나 배우는 줄 알았는데?"

제이스가 손끝으로 책장을 탁 튀기며 말했다. "아주 재미있군, 프레이."

손 그림을 찬찬히 들여다보고 있던 클라리가 제이스에게 돌아섰다.

"그렇게 부르지 마."

제이스는 깜짝 놀라 클라리를 쓱 쳐다보았다. "왜? 싫어? 그게 성이 잖아. 아냐?"

클라리의 눈 안쪽에서 사이먼의 모습이 떠올랐다. 클라리가 마지막으로 사이먼을 보았을 때 사이먼은 자바 존스를 달려 나가는 그녀를 멍하니 바라보고 있었다. 클라리는 눈을 껌벅이며 그림 쪽으로 다시 돌아섰다. "이유는 없어."

"알았어." 클라리는 제이스의 목소리를 듣고 그가 기대 이상으로 자신의 말을 새겨듣고 있다는 걸 알았다. 클라리는 제이스가 원래 있던 자리에 책을 꽂아 넣는 소리를 들었다.

"운명을 잘 믿는 먼데인들을 위해 할머니가 일부러 이런 쓰레기들을 진열해뒀군. 여기 진지한 책이라곤 눈을 씻고 봐도 없어." 제이스는 정나미가 떨어진다는 식으로 말했다.

"네가 하고 있는 마술하고 다르다는 이유만으로 그렇게……."

제이스는 사납게 인상을 써서 클라리의 입을 다물게 만들었다. "난 마술을 하는 게 아니야. 머리에 똑똑히 새겨둬. 인간은 마법을 부릴 수 없어. 그렇기 때문에 인간이지. 마녀와 마법사는 몸에 악마의 피가 흐르고 있기 때문에 마법을 부릴 수 있는 거야."

클라리가 제이스의 말을 이해하는 데 시간이 어느 정도 걸렸다. "하지만 난 네가 마법을 부리는 걸 봤어. 넌 마법 무기를 써서……."

"나는 도구를 사용할 뿐이야. 그리고 그렇게 하기 위해 혹독한 훈련을 견뎌야 해. 내 피부에 있는 룬 마크도 날 보호해주지. 예를 들어 네가 천사의 검을 사용하려고 하면 네 피부는 타버릴 거야. 어쩌면 죽을 수도 있어."

"내가 마크를 지니고 있다면? 그럼 나도 그걸 쓸 수 있는 거야?"

"아니." 제이스가 짜증스럽게 말했다. "마크는 일부일 뿐이야. 시험, 호된 시련, 그리고 단계별 훈련을 거쳐야 해. 자, 그만 잊어버리고 내 검들에서 멀리 떨어져 있어. 내 허락 없이는 어떤 무기도 만져선 안 돼."

"사실 난 그것들을 전부 이베이(경매 사이트—옮긴이)에 내놓을 계획이었어." 클라리가 중얼거렸다.

"어디에 내놓는다고?"

클라리는 제이스를 향해 온화한 미소를 지었다. "대단한 마력을 지닌 신화적인 공간이지."

제이스는 혼란스러운 표정을 짓고 나서 어깨를 으쓱했다. "신화는 대부분 진실이야. 적어도 부분적으로는."

"나도 이제 이해하기 시작했어."

주렴이 다시 짤랑거리는 소리를 내더니 도로시아의 머리가 밖으로 튀어나왔다. "탁자에 차 준비해뒀어. 두 사람 모두 당나귀처럼 거기에 계속 서 있지 말고 응접실로 들어와."

"응접실이 있었어요?" 클라리가 말했다.

"물론이지. 응접실이 아니면 손님들을 어디서 대접해?"

"저는 그냥 하인한테 모자를 맡기겠습니다." 제이스가 말했다.

도로시아가 어두운 표정으로 제이스를 쏘아보았다. "자기가 생각하는 것에서 절반만 웃기면 지금보다 두 배는 더 웃길 거야. 흥!" 그녀는 주렴 뒤로 사라지면서 크게 콧방귀를 뀌었지만, 그 소리는 짤랑거리는 주렴 소리에 거의 묻혀 버렸다.

제이스가 얼굴을 찌푸렸다. "무슨 소리를 하는지 잘 모르겠네."

"그래? 난 충분히 이해가 가는데." 클라리는 제이스가 대꾸도 하기 전에 주렴을 헤치고 안으로 들어갔다.

응접실 불빛이 너무 흐릿한 나머지 클라리는 어둠에 적응하기 위해 여러 번 눈을 깜박여야 했다. 희미한 불빛 속에서 왼쪽 벽 전체에 드리워진 검은색 벨벳 커튼의 윤곽이 드러났다. 천장에 묶여 있는 가느다란 끈에는 속을 채운 새와 박쥐 인형이 매달려 있었고, 새와 박쥐의 눈이 있어야 할 곳에는 반들반들한 검은 구슬이 박혀 있었다. 바닥에 깔려 있는 닳아빠진 페르시아 융단은 발밑에서 먼지를 뱉어냈고, 낮은 탁자의 주변에는 속을 두툼하게 채운 분홍색 안락의자들이 있었다. 탁자의 한쪽 끝에는 비단 리본으로 묶은 타로 카드 한 묶음이, 다른 쪽 끝에는 금색 받침대 위에 수정 구슬이 놓여 있었다. 그리고 탁자의 중앙에는 은색 차 도구가 펼쳐져 있었다. 깔끔한 접시에는 샌드위치가 쌓여 있고, 청색 찻주전자에서는 하얀 연기가 가늘게 피어올랐으며, 두 개의 안락의자 앞에는 찻잔 두 개가 놓여 있었다.

"와! 근사한데요." 클라리는 감탄하며 안락의자에 주저앉았다. 앉아 보니 느낌이 좋았다.

도로시아가 미소를 지었다. "차 좀 들어." 찻주전자를 들어 올리며 그녀가 말했다. "뭘 타줄까? 우유? 설탕?"

클라리는 곁눈으로 제이스를 보았다. 제이스는 클라리의 옆자리에 앉아 샌드위치 접시를 들고 꼼꼼히 살펴보고 있었다.

"설탕이오." 클라리가 말했다.

제이스는 어깨를 으쓱하고 나서 샌드위치 한 조각을 집어 든 다음 접시는 내려놓았다. 클라리는 제이스가 샌드위치를 먹는 모습을 조심스레 지켜보았다. 제이스는 다시금 어깨를 으쓱했다.

"오이야." 클라리가 자기를 빤히 쳐다보고 있는 걸 눈치채고 그가 말했다.

"차에는 오이 샌드위치가 가장 잘 어울리지. 그렇지 않아?" 두 사람 가운데 누구를 염두에 두고 하는 말인지 모르겠지만 도로시아는 그렇게 물었다.

"난 오이 싫은데." 제이스는 이렇게 말하면서 자기가 먹던 샌드위치를 클라리에게 건넸다. 클라리는 샌드위치를 한 입 베어 물었다. 딱 알맞은 양의 마요네즈와 후추가 들어간 샌드위치였다. 사이먼과 함께 나초를 먹은 뒤로 처음 맛보는 음식이라 그런지 배에서 음식을 반기는 꼬르륵 소리가 났다.

"오이와 베르가모트, 이거 말고 또 싫어하는 게 있어?" 클라리가 물었다.

"거짓말쟁이들." 제이스는 찻잔 테두리 너머로 도로시아를 바라보며 이렇게 말했다.

노파는 찻주전자를 조용히 내려놓았다. "나를 거짓말쟁이라고 부르든 뭐라고 부르든 좋아. 사실 나는 마녀가 아니야. 하지만 우리 어머니는 마녀였지."

제이스는 차를 마시다가 숨이 막혔다. "그건 불가능하죠."

"왜 불가능해?" 클라리가 호기심을 보이며 물었다. 그녀는 차를 한 모금 들이켰다. 석탄 연기 냄새와 쓴맛이 나는 차였다.

제이스는 숨을 길게 내쉬었다. "왜냐하면 그들은 반은 인간, 나머지 반은 악마이기 때문이야. 마녀와 마법사는 모두 잡종이야. 그렇기 때문에 그들은 자식을 가질 수 없어. 불임이지."

"노새처럼?" 클라리는 생물 수업에서 배운 내용이 기억났다. "노새는 새끼를 가질 수 없는 잡종이야."

"이거 놀랐는걸. 가축에 대한 지식이 상당하네. 모든 다운월드 사람들은 부분적으로 악마야. 하지만 마법사만 악마 부모의 자식들이지. 그렇기 때문에 그들의 능력이 가장 강한 거야."

"뱀파이어와 늑대인간도 부분적으로 악마야? 요정은?"

"뱀파이어와 늑대인간은 악마들이 자기네 세상에서 가져온 질병을 퍼뜨린 결과물이야. 악마들의 질병은 인간에게 치명적이지. 하지만 뱀파이어와 늑대인간 같은 경우에는 죽는 대신 감염된 사람들에게 이상한 변화를 일으킨 거지. 그리고 요정은……."

"요정은 하늘에서 떨어진 천사들이야. 교만 때문에 하늘나라에서 추방당한 거지." 도로시아가 끼어들었다.

"그건 전설이죠." 제이스가 대꾸했다. "악마와 천사 사이의 자식이란 얘기도 있습니다. 제가 보기엔 그 가능성이 더 클 것 같더군요. 선과 악이 한데 뒤섞인 거죠. 요정은 마땅히 아름다워야 할 천사만큼이나 아름답지만, 장난기와 잔인한 기질이 강하죠. 그들은 대부분 한낮의 햇빛을 피하는데……."

"악마는 어둠 속에 있지 않으면 힘이 없기 때문이야." 오래된 시를 읊조리듯 도로시아가 부드럽게 말했다.

제이스는 도로시아를 향해 얼굴을 찌푸렸다.

"마땅히 아름다워야 할 천사라니? 그럼 천사들이 실제로는 아름답지 않다는……."

"천사 얘기는 그만하지. 마법사가 자식을 가질 수 없다는 건 사실이야. 우리 어머니는 당신이 세상을 떠난 뒤에도 이곳을 맡아줄 사람이 필요했기 때문에 나를 입양했지. 난 마법에 통달하지 않아도 돼. 그냥 이곳을 감시하고 지키기만 하면 된다고." 도로시아가 클라리의 말을 자르고 자기 얘기를 털어놓았다.

"뭘 지킨다는 거죠?" 클라리가 물었다.

"무엇을 지켜내느냐고?" 노파는 눈을 찡긋하면서 샌드위치를 집으려고 접시에 손을 뻗었지만 접시는 이미 비어 있었다. 클라리가 샌드위치를 모두 먹어버린 것이다. 도로시아는 낄낄거리며 웃었다.

"어린 아가씨가 든든하게 배를 채우는 모습을 보니 기분이 좋군. 요즘 애들은 잔가지처럼 호리호리하지만 내가 젊었을 땐 여자애들이 몸집도 좋고 억셌어."

"고마워요." 클라리는 이사벨의 가느다란 허리를 생각하고 자신이 갑자기 거구가 된 것 같은 느낌을 받았다. 그리고 빈 찻잔을 내려놓았다.

도로시아는 독수리가 먹잇감을 낚아채듯 잽싸게 그 잔을 들어 유심히 속을 들여다보았다. 연필로 그린 두 눈썹 사이에 선이 나타났다.

"왜 그러시죠?" 클라리가 불안한 표정으로 물었다. "제가 잔을 깨뜨리기라도 했나요?"

"할머니는 지금 찻잎을 세어보는 거야." 제이스가 따분해하는 목소리로 말했다. 하지만 도로시아가 굵은 손가락으로 잔을 여러 번 뒤집으며 인상을 쓰자 관심을 보이며 클라리와 함께 몸을 앞으로 기울였다.

"징조가 나쁜가요?" 클라리가 물었다.

"나쁘지도 않고 좋지도 않아. 혼란스럽군." 도로시아는 제이스를 바라보았다. "자네 잔도 이리 줘봐."

제이스는 어안이 벙벙한 표정을 지었다. "하지만 전 아직 차를 덜 마셨는데……"

노파는 제이스의 손에 들려 있는 잔을 낚아채고는 남아 있는 차를 주전자에 쏟아버렸다. 이번에도 그녀는 인상을 쓰며 남아 있는 찻잎을 유심히 들여다보았다.

"자네의 미래에는 폭력이 있군. 남들과 자네 자신 때문에 엄청난 피를 흘리겠어. 그리고 자네는 엉뚱한 사람과 사랑에 빠지게 될 거야. 게다가 적이 한 명 있군."

"한 명뿐인가요? 그건 좋은 소식이네요." 도로시아가 잔을 내려놓고 다시 클라리의 잔을 들자 제이스는 의자의 등받이에 몸을 기댔다. 도로시아는 고개를 절레절레 흔들었다.

"여기에는 내가 읽을 만한 게 없군. 뒤죽박죽이 되어서 아무런 의미도 없는 영상이 되어버렸어." 도로시아는 클라리를 힐끗 쳐다보았다. "혹시 기억장애 같은 거 없어?"

클라리는 혼란스러웠다. "뭐라고요?"

"주문에 걸린 것처럼 어떤 기억이 나지 않는다거나 눈으로 본 것을 기억하지 못하는 거 말이야."

"아뇨, 그런 거 없어요."

제이스가 조심스레 몸을 앞으로 기울였다. "너무 서두르지 마세요. 클라리는 지난주에 자기가 투시 능력을 갖고 있었다는 것도 기억하지 못하니까요. 어쩌면……"

"어쩌면 난 단지 발육이 느린 건지도 몰라. 그러니까 내가 그런 말을 했다고 해서 이상한 눈으로 쳐다보지 마." 클라리가 날카롭게 말했다.

제이스는 그 말에 상처를 받은 척했다. "난 그럴 의도가 아니었어."

"눈을 흘기며 날 쳐다봤잖아. 내가 모를 줄 알아?"

"그랬을 수도 있지. 하지만 그랬다고 해서 내 말이 틀린 건 아니잖아. 무언가가 네 기억을 차단하고 있어. 난 거의 확신해."

"좋아, 좋아. 그럼 이제 다른 방법을 써보도록 하지." 도로시아는 잔을 내려놓고 비단에 묶인 타로 카드를 잡았다. 그녀는 카드를 부채꼴로 펼쳐서 클라리에게 내밀었다.

"손으로 카드를 더듬다가 뜨겁거나 차가운 느낌이 들거나 손가락에 착 달라붙는 느낌이 드는 카드를 골라봐. 찾거든 카드를 뽑아서 나한테 보여줘."

클라리는 시키는 대로 손가락으로 카드를 더듬었다. 카드들은 서늘하고 미끄러웠다. 하지만 특별히 따뜻하다거나 차가운 느낌을 주는 카드는 하나도 없었고, 손가락에 달라붙는 카드도 없었다. 결국 그녀는 아무 카드나 하나 골라 들었다.

"컵 에이스군." 도로시아가 멍한 목소리로 말했다. "러브 카드야."

클라리는 카드를 뒤집어 보았다. 카드가 묵직했다. 앞쪽의 그림은 진짜 페인트로 그려져 두꺼웠는데, 황금색으로 칠한 햇빛 앞에서 잔을 들고 있는 손이 그려져 있었다. 잔은 금으로 만든 것으로, 작은 태양들이 새겨져 있고 루비가 박혀 있었다. 그림 솜씨가 왠지 클라리 자신의 숨결처럼 낯익었다. "좋은 카드죠. 그렇죠?"

"꼭 그렇지는 않아. 사람들은 사랑이라는 이름으로 가장 끔찍한 일을 저지르기도 하니까. 하지만 강력한 카드야. 그게 너한테 무슨 의미가 될까?"

"엄마가 그렸네요. 우리 엄마가 그린 거 맞죠?" 클라리는 카드를 탁자에 떨어뜨렸다.

도로시아는 고개를 끄덕였다. 그녀의 표정에는 흐뭇한 만족감이 깃들어 있었다.

"네 엄마가 카드를 전부 그려서 내게 선물로 줬지."

"이제야 말씀하시네요." 차가운 눈빛으로 제이스가 자리에서 일어섰다. "클라리의 어머니를 얼마나 잘 알고 계셨죠?"

클라리는 고개를 길게 빼고 제이스를 올려다보았다. "제이스, 그렇게까지 말할 필요는……."

도로시아는 의자에 앉아 카드를 부채 모양으로 펼쳐놓고 있었다. "조슬린은 내가 누군지 알고 있었어. 나도 그녀가 누군지 알고 있었고. 거기에 대해 많은 얘기를 나누지는 않았어. 조슬린은 가끔 내게 호의를 베풀었지. 여기에 있는 카드를 그려준다든가 하면서 말이야. 나는 보답을 해야 될 것 같아서 다운월드의 이야기를 이따금 들려줬어. 조슬린은 어떤 사람의 이름을 밝히면서 그 사람에 대해 알고 싶어했어. 그래서 나는 그 사람에 대해 얘기해줬지."

제이스는 읽기 힘든 표정을 짓고 있었다. "그 이름이 뭐죠?"

"발렌타인."

클라리는 의자에서 몸을 곧추세웠다. "하지만 그건……."

"조슬린이 누군지 아신다고 하셨는데, 그건 무슨 뜻이죠? 그녀의 정체가 뭔데요?" 제이스가 물었다.

"조슬린은 과거의 조슬린 그대로였지. 과거에 그녀는 자네와 같았어. 섀도우 헌터. 클레이브의 하나."

"아니에요." 클라리가 속삭이듯이 말했다.

도로시아는 상냥하면서도 애처롭게 여기는 눈빛으로 클라리를 바라보았다. "사실이야. 조슬린이 이 집에서 살기로 결심한 정확한 이유는……."

"이곳이 피신처였기 때문이죠." 제이스가 도로시아에게 말했다. "그렇죠? 이곳에서는 할머니의 어머니가 모든 걸 통제하고 있었어요. 그분은 이 장소를 세상의 눈으로부터 감추고 지켰어요. 도망을 다니는 다운월드 사람들이 숨어 있기엔 완벽한 장소죠. 지금은 할머니가 그 일을 물려받아서 하고 있고요. 그렇죠? 할머니는 범죄자들을 여기에 숨겨주고 있어요."

"한사코 그들을 그런 식으로 부르는군. 코브넌트의 모토는 잘 알고 있겠지?"

"악법도 법이다." 제이스가 자동적으로 말했다.

"어떤 때 보면 법은 지나치게 가혹해. 클레이브는 할 수만 있었다면 날 우리 어머니한테서 떼어놓았을 거야. 난 알아. 클레이브가 다른 사람들한테 같은 짓을 저지르도록 내가 그냥 내버려뒀으면 좋겠어?"

"그러니까 할머니는 박애주의자로군요." 제이스는 입을 삐죽거렸다. "제 생각에는, 할머니가 완벽한 피신처를 제공해주고도 다운월드 사람들한테서 충분한 대가를 받지 못했다는 사실을 제가 믿어줄 거라고 기대하시는 것 같은데요?"

도로시아가 씩 웃어 보였다. 그녀는 웃을 때 번쩍이는 금색 어금니가 드러날 정도로 입을 크게 벌렸다. "자네처럼 외모가 준수하지 못해 우리 모두는 힘들게 살아가지."

제이스는 아부에도 무덤덤한 표정을 지었다. "클레이브에게 할머니에 관해 얘기해야 될 것……."

"그러면 안 돼! 약속했잖아." 이제 클라리가 자리에서 일어섰다.

"난 어떤 약속도 하지 않았어." 제이스는 반항적으로 보였다. 그는 벽으로 성큼성큼 걸어가서 벨벳 커튼을 열어젖혔다. "이게 뭔지 말씀해주시겠어요?"

"제이스, 그건 문이잖아." 클라리가 말했다. 그것은 클라리의 말대로 문이었다. 문은 두 개의 퇴창 사이의 벽에 이상하게 박혀 있었다. 분명한 것은 문 너머에 공간이 없을 것이란 사실이었다. 있다면 집 밖에서도 그 문이 보였을 것이다. 놋쇠보다 반들거리고 철만큼이나 묵직해 보이는 문은 부드러운 빛이 나는 금속으로 만든 것처럼 보였다. 손잡이는 눈알 모양이었다.

"넌 모르면 가만히 있어." 제이스가 화가 나서 말했다. "여기가 입구죠? 그렇죠?"

"5차원의 문이야." 도로시아가 타로 카드를 탁자에 내려놓으며 말했다. 클라리가 멍한 표정을 짓자, 도로시아는 이렇게 덧붙였다. "차원들 모두가 직선은 아니야. 경사진 곳, 우묵한 곳, 구석진 곳이 모두 숨어 있지. 차원 이론을 공부하지 않은 사람한테 설명하기는 좀 어렵지만, 본질적으로 저 문은 이 차원에서 네가 가고 싶은 곳 어디로든 데려다줄 수 있어. 그러니까 저 문은······."

"대피용 비상구라고 할 수 있지. 그래서 네 어머니가 여기에서 살고 싶어하셨던 거야. 언제든 순식간에 도망갈 수 있으니까."

"그럼 왜 엄마는 달아나지 않고······." 클라리가 말을 시작하다가 갑자기 겁에 질려 멈췄다. "나 때문이었어. 그날 밤 나를 남겨두고 떠날 수 없었던 거야. 그래서 머물러 계셨던 거라고."

제이스가 고개를 가로저었다. "그렇다고 자책해선 안 돼."

눈꺼풀 아래에 눈물이 고인 클라리는 제이스를 밀치고 문으로 다가갔다. "엄마가 어디로 도망가려고 했는지 알고 싶어."

"클라리, 안 돼!" 제이스가 클라리를 향해 손을 뻗었지만 그녀의 손가락은 이미 문손잡이를 거머쥐고 있었다. 손잡이가 빠르게 돌아가고 나자 문은 그녀가 강하게 민 것처럼 확 열렸다. 깜짝 놀란 도로시아가 힘겹게 자리에서 일어나 무어라고 소리를 질렀지만 때는 이미 늦어버렸다. 도로시아가 미처 말을 마치기도 전에 클라리는 자신의 몸이 허공 속으로 굴러떨어지고 있다는 것을 깨달았다.

8
그녀가 선택한 무기

클라리는 너무 놀라 비명조차 지를 수 없었다. 떨어지는 느낌이 가장 싫었다. 심장이 목구멍까지 솟구치는 것 같았다. 클라리는 두 팔을 내뻗어 추락을 조금이라도 늦출 수 있는 것이라면 무엇이든 붙잡으려고 애썼다.

드디어 클라리의 양손에 나뭇가지가 잡혔다. 가지를 거머쥐는 순간, 나뭇잎들이 우수수 떨어져 나갔다. 그녀는 땅바닥에 쿵 소리를 내며 거칠게 떨어졌고, 엉덩이와 어깨가 딱딱하게 굳은 땅에 부딪혔다. 클라리는 땅바닥을 뒹굴며 다시 공기를 빨아들였다. 자리에서 막 일어나 앉으려고 했을 때 누군가가 그녀의 몸 위로 떨어졌다.

그 바람에 클라리는 다시금 뒤로 벌러덩 넘어졌다. 어떤 이마가 그녀의 이마와 거세게 부딪혔다. 그녀의 무릎도 누군가의 무릎과 부딪쳤다. 그 사람과 팔다리가 뒤엉킨 채로 클라리는 입에 들어온 그의 머리카락을 뱉어내고 자신을 납작하게 만들어버릴 것 같은 무게에서 빠져나오려고 버둥거렸다.

"아야." 제이스가 클라리의 귀에 대고 말했다. "팔꿈치로 그렇게 찌르면 어떡해?"

"네가 내 몸 위로 떨어졌잖아."

제이스는 몸을 일으키고 나서 클라리를 내려다보았다. 클라리는 제이스의 머리 위로 파란 하늘과 나뭇가지의 일부, 그리고 회색 집의 귀퉁이를 볼 수 있었다. "너 때문에 선택할 여지도 없었어. 네가 마치 기차에 뛰어오르듯 저 문으로 신이 나서 뛰어내렸잖아. 이스트 강에 버려지지 않은 걸 다행으로 알아."

"그렇다고 뒤따라 뛰어내릴 필요는 없었잖아."

"왜 없어? 넌 나 없이는 위험한 상황에서 자신을 지킬 수도 없잖아."

"고마워라. 그럼 내가 용서해줘야겠네."

"날 용서한다고? 내가 무슨 짓을 했는데?"

"'넌 모르면 가만히 있어'라고 했잖아."

제이스의 눈이 가늘어졌다. "그런 말 한 적 없는데……. 아, 맞아, 그랬지. 하지만 그건 네가……."

"됐어, 신경 쓰지 마." 자신의 등에 짓눌린 팔에서 쥐가 나기 시작했다. 팔을 빼내려고 옆으로 몸을 굴린 클라리는 죽은 갈색 잔디와 굵은 철사를 다이아몬드 모양으로 얽은 울타리, 그리고 회색 집을 더 잘 볼 수 있었다. 괴롭지만 익숙한 풍경이었다.

클라리는 그 자리에서 얼어붙었다. "우리가 어디에 있는지 알겠어."

"뭐?" 제이스가 침을 뱉어내다가 멈추며 물었다.

"여긴 루크의 집이야." 클라리는 제이스를 옆으로 밀치며 자리에서 일어나 앉았다. 제이스는 우아하게 몸을 굴려 일어나더니 클라리를 일으켜 세우려고 한 손을 내밀었다. 하지만 클라리는 제이스를 무시하고 혼자 힘으로 일어나 감각을 잃은 팔을 흔들어보았다.

뼈의 도시 143

그들은 회색의 작은 연립주택 앞에 서 있었다. 집은 윌리엄스버그 물가를 따라 늘어선 다른 연립주택들 사이에 끼어 있었다. 이스트 강에서 미풍이 불어와 입구 계단 위에 걸린 작은 간판이 흔들렸다. 클라리는 제이스가 대문자로 적힌 글자를 소리 내어 읽는 모습을 지켜보았다. "개러웨이 서점, 상태 양호, 신판과 절판본 있음, 토요일 휴무."

제이스는 어두운 현관문을 슬쩍 쳐다보았다. 문손잡이에는 묵직한 맹꽁이자물쇠가 채워져 있었고, 현관 매트 위에는 며칠 분량은 족히 될 것 같은 우편물이 손도 대지 않은 채 쌓여 있었다. 제이스는 클라리를 힐끗 쳐다보았다. "서점에서 사는 사람이야?"

"가게 뒤에서 살아." 클라리는 텅 빈 거리를 좌우로 살펴보았다. 거리의 한쪽 끝은 아치형의 윌리엄스버그 다리와 닿아 있었고, 다른 쪽 끝은 버려진 설탕 공장과 닿아 있었다. 느리게 흐르는 강물 너머로 해가 맨해튼 남쪽의 초고층 건물을 황금빛으로 물들이며 지고 있었다. "제이스, 우리가 여기에 어떻게 온 거지?"

"5차원의 문을 통해서." 제이스가 맹꽁이자물쇠를 살펴보며 말했다. "그 문은 네가 생각하는 곳이 어디든 데려다주게 돼 있어."

"그렇지만 난 이곳을 생각하지 않았어. 아무 곳도 생각하지 않았다고." 클라리가 이의를 제기했다.

"아냐, 넌 이곳을 생각했던 게 분명해." 제이스는 그런 문제에는 관심이 없다는 듯이 말을 돌렸다. "자, 어쨌든 이곳에 왔으니까……"

"응?"

"뭘 하고 싶어?"

"여기를 떠나고 싶어. 루크가 여기에 오지 말라고 했단 말이야." 클라리가 씁쓸하게 말했다.

제이스가 고개를 가로저었다. "그래서 그 말에 따르려고?"

클라리는 두 팔로 자신을 감쌌다. 한낮의 열기가 사그라지자 문득 오한이 일었다. "나한테 선택권이 있는 거야?"

"우리는 항상 선택권이 있어. 내가 너라면 지금 이 순간 루크가 무척 궁금할 것 같은데? 집 열쇠 가지고 있어?"

클라리는 고개를 가로저었다. "아니, 하지만 루크는 가끔 뒷문을 잠그지 않아." 클라리는 루크의 집과 이웃집 사이의 좁은 골목을 손으로 가리켰다. 접은 신문지 더미와 빈 음료수 병이 담긴 플라스틱 통 옆에 쓰레기통들이 한 줄로 깔끔하게 늘어서 있었다. 그걸 보면 루크는 아직도 재활용을 철저하게 하는 사람이라는 걸 알 수 있었다.

"그 사람, 집에 없는 게 확실해?" 제이스가 물었다.

클라리는 비어 있는 연석을 쳐다보았다. "글쎄, 트럭도 없고 가게도 닫혀 있고 불이 모두 꺼져 있는 걸로 봐서 아마 집에 없는 것 같아."

"그럼 앞장서."

연립주택 사이의 좁은 통로는 철사를 엮어 만든 높은 울타리에서 끝나 있었다. 울타리는 루크의 작은 뒤뜰을 둘러싸고 있었다. 뒤뜰에는 포장용 석재를 뚫고 나온 잡초만 무성했다. 잡초는 질긴 생명력으로 석재들을 조각조각 바스러뜨려 놓고 있었다.

"넘어가자." 제이스는 부츠의 끝을 울타리의 틈으로 쑤셔 넣고 울타리를 기어오르기 시작했다. 울타리가 귀에 거슬리는 소리를 어찌나 크게 내던지 클라리는 불안하게 주변을 둘러봐야 했다. 하지만 이웃집에는 불이 하나도 켜져 있지 않았다. 제이스는 울타리 꼭대기까지 올라가서 건너편으로 펄쩍 뛰어내렸다. 그가 관목 숲으로 뛰어내렸을 때, 귀청을 찢을 것 같은 비명소리가 들려왔다.

그 순간 클라리는 제이스가 집 없는 고양이를 밟은 게 틀림없다고 생각했다. 그녀는 제이스가 뒤로 벌러덩 넘어지면서 깜짝 놀라 소리치는 걸 들었다. 고양이라고 하기에는 너무 큰 시커먼 그림자 하나가 관목 숲에서 튀어나와 낮은 자세로 뒤뜰을 가로질러 번개같이 달아났다. 몸을 굴려 자리에서 일어난 제이스는 살의가 가득한 표정으로 그것을 뒤쫓았다.

클라리는 울타리를 기어오르기 시작했다. 그녀가 울타리 꼭대기 너머로 한쪽 다리를 디밀었을 때, 이사벨의 청바지 옆쪽이 비비꼬인 철사에 걸려 찢어졌다. 부드러운 땅에 신발이 끌리며 클라리가 땅바닥으로 떨어지는 순간, 제이스가 의기양양하게 소리쳤다. "잡았어!"

클라리가 돌아보자 제이스는 납작 엎드린 침입자의 등에 올라앉아 있었다. 침입자가 양팔을 머리 위로 올리자 제이스가 녀석의 손목을 움켜쥐었다. "자, 어떻게 생긴 녀석인지 얼굴이나 한번……."

"내 몸에서 떨어져. 이 가식적인 놈아." 침입자가 제이스를 밀치며 으르렁거렸다. 그는 자리에서 일어나 앉으려고 버둥거렸다. 박살이 난 그의 안경이 땅바닥에 떨어져 있었다.

클라리는 그 자리에 우뚝 멈춰 섰다. "사이먼?"

"이런, 제기랄. 뭔가 흥미로운 걸 붙잡았다고 생각하고 잔뜩 기대했는데." 제이스가 체념하는 투로 말했다.

"덤불 속에 숨어서 대체 뭘 하고 있었던 거야?"

사이먼의 머리에 묻은 낙엽을 털어주며 클라리가 물었다. 사이먼은 그녀의 손길을 거부하지 않으면서도 화가 나서 눈을 부라리고 있었다. 클라리는 이 모든 일이 끝나고 사이먼을 다시 만나게 되면 그의 기분이 많이 풀어져 있을 거라고 생각했다.

"됐어, 그만해. 머리는 내가 털면 돼, 프레이." 사이먼이 클라리의 손길을 피하면서 말했다. 그들은 루크의 집 뒤쪽 현관 계단에 앉아 있었다. 제이스는 현관 난간에 몸을 기댄 채 두 사람이 나누는 얘기를 애써 무시하는 척하면서 스텔레로 손톱 가장자리를 다듬고 있었다. 클라리는 스텔레를 그런 용도로 쓰는 걸 알면 클레이브가 어떻게 나올지 궁금했다.

"그러니까 내 말은, 네가 거기에 숨어 있는 걸 루크가 알고 있었어?" 클라리가 물었다.

"당연히 루크는 모르지." 사이먼이 짜증나는 투로 말했다. "루크한테 숨어 있어도 되느냐고 물어보진 않았어. 루크 나름대로 자기 집 관목 숲에 숨어드는 낯선 10대들에 대해 엄격한 원칙을 세워두고 있을 거 아냐."

"넌 낯선 사람이 아니잖아. 루크는 널 알아." 클라리는 손을 내밀어 사이먼의 뺨을 만지고 싶었다. 나뭇가지에 긁힌 자리에서 아직도 피가 흘러나오고 있었다. "아무튼 중요한 건 네가 무사하다는 거야."

"내가 무사하다고?" 사이먼이 날카롭고 씁쓸하게 웃었다. "클라리, 지난 2, 3일 동안 내가 무슨 일을 겪었는지 알기나 해? 널 마지막으로 보았을 때, 넌 자바 존스를 달려 나갔어. 지옥의 박쥐처럼 말이야. 그러고 나서 그냥 사라져버렸어. 휴대전화로 전화를 걸어도 안 받고, 집 전화는 코드를 뽑았는지 연결도 안 되고. 루크는 네가 뉴욕 북부에 있는 친척들과 함께 있다고 했지만 너한테 다른 친척이 없다는 건 내가 알잖아. 나는 내가 큰 잘못을 저질러서 네가 단단히 삐쳤다고 생각했어."

"네가 잘못할 만한 일이 뭐가 있어?" 클라리는 사이먼의 손을 잡으려고 했지만 사이먼은 클라리를 보지도 않고 손을 뒤로 뺐다.

"모르겠어. 무슨 잘못인지."

제이스는 아직도 스텔레를 든 채 낮은 소리로 낄낄거렸다.

"넌 나한테 가장 친한 친구야. 난 너한테 화가 난 게 아니었어."

"그래, 그러니까 나한테 팬더모니엄에서 만났다는, 거 뭐냐, 금발로 염색한 야만인과 함께 지내고 있다는 얘기를 늘어놨겠지." 사이먼은 심통이 나서 쌀쌀맞게 지적했다. "사흘 동안 나는 네가 죽었을까 봐 그렇게나 걱정을 했는데 말이야."

"그런 거 아냐." 클라리의 얼굴에 피가 솟구치고 있었기 때문에 날이 어두운 것이 다행이었다.

"그리고 내 머리카락은 원래가 금발이야." 제이스가 말했다. "그 점은 분명히 해두고 싶군."

"그럼 지난 3일 동안 어디에서 뭘 하고 있었던 거야?" 사이먼은 의심이 가득한 눈빛으로 물었다. "조류독감에 걸려 간호해줘야 하는 마틸다라는 대고모가 정말로 있었어?"

"루크가 그런 말을 했어?"

"아니. 몸이 아픈 친척을 방문하러 갔는데 시골이라 네 전화가 안 터지는 거라고만 했어. 그 사람 말을 믿지는 않았어. 현관에서 쫓아내길래 집을 돌아서 뒤쪽 창문을 들여다보았어. 멀리 떠나는 사람처럼 녹색 더플백을 싸더군. 나는 무슨 일이 있구나 싶어서 이곳을 떠나지 않고 지켜보기로 마음먹었어."

"왜 그런 생각을 했지? 루크가 짐을 꾸리고 있어서?"

"그 사람은 가방에다 무기를 잔뜩 집어넣고 있었어." 사이먼은 티셔츠의 소매로 뺨의 피를 문질러 닦으며 말했다. "칼도 종류별로 있었어. 단검 두 개에 장검까지. 우스운 것은 무기들 중에 몇 개는 불이 붙은 것처럼 빨갛게 타오르고 있었다는 거야."

사이먼은 클라리와 제이스를 번갈아 바라보았다. 사이먼의 말투는 루크가 가지고 있었다는 칼처럼 날카롭게 날이 서 있었다. "이래도 내가 이 모든 얘기를 상상해서 꾸며냈다고 말할 거야?"

"아냐. 안 그럴게."

클라리는 제이스를 힐끗 쳐다보았다. 일몰의 마지막 빛 때문에 그의 눈에서 황금빛 불꽃이 튀었다. "사이먼한테 사실을 말해줄 거야."

"알았어."

"나를 막을 생각이야?"

제이스는 자기 손에 들려 있는 스텔레를 내려다보았다. "코브넌트에 맹세했기 때문에 난 거기에 얽매일 수밖에 없지만 넌 그렇지 않잖아."

클라리는 사이먼에게로 몸을 돌리고 숨을 깊이 들이마셨다. "좋아. 네가 알아야 할 게 있는데 말해줄게."

해는 지평선 너머로 완전히 내려갔다. 클라리가 얘기를 마쳤을 무렵 현관은 어둠에 휩싸여 있었다. 사이먼은 클라리가 래브너 악마에 대해 얘기하는 대목에서만 몸을 약간 움찔했을 뿐, 장황한 설명을 거의 덤덤한 표정으로 들었다. 말을 모두 마치고 나자 클라리는 목이 바짝 말라 헛기침을 해서 목청을 가다듬었다. 물을 마시고 싶어 죽을 지경이었다.

"혹시 질문이라도 있어?"

"응, 있어. 몇 가지."

클라리는 조심스럽게 숨을 내쉬었다. "좋아. 물어봐."

사이먼이 제이스를 가리켰다. "그럼, 여기에 있는 이 친구는…… 뭐더라? 이 친구 같은 사람들을 뭐라고 했지?"

"섀도우 헌터." 클라리가 말했다.

"악마 사냥꾼이지. 나는 악마를 죽여. 그다지 복잡하고 어려운 일은 아니야." 제이스가 명확히 밝혔다.

사이먼은 클라리를 다시 바라보았다. "정말이야?"

그의 눈이 가늘어졌다. 섀도우 헌터에 대해 그가 들은 것은 진실이 아니며, 사실 제이스는 위험한 떠돌이 미치광이라고 클라리가 말해주기를 반쯤 기대하는 눈빛이었다.

"정말이야."

사이먼의 표정이 갑자기 심각해졌다. "그럼 뱀파이어도 정말로 있다는 거야? 늑대인간, 마법사, 뭐 그런 것들도 있고?"

클라리는 아랫입술을 깨물었다. "난 그렇게 들었어."

"그럼 네가 그런 것들도 죽인다는 말이야?" 사이먼이 제이스에게 물었다. 제이스는 이미 스텔레를 주머니에 꽂아 넣고 말끔하게 손질한 손톱에 무슨 흠이라도 있는지 들여다보고 있었다.

"놈들이 나쁜 짓을 하고 돌아다니면 그렇게 해야지."

사이먼은 자리에 털썩 주저앉더니 한동안 자기 발을 물끄러미 내려다보았다. 클라리는 이런 정보로 사이먼에게 부담을 주는 게 과연 옳은 일인지 생각해보았다. 사이먼은 클라리가 알고 있는 그 어떤 사람보다도 현실적인 소년이었다. 그의 성격상 논리적으로 설명이 불가능한 것들을 알게 되었다는 사실에 괴로워할 수도 있었다. 사이먼이 고개를 들었을 때 클라리는 걱정스러운 듯이 몸을 앞으로 기울였다.

"정말 굉장하군." 사이먼이 말했다.

클라리만큼이나 제이스도 놀란 표정을 지었다. "굉장하다고?"

사이먼은 까만 곱슬머리가 이마 위에서 여러 차례 흔들릴 정도로 열정적으로 고개를 끄덕였다. "응. 〈던전 앤드 드래곤〉 같은 것이 실제로 있다는 사실이."

제이스는 사이먼이 마치 괴상한 곤충이라도 되는 것처럼 이상한 눈빛으로 바라보고 있었다. "뭐 같다고?"

"게임 이름이야." 클라리가 설명했다. 그녀는 왠지 당황스러운 느낌이 들었다. "사람들이 마법사와 꼬마 요정이 되어 괴물이나 뭐 그런 것들을 죽이지."

제이스는 어안이 벙벙해진 표정을 지었다.

사이먼이 씩 웃었다. "〈던전 앤드 드래곤〉에 대해 한 번도 못 들어봤어?"

"지하 감옥(던전)에 대해선 들어봤어. 용에 대해서도 들어봤고. 대부분 멸종되었지만." 제이스가 말했다.

사이먼이 실망한 표정을 지었다. "그럼 아직까지 용을 한 마리도 못 죽여봤다는 거야?"

"모피 비키니를 입은 키 180센티미터의 섹시한 요정도 못 만나봤을 거야." 클라리가 짜증스럽게 말했다. "이제 그만해, 사이먼."

"진짜 요정은 키가 20센티미터 정도밖에 안 돼. 게다가 그것들은 상대를 물어뜯지." 제이스가 알려주었다.

"하지만 뱀파이어들은 섹시하지?" 사이먼이 말했다. "그러니까 내 말은, 뱀파이어들 가운데 일부는 성적 매력이 철철 넘친다는 거지. 안 그래?"

클라리는 제이스가 현관으로 달려들어 사이먼의 목을 졸라 기절을 시켜버릴지도 모른다고 생각하고 잠시 걱정을 했다. 하지만 제이스는 사이먼의 질문에 대해 곰곰이 생각하더니 말했다. "어쩌면 일부는 그럴 수도 있지."

"굉장하군." 사이먼은 했던 말을 반복했다. 클라리는 이 두 사람이 싸움을 벌이고 있었을 때가 오히려 더 낫다는 생각이 들었다.

제이스는 현관 난간에 몸을 붙이고 있다가 미끄러지듯이 그곳을 벗어났다. "집을 살펴볼 거야? 말 거야?"

사이먼이 자리에서 힘들게 일어섰다. "나도 할래. 근데 우리가 찾고 있는 게 뭐지?"

"우리?" 심술궂은 뉘앙스를 담아 제이스가 말했다. "너보고 함께 가자고 한 적은 없는 것 같은데?"

"제이스." 클라리가 화를 냈다.

제이스는 입술의 왼쪽 가장자리를 비틀어 올렸다. "그냥 농담한 거야." 그는 클라리가 문으로 걸어갈 수 있도록 한쪽으로 비켜섰다. "그럼 가볼까?"

클라리는 어둠 속에서 문손잡이를 더듬었다. 문이 열리자 현관에 불이 들어오면서 입구의 통로를 환하게 밝혔다. 서점으로 이어지는 문은 닫혀 있었다. 클라리는 손잡이를 잡고 이리저리 돌려보았다. "잠겼어."

"내가 해볼 테니까 먼데인들은 물러서." 클라리의 몸을 부드럽게 옆으로 밀며 제이스가 말했다. 그는 주머니에서 스텔레를 꺼내 문에 갖다 댔다. 사이먼은 약간 화가 난 표정으로 그를 지켜보았다. 주변에 아무리 많은 여자 뱀파이어가 있어도 사이먼은 절대 제이스처럼 될 수 없을 거라고 클라리는 생각했다.

"골 때리는 녀석이네. 안 그래? 넌 이런 자식을 어떻게 참아내?" 사이먼이 투덜거렸다.

"그래도 내 목숨을 구해줬어."

사이먼은 클라리를 살짝 쳐다보았다. "어떻게……."

찰칵 소리가 나더니 문이 활짝 열렸다. "됐어." 스텔레를 주머니에 밀어 넣으며 제이스가 말했다.

클라리는 그의 머리 바로 위 지점의 문에 마크가 그려져 있는 걸 보았다. 그들이 문으로 들어서자 마크는 희미해지다가 사라졌다. 뒷문으로 들어가자 작은 창고가 나왔다. 아무것도 걸려 있지 않은 벽에는 페인트가 벗겨져 있었다. 사방에 쌓여 있는 종이 상자들에는 마커 펜으로 '소설', '시', '요리', '지역 관심사', '로맨스' 같은 글자들이 아무렇게나 적혀 있었다.

"아파트는 저쪽이야." 클라리는 방의 한쪽 끝에 붙어 있는 문을 가리키고 그쪽으로 걸어갔다.

제이스가 클라리의 팔을 붙잡았다. "기다려."

클라리는 불안한 표정으로 제이스를 보았다. "무슨 문제라도 있어?"

"모르겠어." 그는 좌우로 쌓여 있는 상자 무더기 사이의 비좁은 통로를 조심스럽게 나아가다가 휘파람을 불었다. "클라리, 이리 와서 이것 좀 봐."

클라리는 주변을 빙 둘러보았다. 창고는 어두웠다. 조명이라고는 창문으로 흘러들어오는 현관 불빛밖에 없었다.

"너무 어두워서……."

그때 갑자기 불빛이 확 타오르며 방을 환하게 밝혔다. 사이먼은 고개를 옆으로 돌리고 눈을 껌벅거렸다. "깜짝이야."

제이스가 킬킬거렸다. 그는 봉인된 상자 위에 올라가서 한 손을 들고 서 있었다. 제이스의 손바닥에서 무언가가 빛을 내고 있었다. 빛은 동그랗게 오므린 손가락 사이로 흘러나오고 있었다. "마법의 불빛이야."

사이먼이 낮은 소리로 무어라고 중얼거렸다. 클라리는 벌써 상자들을 헤치고 제이스를 향해 나아가고 있었다. 제이스는 미스터리 서적들이 담긴 흔들리는 상자들 뒤에 서 있었다. 불빛 때문에 환해진 그의 얼굴이 왠지 섬뜩했다. 처음에 그녀는 제이스가 한 쌍의 장식용 촛대로 보이는 물건을 가리키고 있다고 생각했다. 불빛에 눈이 적응되었을 때, 그녀는 그것들이 촛대가 아니라 짧은 쇠사슬에 매달린 쇠고리라는 걸 알았다. 쇠사슬의 끝부분은 벽에 박혀 있었다.

"저것들은……."

"쇠고랑이야." 상자를 헤치고 나오며 사이먼이 말했다. "저건……아……."

"변태라는 소리는 하지 마." 클라리가 경고하는 시선으로 그를 쏘아보았다. "우린 지금 루크 얘기를 하고 있어."

제이스는 손을 뻗어 쇠고리 안쪽을 더듬었다. 손을 내렸을 때 그의 손가락에는 적갈색 가루가 잔뜩 묻어 있었다. "피야. 저것 봐." 제이스는 쇠사슬이 박힌 지점 주변을 가리켰다. 회반죽이 바깥으로 튀어나와 있는 것처럼 보였다. "누군가가 이것들을 벽에서 뽑아내려고 했던 거야. 보아하니 무진장 애를 썼군."

클라리의 심장이 마구 요동을 치기 시작했다. "루크는 괜찮을까?"

제이스가 불빛을 내렸다. "찾아보는 게 좋겠어."

아파트의 문은 잠겨 있지 않았고 거실로 연결되어 있었다. 창고에 책 수백 권이 있었는데, 아파트 안에도 수백 권이나 되는 책이 있었다. 책장의 꼭대기는 거의 천장과 맞닿아 있었고, 책들은 빈틈없이 빼곡하게 꽂혀 있었다. 대부분은 시와 소설이었는데 판타지와 미스터리 작품이 많았다. 클라리는 언젠가 이스트 강 위에 걸린 해가 뉘엿뉘엿 질 때 루크의 거실 창가에 웅크리고 앉아 《프리데인 연대기》를 모두 읽었던 기억이 났다.

"내 생각에는 아직 이곳 어딘가에 있을 것 같아." 작은 부엌의 문간에서 사이먼이 큰 소리로 말했다. "커피 여과기도 작동 중이고, 커피도 여기에 있어. 아직 뜨거워."

클라리는 부엌과 그 주변을 유심히 살폈다. 개수대에는 접시들이 쌓여 있었다. 옷장의 고리에는 루크의 재킷들이 깔끔하게 정리되어 있었다. 그녀는 복도를 걸어가서 작은 침실의 문을 열어보았다. 평소와 다름이 없어 보였다. 침대 위에는 회색 침대보가 깔려 있었고, 납작한 베개들이 여기저기 흩어져 있었으며, 화장대 위는 동전들로 뒤덮여 있었다. 그녀는 방을 둘러보고 돌아섰다. 아파트로 들어서면서 그녀는 아파트 안이 온통 아수라장이 되어 있을 거라고 확신했었다. 루크가 밧줄에 꽁꽁 묶여 부상을 입었거나 그보다 더 험한 꼴을 당했을 거라고 생각했는데, 이제 보니 그게 아니었다.

감각을 잃은 듯이 그녀는 복도를 가로질러 자그마한 손님용 침실로 건너갔다. 엄마가 일 때문에 도시를 벗어날 때마다 그녀가 자주 묵었던 곳이다. 그들은 화질이 좋지 않은 흑백텔레비전으로 오래된 공포영화를 밤늦게까지 시청하곤 했다. 그녀는 심지어 집에서 물건들을 가져오고 가져가는 번거로움을 줄이기 위해 필요한 물건들을 배낭에 가득 싸서 침실에 두고 지냈다.

클라리는 무릎을 꿇고 앉아 침대 밑에 들어 있는 배낭의 황록색 끈을 붙잡고 그것을 밖으로 끌어냈다. 배낭은 수많은 배지들로 뒤덮여 있었다. 대부분은 사이먼한테 받은 것들이었다. 배지에는 'GAMERS DO IT BETTER', 'OTAKU WENCH', 'STILL NOT KING' 같은 글자들이 적혀 있었다. 배낭 안에는 반듯하게 접은 옷 몇 벌, 내의 몇 장, 머리빗, 심지어 샴푸까지 들어 있었다.

다행이라 생각하고 클라리는 침실 문을 발로 차서 닫았다. 그런 다음 잽싸게 옷을 갈아입기 시작했다. 일단 자기한테는 너무 큰 이사벨의 옷을 벗었다. 이사벨의 옷은 이제 군데군데 풀풀이 들고 땀으로 젖어 있었다. 그런 다음 클라리는 닳아빠진 종이처럼 부드러운 코르덴 바지를 입었는데, 그 바지는 모래분사 처리를 해서 오래된 청바지처럼 물이 빠져 있었다. 그리고 전면에 한자가 적힌 청색 탱크톱을 입었다. 자기 옷으로 다 갈아입고 나자 클라리는 이사벨의 옷을 배낭에 쑤셔 넣고 끈을 확 잡아당겨 잠근 다음 배낭을 메고 방을 나왔다. 예전과 마찬가지로 걸을 때마다 양쪽 어깨뼈 사이에서 배낭이 흔들렸다. 자신의 물건을 되찾게 된 클라리는 기분이 좋았다.

그녀는 제이스가 루크의 책이 줄지어 꽂혀 있는 서재로 들어가 책상 위에 지퍼가 열린 채로 널브러져 있는 녹색 더플백을 유심히 살펴보는 것을 발견했다. 사이먼이 말한 대로 더플백은 무기로 가득 차 있었다. 칼집에 끼워져 있는 칼, 돌돌 감겨 있는 채찍, 그리고 가장자리에 날카로운 날이 붙어 있는 금속 원반 같은 것도 있었다.

"차크람이야." 클라리가 방으로 들어가자 제이스가 고개를 들며 말했다. "시크교도의 무기지. 집게손가락에 걸어서 빙글빙글 돌리다가 던지는 거야. 드물기도 하고 사용하기 까다로운 무기야. 루크가 이런 물건을 가지고 있다니 이상하군. 예전에 호지 선생님이 주로 사용하던 무기인데. 선생님 말로는 그랬대."

"루크는 물건들을 닥치는 대로 모으는 편이야. 주로 예술품을 모으지." 클라리가 책상 뒤쪽의 선반을 가리키며 말했다. 거기에는 인도의 조각상과 러시아의 초상화가 일렬로 정리되어 있었다. 그중에서 클라리가 가장 좋아하는 것은 파괴의 여신 칼리의 조각상이었다. 칼리는 머리를 뒤로 젖히고 눈을 감은 채 춤을 추면서 칼과 잘린 머리를 흔들고 있었다. 책상 옆에는 붉은 박달나무를 깎아서 만든 오래된 중국식 병풍이 서 있었다.

"아름답군."

제이스는 차크람을 조심스럽게 옆으로 밀어놓았다. 더플백에서 한 움큼의 옷가지가 뒤늦게 쏟아져 나왔다. "이건 네 것 같은데."

그는 옷가지 사이에 숨어 있는 직사각형의 물체를 끄집어냈다. 나무 틀로 둘러싸인 사진 액자였다. 액자의 유리는 세로로 기다랗게 금이 가 있었다. 깨진 자국은 클라리, 루크, 그리고 조슬린의 미소 짓는 얼굴 위로 거미줄 같은 선들을 뻗고 있었다. "그건 내 거야." 클라리는 제이스의 손에 들려 있는 액자를 가로채며 말했다.

"유리가 깨졌어." 제이스가 말했다.

"알아. 내가 그랬어. 래브너 악마에게 액자를 집어 던질 때 박살이 난 거야." 클라리는 제이스를 쳐다보았다. 그녀의 얼굴에 깨달음이 서서히 피어났다. "그럼 래브너의 공격이 있고 나서 루크가 우리 집에 들렀다는 얘기네."

"포털을 가장 마지막으로 통과한 사람이 틀림없어." 제이스가 말했다. "그래서 우리를 여기로 데려온 거야. 넌 아무 생각도 하지 않았다고 했잖아. 그래서 포털은 자기가 있었던 마지막 장소로 우리를 보낸 거야."

"루크가 거기 있었다는 걸 알려주다니 도로시아는 친절하기도 하지." 클라리가 말했다.

"아마 루크는 입을 다무는 대가로 그녀에게 돈을 줬을 거야. 그게 아니면 그녀가 우리보다는 루크를 더 믿고 있거나. 그렇게 되면 루크는 아마도……."

"야!" 사이먼이 겁에 질려 방으로 뛰어 들어오면서 말했다. "누가 이리로 오고 있어."

클라리는 액자를 떨어뜨렸다. "루크야?"

사이먼은 복도를 힐끔 돌아보고 나서 고개를 끄덕였다. "응. 근데 혼자가 아니야. 두 사람이 더 있어."

"뭐라고?" 제이스는 단 몇 걸음 만에 방을 가로질러 가서 문밖을 살피더니 낮게 욕설을 내뱉었다. "마법사들이야."

클라리는 눈을 동그랗게 떴다. "마법사들? 하지만……."

고개를 가로저으며 제이스는 문에서 물러섰다. "여기에서 빠져나갈 다른 길이 없을까? 뒷문 같은 거?"

클라리는 고개를 가로저었다. 이제 복도에서 발소리가 들려왔고, 클라리는 그 소리를 듣자 심장이 오그라드는 것 같았다.

제이스는 절박한 표정으로 주변을 둘러보며 몸을 숨길 곳을 찾았다. 그러다가 그의 시선이 붉은 박달나무 병풍에 머물렀다. "저 뒤로 숨어." 손으로 병풍을 가리키며 그가 말했다. "빨리."

클라리는 깨진 액자를 책상에 떨어뜨리고 병풍 뒤로 돌아가서 사이먼을 끌어당겼다. 제이스는 두 사람의 바로 뒤에서 손에 스텔레를 들고 있었다. 문이 왈칵 열리는 소리를 클라리가 들었을 때, 제이스는 몸을 완전히 숨기지 못하고 있었다. 루크의 사무실로 사람들이 걸어 들어오는 소리가 나더니 이윽고 말소리가 들렸다. 세 사람이 얘기를 나누고 있었다. 클라리는 겁에 질린 눈빛으로 사이먼과 제이스를 쳐다보았다. 사이먼의 얼굴이 하얗게 질려 있었다. 제이스는 스텔레의 끝을 부드럽게 움직여 병풍 뒤쪽에 정사각형 모양의 어떤 무늬를 그리고 있었다. 클라리가 유심히 지켜보는 동안 정사각형은 유리창처럼 투명해졌다. 그녀는 사이먼이 숨을 들이마시는 소리를 들었다. 귀에 들릴까 말까 하는 작은 소리였다. 제이스가 두 사람을 향해 고개를 흔들며 소리를 내지 않고 입술을 움직여 말했다. "저 사람들은 우리를 볼 수 없지만 우리는 이 정사각형의 틀로 저 사람들을 볼 수 있어."

클라리는 정사각형의 가장자리로 이동해 목에 와 닿는 사이먼의 숨결을 느끼며 밖을 내다보았다. 그녀는 방의 저쪽 편을 완벽하게 볼 수 있었다. 책장, 더플백이 놓여 있는 책상, 그리고 루크의 모습이 보였다. 무척 지쳐 보이는 루크는 안경을 머리 위로 밀어 올린 채 약간 구부정한 자세로 문 근처에 서 있었다. 루크가 자기를 볼 수 없다는 걸 알고 있으면서도 클라리는 겁이 났다. 제이스가 만든 창문은 경찰서 취조실의 유리창처럼 한쪽에서만 볼 수 있었다.

루크가 돌아서며 문 쪽을 바라보았다. "좋아. 들어와서 마음대로 살펴봐." 그는 빈정대는 기색이 역력한 투로 말했다. "이렇게 관심을 가져주시니 나야 고마울 따름이지."

사무실 구석에서 낮게 껄껄거리는 소리가 들려왔다. 참을성이 부족한 제이스가 손목을 까닥이며 자신이 만든 창틀을 가볍게 두드렸다. 그러자 창틀이 좀 더 넓어지면서 방에서 지금껏 보이지 않던 부분까지 보였다. 후드가 달린 붉은 로브를 입은 두 사람이 루크와 함께 있었다. 한 사람은 빼빼 말랐는데 우아한 회색 콧수염과 끝이 뾰족한 턱수염을 기르고 있었다. 미소를 짓자 눈이 부실 정도로 새하얀 치아가 드러났다. 다른 한 사람은 레슬링 선수처럼 몸집이 우람했다. 붉은 빛이 도는 머리를 짧게 깎은 그의 피부는 짙은 자주색이었다. 광대뼈를 덮고 있는 피부는 마치 너무 팽팽하게 당긴 것처럼 윤이 반들반들하게 났다.

"저 사람들이 마법사야?" 클라리가 부드럽게 속삭였다.

제이스는 대답을 하지 않았다. 그는 잔뜩 긴장하여 쇠막대처럼 굳어 있었다. 클라리는 자기가 루크를 향해 뛰쳐나갈까 봐 제이스가 두려워하고 있다고 생각했다. 그녀는 제이스에게 절대 그런 일은 없을 테니 안심하라고 말하고 싶었다. 피 색깔의 두꺼운 외투를 걸치고 있는 두 사람에게서는 무언가 섬뜩한 기운이 느껴졌다.

"자네를 위한 호의에서 이런 추적을 벌이고 있다고 생각해줘, 그레이마크." 회색 콧수염을 기른 사내가 말했다. 웃을 때 드러나는 그의 이빨은 너무나 날카로워 마치 일부러 줄질을 해서 만든 것처럼 보였다.

"당신들한테서는 전혀 호의가 느껴지지 않아, 팽본." 루크는 책상 모서리에 비스듬하게 걸터앉아 사내들이 자신의 더플백과 그 내용물을 보지 못하도록 막았다. 이제 클라리는 루크를 조금 더 가까이에서 관찰할 수 있었다. 그의 얼굴과 양손은 심하게 멍이 들어 있었고, 손가락은 긁혀서 피가 나고 있었으며, 목에는 기다랗게 베인 자국이 나 있었다. 상처의 일부는 옷 안쪽까지 이어져 있었다. 도대체 루크에게 무슨 일이 벌어진 걸까?

"블랙웰, 그건 건드리지 마. 아주 귀한 거니까." 루크가 단호하게 말했다.

머리가 붉고 덩치가 우람한 사내는 책장 꼭대기에 놓여 있는 칼리 조각상을 집어 들고 굵직한 손가락으로 더듬어보고 있었다. "멋지군." 그가 말했다.

"아." 동료의 손에 들려 있는 조각상을 낚아채며 팽본이 말했다. "어떤 신이나 사람도 죽일 수 없는 악마와 맞서 싸우기 위해 만들어진 여

자. '오, 칼리, 지복의 어머니시여! 전능하신 시바의 마법사여, 당신은 열광적인 기쁨에 사로잡혀 손뼉을 치며 춤을 추십니다. 당신은 움직이는 모든 것을 움직이게 합니다. 우리는 당신 앞에서 무력한 장난감들에 불과합니다.'"

"정말 대단하군." 루크가 말했다. "인도 신화를 공부한 학생이라는 건 몰랐는데."

"모든 신화는 진실이야." 팽본이 말했다. 클라리는 약간의 전율이 등줄기를 타고 올라오는 것을 느꼈다. "그것마저 잊었단 말이야?"

"나는 아무것도 잊지 않았어." 루크가 말했다. 그는 편안해 보였지만 클라리는 그의 어깨선과 입이 긴장으로 굳어 있는 것을 볼 수 있었다. "내 생각에는 발렌타인이 너를 보낸 것 같은데?"

"맞아." 팽본이 말했다. "발렌타인은 자네가 마음을 고쳐먹었을지도 모른다고 생각하더군."

"마음을 고쳐먹고 자시고 할 게 뭐 있나. 나는 아는 것도 모른다고 이미 말했어. 그건 그렇고 외투가 근사하군."

"고마워." 블랙웰이 교활하게 웃으며 말했다. "죽은 마법사 두 명이 입고 있던 거야."

"협정의 정식 예복이군. 그렇지?" 루크가 물었다. "반란에서 얻은 건가?"

팽본은 부드럽게 낄낄거렸다. "전리품이지."

"누가 그것들을 진짜라고 생각하고 자네들을 오해하면 어쩌려고? 두렵지 않아?"

"전혀." 블랙웰이 말했다. "가까이 다가와서 살펴보기 전에는 몰라."

팽본은 자기가 입고 있는 옷의 가장자리를 쓰다듬었다. "루션, 반란을 기억하고 있지?" 그가 부드럽게 말했다. "정말 소름끼치는 날이었어. 전투에 대비해서 우리가 얼마나 훈련을 받았는지 기억해?"

루크의 얼굴이 일그러졌다. "과거는 과거야. 자네들한테 무슨 말을 해야 할지 모르겠군. 지금으로서는 자네들을 도와줄 수가 없어. 아는 게 아무것도 없으니까."

"'아무것도'라는 말은 너무 막연해. 전혀 구체적이지 않아." 침울한 목소리로 팽본이 말했다. "이렇게 많은 책을 가지고 있는 사람이라면 분명히 무언가 아는 게 있을 거야."

"발가락이 괴상하게 생긴 봄철 제비에 대해 알고 싶다면 내가 정확한 참고서적을 가르쳐줄 수 있겠지. 하지만 죽음의 잔이 어디로 사라졌는지 알고 싶어하니……."

"사라졌다는 말은 정확한 표현이 아닌 것 같은데." 팽본이 고양이처럼 가르랑거리는 소리로 말했다. "숨겨뒀다고 해야 정확하겠지. 조슬린이 숨겨뒀다고 말이야."

"그럴지도 모르지." 루크가 말했다. "그럼 그게 어디에 있는지 조슬린이 아직 말 안 해줬나?"

"조슬린은 아직 의식을 회복하지 못했어." 팽본은 기다란 손가락으로 허공을 휘저으며 말했다. "발렌타인은 실망했어. 그는 재회를 고대하고 있었거든."

"조슬린은 그러고 싶은 마음이 전혀 없었어." 루크가 중얼거렸다.

팽본이 깔깔거리며 웃었다. "그레이마크, 지금 질투하는 거야? 아무래도 자네가 그녀를 생각하는 감정이 과거와 달라진 것 같군."

클라리의 손가락이 파르르 떨리기 시작했다. 경련이 너무 심해져서 그녀는 양손을 굳게 맞잡아야 했다. '조슬린이라고? 저 사람들이 왜 엄마 얘기를 하는 거지?"

"나는 조슬린을 특별하게 생각해본 적이 한 번도 없어." 루크가 말했다. "동족한테 추방당한 새도우 헌터 둘이 함께 뭉치는 건 자연스러운 일이잖아. 하지만 나는 그녀를 향한 발렌타인의 계획을 훼방 놓고 싶은 생각은 없어. 발렌타인이 그 점을 우려하는지는 모르겠지만."

"우려한다기보다는 궁금하게 생각하지." 팽본이 말했다. "사실 우리 모두는 둘이 아직까지 살아 있는지 궁금했어. 아직도 인간 행세를 하며 살고 있는지 말이야."

루크의 눈썹이 아치 모양으로 변했다. "그래서?"

"둘 다 무사한 것 같군." 팽본이 마지못해 말했다. 그는 손에 들고 있던 칼리 조각상을 선반에 내려놓았다. "아이가 하나 있었지? 여자애 말이야."

루크는 그 소리에 흠칫 놀라는 표정을 지었다. "뭐?"

"에이, 왜 모르는 척하고 그래?" 블랙웰이 으르렁거리는 목소리로 말했다. "그 빌어먹을 조슬린한테는 딸이 하나 있었어. 그 집에서 계집애의 사진들을 발견했지. 침실에서……."

"난 또 내 자식들에 대해 묻는 줄 알고." 루크가 부드럽게 말을 잘랐다. "그렇지. 조슬린한테는 딸이 하나 있지. 클라리사라고. 멀리 도망을 친 것 같아. 그 애를 찾아오라고 발렌타인이 자네들을 보낸 거야?"

"우리를 보낸 게 아니고 발렌타인이 그 애를 찾고 있어."

"이곳을 찾아보면 되겠네." 블랙웰이 덧붙였다.

"소용없을 거야." 루크는 그렇게 말하고 책상에서 미끄러지듯이 떨어졌다. 비록 표정은 변하지 않았지만 두 사람을 내려다보는 그의 얼굴에는 어떤 차가운 위협이 느껴졌다. "왜 아직 그 아이가 살아 있다고 생각하는 거지? 발렌타인이 래브너들을 보내 아파트를 샅샅이 뒤졌을 텐데. 래브너의 독이 들어가면 대부분의 사람들은 허물어져서 재가 되어버리지. 흔적도 남기지 않고 말이야."

"래브너 하나가 죽었어." 팽본이 말했다. "그래서 발렌타인이 의심을 하게 된 거지."

"발렌타인은 별 걸 다 의심하는군." 루크가 말했다. "조슬린이 래브너를 죽였을 수도 있는 거잖아. 그녀는 그럴 만한 능력이 있어."

"그랬을 수도 있지." 블랙웰이 투덜거리듯이 말했다.

루크는 어깨를 으쓱했다. "이봐, 나는 그 애가 어디에 있는지 몰라. 왜 그 애가 지금 그렇게 중요한지 모르겠지만 아마 죽었을 거야. 죽지 않았다면 지금쯤 모습을 드러냈겠지. 아무튼 그 애는 별로 위험한 존재가 아니야. 이제 겨우 열다섯 살밖에 안 됐고 발렌타인에 대해서는 들어보지도 못한 애잖아. 악마의 존재 따위는 믿지도 않는 애라고."

팽본이 껄껄 웃었다. "운이 좋은 아이였군."

"더 이상은 아니지." 루크가 말했다.

블랙웰이 눈썹을 치켜떴다. "루션, 화가 난 것처럼 들리는데?"

"화는 무슨. 감정이 예민해졌을 뿐이야. 다시 말하는데 난 발렌타인의 계획을 방해하고픈 생각이 조금도 없어. 알아? 내가 바보도 아니고."

"정말이야?" 블랙웰이 말했다. "세월이 지나는 동안 동족에 대한 건전한 존경심이 생겼군. 좋은 현상이야. 예전에는 그렇게 현실적이지 않았잖아."

"자네는 우리가 조슬린을 죽음의 잔과 맞바꾸려고 한다는 사실을 알고 있지? 잔만 넘겨주면 조슬린을 자네의 문 앞까지 안전하게 데려다주지. 그건 발렌타인 자신이 약속한 것이기도 해." 팽본이 격의 없는 대화라도 나누듯이 말했다.

"나도 알아." 루크가 말했다. "하지만 난 관심 없어. 난 그 귀한 잔이 어디에 있는지 몰라. 당신들의 전략에 휘말리고 싶지도 않고. 나는 발렌타인을 증오해." 그는 곧이어 덧붙였다. "하지만 그를 존경하고 있지. 그는 자기 앞길을 가로막는 사람이라면 누구든 해치울 거야. 나는 알아. 그렇기 때문에 난 그가 가는 길에서 물러나 있을 생각이야. 발렌타인은 괴물이야. 살인 기계란 말이야."

"자기도 같은 주제에 잘도 지껄이네." 블랙웰이 으르렁거렸다.

"발렌타인의 길에서 벗어나기 위해 이런 것들을 준비해두었나?" 책상 위에 반쯤 가려져 있는 더플백을 기다란 손가락으로 가리키며 팽본이 말했다. "도시를 벗어나려고?"

루크는 천천히 고개를 끄덕였다. "시골로 가려고. 당분간 남들 눈에 띄지 않고 지낼 계획이야."

"그건 우리가 마음먹기에 달렸어. 우리는 자네를 막을 수도 있고, 이곳에 머물게 만들 수도 있지." 블랙웰이 말했다.

루크는 미소를 지었다. 미소가 그의 얼굴을 갑자기 바꿔놓았다. 이제 그는 더 이상 클라리를 그네에 태워 뒤에서 밀어주고 그녀에게 세발자전거 타는 법을 가르쳐주던 친절하고 학구적인 사람이 아니었다. 갑자기 그의 눈 뒤에서 섬뜩하고 흉악한 무언가가 느껴졌다. "마음대로 해보시지."

팽본이 블랙웰을 힐끗 쳐다보자 그는 고개를 천천히 한 번 가로저었다. 팽본은 다시 루크를 향해 몸을 돌렸다. "갑자기 기억이 재생되는 경험을 하게 되면 우리한테 알려줘야 해. 알지?"

루크는 아직도 미소를 짓고 있었다. "그야 물론이지. 제일 먼저 전화로 알려줄게."

팽본은 짧게 고개를 끄덕였다. "그만 가봐야겠어. 루션, 천사가 보호해줄 거야."

"천사는 나 같은 놈을 지켜주지 않아." 루크가 말했다. 그는 책상에 놓인 더플백을 일으켜 세워 매듭을 묶었다. "잘 가게."

두 사람은 후드를 올려 얼굴을 가리고 방을 나갔다. 루크는 조금 있다가 그들을 뒤따랐다. 그는 문 밖에서 걸음을 멈추고 무언가 잊은 게 있는 사람처럼 방을 둘러보더니 조심스럽게 문을 닫았다.

클라리는 그 자리에 얼어붙어 있었다. 정문이 닫히는 소리가 들리고 나서, 루크가 맹꽁이자물쇠를 잠글 때 쇠사슬과 열쇠가 짤랑거리는 소리가 멀리서 들려왔다. 조슬린에게 무슨 일이 벌어지든 자기는 아무 관심도 없다는 말을 루크가 했을 때 클라리는 그의 얼굴에 드러난 표정을 쳐다보고 또 쳐다보았다.

클라리는 어떤 손이 자신의 어깨에 닿는 것을 느꼈다. "클라리?" 사이먼이었다. 머뭇거리는 그의 목소리는 부드러웠다. "괜찮아?"

클라리는 말없이 고개를 가로저었다. 괜찮을 리가 없었다. 사실 그녀는 두 번 다시 괜찮아지지 않을 것 같은 느낌을 받았다.

"물론 괜찮을 리가 없겠지." 제이스였다. 그의 목소리는 얼음조각처럼 차갑고 날카로웠다. 그는 병풍을 붙잡아 날카롭게 옆으로 제쳤다. "이제 적어도 우리는 누가 네 어머니를 뒤쫓도록 악마를 보냈는지 알았어. 아까 그 사람들은 클라리의 어머니가 죽음의 잔을 갖고 있다고 생각하고 있어."

클라리는 자신의 입술이 가늘어져서 일직선이 되는 것을 느꼈다. "그건 불가능한 일이야."

"그럴지도 모르지." 루크의 책상에 몸을 기대며 제이스가 말했다. 그는 뿌연 유리처럼 불투명한 눈으로 그녀를 빤히 바라보았다. "저 사람들을 예전에 본 적 있어?"

"아니, 한 번도 없어." 클라리는 고개를 가로저었다.

"루션은 그 사람들을 알고 있는 것 같던데. 꽤 사이가 좋아 보였고."

"사이가 좋다고?" 사이먼이 말했다. "그들은 적개심을 억누르고 있었어."

"루크를 죽이지 않았잖아." 제이스가 말했다. "루크가 아직도 밝히지 않은 게 있다고 생각한 거야."

"그럴지도 몰라." 클라리가 말했다. "어쩌면 또 다른 섀도우 헌터를 해치는 일이 꺼려졌을지도 모르지."

제이스가 날카로운 소리로 웃었다. 그 웃음소리에 악의가 깃들어 있었기 때문에 클라리는 양팔의 솜털이 곤두섰다. "난 그렇게 생각하지 않아."

그녀는 그를 뚫어져라 처다보았다. "어째서 그렇게 확신하지? 그 사람들을 알아?"

목소리에서 웃음이 완전히 사라졌을 때 제이스가 대답했다. "그 녀석들을 아냐고?" 그의 목소리가 방에 울려 퍼졌다. "알고말고. 우리 아버지를 살해한 놈들인데."

9
서클과 형제

클라리는 제이스의 팔을 건드리며 무슨 말이라도 해주려고 몸을 내밀었다. 자기 아버지를 죽인 원수들을 방금 목격한 사람에게 무슨 말로 위로를 해줘야 할까? 클라리가 마땅히 할 말을 찾지 못해 머뭇거리는 동안 제이스는 바늘에 찔리기라도 한 것처럼 그녀의 손길을 뿌리쳤다.

"가야 해." 제이스는 그렇게 말하고 나서 사무실에서 성큼성큼 걸어 나와 거실로 들어갔다. 클라리와 사이먼은 급히 그를 뒤따라갔다. "루크가 언제 돌아올지 모르잖아."

그들이 뒷문으로 나왔을 때 제이스는 스텔레를 가지고 문을 잠갔다. 그들은 조용한 거리로 나왔다. 달은 목걸이에 매달린 소형 로켓처럼 도시 위에 걸려 이스트 강물 위로 진주색 달빛을 쏟아내고 있었다. 저 멀리 윌리엄스버그 다리를 지나는 자동차들의 윙윙거리는 소리가 퍼덕이는 날갯소리처럼 습한 대기를 가득 채웠다. 사이먼이 입을 열었다.

"어디로 가고 있는지 누가 말 좀 해줄래?"

"전철을 타러 가는 거야." 제이스가 조용히 말했다.

"말도 안 돼. 악마 사냥꾼이 전철을 탄다고?" 사이먼이 눈을 껌벅이며 말했다.

"운전하는 것보다 그게 더 빨라."

"나는 좀 더 멋진 걸 타고 가는 줄 알았지. '악마들에게 죽음을!' 같은 문구를 바깥에 써 붙인 승합차나 아니면……."

제이스는 말을 자르지도 않았다. 클라리는 제이스를 곁눈으로 쳐다보았다. 때때로 조슬린은 무언가에 정말 화가 났거나 기분이 영 좋지 않을 때, 클라리의 표현대로라면 '섬뜩한 침묵'을 지키곤 했다. 그런 침묵은 무게에 짓눌려 얼음이 깨지기 직전의 딱딱한 모습을 떠올리도록 만들었다. 그런데 지금 제이스가 그런 섬뜩한 침묵을 지키고 있었다. 그의 얼굴에는 아무런 표정도 없었지만 황갈색 눈의 안쪽에서는 무언가가 활활 타오르고 있었다.

"사이먼, 그만해." 클라리가 말했다.

사이먼은 '지금 누구 편을 드는 거야?' 하고 묻는 표정으로 클라리를 쳐다보았고, 클라리는 사이먼의 시선을 무시했다. 클라리는 켄트 거리로 접어들 때까지 계속 제이스를 관찰했다. 그들의 뒤에서 쏟아지는 다리의 불빛이 제이스의 머리카락을 환하게 밝혀 후광을 만들어내고 있었다. 클라리는 오래전에 제이스의 아버지를 살해한 사람들이 자기 어머니를 붙잡아간 사실을 마음 한구석으로 반가워하는 자신이 잘못된 것은 아닌지 궁금했다. 이제 제이스는 원하든 원하지 않든 조슬린을 찾는 일을 도와주지 않을 수 없게 되었다. 그리고 이제 그는 클라리를 혼자 남겨둘 수 없게 되었다.

"여기에 사는 거야?" 사이먼은 오래된 성당을 올려다보았다. 부서진 유리창과 문에는 노란색 경찰 테이프가 쳐져 있었다. "하지만 여긴 성당이잖아."

제이스는 셔츠의 목 부위에 손을 넣더니 놋쇠로 만든 열쇠를 꺼냈다. 다락방의 낡은 궤짝을 열 때 사용할 것 같은 종류의 열쇠였다. 클라리는 신기한 표정으로 제이스를 지켜보았다. 제이스는 인스티튜트를 떠날 때 문을 잠그지 않고 그냥 닫아두었다. "신성한 땅에서 사는 건 여러모로 유용해."

"나도 알아. 하지만 이런 말 한다고 나쁘게 생각하지는 마. 여기는 쓰레기장처럼 지저분하잖아." 사이먼이 말했다. 그는 낡은 건물을 둘러싸고 있는 구부러진 철제 울타리와 계단 옆에 쌓여 있는 쓰레기를 의심스러운 눈길로 보았다.

클라리는 마음의 긴장을 풀었다. 그녀는 테레빈유를 묻힌 어머니의 누더기를 가지고 자기 앞에 펼쳐진 풍경을 찍어내는 모습을 상상했다. 마치 그것이 오래된 그림물감이라도 되듯이.

그러자 어두운 유리에 비치는 한줄기 빛처럼 거짓된 모습 속에서 진짜 모습이 드러났다. 그녀는 하늘을 찌를 듯이 솟아 있는 첨탑들, 흐릿하게 번들거리는 납빛 창문들, 그리고 문 옆의 석벽에 박혀 있는 놋쇠 명판을 보았다. 명판에는 인스티튜트의 이름이 새겨져 있었다. 그녀는 한순간 그 풍경을 머리에 담았다가 한숨을 내쉬었다.

"사이먼, 이건 글래머를 사용한 거야. 눈에 보이는 것과 실제 모습은 달라." 클라리가 말했다.

"글래머(매력적이라는 뜻—옮긴이)? 정말 그렇게 생각한다면 네 미적 감각을 다시 생각해봐야겠는걸."

제이스는 자물쇠에 열쇠를 꽂고 어깨 너머로 사이먼을 슬쩍 쳐다보았다. "난 지금 너한테 최대한 호의를 베풀고 있는데 네가 그걸 알아차리기나 하는지 모르겠다. 인스티튜트에 들어와 보는 먼데인은 네가 처음일 거야."

"악취가 풍겨 사람들이 감히 접근도 하지 않았겠지."

"얘가 하는 말은 무시해." 클라리는 제이스에게 그렇게 말하고 나서 팔꿈치로 사이먼의 옆구리를 쿡 찔렀다. "머릿속에 떠오르는 말을 여과도 하지 않고 곧이곧대로 토해내는 애니까."

"여과 과정은 담배와 커피에만 있는 거야. 말하고 나니 갑자기 담배와 커피 생각이 간절하군." 사이먼은 건물 안으로 들어가면서 낮게 투덜거렸다.

나선형 돌계단을 올라가면서 클라리도 커피가 몹시 마시고 싶어졌다. 계단마다 상형문자가 새겨져 있었다. 그녀는 그중 몇 개를 알아볼 수 있었다. 외국어를 배울 때 반쯤 들리는 단어들 때문에 더욱 귀를 쫑긋 세우게 되듯이 그녀는 상형문자들의 의미를 캐내기 위해 두 눈을 크게 뜨고 정신을 더욱 집중했다.

클라리와 두 소년은 승강기로 가서 그것을 타고 말없이 올라갔다. 그때까지 클라리는 어머니가 아침에 만들어주는 방식대로 커다란 머그잔에 우유와 커피가 반씩 섞인 커피 생각을 하고 있었다. 이따금 루크는 차이나타운의 골든캐리지 제과점에서 달콤한 롤빵을 사오곤 했다. 루크 생각을 하자 클라리는 위장이 쪼그라들면서 식욕이 달아났다.

승강기가 쉿쉿 하는 소리를 내면서 멈췄고, 클라리가 기억하고 있는 통로가 나왔다. 제이스는 재킷을 벗어 가까이에 있는 의자의 등받이 위로 던지고는 휘파람 소리를 냈다. 몇 초 뒤에 고양이 처치가 나타나 슬그머니 바닥에 드러누웠다. 녀석의 노란 두 눈이 먼지투성이 공기 속에서 빛을 발했다.

"처치." 제이스는 고양이의 회색 머리를 쓰다듬으려고 무릎을 꿇으면서 말했다. "처치, 알렉은 어디에 있어? 호지 선생님은?"

처치는 활처럼 등을 한껏 구부리면서 야옹 소리를 냈다. 제이스는 코를 찡그렸다. 다른 상황이었더라면 클라리는 제이스의 그런 모습을 귀엽다고 생각했을 것이다.

"도서관에 있어?" 제이스는 자리에서 일어섰다. 처치는 몸을 흔들더니 복도를 따라 급히 달리기 시작했다. 녀석은 달리면서도 이따금 어깨 너머로 뒤를 힐끔거렸다. 제이스는 마치 이 세상에서 가장 자연스러운 행동이라도 되는 듯이 고양이를 뒤따라가면서 클라리와 사이먼에게 자기와 보조를 맞추어 뒤따라오라는 손짓을 했다.

"난 고양이가 싫어." 폭이 좁은 복도를 걸어가면서 사이먼이 클라리와 어깨를 부딪치며 말했다.

"처치의 성격을 알고 있는 사람으로서 말하건대 처치도 너를 좋아하지 않을 거야." 제이스가 말했다.

이제 그들은 침실이 줄지어 늘어선 복도를 지나가고 있었다. 사이먼의 눈썹이 올라갔다. "여기에 정확히 몇 명이 살고 있지?"

"여기는 연구소야. 새도우 헌터들이 도시에 있을 때 머무를 수 있는 곳이지. 일종의 안전한 공동 대피소이자 연구 시설이야." 클라리가 말했다.

"난 성당이라고 생각했어."

"성당 안에 있지."

"그래야 덜 혼란스러우니까?" 클라리는 사이먼의 호들갑스러운 말투에 두려움이 배어 있다는 걸 알 수 있었다. 클라리는 사이먼을 잠잠하게 만드는 대신 자신의 손가락으로 그의 차가운 손가락에 깍지를 끼었다.

사이먼은 손이 끈적끈적했지만 고마워하면서 클라리의 손을 꼭 쥐었다.

"괴상하고 섬뜩할 거야. 나도 알아. 하지만 믿고 받아들이는 수밖에 없어. 나를 믿어." 클라리가 조용히 말했다.

사이먼의 어두운 눈이 심각해졌다. "난 널 믿어. 하지만 저 친구는 믿을 수가 없어." 사이먼은 몇 발짝 앞서 걸어가는 제이스를 쏘아보았다. 제이스는 그것도 모르고 고양이와 대화를 나누고 있는 것 같았다. 클라리는 제이스가 고양이와 무슨 대화를 나누는지 궁금했다. 정치 얘기? 오페라 얘기? 아니면 치솟는 참치 가격?

"그래도 믿으려고 노력해봐. 엄마를 찾으려면 지금은 제이스를 믿고 따라야 해."

사이먼은 몸을 약간 떨었다. "난 여기가 마음에 안 들어. 나랑 맞지 않는 곳 같아." 그는 속삭이듯 말했다.

클라리는 오늘 아침 잠에서 깨어났을 때 어떤 느낌이었는지를 떠올려 보았다. 주변의 모든 것이 한편으로는 낯설고 또 한편으로는 낯익었다. 하지만 사이먼에게 낯익은 것들이 있을 리가 없었다. 이상하고 낯설고 어색한 느낌밖에 받지 못할 게 분명했다.

"싫으면 나랑 같이 안 있어도 돼." 클라리는 돌아오는 전철에서 사이먼과 함께 있도록 해달라며 제이스와 다투기까지 했지만 그렇게 말하고 말았다. 그녀는 사이먼이 루크를 사흘 동안이나 지켜봤으니 유용한 정보를 알고 있을지도 모른다고 주장했다.

"아니, 같이 있을게." 사이먼이 말했다. 문을 지나 부엌으로 들어갔을 때 사이먼은 클라리의 손을 놓았다. 부엌은 상당히 컸다. 인스티튜트의 다른 곳들과 달리 그곳은 완전히 현대식으로 꾸며져 있었다. 조리대는 모두 스테인리스 강철로 되어 있었고, 유리가 끼워진 선반에는 몇 줄이

나 되는 도자기 그릇들이 차곡차곡 쌓여 있었다. 주철로 만든 빨간색 스토브 옆에는 이사벨이 기다랗고 둥근 숟가락을 손에 들고 서 있었다. 그녀는 검은 머리를 머리 꼭대기로 말아 올리고 있었고, 커다란 냄비에서는 김이 솟아오르고 있었다. 토마토, 잘게 썬 마늘과 양파, 칙칙한 빛깔의 허브, 치즈 가루, 껍질을 벗긴 땅콩, 올리브 한 줌, 생선 등 요리 재료가 사방에 흩어져 있었다. 생선의 반들반들한 눈알이 위쪽을 쳐다보고 있었다.

"수프를 만드는 중이야." 이사벨이 제이스에게 숟가락을 흔들며 말했다. "배고파?" 이사벨은 제이스의 뒤쪽을 힐끔 쳐다보더니 클라리뿐만 아니라 사이먼까지 발견하고는 눈빛이 어두워졌다. "오, 이런." 이사벨은 이제 다 틀렸다는 투로 말했다. "또 다른 먼데인을 데려온 거야? 호지 선생님이 알면 죽이려고 덤벼들 거야."

사이먼이 헛기침을 하며 목청을 가다듬었다. "난 사이먼이라고 해."

이사벨은 사이먼의 말을 들은 척도 하지 않았다. "제이스 웨이랜드, 대체 어쩌려고 그래? 설명을 해보란 말이야."

제이스는 고양이만 빤히 노려보고 있었다. "알렉한테 데려다달라고 했잖아! 배신자 같은 놈."

처치는 바닥에 등을 대고 뒹굴면서 만족스럽게 가르랑거렸다.

"처치를 탓할 건 없어. 호지 선생님이 널 죽이려고 하는 게 처치의 탓은 아니잖아." 이사벨이 말했다. 그녀는 냄비 속에 숟가락을 도로 꽂아 넣었다. 클라리는 땅콩, 생선, 올리브, 토마토를 한데 섞어 만든 수프에서 어떤 맛이 날지 궁금했다.

"이 친구를 데려올 수밖에 없었어. 이사벨, 오늘 난 우리 아버지를 죽인 두 놈을 보았어." 제이스가 말했다.

그 소리를 듣더니 이사벨의 어깨가 뻣뻣해졌다. 하지만 돌아섰을 때 그녀는 놀랐다기보다는 당황한 것처럼 보였다.

"설마 저 친구가 그중에 하나는 아니겠지?" 이사벨은 숟가락으로 사이먼을 가리키며 물었다.

클라리는 그 말을 듣고도 사이먼이 아무런 대꾸를 하지 않는 걸 보고 많이 놀랐다. 사이먼은 대꾸는커녕 완전히 넋이 나가서 입까지 벌린 채 이사벨을 뚫어지게 바라보고 있었다. 클라리는 무슨 사태가 벌어지고 있는지 금방 깨닫고 짜증이 났다. 이사벨은 사이먼이 좋아하는 타입이었다. 그녀는 키도 크고 예쁜 데다 섹시했다. 그러고 보니 이사벨은 누구나 좋아할 만한 타입이었다. 클라리는 땅콩, 생선, 올리브, 토마토가 들어간 수프에 대해 생각하는 것을 멈추고, 냄비의 내용물을 이사벨의 머리에 쏟아부으면 과연 어떤 사태가 벌어질지 생각했다.

"물론 아니야. 이 친구가 그 두 놈 중에 하나라면 내가 이렇게 살려뒀겠어?"

이사벨은 무관심한 표정으로 사이먼을 바라보았다. "듣고 보니 그렇네." 그녀는 생선 한 조각을 바닥에 무심코 떨어뜨리며 말했다. 처치가 달려들어 생선 조각을 게걸스럽게 먹어치웠다.

"저걸 얻어먹으려고 우리를 여기로 데려왔군. 녀석에게 다시 생선을 먹여왔다니 믿을 수가 없어. 그러니까 저렇게 뚱보가 되는 거야." 제이스가 넌더리를 냈다.

"내 눈에는 뚱보처럼 보이지 않아. 게다가 내 요리를 먹는 사람이 아무도 없잖아. 이번엔 첼시 시장의 물의 요정한테서 이 조리법을 얻어왔다고. 맛있을 거라고 해서······."

"네가 요리를 제대로 할 줄 알면 내가 맛을 볼지도 몰라." 제이스가 중얼거렸다.

이사벨은 순가락을 불안하게 들고 그 자리에 얼어붙은 듯 서 있었다. "뭐라고 했어?"

제이스는 냉장고 쪽으로 천천히 다가갔다. "간식거리가 없는지 찾아보겠다고 했어."

"내 그럴 줄 알았어." 이사벨은 다시 수프로 관심을 돌렸다. 그때까지 사이먼은 이사벨을 빤히 쳐다보고 있었다. 자기도 모르게 화가 머리끝까지 치솟은 클라리는 배낭을 바닥에 떨어뜨리고 제이스를 뒤따라 냉장고로 향했다.

"너도 음식을 먹는다는 사실이 믿기지 않네." 클라리가 말했다.

"음식을 안 먹으면 뭘 먹으라고?" 제이스는 아주 차분하게 물었다. 냉장고 안에는 유통기한이 몇 주나 지난 우유들과 보호 테이프가 붙어 있는 플라스틱 밀봉 용기가 가득 들어 있었다. 보호 테이프에는 붉은색 잉크로 '호지의 물건이니 먹지 마시오'라고 적혀 있었다.

"와, 괴짜 룸메이트 같아." 클라리가 잠시 플라스틱 용기에 정신이 팔려 말했다.

"누구? 호지 선생님? 선생님은 깔끔하게 정돈되어 있는 걸 좋아해." 제이스가 냉장고에서 용기 하나를 꺼내어 뚜껑을 열었다. "흠, 스파게티군."

"식욕을 망치지 말아줘." 이사벨이 소리쳤다.

"내가 원하는 게 바로 그거야." 제이스는 냉장고 문을 발로 닫고 나서 서랍에 들어 있는 포크를 집었다. 그는 클라리를 바라보았다. "좀 먹을래?"

클라리는 고개를 가로저었다.

"그렇겠지. 샌드위치를 모조리 먹어치웠으니." 제이스는 스파게티를 입에 가득 넣고 우물거렸다.

"샌드위치 때문이 아니야." 클라리는 사이먼을 건너다보았다. 사이먼은 이사벨에게 말을 붙이는 일에 성공한 듯 보였다. "이제 호지 선생님을 찾으러 갈까?"

"여기서 얼른 벗어나고 싶은 것 같네."

"우리가 목격한 걸 말씀드리고 싶지 않아?"

"아직 결정 못했어." 제이스는 용기를 내려놓고 생각에 잠겨 손가락 마디에 묻어 있는 스파게티 소스를 핥아먹었다. "그렇지만 네가 그렇게나 여기서 나가고 싶다면……."

"응. 빨리 나가고 싶어."

"좋아." 제이스는 아까처럼 섬뜩할 정도로 가라앉은 것은 아니었지만 꽤 차분해 보였다. 클라리의 생각에 제이스는 필요 이상으로 자제하고 있는 것 같았다. 그녀는 제이스가 자신의 본모습을 얼마나 자주 보여주는지 궁금했다. 그의 얼굴은 클라리의 어머니가 가지고 있던 일본 장롱의 옻칠처럼 반들반들하게 윤이 나면서 딱딱한 느낌을 주었다.

"어디 가는 거야?" 클라리와 제이스가 문에 이르렀을 때 사이먼이 고개를 들었다. 들쭉날쭉한 검은 머리카락이 눈을 덮고 있었다. 사이먼한테는 미안한 얘기지만, 클라리는 그가 나무 막대기로 뒤통수를 얻어맞은 사람처럼 정신이 나간 표정을 짓고 있다고 생각했다.

"호지 선생님을 찾으러. 루크 집에서 무슨 일이 있었는지 말씀드려야 할 것 같아서." 클라리가 말했다.

이사벨이 고개를 치켜들었다. "제이스, 그 사람들을 봤다는 얘기도 할 거야? 아까 네가 말한……."

"모르겠어." 제이스는 이사벨의 말을 잘랐다. "그러니까 당분간은 비밀로 해줘."

이사벨은 어깨를 으쓱했다. "알았어. 돌아올 거야? 수프 좀 먹을래?"

"아니."

"호지 선생님이 수프를 드시고 싶어하지 않을까?"

"그걸 먹고 싶어하는 사람은 아무도 없을 거야."

"난 좀 먹고 싶어." 사이먼이 말했다.

"그게 아니겠지. 넌 그냥 이사벨과 자고 싶을 뿐이잖아." 제이스가 말했다.

사이먼은 놀라서 펄쩍 뛰었다. "그건 절대로 아냐."

"내가 그렇게 매력적이란 말이야?" 이사벨은 수프에 대고 중얼거렸지만 입이 미소를 그리고 있었다.

"아니긴 뭐가 아냐. 맞잖아. 용기를 내서 데이트를 신청해봐. 이사벨한테 차여서 괴로워하는 동안 우리도 일 좀 하게." 제이스는 손가락 두 개를 서로 맞부딪쳐 딱 소리를 냈다. "이봐, 친구. 얼른! 우리도 해야 할 일이 있다니까."

당황해서 얼굴이 시뻘게진 사이먼이 고개를 돌렸다. 조금 전까지만 해도 그 모습을 보고 즐거워했을 클라리는 제이스에게 갑자기 분노가 치밀었다. "사이먼을 내버려둬. 사이먼이 너희와 다르다는 이유만으로 그렇게 가학적으로 굴 필요는 없잖아." 클라리가 발끈해서 말했다.

"너희가 아니라 '우리'라고 해야지." 제이스가 말했다. 하지만 그의 눈빛에서 날카로운 표정은 이미 사라져 있었다.

"난 호지 선생님을 찾아볼 거야. 따라오든 말든 알아서 해." 제이스는 클라리를 남겨두고 혼자 나가버렸다. 부엌문이 닫혔고 이제 부엌에는 세 사람만 남았다.

이사벨은 국자로 수프를 퍼서 그릇에 담더니, 조리대 너머에 있는 사이먼을 보지도 않고 그릇을 밀었다. 하지만 그녀가 아직도 얼굴에 미소를 머금고 있다는 걸 클라리는 느낄 수 있었다. 수프에는 진녹색과 갈색을 띤 무언가가 여기저기 둥둥 떠 있었다.

"난 제이스를 따라갈래. 사이먼, 너는?"

"난 후루룩후루룩······." 사이먼은 자기 발을 내려다보며 무어라고 주절거렸다.

"뭐?"

"난 여기에 남겠다고." 사이먼은 아예 자리를 잡고 앉았다. "도저히 배가 고파서 안 되겠어."

"좋아." 클라리는 아주 뜨겁거나 아주 차가운 무언가를 꿀꺽 삼킨 것처럼 목구멍이 바짝 조이는 느낌을 받았다. 그녀는 부엌에서 성큼성큼 걸어 나왔다. 처치가 흐릿한 회색 그림자처럼 클라리의 발 옆에 붙어서 졸졸 따라왔다.

복도에서 제이스는 천사의 검들 가운데 하나를 손가락 사이에 끼우고 뱅글뱅글 돌리고 있었다. 그는 클라리를 발견하고서 검을 주머니에 넣었다. "잘 생각했어. 사이좋은 커플은 자기들끼리 놀도록 내버려두는 게 좋아."

클라리는 얼굴을 찌푸렸다. "왜 그렇게 항상 심술궂게 굴어?"

"내가 심술궂다고?" 제이스는 당장이라도 웃음을 터뜨릴 것처럼 보였다.

"사이먼한테 하는 말도 그렇고······."

"난 사이먼의 고통을 덜어주려고 애썼을 뿐이야. 이사벨은 사이먼의 심장을 도려내서 굽이 높은 부츠로 질근질근 밟을 거야. 걘 항상 남자애들을 그런 식으로 대한단 말이야."

"너한테도 그랬어?" 클라리가 말했다. 하지만 제이스는 고개를 가로젓고 나서 처치에게 몸을 돌렸다.

"호지 선생님한테 데려다줘. 이번에는 제대로 안내해야 돼. 또 우리를 엉뚱한 곳으로 안내하면 널 테니스 라켓으로 만들어버리겠어."

페르시아고양이는 코를 킁킁거리더니 앞장서서 살금살금 걸어갔다. 클라리는 제이스보다 약간 뒤처져서 따라가면서 그의 어깨선에 긴장과 피로가 드리워 있는 걸 보았다. 클라리는 제이스의 몸에서 긴장이 한 번이라도 떠난 적이 있는지 궁금했다.

"제이스."

"왜?"

"미안해. 톡 쏘아붙여서."

제이스는 낄낄 웃었다. "언제?"

"하지만 너도 나한테 쏘아붙였잖아."

"알아." 제이스의 말에 클라리는 깜짝 놀랐다. "가끔 보면 넌……."

"성가시게 군다고?"

"불안정해."

클라리는 좋은 뜻으로 하는 말인지 나쁜 뜻으로 하는 말인지 물어보고 싶었지만 캐묻지 않았다. 제이스가 농담으로 대답할까 봐 두려웠기 때문이다. 그녀는 다른 할 말이 있는지 곰곰이 생각해보았다. "늘 이사벨이 저녁을 만드는 거야?"

"아니, 고맙게도 그러지 않아. 대부분은 이사벨의 어머니 메이리스가 우리를 위해 요리를 하지. 그분은 훌륭한 요리사야." 제이스는 사이먼이 넋을 잃고 이사벨을 바라보았던 것처럼 꿈에 젖어 있는 것처럼 보였다.

"그런데 왜 이사벨한테 요리하는 법을 가르쳐주지 않았을까?"

이제 그들은 음악실을 통과하고 있었다. 아침에 피아노를 치는 제이스를 보았던 곳이다. 음악실 구석에는 어둠이 짙게 깔려 있었다.

"여자들이 남자들을 따라 섀도우 헌터가 된 건 최근의 일이라 그래. 클레이브에는 항상 여자들이 있었어. 여자들은 룬 문자를 익히고 무기를 만들고 살인 기술을 가르쳤지. 하지만 아주 소수의 여자들만이 놀라운 능력을 갖춘 전사였어. 그들은 남자들처럼 훈련을 받기 위해 투쟁해야 했어. 메이리스는 클레이브 여자들 가운데 훈련을 받은 첫 번째 세대였지. 내 생각엔 자기 딸이 부엌에서 썩게 될까 봐 메이리스가 일부러 요리를 가르쳐주지 않은 것 같아."

"정말 그렇게도 될 수 있는 거야?" 클라리가 호기심이 발동해서 물었다. 그녀는 팬더모니엄에서 이사벨이 자신감에 가득 차 피가 튀는 채찍을 대담하고 능숙하게 휘두르던 모습을 머리에 떠올려보았다.

제이스는 약하게 웃었다. "이사벨은 그렇지 않아. 걘 내가 아는 섀도우 헌터들 중에서도 아주 뛰어난 애야."

"알렉보다?"

어둠을 뚫고 소리 없이 달려가던 처치가 갑자기 멈추더니 야옹 소리를 냈다. 녀석은 머리 위로 불빛이 흐릿하게 밝혀진 철제 나선형 계단의 발치에 웅크리고 앉았다.

"온실에 있다고?" 제이스가 말했다. 잠시 뒤에 클라리는 제이스가 고양이에게 말을 하고 있다는 걸 깨달았다. "그럴 것 같았어."

"온실?" 클라리가 말했다.

제이스는 첫 번째 계단으로 올라섰다. "호지 선생님은 저 위쪽에 있는 온실을 좋아해. 우리가 사용할 수 있는 것들이나 약용식물을 기르지. 그것들 가운데 대부분은 이드리스에서만 자라. 내 생각에 선생님은 그것들을 보면서 향수에 젖는 것 같아."

클라리는 제이스를 뒤따랐다. 그녀의 신발이 철제 계단에 부딪히면서 쟁그랑거리는 소리가 났다. 제이스의 신발에서는 아무런 소리도 나지 않았다.

"알렉이 이사벨보다 실력이 나아? 클라리가 다시 물었다.

제이스는 걸음을 멈추더니 아래로 굴러떨어질 것처럼 계단에서 몸을 기울이며 클라리를 내려다보았다. 클라리는 불에 활활 타는 천사들이 하늘에서 굴러떨어지던 그녀의 꿈을 상기했다. "실력이 낫느냐고? 악마들을 죽이는 일 말이야? 아니, 그렇지는 않아. 사실 알렉은 악마를 죽여본 적이 없어."

"정말?"

"왜 그런지는 나도 몰라. 어쩌면 항상 나와 이지(이사벨의 애칭—옮긴이)를 지켜주다 보니 그랬는지도 모르지." 그들은 어느덧 계단 꼭대기에 이르렀다. 나뭇잎과 덩굴 모양으로 조각한 문이 그들을 맞았고, 제이스는 어깨로 문을 밀었다.

클라리가 문을 통과하는 순간 냄새가 코를 찔렀다. 그것은 흙과 흙 속에서 자라는 뿌리의 냄새, 싱싱하게 자라나는 녹색식물의 날카로운 냄새였다. 세인트 제이비어 고등학교의 뒤뜰에 있는 자그마한 온실처럼 규모가 작을 거라고 예상했는데, 그렇지가 않았다. 세인트 제이비어의 온실에서는 대학 과정의 생물학을 미리 공부하는 학생들이 완두 꼬투리를 복제하는 실험이나 또 다른 실험들을 하곤 했다. 이곳의 온실은 벽이 유리로 되어 있고 규모가 어마어마했다. 줄지어 늘어선 나무에서 잎이 무성한 가지들이 시원한 녹색 향기를 내뿜고 있었다. 덤불 속에는 빨강, 검정, 그리고 자주색의 윤이 반들반들 나는 열매들이 매달려 있었다. 작은 나무들에는 클라리가 여태껏 한 번도 보지 못한 이상한 모양의 과일들이 맺혀 있었다.

클라리는 숨을 길게 내쉬었다. "냄새가 마치……." 그녀는 봄철에나 맡을 수 있는 냄새라고 생각했다. 무더운 열기에 이파리가 시들고 꽃에서 꽃잎이 하나 둘 떨어지기 전에 맡을 수 있는 냄새였다.

"나한테는 고향의 냄새야." 제이스가 말했다. 그는 아래로 축 드리운 커다란 이파리 하나를 옆으로 젖히고 고개를 숙인 채 그곳을 지나갔다.

온실은 클라리 같은 일반인의 눈에는 특이할 것 하나 없는 아주 평범한 공간으로 보였지만, 그녀가 시선을 던지는 곳은 어디든 다채로운 꽃들이 만발해 있었다. 윤이 나는 녹색 울타리에는 푸른빛이 도는 자주색 꽃들이 피어 있었고, 기다랗게 뻗어 있는 덩굴에는 오렌지색 꽃봉오리들이 보석처럼 드문드문 박혀 있었다.

제이스와 클라리는 주변에 아무것도 없는 공터 같은 공간으로 들어갔다. 그곳에는 높이가 낮은 화강암 벤치가 하나 있었는데, 벤치는 은빛이 도는 녹색 이파리가 달린 나무줄기에 기대어 있었다. 커다란 바위에 고여 있는 물이 반짝반짝 빛을 내고 있었다. 가장자리에 있는 여러 개의 돌이 물웅덩이를 둥그렇게 둘러싸고 있었다. 벤치에는 까마귀를 한쪽 어깨에 얹은 호지가 앉아 있었다. 그는 생각에 잠겨 물을 물끄러미 내려다보고 있다가 제이스와 클라리가 다가가자 고개를 들어 하늘을 올려다보았다. 클라리는 그의 시선을 따라 위를 쳐다보았다. 그들의 머리 위에서 빛나고 있는 온실의 유리 지붕은 마치 뒤집어놓은 호수의 표면 같았다.

"무언가를 기다리고 계신 것 같네요." 제이스가 가까이에 있는 나뭇가지의 이파리를 하나 떼어내어 손가락 사이로 굴리며 말했다. 제이스는 일견 자제력이 대단한 듯했지만, 한편으로는 초조할 때 나오는 버릇을 많이 가지고 있었다. 어쩌면 그는 끊임없이 몸을 움직여야만 마음이 놓이는지도 모른다.

"생각에 잠겨 있었어." 호지는 벤치에서 일어나 휴고를 위해 한쪽 팔을 뻗었다. 그들을 바라보는 호지의 얼굴에서 미소가 사라졌다. "무슨 일이 벌어진 거지? 두 사람 몰골이……."

"추방자들한테서 공격을 받았습니다." 제이스가 짧게 말했다.

"추방된 전사들? 여기에서?"

"정확히는 전사들이 아니라 전사죠. 저희는 한 놈밖에 못 봤습니다."

"하지만 도로시아 여사는 좀 더 있다고 했어요." 클라리가 덧붙였다.

"도로시아?" 호지는 한 손을 치켜들었다. "사건을 순서대로 열거하는 편이 이해하기 더 쉽겠군."

"그렇죠." 제이스는 클라리가 무슨 말을 하기도 전에 말을 가로막으며 경고하는 눈빛으로 그녀를 바라보았다. 그런 다음 그는 오후에 있었던 사건들 가운데 딱 한 가지만 빼놓고 모두 털어놓기 시작했다. 그가 털어놓지 않은 한 가지란 바로 루크의 아파트에서 보았던 녀석들이 7년 전에 자기 아버지를 죽인 바로 그자들이라는 사실이었다.

"클라리 어머니의 친구는 사람들에게 흔히 루크 개러웨이라는 이름으로 통합니다. 하지만 우리가 그 사람 집에 있는 동안, 발렌타인의 밀사라고 주장하는 두 사람은 그를 루션 그레이마크라고 부르더군요."

"그럼 그 사람들의 이름이……."

"팽본과 블랙웰입니다."

호지의 얼굴이 갑자기 새하얗게 변했다. 잿빛을 띤 그의 뺨에 나 있는 흉터가 도드라지면서 배배 꼬인 빨간색 철사처럼 보였다. "내가 우려했던 대로군. 서클이 부활하고 있어." 호지는 혼잣말을 하듯이 말했다.

클라리는 호지가 하는 말이 무슨 뜻인지 몰라 제이스를 바라보았다. 하지만 제이스도 클라리만큼이나 혼란스러운 표정을 지었다. "서클이라고요?" 제이스가 물었다.

호지는 뇌에 들러붙은 거미줄을 떼어내려고 애쓰는 것처럼 머리를 혼들었다. "따라와. 이제 두 사람한테 보여줄 때가 된 것 같아."

도서관에는 가스램프가 켜져 있었고, 가구의 매끄러운 참나무 표면은 수수한 보석처럼 타오르는 듯이 보였다. 거대한 책상을 떠받치고 있는 천사들의 얼굴은 그림자가 줄무늬처럼 드리워져 한층 더 고통스러워 보였다. 클라리는 빨간색 소파에 앉아 두 다리를 바싹 끌어당겼다. 제이스는 초조한 표정으로 클라리의 옆자리에 앉아 소파의 팔걸이에 몸을 기대고 있었다. "혹시 찾는 데 도움이 필요하시면……."

"아니야." 호지는 책상 뒤에서 걸어 나오며 바지의 무릎 부위에 앉은 먼지를 털었다. "찾았어."

그는 갈색 가죽으로 장정된 커다란 책 한 권을 손에 들고 있었다. 떨리는 손가락으로 책장을 훌훌 넘기면서 그는 안경 뒤의 올빼미 같은 눈알을 껌벅거리며 주절거렸다. "그게 어디에…… 어디에 있었더라. 아, 여기에 있군!" 호지는 목청을 가다듬고 나서 큰 소리로 읽었다.

"나는 서클과 서클의 규칙에 무조건 복종할 것이며…… 이드리스 혈통의 순수성을 보존하기 위해, 그리고 우리가 안전을 책임지고 있는 인간 세상을 위해서라면 언제든지 목숨의 위험을 무릅쓸 준비가 되어 있다."

제이스가 얼굴을 찌푸렸다. "어디에서 뽑은 거죠?"

"20년 전, 라지엘 서클의 충성 서약이야." 호지가 지친 목소리로 말했다.

"소름이 끼치네요. 파시스트 조직이나 뭐 그런 것 같기도 하고." 클라리가 말했다.

호지가 책을 내려놓았다. 그는 책상 아래 천사들의 조각상만큼이나 고통스럽고 심각한 표정을 짓고 있었다. "그들은 하나의 집단이었어. 발렌타인이 이끄는 섀도우 헌터들이었지. 다운월드 사람들을 모두 쓸어버리고 세상을 '더 순수한' 상태로 되돌리기로 작정한 집단. 그들의 계획은 다운월드 사람들이 협정에 서명을 하러 이드리스에 도착할 때까지 기다리는 것이었지. 마법의 효력을 유지하려면 거의 15년마다 협정에 서명해야 했어."

호지는 클라리를 위해 덧붙였다. "그들은 무장도 하지 않아 방어 능력이 전혀 없는 다운월드 사람들을 모두 죽이기로 계획을 짠 거지. 그들은 그런 끔찍한 행위가 인간과 다운월드 사람들 사이의 전쟁을 촉발할 거라고 생각했어."

"그게 반란이었군요." 제이스는 이미 익숙한 호지의 첫 번째 이야기를 드디어 알아차리고 그렇게 말했다. "저는 발렌타인과 그의 추종자 패거리가 이름을 가지고 있는 줄은 몰랐어요."

"요즘에는 이름이 자주 불리지 않아. 그들의 존재는 클레이브에 골칫거리로 남아 있지. 그들과 관련된 서류들은 모두 폐기되어 버렸어."

"그런데 선생님은 어떻게 서약서 사본을 가지고 계시죠?" 제이스가 물었다.

호지는 아주 잠깐 머뭇거렸지만, 클라리는 그것을 알아차리고 설명할 수 없는 작은 두려움이 자신의 등뼈를 타고 올라오는 것을 느꼈다. 마침내 그가 말했다. "왜냐하면…… 내가 서약서를 작성하도록 도왔으니까."

제이스는 그 소리를 듣고 고개를 들었다. "선생님은 서클에 계셨군요."

"응. 나뿐만 아니라 여러 사람이 그곳에 있었지." 호지는 정면을 똑바로 바라보고 있었다. "클라리의 어머니도 마찬가지."

클라리는 그에게 뺨을 한 대 얻어맞은 것처럼 몸을 뒤로 홱 젖혔다. "뭐라고요?"

"내 말은……."

"무슨 말씀이신지 알아요! 하지만 우리 엄마가 절대 그런 곳에 소속되어 있었을 리 없어요. 그런 증오 단체에 말이에요."

"그건 증오 단체가 아니라……." 제이스가 말을 시작했지만 호지가 그의 말을 잘랐다.

"조슬린에게는 선택의 여지가 없었을 거야." 클라리의 말에 상처를 받았는지 호지가 천천히 말했다.

클라리는 호지를 빤히 쳐다보았다. "무슨 말씀을 하시는 거예요? 엄마한테 왜 선택의 여지가 없었죠?"

"왜냐하면 그녀는 발렌타인의 아내였으니까."

2부
내려가기 쉬운 지옥

지옥으로 내려가는 길은 쉽다.
검은 지옥의 문은 밤낮으로 열려 있다.
하지만 걸음을 되돌려 다시 올라오는 것,
이것이 일이고, 이것이 노역이다.

— 베르길리우스의 《아이네이스》에서

10
뼈의 도시

클라리와 제이스는 한순간 너무 놀라 아무 말도 못하다가 동시에 말을 꺼냈다.

"발렌타인에게 아내가 있었다고요? 그럼 발렌타인이 결혼을 했다는 건가요? 저는……."

"그건 불가능해요. 엄마는 절대로, 아니 엄마는 아빠와 결혼한 적밖에 없어요. 엄마한테는 전남편이 없단 말이에요!"

호지는 힘없이 양손을 들며 말했다. "얘들아……."

"전 어린애가 아니에요." 클라리가 책상에서 물러나며 말했다. "그리고 더 이상 아무 얘기도 듣고 싶지 않아요."

"클라리." 호지가 말했다. 클라리는 호지의 자상한 목소리에 가슴이 아팠다. 그녀는 천천히 돌아서서 방의 저쪽에 서 있는 호지를 바라보았다. 머리카락이 희끗희끗하고 얼굴에 흉터가 있어서 그런지 그는 그녀의 어머니보다 훨씬 더 나이가 들어 보였다. 클라리는 그것을 이상하게 생각했다. 하지만 두 사람 모두 젊은 사람들이었고, 함께 서클에 합류했으며, 둘 다 발렌타인을 알고 있었다.

"우리 엄마는 절대로……." 클라리는 말을 시작하다가 말끝을 흐렸다. 이제 그녀는 자신의 어머니에 대해 얼마나 잘 알고 있는지 확신을 가질 수 없었다. 그녀의 어머니는 그녀에게 낯선 사람, 거짓말쟁이, 그리고 비밀이 많은 사람이었다. 어머니가 또 다른 어떤 사람일지 그녀로서는 알 도리가 없었다.

"네 어머니는 서클을 떠났어." 호지가 말했다. 그는 클라리 쪽으로 다가오지는 않았지만, 흔들리지 않는 맑고 밝은 새의 눈빛으로 방의 저쪽 편에 서 있는 클라리를 지켜보았다. "발렌타인의 시각이 얼마나 극단적으로 변했는지 깨달았을 때, 그자가 무슨 짓을 저지를 준비가 되었는지 깨달았을 때, 우리 가운데 상당수가 서클을 떠났지. 루션이 첫 번째로 떠났는데 발렌타인한테는 충격이었지. 그들은 매우 가까웠거든." 호지가 고개를 가로저었다.

"그다음에는 마이클 웨이랜드, 제이스의 아버지가 떠났지."

제이스는 눈썹을 치켜세웠지만 아무 말도 하지 않았다.

"계속해서 열성적인 사람들도 있었어. 팽본, 블랙웰, 라이트우드 부부……."

"라이트우드 부부라고요? 로버트와 메이리스 말인가요?" 제이스가 깜짝 놀라는 표정을 지으며 말했다. "선생님은요? 선생님은 언제 떠났죠?"

"난 떠나지 않았어. 그 사람들도 안 떠났고…… 우리는 두려웠어. 발렌타인이 무슨 해코지를 할지 몰라 너무 두려웠던 거야. 반란이 있고 나서 블랙웰과 팽본 같은 열성분자들은 달아났지. 우리는 계속 남아서 클레이브에 협조했어. 그들에게 달아난 사람들의 이름을 넘기고 추적을 도왔지. 그 대가로 우리는 관대한 처분을 받았어."

"관대한 처분이라면?" 제이스의 표정이 빠르게 변했지만 호지는 그 걸 알아차렸다.

"넌 내가 저주를 받아 이곳에 묶여 있다고 생각하지? 잔뜩 화가 난 악마나 마법사가 복수의 마력을 행사했을 거라고 추측했겠지. 하지만 그건 사실이 아니야. 내가 이곳에 묶여 있는 건 클레이브의 저주 때문이야."

"서클에 있었다고요?" 제이스가 충격을 받은 얼굴로 물었다.

"반란이 있기 전에 그곳을 떠나지 않았기 때문이지."

"하지만 라이트우드 부부는 처벌을 받지 않았잖아요. 그 사람들은 왜 처벌을 안 받았죠? 선생님과 같은 일을 했는데도요." 클라리가 말했다.

"그들의 경우에는 정상참작이 되었지. 그들은 결혼을 했고 아이가 하나 있었으니까. 우리 세 사람은 이곳으로 추방을 당했어. 아니, 정확히 말하면 네 명이군. 우리가 유리의 도시를 떠날 때만 해도 알렉은 빽빽 울어대는 아기였어. 그들은 공무가 있을 때에만 이드리스로 돌아갈 수 있어. 그것도 짧게. 하지만 나는 돌아갈 수조차 없어. 난 두 번 다시 유리의 도시를 보지 못할 거야."

제이스는 호지를 빤히 쳐다보았다. 클라리는 제이스가 새로운 눈으로 자기 선생을 바라보고 있다고 생각했다.

"악법도 법이죠." 제이스가 말했다.

"내가 너한테 그렇게 가르쳤지." 호지의 목소리에는 쓸쓸함이 배어 있었다. "그런데 이제 네가 오히려 나한테 가르침을 주는구나. 그것도 상황에 꼭 들어맞는 교훈을 말이야."

호지는 가까이에 있는 의자에 털썩 주저앉고 싶어하는 것처럼 보였지만 여전히 꼿꼿한 자세로 서 있었다. 그의 경직된 자세를 보고 클라리는 전사의 모습이 아직도 남아 있다고 생각했다.

"왜 진작 말씀해주시지 않았죠? 우리 엄마가 발렌타인과 결혼했다는 사실을 말이에요. 선생님은 엄마의 이름을 알고 계셨으면서……."

"나는 조슬린 프레이가 아니라 조슬린 페어차일드로 알고 있었어. 게다가 네 엄마가 이 세계를 전혀 모르고 있다고 네가 하도 우기는 바람에, 그녀가 내가 아는 조슬린이 아니라고 생각했지. 어쩌면 나는 아니라고 믿고 싶었을지도 몰라. 발렌타인의 귀환을 반기는 사람은 아무도 없을 거야." 호지는 다시 고개를 가로저었다.

"오늘 아침에 침묵의 형제들을 부르러 사람을 보냈을 때 나는 무슨 소식을 듣게 될지 전혀 몰랐어. 발렌타인이 다시 돌아와 죽음의 잔을 찾고 있다는 사실을 클레이브가 알게 되면 한바탕 큰 소동이 벌어질 거야. 나는 협정이 파괴되지 않기만을 바랄 뿐이야."

"발렌타인이 좋아할 게 분명합니다. 그런데 발렌타인은 왜 그토록 죽음의 잔을 갈구하는 거죠?" 제이스가 물었다.

호지의 얼굴이 잿빛으로 변했다. "그야 명백하지 않니? 그래야만 군대를 만들 수 있기 때문이지."

제이스는 놀라는 표정을 지었다. "하지만 그렇게 되면 절대로……."

"저녁 드세요!" 도서관 문간에서 이사벨이 말했다. 그녀는 머리를 풀어 헤쳐 머리카락이 치렁치렁 흘러내리는 채로 여전히 손에 숟가락을 들고 있었다.

"방해했다면 죄송해요." 이사벨은 뒤늦게 생각났다는 듯이 그렇게 덧붙였다.

"오, 맙소사! 공포의 시간이 다가왔군." 제이스가 말했다.

호지는 깜짝 놀란 표정을 지었다. "나…… 나…… 난 아침을 어쩌나

배불리 먹었던지." 그는 말을 더듬거렸다. "아니, 아침이 아니고 점심. 점심을 너무 많이 먹어서 저녁은 도저히 먹을 수 없을 것 같은데……."

"수프는 다 버리고 시내에 있는 중국집에 음식을 주문했어요." 이사벨이 말했다.

제이스는 책상에서 떨어져서 기지개를 켰다. "좋아. 사실 배가 무지 고팠거든."

"그럼 나도 좀 먹어볼 수 있을 것 같군." 호지도 태도가 달라졌다.

"두 사람 모두 순 거짓말쟁이네요. 제 요리가 마음에 들지 않는다는 건 저도 알지만……." 이사벨이 뾰로통해져서 말했다.

"그럼 요리를 하지 않으면 되잖아." 제이스가 합리적인 조언을 했다. "무슈포크도 주문했어? 내가 그걸 얼마나 좋아하는지 알지?"

이사벨은 어이가 없는지 허공을 쳐다보았다. "응. 부엌에 있어."

"잘했어." 제이스는 이사벨의 머리카락을 사랑스럽게 헝클어뜨리며 그녀를 지나쳐 갔다. 호지도 제이스를 뒤따라가다가 멈춰 서서 이사벨의 어깨를 가볍게 두드렸다. 그는 사과를 하듯이 우스꽝스럽게 고개를 숙여 보이고 사라졌다. 클라리는 불과 몇 분 전에 그에게서 전사의 모습을 보았던 것이 정말인지 자신의 눈을 의심하지 않을 수 없었다.

이사벨은 흉터가 난 창백한 손가락 사이에 끼어 있는 숟가락을 빙글빙글 돌리고 있었다. 클라리가 물었다.

"제이스가 정말로?"

이사벨은 클라리를 쳐다보지도 않았다. "정말로 뭐?"

"제이스 말이야. 정말로 지독한 거짓말쟁이야?"

그제야 이사벨은 클라리에게 시선을 돌렸다. 이사벨의 눈은 크고 어두우며 뜻밖에도 사려 깊어 보였다. "거짓말쟁이 아니야. 중요한 일은 절대로 거짓말 안 해. 제이스는 너한테 끔찍한 진실을 알려줄지도 몰라. 하지만 거짓말을 하지는 않아."

이사벨은 잠시 말을 멈추었다가 조용히 덧붙였다. "무슨 대답을 듣더라도 감당할 수 있을 자신이 생길 때까지는 제이스에게 아무것도 묻지 않는 편이 좋을 거야."

부엌은 따뜻하고 환했으며, 중국 음식 특유의 짭조름하고 달콤한 냄새가 가득했다. 음식 냄새를 맡자 클라리는 집 생각이 났다. 그녀는 자리에 앉아 잠시 동안 국수가 담긴 반짝이는 접시를 바라보았다. 그녀는 포크를 놀리면서 사이먼을 쳐다보지 않으려고 애썼다. 사이먼은 오리 요리보다 더 반들거리는 눈으로 이사벨을 뚫어지게 쳐다보고 있었다.

"내 생각에는 좀 낭만적인 것 같아." 이사벨이 커다란 분홍색 빨대로 타피오카 알갱이를 빨아 먹으며 말했다.

"뭐가?" 사이먼이 갑자기 정신이 번쩍 드는지 물었다.

"클라리의 어머니가 발렌타인과 결혼한 것 말이야." 이사벨이 말했다. 클라리가 보기에 제이스와 호지는 라이트우드 부부가 서클에 있었던 사실과 클레이브가 내린 처벌 부분만 빼고 이사벨에게 얘기한 것 같았다. "그러니까 발렌타인이 죽음의 세계에서 그녀를 찾으러 돌아왔다는 거잖아. 둘이 함께 있고 싶은 거겠지."

"함께 있고 싶다면 래브너 악마를 보냈을 리가 없지." 음식이 차려졌을 때 모습을 드러낸 알렉이 말했다. 아무도 그에게 어디에 있었느냐고 묻지 않았고, 그도 어디에 있었는지 알리지 않았다. 알렉은 클라리의 맞은편, 그러니까 제이스의 옆자리에 앉아서 클라리의 시선을 피하고 있었다.

"나라면 그렇게 하지 않을 거야." 제이스가 동의했다. "우선 사탕과 꽃을 보내고, 그다음에는 사과 편지를 보내는 거지. 그러고 나서 걸신들린 악마 무리를 보내고. 그런 순서가 될 거야."

"이미 사탕과 꽃을 보냈을지도 몰라. 우리야 모르지." 이사벨이 말했다.

"이사벨." 호지가 인내심을 가지고 말했다. "그 사람은 일찍이 이드리스가 보지 못한 파괴를 일삼은 자야. 섀도우 헌터를 다운월드에 대적하도록 만들고 유리의 도시를 온통 피로 물들인 사람이란 말이야."

"화끈하네요. 그 사악한 존재 말이에요." 이사벨이 말했다.

사이먼은 위협적인 표정을 지으려고 애썼지만 클라리가 자기를 빤히 바라보는 걸 느끼고 그만두었다. "그럼 왜 발렌타인은 죽음의 잔을 그토록 원하는 거죠? 왜 클라리의 어머니가 그걸 가지고 있다고 생각하죠?" 사이먼이 물었다.

"군대를 만들기 위해서 그런다고 하셨는데, 그 잔을 이용해서 섀도우 헌터들을 만들 수 있다는 뜻인가요?" 클라리가 호지를 돌아보며 말했다.

"그렇지."

"그럼 발렌타인은 길에서 아무한테나 다가가 그 사람을 섀도우 헌터로 만들 수도 있나요? 그 잔만 있으면? 절 그렇게 만들 수도 있고요?" 사이먼이 앞으로 몸을 기울이며 물었다.

호지는 한참 동안 사이먼을 찬찬히 바라보았다. "가능할 거야. 하지만 자네는 너무 나이가 많아. 그 잔은 아이들에게 효과가 있어. 어른은 전혀 영향을 받지 않거나 그 자리에서 죽어버릴 수가 있어."

"아이들의 군대지." 이사벨이 부드럽게 말했다.

"아이들은 몇 년 만에 금방 자라지. 머지않아 그들은 막강한 세력이 돼." 제이스가 덧붙였다.

"아이들을 전사로 변화시킨다? 난 도무지 모르겠어. 그보다 더 나쁜 일이 일어나고 있다는 걸 들어보긴 했지만. 그 잔이 발렌타인의 손에 넘어가지 않도록 하는 일이 그렇게 중요한 문제인지는 잘 모르겠어." 사이먼이 말했다.

"발렌타인이 군대를 이용해서 클레이브를 공격할 가능성은 차치하고, 소수의 인간을 선택해서 네피림으로 변화시키는 이유는 대부분 변화 과정에서 살아남지 못하기 때문이지. 그게 성공하려면 특별한 힘과 회복력이 필요해. 변화시키기 전에 광범위한 실험을 거쳐야 되지만 번거로우니까 발렌타인은 그렇게 하지 않을 거야. 그는 자신이 사로잡은 아이들을 상대로 아무에게나 잔을 이용할 거야. 살아남은 20퍼센트만 그의 군대가 되는 거지." 호지가 무미건조하게 말했다.

알렉은 클라리가 느낀 것과 동일한 공포심을 가지고 호지를 바라보고 있었다. "그가 그런 짓을 할 거라는 사실을 어떻게 아시죠?"

"발렌타인이 서클에 있을 때 그게 그의 계획이었으니까. 그는 우리 세계를 지키기 위해 필요한 군대를 만들려면 그게 유일한 방법이라고 말했어."

"하지만 그건 살인이에요. 어린애들을 죽이는 짓이라고요." 얼굴이 약간 파랗게 질린 이사벨이 말했다.

"그는 우리가 천 년 동안 인간을 위해 세상을 안전하게 만들었으니 이제 자신들의 희생으로 우리에게 보답을 해야 할 때라고 말했어."

"자기네 아이들을요?" 뺨이 시뻘게진 제이스가 따지듯이 말했다. "그건 우리가 지켜야 할 것들과 전부 배치되네요. 의지할 곳 없는 사람들을 보호하고 인간성을 지켜주며……."

호지는 접시를 한쪽으로 밀어놓았다. "발렌타인은 제정신이 아니었어. 똑똑하긴 해도 정신이 온전하지 못해. 그는 악마들과 다운월드 사람들을 죽이는 일에만 관심이 있었지, 다른 곳에는 전혀 신경을 쓰지 않았어. 세상을 순수하게 만드는 데만 집착했지. 그런 대의를 위해서라면 자신의 아들도 기꺼이 희생했을 테고, 그것을 거부하는 사람을 도저히 이해하지 못했을 거야."

"아들이 있었어요?" 알렉이 말했다.

"비유적으로 말했을 뿐이야." 호지가 손수건을 향해 손을 뻗으며 말했다. 그는 손수건으로 이마를 닦고 나서 다시 주머니에 넣었다. 클라리는 호지의 손이 약간 떨고 있는 것을 보았다.

"발렌타인의 땅이 불타고 집이 파괴됐을 때 사람들은 그가 클레이브에게 굴복하느니 차라리 몸에 불을 지르고 잔을 재로 만들어버렸을 거라고 추측했지. 그의 유골은 아내의 유골과 함께 재 속에서 발견됐어."

"하지만 우리 엄마는 살았어요. 엄마는 불에 타죽지 않았다고요." 클라리가 말했다.

"이제 와서 보니 발렌타인도 죽지 않은 것 같아. 깜빡 속은 클레이브가 기분이 좋을 리 없어. 하지만 그보다 더 중요한 것은 그들이 잔을 손에 넣으려 할 거라는 사실이야. 그리고 그것보다 더 중요한 사실은 발렌타인이 절대 잔을 손에 넣지 못하도록 만들 거라는 거지."

"우리가 제일 먼저 해야 할 것은 클라리의 어머니를 찾아내는 일 같은데요. 발렌타인보다 먼저 클라리의 어머니와 잔을 찾아야 합니다." 제이스가 말했다.

클라리는 그 말을 듣고 기분이 좋았지만 호지는 니트로글리세린으로 마술을 부리자는 말을 들은 것처럼 제이스를 바라보았다. "어림도 없는 소리야."

"그럼 우리는 뭘 해야 하죠?"

"우리가 할 수 있는 건 아무것도 없어. 이런 일은 노련하고 경험이 많은 섀도우 헌터들에게 맡겨두는 게 제일 나아."

"전 노련해요. 경험도 많고요." 제이스가 항의하듯 말했다.

호지의 어조는 확고했다. 자식을 다루는 태도 같기도 했다. "네 실력이 뛰어나다는 건 나도 알지만 넌 아직 어린애나 다름없어."

제이스는 눈을 가느다랗게 뜨고 호지를 보았다. 그의 긴 속눈썹이 각이 진 광대뼈 위로 그림자를 드리우고 있었다. 다른 사람이었다면 수줍어하거나 사과하는 표정으로 보였을 테지만 제이스의 얼굴에 드리운 그림자는 예리하고 위협적으로 보였다. "전 아이가 아닙니다."

"선생님 말씀이 옳아." 알렉이 말했다. 클라리는 알렉이야말로 이 세상에서 제이스를 두려워하지 않는 몇 안 되는 사람들 가운데 하나가 틀림없다고 생각했다. 알렉은 제이스가 아니라 그의 안전을 두려워하고 있었다.

"발렌타인은 위험해. 난 네가 훌륭한 섀도우 헌터라는 걸 알아. 넌 아마 우리 또래 중에서 가장 출충할 거야. 하지만 발렌타인은 전무후무한 실력의 소유자야. 그를 무너뜨리기 위해서는 엄청난 희생을 치러야만 했어."

"그리고 그는 결코 굴하지 않았지. 그건 확실해." 이사벨이 포크의 끝을 살피며 말했다.

"하지만 우리가 여기 있잖아." 제이스가 말했다. "우리가 여기에 있고, 협정 때문에 다른 사람은 아무도 없어. 우리가 무슨 수를 쓰지 않으면······."

"무슨 수를 쓸 거야. 오늘 밤 클레이브에 전갈을 보낼 생각이야. 마음만 먹으면 내일이라도 이곳으로 네피림 군대를 보내겠지. 그들이 이 일을 처리할 거야. 그동안 너희는 충분히 할 일을 했어."

제이스는 진정이 되었지만 눈은 아직도 반짝이고 있었다. "전 마음에 안 들어요."

"네가 마음에 들고 안 들고는 상관없어. 넌 그냥 입 닥치고 어리석은 짓만 안 하면 돼." 알렉이 다그쳤다.

"우리 엄마는? 엄마는 클레이브에서 나설 때까지 기다릴 수 없어. 발렌타인이 엄마를 데리고 있다고 팽본과 블랙웰이 말했어. 발렌타인이 혹시 엄마를……." 클라리는 '고문'이라는 단어를 차마 입 밖에 낼 수가 없었다. 그녀는 자기만 그 생각을 하는 게 아니라는 걸 알고 있었다. 식탁에 앉은 사람들은 그녀와 시선을 맞추지 못했다.

사이먼만은 예외였다. "어머니에게 상처를 입힐 수 있지." 그는 클라리가 미처 끝맺지 못한 문장을 대신 완성했다. "클라리한테는 안된 일이지만 어머니가 의식을 잃었고 발렌타인이 그 점을 못마땅하게 생각하고 있다고 그 사람들이 그랬지. 발렌타인은 어머니가 깨어나길 기다리는 것 같아."

"내가 클라리의 어머니라면 깨어나지 않고 그대로 있을 거야." 이사벨이 중얼거렸다.

"하지만 언제 깨어날지 모르는 거잖아." 이사벨의 말은 들은 척도 하지 않고 클라리가 말했다. "클레이브는 사람들을 지켜주기로 맹세했다고 알고 있어. 지금 여기엔 섀도우 헌터가 아무도 없는 거야? 우리 엄마를 벌써 찾아나섰어야 하는 것 아냐?"

"어디를 살펴봐야 하는지 알면 일이 더 쉽겠지." 알렉이 재깍 말했다.

"하지만 우리는 알고 있어." 제이스가 말했다.

"알고 있다고?" 클라리가 깜짝 놀란 표정으로 제이스를 유심히 바라보았다. "그게 어디지?"

"여기." 제이스는 앞으로 몸을 기울이고 손가락으로 클라리의 관자놀이를 건드렸다. 너무나 가볍게 건드렸기 때문에 클라리의 얼굴이 벌겋게 달아올랐다. "우리가 알아야 할 모든 건 네 머릿속에, 이 예쁜 붉은 곱슬머리 아래 담겨 있어."

클라리는 방어적으로 자신의 머리카락을 매만졌다. "나는 그렇게 생각하지……."

"그래서 어떻게 할 생각이야? 클라리의 머리를 잘라내고 정보를 얻으려고?" 사이먼이 곧바로 물었다.

순간적으로 제이스의 눈에서 불꽃이 튀었지만 그는 차분하게 말했다. "그건 아니지. 침묵의 형제들이 클라리가 기억을 되찾도록 도와줄 거야."

"넌 침묵의 형제들을 증오하잖아." 이사벨이 말했다.

"나는 그들을 증오하지 않아." 제이스가 솔직하게 말했다. "그들을 두려워하는 거지. 증오하는 것과 두려워하는 것은 달라."

"그들은 도서관 직원이라고 하지 않았어?" 클라리가 말했다.

"맞아, 도서관 직원들이지."

사이먼이 휘파람을 불었다. "연체료를 악착같이 받아내는 족속이 분명해."

"침묵의 형제들은 기록 관리자들이지만 단지 그뿐만은 아니야." 호지가 인내심이 바닥난 것 같은 목소리로 중간에 끼어들었다. "그들은 정신력을 강화하기 위해 지금껏 창조된 룬 가운데 가장 강력한 것들을 관장하는 길을 택했어. 그 룬들은 너무 강력해서 그것을 사용하면……." 호지는 갑자기 말을 중단했다. 클라리는 자신의 머릿속에서 알렉의 목소리를 들었다. 그 목소리는 '갈기갈기 찢겨버리지'라고 말하고 있었다.

"육체를 비틀고 구겨버려. 새도우 헌터들이 전사라면 침묵의 형제들은 전사가 아니야. 그들의 능력은 몸이 아니라 정신에서 나오지."

"그 사람들은 마음을 읽을 수도 있나요?" 클라리가 작은 목소리로 말했다.

"여러 능력 가운데 대표적인 능력이 바로 그거야. 그들은 악마 사냥꾼들이 가장 두려워하는 존재야."

"전 모르겠네요. 듣기로는 그다지 나빠 보이지 않는데요. 누가 내 머리를 잘라내는 것보다 차라리 내 머릿속을 휘젓고 다니는 편이 낫죠." 사이먼이 말했다.

"보기보다 꽤 멍청하구나." 제이스가 비아냥거리는 눈초리로 사이먼을 쏘아보며 말했다.

"제이스 말이 맞아. 침묵의 형제들은 정말 소름 끼쳐." 사이먼을 무시하고 이사벨이 말했다.

호지는 식탁 위의 손을 움켜쥐고 있었다. "그들은 아주 막강해. 그들은 말을 하지 않지만 어둠 속을 돌아다니며 호두를 쪼개듯 사람의 마음을 쪼개서 열어볼 수 있어. 자신들이 원하면 언제든지 그럴 수 있지. 당한 사람은 어둠 속에서 혼자 절규하고 말이야."

클라리는 소름이 끼친다는 표정으로 제이스를 바라보았다. "날 그 사람들한테 넘기고 싶어?"

"그 사람들이 널 도와줬으면 좋겠어." 제이스가 식탁 너머로 몸을 기울였다. 거리가 너무 가까워 클라리는 제이스의 연한 눈알에 박혀 있는 호박색의 거무스레한 반점들까지 볼 수 있었다.

"어쩌면 우리는 잔을 찾으러 나서지 않을 수도 있어." 제이스가 부드럽게 말했다. "클레이브가 그 일을 할 수도 있다는 얘기지. 하지만 네 마음속에 있는 건 너의 것이야. 누군가 거기에 비밀을 감춰두었어. 네가 볼 수 없는 비밀을. 자신의 인생에 관한 진실을 알고 싶지 않아?"

"나는 내 머릿속에 다른 사람이 들어가는 게 싫어." 클라리가 작은 소리로 말했다. 제이스의 말이 옳다는 것을 그녀도 알고 있었지만, 섀도우 헌터들조차 섬뜩하게 생각하는 존재들에게 자신을 내준다는 것은 생각만 해도 소름이 돋았다.

"내가 함께 갈 거야. 그들이 일하는 동안 네 곁에 있어줄게." 제이스가 말했다.

"집어치워." 사이먼이 화가 나서 벌게진 얼굴로 식탁에서 벌떡 일어섰다. "클라리를 내버려두란 말이야."

알렉이 눈가를 덮은 검은 머리를 뒤로 쓸어 넘기며 사이먼의 존재를 방금 알아차린 것처럼 그를 훑어보았다. "야, 먼데인. 아직까지 여기서 뭐하고 있는 거야?"

사이먼은 알렉의 말을 무시했다. "분명히 말하는데 클라리를 내버려둬."

제이스도 사이먼을 훑어보았다. "알렉 말이 맞아. 인스티튜트는 먼데인이 아니라 섀도우 헌터를 안전하게 지켜주는 곳이야. 너무 오래 머물러 미움을 사면 곤란하지."

이사벨이 자리에서 일어나더니 사이먼의 팔을 붙잡았다. "내가 배웅하고 올게." 한순간 사이먼은 이사벨의 팔을 뿌리칠 것 같더니 식탁 너머에 앉아 있는 클라리의 눈을 쳐다보고 참았다. 클라리는 고개를 가볍게 가로저었고, 사이먼은 감정을 가라앉혔다. 그는 고개를 들고 앞장서는 이사벨을 뒤따라 방을 나갔다.

클라리가 자리에서 일어섰다. "피곤하네요. 자고 싶어요."

"거의 아무것도 못 먹었잖아." 제이스가 만류했다.

클라리는 제이스가 내민 손을 밀어냈다. "배고프지 않아."

복도는 부엌보다 더 시원했다. 클라리는 벽에 몸을 기대고 식은땀 때문에 가슴에 들러붙은 셔츠를 떼어냈다. 복도를 따라 걸어가자, 멀어져 가는 이사벨과 사이먼의 모습을 볼 수 있었다. 두 사람은 이내 어둠 속에 파묻혔다. 클라리는 그들이 조용히 멀어지는 걸 지켜보며 가슴속에서 이상한 한기가 피어오르는 것을 느꼈다. 언제부터 사이먼이 클라리의 책임이 아니라 이사벨의 책임이 되었을까? 일련의 사태들에서 그녀가 배우고 있는 게 하나 있다면, 그것은 영원히 자신의 것이라 생각했던 것을 너무도 쉽게 잃을 수 있다는 사실이었다.

방은 온통 금색과 흰색으로 되어 있었다. 높은 벽은 에나멜처럼 번들거렸고, 높은 지붕은 다이아몬드처럼 맑게 반짝이고 있었다. 클라리는 녹색 벨벳 드레스를 입었고, 금색 부채를 손에 들었다. 치렁치렁한 곱슬머리를 비틀어 올리고 나니 뒤를 돌아볼 때마다 왠지 무거운 느낌이 들었다.

"나보다 재미있는 사람 본 적 있어?" 사이먼이 물었다. 꿈속에서 그는 신기하게도 노련한 춤꾼이었다. 사이먼은 강물에 휩쓸린 나뭇잎처럼 휘청거리는 그녀를 데리고 군중을 뚫고 나아갔다. 그는 새도우 헌터처럼 온통 검은 옷으로 차려입고 있었는데 검은 머리, 볕에 살짝 그을린 피부, 그리고 하얀 치아와 잘 어울렸다. 클라리는 갑자기 사이먼이 미남이라는 생각이 들어 약간 놀랐다.

"너보다 더 재미있는 사람은 없어. 참 특이한 곳이야. 여태껏 이런 곳은 본 적이 없어." 클라리는 샴페인 분수를 지나갈 때 다시 한 번 빙그르 돌았다. 분수는 거대한 은색 접시로, 한복판에서는 항아리를 짊어진 인어가 거품이 이는 포도주를 자신의 등에 쏟아붓고 있었다. 사람들은 웃고 떠들면서 접시에서 자신의 잔을 채우고 있었다. 클라리가 지나가자 인어는 고개를 돌리고 미소를 지었다. 미소를 짓는 순간 뱀파이어처럼 날카로운 이빨이 드러났다.

"유리의 도시에 오신 걸 환영합니다." 그것은 사이먼의 목소리가 아니었다. 클라리는 사이먼이 사라진 걸 깨달았다. 그녀는 이제 제이스와 춤을 추고 있었다. 제이스는 하얀 옷을 입었는데, 그의 셔츠는 속이 훤히 비치는 얇은 면으로 되어 있었다. 클라리는 셔츠 속에서 검은 마크를 볼 수 있었다. 제이스의 목에는 청동 목걸이가 걸려 있었고, 머리카락과 눈은 그 어느 때보다도 금빛을 띠었다. 클라리는 러시아 초상화들에서 가끔 보았던 흐릿한 금색 물감으로 그의 초상화를 그려보고 싶다는 생각을 했다.

"사이먼은 어디 있지?" 다시 샴페인 분수를 돌아갈 때 클라리가 물었다. 클라리는 알렉과 함께 있는 이사벨을 보았는데, 두 사람 모두 진한 보라색 옷을 입고 있었다. 그들은 어두운 숲 속으로 들어간 헨젤과 그레텔처럼 손을 마주 잡고 있었다.

"여기는 살아 있는 사람들을 위한 장소야." 제이스가 말했다. 그의 손은 차가웠고 사이먼의 손과는 확실히 달랐다. 클라리는 눈을 가늘게 뜨고 제이스를 바라보았다. "무슨 뜻이야?"

제이스는 몸을 바짝 기울였다. 클라리는 자신의 귀에 그의 입술이 닿는 걸 느낄 수 있었다. 입술은 전혀 차갑지 않았다. "클라리, 깨어나." 제이스가 속삭였다. "깨어나란 말이야."

클라리는 숨을 헉헉거리며 침대에서 벌떡 몸을 일으켰다. 식은땀에 젖은 머리카락이 목에 들러붙어 있었다. 누군가 그녀의 양 손목을 꽉 붙잡고 있었다. 클라리는 손을 뿌리치려고 하다가 상대가 누구인지 알았다. "제이스?"

"그래." 제이스는 침대 가장자리에 걸터앉아 있었다. 클라리는 자기가 언제 침대로 들어갔는지 기억할 수 없었다. 부스스한 몰골에 정신은 흐리멍덩했다. 아침에 일어날 때처럼 머리가 헝클어져 있었고, 눈에는 아직 졸음이 가득했다.

"이거 놔줘."

"미안해." 클라리의 손목을 붙잡고 있던 손가락이 슬그머니 풀렸다. "내가 이름을 부르니까 날 때리려고 했어."

"약간 예민해져 있어서 그런 것 같아." 클라리는 주위를 둘러보았다. 그녀는 검은 목제 가구로 꾸며진 작은 침실에 있었다. 반쯤 열린 창문으로 들어오는 희미한 빛으로 판단하건대 새벽이거나 동이 튼 직후인 것 같았다. 클라리의 배낭은 한쪽 벽에 기대어 있었다. "여기엔 어떻게 왔지? 기억이 안 나네."

"복도 바닥에서 잠이 들어 있었어." 제이스는 재미있다는 투로 말했다. "호지 선생님이 도와줘서 침대에 눕힐 수 있었어. 양호실보다는 손님용 침실이 더 편할 것 같아 이리로 데려왔지."

"정말? 하나도 기억이 안 나." 클라리는 양손으로 눈앞을 가리고 있는 곱슬머리를 쓸어 넘겼다. "근데 몇 시나 됐어?"

"5시쯤."

"새벽 5시?" 클라리는 제이스를 노려보았다. "그럼 왜 깨웠어? 깨울 만한 합당한 이유라도 있어야지."

"왜, 좋은 꿈이라도 꾸고 있었나 보지?"

클라리는 귀에 들려오는 음악을 여전히 들을 수 있었고, 무거운 보석들이 뺨을 스치는 것도 느낄 수 있었다. "기억 안 나."

"침묵의 형제 한 명이 널 보러 찾아왔어. 호지 선생님이 깨우라고 날 보냈지. 사실 선생님이 직접 깨우겠다고 했지만, 새벽 5시인데 네가 뭔가 괜찮은 것을 봐야 짜증을 덜 부릴 것 같아서 내가 왔지."

"너 말이야?"

"당연하지."

"난 이 일에 동의한 적 없어." 그녀가 톡 쏘듯이 말했다. "침묵의 형제들 말이야."

"엄마를 찾고 싶지 않아?"

클라리가 제이스를 빤히 바라보았다.

"넌 제러마이어 형제를 만나기만 하면 돼. 지금은 좀 그렇지만 그 사람이 좋아질지도 몰라. 아무 말도 안 해서 그렇지 유머 감각이 뛰어난 사람이란 말이야."

클라리는 양손으로 머리를 감쌌다. "나가줘. 옷 갈아입게."

방문이 닫히자 클라리는 두 다리를 빙 돌려 침대에서 내려왔다. 아직 동이 트지 않았는데도 벌써 끈적거리는 열기가 방에 고이기 시작했다. 그녀는 창문을 밀어서 닫고 욕실로 들어가 세수를 하고 오래된 종이 냄새가 나는 입안을 헹궜다.

5분 뒤에 클라리는 녹색 운동화 속으로 발을 밀어 넣고 있었다. 그녀는 반바지와 평범한 검정 티셔츠로 갈아입었다. 클라리는 주근깨투성이인 가느다란 두 다리가 이사벨의 날씬하고 매끈한 다리처럼 보이면 얼마나 좋을까 하고 생각했다. 하지만 어쩔 수가 없었다. 클라리는 머리카락을 말아서 말꼬리 모양으로 묶고 제이스를 만나러 복도로 나갔다.

처치가 제이스와 함께 있었다. 고양이는 옹알거리며 차분하지 못하게 한자리를 맴돌고 있었다.

"고양이는 왜 저래?" 클라리가 물었다.

"침묵의 형제들 때문에 불안해져서 그래."

"모두를 불안하게 만드는 사람들인 것 같네."

제이스는 희미하게 웃었다. 그들이 복도를 따라 걷기 시작하자 고양이가 야옹 소리를 냈다. 하지만 두 사람을 따라오지는 않았다. 성당의 두꺼운 석벽은 아직도 밤의 냉기를 어느 정도 머금고 있었고, 복도는 어둡고 서늘했다.

도서관에 도착했을 때 클라리는 램프가 모두 꺼져 있는 걸 보고 놀랐다. 둥근 천장에 박혀 있는 높은 창문에서 흘러내리는 희미한 빛이 도서관을 간신히 밝히고 있었다. 호지는 정장 차림으로 커다란 책상 뒤에 앉아 있었는데, 간간이 보이는 회색 머리카락은 새벽빛 때문에 은색이었다. 클라리는 호지가 혼자 방에 있으며, 제이스가 자기를 놀려주려고 못된 장난을 친 거라고 생각했다. 그 순간 어떤 형체가 어둠 속에서 걸어 나오는 것을 보았다. 그녀는 다른 곳보다 어둡다고 생각한 그 그림자가 사내라는 것을 깨달았다. 키가 큰 사내는 두꺼운 옷을 입고 있었다. 목에서 발까지 내려오는 로브는 몸을 완전히 덮었고, 로브에 달린 후드가 그의 얼굴마저 가리고 있었다. 옷 자체는 양피지 색깔이었다. 옷의 가장자리와 소매를 따라가며 박혀 있는 복잡한 룬 마크들은 피를 찍어서 그려 넣은 것처럼 보였다. 클라리의 양팔과 뒷목에 솜털이 삐죽 솟으며 소름이 돋았다. 고통에 가까운 감각이었다.

"이쪽은 고요의 도시에서 온 제러마이어 형제야." 호지가 말했다.

사내는 두꺼운 외투를 펄럭이며 그들을 향해 다가왔다. 클라리는 사내한테서 이상한 점을 발견했다. 그는 움직일 때 전혀 소리를 내지 않았다. 발소리조차 나지 않았다. 심지어 바스락거리는 소리가 날 법한 외투에서도 아무 소리가 나지 않았다. 클라리는 그가 혹시 유령은 아닐까 하고 의심하려다 그만두었다. 사내가 두 사람 앞에 섰을 때 그에게서 이상하게도 달착지근한 냄새가 났다. 그것은 향과 피의 냄새, 살아 있는 무언가의 냄새 같았다.

"제러마이어, 이쪽은 내가 편지에 썼던 그 아가씨, 클라리사 프레이 양입니다." 호지가 책상에서 일어서며 말했다.

후드를 쓴 얼굴이 천천히 클라리를 향해 돌아갔고, 클라리는 손끝까지 냉기가 퍼지는 걸 느꼈다. "안녕하세요." 그녀가 말했다.

아무런 대꾸도 없었다.

"제이스, 난 네 판단이 옳다고 생각했어." 호지가 말했다.

"네, 제 판단은 틀리는 법이 거의 없죠." 제이스가 말했다.

호지는 제이스의 말을 무시하고 말을 이었다. "어젯밤에 클레이브에 편지를 보내 이 모든 일을 알렸지. 하지만 클라리의 기억은 그녀 자신의 것이야. 자신의 머릿속에 들어 있는 내용을 어떻게 처리할지는 그녀만 결정할 수 있지. 침묵의 형제들의 도움을 받고 싶다면 그것도 클라리가 결정할 문제야."

클라리는 아무 말도 하지 않았다. 도로시아는 클라리의 마음속에 무언가를 숨길 수 있는 공간이 있다고 말했다. 클라리는 물론 그것이 무엇인지 알고 싶었다. 하지만 침묵의 형제는 너무나 어둡고 고요했다. 고요 자체가 잉크처럼 검고 뻑뻑한 물결이 되어 흘러나오는 것 같았다. 그것은 그녀의 뼈를 서늘하게 만들었다.

제러마이어의 얼굴은 아직도 클라리를 향하고 있었다. 후드 아래에 보이는 것이라고는 어둠뿐이었다. '이 아가씨가 조슬린의 딸이란 말인가?'

클라리는 약하게 숨을 헐떡이며 뒤로 물러섰다. 그 말은 클라리 자신이 상상한 것처럼 그녀의 머릿속에서 울려 퍼졌다. 하지만 그것은 그녀가 상상한 말이 아니었다.

"네." 호지가 말했다. 그는 재빨리 이렇게 덧붙였다. "하지만 클라리의 아버지는 먼데인이었죠."

'그건 중요하지 않소. 클레이브의 피가 우세하지.' 제러마이어가 말했다.

"왜 우리 엄마를 조슬린이라고 불렀죠?" 후드 아래에서 얼굴의 흔적이라도 찾아보려고 애쓰며 클라리가 말했다. "우리 엄마를 알고 계셨어요?"

"형제들은 클레이브의 모든 회원 기록을 가지고 있어. 완벽한 기록들······." 호지가 설명했다.

"그렇게 완벽하다고는 할 수 없죠. 클라리의 어머니가 아직 살아 있는지도 모르고 있다면 말입니다." 제이스가 말했다.

'마법사의 도움을 받아 사라졌을 가능성이 있어. 섀도우 헌터들은 그렇게 쉽게 클레이브를 벗어날 수 없어.' 제러마이어의 목소리에는 아무런 감정도 실려 있지 않았다. 조슬린의 행동을 용인하지도 반대하지도 않는 것처럼 들렸다.

"이해할 수 없는 게 있어요. 어째서 발렌타인은 우리 엄마가 죽음의 잔을 가지고 있다고 생각하는 거죠? 말씀하신 대로 사라지는 게 그렇게 힘겨운 일이라면 왜 엄마가 그 잔을 가지고 다니겠어요?"

"발렌타인의 손에 넘어가지 않도록 하기 위해서지. 발렌타인이 그 잔을 손에 넣게 되면 어떤 일이 벌어질지 조슬린은 누구보다도 잘 알고 있었을 거야. 그리고 클레이브에 잔을 맡겨서도 안 된다고 생각했겠지. 처음에 발렌타인이 클레이브에서 잔을 가져간 뒤로 클레이브를 신뢰하지 않았을 테니." 호지가 말했다.

"제 생각에는……." 클라리는 자신의 목소리에서 의심을 지울 수가 없었다. 모든 가능성이 너무나도 희박해 보였다. 그녀는 엄마가 작업복 주머니에 커다란 황금색 잔을 감추고 어둠을 틈타 도망가다가 실패하는 모습을 머리에 그려보려고 애썼다.

"조슬린은 남편이 잔을 가지고 무슨 일을 벌일지 깨달았을 때 남편에게서 등을 돌렸어. 남편의 손에 잔을 넘기지 않기 위해 가능한 모든 일을 할 거라는 추측이 터무니없지는 않지. 조슬린이 아직 살아 있다고 클레이브가 생각했다면 제일 우선적으로 그녀를 찾아 나섰을 거야." 호지가 말했다.

"제가 보기에 클레이브가 죽었다고 생각하는 사람은 실제로 아무도 죽지 않았어요. 치과 기록에 투자를 해야 할 거같네요." 클라리는 날이 선 목소리로 말했다.

"우리 아버지는 돌아가셨어." 제이스가 말했다. 그의 목소리에도 날이 서 있었다. "치과 기록 따위는 나한테 필요 없어."

클라리는 화가 나서 제이스를 똑바로 보았다. "아니, 내 말은 그게 아

니라…….'

'그만하지.' 제러마이어가 중간에 끼어들었다. '인내심을 가지고 귀를 기울여준다면 여기에서 배울 진리가 있어.' 재빠른 몸짓으로 그는 양손을 들어 후드를 얼굴에서 벗겨냈다. 제이스를 까맣게 잊은 채, 클라리는 소리를 지르고 싶은 욕구와 싸웠다. 기록 관리자의 머리는 달걀처럼 매끈하고 하얀 대머리였다. 지금은 눈알이 달아나고 없지만 한때 눈알이 있었던 부위는 움푹 파여 어두컴컴했다. 그의 입술은 상처를 꿰맨 자국처럼 검은 선들이 십자형 무늬를 이루고 있었다. 클라리는 그제야 '갈기갈기 찢겨버린다'던 알렉의 말을 이해했다.

'침묵의 형제들은 거짓말을 하지 않아. 내게서 진실을 원한다면 얻을 수 있을 거야. 하지만 나도 그 보답으로 동일한 진실을 요구할 거야.' 제러마이어가 말했다.

클라리는 턱을 치켜들었다. "저도 거짓말쟁이가 아니에요."

'마음은 거짓말을 할 수 없어.' 제러마이어가 클라리 쪽으로 몸을 움직였다. '내가 원하는 건 너의 기억들이야.'

피와 잉크 냄새 때문에 숨이 막힐 지경이었다. 클라리는 공포가 물결처럼 밀려오는 것 같았다. "잠깐만요…….'

"클라리." 호지였다. 그의 목소리는 부드러웠다. '네가 묻었거나 억눌렀던 기억이 있을 수 있어. 네가 너무 어려서 의식적으로 상기할 수 없었던 기억까지 제러마이어는 얻을 수 있지. 기억을 끄집어낼 수만 있으면 우리한테는 상당한 도움이 될 거야."

클라리는 입술 안쪽을 깨물며 아무 말도 하지 않았다. 누군가가 머릿속을 헤집으며 자신도 접근할 수 없었던 은밀하고 개인적인 기억을 건드린다는 것은 생각조차 하기 싫었다.

"클라리가 하고 싶지 않은 일은 굳이 할 필요가 없죠. 안 그래요?" 제이스가 갑자기 말했다.

클라리는 호지가 미처 대꾸도 하기 전에 끼어들었다. "괜찮아. 해볼게."

제러마이어는 짧게 고개를 끄덕이고 나서 그녀를 향해 다가왔다. 소리도 없이 움직이는 그를 보고 클라리는 등골이 오싹했다. "아픈가요?" 그녀가 속삭이듯이 말했다.

제러마이어는 아무런 대꾸도 하지 않고 하얗고 가느다란 두 손으로 클라리의 얼굴을 건드렸다. 그의 손가락을 덮고 있는 피부는 양피지처럼 얇고, 온통 룬 문자가 그려져 있었다. 클라리는 그것들이 지닌 힘을 느낄 수 있었고, 그녀의 피부를 따끔하게 찌를 때는 정전기 같은 것이 일어났다. 클라리는 눈을 감았지만, 그러기 전에 호지의 얼굴에 걱정스러운 표정이 떠오르는 걸 보고 말았다.

클라리의 눈꺼풀 안쪽에서 어둠을 배경으로 갖가지 색깔이 회오리쳤다. 그녀는 압박감을 느꼈다. 그것은 머리와 양손, 그리고 두 다리를 강하게 끌어당기는 느낌이었다. 무게와 어둠에 저항하느라 주먹을 불끈 쥔 그녀는 무지막지하게 파고드는 강한 무언가에 짓눌려 자신의 몸이 서서히 파괴되는 느낌을 받았다. 숨을 헐떡거리던 클라리는 갑자기 한겨울처럼 온몸이 차가워졌다. 눈 깜짝할 사이에 그녀의 눈앞에는 빙판 길이 펼쳐졌다. 머리 위에는 회색 건물들이 우뚝 솟아 있었고, 살을 에는 것 같은 새하얀 입자들이 한바탕 그녀의 얼굴을 덮쳤다.

"그만하면 됐어요." 한겨울 냉기 속에서 제이스의 목소리가 들렸다. 새하얀 불꽃처럼 떨어지던 눈송이들이 사라졌다. 클라리가 눈을 번쩍 떴다.

도서관의 풍경이 점점 또렷하게 보이기 시작했다. 책들이 빼곡하게 꽂혀 있는 벽이며 호지와 제이스의 걱정스러워하는 얼굴도 보였다. 움직이지 않고 서 있는 제러마이어는 상아와 붉은색 잉크로 만든 조각상 같았다. 클라리는 양손에 날카로운 통증을 느끼고 손을 내려다보았다. 손톱이 박혀 있던 피부에는 붉은 선들이 어지럽게 얽혀 있었다.

"제이스." 호지가 꾸짖는 투로 말했다.

"저 손을 한번 보세요." 제이스는 손으로 클라리를 가리켰다. 그녀는 상처 입은 손바닥을 가리려고 손가락을 구부리고 있었다.

호지가 클라리의 어깨에 큼지막한 손을 얹었다. "괜찮아?"

클라리는 천천히 고개를 끄덕였다. 몸을 짓뭉개버릴 것 같은 무게는 사라졌지만 머리카락을 흠뻑 적시고 셔츠를 접착테이프처럼 등에 찰싹 달라붙게 만든 땀을 느낄 수 있었다.

'네 마음속에는 어떤 공간이 있어. 네 기억들에는 닿을 수가 없어.' 제러마이어가 말했다.

"공간이라고요? 클라리가 자신의 기억들을 억누르고 있다는 건가요?" 제이스가 물었다.

'아니야. 기억들이 주문에 걸려 그녀의 의식과 차단되어 있다는 뜻이지. 나는 여기서 주문을 허물어뜨릴 수가 없어. 뼈의 도시로 데리고 가서 형제들 앞에 세워야 할 것 같아.'

"주문이라고요? 누가 제게 주문을 걸었다는 거죠?" 클라리가 믿을 수 없다는 듯이 말했다.

아무도 그녀의 질문에 대답하지 못했다. 제이스는 자기 선생님을 바라보았다. 호지는 자신의 아이디어에 따라 그런 시도를 한 것임에도 깜짝 놀랄 정도로 얼굴이 창백해져 있었다. "선생님, 클라리가 원치 않으면 뼈의 도시로 갈 필요가……."

"난 괜찮아." 클라리는 숨을 깊게 들이마셨다. 손톱에 찍힌 손바닥이 아파왔다. 어딘가 어두운 곳에 드러누워 쉬고 싶은 마음이 간절했다. "같게. 난 진실을 알고 싶어. 내 머릿속에 대체 뭐가 들어 있는지 알고 싶어."

제이스는 고개를 끄덕였다. "좋아. 그럼 나도 함께 갈게."

인스티튜트를 벗어나는 일은 습기 차고 후끈한 캔버스 가방 속으로 들어가는 것 같았다. 습한 공기가 도시를 짓누르며 공기를 더러운 수프처럼 만들어놓고 있었다.

"우리가 왜 제러마이어와 떨어져서 출발해야 하는지 그 이유를 모르겠어." 클라리가 구시렁거렸다. 그들은 인스티튜트 밖의 모퉁이에 서 있었고, 거리는 한산했다. 쓰레기차 한 대가 천천히 도로를 굴러가고 있을 뿐이었다. "섀도우 헌터들과 함께 있는 모습을 남들에게 보이기 싫어서 그런 걸까?"

"그들도 일단은 섀도우 헌터야." 제이스가 사실을 알려주었다. 제이스는 푹푹 찌는 열기에도 아무렇지 않아 보였다. 그 모습을 보자 클라리는 그를 한 대 치고 싶었다.

"차를 가지러 갔겠지?" 클라리는 비꼬는 투로 물었다.

제이스가 씩 웃었다. "그럴지도 모르지."

클라리는 고개를 가로저었다. "호지 선생님이 같이 오셨다면 지금보다 기분이 한결 나았을 거야."

"내가 너한테 충분한 보호막이 되지 못한다는 거야?"

"지금 당장 나한테 필요한 건 보호가 아니야. 내가 생각할 수 있도록 도와주는 사람이지." 클라리는 갑자기 무슨 생각이 떠올랐는지 한 손으

뼈의 도시 215

로 입을 감쌌다. "아, 사이먼!"

"아니야, 난 제이스야." 제이스는 참을성 있게 말했다. "사이먼은 족제비처럼 교활한 녀석이야. 머리 모양도 엉망이고 패션 감각이라곤 조금도 없는 녀석이지."

"듣기 싫으니까 그만해." 마음에서 우러나왔다기보다는 반사적으로 튀어 나온 반응이었다. "잠들기 전에 전화할 생각이었어. 집에 무사히 들어갔는지 확인하러."

제이스는 고개를 절레절레 흔들면서 하늘이 열려 우주의 비밀이 드러나기라도 한 것처럼 하늘을 처다보았다. "너 진짜 그 족제비 같은 놈 엄청 신경 쓰는구나?"

"사이먼을 그런 식으로 부르지 마. 걔는 족제비처럼 생기지 않았어."

"네 말이 맞는지도 몰라. 난 지금껏 살면서 매력적인 족제비를 한두 마리 만났지. 사이먼은 생긴 게 족제비보다는 쥐에 가까워."

"그렇지 않다니까."

"그 친군 아마 집에서 자기가 흘린 침 속에 드러누워 있을 거야. 넌 이사벨이 사이먼에게 질려버릴 때까지 기다렸다가 그 친구랑 화해하면 돼."

"넌 이사벨이 사이먼에게 질려버릴 거라고 생각해?"

제이스는 곰곰이 생각하다가 말했다. "응."

클라리는 제이스가 생각하는 것보다 이사벨이 더 똑똑할지도 모른다고 생각했다. 어쩌면 그녀는 사이먼이 얼마나 멋진 남자인지 깨달을지도 모른다. 사이먼이 보기보다 재미있고 영리하며 성격 좋은 아이라는 사실을 깨닫게 될 수도 있다. 그리고 어쩌면 둘이 사귀게 될지도 모른다. 그런 생각을 하자 클라리는 형언할 수 없는 두려움에 사로잡혔다.

생각에 잠겨 있던 클라리는 제이스가 자기한테 무슨 말을 하고 있다는 걸 한참 만에 깨달았다. 클라리가 눈을 껌벅이며 제이스를 바라보았을 때 그의 얼굴에는 심술궂은 미소가 퍼지고 있었다.

"뭐라고 했지?" 클라리는 다소 무례한 어조로 물었다.

"나는 네가 이런 식으로 내 주의를 필사적으로 끌려고 애쓰지 않았으면 좋겠어. 당황스럽단 말이야."

"상상력이 고갈된 사람들의 마지막 수단이 빈정거림이야."

"나도 어쩔 수가 없어. 난 내면의 고통을 감추기 위해 날카로운 기지를 이용하지."

"네 고통은 그렇게 자동차들을 가로막고 있으면 겉으로 드러날 거야. 택시에 치이고 싶어?"

"모르는 소리 하지 마. 여기는 택시를 그렇게 쉽게 잡을 수 있는 곳이 아니야."

때마침 폭이 좁고 창문을 선팅한 검은색 차 한 대가 굴러 오더니 부르릉거리며 제이스 앞에 멈춰 섰다. 차는 리무진처럼 기다랗고 매끄러우며 차체가 길바닥 가까이까지 내려와 있었다. 그리고 창문은 바깥쪽으로 곡선을 이루고 있었다.

제이스는 곁눈으로 클라리를 바라보았다. 그의 시선에는 재미있다는 표정과 함께 무언가를 캐내려는 기색이 배어 있었다. 다시금 차를 살펴본 클라리의 표정이 누그러졌다. 이제 그녀의 시선은 글래머의 베일을 훤히 꿰뚫어보는 것 같았다.

자동차는 신데렐라의 마차 같았다. 부활절 달걀처럼 알록달록하지는 않았지만, 마차는 벨벳처럼 새까맣고 창문에는 어두운 색이 짙게 들어가 있었다. 바퀴를 포함하여 가죽 좌석이나 장식들도 모두 검은색이었다. 금속 재질의 검은색 운전석에는 제러마이어가 앉아 있었고, 장갑을 낀 그의 손에는 고삐가 쥐어 있었다. 그의 얼굴은 양피지 색깔의 로브에 달린 후드 속에 감추어져 있었다. 고삐의 다른 쪽 끝에는 연기처럼 검은 두 필의 말이 묶여 있었는데, 말들은 씩씩거리며 하늘을 향해 발길질을 해댔다.

"올라타." 제이스가 말했다.

클라리가 입을 떡 벌린 채 계속 서 있자, 그는 클라리의 팔을 붙잡아 마차의 열린 문 속으로 밀어 넣고 자기도 마차에 올라탔다. 마차는 제이스가 문을 닫기도 전에 움직이기 시작했다. 제이스는 호화롭게 장식된 좌석에 몸을 느긋하게 눕히고 클라리를 건너다보았다. "뼈의 도시까지 직접 호위를 해준다고 그렇게 콧방귀까지 뀔 필요는 없지."

"누가 콧방귀를 뀌었다고 그래? 난 그냥 놀랐을 뿐이야. 이런 식의 대접은 예상하지 못해서…… 그냥 평범한 자동차일 거라고 생각했단 말이야."

"알았으니까 긴장 풀고 색다른 마차의 냄새를 즐겨봐."

클라리는 눈알을 굴리다가 고개를 돌려 창문을 내다보았다. 그녀는 말과 마차가 맨해튼의 도로를 달려가는 모습을 상상도 하지 못했다. 하지만 마차는 거침없이 도심을 향해 질주하고 있었다. 마차는 거리를 가득 메우고 빵빵거리는 택시와 버스의 눈에 띄지 않고 소리 없이 나아갔다. 노란색 택시 한 대가 갑자기 차선을 변경하더니 그들의 앞길을 가로막았다. 말들이 걱정된 클라리는 바짝 긴장했다. 다음 순간 마차가 허공으로 기울어지는가 싶더니 말들이 택시의 지붕으로 가볍게 뛰어올랐다. 클라리는 숨이 컥 막혔다. 마차는 말들을 뒤따라 허공으로 치솟더니 택시의 지붕을 소리도 없이 가볍게 굴러 앞쪽으로 넘어갔다. 마차 바퀴가 덜컹거리며 도로에 부딪히는 동안 클라리는 뒤를 힐끗 돌아보았다. 택시 기사는 방금 무슨 일이 일어났는지 전혀 눈치를 못 챘는지 담배를 뻐끔뻐끔 피우며 전방을 주시하고 있었다.

"택시 기사들이 교통에 주의를 기울이지 않는다고는 생각했지만 이건 정말 어처구니가 없네."

"네가 이제 글래머를 꿰뚫어볼 수 있기 때문에……." 제이스는 미묘한 뉘앙스를 풍기는 말을 마무리 짓지 않고 내버려두었다.

"집중할 때만 볼 수 있어. 그런데 집중하면 머리가 좀 아파."

"그건 머릿속에 들어 있는 공간 때문에 그럴 거야. 형제들이 알아서 처리해줄 거야."

"그다음에는?"

"그다음에는 세상을 있는 그대로 보게 되겠지. 무한을 보게 될 거야(윌리엄 블레이크의 시 〈인식의 문〉에 실려 있는 구절—옮긴이)." 제이스가 메마른 미소를 지으며 말했다.

"나한테 블레이크의 시구를 인용하지 마."

제이스의 미소는 더욱 메말라갔다. "어떻게 알았지? 나는 네가 모를 줄 알았어. 넌 시 같은 거 별로 안 읽을 것 같았는데."

"그 시는 도어스 때문에 누구나 알고 있어."

제이스는 멍하니 클라리를 바라보았다.

"도어스라고 있어. 밴드야."

"네가 그렇다면 그렇겠지."

"음악을 들을 시간이 별로 없나 보구나." 클라리는 음악이 삶의 전부라고 해도 과언이 아닌 사이먼을 머리에 떠올리며 그렇게 말했다. "하기야 이 분야에서는 그렇겠지."

뼈의 도시 219

제이스는 어깨를 으쓱했다. "저주받은 존재들의 울부짖는 소리는 가끔 듣지."

클라리는 제이스가 농담을 하는지 확인하려고 그를 힐끔 처다보았지만 제이스의 얼굴에는 전혀 표정이 없었다.

"하지만 넌 어제 인스티튜트에서 피아노를 쳤잖아. 그러니까 넌 분명히……."

마차가 다시 앞으로 기울었다. 클라리는 좌석의 가장자리를 꽉 붙잡고 전방을 주시했다. 그들은 시내 한복판에서 버스 지붕 위를 굴러가고 있었다. 그녀는 도로를 따라 늘어선 낡은 아파트들의 높은 층을 볼 수 있었다. 정교하게 조각된 석상들이 건물 곳곳에 장식되어 있었다.

"그냥 재미 삼아 두드려보는 거야. 아버지는 내게 악기를 꼭 하나 배워두라고 하셨지." 제이스가 클라리를 쳐다보지도 않고 말했다.

"엄격한 분이셨나 보구나, 아버지가."

제이스의 목소리는 날카로웠다. "전혀 아니야. 나한테 집착이 강하셨지. 아버지는 무기 다루는 법, 악마론, 비술, 고대어 등 모든 걸 가르쳐 주셨어. 내가 원하는 것이라면 말, 무기, 책, 심지어 사냥매까지 무엇이든 주셨지."

하지만 클라리는 마차가 다시 덜컹거리며 도로로 내려앉는 동안 무기와 책은 아이들이 크리스마스 선물로 받고 싶어하는 것이 아니라는 생각을 했다.

"루크와 얘기를 나누던 사람들을 알고 있다는 얘기는 왜 호지 선생님한테 안 했어? 아버지를 죽인 원수들이라는 얘기 말이야."

제이스는 자기 손을 내려다보았다. 그의 손은 가늘고 섬세했다. 전사가 아니라 예술가의 손 같았다. 예전에 보았던 반지가 그의 손가락에서 반짝이고 있었다. 예전 같으면 반지를 낀 남자애는 계집애 같다고 생각했을 테지만 지금은 그렇지 않았다. 반지 자체는 단단하고 무거워 보였다. 불에 시커멓게 그을린 것처럼 보이는 은반지의 테두리를 따라 별 무늬가 있었는데, 그 안에는 W 문자가 새겨져 있었다. "그 얘기를 했다면 선생님은 내가 발렌타인을 직접 죽이고 싶어한다는 걸 알고 나를 절대 보내지 않겠지."

"그럼 발렌타인에게 복수하고 싶다는 거야?"

"정의를 위해서지. 난 누가 아버지를 죽였는지 모르고 있었어. 지금은 알아. 정의를 바로 세울 수 있는 기회가 온 거야."

클라리는 한 사람을 죽여서 다른 사람의 죽음을 헛되이 하지 않을 수 있다는 말을 이해하기가 힘들었지만, 따지고 들어봐야 아무 소용도 없다고 생각했다. "하지만 넌 누가 아버지를 죽였는지 알고 있었잖아, 그 사람들이잖아. 네가 말한……."

제이스는 클라리를 보고 있지 않았다. 그래서 클라리는 말꼬리를 흐렸다. 이제 그들은 차량의 물결을 가로지르며 달리는 자주색 뉴욕 대학교 전차를 간발의 차로 피하며 애스터 광장을 지나가고 있었다. 지나가는 보행자들은 유리에 짓눌린 곤충처럼 무거운 공기에 압사한 것 같았다. 거대한 황동 조각상의 받침대 주변에는 집 없는 아이들이 옹기종기 모여 있었다. 아이들은 돈을 구걸하는 문구가 적힌 마분지 조각을 접어서 자기네 앞에 놓았다. 클라리는 머리를 박박 민 자기 또래 여자애가 레게 머리에다 피부가 갈색인 소년에게 몸을 기대고 있는 걸 보았다. 남자애의 얼굴은 10여 개의 피어싱으로 장식되어 있었는데, 그는 마차가 눈에 보이기라도 하듯이 고개를 돌려 이쪽을 바라보았다. 클라리는 소년의 눈이 반짝이는 걸 보았다. 눈알 하나는 동공이 없는지 희끄무레했다.
"난 그때 열 살이었어." 제이스가 말했다. 클라리는 고개를 돌려 그를 바라보았다. 제이스는 아무런 표정도 없었다. 자기 아버지에 관해 얘기를 할 때마다 그의 얼굴은 핏기가 모두 빠져버린 것처럼 보였다.
"우리는 시골에 있는 저택에서 살고 있었지. 아버지는 사람들에게서 떨어져 있는 편이 더 안전하다고 항상 말씀하셨어. 나는 그들이 진입로를 올라와서 아버지에게 얘기하러 오는 소리를 들었어. 아버지가 숨어 있으라고 해서 나는 계단 아래에 숨어 있었지. 나는 그들이 들어오는 걸 봤어. 다른 사람들을 데리고 왔더군. 정확히 말하면 사람들이 아니라 추방자들이지. 그들은 우리 아버지를 제압하고 목을 잘라버렸어. 바닥에는 피가 흥건했고, 그 피는 내 신발을 축축하게 적셨어. 난 움직이지 않았지."
클라리는 제이스가 얘기를 마친 것을 깨닫기까지 조금 시간이 걸렸고, 자신의 목소리를 되찾는 데에도 약간 시간이 걸렸다. "제이스, 정말 안됐어."
제이스의 눈이 어둠 속에서 번들거렸다. "난 먼데인들이 자신의 잘못도 아닌 일에 왜 항상 사과를 하는지 모르겠어."
"사과하는 게 아니야. 공감을 표현하는 방식이라고나 할까. 네가 불행해서 안타깝다는 거지."
"난 불행하지 않아. 목표가 없는 사람들이 불행한 거지. 내게는 목표가 있어."
"악마들을 죽이는 거? 아니면 아버지의 원수를 갚는 거?"
"둘 다."
"네가 그 사람들을 죽여주길 아버지가 정말로 원할까? 오직 복수를 위해서?"

"형제를 죽이는 섀도우 헌터는 악마보다 더 나빠서 똑같은 벌을 받아야 해." 제이스는 마치 교과서에 적혀 있는 글을 읽듯이 말했다.

"하지만 모든 악마가 악한 거야? 그러니까 내 말은, 모든 뱀파이어가 악한 게 아니라면, 또 모든 늑대인간이 악한 게 아니라면……."

제이스는 화가 난 얼굴로 클라리를 향해 몸을 돌렸다.

"그건 전혀 다른 문제야. 뱀파이어, 늑대인간, 심지어 마법사까지, 그들의 일부는 인간이야. 이 세상에서 태어난 이 세상의 일부라고. 그들은 여기에 속해. 하지만 악마는 다른 세상에서 왔어. 그들은 차원과 차원을 넘나드는 기생충이란 말이야. 그들은 모든 걸 고갈시켜버리지. 무언가를 건설할 수는 없고 그저 파괴만 일삼아. 만들지는 못하고 쓰기만 한다고. 어떤 장소를 잿더미로 만들어버리고 그 장소가 완전히 죽어버리면 다음 장소로 옮기지. 그들이 원하는 것은 생명이야. 네 생명이나 내 생명이 아니라 이 세상의 모든 생명. 강과 도시, 그리고 바다를 포함해서 이 세상의 모든 걸 원해. 그들과 이 모든 것의 파괴 사이에 서 있는 유일한 것은……." 제이스는 창밖을 가리키며 주택 지구의 초고층 건물들부터 휴스턴 거리를 꽉 메우고 있는 차량들에 이르기까지 도시의 모든 것을 가리키듯이 손을 흔들어 보였다. "바로 네피림이야."

"아!" 클라리가 말했다. 그 밖에는 달리 할 말이 없었다. "얼마나 많은 세상이 있는 거지?"

"그건 아무도 몰라. 수백 개? 어쩌면 수백만 개?"

"그럼 그것들은 전부 죽은 세계야? 모든 것이 고갈돼버린?" 마차가 자주색 소형차를 넘는 동안 잠시 흔들렸을 뿐인데도 클라리는 가슴이 철렁 내려앉는 기분이었다. "너무 슬픈 일 같아."

"그런 말은 안 했어." 창문으로 흘러내리는 도시의 짙은 오렌지색 불빛이 제이스의 날카로운 얼굴 윤곽을 또렷하게 드러내고 있었다. "아마 우리가 사는 세상처럼 생명체가 살아 숨 쉬는 세상들이 있을 거야. 하지만 악마들만이 그런 세상을 자유자재로 이동할 수 있어. 그들은 대개 육체를 가지고 있지 않으니까. 하지만 그 방법을 정확히 아는 사람은 아무도 없어. 수많은 마법사들이 시도했다가 실패했지. 지구의 어느 것도 세상 사이의 경계 구역을 통과할 수는 없어. 어쩌면 우리는 그들이 이곳으로 넘어오는 것을 막을 수 있을지도 몰라. 하지만 어느 누구도 어떻게 그렇게 할 수 있는지 밝혀내지는 못했어. 사실 점점 더 많은 악마들이 이곳으로 오고 있어. 예전에는 이 세상을 공격하는 악마의 수가 적었고 쉽게 막아낼 수 있었어. 하지만 내가 지금껏 살아오는 동안 점점 더 많은 악마들이 경계 지역을 넘어왔어. 클레이브는 항상 새도우 헌터들을 파견하지만 돌아오지 않는 경우도 많아."

"그렇지만 죽음의 잔을 가지고 있으면 더 많은 악마 사냥꾼을 만들어낼 수 있잖아. 안 그래?" 클라리는 망설이며 물었다.

"그렇지. 하지만 우리는 지금까지 몇 년 동안 그 잔을 가지지 못했고, 우리 가운데 많은 수가 젊은 나이에 죽고 있지. 그래서 우리는 점점 줄어들고 있어."

"그럼 그게 안 되는 거야? 그 뭐더라……." 클라리는 정확한 낱말을 찾으려고 애썼다. "번식?"

마차가 갑자기 날카롭게 좌회전을 할 때 제이스는 웃음을 터뜨렸다. 제이스는 몸이 한쪽으로 쏠리지 않도록 단단히 준비를 하고 있었지만, 클라리의 몸이 갑자기 훅 쏠리며 제이스와 부딪혔다. 제이스는 양손으로 클라리의 몸을 가볍게 붙잡았다가 자기 몸에서 단호하게 떼어냈다.

땀으로 촉촉한 클라리의 피부에 닿는 제이스의 반지는 얼음 조각처럼 차갑게 느껴졌다.

"가능하지. 우리는 번식하는 걸 좋아해. 우리가 가장 좋아하는 것들 가운데 하나이기도 하고." 제이스가 말했다.

클라리는 어둠 속에서 얼굴이 화끈 달아올라 창밖을 내다보았다. 그들이 탄 마차는 정교하게 세공된 묵직한 철문을 향해 달렸다. 검은 덩굴이 철문을 격자 모양으로 휘감고 있었다.

"다 왔어." 포장도로를 부드럽게 달리던 바퀴가 자갈길로 접어들면서 덜커덕거리자 제이스가 말했다. 클라리는 마차가 철문 아래를 굴러가는 동안 아치에 새겨져 있는 글자를 힐끗 쳐다보았다. 거기에는 '뉴욕 시 대리석 묘지'라고 적혀 있었다.

"하지만 맨해튼에는 여유 공간이 없어서 사람을 매장하는 일을 1세기 전에 멈추었잖아. 안 그래?" 클라리가 말했다. 그들은 돌담 사이에 나 있는 비좁은 길을 따라 움직이고 있었다.

"뼈의 도시는 그보다 오래전부터 이곳에 있었어." 마차가 덜커덕거리며 멈췄다. 제이스가 한쪽 팔을 내뻗었을 때 클라리는 자기도 모르게 몸을 움찔했다. 하지만 제이스의 팔은 클라리의 몸을 스치고 지나가 그녀 쪽에 달린 문을 열었다. 그의 팔에는 근육이 약간 있었고 꽃가루처럼 부드럽고 미세한 황금색 털이 돋아나 있었다.

"너한테는 선택권이 없지? 섀도우 헌터가 되는 것 말이야. 그냥 탈퇴할 수도 없고."

"응." 문이 열리면서 후텁지근한 공기가 훅 끼쳐왔다. 마차는 이끼가 가득 낀 대리석 담으로 둘러싸인 넓은 잔디 광장에 멈춰 서 있었다. "하지만 선택권이 있다고 해도 난 이 일을 선택했을 거야."

"왜?"

제이스는 마차에서 폴짝 뛰어내렸다. 좌석의 가장자리로 미끄러진 클라리의 두 다리는 허공에 대롱대롱 매달려 있었다. 자갈밭에서 좌석까지의 높이가 상당했기에 클라리는 할 수 없이 뛰어내렸다. 충격으로 발이 아팠지만 넘어지지는 않았다. 클라리가 의기양양하게 몸을 돌렸을 때 제이스가 그녀를 지켜보고 있었다.

"내리는 걸 도와주려고 했는데."

클라리는 눈을 껌벅거렸다. "괜찮아. 그럴 필요 없었어."

제이스는 뒤를 살짝 돌아보았다. 제러마이어가 말 뒤쪽의 마부석에서 내리고 있었다. 이번에도 그의 옷은 고요히 흘러내리기만 할 뿐, 아무 소리도 내지 않았다. 그는 햇살을 쨍쨍 받고 있는 잔디밭 위에 아무런 그림자도 드리우지 않았다.

'가지.' 제레마이어가 말했다. 그는 마차와 2번가의 온화한 불빛에서 미끄러지듯 벗어나 정원의 어두운 한복판으로 건너갔다. 그는 두 사람이 자기를 따라올 거라고 생각한 게 분명했다.

잔디는 바짝 말라서 발밑에서 바스락거리는 소리를 냈고, 양쪽의 매끄러운 대리석 담은 진줏빛이었다. 담의 돌에는 여러 개의 이름과 날짜가 새겨져 있었다. 그것들이 무덤 표시라는 것을 클라리가 깨닫는 데에는 약간의 시간이 걸렸다. 오싹한 기운이 그녀의 등뼈를 타고 올라왔다. 시신들은 어디에 있단 말인가? 살아 있는 사람들을 담 속에 밀어 넣고 그대로 매장해버린 것은 아닐까?

클라리는 자기가 향하는 쪽을 살피는 것도 잊었다. 틀림없이 살아 있는 무언가와 부딪히고 나서야 그녀는 날카롭게 소리 질렀다. 그것은 제이스였다.

"그렇게 소리 지르지 마. 죽은 사람들이 깨어나겠어."

클라리는 제이스에게 얼굴을 찌푸렸다. "왜 멈춰?"

제이스는 제러마이어를 가리켰다. 제러마이어는 자기보다 아주 약간 더 큰 조각상 앞에 멈춰 서 있었다. 조각상의 받침대에는 이끼가 잔뜩 있었다. 천사의 모습을 하고 있는 조각상이었다. 대리석 조각상은 너무 매끄러워 속이 들여다보일 정도였다. 천사의 얼굴은 사납고 아름다우며 슬퍼 보였고, 길고 하얀 손에는 잔이 들려 있었으며, 잔의 테두리에는 대리석 보석들이 박혀 있었다. 왠지 거북하면서도 익숙한 조각상의 무언가가 클라리의 기억을 자극했다. 받침대에는 '1234'라는 숫자가 적혀 있었고, 그 둘레에는 '네피림: 파실리스 데센수스 아베르니'라는 라틴어가 새겨져 있었다.

"저건 죽음의 잔이야?" 클라리가 물었다.

제이스가 고개를 끄덕였다. "그리고 저기 새겨진 건 네피림, 섀도우 헌터들의 표어야."

"무슨 뜻이지?"

제이스의 미소가 어둠 속에서 환하게 빛났다.

"'섀도우 헌터들: 1234년 이후로 적들의 미망인보다 검게 차려입은 옷이 좋아 보인다'라는 뜻이야."

"제이스……."

'지옥으로 내려가는 길은 쉽다는 뜻이다.' 제러마이어가 말했다.

"멋진 문구네요." 클라리가 말했다. 하지만 주변의 열기에도 불구하고 한기가 그녀의 피부를 휩쓸고 지나갔다.

"저건 형제들의 작은 농담이야. 두고 보면 알 거야." 제이스가 말했다.

클라리는 제러마이어를 바라보았다. 그는 옷의 안쪽 주머니에서 희미하게 빛을 발하는 스텔레를 꺼내더니 스텔레 끝으로 조각상 받침대에 룬 문자를 그렸다. 무언의 비명을 지르듯 돌로 만든 천사의 입이 갑자기 활짝 열리면서 제러마이어의 발 근처 잔디밭이 하품을 하듯 벌어져 검은 구멍이 생겼다. 그것은 마치 열린 무덤처럼 보였다.

클라리는 구멍의 가장자리로 천천히 다가가서 안을 들여다보았다. 구멍 아래로 화강암 계단이 뻗어 있었고, 계단의 가장자리는 여러 해 동안 사용해서 그런지 닳고 닳아 매끄러워 보였다. 계단을 따라 일정한 간격을 두고 뜨거운 녹색과 차가운 청색으로 환히 타오르는 햇불이 있었다. 계단의 바닥은 어둠에 휩싸여 아무것도 보이지 않았다.

제이스는 편안하지는 않지만 익숙한 상황을 접한 사람처럼 능숙하게 계단을 내려갔다. 그는 첫 번째 햇불이 있는 곳으로 반쯤 내려가다가 멈춰 서서 클라리를 올려다보았다.

"겁먹지 말고 내려와." 제이스가 조바심을 내며 말했다.

클라리는 첫 번째 계단에 간신히 발을 올려놓았을 때 자신의 팔이 무언가 차가운 것에 붙잡히는 느낌을 받았다. 그녀는 깜짝 놀라 위를 쳐다보았다. 제러마이어가 그녀의 손목을 붙잡고 있었다. 얼음처럼 차갑고 하얀 그의 손가락이 클라리의 피부로 파고들었다. 클라리는 후드의 가장자리 아래로 흉터가 많고 뼈다귀만 남은 제러마이어의 얼굴이 희미하게 빛나는 걸 볼 수 있었다.

'두려워하지 마.' 그녀의 머릿속에서 제러마이어의 목소리가 울렸다. '여러 사람이면 몰라도 한 사람이 아무리 비명을 질러봐야 죽은 사람들은 깨어나지 않을 테니까.'

제러마이어가 팔을 놓아주자 클라리는 제이스를 뒤따라 계단을 빠르게 내려갔다. 그녀의 심장이 늑골을 사정없이 두드려댔다. 제이스는 계단 발치에서 클라리를 기다리고 있었다. 제이스는 녹색으로 타오르는 횃불 하나를 선반에서 뽑아 눈높이까지 치켜들고 있었다. 불빛을 받은 그의 피부는 흐릿한 녹색이었다. "괜찮아?"

클라리는 차마 말을 하지 못하고 고개를 끄덕였다. 계단은 비좁은 층계참에서 끝나 있었다. 그들의 앞에는 구불구불한 나무뿌리로 뒤덮인 길고 캄캄한 터널이 뻗어 있었다. 터널의 끝에는 푸르스름한 빛이 희미하게 보였다.

"너무…… 어두워." 클라리가 힘없는 목소리로 말했다.

"손을 잡아줄까?"

클라리는 어린아이처럼 양손을 등 뒤로 감췄다. "얕보는 투로 말하지 마."

"넌 키가 너무 작아서 얕보지 않으려 해도 안 그럴 수가 없는걸." 제이스는 시선을 클라리의 뒤편으로 돌렸다. 그가 움직이는 동안 횃불이 넘실넘실 춤을 추었다. "제러마이어 형제님, 그렇게 격식을 차릴 필요 없어요." 제이스가 느리게 말했다. "앞장을 서세요. 우리가 곧바로 따라갈 테니까."

클라리는 깜짝 놀랐다. 그녀는 아직도 기록 보관자인 제러마이어의 무언의 행동에 익숙하지 않았다. 제러마이어는 클라리의 뒤에 서 있다가 소리도 없이 움직여 터널 속으로 들어갔다. 잠시 뒤에 클라리는 제이스가 내민 손을 뿌리치고 제러마이어를 뒤따르기 시작했다.

고요의 도시를 처음 보았을 때 클라리는 머리 위로 커다란 대리석 아치가 쌓여 있는 느낌을 받았다. 아치들은 과수원에 질서 정연하게 선 나무들 같았고 아득한 거리에 있는 것들은 희미해서 잘 보이지도 않았다.

대리석 자체는 맑은 상아 빛을 띠고 있었고, 딱딱하고 매끄러워 보였다. 대리석 여기저기에는 마노, 벽옥, 비취옥이 박혀 있었다. 클라리는 터널에서 벗어나 아치들의 숲으로 다가가는 동안, 제이스의 피부를 장식하던 것과 똑같은 선과 소용돌이 무늬가 바닥에 그려져 있는 것을 보았다.

세 사람이 첫 번째 아치를 지나가는 동안 커다랗고 하얀 무언가가 타이타닉호 앞에 나타난 빙산처럼 클라리의 왼쪽으로 모습을 드러냈다. 그것은 정사각형의 하얗고 매끄러운 돌덩이였다. 돌덩이의 전면에는 일종의 문이 박혀 있었다. 그것을 보자 클라리는 어린아이 크기의 놀이집이 생각났다. 크기가 작아서 안으로 들어가면 허리를 펴고 곧게 설 수도 없을 것 같았다.

"영묘야." 제이스가 횃불로 그것을 가리키며 말했다. 클라리는 쇠로 된 빗장으로 굳게 닫힌 문에 어떤 무늬가 새겨져 있는 것을 보았다. "무덤이야. 우리는 죽은 사람들을 여기에다 묻지."

"죽은 사람들을 모두?" 클라리는 제이스의 아버지도 그곳에 묻혀 있는지 알고 싶은 마음에 그렇게 말했다.

하지만 제이스는 이미 클라리의 말소리가 들리지 않을 만큼 멀찍이 떨어져서 걸어가고 있었다. 클라리는 귀신이 나올 것처럼 섬뜩한 기분이 드는 그곳에 제러마이어와 단둘이 있고 싶지 않아 얼른 제이스를 뒤따라갔다. "이곳이 도서관이라고 했던 것 같은데?"

'고요의 도시에는 여러 단계가 있어.' 제러마이어가 불쑥 끼어들며 말했다. '그리고 죽은 사람들이 모두 이곳에 묻히는 건 아니야. 물론 이드리스에는 이보다 훨씬 더 큰 납골당이 있지. 이 단계에는 영묘와 화장터가 있어.'

"화장터라고요?"

'전투에서 죽은 사람들은 화장을 하는데, 그들의 유해로 지금 보이는 대리석 아치를 만들었지. 악마 사냥꾼들의 피와 뼈는 그 자체로 악마를 물리치는 강력한 보호막이야. 클레이브는 죽어서까지 목표를 달성하기 위한 역할을 담당하지.'

클라리는 평생 동안 싸우는 것도 모자라 죽은 뒤까지 그런 싸움을 계속하는 처지가 얼마나 힘겨울지 생각해보았다. 그녀는 길의 양쪽으로 정사각형의 하얀 납골실들이 질서 정연하게 늘어서 있는 것을 볼 수 있었다. 납골실들의 문은 모두 밖에서 잠겨 있었다. 그녀는 왜 그곳이 고요의 도시라고 불리는지 이제야 깨달았다. 그곳의 주민이라고 해봐야 침묵의 형제들과 그들이 그토록 열심히 지키는 죽은 사람들밖에 없었다.

그들은 조금 더 밝은 곳으로 내려가는 또 다른 계단에 이르렀다. 제이스가 횃불을 자기 앞으로 내밀고 나아가는 바람에 벽에는 줄무늬 같은 그림자들이 생겨났다. "우리는 지금 기록물 보관소와 회의실이 있는 두 번째 단계로 가고 있어." 클라리를 안심시켜주려는 듯 제이스가 말했다.

"거주 지역은 어디에 있어?" 클라리는 한편으로는 진짜 호기심에서, 그리고 다른 한편으로는 그에게 예의를 갖추느라 물었다. "형제들은 어디서 잠을 자?"

'잠?'

두 사람 사이의 어둠 속에 무언의 낱말이 떠돌아다녔다. 제이스가 깔깔대며 웃었다. 그 바람에 손에 들고 있는 횃불이 심하게 흔들렸다. "하기야 궁금하기도 하겠지."

계단의 발치에는 또 다른 터널이 있었다. 터널은 끝으로 갈수록 넓어지면서 정사각형의 커다란 정자로 들어가게 되어 있었다. 정자의 각 모서리에는 뼈를 깎아서 만든 첨탑이 세워져 있었고, 측면을 따라가면서 횃불들이 기다란 마노 버팀대 속에서 활활 타오르고 있었다. 공기에서는 유골과 연기 냄새가 났다. 정자 중앙에는 하얀색 줄무늬가 섞인 현무암으로 만든 기다란 탁자가 놓여 있었다. 탁자 뒤쪽의 어두운 벽에는 거대한 은색 칼이 걸려 있었다. 끝이 아래를 향하고 있는 칼의 손잡이는 활짝 펼친 날개 모양으로 조각되었다. 탁자에는 침묵의 형제들이 일렬로 앉았는데, 그들은 모두 제러마이어처럼 후드가 달린 양피지 색깔의 외투로 몸을 감쌌다.

제러마이어는 조금도 지체하지 않고 말했다. '드디어 도착했다. 클라리사, 위원회 앞에 서도록 해.'

클라리는 제이스를 살짝 쳐다보았지만 그는 눈만 껌벅일 뿐이었다. 제러마이어가 클라리의 머릿속에만 말을 한 게 분명했다. 클라리는 두꺼운 옷으로 몸을 감싼 채 말없이 일렬로 앉아 있는 형체들을 바라보았다. 정자 바닥에는 황동색과 암적색 정사각형 무늬들이 서로 엇갈리게 그려져 있었다. 기다란 탁자의 바로 앞에도 검정 대리석으로 만든 커다란 정사각형이 그려져 있었고, 은색 별들이 포물선 모양으로 돋을새김이 되어 있었다.

클라리는 총살형을 선고받고 사격대 앞으로 나아가듯 검은 정사각형의 한복판으로 걸어갔다. 그러고는 고개를 들었다.

"좋아요. 이제 어떻게 하죠?"

그때 형제들이 무슨 소리를 냈다. 그 소리를 듣자 목과 팔의 솜털이 일제히 곤두섰다. 그것은 한숨이나 신음 소리 같았다. 그들은 일제히 손을 들고 후드를 뒤로 젖혀 흉터투성이의 얼굴과 눈알이 없는 움푹 파인 눈구멍을 드러냈다.

이미 제러마이어의 얼굴을 보긴 했지만 클라리는 속이 느글거렸다. 마치 일렬로 늘어선 해골바가지들을 보는 것 같았다. 또 죽은 사람들이 무더기로 쌓인 산 자들을 짓밟으며 걷고 얘기하고 춤추는 중세의 목판화 속에 들어와 있는 것 같았다. 그들의 꿰맨 입이 클라리를 보고 씩 웃는 듯싶었다.

'클라리사 프레이, 위원회는 너의 방문을 환영한다.' 그것은 클라리의 머릿속에서 들려오는 하나의 목소리가 아니라 10여 개의 목소리였다. 낮고 거친 목소리들도 있었고 부드럽고 단조로운 목소리들도 있었지만, 모두가 간절하고 집요하게 그녀의 마음을 둘러싼 허술한 장벽을 밀어내고 있었다.

"그만해요." 클라리가 말했다. 단호하고 강하게 튀어나온 목소리에 클라리 자신도 놀랐다. 그녀의 머릿속에서 울려 퍼지는 시끄러운 소음이 회전을 멈춘 음반처럼 갑자기 뚝 그쳤다. "제 머릿속으로 들어가도 좋아요. 하지만 제가 준비가 되었을 때만 가능해요."

'우리의 도움을 원치 않으면 이렇게 할 필요가 없어. 우리한테 도움을 요청한 사람은 바로 너야.'

"저만큼이나 여러분도 제 머릿속에 무엇이 들어 있는지 알고 싶어해요. 하지만 그렇다고 조심하지 않아도 된다는 뜻은 아니죠."

중앙 좌석에 앉아 있던 형제가 가늘고 하얀 손가락으로 자신의 턱을 받쳤다. '인정하건대 재미있는 수수께끼야.' 그가 말했다. 클라리의 마음속에 울려 퍼지는 그것은 아무런 감정도 들어가지 않은 메마른 목소리였다. '하지만 네가 저항하지 않는다면 완력을 쓸 필요가 없어.'

클라리는 이를 악물었다. 할 수만 있다면 그들에게 저항하고 머릿속을 괴롭히는 성가신 목소리들을 뽑아버리고 싶었다. 자신의 가장 은밀하고 개인적인 부분을 침해받고, 그것을 그대로 지켜봐야 한다는 것은 생각만 해도…….

하지만 클라리는 과거를 기억해낼 수 있는 가능성을 상기했다. 그것은 자신의 도둑맞은 기억을 되찾는 행위일 뿐이었다. 일만 잘되면 그동안 빼앗겼던 모든 것을 회복할 수 있었다. 그녀는 눈을 감았다.

"좋아요. 시작하세요."

첫 번째 접촉은 클라리의 머릿속에서 어떤 속삭임으로 다가왔다. 그것은 때가 되어 나무에서 떨어지는 이파리처럼 섬세하고 부드러웠다. '위원회에 이름을 밝혀.'

'클라리사 프레이.'

첫 번째 목소리는 다른 목소리들과 뒤섞였다. '넌 누구지?'

'클라리에요. 엄마는 조슬린 프레이고요. 브루클린 버클리 플레이스 807번지에 살고 있어요. 열다섯 살이고 아빠 이름은…….'

클라리의 마음은 고무줄처럼 제 힘을 감당하지 못해 뚝 끊어지는 것 같았다. 그녀는 비틀거리다가 닫힌 눈꺼풀 안쪽에 무수히 박혀 있는 영상의 회오리바람 속으로 소리도 없이 빨려 들어갔다. 그녀의 어머니는 지저분한 눈이 길가에 무더기로 쌓여 있는 칠흑 같은 밤거리를 클라리와 함께 허겁지겁 내려가고 있었다. 희끄무레한 납빛 하늘은 낮게 내려앉았고, 줄지어 늘어선 검은 나무들은 벌거벗은 몸을 그대로 드러냈다. 정사각형으로 움푹 파인 땅속으로 흔히 볼 수 있는 관 하나가 내려갔다. 재는 결국 재로 돌아가는 것이다. 조슬린은 잡동사니 천조각들을 이어붙여 만든 누비이불을 둘렀는데, 눈물이 그녀의 뺨을 타고 흘러내렸다. 클라리가 방으로 들어가자 조슬린은 상자의 문을 급히 닫아서 쿠션 밑으로 밀어 넣었다. 클라리는 상자에 적혀 있는 J. C.라는 머리글자를 보았다.

이제 영상은 더욱 빨라졌다. 책장을 빠르게 훌훌 넘기면 그 속에 들어 있는 그림들이 마치 살아서 움직이는 것처럼 보이듯이 영상들은 서로 연결되어 있는 것 같았다. 클라리는 계단 꼭대기에 서서 폭이 좁은 복도를 내려다보았다. 루크가 보였고 녹색 더플백이 그의 발 옆에 놓여 있었다. 조슬린은 그의 앞에 서서 고개를 흔들었다. "루션, 어떻게 된 거야? 난 네가 죽은 줄 알고……." 클라리는 눈을 껌벅거렸다. 루크는 어딘가 달라 보였다. 그는 턱수염을 기르고 있었고, 머리카락은 길고 헝클어져 거의 낯선 사람처럼 보이기까지 했다. 나뭇가지들이 내려와 그녀의 시야를 가렸다. 클라리는 다시 공원에 가 있었다. 이쑤시개처럼 작은 녹색 요정들이 붉은 꽃들 사이에서 윙윙거렸다. 그녀가 기쁨에 들떠서 요정 하나를 붙잡으려고 손을 내밀자 클라리의 어머니는 놀라 비명을 지르며 그녀를 품에 안았다. 다음 장면은 다시 검은 거리의 겨울이었다. 그들은 우산 아래에서 서로를 꼭 껴안은 채 걸음을 재촉했다. 조슬린은 눈 무더기 사이에서 클라리를 반쯤은 밀어내고 반쯤은 끌어당기고 있었다. 하늘에서 떨어지는 하얀 눈송이들 속으로 화강암으로 된 문이 보였다. 문에는 '웅장한 풍경'이라는 글자가 새겨져 있었다. 다음 순간, 클라리는 쇠붙이와 녹아내리는 눈 냄새가 나는 입구 안에 서 있었다. 그녀의 손가락은 추위 때문에 아무런 감각도 없었고, 턱 아래에서 어떤 손이 위를 쳐다보라고 가리켰다. 클라리는 벽에 휘갈겨 쓴 글자들을 보았다. 두 단어가 그녀를 향해 튀어나와 눈 속으로 뜨겁게 파고들었다. 그것은 '매그너스 베인'이라는 글자였다.

갑자기 통증이 클라리의 오른팔을 훑고 지나갔다. 영상들이 흩어질 때 클라리는 날카로운 비명을 지르며 잠수부가 물결을 헤치고 나아가듯 의식의 표면을 깨뜨리고 솟구쳐 올랐다. 차가운 무언가가 뺨을 짓눌렀고, 간신히 눈을 떴을 때 은색 별들이 보였다. 눈을 두 번 껌벅였을 때 클라리는 자신이 대리석 바닥에 누워 있다는 걸 깨달았다. 두 무릎을 가슴까지 끌어 올린 채였다. 몸을 움직이자 뜨거운 통증이 팔을 타고 올라왔다.

클라리는 아주 조심스럽게 일어나 앉았다. 왼쪽 팔꿈치를 덮고 있는 피부가 찢어져 피가 흐르고 있었다. 쓰러지면서 팔꿈치를 다친 게 분명했다. 셔츠에도 피가 묻어 있었다. 방향감각을 잃은 그녀는 주변을 둘러보았다. 긴장으로 입가가 완전히 굳어버린 제이스가 미동도 없이 클라리를 지켜보고 있었다.

'매그너스 베인.' 무언가 뜻을 가진 단어가 분명했다. 하지만 무슨 뜻이란 말인가? 클라리가 질문을 던지기도 전에 제러마이어가 먼저 입을 열었다.

'네 머릿속에 있는 공간은 우리가 예상했던 것보다 더 강해. 그걸 머릿속에 집어넣은 사람만이 그걸 지워버릴 수 있어. 우리가 그걸 제거하려고 했다간 자칫 네 생명이 위태로울 수가 있어.'

클라리는 상처 입은 팔을 감싸고 힘겹게 자리에서 일어났다. "하지만 전 누가 제 머릿속에 그걸 만들었는지 몰라요. 누가 그랬는지 알았다면 여기 오지도 않았을 거예요."

'그 해답은 실처럼 엮여 있는 생각들 속에 박혀 있어. 혼미한 상태에서 넌 거기 적힌 해답을 보았어.' 제러마이어가 말했다.

"매그너스 베인? 하지만…… 그건 이름도 아니잖아요!"

'그만하면 충분해.' 제러마이어는 자리에서 일어섰다. 마치 그것이 신호라도 되는 양, 나머지 형제들도 그를 따라 일어섰다. 그들은 제이스를 향해 머리를 기울여 인사한 다음, 제러마이어만 남기고 기둥 사이로 줄지어 사라졌다. 제러마이어는 제이스가 급히 클라리에게 건너가는 것을 묵묵히 지켜보았다.

"팔 괜찮아? 어디 한번 봐." 제이스가 클라리의 손목을 붙잡으며 말했다.

"아야! 괜찮으니까 그러지 마. 그러면 상태가 오히려 더 악화돼." 클라리는 팔을 빼내려고 애쓰면서 말했다.

"말하는 별들 위에 피를 흘렸어." 제이스가 말했다. 클라리는 그의 말이 옳다는 걸 알았다. 흰색과 은색이 뒤섞인 대리석 위에 피가 묻어 있었다. "이것에 대한 법규가 어딘가에 있을 거야." 제이스는 그녀가 예상했던 것보다 더 부드럽게 팔을 뒤집어보았다. 그는 이로 아랫입술을 물고 휘파람 소리를 냈다. 클라리는 아래를 내려다보고 팔꿈치에서 손목까지가 온통 피로 뒤덮여 있는 걸 보았다. 뻣뻣하게 굳은 팔이 고통으로 욱신거렸다.

"지금이야말로 네가 티셔츠를 찢어 상처를 감싸야 될 때 아냐?" 클라리가 농담을 했다. 그녀는 피만 보면 속이 메스꺼웠다. 더군다나 자신의 몸에서 흘러나오는 피는 더 그랬다.

"내가 옷을 벗길 바랐으면 얘기를 하지 그랬어." 제이스는 주머니에 손을 넣더니 스텔레를 꺼냈다. "그러면 고통이 훨씬 덜했을 거야."

언젠가 스텔레가 손목에 닿았을 때 느꼈던 저릿한 통증을 기억해내고 클라리는 바짝 긴장했지만, 번득이는 도구가 상처 위를 부드럽게 미끄러지는 동안 그녀가 느낄 수 있었던 것은 희미한 온기뿐이었다.

"됐어." 허리를 펴며 제이스가 말했다. 클라리는 신기하게 생각하면서 팔을 구부려보았다. 피는 아직 그대로였지만 상처는 씻은 듯이 사라졌다. 통증도, 뻣뻣한 감각도 사라졌다.

"다음에 내 관심을 끌기 위해 자해를 해야겠거든, 약간의 아첨이 놀라운 기적을 일으킬 수 있다는 사실만 기억해."

클라리는 입술을 실룩거리며 미소를 지었다. "명심할게." 제이스가 몸을 돌렸을 때 그녀는 이렇게 덧붙였다. "고마워."

제이스는 클라리를 돌아보지도 않고 뒷주머니에 스텔레를 밀어 넣었다. 하지만 클라리는 그의 어깨를 보고 뿌듯하게 생각하고 있다는 것을 알 수 있었다.

"제러마이어 씨." 양손을 비벼대며 제이스가 말했다. " 저희와 나누고 싶은 생각이 분명히 있을 것 같은데요?"

'난 이 고요의 도시에서 너희가 무사히 벗어날 수 있도록 길을 안내하는 임무를 맡았어. 그뿐이야.' 기록 보관자가 말했다. 그의 '목소리'에는 약간 기분이 상한 것 같은 느낌이 배어 있었다.

"그러실 필요 없어요. 저희는 언제든지 스스로의 힘으로 나갈 수 있으니까요." 제이스는 낙천적인 투로 말했다. "길을 똑똑히 기억하고……."

'이곳의 풍경들은 초보자들의 눈을 즐겁게 하기 위해 있는 게 아냐.' 제러마이어가 말했다. 그는 소리 나지 않게 옷을 펄럭이며 두 사람에게 등을 돌렸다. '이쪽으로 와.'

밖으로 나왔을 때 클라리는 탁한 아침 공기를 여러 번 깊이 들이마시며 스모그와 먼지와 습기가 한데 뒤섞인 도시의 악취를 맛보았다. 제이스는 생각에 잠긴 표정으로 주변을 둘러보았다. "아무래도 비가 올 것 같아."

클라리는 회색 하늘을 올려다보며 제이스의 판단이 옳다고 생각했다. "마차를 타고 인스티튜트로 돌아가는 거야?"

제이스는 동상처럼 미동도 없는 제러마이어를 쳐다보더니 거리로 이어지는 아치형 길에 검은 그림자처럼 서 있는 마차로 시선을 돌렸다. 그러고는 갑자기 씩 웃었다.

"아니. 난 저런 것들이 싫어. 택시 타고 가자."

11
매그너스 베인

제이스는 몸을 앞으로 기울여 택시 기사와 자신들을 가로막고 있는 칸막이를 머리로 들이받았다. "좌회전이오! 좌회전! 브로드웨이로 가자고 했는데 어디로 가는 거예요? 빌어먹을!"

그 소리에 택시 기사가 갑자기 운전대를 왼쪽으로 돌리는 바람에 클라리가 제이스의 품으로 쓰러졌다. 그녀는 화가 나서 소리를 질렀다. "근데 왜 브로드웨이로 가는 거야?"

"배고파 죽겠어. 집에 가봤자 먹다 남은 중국 음식밖에 없어." 제이스는 주머니에서 휴대전화를 꺼내더니 전화를 걸어 소리를 질렀다. "알렉! 일어나!"

클라리는 전화기 저쪽에서 무어라고 투덜거리는 소리를 들었다. "타키에서 만나. 아침 먹어야지. 그래, 아침 먹자고. 뭐? 거기에서 몇 블록 안 돼. 지금 출발해."

길가에 택시가 멈춰 서자, 그는 찰칵 전화를 끊고 휴대전화를 주머니에 쑤셔 넣었다. 기사에게 지폐를 건넨 제이스는 차에서 내리라며 클라리를 팔꿈치로 쿡 찔렀다. 뒤따라 인도에 내리면서 그는 두 팔을 활짝 벌려 고양이처럼 기지개를 켰다. "뉴욕에서 가장 훌륭한 음식점으로 초대할게."

음식점 외관은 그다지 화려해 보이지 않았다. 낮은 벽돌 건물은 찌그러진 수플레처럼 중앙이 푹 내려앉았고, 음식점 이름이 적힌 부서진 네온사인은 비뚜름하게 걸린 채 바지직거렸다. 기다란 외투를 몸에 걸치고 펠트 모자를 푹 눌러쓴 사내 둘이 비좁은 문간 앞에서 구부정한 자세로 서 있었으며, 창문은 없었다.

"꼭 감옥 같아."

"하지만 감옥에서 손가락까지 빨 정도로 맛있는 프라 디아볼로를 주문할 순 없잖아."

"난 지금 스파게티 따위 먹고 싶지 않아. 매그너스 베인이 뭔지 알고 싶을 뿐이야."

"그건 사물이 아니라 사람이야. 사람 이름이라고."

"그 사람이 누군지 알고 있어?"

"마법사야." 매우 이성적인 목소리로 제이스가 말했다. "네 머릿속에 그런 공간을 심을 수 있는 건 마법사밖에 없을 거야. 침묵의 형제들도 그렇게 할 수 있겠지만, 그들이 한 짓은 분명히 아냐."

"들어본 적이 있는 마법사야?" 제이스의 이성적인 어조에 싫증이 난 클라리가 캐물었다.

"이름은 분명 낯익은데⋯⋯."

"이봐, 친구들!" 알렉의 목소리가 들려왔다. 그는 침대에서 막 기어나와 잠옷 위에 청바지를 껴입은 듯한 행색이었고, 머리는 빗질을 하지 않아 아무렇게나 뻗쳐 있었다. 알렉은 여느 때처럼 클라리를 본체만체하면서 제이스에게 시선을 맞추고 겅중겅중 달려왔다. "이지가 오고 있어. 그 먼데인을 데리고 말이야."

"사이먼? 어디에서 오는데?" 제이스가 물었다.

"오늘 아침 댓바람부터 나타났더라고. 이지와 잠시도 떨어져 있을 수 없나 봐, 불쌍한 녀석." 알렉은 두 사람의 관계를 재미있어하는 것 같았고, 클라리는 그를 뺑 차버리고 싶었다. "그건 그렇고 들어갈 거야, 말 거야? 배고파 죽겠어."

"나도 마찬가지야. 지금 같아선 쥐꼬리 튀김이라도 먹을 수 있겠어."

"뭘 먹는다고?" 클라리는 자기가 잘못 들었다고 확신하며 그렇게 물었다.

제이스는 그녀를 보고 씩 웃었다. "진정해. 그냥 요리의 하나일 뿐이야."

그들은 음식점 입구에 구부정한 자세로 서 있는 두 사내 가운데 하나의 옆에서 걸음을 멈췄다. 사내가 허리를 꼿꼿하게 세웠을 때, 클라리는 모자를 깊게 눌러쓴 사내의 얼굴을 슬쩍 쳐다보았다. 사내의 피부는 검붉었고 네모반듯하게 자른 것 같은 손끝에는 암청색 손톱이 붙어 있었다. 그걸 보는 순간 클라리의 몸은 뻣뻣하게 굳었지만, 제이스와 알렉은 태연해 보였다. 그들이 사내에게 무슨 말을 하자 사내는 고개를 끄덕이며 그들이 지나갈 수 있도록 한 발짝 물러섰다.

안으로 들어가고 문이 닫혔을 때 클라리는 낮은 소리로 물었다. "제이스, 저 사람 누구야?"

"클랜시 말이야?" 환하게 불이 밝혀진 음식점을 빙 둘러보면서 제이스가 물었다. 창문은 하나도 붙어 있지 않았지만 분위기는 그런대로 괜찮았다. 나무로 만든 작고 아늑한 방들이 서로 다닥다닥 붙어 있었는데, 방마다 화사한 색깔의 쿠션들이 놓여 있었다. 계산대에는 짝이 맞지 않지만 귀엽게 생긴 질그릇이 줄지어 놓여 있었다. 그 뒤에는 분홍색과 흰색이 섞인 앞치마를 두른 금발 종업원이 서 있었다. 그녀는 능숙한 손길로 잔돈을 세어서 플란넬 셔츠를 입은 땅딸막한 남자에게 건네주고 있었다. 그녀는 제이스를 보고 손을 흔들어 알은체를 하면서 원하는 자리에 앉으라는 손짓을 했다. 클라리를 자리로 데려가며 제이스가 말했다.
"클랜시는 마음에 안 드는 사람은 들여보내지 않아."

"그 남자, 악마였잖아." 클라리가 낮은 소리로 말했다.

몇몇 손님이 고개를 돌려 클라리를 쳐다보았다. 파란 머리가 대못처럼 삐죽삐죽 솟은 남자애가 아리따운 인도 여자애와 나란히 앉아 있었는데, 머리카락이 길고 검은 여자애의 등에는 거즈 같은 황금색 날개가 돋아 있었다. 남자애가 험악하게 얼굴을 찌푸렸다. 클라리는 음식점이 텅 비어 있어서 다행이라고 생각했다.

"악마가 아니야." 제이스가 칸막이가 된 방으로 미끄러지듯 들어가며 말했다. 클라리는 그 옆에 앉으려고 몸을 움직였지만 알렉이 벌써 그 자리를 차지하고 있어서, 할 수 없이 맞은편 좌석에 조심스럽게 자리를 잡았다. 그녀는 아직 팔이 뻣뻣했고 속이 텅 비어버린 것 같은 느낌을 받았다. 침묵의 형제들이 몸속으로 들어와 내장을 모두 파낸 것처럼 속이 허하고 어지러웠다. 제이스가 설명했다.

"클랜시는 이프리트야. 이프리트란 마력을 지니지 않은 마법사들이지. 무슨 이유에선지 절반만 악마인 그들은 주문을 걸 수가 없어."

"가엾은 녀석들." 메뉴판을 집어 들며 알렉이 말했다. 클라리도 메뉴판을 들고 유심히 들여다보았다. 특별 메뉴로는 벌꿀을 바른 메뚜기, 생고기, 조리하지 않은 생선, 그리고 불에 구운 박쥐 샌드위치가 있었다. 음료 코너에는 여러 종류의 피가 빼곡하게 적혀 있었다. A형, O형, B형 같은 것이 아니라 다양한 동물들의 혈액이라는 점에 클라리는 안심했다.

"조리하지 않은 생선은 누가 먹어?" 클라리는 큰 소리로 물었다.

"켈피(스코틀랜드 전설에 나오는 물귀신—옮긴이), 셀키(스코틀랜드 전설에 나오는 바다표범 요정—옮긴이), 그리고 가끔은 닉시(독일 전설에 나오는 물의 요정—옮긴이)가 먹지." 알렉이 대답했다.

"요정들 음식은 주문하지 마." 제이스가 메뉴판 너머로 클라리를 보며 말했다. "그런 걸 잘못 먹으면 정신이 이상해지기도 하니까. 요정의 자두를 우적우적 씹어 먹다가 어느 순간 머리에 사슴뿔이 솟아나 벌거벗고 메디슨 거리를 달려가는 수가 있지." 그는 재빨리 덧붙였다. "나한테 그런 일이 일어났다는 건 아니야."

알렉이 깔깔거리며 웃었다. "그 말을 들으니 생각나는데……." 알렉이 들려주는 이야기에는 알쏭달쏭한 이름과 고유명사가 워낙 많이 들어 있어 클라리는 듣는 것을 포기하고 귀를 기울이지 않았다. 클라리는 그 대신 제이스에게 이야기를 하고 있는 알렉을 지켜보기만 했다. 알렉에게서는 지금까지 한 번도 볼 수 없던 활기가 넘쳐흘렀다. 그는 열병에 걸린 사람처럼 신이 나서 지껄이고 있었다. 제이스의 무언가가 그의 흥을 돋우며 수다를 끌어내고 있었다. 클라리는 만약 두 사람을 화폭에 담는다면, 제이스는 약간 흐릿하게 처리하고 알렉을 도드라지게 그릴 것 같다는 생각을 했다. 아주 날카롭고 투명하게, 그리고 각지게 표현할 것 같았다.

제이스는 알렉이 말하는 동안 아래를 내려다보며 물컵을 손톱으로 톡톡 두드리고 있었다. 클라리는 제이스가 다른 생각을 하고 있다는 것을 알아차렸다. 그녀는 갑자기 알렉이 애처로워 보였고, 순간적으로 그에게 연민의 감정을 느꼈다. 제이스는 절대로 만만한 상대가 아니었다. 알렉은 마치 짝사랑을 해온 상대에게 고백하는 모양새였고, 제이스는 그런 고백이 어처구니없다는 투로 웃어넘기고 있었다.

여종업원이 지나갈 때 제이스가 고개를 들었다. "우리 커피 좀 마실까?"

제이스가 큰 소리로 묻는 바람에 알렉의 이야기가 중단되었다. 활력이 넘치던 알렉이 금세 가라앉았다. 목소리에서 맥이 점점 빠져가고 있었다. "난……."

클라리가 메뉴판의 세 번째 페이지를 손으로 가리키며 급히 말했다. "생고기는 누가 먹어?"

"늑대인간들이." 제이스가 말했다. "이따금 피가 줄줄 흐르는 스테이크를 먹어보는 것도 나쁘진 않아." 그는 식탁 너머로 몸을 기울여서 클라리의 메뉴판을 뒤집었다. "인간들의 음식은 뒷면에 있어."

클라리는 메뉴판에 적힌 지극히 평범하고 정상적인 음식들을 훑어보며 깜짝 놀라지 않을 수 없었다. "여기 스무디도 팔아?"

"야생화 꿀이 들어간 살구 자두 스무디가 있는데 한마디로 환상적이지." 언제 왔는지 사이먼을 데리고 나타난 이사벨이 말했다. "앉을 수 있게 안쪽으로 좀 들어가." 이사벨은 클라리에게 말했다. 클라리는 벽쪽으로 바짝 붙어 앉았고 차가운 벽돌이 그녀의 팔을 짓눌렀다.

이사벨의 옆자리에 슬그머니 자리를 잡은 사이먼이 클라리를 향해 어색한 미소를 지었지만 클라리는 웃지 않았다.

"한번 먹어봐." 클라리는 이사벨이 자기한테 말을 하고 있는 건지, 아니면 사이먼에게 말을 하고 있는 건지 알 수 없어서 대꾸하지 않았다. 이사벨의 머리카락이 클라리의 얼굴을 간질였다. 머리카락에서는 바닐라 향수 같은 냄새가 났다. 클라리는 재채기를 하고 싶은 욕구를 억지로 참았다. 그녀는 바닐라 향수를 정말 싫어했다. 왜 여자애들이 디저트 냄새를 풍기고 싶어하는지 도무지 이해할 수가 없었다.

"뼈의 도시에서는 어땠어?" 메뉴판을 펼치며 이사벨이 물었다. "클라리의 머리에 뭔가 들었는지 알아냈어?"

"어떤 이름을 얻어냈어." 제이스가 말했다. "매그너스……."

"그만해." 알렉이 메뉴판으로 제이스를 찰싹 때리며 날카롭게 말했다.

제이스는 상처 입은 표정을 지으며 팔을 어루만졌다. "왜 그래? 무슨 문제 있어?"

"여긴 다운월드 사람들로 가득 차 있어. 알면서 그래? 난 수사 결과를 비밀에 부쳐야 한다고 생각해."

"수사라고?" 이사벨이 깔깔거리며 웃었다. "우리가 형사야? 그럼 우리 모두 암호명을 하나씩 가지고 있어야 되겠네."

"좋은 생각이야." 제이스가 말했다. "그럼 난 호채프트 폰 휴겐스타인으로 해야겠어."

알렉은 입에 든 물을 다시 잔에 뱉어냈다. 그 순간 종업원이 주문을 받으러 왔다. 가까이에서 보니 예쁜 금발 아가씨였지만 눈이 섬뜩한 느낌을 주었다. 흰자위나 눈동자가 전혀 보이지 않는 완전한 청색이었기 때문이다. 그녀는 작고 날카로운 이를 드러내며 웃었다. "뭘로 주문할지 결정했어요?"

"평소에 먹던 걸로." 제이스가 씩 웃으며 말하자 종업원은 다시 미소를 지었다.

"나도 같은 걸로." 알렉이 끼어들었지만 아가씨는 알렉에게 미소 짓지 않았다. 이사벨은 과일 스무디를 까다롭게 주문했고 사이먼은 커피를 달라고 말했다. 클라리는 한순간 머뭇거리고 나서 커다란 커피 한 잔과 코코넛 팬케이크를 선택했다. 종업원은 그녀에게 파란색 눈을 찡긋해 보이고는 거의 뛰다시피 걸어갔다.

"저 여자도 이프리트야?" 종업원의 뒷모습을 지켜보며 클라리가 물었다.

"카엘리 말이야? 아냐. 하지만 이프리트의 피가 어느 정도는 섞여 있을 거야."

"눈은 닉시의 눈이야." 이사벨이 생각에 잠겨 말했다.

"그럼 저 여자의 정체를 모르는 거야?" 사이먼이 물었다.

제이스는 고개를 가로저었다. "난 그녀의 사생활을 존중해." 그는 알렉을 쿡 찌르며 말했다. "잠깐만 나갈게."

알렉은 얼굴을 찌푸리며 제이스가 나갈 수 있도록 비켜주었다. 클라리는 제이스가 카엘리를 향해 성큼성큼 걸어가는 모습을 지켜보았다. 카엘리는 카운터에 몸을 기대고 주방에서 식당으로 음식을 내주는 창을 통해 요리사에게 무슨 말을 하고 있었다. 클라리가 앉은 자리에서는 하얀색 모자를 쓴 요리사의 숙인 머리밖에 보이지 않았다. 모자의 양쪽에 뚫려 있는 구멍으로 크고 솜털이 많은 귀가 삐죽 튀어나와 있었다.

카엘리가 돌아서서 제이스를 향해 미소를 지었다. 제이스가 한쪽 팔을 카엘리의 몸에 두르자 그녀는 그의 품에 바짝 안겼다. 클라리는 사생활을 존중한다던 제이스의 말이 이걸 두고 하는 말인지 궁금했다.

"종업원을 저런 식으로 희롱하면 안 되는데." 이사벨이 눈알을 굴리며 말했다.

그러자 알렉이 그녀를 바라보았다. "저게 희롱이라고 생각해? 제이스는 저 여자를 좋아하는 거야."

이사벨은 어깨를 으쓱했다. "저 여자는 다운월드 사람이야." 이사벨은 그 말로 모든 것이 설명된다는 듯이 그렇게 말했다.

"난 이해가 안 돼." 클라리가 말했다.

이사벨이 무심한 표정으로 클라리를 힐끗 쳐다보았다. "뭐가 이해가 안 돼?"

"다운월드와 관련된 것들 말이야. 그들은 엄밀히 말해 악마가 아니기 때문에 너희는 그들을 사냥하지 않아. 그렇다고 그들이 인간이냐 하면 그것도 아냐. 뱀파이어들은 사람을 죽이고 피를 마시지만……."

"악질 뱀파이어들이나 살아 있는 사람의 피를 마시지." 알렉이 끼어들었다. "우리는 그것들을 죽여도 된다는 허락을 받았어."

"늑대인간은 뭐지? 강아지가 너무 자라면 그렇게 되는 건가?"

"늑대인간은 악마를 죽여." 이사벨이 말했다. "그래서 우리를 괴롭히지만 않으면 우리도 귀찮게 하지 않지."

클라리는 모기를 잡아먹기 때문에 살려두는 거미와 비슷하다고 생각했다. "그러니까 살려두면 좋은 점이 있다는 거지? 너희에게 음식도 제공하고 함께 어울려 놀 수도 있고? 하지만 사람들만큼 좋은 놀이 상대는 못 된다는 거지?"

이사벨과 알렉은 클라리가 우르두어(파키스탄과 인도의 공용어 중 하나―옮긴이)라도 하고 있는 것처럼 그녀를 바라보았다. "사람들과는 달라." 알렉이 마침내 말했다.

"먼데인보다 나아?" 사이먼이 말했다.

"아니." 이사벨이 단호하게 말했다. "먼데인들은 섀도우 헌터로 변화시킬 수 있어. 내 말은, 우리도 먼데인에서 변화되었다는 거야. 하지만 다운월드 사람을 클레이브로 만들 수는 없어. 그들은 룬 문자를 견뎌내지 못하니까."

"그들이 그만큼 약하다는 거야?" 클라리가 물었다.

"그렇게 말할 순 없고." 제이스가 알렉의 옆에 미끄러지듯 앉으며 말했다. 그의 머리카락은 헝클어졌고 뺨에는 립스틱 자국까지 있었다. "적어도 페리(페르시아 신화에 나오는 아름다운 요정―옮긴이), 진(회교 신화에 나오는 정령―옮긴이), 이프리트, 그리고 그 밖의 몇 가지는 약하지 않아."

제이스는 카엘리가 주문한 음식들을 내려놓자 웃어 보였다. 클라리는 팬케이크를 꼼꼼히 살폈다. 꿀이 듬뿍 발린 황갈색 팬케이크는 먹음직스러워 보였다. 하이힐은 신은 카엘리가 뒤뚱거리며 사라지는 동안 클라리는 한 조각을 떼어내 입에 넣었다. 팬케이크는 아주 맛있었다.

"내가 맨해튼에서 가장 훌륭한 음식점이라고 그랬지?" 제이스가 손가락으로 감자튀김을 집어 먹으며 말했다.

클라리는 사이먼을 슬쩍 쳐다보았다. 그는 고개를 숙이고 커피를 휘젓고 있었다.

"흐음." 알렉이 입 안을 가득 채우고 소리를 냈다.

"괜찮네." 제이스는 클라리를 바라보았다. "항상 일방적인 건 아니야. 우리가 다운월드 사람들을 항상 좋아하는 것은 아니지만, 그건 그들도 마찬가지야. 그들도 우리를 항상 좋아하지는 않아. 불과 몇백 년 동안의 협정으로 천 년 동안의 적대감을 지울 순 없어."

"제이스, 아무래도 클라리는 협정에 대해 잘 모르는 것 같아." 이사벨이 숟가락을 입에 물고 말했다.

"나도 협정이 뭔지 알아." 클라리가 말했다.

"난 모르는데." 사이먼이 말했다.

"응. 하지만 네가 뭘 알고 있든 아무도 상관하지 않아." 제이스는 감자튀김을 살펴보다가 입에 넣었다. "난 가끔 어떤 장소에서 다운월드 사람들과 어울리는 게 즐거워. 하지만 우리가 똑같은 모임에 초대받는 건 아니지."

"가만." 이사벨이 갑자기 자세를 꼿꼿이 하고 앉으며 말했다. "아까 이름이 뭐라고 했지?" 제이스를 돌아보며 그녀가 물었다. "클라리의 머릿속에 있는 이름 말이야."

"난 말하지 않았는데. 말을 채 마치지도 못했잖아. 매그너스 베인이야." 그는 조롱하듯 알렉을 보며 씩 웃었다. "지나치게 걱정을 하는 우리의 골칫덩이와 비슷하지."

알렉이 반박을 하느라 자기 커피에 대고 무어라 투덜거렸다. 클라리는 그가 물에 빠진 두더지처럼 느껴져 속으로 미소를 지었다.

이사벨은 가방을 뒤지더니 반으로 접은 파란색 종이를 꺼냈다. 그녀는 손가락 사이에 그걸 끼우곤 흔들었다. "이것 좀 봐."

알렉은 종이를 훑어보고 어깨를 으쓱하더니 제이스에게 전달했다. "파티 초대장이야. 브루클린 어딘가에서 열린다네. 난 브루클린 싫어."

"제발 속물처럼 굴지 좀 마." 제이스는 조금 전에 이사벨이 그랬던 것처럼 자세를 고치고 꼿꼿이 앉아 종이를 들여다보았다. "이건 어디서 났어?"

이사벨은 한 손을 가볍게 흔들었다. "팬더모니엄에 있던 켈피한테서 얻었지. 굉장할 거라고 하던데. 초대장을 무더기로 가지고 있었어."

"그게 뭐야?" 클라리가 조바심이 나서 물었다. "우리한테 보여줄 거야, 말 거야?"

제이스는 모두가 읽을 수 있도록 초대장을 돌렸다. 가늘고 우아하게 휘갈긴 필체는 양피지에 가까운 얇은 종이에 적혀 있었다. 위대한 마법사 매그너스의 저택에서 파티가 있다는 내용이었다. 참석자들에게 감히 상상도 못할 즐겁고 황홀한 저녁을 약속한다는 것이었다.

"매그너스." 사이먼이 말했다. "매그너스 베인의 그 매그너스?"

"트라이스테이트 지역에서 매그너스라는 이름을 가진 마법사는 많지 않을 거야." 제이스가 말했다.

알렉이 눈을 껌벅거리며 초대장을 바라보았다. "우리가 파티에 가야 한다는 얘기야?" 그는 딱히 누구를 겨냥하지 않고 질문했다.

"우린 아무것도 안 해도 돼." 초대장의 작은 글자들을 읽으며 제이스가 말했다. "하지만 이 초대장에 따르면 매그너스 베인은 브루클린의 대단한 마법사야." 그는 클라리를 바라보았다. "개인적으로 난 네 머릿속에서 브루클린의 마법사 이름이 지금 무슨 작용을 하고 있는지 좀 궁금해."

파티는 자정에 시작하므로 그때까지 어떻게든 시간을 때워야 했다. 제이스와 알렉은 무기고로 들어가고 이사벨과 사이먼은 센트럴 파크로 산책을 가겠다고 했다. 이사벨은 요정의 테(버섯들이 잔디밭에 원형으로 나서 생긴 검푸른 부분으로 요정들이 춤을 춘 자국으로 여겨진다—옮긴이)를 사이먼에게 보여줄 생각이었다. 사이먼은 클라리에게 같이 가고 싶으냐고 물었다. 그녀는 머리끝까지 치밀어 오르는 분노를 간신히 억누르며 피곤해서 가지 않겠다고 말했다.

따지고 보면 거짓말은 아니었다. 클라리는 실제로 지쳐 있었다. 너무 일찍 일어난 데다 독 기운의 여파로 몸이 축 늘어졌다. 인스티튜트로 돌아가 발을 흔들어 신발을 벗겨내고 침대에 드러누워 잠을 청해보았지만, 좀처럼 잠이 오지 않았다. 혈관 속에서는 카페인이 탄산수처럼 부글부글 끓었고, 머릿속에서는 수많은 영상들이 어지럽게 돌아다녔다.

뼈의 도시 251

그녀는 자기를 내려다보는 어머니의 겁에 질린 얼굴을 빤히 바라보았다. 말하는 별들을 계속 쳐다보면서 머릿속에서 침묵의 형제들의 목소리를 들었다. 클라리는 왜 자기 머릿속에 그런 공간이 있는지 궁금했다. 막강한 힘을 지닌 마법사는 무슨 목적으로 그런 공간을 심어놨을까? 클라리는 잃어버렸을지도 모르는 기억과 상기할 수 없는 경험이 무엇인지 궁금했다. 혹시 그녀가 기억하는 모든 것이 거짓은 아닐까?

클라리는 자신의 생각에 마냥 이끌려가는 걸 더 이상 견딜 수 없어 자리에서 일어나 앉았다. 맨발로 복도에 나가 도서관을 향해 걸어갔다. 호지한테 도움을 받을 수 있을지도 모른다고 생각했기 때문이다.

하지만 도서관은 비어 있었다. 열린 커튼으로 비스듬히 쏟아진 오후의 햇살이 바닥에 황금색 막대기를 그렸다. 책상 위에는 호지가 소리 내어 읽던 책이 놓여 있었다. 낡은 가죽 장정이 햇살에 반짝였고, 그 옆 횃대 위에는 날개 아래에 부리를 파묻은 휴고가 잠들어 있었다.

'엄마도 저 책을 알고 있었어. 엄마는 저 책을 들고 소리 내어 읽었지.' 어머니의 일부였던 물건을 바라보는 일은 클라리에게 가슴이 찢어지는 고통이었다. 그녀는 서둘러 방을 가로질러 양손을 책 위에 내려놓았다. 가죽 장정은 햇볕을 받아서 따스했다. 그녀는 표지를 들어 올렸다. 그때 반으로 접힌 무언가가 책장 사이에서 미끄러져 파닥이더니 발 근처의 바닥으로 떨어졌다. 클라리는 허리를 굽혀 그것을 주웠고, 자기도 모르게 반듯하게 펼쳤다.

그것은 젊은 사람들의 단체 사진이었다. 클라리보다 나이가 아주 많아 보이는 사람은 하나도 없었다. 적어도 20년 전에 찍은 사진이라는 것을 알 수 있었다. 사람들이 입고 있는 옷 때문이 아니라 어머니를 바로 알아볼 수 있었기 때문이다. 대부분 섀도우 헌터 복장들처럼 그들이 입고 있는 옷은 별다른 특징이 없는 검은색이었다. 열일곱이나 열여덟 정도밖에 안 되어 보이는 조슬린은 머리카락이 등까지 내려와 있었고 얼굴은 약간 동그스름했으며 턱과 입은 그다지 도드라져 보이지 않았다. '어쩜, 엄마랑 나랑 똑같이 생겼네.' 클라리는 멍하니 그렇게 생각했다.

조슬린은 클라리가 모르는 어떤 소년을 한쪽 팔로 두르고 있었다. 그걸 보고 클라리는 충격을 받았다. 어머니가 아버지 이외의 다른 사람과 연결된다는 생각을 한 번도 해보지 않았던 것이다. 그도 그럴 것이 조슬린은 데이트도 하지 않았고 로맨스 따위에 관심도 없어 보였다. 그녀는 대부분의 홀어머니들과 확실히 달랐다. 다른 홀어머니들은 학부모와 교사 모임에 부지런히 참석해서 괜찮은 남편감을 찾거나 사이먼의 어머니처럼 온라인 데이트 사이트에 올라온 남성들의 프로필을 줄기차게 확인하지만, 클라리의 어머니는 그러지 않았다. 조슬린이 팔을 두르고 있는 소년은 미남으로 눈은 검었으며 머리카락은 거의 백발이라고 할 정도로 밝은 금발이었다.

"그 사람이 발렌타인이야." 클라리의 팔꿈치 옆에서 어떤 목소리가 말했다. "열일곱 살 때 찍은 사진이지."

너무 놀라 뒤로 펄쩍 물러선 클라리는 하마터면 사진을 떨어뜨릴 뻔했다. 깜짝 놀란 휴고가 불쾌한 듯 까옥까옥 소리를 내더니 깃털을 곤두세운 채 다시 횃대에 앉았다. 목소리의 주인공은 호지였다. 그는 호기심 어린 눈빛으로 그녀를 바라보았다.

"정말 죄송해요." 클라리는 책상에 사진을 내려놓고 급히 물러서며 말했다. "훔쳐볼 의도는 없었어요."

"괜찮아." 호지는 흉터가 많은 거친 손으로 사진을 건드렸다. 손은 흠

하나 없이 깔끔한 트위드 소맷부리와 이상한 대조를 이뤘다. "어쨌든 이것도 네 과거의 일부니까."

클라리는 마치 사진이 끌어당기기라도 하듯 다시 책상 쪽으로 다가갔다. 사진 속에서 머리가 하얀 남자애는 조슬린을 향해 미소를 짓고 있었다. 남자애들이 이성을 진심으로 좋아할 때 눈가에 주름이 지듯 그의 눈가에도 주름이 져 있었다. 클라리는 어머니를 그런 식으로 바라본 사람은 아무도 없었다는 생각을 했다. 차갑고 이목구비가 반듯한 발렌타인은 클라리의 아빠와 완전히 달라 보였다. 클라리의 아빠는 항상 웃는 얼굴이었고 그녀처럼 머리카락이 밝은 빛이었다. "발렌타인의 외모가…… 그런대로 괜찮네요."

"그리 나쁘진 않지." 호지가 뒤틀린 미소를 지으며 말했다. "발렌타인은 매력적이고 영리하고 설득력을 갖추고 있었어. 혹시 다른 사람들 중에 알 만한 사람은 없어?"

클라리는 다시 사진을 들여다보았다. 발렌타인의 뒤쪽, 그러니까 그의 약간 왼편에 엷은 갈색 머리의 빼빼 마른 남자애가 서 있었다. 그는 어깨만 넓었지 손목은 아직 덜 자란 사람처럼 볼품없이 가늘었다. "이게 선생님인가요?"

호지는 고개를 끄덕였다. "또 다른 사람은?"

클라리는 두 번이나 사진을 유심히 들여다보고 나서야 아는 사람을 하나 발견했다. 사진 속의 그는 너무 어려서 처음엔 거의 알아보기가 힘들었다. 클라리는 그가 낀 안경과 바닷물처럼 푸르스름한 눈을 보고 그가 누구인지 감을 잡을 수 있었다. "루크네요."

"루션이 맞아. 그리고 여기." 사진 위로 몸을 기울이면서 호지는 세련돼 보이는 10대 커플 한 쌍을 손가락으로 가리켰다. 두 사람 모두 머리카락이 검었는데 여자애가 남자애보다 머리의 반만큼 키가 더 컸다. 이목구비가 자잘한 여자애는 성미가 사나워 보였다. "라이트우드 부부야." 곧이어 그는 얼굴이 아주 잘생긴 남자애를 손으로 가리켰는데, 남자애는 턱이 사각이고 혈색이 좋으며 머리카락은 검고 곱슬곱슬했다. "그리고 여기는, 마이클 웨이랜드야."

"제이스와 조금도 안 닮았는데요."

"제이스는 자기 어머니를 닮았지."

"이건 학급 사진 같은 건가요?"

"서클이 구성된 해에 찍은 사진이야. 그래서 리더인 발렌타인이 앞쪽에 있는 거고, 루크가 그의 오른편에 서 있는 거야. 2인자였거든."

클라리가 시선을 돌렸다. "전 아직도 왜 엄마가 이런 조직에 가입했는지 이해가 안 돼요."

"네가 이해를 해야 하는데……."

"계속 그렇게 말씀하시네요." 클라리는 짜증스럽게 말했다. "왜 제가 이해를 해야 하는지 모르겠어요. 진실을 말씀해주셔야 제가 이해를 하든 말든 할 거 아니에요."

호지의 입 가장자리가 파르르 떨렸다. "그럼 말해주지." 그는 잠시 말을 멈추고 손을 뻗어 책상 가장자리를 따라 걷는 휴고를 쓰다듬었다.

"협정은 클레이브 전체의 지지를 받지 못했어. 다운월드 사람들이 마구잡이로 살인을 저지르고 있을 때, 우리보다 온건하고 위엄을 갖춘 이들은 보수적으로 굴었지. 증오 때문이 아니라 그게 더 안전하다고 느낌을 주었기 때문이야. 위협에 집단으로 맞서는 편이 일대일로 맞서는 것보다 쉽지. 우리 가운데 대부분은 다운월드 사람에게 부상을 입거나 살해를 당한 사람이 있다는 걸 알고 있었어. 젊은이들의 도덕적 전제주의

만큼 무서운 건 어디에도 없어. 젊은 사람들은 선과 악, 빛과 어둠 같은 걸 믿기 쉽지. 발렌타인은 그 점을 놓치지 않았어. 그는 파괴적 이상주의와 '비인간적'이라고 여기는 것들에 대해 극단적인 혐오감을 지니고 있었어."

"하지만 그 사람은 우리 엄마를 사랑했잖아요."

"그렇지. 발렌타인은 네 엄마를 사랑했어. 그리고 이드리스도 사랑하고……."

"이드리스가 왜 그렇게 대단하죠?" 클라리는 자신의 목소리에 심술이 덕지덕지 묻어 있는 걸 느끼면서도 그렇게 물었다.

"이드리스는 과거에……." 호지가 말을 시작했다가 이내 수정했다. "아니, 지금도 여전히 네피림에게는 고향 같은 곳이야. 그곳에서 그들은 자신의 진정한 모습을 발견하지. 감출 것도 없고 과장되게 드러낼 것도 없는 곳이지. 천사의 축복을 받은 장소. 유리로 만든 탑들이 즐비한 알리칸테를 보기 전까진 진짜 도시를 봤다고 할 수 없지. 네가 상상하는 것보다 훨씬 더 아름다운 곳이야." 그의 목소리에는 생생한 아픔이 배어 있었다.

클라리는 갑자기 꿈 생각이 났다. "혹시…… 유리의 도시에 무도회가 있어요?"

호지는 꿈에서 막 깨어난 사람처럼 눈을 껌벅이며 그녀를 바라보았다. "매주 무도회가 열리지. 난 한 번도 가본 적이 없지만 네 어머니는 참석했어. 발렌타인도 참석했고." 그는 낮은 소리로 껄껄 웃었다. "나는 학자 타입이었지. 알리칸테에 있을 때 난 거의 매일 도서관에 틀어박혀 있었어. 여기 있는 책들은 그곳의 책들 중 극히 일부에 불과해. 언젠가 형제들의 모임에 합류할지 모르겠지만 내가 일을 저지른 뒤로 그들은 날 받아주려고 하지 않아."

"안됐네요." 클라리는 쑥스럽게 말했다. 그녀의 마음은 아직도 꿈의 기억으로 가득 차 있었다. '그들이 춤을 추었던 곳에 인어 분수가 있었을까? 발렌타인은 흰옷을 입고 있었을까? 그래서 엄마는 그의 셔츠에 비친 피부에 마크가 찍혀 있는 걸 보았을까?'

"제가 이걸 가져도 될까요?" 클라리는 사진을 가리키며 물었다.

주저하는 기색이 호지의 얼굴을 스쳐 지나갔다. "가져가더라도 제이스한테는 보여주지 않았으면 좋겠어. 그 친구 당장 해결해야 할 문제들이 많아. 죽은 아버지 사진을 보면 괜히 심란해지겠지."

"그야 물론이죠. 고마워요." 클라리는 사진을 가슴에 안았다.

"고맙긴." 호지는 미심쩍어하는 눈길로 그녀를 바라보았다. "근데 도서관에는 나를 보러 온 건가, 아니면 다른 목적이 있어서 온 건가?"

"클레이브에서 무슨 소식이 왔는지 궁금해서요. 그 잔에 대해서⋯⋯ 그리고 엄마에 대해서요."

"오늘 아침에 짤막한 답장이 왔더군."

클라리는 자신의 목소리에 간절함이 배어 있는 것을 느꼈다. "사람들을 보냈던가요? 섀도우 헌터들 말이에요."

호지는 그녀에게서 시선을 돌렸다. "응. 보냈더군."

"그런데 왜 여기에 머물러 있지 않는 거죠?"

"인스티튜트가 발렌타인의 감시를 받고 있다는 우려 때문이지. 발렌타인이 아는 것이 적을수록 우리한테 더 유리해." 호지는 클라리의 참담한 표정을 보고 한숨을 쉬었다.

"더 많은 얘기를 해줄 수 없어서 미안해, 클라리사. 난 여전히 클레이브의 신임을 별로 못 받고 있어. 그들은 내게 알려주는 게 거의 없어. 내가 널 도와줄 수 있으면 좋겠는데."

 호지의 목소리에 슬픔과 안타까움이 묻어 있었기 때문에 클라리는 더 이상 정보를 요구하기 망설여졌다. "아니에요. 절 도와주실 수 있어요. 잠을 통 이룰 수가 없네요. 생각이 너무 많아서요. 저기, 혹시……."

 "아, 마음이 불안정하군." 호지의 목소리에는 동정심이 가득 담겨 있었다. "그거라면 내가 해결해줄 수 있지. 여기서 잠깐만 기다려."

 호지가 클라리에게 준 물약에서는 노간주나무와 나무 이파리의 기분 좋은 냄새가 났다. 클라리는 복도를 따라 걸어가면서 약병을 열어 계속 냄새를 맡았다. 클라리가 침실에 이르자 문이 열려 있었고, 제이스가 침대 위에 드러누워 그녀의 스케치북을 들여다보고 있었다. 클라리는 깜짝 놀라 약한 비명을 지르며 손에 들고 있던 약병을 바닥에 떨어뜨렸다. 약병이 데굴데굴 굴러가면서 연초록 액체가 나무 바닥으로 흘러나왔다.

 "아, 이런." 제이스는 스케치북을 던져버리고 자리에서 일어나 앉으며 말했다. "중요한 물건이 아니었으면 좋겠는데."

 클라리는 운동화 끝으로 약병을 건드리면서 화를 냈다. "수면제였는데 다 흘러버렸잖아."

 "사이먼이 여기에 있다면 좋을 텐데. 그 친구는 사람을 아주 지루하게 만드니 금방 잠들 수 있을 거 아냐."

 클라리는 사이먼을 변호할 기분이 아니었다. 그 대신 침대에 앉아 스케치북을 집어 들었다. "이건 다른 사람들한테 보여주지 않는 거란 말이야."

 "왜 안 보여줘?" 제이스는 지금까지 자고 있었던 사람처럼 머리가 엉망이었다. "넌 제법 괜찮은 예술가인데. 어떤 작품은 훌륭한 수준이라니까."

"이건 일기장 같은 거야. 난 생각을 글로 표현하지 않고 그림으로 표현하기 때문에 그림밖에 없어. 하지만 이것도 일기장만큼이나 은밀한 거란 말이야."

효과가 있었는지 제이스는 상처를 입은 듯이 보였다. "일기장에 내 그림은 하나도 없네? 화끈한 공상은 어디 있지? 로맨스 소설 표지는? 그리고……."

"네가 만나는 여자애들은 모두 너랑 사랑에 빠지니?" 클라리가 조용히 물었다.

풍선을 터뜨리는 핀처럼 그 질문이 제이스의 기를 한순간에 꺾어버린 것처럼 보였다. "사랑이 아니라……." 그는 잠시 머뭇거리다가 말했다. "적어도……."

"늘 매력적으로 보이려고 애쓰지는 마. 그래야 모두 안심을 할 수 있지 않겠어."

제이스는 자기 손을 내려다보았다. 그의 손은 벌써 호지의 손과 비슷했다. 피부는 젊고 주름이 없는데도 눈송이처럼 작고 하얀 흉터가 자잘하게 박혀 있었다. "정말 피곤하면 내가 잠을 재워줄게. 재밌는 동화를 들려주지."

클라리는 제이스를 바라보았다. "진심이야?"

"난 항상 진심이야."

클라리는 피로가 두 사람 모두를 정신 나가게 만든 건 아닌지 궁금했다. 하지만 제이스는 피곤해 보이지 않았다. 그는 다소 슬퍼 보였다. 클라리는 스케치북을 침대 옆 탁자에 내려놓았다. 그런 다음 베개를 베고 옆으로 드러누워 몸을 말았다.

"좋아."

"눈을 감아."

눈을 감자 안쪽 눈꺼풀에 등불의 잔상이 자잘한 별처럼 비쳤다.

"옛날에 어떤 아이가 있었어."

클라리는 바로 끼어들었다. "섀도우 헌터 소년?"

"당연하지." 한순간 그의 목소리에 쓸쓸한 기색이 깃들었다 사라졌다. "아이가 여섯 살이었을 때, 아버지는 아이에게 매 한 마리를 주면서 훈련을 시키라고 말했어. 매들은 새들을 죽이는 맹금류로, 말하자면 하늘의 섀도우 헌터라고 아버지는 알려줬어. 매는 아이를 좋아하지 않았어. 아이도 새를 좋아하지 않았지. 새의 날카로운 부리는 아이를 불안하게 만들었어. 새의 밝은 눈은 항상 아이를 쳐다보는 것 같았고, 아이가 다가가면 새는 부리와 발톱으로 상처를 입히곤 했지. 몇 주 동안 아이의 손목과 손에서는 늘 피가 흘러내렸어. 아이는 몰랐지만 아버지는 일부러 야생에서 1년 이상 생활한 매를 골랐던 거야. 길을 들이기가 거의 불가능한 매였지. 하지만 아이는 매가 말을 잘 듣게 만들라고 아버지가 지시했기 때문에 무진장 노력했어. 아버지를 기쁘게 하고 싶었던 거지. 아이는 늘 매의 곁에 붙어서 얘기를 하거나 음악을 들려주어 새가 계속 깨어 있게 만들었어. 지친 새는 길들이기 한결 쉬웠기 때문이지. 아이는 젓갖(사냥용 매의 발에 매는 것—옮긴이), 머리 씌우개, 밧줄, 손목에 새를 묶는 끈 같은 도구를 다루는 법을 배웠어. 새가 앞을 볼 수 없도록 만들려 했지만 그렇게 할 수는 없었어. 그 대신 새의 날개를 건드리고 쓰다듬는 동안 새가 자기를 볼 수 있는 곳에 앉음으로써 신뢰를 얻으려고 애썼어. 아이는 자기 손에 음식을 얹어 새가 먹도록 했어. 새는 처음에 먹으려고 하지 않았지. 하지만 나중이 되자 어찌나 야만스럽게 먹던지 부리 때문에 손바닥이 찢어질 정도였어. 하지만 소년은 기뻤어. 그것도 진전이었으니까. 또 새가 자기를 알아주길 원했기 때문이지. 설사 손에서 흘러내리는 피를 새가 빨아 먹더라도 말이야. 아이는 매가 아름답다는 사실, 날씬한 날개는 비행 속도를 높이기 위해 그렇게 생겼다는 사실, 그리고 매가 강하고 날렵하고 사나우면서도 부드럽다는 사실을 깨닫기 시작했어. 땅으로 하강할 때 매는 빛처럼 움직였어. 매가 하늘에 원을 그리다 아이의 손목으로 돌아오는 걸 배웠을 때, 아이는 너무 기뻐서 소리를 지를 뻔했어. 이따금 새는 아이의 어깨에 폴짝 올라앉아 부리를 머리카락에 파묻었어. 아이는 매가 자기를 사랑하고 있다는 걸 알았지. 새를 단순히 길들이는 정도가 아니라 완전히 친해졌다는 확신이 들었을 때, 아이는 칭찬을 받으리라 기대하며 아버지에게 그동안의 성과를 보여줬어. 그런데 아버지의 반응은 뜻밖이었어. 아버지는 길이 잘 들어 주인을 믿고 따르는 새를 두 손으로 붙잡더니 목을 부러뜨려버렸어. '난 너한테 새가 순종하도록 만들라고 했다.' 아버지는 그렇게 말하더니 생명이 빠져나간 매의 시체를 땅바닥에 떨어뜨렸어. '그런데 넌 너 자신을 사랑하도록 가르쳤구나. 매는 사랑스러운 애완동물이 되어선 곤란해. 매는 거칠고 사나우며 야만적이고 잔인해. 이 새는 길이 든 게 아니라 본성을 잃어버린 거야.' 아버지가 떠난 뒤 아이는 죽어버린 새를 두고 엉엉 울었어. 아버지가 하인을 보내 새의 시체를 가져다가 땅에 묻어줄 때까지 아이는 울음을 멈출 수 없었어. 그런 뒤로 아이는 두 번 다시 울지 않고 배운 것을 절대로 잊지 않았어. 사랑하는 것은 망가뜨리는 것이며 사랑받는 것은 망가지는 것이라는 교훈이지."

숨도 거의 쉬지 않고 가만히 누워 있던 클라리는 몸을 돌려 반듯하게 누운 다음 눈을 떴다. "끔찍한 이야기야." 그녀는 화가 나서 말했다.

제이스는 두 다리를 끌어 올려 무릎에 턱을 괴었다. "그래?" 그는 묵상하듯 말했다.

"소년의 아버지가 소름 끼쳐. 그건 아동 학대잖아. 섀도우 헌터들이 잠잘 때 들려주는 동화가 어떤 건지 내가 미리 알았어야 하는데. 지독한 악몽에 시달리게 만드는 그런 이야기는……."

"마크들 때문에 지독한 악몽에 시달리는 경우가 가끔 있어. 너무 어린 나이에 마크를 받았을 경우에 말이야."

제이스는 생각에 잠겨 클라리를 바라보았다. 커튼 사이로 쏟아져 들어온 늦은 오후의 햇살이 그의 얼굴을 환하게 물들이며 주변과 대조적으로 보이게 만들었다. 그걸 보면서 클라리는 회화 기법 가운데 키아로스쿠로, 즉 빛과 어둠을 이용한 명암대조법을 생각했다.

제이스가 말했다. "곰곰이 생각해보면 괜찮은 이야기야. 소년의 아버지는 단지 소년을 더욱 강하게 만들려는 거였어. 절대 굽히지 않도록."

"그렇지만 조금은 굽힐 줄도 알아야 해." 클라리가 하품을 하면서 말했다. 이야기의 내용에도 불구하고 제이스의 목소리가 지닌 리듬은 그녀를 졸리게 만들었다. "그러지 않으면 부러져."

"충분히 강하면 굽히지 않아도 돼." 제이스가 확고하게 말했다. 클라리는 자신의 뺨을 제이스의 손등이 쓰다듬는 것을 느꼈다. 클라리의 눈이 스르르 감겼다. 피로는 그녀의 뼈를 액체로 만들어버렸다. 클라리는 자신이 물결에 휩쓸려 사라질지도 모른다는 느낌을 받았다. 잠 속으로 빠져드는 동안 클라리는 머릿속에서 말들이 울려 퍼지는 것을 들었. '아버지는 내가 원하는 것이라면 무엇이든 주셨지. 말, 무기, 책, 심지어 사냥매까지.'

"제이스." 클라리는 말을 하려고 애썼다. 하지만 잠의 발톱에 붙잡혀 꼼짝도 할 수 없었다. 발톱은 그녀를 아래로 끌어 내렸고, 그녀는 조용해졌다.

"일어나!"

클라리는 다급한 목소리에 천천히 눈을 떴다. 본드를 바른 것처럼 착 달라붙은 눈이 잘 떠지지 않았다. 무언가 그녀의 얼굴을 간질이고 있었다. 누군가의 머리카락이었다. 클라리는 재빨리 일어나 앉다가 딱딱한 무언가에 머리를 부딪치고 말았다.

"아야! 머리를 부딪혔잖아!" 이사벨이었다. 그녀는 침대 옆 전등을 켜고 자기 머리를 비비면서 잔뜩 화가 난 표정으로 클라리를 바라보았다. 기다란 은색 스커트와 스팽글로 장식된 상의를 입은 그녀는 등불을 받아 아른아른 빛났고, 손톱은 반짝이는 동전처럼 칠해져 있었다. 은색 구슬을 꿰맨 끈으로 검은 머리를 질끈 묶은 이사벨은 달의 여신처럼 보였다. 클라리는 그녀가 싫었다.

"그러게 누가 그렇게 내 위로 몸을 기울이고 있으라 그랬어? 무서워서 죽는 줄 알았잖아." 클라리도 머리를 비비며 말했다. 눈썹 바로 위가 욱신거렸다. "그건 그렇고 왜 그래?"

이사벨은 창밖의 어두운 밤하늘을 가리켰다. "자정이 거의 다 됐어. 파티 장소로 떠나야 할 시간인데 아직 옷도 안 입고 있잖아."

"난 그냥 이 차림으로 갈 생각이었어." 클라리는 자신의 청바지와 티셔츠를 가리키며 말했다. "문제가 되나?"

"문제가 되냐고?" 이사벨은 까무러칠 것 같은 표정을 지었다. "그걸 말이라고 해? 당연히 문제가 되지! 다운월드 사람들은 그런 옷은 안 입어. 게다가 파티잖아. 그렇게 입고 가면 당장 눈에 띌 거야……. 너무 수수해서." '수수해서'보다 훨씬 더 심한 단어를 사용하고 싶은 듯한 표정을 지으며 그녀가 말을 마쳤다.

"난 우리가 제대로 차려입어야 하는 줄 몰랐어." 클라리가 냉소적으로 말했다. "그리고 나한텐 파티복이 없어."

"나한테 빌리면 되잖아."

"아, 아냐." 클라리는 자기 몸에 너무 큰 티셔츠와 청바지를 생각했다. "그러니까 내 말은, 안 될 것 같아. 정말이야."

이사벨의 미소는 그녀의 손톱처럼 반짝였다. "내 말대로 해."

"내 옷을 입는 게 낫겠어." 클라리는 이사벨이 마루까지 닿는 커다란 거울 앞에 억지로 세웠을 때, 불편한 듯 몸을 비틀며 저항했다.

"그러면 안 돼. 넌 여덟 살 먹은 어린애처럼 보여. 그보다 더 나쁜 건, 먼데인처럼 보인다는 거야."

클라리는 반항적으로 턱에 바짝 힘을 주었다. "네 옷 중엔 나한테 맞는 게 하나도 없어."

"맞는지 안 맞는지 입어보기나 하자."

클라리는 옷장을 뒤지는 이사벨을 거울로 지켜보았다. 그녀의 방은 디스코 볼이 폭발한 것처럼 보였다. 벽은 검었고 황금색 페인트로 그린 소용돌이무늬가 반짝거렸으며 옷장에서 흘러나온 옷들은 검은색 침대 위에 흩어져 있었다. 나무의자의 등받이 위에 걸려 있는 옷도 있었다. 키가 큰 옷장은 한쪽 벽에 기대어 있었고, 화장대의 거울은 테두리가 반짝거리는 분홍색 털로 되어 있었다. 화장대는 반짝이는 작은 장신구, 장식용 금속조각, 그리고 붉고 흰 병들로 덮여 있었다.

"멋진 방이네." 클라리는 집에 있는 오렌지색 벽을 그리워하며 말했다.

"고마워. 내가 직접 페인트를 칠했어." 이사벨은 옷장에서 몸매가 드러나는 검은 옷을 들고 나왔다. 그리고는 그것을 클라리에게 던졌다.

클라리는 옷을 받아서 펼쳐보았다. "너무 작을 것 같은데?"

"신축성이 있어서 괜찮아. 가서 한번 입어봐."

클라리는 연한 청색 페인트로 칠해진 작은 욕실로 허겁지겁 들어갔다. 옷을 높이 들어 올려 머리부터 집어넣으며 꼼지락거렸지만, 예상대로 가느다란 어깨 끈이 달린 옷은 작았다. 숨을 너무 깊이 들이마시지 않으려고 애쓰며 클라리는 침실로 돌아갔다. 이사벨은 침대에 걸터앉아 샌들을 신은 발에다 보석이 박힌 발가락 반지를 끼워 넣고 있었다. "넌 가슴이 납작해서 좋겠다. 난 브라 없이는 절대 그 옷을 못 입어."

클라리는 얼굴을 찌푸렸다. "너무 짧아."

"짧지 않아. 딱 좋은데, 뭘." 이사벨은 발가락으로 침대 밑을 휘저으며 말했다. 그녀는 침대 밑에 있던 부츠 한 쌍과 검은색 그물 스타킹을 발로 차냈다. "자, 그 옷에는 이걸 신으면 돼. 이걸 신으면 키가 좀 더 커 보일 거야."

"알았어. 난 가슴도 납작하고 난쟁이니까." 클라리는 드레스의 옷단을 붙잡고 아래로 끌어 내렸다. 옷은 넓적다리 위쪽을 간신히 가릴 뿐이었다. 클라리는 스커트를 거의 입어본 적이 없었다. 그리고 그동안 입었던 스커트들은 그 드레스보다 훨씬 더 길었다. 다리를 훤히 드러내는 옷을 입으니 놀라우면서도 걱정이 되었다. "내가 입어도 이렇게 짧은데 네가 입으면 얼마나 짧을까?" 클라리는 자기도 모르게 이사벨에게 속에 있는 말을 했다.

이사벨이 방긋 웃었다. "나한테 그 옷은 셔츠나 마찬가지야."

클라리는 침대에 풀썩 주저앉아 스타킹과 부츠를 신었다. 신발은 종아리 부위가 약간 헐거웠지만 미끄러질 정도는 아니었다. 그녀는 부츠의 끈을 맨 위까지 매고 자리에서 일어나 거울에 비친 자기 모습을 들여다보았다. 짧은 검정 드레스, 망사 스타킹, 무릎 높이까지 오는 부츠의 조합은 한마디로 전혀 어울리지 않았다. 그 조합을 망쳐놓는 한 가지가 있었는데 그건 바로…….

이사벨이 말했다. "머리가 문제네. 당장 손을 좀 봐야겠다. 저기 앉아봐."

이사벨은 오만하게 화장대를 가리켰다. 클라리는 자리에 앉아서 이사벨이 땋은 머리를 풀어 헤치는 동안 눈을 질끈 감았다. 이사벨의 손길은 거칠었다. 그녀는 빗으로 클라리의 머리를 빗고 나서 머리핀을 꽂아 넣는 것 같았다. 클라리는 분첩이 얼굴을 찍어댈 때 눈을 떴다. 분첩에서는 반짝이는 가루가 자욱하게 쏟아지고 있었다. 클라리는 기침을 하면서 비난하듯이 이사벨을 노려보았다. 이사벨이 소리 내어 웃었다.

"나를 보지 말고 자신을 봐."

클라리는 거울을 힐끗 쳐다보고 이사벨이 머리카락을 정수리 쪽으로 우아하게 말아 올려서 반짝거리는 핀들로 고정해둔 것을 보았다. 클라리는 갑자기 꿈 생각이 났다. 사이먼과 춤을 추는 동안 무거운 머리카락이 그녀의 머리를 짓누르는……. 클라리는 끊임없이 꼼지락거렸다.

"아직 일어나지 마. 아직 안 끝났어." 이사벨이 아이라이너를 그렸다. "눈 떠봐."

클라리는 눈을 떴다. 눈을 크게 뜨는 것은 울지 않기 위한 좋은 방법이었다. "이사벨, 하나 물어봐도 돼?"

"응. 뭔데?" 이사벨은 아이라이너를 능숙하게 다루면서 말했다.

"알렉은 게이야?"

이사벨의 손목이 움찔하면서 아이라이너가 미끄러졌다. 그 바람에 클라리의 눈가에서 머리카락이 자라는 언저리까지 기다란 검은 선이 그어졌다.

"어머, 미안." 이사벨이 펜을 내려놓으며 말했다.

"괜찮아." 클라리는 손을 눈으로 가져가며 말했다.

"괜찮긴." 이사벨은 화장대 위에 쌓여 있는 잡동사니를 뒤적거리며 당장이라도 눈물을 터뜨릴 것 같은 목소리로 말했다. 결국 그녀는 솜뭉치를 찾아내 클라리에게 건넸다. "자, 이걸로 닦아." 이사벨은 침대 가장자리에 걸터앉았고, 그녀의 발찌가 짤랑거리는 소리를 냈다. 그녀는 머리카락 사이로 클라리를 바라보았다.

"어떻게 그걸 알았지?" 이사벨이 한참 만에 물었다.

"난……."

"아무한테도 말하면 안 돼."

"제이스한테도?"

"제이스한테는 더더욱 안 돼!"

"알았어." 클라리는 자신의 목소리가 경직되어 있는 걸 느꼈다. "난 그게 그렇게 대단한 문제인지 몰랐어."

"우리 부모님한테는 그래." 이사벨이 조용히 말했다. "부모님이 만약 진실을 알게 되는 날에는 오빠랑 의절하고 클레이브에서 내쫓을 거야."

"동성애자는 섀도우 헌터가 될 수 없어?"

"거기에 관한 공식 규정 같은 것은 없어. 하지만 사람들은 동성애자들을 싫어하잖아. 우리 또래는 좀 덜한 것 같지만." 그녀는 모호한 투로 덧붙였다. 클라리는 이사벨이 비슷한 또래 사람들을 거의 만나지 못했다는 사실을 기억했다. "나이가 많은 사람들은 절대 그런 걸 용납 못하지. 설사 그런 일이 주변에 있더라도 얘기하지 말아야 해."

"아, 그렇구나." 클라리는 자기가 괜한 말을 했다고 생각하며 말했다.

"나는 우리 오빠를 사랑해. 오빠를 위해서라면 뭐든지 할 거야. 하지만 내가 할 수 있는 게 아무것도 없어."

"적어도 알렉한테는 네가 있으니까 괜찮아." 클라리는 쑥스럽게 말하고 나서 한순간 제이스를 생각했다. 그는 사랑이란 자신을 산산조각 내는 무언가라고 생각하고 있었다. "정말 제이스가…… 반감을 가질 거라고 생각해?"

"모르겠어." 그런 화젯거리에는 이제 신물이 난다는 투로 이사벨이 말했다. "하지만 그건 내가 선택할 문제가 아니야."

"난 그렇지 않을 거라고 생각해." 클라리는 거울 쪽으로 몸을 기울인 채 이사벨이 건네준 솜으로 과도한 눈 화장을 톡톡 찍어냈다. 그리고 다시 자리에 앉았을 때, 그녀는 너무 놀라 하마터면 솜뭉치를 떨어뜨릴 뻔했다. 이사벨이 대체 무슨 짓을 한 거지? 그녀의 광대뼈가 날카롭게 각을 이룬 것처럼 보였고, 신비스럽게 움푹 들어간 눈은 녹색으로 빛나고 있었다.

"꼭 우리 엄마를 닮았어." 클라리는 놀라서 말했다.

이사벨이 눈썹을 치켜떴다. "뭐? 너무 아줌마 같나? 조금만 더 반짝반짝 빛나게 만들면……."

"더 이상은 안 돼." 클라리가 급하게 말했다. "아니, 이 정도면 됐어. 지금 이대로가 마음에 들어."

"좋아." 이사벨은 공이 튕기듯 단숨에 침대에서 내려왔다. 발찌가 짤랑거리는 소리가 들렸다. "그럼 가볼까?"

"방에 잠깐 들러 가져갈 게 있어." 자리에서 일어서며 클라리가 말했다. "그리고…… 나도 무기가 필요해? 넌 어때?"

"난 충분히 가지고 있어." 이사벨은 양발로 허공을 차며 미소를 지었다. 발찌가 성탄 종처럼 짤랑짤랑 울렸다. "이것도 무기가 돼. 왼쪽은 일렉트럼으로 악마들에게 치명적이지. 그리고 오른쪽은 신성한 철이야. 적대적인 뱀파이어들이나 요정들을 우연히 마주쳤을 때 쓸모가 있지. 요정들은 철을 싫어해. 두 개 모두 강력한 주문이 새겨져 있어서 발길질을 했을 때 엄청난 파괴력을 발휘하지."

"악마 사냥과 패션." 클라리가 말했다. "난 그 둘이 서로 어울릴 거라고는 생각도 못했어."

이사벨이 큰 소리로 웃었다. "나중에 보면 놀랄 거야."

남자애들은 입구의 통로에서 검은색 옷을 입고 기다렸다. 심지어 사이먼까지도 자기 몸에 약간 큰 검정 바지를 입고 있었다. 그는 밴드의 로고를 감추기 위해 셔츠를 뒤집어 입고 있었다. 제이스와 알렉이 벽에 몸을 기대고 구부정한 자세로 서 있는 동안 사이먼은 통로 한쪽에 어색하게 서서 지루한 표정을 짓고 있었다. 사이먼은 이사벨이 당당한 발걸음으로 통로로 들어서자 그녀를 쓱 쳐다보았다. 이사벨의 손목엔 황금색 채찍이 돌돌 감겨 있었고 금속 발찌는 종처럼 맑은 소리를 냈다. 클라리는 사이먼이 깜짝 놀라는 표정을 지으리라 예상했다. 실제로 이사벨의 자태는 놀랄 만했다. 하지만 사이먼의 시선은 이사벨을 지나쳐 클라리에게 멈추었다. 그의 눈은 깜짝 놀란 표정을 담고 한참 동안 클라리에게 머물렀다.

"그게 뭐야?" 사이먼은 몸을 꼿꼿이 세우며 캐물었다. "옷이 그게 뭐냐 말이야."

클라리는 몸매를 조금이라도 덜 드러내 보이려고 가벼운 재킷을 걸쳤고 방에서 배낭까지 가져왔다. 어깨에 둘러맨 배낭이 평소처럼 걸을 때마다 어깨뼈 사이에서 등에 부딪치고 있었다. 하지만 사이먼은 배낭을 보고 있지 않았다. 그는 지금까지 한 번도 본 적이 없는 것처럼 그녀의 두 다리를 뚫어지게 바라보고 있었다.

클라리가 냉담하게 말했다. "드레스야, 사이먼. 평소엔 거의 입지 않는 옷이지. 정말이야."

"너무 짧잖아." 사이먼은 혼란스러워하며 말했다. 그는 반쯤 악마 사냥꾼 복장을 하고 있었지만, 마치 데이트를 하기 위해 여자 친구의 집을 찾아와 부모에게 공손하게 굴고 애완동물에게 자상한 모습을 보이는 소년처럼 보였다.

반면에 제이스는 여자 친구의 집을 찾아와 재미 삼아 집을 불살라버릴 것 같은 남자애로 보였다. "난 그 드레스 맘에 들어." 벽에서 몸을 떼며 제이스가 말했다. 그의 눈은 물건을 쓰다듬는 고양이의 앞발처럼 그녀의 몸을 아래위로 천천히 훑었다. "하지만 어딘가 좀 부족해 보여."

"이제 패션 전문가라도 된 거야?" 클라리의 목소리가 불안정하게 흘러나왔다. 제이스는 그녀에게 바짝 붙어 서 있었다. 거리가 너무 가까워서 그의 따스한 숨결을 느낄 수 있을 정도였다. 새로 새긴 마크에서 흐릿하게 타는 냄새가 났다. 제이스는 재킷에서 무언가를 꺼내더니 클라리에게 건넸다. 그것은 가죽 칼집에 들어 있는 가늘고 긴 검이었다. 검의 자루에는 장미 모양이 새겨진 붉은 돌이 하나 박혀 있었다.

클라리는 고개를 가로저었다. "어차피 난 쓸 줄도 모르는데……."

제이스는 그녀의 손에 검을 꼭 쥐여주며 손가락으로 감싸도록 만들었다. "배우게 될 거야. 네 핏속에 이미 요령이 들어 있어."

클라리는 천천히 손을 뒤로 뺐다. "알았어."

이사벨이 말했다. "네가 원하면 넓적다리에 묶는 칼집을 줄 수도 있어. 그런 건 엄청나게 많아."

"무슨 소리야. 안 돼." 사이먼이 말했다.

클라리는 짜증난 표정으로 그를 쏘아보았다. "고맙지만 난 그런 걸 매는 여자가 아니야." 그녀는 검을 배낭 바깥에 달린 주머니에 밀어 넣었다.

클라리가 주머니를 잠그고 나서 고개를 들었을 때, 제이스는 반쯤 내리깐 눈으로 그녀를 지켜보고 있었다. "마지막으로 한 가지가 남았어." 그는 손을 내밀어 클라리의 머리에 박힌 핀들을 뽑아냈다. 따스한 느낌을 주는 곱슬곱슬한 머리카락이 클라리의 목으로 흘러내렸다. 머리카락이 피부를 간질이는 느낌은 낯설었지만 이상하게도 기분이 좋았다.

"훨씬 나아 보여." 제이스가 말했다. 그의 목소리가 약간 불안정하다고 클라리는 생각했다.

12
마법사의 파티

초대장에 적혀 있는 길 안내를 따라가자 브루클린의 거대한 산업 지구가 나왔다. 거리마다 공장과 창고가 늘어서 있었는데, 그 가운데 몇몇은 우뚝 솟은 건물로 개조되었다는 것을 알 수 있었다. 창살이 박힌 유리창 몇 개만 달린 정사각형 모양의 거대한 건물들에서는 무언가 불길한 기운이 느껴졌다.

그들은 지하철역에서 나와 걷기 시작했다. 이사벨은 위치 파악 시스템이 장착된 듯한 센서를 가지고 방향을 잡아나갔다. 신기한 장치들을 좋아하는 사이먼은 그것에 완전히 매료되었다. 아니, 적어도 매료된 척하고 있었다. 그들을 피하려고 클라리는 잡목이 우거진 공원을 가로지르는 동안 일부러 뒤처져서 걸었다. 손질하지 않아 멋대로 자란 풀들이 여름 더위에 갈색으로 변해 있었다. 그녀의 오른편에는 교회의 첨탑들이 별 하나 보이지 않는 밤하늘을 배경으로 회색과 검은색으로 희미하게 빛났다.

"뒤처지면 안 돼." 짜증 섞인 목소리가 클라리의 귀에 들려왔다. 앞서 걸어가다가 그녀와 나란히 걸으려고 잠시 뒤처진 제이스였다. "너한테 혹시 무슨 일이라도 벌어질까 봐 내가 자꾸 뒤돌아보며 확인을 해야 하잖아."

"신경을 안 쓰면 되잖아."

"저번에 널 혼자 남겨뒀을 때, 어떤 악마가 널 공격했어." 그는 과거의 사실을 지적했다.

"나도 네 즐거운 밤 산책을 내 갑작스러운 죽음으로 방해하긴 정말 싫어."

제이스는 눈을 껌벅거렸다. "냉소와 노골적인 적개심 사이엔 미묘한 경계선이 있는데 넌 그 경계선을 넘은 것 같아. 왜 그래?"

클라리는 입술을 깨물었다. "오늘 아침에 이상하고 소름끼치는 녀석들이 내 머릿속을 파헤쳤어. 그리고 이제 난 내 뇌수를 처음 파헤친 괴상한 녀석을 만나겠지. 녀석이 찾아낸 걸 내가 좋아하지 않으면 어쩌지?"

"왜 좋아하지 않을 거라고 생각하지?"

클라리는 끈적거리는 피부에 묻어 있는 머리카락을 떼어냈다. "난 네가 질문에 질문으로 답하는 게 맘에 안 들어."

"들어봐. 넌 진실을 알고 싶어하잖아. 진실을 알고 싶지 않아?"

"아니야. 어쩌면 그럴지도 모르지. 나도 잘 모르겠어." 그녀가 한숨을 쉬었다. "넌 알고 싶어?"

"이 길이 맞아!" 4분의 1블록 정도 앞서 가던 이사벨이 소리쳤다. 그들은 낡은 창고들이 줄지어 있고 폭이 좁은 거리에 서 있었다. 창고들은 대부분 개인 주택의 문패를 달고 있었다. 창가에 놓는 화초 상자들은 꽃으로 가득 채워져 있었고, 레이스 커튼들은 끈적끈적한 밤바람에 휘날렸으며, 인도에는 번호가 적힌 플라스틱 쓰레기통들이 쌓여 있었다. 클

클라리는 눈을 가늘게 뜨고 부지런히 살폈지만, 그곳이 뼈의 도시에서 보았던 거리인지 알 수 없었다. 그 거리는 눈에 덮여 거의 지워져 있었다.

클라리는 제이스의 손가락이 어깨에 닿는 것을 느꼈다. "물론이지. 난 알고 싶었어. 항상." 그는 그렇게 중얼거렸다.

클라리는 무슨 말인지 몰라 제이스에게 곁눈질을 했다. "뭘?"

"진실." 그가 말했다. "난 진실을……."

"제이스!" 알렉이 소리쳤다. 그는 멀지 않은 도로 위에 서 있었다. 클라리는 왜 그의 목소리가 그렇게 크게 들렸는지 궁금했다.

제이스는 그녀의 어깨에서 손을 내리고 돌아섰다. "응?"

"우리가 제대로 된 장소에 있다고 생각해?" 알렉은 클라리가 볼 수 없는 무언가를 가리키고 있었다. 그것은 커다란 검정 차량 뒤에 숨겨져 있었다.

"그게 뭔데?" 제이스는 알렉에게 다가갔고, 클라리는 그의 웃음소리를 들었다. 차를 돌아갔을 때, 클라리는 그들이 바라보고 있는 것을 보았다. 거기에는 맵시 있는 은색 오토바이 몇 대가 있었다. 기름을 바른 것 같은 튜브와 파이프가 핏줄처럼 오토바이를 마구 휘감고 있었다. 오토바이들은 무생물이 아니라 살아 있는 생명체 같은 느낌을 주었다. 기거의 그림 속에 등장하는 기괴하고 소름 끼치는 생물체들 같아, 보고 있자니 구역질이 났다. 제이스가 말했다.

"뱀파이어들이야."

"내 눈에는 오토바이로 보이는데?" 이사벨과 함께 뒤늦게 합류한 사이먼이 말했다. 이사벨은 오토바이를 보고 얼굴을 찌푸렸다.

"뱀파이어가 맞아. 악마의 힘으로 달리도록 변형된 거야." 이사벨이 설명했다. "뱀파이어들은 악마의 힘을 이용해 밤에도 빠르게 돌아다닐 수 있지. 엄격히 말해 코브넌트는 아니지만……."

"몇몇 오토바이는 하늘을 날 수 있다는 얘기를 들은 적이 있어." 알렉이 진지하게 말했다. 그는 새로운 비디오 게임에 빠져 있는 사이먼처럼 말했다. "스위치만 탁 누르면 눈앞에서 사라져버릴 수도 있고 물속에서 달릴 수도 있지."

제이스는 오토바이 주변을 맴돌며 찬찬히 살펴보고 있었다. 그는 한 손을 내밀어 오토바이의 매끈한 차대를 따라가며 쓰다듬었다. 측면에 'NOX INVICTUS'라는 은색 글자가 적혀 있었다. "승리의 밤이라……."

알렉이 제이스를 이상하게 쳐다보았다. "뭐하는 거야?"

클라리는 제이스가 재킷 안으로 다시 손을 밀어 넣는 것을 보았다. "아무것도 아냐."

"서둘러." 이사벨이 말했다. "난 시궁창에 처박힌 오토바이 무더기나 보려고 이렇게 정성껏 차려입은 게 아냐."

"근사하긴 하잖아." 인도로 폴짝 올라서며 제이스가 말했다. "인정할 건 인정해야지."

"알았어. 인정해." 이사벨이 귀찮은 듯이 말했다. "이제 서둘러야 해."

제이스는 클라리를 바라보고 있었다. 붉은 벽돌로 지은 창고를 가리키며 그가 말했다. "이 건물이 바로 그 건물이야?"

클라리는 숨을 길게 내쉬었다. "그런 것 같아." 그녀는 애매하게 말했다. "모든 건물이 똑같아 보여."

"알아내는 방법이 한 가지 있지." 계단을 성큼성큼 오르며 이사벨이 말했다. 나머지 사람들은 역한 냄새가 풍기는 통로를 서로 바짝 붙은 채 뒤따라갔다. 머리 위에는 갓을 씌우지 않은 백열전구가 전선에 매달려 있었는데, 전등은 커다란 철문과 왼쪽 벽에 일렬로 붙은 아파트 초인종들을 밝히고 있었다. 그 초인종 가운데 하나의 위에 '베인'이라는 이름이 적혀 있었다.

이사벨이 초인종을 눌렀다. 그러나 아무 일도 일어나지 않았다. 그녀는 다시 초인종을 눌렀다. 이사벨이 세 번째로 초인종을 누르려고 했을 때 알렉이 그녀의 손목을 붙잡았다. "무례하게 행동하지 마."

이사벨은 그를 노려보았다. "알렉……."

그 순간 문이 확 열렸다. 몸집이 호리호리한 남자가 문간에 서서 호기심 어린 시선으로 그들을 바라보았다. 제일 먼저 정신을 차린 사람은 이사벨이었다. 그녀는 남자를 향해 환한 미소를 지어 보였다. "매그너스? 매그너스 베인 씨?"

"그렇소만." 문간을 막고 서 있는 남자는 키가 크고 가늘었으며, 머리는 검은 대못이 촘촘히 박힌 왕관을 쓰고 있는 것처럼 보였다. 클라리는 졸린 것 같은 눈의 곡선과 까무잡잡한 피부에 황금빛이 약간 섞여 있는 것을 보고 그의 몸에 아시아계의 피가 흐르고 있다고 짐작했다. 매그너스는 좀쇠가 수십 개나 박혀 있는 검정 셔츠에 청바지를 입고 있었다. 눈은 너구리의 새까만 눈알처럼 반들거렸고 입술은 검푸른 빛으로 칠해져 있었다. 매그너스는 반지를 여러 개 낀 손으로 삐죽삐죽 솟은 머리카락을 쓸어 넘기고 나서 생각에 잠긴 눈빛으로 그들을 바라보았.

"네피림의 아이들이군. 이런, 이런. 난 너희를 초대한 기억이 없어."

이사벨이 초대장을 꺼내더니 백기처럼 흔들었다. "이렇게 초대장을 가지고 있는걸요. 그리고 이 사람들은……." 그녀는 팔을 크게 휘저으며 나머지 사람들을 가리켰다. "제 친구들이고요."

매그너스는 이사벨의 손에 들려 있는 초대장을 홱 가로채더니 까다롭고 못마땅한 표정으로 들여다보았다. "내가 술에 취한 게 분명해." 그는 그렇게 말하면서 문을 활짝 열어주었다. "들어와요. 그리고 내 손님들은 해치지 말아줘요."

제이스는 조금씩 안으로 들어서면서 매그너스를 유심히 바라보았다. "누가 새 신발에 술을 쏟아도 참아야 합니까?"

"당연하지." 매그너스의 손이 갑자기 툭 튀어나왔다. 손놀림이 워낙 빨라 눈에 잘 보이지도 않을 정도였다. 그는 제이스의 손에서 번개같이 스텔레를 낚아채더니 허공으로 치켜들었다. 클라리는 제이스가 스텔레를 손에 들고 있는지도 모르고 있었다. 제이스는 약간 당황한 듯이 보였다.

"그리고 이런 물건은……." 스텔레를 제이스의 바지 주머니에 밀어 넣으며 매그너스가 말했다. "자네 바지 속에 두고 있게, 섀도우 헌터."

매그너스가 씩 웃으며 계단을 오르기 시작하는 동안 제이스는 놀란 표정으로 문을 붙잡고 있었다. "어서 들어와." 나머지 사람들에게 들어오라는 손짓을 하며 매그너스가 말했다. "남들이 나만의 파티라고 생각하기 전에."

그들은 어색하게 웃으며 제이스를 밀치고 지나갔다. 이사벨만 멈춰서서 고개를 가로저었다. "그를 화나게 만들지 마, 제발. 화가 나면 우릴 도와주지 않을 거야."

제이스는 따분한 표정을 짓고 있었다. "내 앞가림은 내가 해."

"그랬으면 좋겠어." 이사벨은 스커트를 휘날리며 앞으로 달려갔다.

매그너스의 아파트는 낡아서 삐걱거리는 기다란 계단의 꼭대기에 있었다. 사이먼은 클라리를 따라잡기 위해 걸음을 재촉했고, 클라리는 몸을 지탱하기 위해 난간에 손을 짚은 것을 후회했다. 난간은 희미한 녹색

빛을 내는 역겨운 무언가로 끈적거렸다. 사이먼은 그녀가 손을 닦을 수 있도록 자기 티셔츠의 한쪽 가장자리를 내밀며 말했다.

"괜찮아? 정신이 딴 곳에 가 있는 사람처럼 보여."

"너무 익숙한 얼굴이라서. 매그너스 말이야."

"세인트 제이비어에 다니는 걸까?"

"웃기고 있네." 클라리는 사이먼을 비웃듯이 바라보았다.

"맞아. 학생이라고 하기엔 나이가 너무 많지. 아, 그리고 보니 작년에 화학 수업에서 본 것 같아."

클라리가 큰 소리로 웃음을 터뜨리자 이사벨이 당장 그녀의 곁으로 다가왔다. 클라리는 자신의 목에 이사벨의 숨결이 닿는 것을 느꼈다. "무슨 재미있는 거라도 있어, 사이먼?"

사이먼은 약간 당황하는 표정을 보였지만 아무 말도 하지 않았다.

"재미있는 거 없어." 클라리는 그렇게 중얼거리고 두 사람 뒤로 처졌다. 이사벨의 부츠 때문에 점점 발이 아프기 시작했다. 계단 꼭대기까지 올라갔을 때에는 결국 발을 절룩거렸지만, 매그너스의 현관문으로 들어가자마자 금세 통증을 잊어버렸다.

건물 맨 위층은 굉장히 넓고 가구는 거의 보이지 않았다. 바닥에서 천장까지 닿는 유리창은 두껍게 낀 먼지와 페인트로 거리의 불빛을 대부분 차단하고 있었다. 색색의 불빛으로 휘감긴 거대한 금속 기둥들이 검댕으로 더러워진 아치형 천장을 떠받치고 있었다. 문들은 돌쩌귀가 빠져 있었고 옆으로 놓인 찌그러진 쓰레기통들은 방의 한쪽 끝에서 임시 빗장 역할을 하고 있었다. 라일락 빛깔의 피부를 가진 어떤 여자가 금속성의 뷔스티에를 입고 마실 것들을 정렬하고 있었다. 커다란 유리잔들은 그 안에 담긴 액체에 따라 눈에 거슬리는 빛깔을 띠었다. 피처럼 붉은 빛을 띠는 것, 청색증처럼 파란 빛을 띠는 것, 그리고 독처럼 녹색을 띠는 것도 있었다. 뉴욕의 전문 바텐더가 보더라도 인정할 만큼 그녀의 손놀림은 빠르고 노련했다. 아마 팔이 두 개 더 달려 있기 때문에 그런지도 몰랐다. 클라리는 루크가 가지고 있던 인도의 여신상을 떠올렸다.

모임에 참석한 나머지 사람들도 이상하긴 마찬가지였다. 촉촉한 진녹색 머리카락을 가진 잘생긴 남자애는 생선으로 보이는 음식을 먹다가 그녀를 쳐다보며 씩 웃었다. 그의 이빨은 상어처럼 날카로운 톱니 모양이었다. 그의 옆에는 길고 지저분한 금발에 꽃을 꽂은 여자애가 서 있었다. 짧은 녹색 스커트를 입고 있는 그녀의 두 발에는 개구리처럼 물갈퀴가 붙어 있었다. 한 무리의 젊은 여자들은 얼굴이 너무나 창백해서 무대 분장을 한 것은 아닌지 궁금할 지경이었다. 그들은 세로로 홈이 파인 크리스털 유리잔에 담긴 무언가를 홀짝이고 있었다. 그들이 마시고 있는 것은 포도주라고 하기엔 지나치게 끈적끈적해 보이는 주홍색 액체였다. 방 한복판은 벽에 부딪혀 튕겨 나오는 우렁찬 음악에 맞추어 춤을 추는 사람들로 가득했다. 하지만 클라리는 음악을 연주하는 밴드를 어디에서도 찾을 수 없었다.

"파티 좋아해?"

그 말을 듣고 클라리가 몸을 돌렸을 때, 매그너스는 기둥에 몸을 기대고 있었다. 어둠 속에서 그의 눈이 빛났다. 주변을 둘러보다가 그녀는 제이스와 다른 친구들이 사람들 속에 파묻혀버린 것을 깨달았다.

클라리는 미소를 지으려 애썼다. "뭘 축하하는 파티인가요?"

"내가 키우는 고양이의 생일이야."

"아." 클라리는 주변을 둘러보았다. "고양이는 어디에 있죠?"

매그너스는 기둥에서 몸을 떼며 진지한 표정을 지었다. "나도 몰라.

달아나버렸어."

 때마침 제이스와 알렉이 나타나는 바람에 클라리는 그의 말에 미처 대꾸를 하지 못했다. 알렉은 평소처럼 침울해 보였다. 제이스는 작고 화사한 꽃들로 목걸이를 하고 혼자 즐거워하는 듯이 보였다. 클라리가 말했다.

 "사이먼과 이사벨은 어디 있어?"

 "춤추고 있지." 제이스가 손으로 가리키며 말했다. 클라리는 사람들이 빼곡하게 들어찬 정사각형 가장자리에 서 있는 두 사람을 볼 수 있었다. 사이먼은 항상 그랬듯이 제대로 춤을 추지 않고 발끝으로 서서 몸을 아래위로 움직이고 있었다. 그는 불편해하는 것처럼 보였다. 이사벨은 손가락으로 사이먼의 가슴을 쓰다듬으며 그의 주변을 뱀처럼 유연하게 맴돌았다. 섹스를 하기 위해 그를 한쪽 구석으로 끌고 갈 계획이라도 세운 사람처럼 이사벨은 요염한 눈빛으로 사이먼을 바라보고 있었다. 클라리는 양팔로 자기 몸을 감쌌다. 팔찌가 서로 부딪치면서 짤랑거리는 소리를 냈다. '둘이 지금보다 더 몸을 바짝 붙이고 춤을 추면 섹스를 하러 굳이 구석으로 갈 필요도 없겠어.'

 "이봐요." 제이스가 매그너스를 향해 말했다. "우리 얘기 좀 해야……."

 "매그너스 베인!" 30대 초반으로 보이는 놀랍도록 작은 남자가 쩌렁쩌렁한 목소리로 소리쳤다. 체구는 작아도 몸이 근육질인 남자는 완전한 대머리에 염소처럼 끝이 뾰족한 수염을 기르고 있었다. 그는 떨리는 손가락으로 매그너스를 가리켰다.

 "방금 어떤 녀석이 내 오토바이 연료 탱크에 성수를 부어버렸어. 파이프가 다 녹았고 오토바이는 완전히 망가졌어."

"파이프가 녹았다고?" 매그너스가 중얼거렸다. "너무 끔찍하군."

"어떤 놈이 그런 짓을 했는지 알고 싶어." 남자는 길고 뾰족한 송곳니를 드러냈다. 클라리는 정신이 나간 표정으로 남자의 이빨을 바라보았다. 그것은 그녀가 상상했던 뱀파이어 송곳니와는 완전히 달랐다. 남자의 송곳니들은 바늘처럼 가늘고 날카로웠던 것이다. "베인, 오늘 밤 그 어떤 늑대인간도 초대하지 않을 거라고 약속했잖아."

"달의 자식은 어느 누구도 초대하지 않았어." 매그너스가 자신의 반짝이는 손톱을 들여다보며 말했다. "정확히 말하면 두 종족 사이의 어리석은 원한 때문에 내가 일부러 초대하지 않은 거야. 만약 그들 중 누군가가 자네의 오토바이를 망가뜨리기로 마음먹었다 해도 어차피 그는 내가 초대한 손님이 아니야. 따라서……." 그는 매력적인 미소를 지었다. "내 책임이 아니란 소리지."

뱀파이어는 화가 머리끝까지 나서 매그너스를 향해 삿대질을 하며 으르렁거렸다. "그럼 당신은 지금 나한테……."

매그너스의 반짝이는 집게손가락이 아주 약간 실룩거렸다. 그 움직임은 너무나 미세해서 손가락을 전혀 움직이지 않았다고 착각할 정도였다. 한참을 으르렁거리던 뱀파이어는 자기 목을 붙잡고 캑캑거렸다. 입을 움직였지만 아무 소리도 새어나오지 않았다.

"너무 오래 성가시게 만드는군." 눈을 활짝 뜨면서 매그너스가 느릿느릿하게 말했다. 그의 눈은 고양이처럼 동공이 수직으로 찢어져 있었기 때문에 클라리는 깜짝 놀랐다.

"그만 꺼져버려." 매그너스가 손가락을 펼치자 뱀파이어는 누군가 어깨를 붙잡아 확 돌린 것처럼 잽싸게 돌아섰다. 뱀파이어는 사람들 속으로 들어가더니 문을 향해 걸었다.

제이스가 낮게 휘파람을 불었다. "굉장하군요."

"목이 막혀 캑캑거리는 것 말이야?" 매그너스가 천장을 쳐다보았다. "나도 알아. 무슨 문제지?"

알렉이 숨이 막힌 듯한 소리를 냈다. 다음 순간, 클라리는 그것이 웃음소리라는 것을 깨달았다. 그가 더 자주 웃으면 좋겠다고 그녀는 생각했다.

"실은 저희가 연료 탱크에 성수를 부었어요."

"알렉!" 제이스가 소리쳤다. "입 닥쳐!"

"나도 짐작은 했지." 흥미로운 표정을 지으며 매그너스가 말했다. "어린 친구들이 대단하군. 저들의 오토바이는 악마의 힘으로 달리는 거야. 저 친구가 과연 자기 오토바이를 고칠 수 있을지 의문이군."

"멋지게 달리는 건 포기해야겠죠." 제이스가 말했다. "생각만 해도 가슴이 아프네요."

"어떤 뱀파이어들은 오토바이를 타고 하늘을 날 수 있다고 들었어요." 알렉이 갑자기 활기에 넘쳐서 말했다. 미소까지 머금고 있었다.

"옛날 마녀들의 이야기에나 나오는 소리지." 고양이를 닮은 눈을 반짝이며 매그너스가 말했다. "그것 때문에 내 파티에 몰래 참석한 거야? 흡혈귀들의 오토바이를 망가뜨리고 싶어서?"

"아니에요." 제이스는 다시 진지한 자세로 돌아갔다. "당신과 얘기를 나눠야 해서 찾아왔죠. 여기보다는 좀 더 은밀한 곳으로 갔으면 좋겠는데요."

매그너스가 눈썹을 추켜올렸다. 그 모습을 보면서 클라리는 뭔가 틀어졌구나 싶었다. "내가 클레이브와 무슨 문제라도 일으켰나?"

"아닙니다." 제이스가 말했다.

"아마 그렇진 않을 겁니다." 알렉이 말했다. "아야!" 제이스가 발목을 거칠게 걷어차자 알렉은 제이스를 쏘아보았다.

"아닙니다." 제이스가 했던 말을 반복했다. "저희는 코브넌트의 승인 아래 서로 얘기를 나눌 수 있습니다. 저희를 도와주시면 무슨 말씀을 하시든지 비밀에 부치겠습니다."

"내가 도와주지 않는다면?"

제이스는 양손을 활짝 펴 보였다. 손바닥에 새겨진 주문들이 검고 또렷하게 드러났다. "아마 아무 일도 일어나지 않을 겁니다. 고요의 도시에서 누군가 방문을 할지도 모르겠지만요."

매그너스의 목소리는 얼음 조각 위에 부은 꿀처럼 들렸다. "어린 섀도우 헌터가 당돌한 제안을 하는군."

"이건 선택의 문제가 절대 아닙니다."

"그래." 마법사가 말했다. "내 말이 바로 그거야."

온갖 색깔로 꾸며진 매그너스의 침실은 화려하기 그지없었다. 바닥에 깔린 매트리스에는 카나리아 빛의 선황색 시트와 침대 커버가 덮여 있었고, 짙은 청색 화장대 위에는 이사벨의 화장대보다 더 많은 화장품 병이 흩어져 있었다. 무지개 빛깔의 벨벳 커튼은 바닥에서 천장까지 닿는 유리창을 가리고 있었으며 헝클어진 모직 양탄자가 바닥을 덮고 있었다.

"멋진 곳이네요." 제이스가 묵직한 커튼을 열어젖히며 말했다. "브루클린의 일류 마법사라 수입이 괜찮은가 봐요?"

"그렇지. 하지만 다른 혜택은 거의 없어. 치과 진료도 못 받고 있다니까." 매그너스는 문을 닫고 나서 문에 몸을 기댔다. 그가 가슴 위로 팔짱을 꼈을 때, 티서츠가 위로 딸려 올라가면서 배꼽이 없는 편평한 황금색 배가 조금 드러나 보였다. "자, 이제 자네들의 머릿속에 어떤 은밀한 얘깃거리가 있는지 털어놔볼 텐가?"

제이스가 미처 대꾸도 하기 전에 클라리의 입에서 말이 튀어나왔다. "사실 당신과 얘기를 하고 싶었던 건 저희가 아니라 바로 저예요."

매그너스는 인간의 눈과는 확실히 다른 눈으로 그녀를 바라보았다. "넌 클레이브의 일원도 아니고 클레이브와 아무 관련이 없잖아. 하지만 신기하게도 보이지 않는 세상을 볼 수 있군."

"엄마가 클레이브의 일원이었어요." 클라리가 그런 사실을 밝히고 그것을 진실이라고 믿은 것은 그때가 처음이었다. "하지만 엄마는 제게 그 사실을 밝히지 않았어요. 비밀로 하고 있었던 거죠. 전 그 이유를 모르겠어요."

"그럼 어머니한테 여쭤봐."

"그럴 수가 없어요. 엄마는……." 클라리는 머뭇거렸다. "사라졌으니까요."

"아버지는?"

"아버지는 제가 태어나기 전에 돌아가셨어요."

매그너스는 성가시다는 듯이 숨을 길게 내쉬었다. "오스카 와일드가 이런 말을 했지. '부모 중 어느 한쪽을 잃는 것은 불행으로 보일 수 있지만 양친을 모두 잃는 것은 부주의로 보인'라고 말이야."

클라리는 제이스가 이빨 사이로 공기를 들이마시는 것처럼 작고 거친 소리를 내는 것을 들었다.

"전 엄마를 잃지 않았어요. 엄마는 납치를 당한 거예요. 발렌타인의 짓이죠."

"난 발렌타인을 몰라." 말은 그렇게 했지만 매그너스의 눈빛은 촛불처럼 파르르 떨렸다. 클라리는 그가 거짓말을 하고 있다는 것을 알 수 있었다. "비극적인 상황에 처한 건 안타깝지만, 이 모든 게 나와 무슨 관계가 있는지 모르겠군. 자세하게 말을 해주면······."

"이 친구는 기억을 못하기 때문에 말을 해줄 수가 없어요." 제이스가 날카롭게 말했다. "누군가 이 친구의 기억을 지워버렸어요. 그래서 침묵의 형제들이 이 친구의 머릿속에서 기억을 뽑아낼 수 있지 않을까 하고 그곳으로 갔는데, 딱 두 단어만 얻어낼 수 있었을 뿐이에요. 당신이 그 단어들의 의미를 짐작할 수 있을 것 같아서 이렇게 찾아온 겁니다."

짧은 침묵이 흐르고 나서 매그너스가 마침내 입술의 가장자리를 실룩거리며 쓴웃음을 지었다. "내 서명이야. 나도 어리석은 짓이라는 건 알고 있었어. 오만한 행위······."

"제 머릿속에 서명을 했다고요?" 클라리가 믿기지 않는 표정으로 말했다.

매그너스는 손을 들어 허공에 글자를 적기 시작했고, 글자들은 불이 붙은 것처럼 빨갛게 타올랐다. 그가 손을 떨어뜨리고 나서도 황금빛의 붉은 글자들은 여전히 허공에 매달려 그의 눈과 입에 붉은 빛을 비추었다. 매그너스 베인.

"난 너에게 한 일을 뿌듯하게 생각하고 있었어." 클라리를 바라보며 매그너스가 천천히 말했다. "너무나 깔끔하고 너무나 완벽했으니까. 네가 뭘 보더라도 까맣게 잊어버릴 정도로. 아무런 죄도 없는 네가 자면서 작은 장난꾸러기 요정이나 못된 짓을 하는 요정, 또는 다리가 기다란 괴물의 이미지에 시달리지 않도록 해야 했지. 그게 그녀가 원했던 거였어."

클라리의 목소리가 긴장으로 가늘어졌다. "누가 원했다고요?"
 매그너스는 한숨을 내쉬었다. 그의 숨결이 닿자마자 발갛게 타오르던 허공의 글자가 가루처럼 흩어지더니 붉은 재로 변했다. 마침내 그가 입을 열었다. 클라리는 매그너스가 무슨 말을 할지 정확히 알고 있었고 결코 놀라지 않았지만, 그의 입에서 흘러나온 낱말에 자신의 심장이 강타당한 느낌을 받았다. 매그너스가 말했다.
 "네 어머니였어."

13
새하얀 기억

"우리 엄마가 나한테 그런 짓을 하도록 시켰다고요?" 클라리의 놀람과 분노는 스스로의 귀에도 그다지 설득력이 있는 것처럼 들리지 않았다. 주변을 둘러보다 그녀는 제이스와 알렉의 눈빛에 어린 연민을 보았다. 심지어 알렉까지도 그녀를 애처롭게 생각하고 있었다. "왜죠?"

"나도 모르겠어." 매그너스는 길고 하얀 양손을 펼쳐 보였다. "질문을 하는 건 내 일이 아니야. 나는 그저 돈을 받은 대가로 일을 할 뿐이야."

"코브넌트의 범위 안에서죠." 제이스가 그에게 상기시켰다. 제이스의 목소리는 고양이의 솜털처럼 부드러웠다.

매그너스는 고개를 끄덕였다. "물론 코브넌트의 범위 안에서지."

"그럼 코브넌트가 그런 행위를 인정했다는 건가요? 기억을 강탈하는 행위를?"

클라리는 비통한 심정으로 물었다. 아무도 대답을 하지 않자 그녀는 매그너스의 침대 가장자리에 주저앉았다. "그런 일이 딱 한 번이었나요? 제가 잊기를 바라는 어떤 일이 엄마한테 있었죠? 그게 뭔지 아세요?"

매그너스는 초조한 듯 창가로 다가갔다. "넌 아마 이해 못할 거야. 내가 널 처음 봤을 때, 넌 겨우 두 살쯤이었어. 난 이 창문으로 밖을 내다보고 있었지." 그가 유리창을 톡톡 두드리자 먼지와 페인트 조각이 우수수 흘러내렸다.

"나는 그녀가 담요에 싸인 무언가를 안고서 허겁지겁 거리를 올라오는 모습을 지켜보았어. 그러다 우리 집 앞에서 걸음을 멈추는 걸 보고 깜짝 놀랐지. 그녀는 지극히 평범했고 아주 젊어 보였어."

달빛이 매처럼 생긴 매그너스의 옆얼굴을 은색으로 물들이고 있었다. "그녀는 문으로 들어선 다음 담요를 풀어 헤쳤지. 그 안에는 네가 있었어. 그녀가 널 바닥에 내려놓자 넌 사방을 휘젓고 다녔어. 물건들을 집어보기도 하고 고양이 꼬리를 잡아당기기도 하고. 고양이가 앞발로 할퀴자 밴시(구슬픈 울음소리로 가족 중 누군가의 죽음을 예고한다는 요정—옮긴이)처럼 비명을 질렀지. 그래서 나는 네 엄마한테 혹시 네가 밴시의 피를 물려받은 것은 아닌지 농담 삼아 물어보았어. 그녀는 웃지 않았지."

그는 잠시 말을 멈추었다. 이제 그들 모두가 매그너스를 유심히 지켜보고 있었다. 심지어 알렉마저도 진지한 표정으로 그를 바라보았다. "조슬린은 자기가 섀도우 헌터라고 밝히더군. 그녀가 거짓말을 할 이유는 없었지. 코브넌트 마크들은 시간이 흘러도 흐릿해질 뿐 희미한 은색 흉터처럼 피부에 남아 있지. 조슬린이 움직였을 때 그 마크들이 가물거렸어."

매그너스는 눈 주위의 반짝이는 분장을 비볐다. "조슬린은 자기 딸이 내부의 눈을 가지고 태어나지 않길 바랐다고 했어. 몇몇 섀도우 헌터들은 섀도우 세상을 보기 위해 배워야 하지만 조슬린은 그날 오후에 자기 딸이 울타리에 갇힌 작은 요정을 괴롭히는 장면을 목격했지. 네가 일반인들은 볼 수 없는 걸 본다는 사실을 알아차렸고, 그래서 그녀는 네가 보지 못하도록 만들 수 있는지 나한테 물은 거야."

클라리는 고통스럽게 숨을 내뱉으며 작은 소리를 냈지만 매그너스는 미안한 기색 없이 말을 이었다.

"나는 머릿속의 그 부분을 망가뜨리면 뇌에 손상을 입어 정신이 이상해질 수도 있다고 말했지. 조슬린은 울지 않았어. 네 어머니는 그런 일로 쉽게 울음을 터뜨리는 여자가 아니었어. 그녀는 다른 방법은 없는지 물었어. 그래서 나는 네가 봤던 섀도우 세상을 아예 잊어버리도록 만들 수 있다고 대답했지. 일단 기억이 지워지면 그것들을 나중에 다시 보게 되더라도 기억할 수 없지. 한 가지 주의할 점은, 2년에 한 번씩 주문이 효력을 잃기 시작하면 나를 찾아와야 한다는 거였어."

"엄마가 그렇게 했나요?"

매그너스는 고개를 끄덕였다. "처음에 본 뒤로 2년마다 한 번씩 너를 봤지. 난 네가 성장하는 모습을 지켜봤어. 그런 식으로 성장 과정을 지켜본 아이는 너밖에 없지. 내가 속한 세계에서는 인간의 자식들에게 환영을 받는 사람이 드물어."

"그럼 우리가 걸어 들어왔을 때 클라리를 알아봤겠군요." 제이스가 말했다. "틀림없이 알아봤을 거예요."

"물론 알아봤지." 매그너스는 감정이 격해져 있었다. "나도 충격이었어. 하지만 어쩔 수 없었지. 내가 뭘 어떻게 할 수 있었겠어? 클라리는 나를 알아보지 못했지. 알아볼 수 없게 되어 있었으니까. 클라리가 이곳을 찾아왔다는 건 주문이 효력을 잃기 시작했다는 뜻이야. 사실 클라리는 한 달 전쯤 이곳에 오기로 되어 있었어. 나는 탄자니아에서 돌아왔을 때 너희 집에 잠시 방문하기까지 했어. 하지만 조슬린이 자기랑 싸우고 네가 집을 나가버렸다고 하더군. 네가 집으로 돌아오면 나를 찾아오겠다고 했는데…….”

그는 어깨를 으쓱해 보였다. “그 뒤로 찾아오지 않았지.”

차가운 기억이 한바탕 밀려와 피부에 소름이 돋았다. 클라리는 현관에서 사이먼과 나란히 서 있던 일을 상기했다. 그녀는 자신의 시각 가장자리에서 춤을 추던 무언가를 기억해내려고 애썼다. ‘나는 도로시아의 고양이를 얼핏 보았다고 생각했는데, 그럼 그게 불빛이었단 말인가.’ 생각해 보니 도로시아는 고양이를 키우지 않았다.

“그날 당신은 그곳에 있었어요.” 클라리가 말했다. “당신이 도로시아의 아파트에서 나오는 걸 봤어요. 당신 눈이 기억나요.”

매그너스는 당장이라도 고양이처럼 가르랑거리는 소리를 낼 것처럼 보였다. “난 누구나 기억하기 쉬운 얼굴이지. 사실이야.” 그는 만족스러운 얼굴로 그녀를 바라보다 고개를 가로저었다.

“넌 나를 기억해선 안 돼. 난 널 보자마자 글래머를 써서 벽처럼 단단한 모습으로 바꿨지. 넌 얼굴부터 곧장 부딪혀야 했어, 심리적으로 말이지.”

‘심리적인 벽에 얼굴을 부딪히게 되면 결국 심리적인 부상을 입게 된다는 건가?’

“나한테서 주문을 거두면 지금까지 잊어버린 모든 걸 기억할 수 있을까요? 당신이 훔쳐간 모든 기억 말이에요.”

“주문을 거둘 순 없어.” 매그너스는 불편한 표정을 지었다.

“뭐라고요?” 제이스가 화가 나서 소리쳤다. “왜 안 된다는 거죠? 클레이브는 당신에게…….”

매그너스는 제이스를 차가운 눈길로 바라보았다. "이래라저래라 하는 말은 듣고 싶지 않아. 알겠나, 어린 섀도우 헌터?"

클라리는 제이스가 '어리다'는 낱말을 얼마나 듣기 싫어하는지 잘 알고 있었다. 제이스가 딱딱거리며 대꾸하기 전에 알렉이 입을 열었다. 그의 목소리는 부드럽고 진지했다. "그걸 푸는 법은 모르세요? 주문 말이에요."

매그너스는 한숨을 쉬었다. "주문을 푸는 것은 처음에 주문을 거는 것보다 훨씬 어려워. 더군다나 이 주문은 아주 복잡하고 최대한 정성을 기울여 걸었기 때문에, 풀다가 아주 자그마한 실수라도 하게 되면 클라리의 머리에 영구적인 손상을 입히게 돼. 주문은 이미 풀리기 시작했어. 시간이 지나면 그 효과가 저절로 사라지게 될 거야."

클라리가 그를 날카롭게 바라보았다. "그럼 그때 기억을 모두 되찾을 수 있나요? 제 머릿속에서 빠져나간 기억이 무엇이든 찾을 수 있어요?"

"그건 나도 몰라. 한꺼번에 되살아날 수도 있고 단계별로 되살아날 수도 있지. 어쩌면 오랜 세월에 걸쳐 잃어버린 기억을 영원히 되찾지 못할 수도 있어. 그동안의 경험을 돌이켜봤을 때, 조슬린이 내게 부탁한 일은 아주 독특했어. 어떤 일이 일어날지 전혀 몰라."

"하지만 저는 마냥 기다리고 싶지 않아요." 클라리는 무릎 위에 놓인 양손을 서로 꽉 끼었다. 손가락을 어찌나 강하게 끼었던지 마디가 하얗게 변할 정도였다. "지금까지 살면서 항상 뭔가 문제가 있다고 느껴왔어요. 무언가를 잃어버렸거나 상처를 입은 느낌이었죠. 이제야 그게……."

"난 너한테 상처를 입히지 않았어." 매그너스가 말을 자를 차례였다. 화가 나자 입술이 말려 올라가면서 날카롭고 하얀 이빨이 드러났다.

"세상의 모든 10대들은 그런 식으로 느끼지. 자신이 망가졌다거나, 농가에서 태어난 왕족처럼 자기 자리에 어울리지 않는다고 말이야. 물론 네 경우엔 그게 진실이지. 너는 실제로 달라. 다르다고 해서 남들보다 나은 건 없지만, 아무튼 달라. 남들과 다르다는 건 좋은 일이 아니지. 교회에 열심히 다니는 부모의 자식이 악마의 표시를 갖고 태어난다면 어떨지 알고 싶지?" 그는 손가락을 쫙 벌리면서 자기 눈을 가리켰다.

"악마의 표시를 갖고 태어난 자식을 보고 아버지는 기겁을 하고, 어머니는 그런 자식을 낳았다는 사실을 감당하지 못해 헛간에서 목을 매어 자살을 했다면 이해가 될까? 내가 열 살이었을 때, 아버지는 나를 샛강에 빠뜨려 죽이려고 했어. 그때 나는 가지고 있던 모든 걸 동원해 아버지를 공격했고, 그 자리에서 아버지를 불태워버렸어. 그러고는 성당의 신부님들을 찾아갔지. 신부님들은 나를 숨겨주면서 연민이 좋은 것은 아니지만 그래도 증오보다는 낫다고 말씀하셨지. 내가 반만 인간이라는 사실을 알게 됐을 때, 난 자신을 증오했어. 그보다 더 가슴 아픈 일은 없었어."

매그너스가 말을 마치자 침묵이 흘렀다. 놀랍게도 침묵을 깬 사람은 알렉이었다. "그건 당신 잘못이 아니었어요. 어떤 모습으로 태어날지는 당신이 결정할 수 있는 게 아니잖아요."

매그너스의 표정은 여전히 풀어지지 않았다. "이제는 아무렇지도 않아. 남들과 다르다는 건 좋은 게 아니야, 클라리사. 어머니는 널 지켜주기 위해 애썼어. 그러니까 어머니를 비난하면 안 돼."

클라리는 맞잡고 있던 손의 힘을 풀었다. "전 제가 남들과 다르다고 해도 신경 안 써요. 단지 제가 누구인지 알고 싶을 뿐이에요."

매그너스는 그녀가 알지 못하는 언어로 욕설을 내뱉었다. 그 욕설은 활활 타오르는 불길이 탁탁 소리를 내는 것처럼 들렸다. "좋아. 이미 저지른 일을 되돌릴 수는 없지만 다른 것을 줄 수는 있어. 네피림의 진정한 아이로 성장했더라면 당연히 받았을 것을 주지."

그는 방을 가로질러 책장으로 걸어가더니 녹색 벨벳 장정의 묵직한 책 한 권을 책장에서 빼냈다. 책장을 훌훌 넘기자 먼지와 시커먼 천 조각이 우수수 떨어졌다. 얇아서 속이 들여다보이는 담황색 양피지들이었다. 페이지마다 검은색 주문이 뚜렷이 찍혀 있었다.

그것을 바라보는 제이스의 눈썹이 올라갔다. "그게 그레이북인가요?" 매그너스는 열심히 페이지를 넘기기만 할 뿐 아무런 대꾸도 하지 않았다.

"호지 선생님도 그 책을 한 권 갖고 계세요." 알렉이 말했다. "제게 한 번 보여주시더군요."

"그건 회색이 아니라 녹색이었어." 클라리는 지적을 해줘야겠다는 생각이 들어 말했다.

"만약 궁극적 사실주의라는 게 있다면 넌 유년시절에 죽었을 거야." 제이스가 말했다. 그는 창턱의 먼지를 쓸어내고 나서 걸터앉아도 될 만큼 깨끗한지 살폈다. "그레이는 회색이 아니라 '그레머리'의 줄임말이야. '마법이나 비술'을 뜻하지. 그 안에는 라지엘 천사가 코브넌트의 책 원본에 적었던 모든 주문이 들어 있어. 각각의 책은 특별하게 제작됐기 때문에 그 수가 많지 않아. 주문 가운데 일부는 너무 강력해서 평범한 종이를 불태워버릴 정도였어."

알렉이 놀란 표정을 지었다. "난 그런 건 몰랐는데."

제이스는 창턱으로 폴짝 뛰어오른 다음에 두 다리를 흔들거렸다. "역사 시간에 모두 너처럼 잠을 자는 건 아니야."

"난 안 자……."

"안 잔다고? 책상에 침까지 질질 흘리면서 자더라."

"조용히 해." 매그너스가 말했다. 하지만 그 어조는 상당히 부드러웠다. 매그너스는 두 책장 사이에 손가락을 꽂은 채 클라리에게 다가와 그녀의 무릎 위에 책을 조심스럽게 내려놓았다. "내가 책을 펼치면 페이지를 유심히 살펴봐. 머릿속에서 무슨 변화가 일어나고 있다고 느낄 때까지 바라보는 거야."

"고통스러울까요?" 클라리가 불안한 표정으로 물었다.

"모든 지식은 고통스러운 거야."

클라리는 검은색 룬 마크가 박힌 깨끗하고 하얀 페이지를 내려다보았다. 고개를 한쪽으로 기울이기 전까지 마크는 날개가 달린 나선처럼 보였고, 다음 순간에는 덩굴에 휘감긴 지팡이처럼 보였다. 다양한 형태의 모서리가 민감한 피부에 스치는 깃털처럼 클라리의 마음을 간질였다. 클라리는 눈을 감고 싶었지만, 통증 속에서 시야가 흐릿해질 때까지 계속 눈을 뜨고 있었다. 눈을 막 깜박거리려고 했을 때, 자물쇠에 열쇠를 꽂고 돌리듯 머릿속에서 찰칵 소리가 났다.

룬 문자의 초점이 갑자기 또렷해진 것처럼 보였다. 클라리는 자기도 모르게 '기억하다'라는 단어를 생각했다. 거기에 적힌 룬 문자가 어떤 단어를 나타내는 거라면 그건 바로 '기억하다'라는 단어였을 것이다. 하지만 그 룬 문자에는 그녀가 상상할 수 있는 그 어떤 단어보다도 많은 의미가 있었다. 한 아이가 어린이용 침대의 가로장 사이로 굴러 떨어졌던 기억, 도시의 거리와 비의 냄새, 잊히지 않은 실패의 고통, 모욕의 아픔, 그리고 나이가 들어 심해진 건망증이었다. 그중에서도 아주 오래된 기억들은 놀라울 정도로 또렷하게 도드라졌고, 아주 최근의 사건들은 복구되지 않았다.

클라리는 약한 한숨을 쉬면서 다음 페이지, 그다음 페이지를 계속 넘겨 갖가지 이미지와 느낌이 자신에게 흘러나오도록 했다. 그녀는 슬픔, 생각, 힘, 보호, 은혜 등에 대해 깊이 생각하다 매그너스가 무릎에서 책을 홱 낚아채자 깜짝 놀라며 비명을 질렀다.

"그만하면 됐어." 그는 그렇게 말하며 책을 선반에 도로 꽂아 넣었다. 그러고는 색상이 화려한 바지에 먼지 묻은 양손을 쓱쓱 닦았고, 바지에는 회색 줄무늬가 남았다. "한꺼번에 모든 룬 문자를 읽게 되면 머리가 지끈지끈 아파올 거야."

"하지만……."

"대부분 섀도우 헌터 아이들은 몇 해에 걸쳐서 한 번에 하나의 룬을 배우며 성장해." 제이스가 말했다. "그레이북에는 나도 모르는 룬 문자들이 들어 있어."

"상상해봐." 매그너스가 말했다.

제이스는 그의 말을 무시했다. "매그너스는 이해와 기억을 위해 룬을 보여준 거야. 그것은 나머지 마크들을 읽고 알아볼 수 있도록 네 마음을 열어주지."

"어쩌면 그게 잠재된 기억을 활성화시키는 방아쇠 역할을 할지도 몰라." 매그너스가 말했다. "다른 방법을 썼을 때보다 기억이 더 빨리 돌아올 거야. 이게 내가 할 수 있는 최선이야."

클라리는 자기 무릎을 내려다보았다. "전 아직도 죽음의 잔에 대해 아무것도 기억 못해요."

"그것 때문에 이러는 거야?" 매그너스는 정말 놀란 듯한 목소리로 말했다. "천사의 잔을 찾고 있다고? 난 네 기억을 모조리 살펴봤는데 죽음의 도구들에 대한 기억은 하나도 없었어."

클라리는 어리둥절한 표정을 지으며 큰 소리로 말했다. "죽음의 도구들요? 저는……."

"천사는 처음에 섀도우 헌터들에게 세 가지 물건을 주었어. 잔, 검, 그리고 거울이었지. 침묵의 형제들이 검을 가지고 있고, 잔과 거울은 적어도 발렌타인이 나타나기 전까지는 이드리스에 있었어."

알렉이 말했다. "거울이 어디에 있는지 아는 사람은 아무도 없어요. 아주 오랫동안 아무도 모르고 있죠."

제이스가 말했다. "저희를 걱정스럽게 만드는 건 잔입니다. 발렌타인이 그 잔을 찾고 있어요."

"발렌타인보다 먼저 잔을 찾고 싶은 거야?" 눈썹을 올리며 매그너스가 물었다.

"발렌타인이 누구인지 모른다고 하지 않았나요?" 클라리가 지적했다.

"거짓말이야." 매그너스가 솔직하게 시인했다. "나는 죽고 싶지 않아. 굳이 진실을 말해야 할 필요도 없지. 그리고 발렌타인과 그의 복수 사이에 끼어드는 건 바보나 할 짓이야."

"그 사람이 꿈꾸는 게 그거예요? 복수?" 제이스가 말했다.

"내 생각에는 그런 것 같아. 발렌타인은 엄청난 패배를 맛봤지. 그리고 예전이나 지금이나 패배를 순순히 받아들이는 타입이 아니야."

알렉은 매그너스를 더욱 뚫어지게 바라보았다. "당신도 폭동에 가담했나요?"

매그너스와 알렉의 시선이 서로 뒤엉켰다. "그랬지. 난 너희 종족을 여러 명 죽였어."

"서클 회원들이죠." 제이스가 재빨리 말했다. "저희 종족이 아니라……."

여전히 알렉을 바라보며 매그너스가 말했다. "자신들의 추한 행위를 그렇게 고집스럽게 부인한다면, 너희는 실수에서 아무것도 배울 수 없을 거야."

알렉은 침대보를 한 손으로 움켜쥐며 불쾌한 듯 얼굴을 붉혔다. "발렌타인이 아직 살아 있다는 얘기를 듣고도 별로 놀라지 않는군요." 매그너스의 시선을 피하며 그가 말했다.

매그너스는 양손을 활짝 펼쳤다. "자네는?"

제이스는 입을 열었다가 다시 닫았다. 몹시 당황한 듯이 보였다. 마침내 제이스가 말했다. "그럼 저희가 죽음의 잔을 찾도록 돕지 않겠다는 건가요?"

"난 가능하면 돕지 않을 생각이야. 그리고 도와주려고 해도 도와줄 수가 없어. 그 잔이 어디에 있는지도 모르는걸. 어디에 있는지 알고 싶지도 않아. 바보나 그런 걸 찾으러 다니지."

알렉이 자세를 똑바로 했다. "그렇지만 그 잔이 없으면 우린……."

"너희 종족의 수를 늘릴 수 없다는 거지?" 매그너스가 덧붙였다. "모든 사람이 그걸 심각한 재앙으로 여기지는 않을 거야. 잘 들어둬. 만약 클레이브와 발렌타인 중에서 어느 하나를 선택해야 한다면 나는 클레이브를 선택할 거야. 적어도 우리 종족의 씨를 말려버리지는 않을 테니까. 그렇지만 클레이브가 지금껏 한 행동 가운데 어느 것도 나의 확고한 신뢰를 얻어내지는 못했어. 그래서 난 어느 편도 들지 않을 생각이야. 자, 이제 이야기가 끝났으면 손님들이 서로를 물어뜯기 전에 파티 장소로 돌아가야겠어."

손을 쥐락펴락하던 제이스는 무언가 거친 말을 할 것처럼 보였다. 하지만 알렉이 자리에서 일어나면서 제이스의 어깨에 한 손을 얹었다. 주변이 어두워서 제대로 볼 수는 없었지만, 클라리의 눈에는 알렉이 제이스의 어깨를 제법 세게 붙잡고 있는 듯이 보였다.

"그런 일도 있어요?" 알렉이 물었다.

매그너스는 다소 흥미로워하는 표정으로 그를 바라보았다. "예전에도 한 번 그랬거든."

제이스가 알렉에게 뭐라고 중얼거리자 알렉은 어깨를 잡은 손을 내려놓았다. 제이스는 클라리에게 다가와 낮은 목소리로 물었다. "괜찮아?"

"그런 것 같아. 달라진 느낌은 전혀 없는데……."

문 옆에 서 있던 매그너스는 조바심이 났는지 손가락을 맞부딪쳐 딱 소리를 냈다. "그만 가지, 10대 친구들. 내 침실에서 껴안고 비비적거릴 수 있는 사람은 훌륭한 나 자신밖에 없어."

"껴안고 비비적거린다고요?" 뜻밖의 단어를 들은 클라리가 물었다.

"훌륭하다고요?" 기분이 나빠진 제이스가 그의 말을 되받았다.

매그너스가 으르렁거렸고, 그 소리는 방에서 당장 나가달라는 뜻으로 들렸다. 그들은 상황을 파악하고 방에서 나왔다. 매그너스는 뒤따라 나와 침실 문을 잠갔다.

이제 클라리에게는 파티의 성격이 미묘하게 달라 보였다. 어쩌면 그것은 달라진 시력 때문이었는지도 모른다. 모든 것이 더 명확해 보였고 투명한 가장자리들이 날카롭게 드러났다. 클라리는 뮤지션들이 방의 한복판에 있는 작은 무대로 나아가고 있는 것을 지켜보았다. 그들은 금색, 자주색, 그리고 녹색이 뒤섞인 낙낙한 옷을 입고 있었다. 그들의 고음은 날카롭고 영묘했다.

"나는 요정 밴드를 싫어해." 밴드가 한 곡을 끝내고 다음 노래로 넘어갔을 때 매그너스가 중얼거렸다. 멜로디는 수정처럼 섬세하고 투명했다. "저들이 연주하는 음악은 모두가 침울하기 이를 데 없는 곡들이야."

제이스는 방을 둘러보면서 소리 내어 웃었다.

"이사벨은 어디 있지?"

죄책감과 우려가 뒤섞인 감정이 클라리를 덮쳤다. 사이먼을 까맣게 잊고 있었던 것이다. 그녀는 주변을 한 바퀴 빙 둘러보면서 앙상한 어깨와 텁수룩한 검은 머리를 찾았다. "사이먼이 안 보여. 아니, 그 두 사람이 안 보여."

"저기 이사벨이 있다." 알렉이 여동생을 발견하고 마음이 놓인 표정으로 얼른 오라는 손짓을 했다. "이쪽으로 와. 그리고 푸카(켈트 신화의 요정—옮긴이)를 조심해."

"푸카를 조심하라고?" 제이스는 갈색 피부의 호리호리한 사내를 바라보며 물었다. 녹색 페이즐리 조끼를 입은 사내는 이사벨이 걸어가는 모습을 생각에 잠긴 채 지켜보고 있었다.

"아까 내가 지나가는데 나를 꼬집더군." 알렉이 뻣뻣하게 말했다. "그것도 지극히 은밀한 부분을 말이야."

"이런 말은 하기 싫지만, 만약 그가 네 은밀한 부분에 관심이 있다면 네 여동생한테는 아마 관심이 없을 거야."

"꼭 그렇지도 않을 거야." 매그너스가 말했다. "요정들은 까다롭게 가리지 않으니까."

제이스는 마법사를 향해 조소하듯 입술을 비틀었다. "아직도 여기 계셨어요?"

매그너스가 대꾸도 하기 전에 이사벨이 그들에게 바짝 다가왔다. 그녀의 얼굴은 울긋불긋한 분홍빛이었고 몸에서는 술 냄새가 진동했다.
"제이스! 알렉! 어디에 있었던 거야? 나는 사방을 온통 뒤지고······."
"사이먼은 어디 있어?" 클라리가 그녀의 말을 자르며 물었다.
이사벨이 비틀거렸다. "사이먼은 쥐야." 그녀는 어두운 표정으로 말했다.
"그 녀석이 너한테 무슨 짓이라도 했니?" 오빠로서 걱정이 가득한 표정으로 알렉이 물었다. "네 몸을 만졌어? 만약 너한테 무슨 짓이라도 했다면 내가 그 자식을 아주 그냥······."
"아니야." 이사벨은 짜증이 나서 말했다. "그런 게 아니라고. 사이먼은 쥐야."
"완전히 취했군." 제이스는 넌더리를 내며 돌아섰다.
"나 안 취했어." 이사벨이 화가 나서 말했다. "아니, 어쩌면 조금은 취했을지도 몰라. 하지만 중요한 건 그게 아냐. 중요한 건 사이먼이 청색 음료들 중 하나를 마셨다는 거야. 내가 마시지 말라고 했지만 내 말을 들으려고 하지 않았어. 그러더니 결국 쥐로 변해버렸어."
"쥐로?" 클라리는 믿기지 않아 반문했다. "설마······."
"정말 쥐로 변했다니까. 작은 갈색쥐이고 꼬리는 비늘로 덮여 있었어."
"클레이브는 이런 걸 좋아하지 않을 거야." 알렉이 미심쩍게 말했다. "확신하건대 먼데인을 쥐로 바꿔버리는 건 법에 어긋나는 일이야."
"엄격히 말해 이사벨이 사이먼을 쥐로 바꾼 건 아니야." 제이스가 지적했다. "이사벨이 비난받을 수 있는 최악의 죄목은 태만이야."
"그 멍청한 법에 누가 신경을 써?" 클라리는 이사벨의 손목을 붙잡으며 소리쳤다. "내 가장 친한 친구가 쥐가 됐다고!"

"아야!" 이사벨은 손목을 뒤로 빼내려고 애썼다. "놔!"

"사이먼이 어디에 있는지 말해주기 전에는 안 놔줄 거야." 그녀는 그 순간만큼 이사벨의 뺨을 후려치고 싶은 적이 없었다. "사이먼을 그냥 내버려뒀다니, 믿을 수가 없어. 걘 아마 겁에 질려서……."

"발에 밟히지 않았다면 그렇겠지." 제이스가 아무런 도움도 안 되는 지적을 했다.

"난 사이먼을 버려두지 않았어. 걔가 바 밑으로 달려갔단 말이야." 이사벨은 바를 가리키며 항의했다. "놔줘! 팔찌가 찌그러지잖아."

"나쁜 계집애." 클라리는 그렇게 쏘아붙인 다음 겁에 질린 이사벨의 손을 거칠게 뿌리쳤다. 클라리는 곧장 바를 향해 달려가 무릎을 꿇고, 그 아래의 어두컴컴한 공간을 들여다보았다. 곰팡이 냄새가 풍기는 어둠 속에서 구슬처럼 반들거리는 두 눈이 보인 것 같았다.

"사이먼?" 클라리는 목이 메어왔다. "거기 있어?"

쥐가 된 사이먼이 수염을 파르르 떨면서 앞으로 조금 기어 나왔다. 머리에 납작하게 붙어 있는 작고 동그란 귀와 뾰족한 코가 보였다. 클라리는 혐오감을 억누르려고 애썼다. 클라리는 누르스름한 사각 이빨의 쥐를 무엇보다 싫어했기 때문에 차라리 사이먼이 햄스터로 변했으면 좋았을걸 하고 생각했다.

"나야, 클라리." 그녀는 천천히 말했다. "괜찮아?"

제이스와 다른 사람들이 뒤이어 도착했다. 이제 이사벨은 화가 난 것처럼 보였다.

"그 아래에 있어?" 제이스가 궁금해하며 물었다.

클라리는 여전히 두 손과 무릎을 땅바닥에 대고 고개를 끄덕였다. "쉿, 조용히 해. 그러다가 놀라서 도망가겠어." 그녀는 바의 가장자리 아래로 손가락을 조심스럽게 밀어 넣고 흔들었다. "제발 이리 나와, 사이먼. 매그너스한테 주문을 풀어달라고 할 테니까. 그러면 괜찮을 거야."

클라리는 찍찍거리는 소리를 들었다. 쥐의 분홍색 코가 튀어나왔다. 안도의 탄성을 지르면서 클라리는 양손으로 쥐를 붙잡았다. "사이먼! 내 말을 알아들었구나!"

쥐는 그녀의 오목한 손바닥 위에서 잔뜩 몸을 웅크린 채 구슬프게 찍찍거렸다. 기쁨을 주체하지 못해 그녀는 쥐를 가슴에 안았다. "아, 가엾어라." 클라리는 애완동물이라도 되는 듯이 낮은 소리를 내며 쥐를 달랬다. "불쌍한 사이먼, 이제 괜찮을 거야. 내가 약속······."

"나는 그렇게 불쌍해 보이지 않는데." 제이스가 말했다. "그건 아마도 이 친구가 2루 가까이 도착했기 때문일 거야."

"듣기 싫어!" 클라리는 제이스를 사납게 노려봤지만 쥐를 잡은 손의 힘을 풀지는 않았다. 쥐는 수염을 바르르 떨고 있었다. 클라리는 그것이 분노 때문인지 흥분 때문인지, 그도 아니면 순전한 공포 때문인지 알 수 없었다. "매그너스를 불러와." 그녀가 날카롭게 말했다. "사이먼을 본래 모습으로 되돌려야 해."

"서두르지 말자고." 제이스는 비정하게도 웃음까지 지어 보였다. 그는 쥐를 쓰다듬어줄 것처럼 손을 내밀었다. "이렇게 있으니까 제법 귀엽군. 이 앙증맞은 분홍색 코 좀 보라지."

사이먼은 제이스를 향해 길고 누런 이빨을 드러내면서 물어뜯을 것 같은 동작을 취했다. 제이스는 뻗은 손을 얼른 거두어들였다. "이지, 가서 그 훌륭한 집주인 좀 불러와."

"왜 나한테 시켜?" 이사벨이 뾰로통한 표정으로 말했다.

"먼데인을 쥐로 만든 책임이 너한테 있으니까 그렇지, 이 바보야." 제이스가 말했다. 클라리는 이사벨을 제외하고는 그 누구도 사이먼의 이름을 거의 부르지 않는다는 사실을 깨닫고 놀랐다. "그리고 우린 이 친구를 여기에 내버려둘 수 없어."

"만약 이 자리에 애가 없다면 사이먼을 기꺼이 내버려뒀을 거잖아." 이사벨은 '애'라는 단어에 코끼리 한 마리는 능히 죽일 수 있는 맹독을 주입하며 말했다. 그녀는 성큼성큼 걸어갔고, 걸음을 뗄 때마다 엉덩이 주변의 스커트가 춤을 추었다.

"네가 그 파란 음료를 마시도록 이사벨이 내버려뒀다는 사실이 믿어지지 않아." 클라리가 쥐로 변한 사이먼에게 말했다. "경솔한 행동이 어떤 대가를 초래하는지 이제 깨달았을 거야." 사이먼은 짜증스럽게 찍찍거렸다.

클라리는 누군가 낄낄거리는 소리를 듣고 위를 힐끔 쳐다보았다. 매그너스가 그녀의 머리 위에서 몸을 기울이고 있었고, 이사벨은 사나운 표정으로 그의 뒤에 서 있었다. "라투스 노르베기쿠스(시궁쥐의 학술명―옮긴이)." 매그너스가 사이먼을 유심히 들여다보며 말했다. "특이할 것 하나 없는 평범한 갈색 쥐로군."

"이게 무슨 종류의 쥐인지는 관심 없어요." 클라리가 기분이 상해 말했다. "전 단지 사이먼을 본래 모습으로 되돌리고 싶을 뿐이에요."

매그너스는 생각에 잠겨 머리를 긁적였다. 머리에서 반짝이는 가루 같은 것이 떨어졌다.

"그럴 필요 없어."

"그럴 필요 없다뇨?" 클라리가 소리쳤다. 그 소리가 어찌나 컸던지 사이먼은 그녀의 엄지손가락 아래로 머리를 감췄다. "어떻게 그런 말을 할 수 있죠?"

"몇 시간만 있으면 원래 모습으로 되돌아오니까. 칵테일의 효과는 일시적이야. 그러니 본래대로 되돌리는 주문 같은 건 필요가 없지. 과도한 마법은 먼데인을 고통스럽게 해. 먼데인은 거기에 익숙하지 않으니까."

"사이먼도 쥐가 되는 것에 익숙하지 않다고요. 마법사면서 이까짓 주문도 풀 수 없다는 거예요?"

매그너스는 곰곰이 생각에 잠겼다. "못해."

"주문을 풀지 않겠다는 뜻인가요?"

"공짜로는 안 해. 넌 그만한 대가를 지불할 수도 없잖아."

"저도 쥐를 전철에 태워서 집으로 돌아갈 수는 없어요." 클라리가 하소연하듯이 말했다. "사이먼을 내다버리지 않으면 뉴욕 지하철 수사대가 대중교통으로 해충을 실어 나른다며 절 체포할 거예요." 사이먼은 불쾌한 듯 찍찍거렸다. "물론 네가 해충이라는 뜻은 아니야."

그때 문 옆에서 소리를 지르는 여자애에게 예닐곱 명이 다가갔다. 분노한 목소리들이 파티의 소음과 음악 소리를 뚫고 들려왔다. 매그너스는 눈알을 굴렸다. "잠깐 실례할게." 그는 금세 군중 속으로 사라졌다.

샌들을 신고 비틀거리던 이사벨은 거칠게 한숨을 내쉬었다. "저 사람한테 더 이상 도움을 바라지 마."

"이러면 어떨까?" 알렉이 말했다. "네 배낭에 쥐를 넣어서 가는 거야."

클라리는 알렉을 노려보았지만 그의 아이디어에 이의를 제기할 수는 없었다. 이사벨의 옷에는 주머니가 달려 있지 않았다. 그리고 그 옷은 놀랄 정도로 꽉 끼었다.

클라리는 배낭을 벗고 한때 사이먼이었던 갈색 쥐를 숨길 곳을 발견했다. 돌돌 만 스웨터와 스케치북 사이가 적당할 것 같았다. 배낭에 들어간 사이먼은 그녀의 손지갑 위에서 비난하는 표정으로 몸을 동그랗게 말았다. "미안해." 클라리가 참담한 기분으로 말했다.

"신경 쓰지 마." 제이스가 말했다. "왜 먼데인들은 항상 자신의 잘못이 아닌 일까지 책임을 지려고 하는지 이해가 안 돼. 네가 그 빌어먹을 칵테일을 이 친구 목구멍에다 강제로 들이부은 것도 아니잖아."

"나만 아니었으면 사이먼은 여기 오지도 않았을 거야." 클라리가 작은 목소리로 말했다.

"멋대로 해석하지 마. 얘는 이사벨 때문에 온 거야."

화가 난 클라리는 가방의 뚜껑을 홱 닫아버리고 자리에서 일어섰다. "얼른 여기에서 나가자. 진절머리가 나는 곳이야."

문 옆에 빼곡히 모여 소리를 지르던 사람들은 알고 보니 뱀파이어들이었다. 창백한 피부와 새까만 머리카락을 보고 알 수 있었다. 그들은 망가진 오토바이와 동료 몇 명이 행방불명된 사실에 대해 큰 소리로 분통을 터뜨리고 있었다.

"너희 친구들은 아마 술에 취해 어딘가에서 뻗었을 거야." 매그너스는 지쳤는지 길고 하얀 손가락을 맥없이 흔들어대며 말했다. "다들 알잖아. 너희는 블러디 메리를 너무 많이 마시면 박쥐나 먼지 더미로 변하곤 하는 거."

"저들은 보드카에 진짜 피를 섞어서 마셔." 제이스가 클라리의 귀에다 대고 말했다.

그의 입김이 너무 세서 그녀는 몸을 떨었다. "그래, 알았어. 고마워."

"아침에 그레고르로 밝혀질지도 모른다는 이유로 저희가 구석구석 돌아다니며 먼지 더미를 일일이 주울 수도 없잖아요." 부루퉁한 입에 눈썹 화장을 진하게 한 여자애가 말했다.

"그레고르는 괜찮을 거야. 나는 먼지를 쓸어버리는 일이 좀체 없으니까." 매그너스가 달랬다. "낙오자들이 있으면 내일 아침에 호텔로 보내주지. 물론 빛을 완벽히 차단한 차에 태워서."

"하지만 오토바이는 어쩌죠?" 몸집이 호리호리한 남자애가 말했다. 남자애의 왼쪽 귓불에는 말뚝 모양의 금귀고리가 달려 있었고 서투르게 염색한 머리카락 아래로는 금발의 모근이 보였다. "저것들을 고치려면 몇 시간은 걸릴 거예요."

"동이 틀 때까지 시간이 있잖아." 눈에 띄게 신경이 곤두서서 매그너스가 말했다. "이제 그만 출발해."

매그너스는 목소리를 높였다. "자, 이것으로 오늘 파티는 끝! 모두 나가줘!" 그가 두 팔을 휘저었다. 장신구들이 눈부시게 반짝거렸다.

팅 하고 현악기를 크게 한 번 튕긴 밴드는 연주를 멈추었다. 파티에 참석한 사람들은 여기저기에서 큰 소리로 웅성거리며 불만을 토했지만 누구 하나 말썽을 부리지 않고 순순히 문간 쪽으로 움직였다. 매그너스에게 파티에 대한 답례를 하는 사람은 아무도 없었다.

"우리도 가지." 제이스가 클라리를 출구 쪽으로 밀면서 말했다. 문간에는 사람들이 빼곡했다. 클라리는 배낭을 가슴 앞으로 돌려 양손으로 꼭 붙잡고 있었다. 누가 그녀의 어깨에 심하게 부딪혔다. 클라리는 날카로운 비명을 내지르며 제이스에게서 멀어졌다. 어떤 손이 배낭을 스치듯 더듬었고, 클라리는 고개를 들고 위를 쳐다보았다. 말뚝 모양의 귀걸이를 하고 있던 뱀파이어가 그녀를 보고 씩 웃었다.

"어이, 어여쁜 아가씨. 가방에 뭐가 들었지?"

"성수가 들었지." 주문으로 불러낸 요정처럼 어느새 다시 나타난 제이스가 말했다. 그는 태도가 지극히 불량한 금발의 냉소적인 요정처럼 보였다.

"헉, 섀도우 헌터." 뱀파이어가 말했다. "소름 끼쳐." 한쪽 눈을 찡긋 거리고 나서 그는 다시 사람들 속으로 빨려 들어갔다.

"뱀파이어들은 하나같이 변덕쟁이들이야." 문간에 서 있던 매그너스가 한숨을 쉬었다. "솔직히 내가 왜 이런 파티를 개최하는지 나도 모르겠어."

"고양이 때문이겠죠." 클라리가 그에게 상기시켜주었다.

매그너스는 활기를 되찾았다. "맞아. 대장 고양이를 위해서라면 나의 이런 수고가 하나도 아깝지 않아." 그는 클라리와 그녀의 바로 뒤에 촘촘하게 서 있는 섀도우 헌터들을 힐끗 쳐다보았다. "가려고?"

제이스가 고개를 끄덕였다. "적당히 머물러야 환영을 받지, 너무 오래 머무르면 미움만 받죠."

"환영? 자네들을 만난 건 기쁜 일이지만 환영할 만한 일은 아니었어. 자네들 모두가 매력적인 것은 아니었으니까. 특히 자네······." 그는 알렉을 향해 눈을 찡긋해 보였다. 알렉은 깜짝 놀란 표정을 지었다.

"저요?" 알렉은 얼굴을 붉히고 말을 더듬었다. 제이스가 알렉의 팔꿈치를 붙잡아 문 쪽으로 끌고 가지 않았더라면 아마 그 자리에 밤새도록 서 있었을 것이다. 이사벨은 두 사람을 바짝 뒤따라갔다.

클라리가 그들을 뒤따라가려고 했을 때 누군가 팔을 가볍게 두드렸다. 매그너스였다. "아가씨한테 전해줄 전갈이 있어. 아가씨의 어머니가 보낸 거야."

클라리는 너무 놀라 하마터면 배낭을 바닥에 떨어뜨릴 뻔했다. "엄마가요? 엄마가 저한테 무슨 말을 전해달라고 부탁했단 말인가요?"

"꼭 그런 건 아니지만." 매그너스의 고양이 같은 눈알이 진지해 보였다. 그 눈알은 초록빛이 도는 황금색 벽에 나 있는 금처럼 수직으로 쭉 찢어져 있었다.

"난 아가씨가 모르는 방식으로 조슬린을 알았지. 그녀는 자신이 증오한 세상에서 아가씨를 지켜내기 위해 애썼어. 조슬린이 달아나고 숨었던 건 아가씨를 안전하게 지켜주기 위한 행동이었어. 아가씨는 어머니가 거짓말을 했다고 생각하겠지만 그것들도 모두 아가씨를 위한 거짓말이었지. 자신의 목숨을 위험에 빠뜨려 어머니의 희생을 헛되이 해서는 안 돼. 어머니도 그건 원치 않을 거야."

"엄마는 제가 엄마를 구하려고 애쓰는 걸 원치 않을까요?"

"자신의 목숨을 위험에 빠뜨려가면서까지 그런 행동을 하는 건 원치 않을 거야."

"하지만 엄마한테 무슨 일이 생길까 봐 신경을 쓰는 사람은 저밖에 없는데……."

"그렇지 않아." 매그너스가 말했다.

클라리는 눈을 껌벅거렸다. "무슨 말씀인지 모르겠네요. 그럼 저 말고 또 누가……."

매그너스는 그녀의 말을 단호하게 잘랐다. "그리고 마지막으로 한 가지." 그의 눈은 제이스, 알렉, 그리고 이사벨이 사라진 문을 잠깐 쳐다봤다. "어머니가 섀도우 세상에서 도망친 것은 괴물들에게서 숨기 위해서가 아니었어. 명심해. 마법사, 늑대인간, 동화 속의 괴상한 생명체, 악마에게서 달아난 게 아니라 바로 그들, 섀도우 헌터들을 피해서 달아났던 거야."

그들은 창고 밖에서 클라리를 기다리고 있었다. 제이스는 양손을 주머니에 찔러 넣고 계단 난간에 몸을 기댄 채 뱀파이어들이 오토바이 주변을 어슬렁거리는 모습을 지켜보고 있었다. 뱀파이어들은 망가진 오토바이를 보고 화가 나서 욕설을 내뱉고 있었고 제이스는 얼굴에 희미한 미소를 머금고 있었다. 알렉과 이사벨은 조금 떨어진 곳에 서 있었다. 이사벨은 눈물을 닦고 있었다. 클라리는 비이성적인 분노가 거세게 밀려오는 것을 느꼈다. 이사벨은 사이먼을 거의 모르고 있었다. 이것은 이사벨의 재앙이 아니었다. 분노할 권리는 그 새도우 헌터 계집애가 아니라 클라리에게 있었다.

클라리가 모습을 드러내자 제이스는 난간에서 몸을 뗐다. 제이스는 클라리의 곁에서 보조를 맞추어 걸으면서 아무 말도 하지 않았다. 그는 생각에 잠겨 있는 듯이 보였다. 앞장서서 바삐 걸어가는 이사벨과 알렉은 다투고 있는 것 같았다. 클라리는 발걸음을 조금 더 빠르게 하면서 그들이 무슨 대화를 나누고 있는지 엿듣기 위해 고개를 길게 뺐다.

"그건 네 탓이 아냐." 알렉의 목소리는 예전에도 이런 일을 겪어본 적이 있는 것처럼 지쳐 보였다. 클라리는 그녀가 그동안 몇 명의 남자 친구를 쥐로 변하게 만들었는지 궁금했다. "하지만 이번 일을 통해 다운월드 파티에 너무 자주 가면 안 된다는 교훈을 얻어야지." 그는 이렇게 덧붙였다. "파티는 항상 이익보다는 고통을 안겨준다고."

이사벨은 큰 소리로 훌쩍거렸다. "사이먼에게 무슨 일이라도 벌어졌으면 난 어쩌지."

"둘 사이에 무슨 일이 있었는지 모르겠지만 넌 그 친구를 별로 잘 아는 것 같지 않아."

"그렇다고 내가 걔를……."

"그 친구를 사랑한다고?" 목소리를 높이며 알렉이 코웃음을 쳤다. "누군가를 사랑하려면 일단 그 사람에 대해 충분히 알아야 해."

"하지만 그게 전부는 아냐." 이사벨의 목소리가 애처롭게 들렸다. "파티에서 조금도 즐겁지 않았어?"

"하나도."

"난 오빠가 매그너스를 좋아할지도 모른다고 생각했어. 괜찮은 사람이잖아. 안 그래?"

"괜찮은 사람이라고?" 알렉은 이사벨이 정신이 나가기라도 한 것처럼 이상한 눈길로 바라보았다. "새끼 고양이들은 괜찮아. 하지만 마법사들은……." 그는 잠시 망설였다. "그렇지 않아." 알렉은 힘없이 말을 마쳤다.

"난 오빠가 그 사람과 잘 어울릴 거라고 생각했어." 이사벨의 눈 화장이 눈물처럼 환하게 반짝거렸다. "친구가 될 것 같았단 말이야."

"나한테는 친구들이 있어." 알렉은 그렇게 말하고 나서 참을 수 없다는 듯이 어깨 너머의 제이스를 바라보았다. 하지만 제이스는 생각에 잠긴 채 머리를 숙이고 있어 자기를 바라보는 것을 알아차리지 못했다.

클라리는 충동적으로 배낭을 열어 안을 들여다보고는 얼굴을 찌푸렸다. 배낭이 열려 있었다. 그녀는 파티 때로 급히 기억을 되돌려보았다. 분명히 배낭을 들어 올려 지퍼를 단단히 채웠는데 이상했다. 클라리는 두근거리는 가슴을 진정시키며 가방을 열어젖혔다. 전철에서 지갑을 잃어버렸던 때가 기억났다. 가방을 열어 지갑이 없어진 것을 깨닫고 입술이 바짝 말라버린 일도 기억났다. 어딘가에 흘린 걸까? 잃어버린 걸까? 그때와 비슷한 상황이었다. 아니, 그때보다 천 배나 더 나쁜 경우였다. 클라리는 배낭 속을 샅샅이 더듬었다. 옷가지와 스케치북을 옆으로 밀어버리고 손톱으로 바닥을 긁었다. 아무것도 없었다.

클라리는 걸음을 멈추었다. 제이스는 조바심이 나는 표정으로 그녀의 바로 앞을 맴돌고 있었고 알렉과 이사벨은 한 블록이나 앞서 걸어가고 있었다.

"무슨 일이야?" 제이스가 물었다. 클라리는 제이스가 무언가 비꼬는 말을 덧붙이려 한다는 것을 알아차렸다. 하지만 그가 아무 말도 하지 않는 걸 보면 클라리의 얼굴 표정이 심상치 않다는 것을 감지한 게 분명했다. "클라리?"

클라리가 속삭이듯 말했다. "사이먼이 없어졌어. 분명히 배낭에 들어 있었는데……."

"혹시 기어 나온 게 아닐까?"

그것은 분별없는 질문이 아니었지만 지치고 당황한 클라리는 신경질적으로 반응했다. "물론 그럴 일은 없지!" 그녀는 고함을 빽 질렀다. "그러니까 지금 뭐야, 사이먼이 누군가의 차에 깔려 콱 죽어버렸으면 좋겠다는 거야?"

"클라리……."

"듣기 싫어!" 클라리는 제이스를 향해 배낭을 흔들어대며 소리를 질렀다. "사이먼을 본래 모습으로 되돌려야 한다니까 그럴 필요가 없다고 했던 애도 바로 너였잖아."

제이스는 클라리가 흔드는 가방을 노련하게 움켜잡았다. 그러고는 낚아챈 가방을 살펴보았다. "지퍼가 망가졌군. 밖에서 망가뜨렸어. 누가 가방을 억지로 찢어버린 거야."

머리를 둔하게 가로저으며 클라리는 낮은 소리로 말했.

"난 그러지 않았어."

"알아." 제이스의 목소리는 부드러웠다. "알렉! 이사벨! 너희는 먼저 가! 우리는 조금 있다가 따라갈게!"

멀리 앞서 가던 두 사람이 잠시 걸음을 멈추었다. 알렉은 머뭇거렸지만 여동생이 그의 팔을 붙잡고 지하철역 쪽으로 강하게 밀어붙였다.

무언가가 클라리의 등을 압박했다. 제이스의 손이었다. 그는 그녀를 부드럽게 돌려세웠다. 클라리는 인도의 갈라진 틈에 발이 걸려 비틀거리면서도 제이스가 이끄는 대로 따라갔다.

잠시 뒤 두 사람은 다시 매그너스의 집 입구에 서 있었다. 오래된 알코올의 역한 냄새와 다운월드 사람들을 연상시키는 달콤하고 기괴한 냄새가 건물 입구의 작은 공간을 가득 채우고 있었다. 제이스는 그녀의 등에서 손을 떼고 매그너스의 문패 위에 있는 초인종을 눌렀다.

"제이스." 클라리가 말했다.

제이스는 그녀를 내려다보았다. "왜?"

그녀는 할 말을 찾았다. "괜찮을까?"

"사이먼?" 제이스는 말을 잇지 못하고 머뭇거렸다. 클라리는 이사벨이 했던 말을 머리에 떠올렸다. '대답을 듣고 감당할 수 있을 거라는 확신이 들기 전에는 그에게 어떤 질문도 하지 마.' 제이스는 더 이상 대꾸하지 않고 아까보다 더 세게 초인종을 눌렀다.

이번에는 매그너스가 응답을 했다. 그의 목소리가 입구의 작은 통로를 따라 터져 나왔다. "누가 감히 내 휴식을 방해해?"

제이스는 바짝 긴장하는 표정이었다. "제이스 웨이랜드입니다. 기억하세요? 클레이브 출신."

"아, 기억하지." 매그너스가 갑자기 활기를 띠는 듯했다. "눈이 파란 친구였지?"

"그건 알렉이고요." 클라리가 기억을 떠올릴 수 있도록 거들었다.

"제 눈은 황금색이라고 흔히 그러더군요." 제이스가 인터폰에 대고 말했다. "그리고 빛이 나죠."

"아, 자네였군." 매그너스가 실망한 투로 말했다. 그토록 마음이 심란하지 않았더라면 클라리는 아마 그 대목에서 웃음을 터뜨렸을 것이다.

"얼른 문을 열어주셨으면 좋겠네요."

마법사가 드디어 문을 열어주었다. 그는 용이 그려진 비단 기모노를 입고 있었고, 머리에는 황금색 터번을 쓰고 있었으며, 짜증을 간신히 억누른 듯한 표정을 짓고 있었다.

"자고 있었어." 그는 거만하게 말했다.

클라리는 제이스가 터번에 대해 무례한 말을 할 것 같은 표정을 짓고 있었기 때문에 얼른 입을 열었다. "수면을 방해해서 죄송한데요……."

마법사의 발목 부근에서 무언가 작고 하얀 것이 모습을 드러냈다. 그것은 지그재그 모양의 회색 줄무늬가 있었는데, 부숭부숭한 털로 뒤덮인 분홍색 귀 때문에 작은 고양이라기보다는 커다란 쥐처럼 보였다.

"대장 고양이 맞죠?" 클라리가 추측했다.

매그너스는 고개를 끄덕였다. "자기 발로 돌아왔어."

제이스는 얼룩무늬 고양이를 약간 비웃듯이 바라보았다. "저건 고양이가 아니야." 그가 평가하듯 말했다. "햄스터만 하잖아."

"못 들은 걸로 하지." 매그너스는 자기 뒤에 있는 대장 고양이를 발로 쿡 찌르며 말했다. "근데 무슨 일로 왔지?"

클라리는 찢어진 배낭을 내밀었다. "사이먼 때문에요. 안 보여요."

매그너스는 품위 있게 말했다. "안 보이다니, 뭐가?"

"실종됐다고요." 제이스가 말했다. "사이먼이 어디로 갔는지 안 보인다고요. 사라졌어요."

"어디론가 도망가서 물건 밑에 숨어버렸을 거야." 매그너스가 의견을 말했다. "쥐의 생활에 익숙해지는 게 쉬울 리 없지. 우둔한 사람한테는 더 힘들 거야."

"사이먼은 우둔하지 않아요." 클라리는 화가 나서 항의했다.

"맞습니다." 제이스가 그녀의 말에 동의했다. "우둔하게 보여서 그렇지, 사이먼의 지능은 지극히 평범한 수준입니다." 제이스의 어조는 가벼웠지만 매그너스를 향해 돌아설 때 어깨가 굳어 있었다. "저희가 이곳을 떠날 때, 손님 중 한 명이 클라리와 몸을 스쳤습니다. 그 손님이 클라리의 가방을 찢고 쥐를 빼간 것 같습니다. 사이먼을 말입니다."

매그너스는 그를 바라보았다. "그래서?"

"그 사람이 누군지 밝혀야겠습니다." 제이스는 침착하게 말했다. "당신은 브루클린의 일류 마법사죠. 당신이 모르는 일은 아파트에서 일어나지 않는다고 생각해요."

매그너스는 반짝이는 손톱을 점검했다. "자네 말도 틀리지는 않아."

"제발 말해주세요." 클라리가 말했다. 제이스의 손이 그녀의 손목을 꼭 잡았다. 클라리는 제이스가 자신을 잠잠하게 만들고 싶어한다는 걸 알았다. 하지만 그것은 불가능했다. "부탁드려요."

매그너스는 한숨과 함께 손을 내려놓았다. "좋아. 주택 지구에 소굴을 가진 뱀파이어 녀석들 가운데 하나가 갈색 쥐를 손에 들고 떠나는 걸 봤어. 솔직히 난 그게 녀석들 가운데 하나라고 생각했어. 밤의 아이들은 술에 취하면 가끔 쥐나 박쥐로 변해버리거든."

클라리의 손이 떨리고 있었다. "그런데 그게 사이먼이었다고요?"

"그냥 추측이지만 그럴 가능성이 있어 보여."

"질문이 하나 더 있습니다." 제이스는 최대한 조용하게 말했지만 추방자를 발견하기 전 아파트에 있었을 때처럼 잔뜩 긴장하고 있었다.

"녀석들의 소굴이 어디죠?"

"녀석들의 뭐?"

"뱀파이어들의 소굴 말입니다. 거기로 갔을 것 아닙니까."

"그렇겠지." 매그너스는 차라리 그 자리를 벗어나 다른 곳에 있기를 바라는 것처럼 보였다.

"그게 어딘지 말해주세요."

매그너스는 터번을 쓴 머리를 가로저었다. "알지도 못하는 인간 하나 때문에 밤의 아이들과 척지고 싶지는 않아."

"잠깐만요." 클라리가 끼어들었다. "뱀파이어들이 사이먼을 데리고 뭘 하고 싶어할까요? 전 그들이 사람들을 해치지 못하는 걸로 알고 있었는데……."

"내 생각을 묻는 건가?" 매그너스는 그리 냉정하지 않은 어투로 말했다. "뱀파이어들은 그 친구가 길들여진 쥐라고 짐작하고 섀도우 헌터의 애완동물을 죽이는 게 재미있을 거라고 생각했을 거야. 협정이야 어떻든 그들은 섀도우 헌터를 그리 좋아하지 않아. 게다가 코브넌트에는 동물들을 죽이면 안 된다는 규정이 없지."

"사이먼을 죽일까요?" 클라리는 눈을 동그랗게 뜨며 말했다.

"반드시 그렇다고는 할 수 없지." 매그너스가 서둘러 말했다. "사이먼이 자기들 가운데 하나라고 생각했을지도 몰라."

"그럴 경우 사이먼은 어떻게 될까요?" 클라리가 말했다.

"글쎄, 인간의 모습으로 돌아왔을 때 죽이려고 하겠지. 아마 그럴 거야. 하지만 그때까진 몇 시간 더 여유가 있지."

"저희를 도와주셔야 해요." 클라리가 마법사에게 말했다. "그렇지 않으면 사이먼은 죽고 말 거예요."

매그너스는 애처로운 눈길로 그녀를 훑어보았다. "인간은 모두 죽어. 거기에 익숙해지는 편이 나을 거야."

그는 문을 닫으려 했다. 제이스는 문틈으로 한쪽 발을 얼른 들이밀어 그를 막았다. 매그너스가 한숨을 쉬었다. "또 뭐?"

"녀석들의 소굴이 어디에 있는지 알려주셔야죠." 제이스가 말했다.

"그건 밝힐 생각이 없다고 했는데 왜 자꾸……."

클라리가 제이스의 앞으로 나서며 그의 말을 잘랐다. "당신이 제 뇌를 함부로 만지작거렸죠. 기억을 모두 빼냈고요. 그런데 이 정도 부탁도 못 들어준다고요?"

매그너스는 번득이는 고양이 눈을 가늘게 떴다. 어딘가에서 대장 고양이가 울고 있었다. 마법사는 천천히 고개를 떨어뜨리더니 제법 심하게 벽에 머리를 찧었다. "뒤몬트 호텔이야. 주택 지구에 있지."

"그 호텔이 어디에 있는진 알아요." 제이스가 기쁜 표정으로 말했다.

"당장 거기로 가야겠어요. 포털이 있나요?" 클라리가 다급하게 물었다.

"없어." 그는 성가신 표정을 지었다. "포털은 만들기도 제법 어렵고 주인에게 적지 않은 위험을 안겨주지. 경계를 제대로 하지 않으면 그걸 통해 귀찮고 성가신 것들이 들어올 수 있어. 뉴욕에서 내가 아는 포털이라고 해봐야 도로시아의 포털과 렌윅의 포털밖에 없어. 하지만 두 곳 모두 여기에서 너무 멀리 떨어져 있기 때문에 설사 주인들이 사용을 허락하더라도 그곳까지 가려면 엄청난 수고를 겪어야 하지. 차라리 안 가고 말지. 그리고 주인들이 포털을 이용하도록 허락하지도 않을 거야. 무슨 말인지 알겠어? 이제 됐지? 그만 가봐."

매그너스는 아직 문틈에 끼어 있는 제이스의 발을 뚫어지게 내려다보았다. 하지만 제이스는 꼼짝도 하지 않았다.

"한 가지만 더 물어볼게요." 제이스가 말했다. "이 근방에 성소가 있나요?"

"잘 생각했어. 혼자서 뱀파이어의 소굴을 덮칠 생각이라면 먼저 기도를 드리는 게 좋을 거야."

"저희는 무기가 필요합니다. 지금 가지고 있는 것들로는 부족해요."

매그너스는 손으로 한 방향을 가리켰다. '다이아몬드 가에 천주교회가 하나 있는데 그곳이면 되겠나?"

그제야 제이스는 뒤로 물러서며 고개를 끄덕였다. "그곳은……."

그들의 면전에서 쾅 소리를 내며 문이 닫혔다. 클라리는 먼 거리를 달려온 사람처럼 거칠게 숨을 쉬며 문을 빤히 바라보았다. 제이스는 클라리의 팔을 붙잡고 계단을 내려가서 밤의 거리로 들어갔다.

14
뒤모트 호텔

밤이 되자 다이아몬드 가에 있는 교회는 유령처럼 보였다. 고딕 양식의 아치형 창문들이 은색 거울처럼 달빛을 반사하고 있었다. 건물을 둘러싼 연철 울타리는 광택이 나지 않는 검은색 페인트로 칠해져 있었다. 클라리가 정문을 붙잡고 흔들어봤지만 튼튼한 맹꽁이자물쇠 때문에 문은 꿈쩍도 하지 않았다. 그녀는 어깨 너머로 제이스를 바라보며 말했다. "문이 잠겼어."

제이스는 가지고 있던 스텔레를 꺼냈다. "비켜봐. 내가 한번 해볼게."

클라리는 제이스가 자물쇠를 열려고 애쓰는 동안 미끈하게 뻗어 내린 등의 곡선과 티셔츠의 짧은 소매 아래로 실룩거리는 근육을 지켜보았다. 달빛이 그의 머리카락을 황금색보다는 은색에 더 가깝게 만들고 있었다.

잠시 뒤, 맹꽁이자물쇠가 바닥에 떨어지면서 쨍그랑 소리를 냈다. 자물쇠는 비틀어져 있었고 제이스는 뿌듯해하고 있었다. "이 정도야 식은 죽 먹기지."

클라리는 갑자기 짜증이 났다. "그렇게 자화자찬만 하지 말고 나랑 제일 친한 친구가 과다 출혈로 죽어버리기 전에 당장 구하러 가야 하지 않겠어?"

"과다 출혈이라." 제이스가 감명을 받은 표정으로 말했다. "대단한 문자 쓰시네."

"그리고 넌 너무……."

제이스가 혀를 차는 소리를 냈다. "교회 안에서 험한 말은 하지 마."

"아직 교회 안 아니잖아." 클라리는 제이스를 따라 문으로 이어지는 돌길을 걸어 올라가면서 중얼거렸다. 문 위의 석조 아치는 아름답게 조각이 되어 있었고, 맨 꼭대기에서 천사 하나가 아래를 내려다보고 있었다. 뾰족하게 솟은 첨탑들은 밤하늘을 배경으로 검은 윤곽을 드러냈다. 클라리는 그 건물이 그날 저녁 맥캐런 공원에서 얼핏 보았던 교회라는 것을 깨달았다. 그녀는 입술을 깨물었다. "교회 문의 자물쇠를 비틀어 따는 일은 어쩐지 옳지 못한 것 같아."

달빛에 비친 제이스의 옆얼굴이 진지해 보였다. "그렇게 하지는 않을 거야." 그는 스텔레를 주머니 속으로 밀어 넣으며 말했다. 그런 다음 레이스가 촘촘히 수놓인 베일처럼 가늘고 하얀 흉터로 뒤덮인 갈색 손을 들어 빗장 위에 갖다 댔다.

"클레이브의 이름으로 바라노니 이 성소에 들어갈 수 있게 해주소서. 절대 끝나지 않는 전쟁의 이름으로 바라노니 당신의 무기들을 제가 사용할 수 있게 해주소서. 라지엘 천사의 이름으로 바라노니 어둠과 맞서 싸우는 저의 임무에 부디 축복을 내려주소서."

클라리는 제이스를 빤히 바라보았다. 밤바람이 불어와 머리카락이 눈에 들어갔지만 그는 조금도 움직이지 않고 눈만 껌벅거렸다. 클라리가 무슨 말인가 하려고 했을 때, 철컥 소리를 내며 문이 열리더니 돌쩌귀가 삐걱거렸다. 문은 부드럽게 안으로 열렸고, 그들의 눈앞에는 여기저기 불이 밝혀진 서늘하고 어두운 공간이 펼쳐졌다. 제이스가 한 발짝 물러서며 말했다.

"먼저 들어가."

안으로 들어섰을 때, 돌과 양초 냄새와 함께 서늘한 기운이 몰려와 클라리를 휘감았다. 제단을 향해 기다란 좌석들이 줄줄이 놓여 있었고, 저쪽 벽에는 한 줄로 늘어선 양초들이 빛을 발하고 있었다. 클라리는 인스티튜트를 제외하고는 지금껏 한 번도 교회에 들어온 적이 없다는 것을 깨달았다. 인스티튜트는 엄밀히 말하면 종교적인 건물이라고 할 수도 없었다. 물론 영화와 만화에서 교회 내부와 그림들을 보긴 했다. 클라리가 가장 좋아하는 애니메이션 시리즈에는 교회에 있는 무시무시한 뱀파이어 성직자가 등장한다. 교회에 들어가 있으면 마음이 편안해져야 하는데 그녀는 그렇지 못했다. 어둠 속에서 이상한 형체들이 불쑥 튀어나올 것 같았다. 클라리는 몸을 부르르 떨었다.

"돌로 된 벽이 열기를 차단하지." 제이스가 눈치를 채고 말했다.

"그것 때문이 아냐. 나는 지금까지 한 번도 교회에 들어온 적이 없어."

"인스티튜트에 들어가봤잖아."

"내 말은, 그러니까 진짜 교회 말이야. 예배를 드리는."

"그렇군. 이 기다란 좌석들이 있는 곳은 회중석이야. 예배를 드리는 동안 사람들이 앉는 곳이지." 그들은 앞쪽으로 나아갔다. 두 사람의 목소리가 돌로 된 벽에 부딪혀 빈 공간에 울려 퍼졌다.

"우리가 서 있는 이 위쪽은 애프스(교회당 동쪽 끝에 있는 반원형의 돌출부―옮긴이)야. 그리고 여기는 사제가 성찬식을 거행하는 제단이지. 항상 교회의 동쪽에 있어." 제이스가 제단 앞에 무릎을 꿇었다. 클라리는 한순간 그가 기도를 드리고 있다고 생각했다. 검은 화강암으로 만든 높은 제단에는 붉은 천이 덮여 있었다. 그 뒤에는 화려한 무늬의 황금색 칸막이가 보였는데, 거기에는 성인들과 순교자들의 모습이 새겨져 있었다. 그림 속의 인물들은 저마다 머리 뒤쪽에 후광을 나타내는 납작한 황금색 원반을 걸고 있었다.

"제이스, 뭐하는 거야?"

제이스는 양손을 돌바닥에 대고 무언가 찾듯이 손을 앞뒤로 재빠르게 움직이고 있었다. 손가락 끝에서 먼지가 일었다. "무기를 찾는 거야."

"여기서?"

"주로 제단 근처에 숨겨져 있거든. 긴급한 경우에 우리가 사용할 수 있도록 보관돼 있는 거야."

"그럼 가톨릭교회와 너희가 일종의 거래를 맺은 거야?"

"그렇지는 않아. 악마들은 우리만큼이나 오랫동안 지구상에 존재했어. 그들은 이 세상 곳곳에 퍼져 있지. 그리스의 데몬, 페르시아의 데바, 힌두의 아수라, 일본의 오니 등 다양한 형태로 말이야. 대부분 신앙 체계는 악마의 존재와 악마와의 싸움을 결합하는 방법을 쓰고 있지. 섀도우 헌터들은 어떤 하나의 종교를 고수하지 않아. 모든 종교가 돌아가면서 우리가 싸움을 치를 때 우릴 도와주지. 나는 도움을 청하러 유대교의 시나고그나 일본의 신사에 갈 수도 있었어. 아, 여기 있군."

클라리가 옆에 무릎을 꿇고 앉자 제이스는 먼지를 털어냈다. 제단 앞의 8각형 돌 가운데 하나에 룬 문자가 새겨져 있었다. 클라리는 영어 단어를 읽듯이 그것을 쉽게 알아보았다. 그것은 '네피림'을 뜻하는 룬 문자였다.

제이스는 스텔레를 꺼내어 돌에 갖다 댔다. 귀에 거슬리는 소리와 함께 돌이 뒤로 움직이면서 어두운 공간이 드러났다. 칸막이 안에는 기다란 나무 상자가 하나 놓여 있었다. 제이스는 뚜껑을 들어 올리고 그 안에 반듯하게 정리된 물건들을 흐뭇한 표정으로 바라보았다.

"이것들은 전부 뭐야?"

"성수가 담긴 병, 신성한 칼, 강철과 은으로 된 칼날."

제이스는 상자에서 무기들을 꺼내 바닥에 쌓으며 말했다. "당장에는 별로 쓸모가 없지만 여분으로 가지고 있으면 유용한 합금선, 은제 탄환, 목숨을 지켜주는 부적, 십자가, 다윗의 별……."

"맙소사."

"이 모든 걸 써서 구해낼 만큼 그 친구가 가치 있는지 모르겠네."

"제이스." 클라리가 어안이 벙벙해져서 말했다.

"왜?"

"교회 안에서 그렇게 농담하는 건 좀 아닌 것 같아."

그는 어깨를 으쓱했다. "난 사실 신자가 아니야."

클라리는 놀란 표정으로 그를 바라보았다. "신자가 아니라고?"

제이스가 고개를 가로저었다. 머리카락이 흘러내려 얼굴을 덮었지만 그는 맑은 액체가 담긴 병을 유심히 살펴보며 머리카락을 쓸어 넘길 생각도 하지 않았다. 제이스를 위해 머리카락을 쓸어 넘겨주고 싶은 마음에 클라리의 손가락이 근질거렸다.

"내가 독실한 교인일 거라고 생각했어?"

"글쎄, 뭐라고 해야 할까." 그녀는 머뭇거렸다. "악마들이 있다면 분명히……."

"분명히 뭐?" 제이스는 유리병을 주머니에 밀어 넣었다.

"아. 이걸 말하나 보구나." 제이스는 바닥을 손가락으로 가리켰다. "이게 있어야 한다는 말이지?" 그러더니 다시 천장 쪽을 손으로 가리켰다.

"이치에 맞는 소리다. 그치?"

제이스는 칼날을 하나 집어 들고 자루를 유심히 살폈다. "난 지금까지 인생의 3분의 1을 악마들을 죽이며 보냈어. 걔네들이 어떤 소름 끼치는 소굴에서 기어 나왔는진 모르겠지만 지금까지 본래 자리로 되돌려 보낸 수가 500은 돼. 하지만 일을 하는 동안 천사는 단 하나도 보지 못했어. 천사를 봤다는 사람 얘기도 못 들어봤고."

"하지만 처음에 섀도우 헌터를 만든 건 천사였잖아. 호지 선생님이 그러셨어."

"재미있는 얘기군." 제이스는 고양이처럼 찢어진 눈으로 그녀를 바라보았다. "우리 아버지는 하나님을 믿었어. 하지만 나는 믿지 않아."

"조금도?" 클라리는 자기가 제이스를 괴롭히고 있다는 걸 알지 못했다. 그녀는 자신이 하나님이나 천사의 존재를 믿는지에 대해 한 번도 생각해보지 않았다. 만약 그런 존재들을 믿고 있느냐는 질문을 받았다면 믿지 않는다고 대답했을 것이다. 하지만 무언가가 자꾸만 클라리에게 제이스를 압박하도록 종용하고 있었다. 그녀는 그를 감싸고 있는 냉소의 껍질을 깨뜨려버리고 싶었다. 무엇이라도 좋으니 제이스가 무언가를 소중히 여기고 있다는 것을 스스로 인정하길 바랐다.

"이런 식으로 말해보지." 허리띠에 칼 한 쌍을 밀어 넣으며 제이스가 말했다. 스테인드글라스 창문으로 스며든 희미한 빛이 그의 얼굴에 색색깔의 정사각형 무늬를 새겼다.

"우리 아버지는 정의로운 하나님을 믿었어. '데우스 볼트(하나님이 원하신다—옮긴이)'는 아버지의 표어였고, 아버지는 하나님이 원하시는 일을 자신이 하고 있다고 생각했지. 데우스 볼트는 십자군의 표어였어.

십자군은 그런 표어를 가지고 전쟁에 나갔다가 몰살을 당했지, 우리 아버지처럼. 아버지가 자신의 피로 만들어진 웅덩이에 쓰러져 죽어 있는 걸 봤을 때, 나는 내가 아직도 하나님에 대한 믿음을 가지고 있다는 걸 깨달았어. 난 단지 하나님이 보살펴주고 있다는 사실을 믿지 않을 뿐이지. 하나님이 존재하는지 존재하지 않는지는 아무도 몰라. 하지만 그런 문제는 중요하지 않아. 하나님이 있든 없든 어차피 우리는 혼자 힘으로 살아갈 수밖에 없으니까."

주택 지구로 돌아가는 전철 안에 승객이라고는 그들밖에 없었다. 클라리는 사이먼을 생각하며 말없이 앉아 있었다. 제이스는 무슨 말을 할 것처럼 이따금 쳐다보았지만 그답지 않게 입을 열지 못하고 침묵을 이어갔다. 지하철역에서 기어 나왔을 때, 거리는 한산했고 무거운 공기에서는 쇠 냄새가 났다. 영업이 끝난 식료품점과 빨래방, 그리고 수표 환전소는 철문이 내려져 있었다. 그들은 한 시간 동안 거리를 헤맨 끝에 결국 116번가의 골목길에 있는 호텔을 찾아냈다. 그전에 버려진 아파트 건물이겠거니 생각하고 두 번이나 호텔을 그냥 지나치기도 했다. 그러다 클라리가 가까스로 간판을 발견했는데, 나사가 빠져버린 간판은 작은 나무 뒤에서 달랑거렸다. '뒤몬트 호텔(HOTEL DUMONT)'이라고 적혀 있어야 하는데 누가 실수를 했는지 'N'자 대신에 'R'자가 적혀 있었다.

"뒤모트 호텔이네." 클라리가 오자를 지적했을 때 제이스가 말했다. "귀엽군."

클라리는 프랑스어를 2년밖에 배우지 않았지만 그의 농담을 알아들을 수 있었다. 그녀가 말했다. "죽음이라는 뜻이지."

제이스는 고개를 끄덕였다. 그는 소파 뒤로 숨어버린 쥐를 바라보는 고양이처럼 바짝 긴장하고 있었다.

클라리가 말했다. "하지만 여기일 리가 없어. 창문은 모두 널빤지로 막혀 있고 문도 벽돌로 단단히 막혀 있잖아. 뱀파이어들은 어떻게 안으로 들어가는 거지?"

"뱀파이어들은 날아다녀." 제이스는 그렇게 말하고 나서 건물의 꼭대기 층을 손으로 가리켰다. 건물은 한때 우아하고 호화로운 호텔이었을 게 분명했다. 돌로 된 전면에는 소용돌이와 붓꽃 모양의 무늬가 우아하게 새겨져 있었다. 무늬들은 오랜 세월 오염된 공기와 산성비에 노출되어 검게 부식되어 있었다.

"우리는 날지 못하잖아." 클라리는 현실을 지적하고 싶었다.

"그렇지. 날지 못하니까 문을 부수고 들어가는 수밖에." 그는 거리를 가로질러 호텔 쪽으로 걸어가기 시작했다.

"하늘을 날아다니면 재미있을 것 같아." 그와 나란히 걷기 위해 걸음을 서두르며 클라리가 말했다.

"지금이야 모든 게 흥미롭게 들릴 거야." 그녀는 제이스가 진심으로 그런 말을 한 것인지 궁금했다. 그는 흥분하고 있었다. 말로는 별로 행복하지 않은 일이라고 했지만 사냥을 목전에 두자 기대감까지 내비쳤다. 제이스는 또래의 누구보다 많은 악마를 죽였다. 싸움을 꺼리며 뒤로 물러나거나 머뭇거렸다면 그렇게 많은 악마를 죽일 수 없었을 것이다.

한바탕 더운 바람이 불자 호텔 바깥에 있는 키 작은 나무의 이파리들이 바르르 떨렸고 배수로와 인도에 있는 쓰레기들이 금이 간 도로 위로 휘날렸다. 클라리는 그 지역이 이상할 정도로 황량하다는 생각이 들었다. 맨해튼에는 새벽 4시에도 거리에 사람들이 있게 마련인데, 그곳에서는 사람의 그림자도 찾아볼 수 없었다. 인도를 따라 줄지어 선 가로등 가운데 몇 개는 불이 꺼져 있었다. 하지만 호텔과 가장 가까운 가로등이 정문으로 이어지는 길을 희미하게나마 밝혀주고 있었다.

"빛을 받지 않도록 해." 제이스가 클라리의 소매를 붙잡아 자기 쪽으로 끌어당기면서 말했다. "뱀파이어들이 창문으로 지켜보고 있을지도 모르니까. 그리고 위를 쳐다보지 마." 그가 덧붙였지만 이미 늦어버렸다. 클라리가 꼭대기 층의 부서진 창문을 올려다보고 말았던 것이다. 한순간 그녀는 창문들 가운데 하나에서 무언가가 스치고 지나가는 것을 보았다고 생각했다. 그것은 하얀 얼굴 같기도 했고 묵직한 커튼을 열어젖히는 손 같기도 했다.

"자, 이쪽으로." 제이스는 어둠 속으로 그녀를 끌어당기며 호텔로 바짝 다가갔다. 그녀는 척추에서 긴장이 고조되는 것을 느꼈다. 손목의 맥박이 빨라졌고 귀를 맴도는 혈류가 더욱 거세졌다. 먼 곳에서 지나가는 차량들의 희미한 소음이 더욱 멀게 느껴졌다. 들리는 소리라고는 쓰레기가 나뒹구는 인도를 밟을 때 나는 신발 소리뿐이었다. 그녀는 자기도 섀도우 헌터처럼 소리를 내지 않고 걸을 수 있으면 좋겠다는 생각을 했다. 언젠가는 제이스에게 소리 없이 걷는 법을 가르쳐달라고 부탁해 볼 수도 있을 것이다.

그들은 호텔의 모퉁이를 돌아서 한때 배달 통로였을 것 같은 뒷골목으로 숨어 들어갔다. 좁다란 길은 온갖 쓰레기로 숨이 막힐 지경이었다. 곰팡이가 핀 종이 상자들, 빈 유리병들, 찢긴 플라스틱 제품들, 그리고 이쑤시개처럼 보이는 것들이 여기저기 흩어져 있었다. 가까이 다가가 보니 그것들은 이쑤시개가 아니라……

"뼈다귀들이야." 제이스가 무덤덤하게 말했다. "개 뼈다귀, 고양이 뼈다귀. 너무 자세히 보지 마. 뱀파이어들의 쓰레기를 관찰하는 건 그리 유쾌한 일이 아니야."

클라리는 구역질이 올라오는 것을 꾹 눌러 참았다. "그러니까 적어도 우리가 제대로 찾아오긴 한 거네." 제이스의 눈에서 존경의 눈빛이 잠시 번득였다. "그렇지. 제대로 찾아왔어. 이제 안으로 들어가는 방법만 찾으면 돼." 지금은 벽돌로 온통 막혀 있지만 한때 그곳에는 창문이 있었던 게 분명했다. 문도 없었고 비상구 표시도 없었다.

제이스가 천천히 말했다. "이곳이 호텔이었을 때 틀림없이 여기로 배달물을 받았을 거야. 그러니까 내 말은 정문으로 물건들을 들여놓지는 않았을 거란 얘기지. 트럭들이 멈춰 서서 물건을 내릴 만한 곳은 여기밖에 없어. 분명히 들어가는 길이 있을 거야."

클라리는 브루클린에 있는 자기 집 근처의 식료품점과 작은 가게들을 떠올렸다. 그녀는 이른 아침에 등교를 하다가 사람들이 배달물을 받는 것을 보았다. 식품점을 운영하는 한국인 주인이 종이 수건과 고양이 먹이가 담긴 상자들을 창고로 옮기려고 가게 정문 밖의 인도에 붙어 있는 철문을 여는 모습도 보았다. "문은 틀림없이 땅에 있을 거야. 아마도 이 쓰레기 더미 아래에 묻혀 있겠지."

한 발짝 뒤에서 따라오던 제이스가 고개를 끄덕였다. "나도 그렇게 생각해." 그는 한숨을 쉬었다. "쓰레기를 옮겨야 할 것 같아. 우선 쓰레기통부터 옮기자."

"넌 차라리 탐욕스러운 악마들의 무리와 대적하고 싶겠지?"

"적어도 악마들의 몸에는 구더기가 끓지 않으니까. 어쨌든 대부분 악마들한테는 구더기가 없어. 그런데 어떤 악마를 추적하느라 그랜드 센트럴 역 아래의 하구수를 뒤졌을 때는……."

"얘기하지 마." 클라리가 경고하듯 한 손을 들었다. "지금 그런 얘기들을 기분이 아냐."

"나한테 그런 말을 하는 여자애는 네가 처음이야." 제이스가 생각에 잠겨 말했다. "내 옆에 붙어 있어. 이번에도 구더기를 뒤집어쓴 악마를 만날 수 있으니까." 제이스는 입술 가장자리를 실룩거렸다.

"쓸데없이 농담이나 하자는 게 아니잖아. 쓰레기를 치워야 해."

제이스는 쓰레기통이 있는 곳으로 성큼성큼 걸어가더니 쓰레기통의 한쪽을 붙잡았다. "넌 저쪽을 잡아. 통을 넘어뜨려야겠어."

"통을 넘어뜨리면 너무 시끄러울 텐데." 클라리가 거대한 쓰레기통의 저쪽 편으로 건너가 자리를 잡으며 말했다. 그것은 도시의 표준형 쓰레기통으로 짙은 녹색 페인트가 칠해져 있었고 군데군데 이상한 얼룩이 찍혀 있었는데, 대부분 쓰레기통보다 더 역겨운 냄새가 났다. 일반 쓰레기와는 다른 무언가에서 풍기는 냄새였다. 그녀는 진하고 달콤한 그 냄새를 목 안 가득 들이마시고 나자 당장 입을 틀어막고 싶었다. "넘어뜨리지 말고 밀어야 해."

"아니, 잠깐……." 제이스가 말을 시작하려고 했을 때, 그들의 뒤편에서 갑자기 어떤 목소리가 들려왔다.

"굳이 그럴 필요가 있을까?"

클라리는 골목 어귀의 어둠을 뚫어지게 응시하며 그 자리에 얼어붙었다. 겁에 질린 그 순간, 그녀는 자신이 목소리를 상상한 건 아닌지 의심했다. 하지만 제이스 역시 그 자리에 얼어붙어 있었다. 그의 얼굴에도 놀란 기색이 역력했다. 제이스가 놀라는 모습을 보는 건 극히 드문 일이었다. 누가 갑자기 뒤에서 덮쳐도 별로 놀라지 않는 사람이었으니까.

제이스는 얼른 쓰레기통에서 물러나 허리띠 쪽으로 손을 가져가며 단조로운 목소리로 말했다. "거기 누구 있어요?"

"디오스 미오(맙소사—옮긴이)." 목소리의 주인공은 남자였다. 남자는 흥미로워하며 유창한 스페인어로 말했다. "보아하니 이 동네 친구들이 아니군, 그렇지?"

남자가 앞으로 걸어오며 짙은 어둠에서 벗어나자, 그의 생김새가 조금씩 드러났다. 모습을 드러낸 그는 제이스와 비슷한 또래로 보였지만, 키는 제이스보다 15센티미터나 작아 보였다. 뼈는 가늘고 눈은 크고 검었으며 피부는 디에고 리베라의 그림에 나오는 사람들처럼 꿀 빛깔이었다. 그는 검은 바지와 목이 드러나는 흰 셔츠를 입고 있었다. 불빛을 향해 다가오는 그의 목에 걸린 금목걸이가 희미하게 반짝거렸다.

"그렇다고 할 수 있지." 허리띠에서 손을 떼지 않고 제이스가 조심스럽게 말했다.

"여기 있으면 안 돼." 남자애가 이마를 덮은 검고 무성한 곱슬머리를 한 손으로 쓸어 넘기며 말했다. "여긴 위험한 장소란 말이야."

그의 말은 살기 나쁜 동네라는 뜻이었다. 클라리는 조금도 우습지 않았지만 소리 내어 웃고 싶었다. 클라리가 말했다. "우리도 알아. 잠시 길을 잃었을 뿐이야."

남자애는 쓰레기통을 손으로 가리켰다. "그걸로 뭘 하고 있었지?"

'난 그때그때 상황에 맞는 거짓말을 하는 데는 통 소질이 없어.' 하고 생각하며 클라리는 제이스에게 부디 그런 소질이 있기를 바랐다. 하지만 제이스는 곧바로 그녀를 실망시켰다.

"우린 호텔에 들어가려고 애쓰고 있었어. 쓰레기통 뒤에 지하실 문이 있을지도 모른다고 생각했지."

아이의 눈은 믿을 수 없다는 듯이 커졌다. "맙소사. 왜 그런 짓을 하려고 하지?"

제이스는 어깨를 으쓱했다. "장난삼아. 그냥 재미로 그런 거야."

"이해를 못하는군. 여긴 유령이 나오는 데야. 저주받은 곳이라고. 무슨 해를 입게 될지 아무도 모르는 곳이야." 그는 고개를 힘차게 가로저으며 스페인어로 몇 마디인가 주절거렸다. 클라리는 아이가 하는 말을 알아들을 수 없었지만 버릇없는 백인 아이들 전체, 그중에서도 특히 자신과 제이스의 어리석음을 비웃고 있다고 짐작했다.

"나랑 같이 가자. 내가 지하철역까지 데려다줄게."

"우리도 지하철역이 어디에 있는진 알아." 제이스가 말했다.

아이는 주변에 울려 퍼지는 낮은 소리로 웃었다. "그래. 물론 알고 있겠지. 하지만 나랑 함께 가면 아무도 괴롭히지 않을 거야. 설마 문제가 생기는 걸 원하진 않겠지?"

"그건 사정에 따라 다르지." 제이스가 그렇게 말하면서 몸을 움직이는 바람에 그의 재킷이 약간 벌어지면서 허리띠에 쑤셔 넣은 무기들이 드러났다. "사람들이 호텔에 접근하지 못하도록 막는 대가로 얼마나 받고 있지?"

아이는 자기 뒤쪽을 슬쩍 쳐다보았다. 비좁은 골목 어귀가 다른 형체들로 가득 채워지는 모습을 상상하자 클라리는 신경이 바짝 곤두섰다. 그녀의 상상 속에서 시커먼 형체들은 얼굴이 창백하고 입술이 붉으며 쇠붙이가 인도에 부딪쳐 불꽃을 튀길 때처럼 송곳니를 번쩍이고 있었다. 아이가 고개를 돌려 제이스를 바라보았을 때, 그는 입을 꾹 다물고 있었다. "친구, 누가 내게 돈을 지불한다고?"

"뱀파이어들이겠지. 그들한테서 얼마나 받고 있지? 돈이 아니면 다른 걸로 대가를 받고 있나? 혹시 그들이 무슨 약속을 하진 않았어? 아무런 고통이나 질병 없이 영원히 살 수 있다는 솔깃한 제안을 하면서 자기들처럼 만들어주겠다고 말이야. 그래 봤자 아무런 가치도 없는 생명인데. 햇빛을 보지 못하고 엄청나게 오래 살면 무슨 소용이 있을까. 친구, 안 그래?"

아이는 무표정한 얼굴로 말했다. "내 이름은 친구가 아니라 라파엘이야."

클라리가 말했다. "그렇지만 넌 우리가 무슨 말을 하는지 알고 있어. 뱀파이어에 대해 알고 있지?"

라파엘은 옆으로 고개를 돌리더니 침을 탁 뱉었다. 다시 그들을 향해 고개를 돌렸을 때 그의 눈은 번뜩이는 분노로 가득했다. "뱀파이어…… 피를 마시는 동물들 말이군. 호텔 창문을 널빤지로 모두 가리기 전부터 별별 이야기들이 있었지. 한밤중에 웃음소리가 들렸다거나 작은 동물들이 감쪽같이 사라졌다거나 이상한 소리가 들렸다는……." 그는 말을 멈추고 고개를 가로저었다. "이 지역 사람들은 호텔 근처에는 얼씬도 하지 않아. 불길한 장소라는 걸 아는 거지. 그런데 너희는 지금 뭘 하고 있는 거야? 경찰에 신고했을 때 뱀파이어들 때문에 찾아왔다고 하면 과연 믿어줄까?"

"혹시 뱀파이어를 본 사람이 있어?" 제이스가 물었다. "아니면 뱀파이어를 봤다는 사람을 알고 있는 사람이라도?"

라파엘은 천천히 말했다. "예전에 몇몇 아이들이 있었어. 그들은 호텔로 들어가 괴수들을 죽이기로 마음먹었지. 그들은 총과 칼을 가지고 있었어. 모두 신부가 축복을 내린 물건들이었지. 호텔로 들어갔던 아이들은 두 번 다시 볼 수 없었어. 나중에 우리 숙모님이 아이들의 옷가지가 집 앞에 놓여 있는 걸 발견했지."

"숙모님의 집 앞에?" 제이스가 말했다.

"응. 그 아이들 가운데 하나는 내 동생이었어." 라파엘은 무덤덤하게 말했다. "내가 한밤중에 숙모님 집에서 우리 집으로 돌아가면서 이곳을 지나가는 이유를 이제 알겠지? 경고를 해서 돌려보내려고 한 이유를 알겠어? 저기 들어가면 두 번 다시 나올 수 없을 거야."

"내 친구가 저 안에 있어." 클라리가 말했다. "우리는 친구를 구하려고 온 거야."

"아. 그럼 너희를 돌려보낼 수가 없겠군."

"그렇지." 제이스가 말했다. "하지만 걱정 마. 네 친구들한테 벌어진 일은 우리한테 일어나지 않을 테니까." 그는 천사의 검들 가운데 하나를 허리띠에서 뽑더니 그것을 치켜들었다. 검에서 뿜어져 나오는 희미한 빛이 광대뼈 아래의 움푹한 곳을 비추면서 눈에 그림자를 드리웠다. "난 지금까지 수많은 뱀파이어들을 해치웠어. 뱀파이어의 심장은 박동하지 않지만 그래도 죽일 순 있어."

라파엘은 날카롭게 숨을 들이마시고 나서 스페인어로 무슨 말을 했지만 목소리가 너무 낮고 빨라서 알아들을 수가 없었다. 그는 두 사람을 향해 허겁지겁 다가오다가 구겨진 플라스틱 포장지 더미에 발이 걸려 하마터면 넘어질 뻔했다. "난 너희가 누군지 알아. 세인트 세실리아 성당의 신부님한테 너희 종족에 대해 들었어. 그때는 그냥 지어낸 이야기라고만 생각했어."

"모든 이야기는 사실이야." 클라리가 그렇게 말했지만 목소리가 너무 작아 그는 알아듣지 못한 것 같았다. 그는 주먹을 움켜쥔 채 제이스를 바라보고 있었다.

"나도 함께 가고 싶어."

제이스는 고개를 가로저었다. "안 돼. 어림없는 소리."

"너희한테 안으로 들어가는 방법을 가르쳐줄 수도 있어."

제이스는 동요하고 있었다. 솔깃한 유혹에 흔들리는 것이 얼굴에 그대로 드러났다. "우리는 널 데려갈 수 없어."

"알았어." 라파엘은 벽에 기대어져 있는 쓰레기더미를 발로 차서 옆으로 넘어뜨렸다. 거기에는 적갈색으로 녹이 슨 격자 모양의 쇠창살이 있었다. 그는 무릎을 꿇고 쇠창살을 손으로 붙잡더니 위로 들어 올렸다. "내 동생과 동생 친구들은 여기로 들어갔어. 이리 내려가면 지하실과 연결되는 것 같아."

라파엘이 고개를 들자 제이스와 클라리가 다가갔다. 클라리는 거의 숨을 멈추고 있었다. 쓰레기 냄새가 진동을 했고, 어둠 속에서도 쓰레기 더미 위를 빠르게 기어 다니는 바퀴벌레들을 볼 수 있었다. 제이스의 입가에 희미한 미소가 피어났다. 그는 아직도 천사의 검을 손에 들고 있었는데, 검에서 흘러나온 불빛 때문에 얼굴이 유령처럼 보였다. 클라리는 열한 살 때 사이먼이 턱 밑에 손전등을 갖다 대고 불빛을 위로 비추며 무시무시한 이야기를 들려주던 일이 기억났다.

제이스가 라파엘에게 말했다. "고마워. 여기로 들어가면 될 것 같아."

라파엘의 얼굴은 창백했다. "나는 동생을 구하지 못했지만 들어가서 친구를 무사히 구해내길 바랄게."

제이스는 천사의 검을 허리띠에 다시 밀어 넣고 클라리를 잠깐 쳐다보았다. "따라와." 그는 쇠창살 안으로 두 발을 먼저 밀어 넣고 단숨에 미끄러져 들어갔다. 그녀는 숨을 멈추고 안에서 고통이나 경악의 외침이 들려오기를 기다렸다. 하지만 딱딱한 바닥에 두 발이 부드럽게 떨어지는 소리만 들려올 뿐이었다. "괜찮아." 제이스가 안에서 위를 보고 희미하게 소리쳤다. "뛰어내리면 내가 잡아줄게."

클라리는 라파엘을 바라보았다. "도와줘서 고마워."

라파엘은 아무 말도 하지 않고 한 손을 내밀었다. 클라리는 그의 손을 잡고 중심을 잡으면서 구멍 속에 몸을 밀어 넣었다. 라파엘의 손은 차가웠다. 떨어지는 시간은 불과 1초밖에 되지 않았다. 제이스가 클라리를 잡았을 때 그녀의 드레스가 허벅지까지 말려 올라갔고, 제이스는 자신의 두 팔 안으로 미끄러져 들어오는 두 다리를 불가피하게 스쳤다. 제이스는 얼른 클라리한테서 손을 떼었다. "괜찮아?"

클라리는 드레스를 끌어 내리며 어둠 속에서 제이스가 자신의 몸을 제대로 볼 수 없는 것을 다행이라 여겼다. "응, 괜찮아."

제이스는 천사의 검을 꺼내어 들었다. 어두컴컴하던 주변이 점점 환해졌다. 그들은 천장이 낮고 비좁은 공간에 들어와 있었다. 콘크리트 바닥에는 금이 가 있었고, 바닥이 부서진 곳에는 정사각형 모양의 흙이 보였다. 클라리는 벽을 구불구불 휘감은 검은 덩굴을 볼 수 있었다. 문이 떨어진 출입구는 다른 방으로 연결되었다. 뒤에서 갑자기 쿵 하는 소리가 들려 그녀는 깜짝 놀랐다. 돌아보니 바닥으로 뛰어내린 라파엘이 불과 몇 미터 뒤에서 양쪽 무릎을 구부리고 있었다. 가버린 줄 알았던 라파엘이 뒤따라온 것이었다. 그는 똑바로 서서 미친 사람처럼 히죽 웃었다.

제이스는 화난 표정을 지으며 말했다. "따라오지 말라고 내가 분명히 말……."

"했지." 라파엘은 손을 휘저으며 말했다. "이렇게 된 마당에 뭘 어쩔 건데? 난 이제 들어온 구멍으로 다시 나갈 수 없어. 날 여기 혼자 내버려두면 죽은 사람들이 가만히 안 놔둘 거고, 안 그래?"

"너를 어떻게 할지 생각 중이야." 제이스는 지쳐 보였다. 클라리는 그의 눈 아래 그늘이 더 짙어진 것을 보고 약간 놀랐다.

라파엘이 계단을 손으로 가리키며 말했다. "저쪽으로 가야 돼. 녀석들은 호텔의 높은 층에 있어. 가보면 알 거야." 그는 제이스를 가볍게 밀쳐내고 비좁은 문간을 지나갔다.

제이스는 앞장서서 걸어가는 라파엘을 보며 고개를 절레절레 흔들었다. "먼데인들이 정말 싫어지는군."

호텔의 아래층에는 복도가 미로처럼 이리저리 얽혀 있었는데, 복도는 텅 빈 창고와 버려진 세탁실로 연결되었다. 세탁실에는 잔가지로 엮은 썩은 바구니 안에 곰팡이가 핀 리넨 제품들이 잔뜩 쌓여 있었고, 유령이 튀어나올 것 같은 부엌과 스테인리스 조리대가 어둠 속으로 뻗어 있었다. 위층으로 이어지는 계단은 대부분 떨어져 나가 있었는데, 낡아서 무너진 것이 아니라 누군가 교묘하게 잘라내서 벽에 기대놓은 것이었다. 한때 화려했을 페르시아 양탄자들은 이제 폭신폭신하게 피어난 곰팡이처럼 계단에 들러붙어 있었다. 클라리는 혼란스러웠다. 뱀파이어들은 무슨 한이 맺혀서 계단을 없애버렸을까? 그들은 결국 세탁실 뒤쪽에서 멀쩡한 계단 하나를 찾아냈다. 승강기가 생기기 전에 잡역부들이 그 계단을 이용한 것이 분명했다. 계단에는 먼지가 두껍게 쌓여 있었다. 회색 눈가루처럼 소복하게 쌓여 있는 먼지 때문에 클라리는 기침을 했다.

"쉿." 라파엘이 낮은 소리로 말했다. "녀석들이 소리를 듣겠어. 이곳은 녀석들이 잠을 자는 곳과 가까워."

"그걸 네가 어떻게 알아?" 클라리가 소곤거렸다. 그곳에 한 번도 들어와보지 않았다던 라파엘이 자는 곳을 알고 있다니 이상했다. 대체 무슨 근거로 그녀에게 이래라저래라 할 수 있단 말인가?

"난 느낄 수 있어." 그의 눈가가 실룩거렸다. 클라리는 라파엘도 자기만큼 두려워하고 있다는 것을 알 수 있었다. "못 느끼겠어?"

그녀는 고개를 가로저었다. 이상하게 싸늘한 기운 외에는 아무것도 느낄 수 없었다. 호텔 밖은 밤의 열기 때문에 숨이 컥컥 막히는데 호텔 안의 냉기는 이루 말할 수 없이 강했다. 계단 꼭대기에 있는 문 위에는 '로비'라는 글자가 적혀 있었다. 몇 년 동안 쌓인 먼지 때문에 글자를 알아보기가 힘들 정도였다. 제이스가 문을 밀자 녹이 가루처럼 흘러내렸다. 클라리는 눈앞에 펼쳐질 풍경을 예상하고 바짝 긴장했다.

하지만 커다란 로비는 텅 비어 있었다. 썩은 양탄자가 갈가리 찢겨 부서진 마룻바닥이 드러나 보였다. 방 한복판에는 원래 거대한 계단이 있었던 듯했다. 우아한 곡선 모양의 계단에는 금박을 입힌 난간이 붙어 있었고 바닥에는 금색과 자주색의 값비싼 양탄자가 깔려 있었던 것 같았다. 지금 남아 있는 것이라고는 어둠으로 이어지는 계단 윗부분밖에 없었지만, 계단의 나머지 부분은 그들의 머리 높이에서, 즉 허공에서 끝나 있었다. 그 모습은 조슬린이 무척 좋아했던 르네 마그리트의 추상화처럼 초현실적으로 보였다. 그 장면에 굳이 이름을 붙여보자면 '미지의 세계로 이어지는 계단'이 될 거라고 클라리는 생각했다. 그녀의 목소리는 주변의 모든 것을 덮고 있는 먼지처럼 건조하게 들렸다.

"뱀파이어들은 왜 계단을 저 모양으로 만들어놨을까?"

"그냥." 제이스가 말했다. "계단을 이용할 필요가 없었을 뿐이지. 이곳이 자기네 영역이라는 걸 보여주는 방법이야."

라파엘의 눈이 밝아졌다. 그는 흥분한 듯이 보였다. 제이스는 곁눈으로 그를 쳐다보며 물었다. "라파엘, 뱀파이어를 실제로 본 적 있어?"

라파엘은 멍한 표정으로 그를 쳐다보았다. "난 녀석들이 어떻게 생겼는지 알고 있어. 놈들은 인간보다 더 창백하고 호리호리하지만 매우 강해. 고양이처럼 걷고 뱀처럼 날렵하게 튀어 오르지. 그들은 이 호텔처럼 아름다우면서도 소름이 끼쳐."

"넌 여기가 아름답다고 생각해?" 클라리는 놀라서 물었다.

"이곳의 몇 년 전 모습을 떠올려 봐. 이 호텔은 젊은 시절 미모가 빼어났던 할머니 같아. 시간이 그녀의 아름다움을 앗아버렸지. 지금은 이 모양이지만 과거의 계단이 어떤 모습이었을지 상상해야 돼. 어둠 속의 개똥벌레처럼 무수한 가스등이 계단을 오르내리곤 했지. 발코니는 사람들로 북적거렸고 말이야. 지금 모습과는 전혀 달랐어. 이렇게 처참하게……." 라파엘은 말을 멈추고 적당한 낱말을 찾으려 애썼다.

"절단되지 않았다고?" 제이스가 건조하게 말했다.

라파엘은 제이스가 자신의 공상을 깨뜨려버리기라도 한 것처럼 깜짝 놀란 표정을 지었다. 그는 몸을 흔들며 웃고 나서 돌아섰고, 클라리는 제이스를 향해 돌아섰다.

"그런데 녀석들은 어디에 있지? 뱀파이어들 말이야."

"아마 위층에 있을 거야. 녀석들은 박쥐처럼 높은 곳에서 잠을 자는 걸 좋아하지. 곧 동이 트겠어."

줄에 매달린 꼭두각시들처럼 클라리와 라파엘은 동시에 머리 위를 쳐다보았다. 그들의 머리 위에는 프레스코화가 그려진 천장밖에 없었다. 천장에는 금이 가 있고 불에 탄 것처럼 여기저기가 거뭇거뭇했다. 그들의 왼쪽에 있는 아치형 길은 어둠 속으로 뻗어 있었고, 길 양쪽에 늘어선 기둥에는 나뭇잎과 꽃이 조각되어 있었다. 라파엘이 고개를 다시 떨어뜨렸을 때, 목 아래쪽의 흉터가 얼핏 보였다. 갈색 피부에 새하얗게 박혀 있는 흉터는 윙크를 하는 눈처럼 반짝 빛났다. 클라리는 어떻게 그런 흉터가 생겼는지 궁금했다. 클라리가 속삭였다.

"내 생각엔 종업원들이 이용하는 계단으로 돌아가야 할 것 같아. 여긴 너무 노출되어 있어."

제이스가 고개를 끄덕였다. "거기로 가면 목이 터지도록 불러야 사이먼이 간신히 목소리를 들을 수 있을 거야."

클라리는 자신이 느끼는 두려움이 얼굴에 드러나는지 궁금했다. "난……."

그녀의 말은 등골이 오싹해지는 비명 때문에 끊어졌다. 클라리는 홱 돌아섰지만 라파엘이 보이지 않았다. 바닥의 먼지에는 그가 어딘가로 걸어갔거나 끌려간 흔적이 조금도 남아 있지 않았다. 클라리는 반사적으로 제이스에게 손을 뻗었지만 그는 이미 저쪽 벽에 붙어 있는 아치형 길과 그 너머의 어둠을 향해 달려가고 있었다. 그녀는 제이스를 볼 수 없었지만, 도깨비불에 이끌려 늪으로 빠져드는 여행객처럼 제이스의 손에 들린 불빛만을 뒤따랐다.

아치 너머에는 한때 웅장한 무도장이었던 공간이 있었다. 망가진 바닥은 하얀색 대리석으로 되어 있었는데, 금이 너무 심하게 나 있어 북극의 얼음덩어리들이 둥둥 떠다니는 바다처럼 보였다. 곡선을 이루는 발코니 난간은 녹이 잔뜩 슬었고, 사이에 테두리가 황금으로 되어 있는 거울들이 드문드문 걸려 있었는데, 거울의 꼭대기마다 금박을 입힌 큐피드의 머리가 붙어 있었다. 거미집이 습기를 머금은 공기 속에서 오래된 면사포처럼 흔들렸다.

라파엘은 허리에 양팔을 얹은 채 무도장 한복판에 서 있었다. 클라리가 그를 향해 달려갔다. 제이스는 조금 느리게 그녀를 뒤따라갔다.

"괜찮아?" 숨을 헐떡이며 클라리가 물었다.

라파엘은 천천히 고개를 끄덕였다. "어둠 속에서 뭔가가 움직이는 것 같았어. 그런데 다시 보니 아무것도 아니었어."

제이스가 말했다. "종업원 계단으로 돌아가기로 했어. 이 층에는 아무것도 없어."

라파엘이 고개를 끄덕였다. "잘 생각했어." 그는 두 사람이 따라오든지 말든지 신경도 쓰지 않고 문을 향해 걸어갔다. 그가 불과 몇 발자국을 떼었을 때 제이스가 말했다. "라파엘?"

라파엘은 궁금했는지 눈을 크게 뜨고 돌아섰고, 그 순간 제이스가 칼을 던졌다. 라파엘은 반사 신경이 제법 빨랐지만 칼날을 피할 수는 없었다. 칼은 목표물을 정통으로 맞혔다. 충격으로 라파엘은 뒤로 벌러덩 넘어졌고, 두 발이 바닥에서 떨어지면서 금이 간 대리석 바닥에 무겁게 쓰러졌다. 흐릿한 불빛 속에서 그의 피는 검게 보였다.

"제이스!" 클라리는 눈앞에서 벌어진 상황을 도저히 믿을 수 없었다. 그녀는 극심한 충격에 휩싸였다. 제이스는 먼데인을 싫어한다고 말했다. 하지만 한 번도 이런 식으로……. 그녀가 라파엘에게 다가가려고 하자 제이스는 그녀를 거칠게 옆으로 밀쳐냈다. 그런 다음 라파엘을 향해 몸을 날려 그의 가슴에 박힌 칼을 거머쥐려고 손을 뻗었다. 하지만 라파엘이 더 빨랐다. 라파엘은 십자가 모양의 자루에 손이 닿자 비명을 질러댔다. 칼은 대리석 바닥에 쨍그랑 소리를 내며 떨어졌고, 칼날은 시커먼 피로 젖어 있었다. 제이스는 한 손으로 라파엘의 셔츠를 움켜쥐고 다른 손으로는 산비를 움켜쥐었다. 칼이 워낙 밝은 빛을 내고 있어서 클라리는 다시금 색깔들을 볼 수 있었다. 벽에서 벗겨지고 있는 진보라색 벽지, 대리석 바닥의 황금색 반점들, 그리고 라파엘의 가슴 위로 번지는 붉은 얼룩이 그녀의 눈에 들어왔다.

라파엘은 낄낄거리며 웃고 있었다. "빗맞았어." 그는 처음으로 뾰족하고 하얀 앞니를 드러내며 씩 웃었다. "내 심장을 맞히지 못했다고."

제이스는 손아귀에 더욱 힘을 주었다. "넌 마지막 순간에 움직였어. 매우 경솔한 행동이었지."

라파엘은 얼굴을 찌푸리며 붉은 침을 뱉었다. 클라리는 겁에 질려 그 모습을 바라보았다.

"언제 알았지?" 라파엘이 캐물었다. 억양이 흐릿해지면서 말이 더욱 정확하고 짧아졌다.

"골목길에서 짐작했지. 네가 우리를 호텔 안으로 일단 들여보내고 나면 본색을 드러낼 거라고 생각했어. 호텔 안으로 들어오면 우린 코브넌트의 보호막을 벗어나게 되니까. 공격하기 좋은 사냥감이 되는 거지. 그런데 네가 우리를 공격하지 않아서 내 생각이 틀렸을지도 모른다고 생각했어. 그러다가 목에 있는 흉터를 보게 됐지."

제이스는 여전히 라파엘의 목에 칼날을 겨눈 채 뒤로 조금 물러났다.

"처음 그 목걸이를 봤을 때, 나는 네가 매달린 십자가와 같은 종류라고 생각했어. 너는 가족을 찾으러 나갔다 십자가에 매달렸어. 맞지? 너희 종족이 그토록 쉽게 상처가 아무는 이유가 불에 약간 탄 그 흉터 때문이야?"

라파엘이 소리 내어 웃었다. "그게 전부야? 내 흉터를 보고?"

"로비를 떠날 때 네 발은 먼지 속에 아무런 흔적도 남기지 않았어. 그때 알아차렸지."

클라리가 상황을 깨닫고 말했다. "괴수들을 찾아 이곳에 들어왔다가 빠져나가지 못한 사람은 동생이 아니었어. 그렇지? 그건 바로 너였어."

"두 사람 모두 아주 똑똑하군. 충분히 똑똑하진 못하지만. 위를 쳐다 봐." 라파엘이 손을 들어 천장을 가리켰다.

제이스는 라파엘에게서 시선을 떼지 않은 채 그의 손을 탁 쳐서 옆으로 밀었다. "클라리. 뭐가 보여?"

그녀는 숨이 막힐 것 같은 공포를 느끼며 천천히 머리를 들었.

지금은 이 모양이지만 과거의 계단이 어떤 모습이었을지 상상해야 돼. 어둠 속의 개똥벌레처럼 무수한 가스등이 계단을 오르내리곤 했지. 발코니는 사람들로 북적거렸고 말이야.

이제 다시 발코니가 북적거렸다. 죽은 사람처럼 얼굴이 온통 창백한 뱀파이어들이 여러 줄로 늘어서 있었다. 뱀파이어들은 붉은 입을 늘어뜨린 채 멍하니 아래쪽을 내려다보았다.

제이스는 아직도 라파엘을 주시하고 있었다. "네가 불렀군. 그렇지?"

라파엘은 여전히 히죽거리고 있었다. 그의 가슴에 난 상처에서 흘러나오던 피가 멈췄다. "그게 중요해? 네가 상대해야 할 뱀파이어들이 아주 많아, 웨이랜드."

제이스는 아무 말도 하지 않았다. 몸을 움직이지는 않았지만 짧고 빠르게 숨을 헐떡이고 있었다. 클라리는 뱀파이어 소년을 죽이고 싶은 그의 욕구가 얼마나 강한지 느낄 수 있을 것 같았다. 제이스는 뱀파이어 소년의 심장에 칼을 박아 넣어 그의 얼굴에서 역겨운 미소를 영원히 지워버리고 싶어했다.

"제이스." 클라리는 경고하듯이 말했다. "그를 죽이면 안 돼."

"왜?"

"어쩌면 그 애를 인질로 삼을 수도 있을 거야."

제이스의 눈이 커졌다. "인질로?"

그녀는 뱀파이어들을 볼 수 있었다. 더 많은 뱀파이어가 아치형의 문간을 막았다. 그들은 뼈의 도시에 있는 형제들처럼 소리 없이 움직였다. 하지만 뼈의 도시 형제들은 피부가 그렇게까지 하얗고 해쓱하지 않았다. 손끝도 갈고리발톱처럼 굽어 있지 않았다. 클라리는 혀로 메마른 입술을 핥았다. "내가 알아서 할게. 그 녀석을 일으켜 세워, 제이스."

제이스는 어깨를 으쓱했다. "알았어."

라파엘이 발끈해서 말했다. "어리석은 짓은 하지 마."

"그래서 아무도 웃지 않고 있군." 제이스는 자리에서 일어나 칼끝으로 라파엘의 어깨뼈 사이를 찔러 그를 똑바로 일으켜 세웠다. "나는 네 등을 칼로 쑤시는 것만큼이나 쉽게 이 칼로 네 심장을 관통할 수 있어. 내가 너라면 헛된 수작을 부리지 않을 거야."

클라리는 다가오는 어두운 형체들을 바라보았다. 그녀는 한 손을 불쑥 내밀었다. "거기에 서. 그렇지 않으면 내 친구가 라파엘의 심장에 칼을 박아 넣을 거야."

무리 속에서 중얼거리는 소리가 들려왔다. 어떻게 들으면 속삭이는 소리 같기도 했고 웃는 소리 같기도 했다. "거기 서." 클라리는 다시 한 번 말했다. 이번에는 제이스가 가만히 있지 않았다. 그녀는 제이스가 무슨 행동을 했는지 볼 수 없었지만 깜짝 놀란 라파엘이 고통을 느끼고 울부짖었다.

뱀파이어들 가운데 하나가 동료들을 제지하려고 한쪽 팔을 뻗었다. 클라리는 귀고리를 한 그 뱀파이어가 매그너스의 파티에서 보았던 호리호리한 금발 남자애라는 것을 알아차렸다. "농담이 아닌 것 같아. 저 친구들은 섀도우 헌터야."

또 다른 뱀파이어가 무리를 헤치고 나와 그의 옆에 섰다. 은색 스커트를 입은 파란 머리의 예쁘장한 동양계 소녀였다. 클라리는 못생기거나 뚱뚱한 뱀파이어가 있는지 궁금했고, 못생긴 사람들은 뱀파이어가 될 수 없는지도 모른다는 생각이 들었다. 어쩌면 못생긴 사람들은 영원히 살고 싶어하지 않을 수도 있었다.

"섀도우 헌터들이 우리 구역을 침범했군." 그녀가 말했다. "저 친구들은 코브넌트의 보호막을 벗어났어. 우리 종족을 수없이 죽인 녀석들이니 원수를 갚아줘야 해."

"이곳 책임자가 누구지?" 제이스가 아주 무덤덤한 목소리로 말했다. "누가 책임자야? 앞으로 나와."

여자애가 날카로운 이빨을 드러내 보였다. "이봐, 섀도우 헌터. 우리한테 클레이브의 언어는 쓰지 마. 너희는 우리의 귀중한 코브넌트를 어기고 여기로 들어왔어. 법은 너희를 보호해주지 않을 거야."

"그만해, 릴리." 금발 남자애가 날카롭게 말했다. "책임자는 여기에 없어. 그녀는 지금 이드리스에 있어."

"그럼 누군가 그녀를 대신해서 너희를 통제하고 있을 것 아냐." 제이스가 말했다.

잠시 침묵이 흘렀다. 발코니에 있는 뱀파이어들은 난간 밖으로 한껏 몸을 내밀고 아래쪽에서 무슨 얘기가 오가는지 들으려 애쓰고 있었다. "라파엘이 우리를 지휘하고 있어." 마침내 금발 뱀파이어가 말했다.

릴리라는 파란 머리 여자애가 못마땅한지 거친 소리를 내뱉었다. "제이콥⋯⋯."

"우리, 거래를 하지." 클라리는 릴리의 장황한 비난과 제이콥의 반박을 자르며 재빨리 말했다. "오늘 밤 파티에서 너희는 너무 많은 사람들을 데려갔어. 너희가 데려간 이들 가운데 하나가 내 친구 사이먼이거든."

제이콥이 눈썹을 추켜올렸다. "너희가 뱀파이어의 친구들이라고?"

"내 친구는 뱀파이어가 아냐. 섀도우 헌터도 아니고." 클라리는 릴리의 창백한 눈알이 가늘어지는 것을 보며 덧붙였다. "그냥 평범한 인간이야."

"우리는 매그너스의 파티에서 어떤 인간도 데려오지 않았어. 코브넌트를 어기는 일이니까."

"내 친구는 쥐로 변했어. 작은 갈색 쥐. 누군가 그를 애완동물이라고 생각했거나……."

클라리의 목소리는 점점 흐려졌다. 그들은 클라리가 정신이 나가기라도 한 것처럼 그녀를 빤히 바라보고 있었다. 차가운 절망감이 뼛속까지 스며들었다.

"그러니까 뭐야." 릴리가 말했다. "쥐와 라파엘의 목숨을 맞바꾸자는 거야?"

클라리는 무력하게 제이스를 바라보았다. 제이스의 눈빛은 이렇게 말하고 있었다. '이건 네 아이디어였어. 그러니까 네가 알아서 해.'

"그래." 뱀파이어들을 향해 돌아서며 클라리가 말했다. "우리가 제안하는 건 바로 그거야."

뱀파이어들은 클라리를 빤히 바라보았다. 새하얀 얼굴에는 하나같이 표정이 없었다. 어쩌면 혼란스러워하는 표정이라고 해야 할지도 몰랐다. 클라리는 자신의 뒤에 제이스가 서 있는 것을 느낄 수 있었다. 그의 거친 숨소리가 들렸다. 제이스는 자신을 이곳으로 끌어들인 그녀를 원망하고 있는지도 몰랐다. 클라리는 지금 제이스가 무슨 생각을 하고 있는지 궁금했다.

"이 쥐 말이야?"

클라리는 눈을 껌벅거렸다. 또 다른 뱀파이어, 머리를 가늘게 땋아 내린 호리호리한 흑인 아이가 무리를 헤치고 앞으로 나왔다. 그는 양손에 무언가를 들고 있었다. 갈색 생물이 약하게 몸을 꼼지락거리고 있었다.

"사이먼?" 클라리가 속삭이듯 말했다.

쥐는 찍찍거리며 아이의 손아귀에서 벗어나려고 거칠게 버둥거리기 시작했다. 아이는 싫은 표정을 지으며 쥐를 내려다보았다. "난 이 친구가 지크인 줄 알았어. 왜 이렇게 사납게 구는지 궁금했지." 그가 고개를 흔들자 땋은 머리가 이리저리 흔들렸다.

"이까짓 것 줘버리자고. 벌써 이 녀석한테 다섯 번이나 물렸어."

클라리는 사이먼을 받으려고 양손을 동그랗게 해서 뻗었다. 하지만 클라리가 두 발짝도 떼기 전에 릴리가 그녀의 앞을 가로막았다. "잠깐. 쥐를 가져가고 라파엘을 죽여버릴지도 모르잖아."

"그렇지 않아. 맹세할게." 클라리는 즉각 말하고 나서 그들이 웃음을 터뜨리기를 기다리며 바짝 긴장했다. 그러나 아무도 웃지 않았다. 라파엘이 스페인어로 낮게 욕설을 내뱉었다. 릴리는 이상하다는 듯이 제이스를 쳐다보았다.

"클라리." 제이스가 말했다. 그 목소리에는 자포자기의 심정이 배어 있었다. "이게 정말……."

"이건 맹세도 거래도 아니야." 릴리가 제이스의 불확실한 어조를 감지하고 즉각 말했다. "엘리엇, 쥐를 꼭 붙잡고 있어."

머리를 땋은 아이는 사이먼이 도망을 가지 못하도록 꼭 붙잡았다. 사이먼은 엘리엇의 손에 사정없이 이빨을 박아 넣었다. 엘리엇이 울상을 지으며 말했다. "제기랄. 아파 죽겠어."

클라리는 그 기회를 틈타 제이스에게 소곤거렸다. "그냥 맹세해! 해로울 거 없잖아?"

제이스는 화가 나서 톡 쏘아붙였다. "우리의 맹세는 너희 같은 먼데인들의 맹세와 달라. 내가 이 자리에서 맹세를 하면 영원히 거기에 얽매이게 돼."

"그래? 맹세를 어기면 어떻게 되는데?"

"맹세는 절대 어길 수 없어. 바로 그게 문제……."

제이콥이 말했다. "릴리 말이 맞아. 맹세를 해야 돼. 쥐를 돌려주는 대가로 라파엘을 해치지 않겠다고 맹세해줘."

클라리가 즉각 말했다. "라파엘을 해치지 않을게. 무슨 일이 있어도."

릴리는 그녀를 향해 관대한 미소를 지어 보였다. "너는 우리가 걱정하는 존재가 아니야." 그녀는 날카로운 눈초리로 제이스를 노려보았다. 제이스는 손가락 마디가 하얗게 변하도록 라파엘을 움켜쥐고 있었다. 라파엘의 셔츠가 땀방울로 검게 물들어 있었다.

"좋아. 맹세할게."

릴리가 잽싸게 말했다. "그럼 큰 소리로 맹세해. 천사를 두고 맹세하란 말이야. 하나도 빼먹지 말고."

제이스는 고개를 가로저었다. "그쪽에서 먼저 맹세해."

제이스의 말이 돌멩이처럼 침묵 속으로 날아들자 무리 속에서 잔물결 같은 웅성거림이 일었다. 제이콥은 걱정스러운 표정을 지었고, 릴리는 화가 나 있었다. "어림없는 소리!"

"너희 대장이 우리 손에 있다는 사실을 명심해." 제이스의 칼끝이 라파엘의 목에 더 깊이 파고들었다. "그런데 너희가 가지고 있는 건 고작 쥐 한 마리가 전부야. 그렇지?"

사이먼은 엘리엇의 손을 깨물며 사납게 찍찍거렸다. 클라리는 사이먼을 낚아채고 싶은 욕구를 간신히 억눌렀다. "제이스……."

릴리가 라파엘 쪽을 바라보았다. "대장?"

라파엘은 고개를 푹 숙이고 있었다. 꼬불꼬불한 검은 머리카락이 흘러내려 그의 얼굴을 가리고 있었고, 피는 그의 셔츠 깃을 물들이며 갈색 맨살에 똑똑 떨어지고 있었다. 라파엘이 말했다. "예쁘고 소중한 쥐로군. 쥐를 찾으러 이 먼 곳까지 오다니. 내 생각에는 섀도우 헌터, 네가 먼저 맹세를 해야 할 것 같아."

제이스는 라파엘을 쥔 손아귀에 발작적으로 힘을 주었다. 클라리는 제이스의 피부 아래 있는 근육이 불끈 솟는 것을 보았다. 간신히 분노를 억누르는 동안 그의 손가락과 입술 가장자리는 하얗게 변했다. 제이스는 날카롭게 말했다. "그 쥐는 먼데인이야. 그 친구를 죽이면 너희는 법의 심판을 받게 될 테고……."

"이 친구가 우리 구역으로 들어왔지. 남의 구역을 침범하는 녀석들은 코브넌트의 보호를 받지 못해. 그 정도는 알고 있을……."

클라리가 불쑥 끼어들며 말했다. "너희가 내 친구를 여기로 데려왔잖아. 내 친구가 남의 구역에 함부로 침입한 게 아니라고."

"어쨌든 남의 구역에 들어와 있잖아." 라파엘은 목에 칼이 겨누어져 있는데도 클라리를 향해 씩 웃어 보이며 말했다. "게다가 너희는 우리가 소문을 못 들었다고 생각하나 본데, 우리도 혈관을 타고 흐르는 피처럼 다운월드를 휩쓰는 소식을 들었어. 발렌타인이 돌아왔어. 당장은 어떤 협정이나 계약도 없을 거야."

제이스는 고개를 들었다. "어디서 그런 소리를 들었지?"

라파엘은 경멸하듯이 인상을 찌푸렸다. "다운월드 전체가 알고 있는 소식인데, 뭘. 발렌타인은 불과 일주일 전에 어떤 마법사에게 돈을 지불하고 래브너 한 무리를 기르도록 지시했어. 그는 죽음의 잔을 찾기 위해 추방자를 데려왔지. 잔을 찾으면 우리 사이에 더 이상의 거짓된 평화는 없을 거야. 오직 전쟁만 난무하겠지. 길바닥에서 내가 네 심장을 도려내지 못하게 막는 법은 없어지는 거야, 섀도우 헌터······."

클라리는 차마 더 이상 듣고 있을 수가 없었다. 그녀는 릴리를 어깨로 강하게 밀어젖히고 엘리엇의 손에 있는 쥐를 낚아챘다. 사이먼은 앞발로 클라리의 소매를 움켜쥐고 그녀의 팔에 후닥닥 기어올랐다.

"괜찮아, 괜찮아." 그녀가 사이먼에게 속삭였다. 하지만 괜찮을 리가 없다는 것은 그녀 자신이 더 잘 알고 있었다. 달아나려고 돌아서는 순간 클라리는 자신의 재킷을 붙잡고 늘어지는 손길을 느꼈다. 손톱이 새까만 릴리의 손은 가늘고 뼈가 앙상하게 드러나 있었다. 앞발과 이빨로 자신의 재킷에 매달려 있는 사이먼을 혹시라도 놓치게 될까 봐 클라리는 무작정 몸부림을 칠 수도 없었다.

"이것 놔!" 그녀는 뱀파이어 여자애를 향해 발길질을 해대며 소리를 질렀다. 부츠 앞부분에 정통으로 걷어차인 릴리가 고통과 분노로 소리쳤다. 릴리는 클라리의 머리가 뒤로 꺾일 정도로 그녀의 뺨을 힘껏 후려쳤다. 클라리는 비틀거리다가 하마터면 바닥에 고꾸라질 뻔했다. 그녀는 제이스가 자신의 이름을 소리쳐 부르는 것을 듣고 소리가 나는 쪽으로 고개를 돌렸다. 제이스가 라파엘을 놓고 그녀를 향해 부리나케 달려오고 있었다. 클라리도 그에게 달려가려고 했지만 제이콥에게 어깨를 꽉 붙들렸다. 제이콥의 손가락이 그녀의 피부를 억세게 파고들었다.

클라리는 소리를 질렀다. 그러나 그 비명은 제이스가 재킷에서 유리병 하나를 꺼내 내용물을 그녀 쪽으로 던졌을 때 더 큰 비명에 묻혀버렸다. 제이콥은 제이스가 뿌린 액체가 피부에 닿자 비명을 질렀다. 그의 손가락에서 연기가 피어올랐다. 제이콥은 클라리를 놓아준 다음 동물처럼 소리 높여 울부짖었다. 릴리가 제이콥의 이름을 외치며 그에게 달려왔다. 아수라장 속에서 클라리는 누군가 자신의 손목을 붙잡는 것을 느꼈다. 그녀는 손을 뿌리치려 발버둥을 쳤다.

"진정해, 바보야. 나야, 나." 제이스가 그녀의 귀에다 대고 숨을 헐떡거리며 말했다.

"아!" 클라리는 잠시 마음을 가라앉혔다가 제이스의 뒤로 익숙한 형체가 다가오는 걸 보고 다시금 긴장했다. 그녀는 고함을 질렀다. 라파엘이 이빨을 드러내고 고양이처럼 재빠르게 달려드는 순간, 제이스가 몸을 숙이더니 휙 돌아섰다. 라파엘의 어금니가 제이스의 셔츠에 파고들었다. 제이스가 비틀거리는 동안 셔츠가 길게 찢어졌다. 라파엘은 제이스의 목에 이빨을 박아 넣고 거미처럼 끈질기게 매달렸고, 클라리는 배낭 속을 더듬으며 제이스가 준 단검을 찾았다.

갈색의 작은 형체가 바닥을 질주하더니 클라리의 두 발 사이로 튀어나와 라파엘에게 달려들었고, 라파엘이 날카로운 비명을 질렀다. 사이먼은 그의 팔뚝에 대롱대롱 매달려 날카로운 이빨을 살 속 깊숙이 박아 넣었다. 라파엘은 쥐를 떨쳐내려고 팔을 마구 흔들어댔다. 스페인어 욕설이 입에서 쏟아지는 동안 팔에서는 피가 뿜어져 나왔다.

제이스는 입을 떡 벌린 채 그 모습을 바라보았다. "이런 빌어먹을……."

간신히 중심을 잡은 라파엘이 팔에서 쥐를 떼어내어 대리석 바닥에 던져버렸다. 사이먼은 고통스러워하며 찍찍거리더니 클라리에게 쪼르르 달려왔다. 그녀는 허리를 굽혀 사이먼을 낚아채고는 그가 아프지 않을 정도로 자신의 품에 꼭 껴안아주었다. 그녀는 손가락에 닿는 작은 심장이 방망이질을 하는 것을 느낄 수 있었다. 클라리가 속삭였다. "사이먼……."

"그러고 있을 시간이 없어. 그 친구를 꽉 붙잡고 있어." 제이스는 클라리가 고통을 느낄 정도로 그녀의 오른팔을 억세게 붙잡았다. 그의 다른 손에는 번득이는 천사의 검이 들려 있었다. "가자."

제이스는 반쯤은 끌고 반쯤은 떠밀다시피 해서 클라리를 무리의 가장자리로 데려갔다. 뱀파이어들은 천사의 검이 내뿜는 불빛을 감당하지 못해 몸을 한껏 움츠리며 펄펄 끓는 물에 덴 고양이처럼 날카로운 비명을 질러댔다.

"그렇게 우두커니 서 있기만 할 거야!" 라파엘이 소리쳤다. 그의 팔에서는 피가 줄줄 흘러내리고 있었고, 입술이 뒤로 말리면서 뾰족한 앞니가 드러났다. 라파엘은 혼란 속에서 어쩔 줄 몰라하는 뱀파이어 무리를 노려보았다. "침입자들을 잡으란 말이야! 두 녀석 모두 죽여버려, 쥐도 죽이고!"

뱀파이어들이 제이스와 클라리를 향해 다가왔다. 걸어서 오는 녀석들도 있었고, 미끄러지듯이 움직이는 녀석들도 있었다. 발코니에 올라가 있던 녀석들은 날개를 퍼덕이는 검은 박쥐처럼 순식간에 아래로 내려왔다. 제이스는 무리를 벗어나자 발걸음을 재촉해서 반대쪽 벽을 향해 걸어갔다. 클라리는 몸을 반쯤 돌려 제이스를 쳐다보면서 바삐 걸었다.

"우리 서로 등을 맞대고 서 있어야 하는 거 아냐?"

"뭐? 왜?"

"몰라. 영화에서 보면 이런 상황에서 주인공이 그렇게 하던데."

그녀는 제이스가 몸을 부들부들 떠는 것을 느끼고 그가 겁을 집어먹었다고 생각했다. 그런데 알고 보니 그게 아니었다. 그는 소리 내어 웃고 있었다. 제이스는 간신히 숨을 돌리고 나서 말했다. "넌, 내가 만난 사람 중에 가장……."

"가장 뭐?" 클라리는 화가 나서 캐물었다. 그들은 부서진 가구 조각들과 바닥에 흩어져 있는 대리석 파편들을 조심스럽게 피하면서 그곳을 벗어나려 애쓰고 있었다. 제이스는 머리 위로 천사의 검을 높이 들었다. 클라리는 불빛이 얼마나 오랫동안 뱀파이어들을 저지할 수 있을지 궁금했다.

"아무것도 아니야." 제이스가 말했다. "이건 네가 말하는 그런 상황이 아니야. 알았어? 난 상황이 정말 나빠질 경우에 대비해 마지막 낱말을 아껴둔 거야."

"정말 나빠진다고? 그럼 이게 정말 나쁜 상황이 아니라는 거야? 네가 원하는 게 뭔데? 핵무기……."

클라리는 릴리가 불빛을 두려워하지 않고 제이스를 향해 달려들자 말을 중단하고 비명을 질렀다. 릴리는 이빨을 드러내며 등골이 오싹할 정도로 으르렁거렸다. 제이스는 허리띠에서 두 번째 칼을 끄집어내 허공에 휘둘렀다. 릴리는 날카롭게 비명을 지르며 뒤로 물러섰다. 그녀의 팔에는 기다랗게 베인 상처가 있었다. 릴리가 비틀거리자 다른 뱀파이어들이 그 주변으로 몰려들었다. 뱀파이어의 수가 엄청나다고 클라리는 생각했다. 많아도 너무 많은…….

클라리는 자신의 허리띠를 더듬거리며 손가락으로 단검의 손잡이를 쥐었다. 그녀의 손에 잡힌 단검은 차갑고 낯설게 느껴졌다. 그녀는 칼을 어떻게 사용하는지 몰랐다. 칼로 사람을 찌르기는커녕 누군가를 때려본 적도 없었다. 심지어 자동차 열쇠와 연필 같은 평범한 물건들을 이

뼈의 도시 351

용해서 강도와 강간범을 물리치는 방법을 배우는 날에는 체육 수업에 빠지기까지 했다. 클라리는 떨리는 손으로 칼을 빼들었다.

그 순간, 갑자기 유리창이 깨지면서 유리 조각들이 건물 안으로 쏟아졌다. 클라리는 자기도 모르게 비명을 질렀다. 그녀와 제이스로부터 불과 한 팔 거리에 있는 뱀파이어들은 깜짝 놀라 허둥거렸다. 뱀파이어들은 모두 충격과 공포가 뒤섞인 표정을 짓고 있었다. 깨진 창문으로 수십 개의 미끈한 형체들이 쏟아져 들어왔다. 네 발이 달린 형체들은 부서진 달빛과 유리 조각을 뒤집어쓰고 있었다. 그들의 눈은 이글이글 타오르는 파란색이었으며, 목에서는 폭포수처럼 낮게 으르렁거리는 소리가 흘러나왔다. 늑대들이었다.

"자, 이게 바로 네가 말한 상황이야." 제이스가 말했다. "정말 나쁜 상황이지."

15
완전한 고립

늑대들이 몸을 낮게 웅크리고 으르렁거리자, 뱀파이어들은 놀란 표정으로 물러났다. 라파엘만이 자기 위치에서 꿈쩍도 하지 않을 뿐이었다. 그는 아직도 부상을 입은 팔을 붙잡고 있었고, 셔츠는 피와 먼지로 엉망이 되어 있었다. "로스 니노스 데 라 루나." 그가 거친 소리로 말했다. 스페인어를 거의 모르는 클라리조차도 그가 무슨 말을 했는지 알 수 있었다. 달의 아이들, 늑대인간들이라는 소리였다.

"나는 저들이 서로 증오하고 있다고 생각했어." 클라리가 제이스에게 속삭였다. "뱀파이어와 늑대인간 말이야."

"그렇지. 저들은 서로의 소굴을 찾아오지 않지, 절대로. 코브넌트는 그런 행위를 금하고 있어." 제이스의 목소리는 화가 난 것처럼 들렸다. "무슨 일이 생긴 게 분명해. 아주 나쁜 상황이라고."

"설마 지금껏 벌어진 상황보다 더 나쁜 상황이 벌어지겠어?"

"우리는 이제 전쟁의 한복판에 놓인 거야."

"어떻게 감히 우리 영역을 침범한 거지?"

라파엘이 고래고래 소리를 질렀다. 그의 얼굴은 피가 몰려 자줏빛이 되었다.

늑대들 가운데 가장 덩치가 큰 녀석은 상어 같은 이빨을 가진 얼룩무늬의 회색 괴물이었다. 녀석은 숨이 차서 헐떡거리면서도 개처럼 낄낄거렸다. 녀석이 한 걸음 한 걸음 천천히 다가올 때마다 몸이 일렁이며 휘감기는 물결처럼 시시각각 변하는 듯했다. 이제 그는 회색 밧줄처럼 비비 꼬인 기다란 머리카락을 가진 근육질의 키 큰 남자가 되었다. 그는 청바지와 두꺼운 가죽 재킷을 입고 있었는데, 꺼칠꺼칠하고 야윈 얼굴에는 아직도 늑대의 모습이 남아 있었다. 그가 말했다. "우리는 여자애를 찾으러 왔지, 피를 보려고 온 게 아니야."

라파엘은 분노와 경악의 표정을 동시에 지었다.

"누구를 찾으러 왔다고?"

"저 여자아이 말이야." 늑대인간은 억센 팔을 쭉 뻗어 클라리를 가리켰다.

클라리는 너무 놀라 몸을 움직일 수가 없었다. 그녀의 손아귀에서 꿈틀거리던 사이먼도 잠잠해졌다. 제이스가 듣기 거북한 욕설을 내뱉었다.

"넌 늑대인간을 알고 있다는 말을 하지 않았어." 클라리는 제이스의 단조로운 말투 아래 분노가 깃들어 있다는 것을 느낄 수 있었다. 제이스도 그녀만큼이나 놀랐다.

"난 모르는 일이야."

"상황이 어려워졌어."

"아까 했던 말이잖아."

"반복해도 될 만한 말이야."

"조금 전만 해도 이 정도 상황은 아니었어." 클라리는 몸을 움츠리며 그에게 몸을 기댔다. "제이스, 모두 나를 쳐다보고 있어."

클라리의 말대로 모든 얼굴이 그녀를 향하고 있었다. 대부분은 놀란 표정을 짓고 있었다. 라파엘의 눈이 가늘어졌다. 그는 천천히 늑대인간을 향해 돌아섰다. "이 아이는 데려갈 수 없어. 우리 영역을 침범한 아이니까 우리 것이야."

늑대인간이 웃음을 터뜨렸다. "그렇게 말해주니 정말 기쁘군." 그는 그렇게 말하고 나서 앞으로 돌진했다. 허공에서 그의 몸이 바르르 떨리더니 다시 늑대로 변했다. 털이 곤두서고 턱이 딱 벌어지면서 녀석은 당장에 물어뜯을 태세를 취했다. 늑대인간은 라파엘의 가슴을 정면으로 들이받았고 둘은 으르렁거리며 한데 뒤엉켰다. 분노가 치민 뱀파이어들이 늑대인간들을 향해 돌진했고, 늑대인간들도 가만히 있지 않았다. 그들은 무도장의 한복판에서 뱀파이어들을 사정없이 들이받았다.

한바탕 싸움이 벌어지면서 엄청난 소음이 일어났다. 클라리가 이제껏 한 번도 들어보지 못한 것이었다. 만약에 히에로니무스 보스의 지옥 그림에 소리를 넣는다면 아마도 그녀가 듣고 있는 소리가 적당할 것이다.

제이스가 휘파람 소리를 냈다. "라파엘이 엄청난 시련의 밤을 보내고 있군."

"그래서 어쩌라고?" 클라리는 뱀파이어에게 전혀 동정심이 일지 않았다. "우리는 어떻게 할 거야?"

제이스가 주변을 둘러보았다. 그들은 한데 뒤엉켜 싸우는 무리 때문에 한쪽 구석으로 밀려나 있었다. 지금은 아무도 그들을 염두에 두고 있지 않지만 그것도 오래가지 못할 것 같았다. 클라리가 자신의 생각을 밝히기도 전에 사이먼이 갑자기 몸을 비틀며 그녀의 손아귀에서 벗어나 바닥으로 뛰어내렸다.

"사이먼!" 클라리는 사이먼이 구석 자리의 썩은 벨벳 커튼 무더기로 달려가자 소리쳤다. "사이먼, 이리 와!"

제이스의 눈썹이 우스꽝스럽게 우뚝 솟았다. "대체 어쩌려고……." 제이스는 클라리의 팔을 붙잡아 뒤로 끌어당겼다. "클라리, 쥐를 내버려둬. 달아나는 거야. 쥐들은 원래 저래."

그녀는 사나운 눈초리로 그를 쏘아보았다. "저건 쥐가 아니잖아. 사이먼이란 말이야. 널 구하려고 라파엘을 물어뜯기까지 했어. 알아? 이 은혜도 모르는 멍청아." 클라리는 제이스의 손을 뿌리치고 사이먼을 향해 달려갔다. 사이먼은 커튼의 주름 속으로 들어가 몸을 웅크리고 있었다. 녀석은 흥분해서 찍찍거리며 앞발로 열심히 커튼을 긁어댔다. 그가 무슨 말을 하려고 애쓰는지 뒤늦게 알아차린 클라리는 커튼을 옆으로 젖혔다. 커튼은 곰팡이가 피어 끈적거렸다. 하지만 그 뒤에는 놀랍게도…….

"문이야!" 클라리는 깜짝 놀라서 소리쳤다. "넌 천재 쥐구나."

그녀가 자신을 낚아채자 사이먼은 겸손하게 찍찍거렸다. 제이스가 바로 뒤에 다가와 있었다. "문이라고? 응? 열려?"

클라리는 손잡이를 붙잡더니 풀이 죽어서 그를 바라보았다.

"잠겼어. 아예 막혔을지도 몰라."

제이스는 문을 향해 온몸을 던졌다. 하지만 문은 꿈쩍도 하지 않았다. 그는 욕설을 내뱉었다. "이러다간 어깨가 망가지겠어. 회복할 때까지 날 간호해주겠지?"

"쓸데없는 소리 말고 문이나 부숴봐."

제이스가 갑자기 눈을 동그랗게 뜨고 클라리의 뒤쪽을 쳐다보았다. "클라리……."

클라리가 몸을 돌리자, 한창 뒤엉켜 싸우던 거대한 늑대 한 마리가 작은 머리에 귀를 착 붙인 채 그녀를 향해 달려오고 있었다. 얼룩무늬의 회흑색 늑대는 붉은 혀를 기다랗게 늘어뜨린 모습이었다. 클라리는 늑대를 보고 비명을 질렀다. 제이스는 여전히 욕설을 내뱉으며 다시금 몸을 거세게 문에 부딪쳤다. 그녀는 허리띠로 손을 뻗어 단검을 거머쥐고 늑대를 향해 그것을 던졌다.

클라리는 무기를 한 번도 던져본 적이 없고 무기를 다룰 생각조차 해본 적이 없었다. 그녀가 무기류를 가장 가까이 접한 것은 그걸 소재로 그림을 그렸을 때였다. 그래서 비록 흔들리기는 했지만 단검이 곧장 허공을 날아 늑대인간의 옆구리에 꽂혔을 때 누구보다도 놀란 것은 바로 클라리 자신이었다.

칼에 찔린 늑대인간은 날카롭게 울부짖었다. 울음소리는 점차 잦아들었지만 녀석의 동료 셋이 이미 그들을 향해 달려오고 있었다. 한 녀석은 부상을 입은 늑대 옆에 멈춰 섰지만 다른 두 녀석은 문을 향해 돌진해왔다. 클라리는 제이스가 세 번째로 문에 몸을 부딪쳤을 때, 다시금 비명을 질렀다. 녹이 슨 쇠가 갈리고 나무가 찢기는 소리와 함께 마침내 문이 뚫렸다.

"삼세번 만에 행운이 찾아온다고들 하지." 제이스는 자신의 어깨를 붙잡고 헉헉거렸다. 그는 부서진 문 너머의 어두운 공간으로 고개를 숙이고 들어갔다. 그런 다음 돌아서서 떨리는 손을 내밀었다. "클라리, 빨리 이쪽으로."

클라리는 숨을 헐떡이며 제이스를 따라 들어간 다음, 문을 탁 닫아버렸다. 바짝 뒤따르던 육중한 두 녀석이 문에 부딪히는 소리가 들렸다. 클라리는 빗장을 잠그려고 손으로 문을 더듬어봤지만 그런 것은 없었다. 제이스가 문을 부술 때 떨어져 나간 것이다.

뼈의 도시 357

"고개를 숙여." 그녀가 고개를 숙이자 스텔레가 머리 위로 휙휙 움직이며 썩어가는 나무 문에 검은 선을 새겼다. 클라리는 그가 새긴 것을 보기 위해 목을 길게 뺐다. 그것은 낫처럼 생긴 곡선, 세 개의 평행선, 그리고 번쩍이는 별로, 추적을 저지하는 효과가 있었다.

"네가 준 단도를 잃어버렸어. 미안해."

"신경 쓰지 마. 흔히 있는 일이니까." 제이스는 스텔레를 주머니에 꽂아 넣었다. 클라리는 늑대들이 연거푸 문에 몸을 부딪히는 소리를 희미하게 들을 수 있었다. 하지만 문은 꿈쩍도 하지 않았다. "룬 문자가 녀석들을 저지할 거야. 하지만 오래가지는 못해. 그러니까 서둘러야 해."

클라리는 고개를 들고 위를 쳐다보았다. 그들은 통로에 있었고, 어둠 속에는 폭이 좁은 계단이 뻗어 있었는데, 나무로 된 계단 난간에는 먼지가 뽀얗게 쌓여 있었다. 사이먼이 그녀의 재킷 주머니에서 코를 빠끔히 내밀었다. 단추 같은 새까만 눈알이 흐릿한 불빛 속에서 반들거렸다. "알았어." 클라리는 제이스를 향해 고개를 끄덕였다. "먼저 가."

제이스는 미소를 짓고 싶은 듯 보였지만 너무도 지쳐 있었다. "난 무슨 일이든 남들보다 먼저 하는 걸 좋아하지." 그렇게 말하고 나서 그는 덧붙였다. "하지만 계단이 우리 체중을 감당할 수 있을지 모르겠어."

클라리도 확신할 수 없기는 마찬가지였다. 그들이 올라가는 동안 계단은 계속해서 불편과 고통을 호소하는 할머니처럼 삐거덕거리며 신음 소리를 냈다. 클라리가 중심을 잡으려고 난간을 움켜잡자 난간의 한 부분이 그녀의 손아귀 힘을 이기지 못하고 뚝 떨어져나갔다. 그녀는 날카로운 비명을 질렀지만 제이스는 그저 껄껄 웃기만 했다. 제이스가 클라리의 손을 붙잡았다. "자, 진정해."

쥐가 된 사이먼이 코웃음 비슷한 소리를 냈다. 하지만 제이스는 그 소리를 듣지 못한 듯했다. 그들은 비틀거리며 최대한 빠르게 계단을 올라갔다. 나선형 계단은 건물 밖까지 뻗어 있었다. 그들은 여러 개의 층계참을 지나쳤지만 문은 어디에도 없었다. 별다른 특색이 없는 네 번째 층계참에 도달했을 때, 희미한 폭발음이 들리면서 계단이 휘청거렸다. 먼지 구름이 연기처럼 위로 치솟았다.

"놈들이 문을 부수고 나온 거야." 제이스가 어두운 표정으로 말했다. "젠장. 좀 더 버틸 줄 알았는데."

"이제 달릴까?"

"응. 달려야지." 그들은 쿵쾅거리며 계단을 올라갔다. 두 사람의 체중을 이기지 못한 계단이 우는 소리를 냈고 못이 팡팡 소리를 내며 튕겨나갔다. 이제 그들은 다섯 번째 층계참에 이르렀다. 클라리는 저 아래쪽에서 늑대들이 앞발로 계단을 짚을 때마다 부드럽게 쿵쿵거리는 소리를 들을 수 있었다. 그것은 어쩌면 단순히 그녀의 상상이었을지도 모른다. 뒷목에 뜨거운 입김이 닿은 건 아니었지만, 늑대들이 점점 가까이 다가오자 으르렁거리는 소리와 길게 울부짖는 소리가 더욱 커지면서 소름이 쫙 끼쳤다.

이제 여섯 번째 층계참이 그들의 눈에 보였다. 그들은 몸을 던지다시피 해서 층계참에 올라섰다. 클라리는 숨이 턱까지 차서 헉헉거렸지만 드디어 문이 보였기 때문에 기운을 낼 수 있었다. 문은 못이 군데군데 박힌 육중한 강철로 되어 있었고, 바닥에 벽돌이 끼워져 빠끔히 열려 있었다. 제이스는 문을 발길로 걷어차고 클라리를 먼저 내보낸 다음 자기도 뒤따라 나왔다. 그리고 쾅 소리가 날 정도로 거칠게 문을 닫았다. 클라리는 뒤에서 찰칵하고 문이 잠기는 소리를 똑똑히 들었고, 그제야 조금 마음이 놓였다.

머리 위에는 이제 밤하늘이 보였다. 별들은 다이아몬드를 흩뿌려 놓은 것 같았고, 하늘은 검은색이 아니라 맑은 암청색이었다. 새벽이 밝아오고 있다는 징조였다. 그들은 벽돌로 지은 굴뚝이 포탑처럼 솟은 슬레이트 지붕 뒤에 서 있었다. 지붕의 한쪽 끝에는 방치하다시피 해서 낡고 시커메진 급수탑이 약간 높은 지대에 서 있었다. 그리고 다른 쪽 끝에는 목재 한 무더기가 두꺼운 방수포로 덮여 있었다.

"녀석들이 여기로 들락거린 게 분명해." 제이스가 문을 쓱 돌아보며 말했다. 이제 클라리는 어슴푸레한 빛 속에서 그를 제대로 볼 수 있었다. 긴장으로 그의 눈 주변에는 얕게 베인 칼자국 같은 주름들이 접혀 있었다. 대부분 라파엘이 흘린 것일 테지만 옷에 묻은 피가 꺼멓게 보였다. "녀석들이 이쪽으로 날아올 거야. 그러면 우리한테 좋을 리가 없지."

"어딘가에 비상계단이 있을지도 몰라." 클라리가 말했다. 그들은 지붕의 가장자리 쪽으로 조심스럽게 다가갔다. 클라리는 높은 곳을 좋아하지 않았다. 10층 높이나 되는 건물에서 거리를 내려다보자 속이 울렁거리고 현기증이 났다. 비상계단을 발견했을 때도 마찬가지였다. 낡아서 도저히 사용할 수 없을 것 같은 구부러진 쇠 파이프가 호텔 측면에 붙어 있었다.

"어쩌면 비상계단 같은 건 애초에 없는지도 몰라." 클라리는 그렇게 말하고 나서 자기들이 빠져나온 문을 돌아보았다. 문은 지붕 한복판의 오두막집 같은 구조물에 박혀 있었다. 문이 바르르 떨리면서 손잡이가 거칠게 움직였고, 기껏해야 몇 분밖에 버텨낼 수 없을 것 같았다.

답답하고 음침한 공기에 클라리는 뒷목의 솜털이 삐죽 솟는 것을 느꼈다. 그녀는 제이스의 옷깃으로 땀방울이 흘러내리는 것을 볼 수 있었다. 그 순간 엉뚱하게도 비가 쏟아졌으면 하는 생각이 들었다. 비가 내리면 바늘에 찔린 물집처럼 열기의 거품이 팡팡 터질 것만 같았다.

제이스는 혼자서 중얼거리고 있었다. "웨이랜드, 생각을 해. 생각을 하란 말이야……."

그때 클라리의 머리 안쪽에서 무언가가 형체를 갖추기 시작했다. 그녀의 눈꺼풀 뒷면을 배경으로 룬 문자가 춤을 추었다. 역삼각형 두 개에 막대기 하나가 합쳐진 그것은 한 쌍의 날개를 가지고 있는 것 같은 룬 문양이었다.

"바로 그거야." 제이스는 그렇게 말하며 양손을 떨어뜨렸다. 깜짝 놀란 클라리는 제이스가 자신의 마음을 읽었는지 궁금했다. 그는 흥분한 것처럼 보였다. 황금색 반점이 박힌 눈알은 매우 밝았다. "왜 그 생각을 못했는지 믿기지가 않아." 제이스는 지붕의 한쪽 끄트머리로 급히 달려가 잠시 멈칫거리더니 클라리를 돌아보았다. 클라리는 아직도 멍한 표정으로 서 있었다. 그녀의 머릿속에는 깜박이는 형체들이 가득했다.

"이리 와, 클라리."

클라리는 머릿속에 떠오르는 룬 문자들을 밀어내며 제이스에게 달려갔다. 제이스는 어느새 방수포가 있는 곳으로 다가가 방수포의 가장자리를 잡아당기고 있었다. 방수포가 벗겨지면서 폐물이 아니라 반짝반짝 빛나는 크롬, 가죽 공구, 그리고 번들거리는 페인트가 드러났다.

"오토바이?"

제이스는 가장 가까이 있는 오토바이를 향해 손을 뻗었다. 연료통과 펜더에 황금색 불꽃이 그려진 심홍색의 거대한 할리 데이비드슨 오토바이였다. 그는 한쪽 다리를 휙 올려 오토바이에 탄 다음 어깨 너머로 클라리를 건너다보았다. "올라타."

뼈의 도시 361

클라리는 멍하니 바라만 보고 있었다. "농담하는 거야? 어떻게 운전하는지도 모르잖아. 열쇠는 있어?"

"열쇠 같은 건 필요 없어." 제이스는 무한한 인내심을 갖고 설명했다. "이건 악마의 에너지로 달리는 거야. 자, 어떻게 할래? 함께 타고 갈 거야? 아니면 혼자 타고 갈 거야?"

클라리는 감각을 잃은 표정으로 제이스의 뒷자리에 올라탔다. 그녀의 뇌 속 어딘가에서 아주 자그마한 목소리가 이건 옳지 못한 생각이라고 소리치고 있었다.

"좋아." 제이스가 말했다. "이제 두 팔로 나를 꼭 안아." 제이스가 앞으로 몸을 기울여 스텔레의 끝을 점화 장치에 꽂아 넣었을 때 클라리는 제이스의 단단한 복부 근육이 수축하는 것을 느꼈다. 놀랍게도 그녀는 오토바이가 살아서 꿈틀거리는 느낌을 받았다. 주머니 속에서 사이먼이 큰 소리로 찍찍거렸다.

"괜찮으니까 걱정하지 마." 클라리는 최대한 부드러운 말로 사이먼을 달랬다. "제이스!" 그녀는 자신의 목소리가 오토바이의 엔진 소리에 묻히지 않도록 아주 크게 말했다. "뭐하는 거야?"

"초크 밸브를 작동시키고 있잖아!"

클라리는 무슨 소린지 몰라 눈만 껌벅거렸다. "아무튼 서둘러! 문이……."

그러자 마치 그녀의 말을 기다렸다는 듯이 쾅 소리를 내며 지붕의 문이 밖으로 쓰러졌다. 돌쩌귀가 아예 빠져버린 것이다. 문으로 우르르 쏟아져 나온 늑대들이 지붕을 가로질러 곧장 달려왔다. 그리고 그들의 머리 위에서는 뱀파이어들이 날카로운 소리를 내지르며 하늘을 날아다녔다. 밤하늘이 육식 괴수들의 울음소리로 가득 찼다.

제이스의 팔이 뒤로 젖혀지며 오토바이가 튀어 나가자 클라리의 가슴이 철렁 내려앉았다. 오토바이가 총알처럼 나가는 동안 그녀는 제이스의 허리띠를 필사적으로 움켜잡았다. 타이어가 슬레이트에 미끄러지자 늑대들이 오토바이를 피하며 날카롭게 울부짖었다. 클라리는 제이스가 무어라고 소리치는 것을 들었지만, 그 말은 바퀴의 소음과 바람, 그리고 엔진 소리에 묻혀버렸다. 지붕의 가장자리가 순식간에 눈앞으로 다가왔고, 그 속도가 워낙 빨라 차라리 눈을 질끈 감고 싶었다. 하지만 오토바이가 난간을 타 넘어 로켓처럼 10층 아래의 땅바닥으로 곤두박질치는 동안에는 차마 눈을 감을 수도 없었다.

아래로 곤두박질치면서 비명을 질렀는지 어땠는지 클라리는 나중에 기억하지 못했다. 트랙이 푹 꺼지면서 허공에 내던져지는 기분이었다. 양손으로 허공을 부질없이 휘젓는 동안 위장이 솟구쳐 귀 주변에 찰싹 달라붙는 느낌이라고나 할까. 어느 순간 오토바이가 꺾이면서 자세를 똑바로 잡았을 때는 더 이상 놀라지도 않았다. 땅바닥으로 곤두박질할 것 같던 그들은 어느새 다이아몬드 같은 별들이 흩뿌려진 하늘을 날아가고 있었다. 뒤를 돌아보자, 뱀파이어들이 늑대들에게 둘러싸인 채 호텔 지붕 위에 서 있었다. 클라리는 시선을 돌렸다. 두 번 다시 호텔을 보지 않으면 거기에서 겪었던 끔찍한 일도 곧 잊을 거라고 생각했다.

제이스는 고래고래 고함을 지르고 있었다. 기쁨과 안도의 환호성이었다. 클라리는 몸을 앞으로 기울이고 두 팔로 그의 허리를 꼭 감싸 안았다. "우리 엄마는 남자애랑 오토바이를 타면 죽여버리겠다고 항상 말했어." 클라리는 귓가를 스치고 지나가는 바람 소리와 귀가 먹먹할 정도의 엔진 소리에 자신의 목소리가 묻히지 않도록 아주 큰 소리로 말했다.

그녀는 제이스의 웃음소리를 들을 수 없었지만 그의 몸이 흔들리는 것은 느낄 수 있었다. 제이스는 자신감에 차서 대꾸했다. "어머님이 날 제대로 알게 되면 그런 말씀은 안 하실 거야. 이래 봬도 난 모범 운전사거든."

뒤늦게 클라리의 머릿속에 무슨 생각이 떠올랐다. "뱀파이어 오토바이들 가운데 일부만 하늘을 날 수 있다고 하지 않았어?"

제이스는 적색에서 녹색으로 바뀌는 신호등에 이르러 능숙하게 방향을 틀었다. 아래쪽에서는 차량들의 경적 소리, 앰뷸런스가 시끄럽게 울어대는 소리, 그리고 버스들이 정류장으로 들어서며 내는 바람 빠지는 소리가 들려왔다. 하지만 클라리는 감히 아래를 내려다볼 엄두를 내지 못했다. "그렇지. 일부만 하늘을 날 수 있어!"

"이 오토바이가 그중 하나라는 건 어떻게 알았어?"

"나도 몰랐지!" 제이스는 아직도 기쁨에 들떠서 소리쳤다. 그리고 뭘 어떻게 했는지 오토바이가 거의 수직으로 솟구쳐 올랐다. 클라리는 날카로운 비명을 지르며 다시금 그의 허리띠를 꼭 붙잡았다.

"아래를 한번 내려다봐!" 제이스가 소리쳤다. "장관이야!"

순전한 호기심이 공포와 현기증을 압도했다. 침을 꿀꺽 삼키면서 클라리는 천천히 눈을 떴다. 그들은 그녀가 생각했던 것보다 더 높은 곳에 있었다. 발밑에서 땅이 아찔하게 회전하고 있었고, 빛과 어둠이 뒤섞인 풍경이 흐릿하게 보였다. 그들은 공원에서 멀어져 동쪽으로, 그러니까 도시의 오른쪽 제방을 따라 구불구불 뻗은 고속도로 쪽으로 날아가고 있었다.

클라리는 가슴에 강한 압박감을 느꼈고 손에는 아무런 감각이 없었다. 하늘에서 내려다보는 풍경은 무척 아름다웠다. 도시는 은과 유리로 만든 울창한 숲처럼 그녀의 옆에서 솟아올랐다. 맨해튼과 자치구들 사이를 흉터처럼 가르는 이스트 강이 회색으로 은은하게 빛나고 있었고, 피부와 머리카락을 파고드는 바람이 시원했다. 여러 날 동안 열기와 끈적거림에 시달린 터라 바람이 더할 수 없이 상쾌했다. 하지만 한 번도 하늘을 날아본 적이 없고 비행기조차 타보지 않았기에, 땅과 그들 사이의 엄청난 빈 공간을 확인하고 클라리는 새파랗게 질려버렸다. 강물 위를 쏜살같이 날아갈 때는 눈도 뜰 수가 없었다. 퀸스보로 다리 바로 아래에서 제이스는 오토바이의 방향을 남쪽으로 돌려 섬의 아래쪽으로 날아갔다. 하늘이 뿌옇게 밝아오기 시작했고, 클라리는 브루클린 다리의 반짝이는 아치와 그 너머, 수평선 위의 얼룩 같은 자유의 여신상을 볼 수 있었다.

"괜찮아?" 제이스가 소리쳤다.

클라리는 그의 허리를 더욱 세게 껴안을 뿐 아무 말도 하지 않았다. 제이스는 오토바이를 좌우로 기울이며 다리를 향해 달려갔고, 클라리는 현수 케이블 사이로 별들을 볼 수 있었다. 이른 아침의 열차가 덜컹거리며 지나가고 있었다. 잠이 덜 깬 새벽 통근자들을 가득 실은 열차였다. 클라리는 얼마나 자주 그 열차를 이용했는지 생각하다가 현기증이 밀려와 눈을 질끈 감았다. 속이 메스껍고 멀미가 나서 숨이 막힐 지경이었다.

"클라리?" 제이스가 불렀다. "클라리, 괜찮아?"

클라리는 여전히 눈을 감은 채 고개를 가로저었다. 눈을 감으니 어둠 속에 혼자 있는 기분이었다. 가슴이 쿵쾅거렸고 거센 바람이 느껴졌다. 무언가 날카로운 것이 그녀의 가슴을 할퀴었다. 그 느낌이 좀 더 집요해지기 전까지 클라리는 그것을 무시했다. 간신히 눈을 떴을 때 그녀는 그것이 사이먼이라는 사실을 알아차렸다. 사이먼이 주머니 밖으로 머리를 내밀고 앞발로 그녀의 재킷을 다급하게 끌어당겼다.

"괜찮아, 사이먼." 클라리는 아래를 내려다보지도 않고 힘겹게 말했다. "그냥 다리일 뿐이야."

사이먼은 다시금 그녀를 할퀴고는 왼쪽에 있는 브루클린 강변을 다급하게 가리켰다. 어지럽고 메스꺼운 느낌을 받으면서 겨우 고개를 돌렸을 때 창고와 공장의 윤곽 너머로 황금빛 태양 한 조각이 보이기 시작했다. 태양은 금박을 입힌 동전의 가장자리 같았다. 클라리는 다시 눈을 감으며 말했다. "그래. 정말 예쁘네. 멋진 일출이야."

총이라도 맞은 것처럼 갑자기 제이스의 몸이 굳었다. "일출이라고?" 그는 고함을 지르더니 갑자기 오토바이를 오른쪽으로 꺾었다. 그들이 강물을 향해 달려들 때 클라리가 눈을 번쩍 떴다. 강물은 푸르스름한 새벽빛 때문에 아른아른 빛나고 있었다. 클라리는 제이스에게 최대한 몸을 밀착하면서 두 사람 사이에 낀 사이먼이 짓눌리지 않도록 조심했다.

"일출이 왜?"

"말했잖아! 이 오토바이는 악마의 에너지로 달리는 거란 말이야!"

제이스는 강물에 곤두박질칠 것 같은 오토바이를 간신히 틀어 강물과 수평으로 달렸다. 오토바이 바퀴가 강물 표면을 스치면서 물보라를 일으켰고, 강물이 클라리의 눈에 튀었다. "해가 뜨자마자……."

오토바이가 털털거리며 시동이 꺼지려 했다. 제이스는 욕설을 내뱉으며 주먹으로 가속 장치를 후려쳤다. 그러자 오토바이는 한동안 달리는가 싶더니 얼마 가지 못하고 그들의 엉덩이 밑에서 야생마처럼 날뛰었다. 해가 브루클린의 낡은 부두 위로 삐죽 솟아올라 세상을 눈부시게 비출 때까지 제이스는 욕을 하고 있었다. 강물을 건너 폭이 좁은 강둑 위로 올라가는 동안 클라리는 물속의 바위와 자갈을 모두 볼 수 있었다.

그들의 발아래 고속도로에서는 벌써 온갖 종류의 차량이 줄지어 달리고 있었다. 그들은 강둑에서 벗어나 달리는 트럭의 지붕을 스치고 날아갔다. 그 너머에는 거대한 슈퍼마켓의 주차장이 있었고, 거기엔 쓰레기가 여기저기 흩어져 있었다.

"꽉 잡아!" 오토바이가 요동을 치자 제이스가 소리쳤다. "클라리, 나를 꽉 붙잡고 절대로……."

오토바이가 한쪽으로 기울어지면서 앞바퀴가 먼저 주차장의 아스팔트에 부딪쳤다. 오토바이는 심하게 비틀거리며 달리다 길게 미끄러졌고, 그러다가 한동안 울퉁불퉁한 바닥에서 튀어 올랐다. 클라리의 머리는 목이 부러질 것처럼 앞뒤로 흔들렸다. 고무 타는 냄새가 진동을 했지만, 오토바이는 느린 속도로 계속 굴러가다 콘크리트 장벽을 강하게 들이받고 나서야 멈추어 섰다. 충격이 얼마나 심했는지 클라리는 제이스를 붙잡고 있던 손을 놓치고 허공에 붕 떠올랐다가 오토바이 옆으로 굴러떨어졌다. 오토바이가 벽에 부딪쳤을 때, 그녀는 양팔로 자기 몸을 감싸 공처럼 동그랗게 말면서 사이먼이 짓뭉개지지 않기를 빌었다.

통증이 팔을 타고 올라왔다. 그녀는 데굴데굴 구르며 기침을 했다. 주머니 쪽으로 손을 뻗었지만 주머니는 비어 있었다. 클라리는 사이먼을 소리쳐 부르려고 했지만 숨이 막혀 목소리가 나오지 않았다. 그녀의 얼굴은 젖어 있었고 축축한 무언가가 옷 속으로 흘러내리고 있었다.

'피인가?' 클라리는 흐릿하게 눈을 떴다. 자신의 얼굴이 하나의 커다란 멍처럼 느껴졌다. 생살 덩어리 같은 양팔이 욱신거리며 쿡쿡 쑤셨다. 그녀는 옆으로 몸을 굴려 지저분한 물웅덩이에서 절반쯤 벗어난 다음 누워버렸다. 이제 동이 완전히 텄고 오토바이의 잔해가 보였다. 햇살이 비치자 오토바이는 잿더미로 변해 형체를 알아볼 수조차 없었다.

거기에 고통스러워하며 자리에서 일어서는 제이스가 있었다. 그는 클라리를 향해 황급히 다가오다가 거리가 가까워질수록 걷는 속도를 늦추었다. 셔츠 소매가 찢어졌고 왼쪽 팔의 기다랗게 긁힌 자국에서는 피가 흘러내리고 있었다. 땀, 먼지, 그리고 피가 한데 뒤엉킨 금빛 곱슬머리 아래의 얼굴은 백지장처럼 창백했다. 클라리는 제이스가 왜 그러고 있는지 궁금했다.

클라리는 자리에서 힘겹게 일어서다가 어깨에 어떤 손길이 닿는 것을 느꼈다. "클라리?"

"사이먼!"

사이먼은 클라리의 옆에 무릎을 꿇고 앉아 도저히 믿을 수 없다는 듯이 눈을 껌벅거리고 있었다. 옷은 구겨지고 더러웠고 안경은 어딘가로 달아나고 없었지만 별로 다친 구석은 없어 보였다. 안경을 끼지 않으니 더 어리고 무력하며 멍청해 보였다. 사이먼은 클라리의 얼굴을 만지려고 손을 뻗었지만 그녀는 움찔하면서 뒤로 몸을 뺐다. "아야!"

"아파? 괜찮아 보이는데." 목이 멘 소리로 사이먼이 말했다. "내가 지금껏 본 중에 가장……."

"네가 안경을 끼고 있지 않아서 그래." 클라리가 힘없이 말했다. 클라리는 사이먼에게서 건방진 반응을 기대했는데 그는 의외로 진지했다. 사이먼은 양팔을 뻗어 클라리를 감싸더니 꼭 끌어안았다. 그의 옷에서는 피와 땀, 그리고 먼지 냄새가 났다. 그의 심장은 빠르게 뛰고 있었다. 사이먼의 몸이 클라리의 상처를 짓누르고 있었지만 그의 품에 안겨 있다는 사실과 그가 무사하다는 사실을 확인하자 안심이 되었다.

"클라리." 사이먼이 거친 목소리로 말했다. "난 네가…… 네가……."

"널 찾으러 오지 않을 거라고 생각했다고? 찾으러 가야지. 찾으러 가야 하고말고."

 클라리는 양팔로 사이먼을 껴안았다. 너무 여러 번 빨아 빛이 바랜 티셔츠부터 그녀의 턱 바로 아래에 놓인 날카로운 쇄골의 각에 이르기까지 사이먼의 모든 것이 낯익었다. 사이먼이 클라리의 이름을 불렀고, 그녀는 안심시키듯 그의 등을 어루만졌다. 뒤를 흘낏 돌아보았을 때, 제이스는 떠오르는 해가 너무 밝아 눈이 아픈지 고개를 돌리고 있었다.

16
추락천사

호지는 무척 화가 났다. 그는 로비에 서 있었고, 이사벨과 알렉은 그 뒤에 있었다. 클라리와 두 소년이 피투성이가 된 몸으로 절름거리며 들어오자, 호지는 즉각 지루하고 장황한 설교를 시작했다. 클라리의 어머니가 그 자리에 있었다면 설교를 듣고 마음이 든든했을 것이다. 호지는 그들이 자기한테 거짓말을 한 사실을 언급했다. 제이스가 호지에게 엉뚱한 장소를 둘러댄 게 분명했다. 호지는 이제 두 번 다시 제이스를 믿지 않겠다는 말과 함께 쓸데없는 말까지 늘어놓았다. 법을 어기면 클레이브에서 쫓겨날 것이고 웨이랜드라는 자랑스럽고 유서 깊은 이름을 더럽히게 될 것이라고. 격앙된 감정을 겨우 억누르며 호지는 제이스와 시선을 맞추고 그를 노려보았다.

"넌 의도적으로 다른 사람들을 위험에 빠뜨렸어. 이번 일은 절대로 그냥 넘어갈 수 없어!"

"그냥 넘어갈 수 없다는 건 저도 압니다. 하지만 계획적으로 한 일은 절대 아니었습니다." 제이스가 말했다. "어깨가 탈구됐어요."

"육체적 고통이 네 행동을 제지할 수 있다는 사실을 내가 미리 알았더라면 좋았을 텐데." 호지는 분노가 가득한 표정으로 말했다. "하지만 넌 양호실에 알렉과 이사벨을 불러다놓고 농담이나 하면서 며칠을 보내겠지. 오히려 그런 생활을 즐길지도 몰라."

호지의 얘기 가운데 3분의 2는 옳았다. 제이스와 사이먼 둘 다 양호실 신세를 지게 되었다. 클라리가 몸을 깨끗이 하고 몇 시간 뒤에 양호실로 들어갔을 때, 이사벨은 그들과 수선을 피우고 있었다. 호지가 클라리의 팔에 생긴 멍을 치료해주었다. 상처를 치료하고 20분가량 샤워를 하자 피부에 묻어 있던 아스팔트 부스러기는 대부분 떨어져 나갔지만 여전히 살갗이 쓰리고 욱신거렸다.

잔뜩 인상을 구긴 채 양호실 창턱에 올라앉아 있던 알렉이 얼굴을 찌푸렸다. "아. 너였군."

클라리는 알렉의 말을 들은 척도 하지 않았다. 그녀는 사이먼과 제이스에게 말했다. "호지 선생님이 여기로 오시겠대. 자기가 도착할 때까지 두 사람 모두 촛불 같은 목숨이 붙어 있길 바란다나? 아무튼 그런 식으로 말씀하셨어."

"좀 빨리 와주면 좋으련만." 제이스가 심술궂게 말했다. 그는 침상에서 일어나 앉아 부풀어 오른 하얀색 베개 두 개에 몸을 기대고 있었다. 그는 아직도 지저분한 옷을 그대로 입고 있었다.

"왜? 아파서?"

"아니. 난 통증의 문지방이 상당히 높은 편이야. 그래서 웬만해선 통증을 느끼지 않지. 사실 그건 통증의 문지방이라기보다 구미에 맞게 장식된 커다란 로비에 더 가까워. 그렇지만 난 쉽게 지루해지거든." 제이스는 눈을 가늘게 뜨고 클라리를 바라보았다. "호텔에서 했던 약속 기억나? 우리가 만약 살아서 나가면 간호사 복장을 하고 나한테 스펀지 목욕을 해주겠다고 약속했지?"

"아무래도 네가 오해를 하는 것 같은데?" 클라리가 말했다. "네게 스펀지 목욕을 해주겠다고 약속한 사람은 내가 아니라 사이먼이야."

제이스는 떨떠름한 표정을 짓고는 사이먼을 쳐다보았다. 사이먼은 제이스를 향해 활짝 미소를 지었다. "잘생긴 친구, 다리만 완쾌되면 내가 당장 목욕을 시켜주지."

"계속 쥐로 살게 내버려뒀어야 하는데 잘못했어." 제이스가 말했다.

클라리는 깔깔 웃으며 사이먼에게 다가갔다. 그는 베개 수십 개에 둘러싸였고 담요 여러 장이 두 다리를 덮어 몹시 불편한 듯 보였다.

클라리는 사이먼의 침대 가장자리에 걸터앉았다. "기분이 어때?"

"누가 치즈 강판으로 마사지를 하고 있는 것 같은 느낌이야." 두 다리를 끌어 올리다가 움찔하면서 사이먼이 말했다. "발에 있는 뼈가 하나 부러졌어. 발이 너무 심하게 부어올라서 이사벨이 신발을 잘라내야 했어."

"그래도 걔가 잘 보살펴주니 다행이네." 클라리는 약간 씁쓸한 심정이 담긴 목소리로 말했다.

사이먼은 클라리한테서 시선을 떼지 않고 몸을 앞으로 기울였다. "너랑 얘기 좀 하고 싶어."

클라리는 썩 내키지 않았지만 동의하는 뜻으로 고개를 끄덕였다. "난 방에 돌아가 있을 테니까 호지 선생님한테 치료를 받고 나거든 내 방으로 와. 알았지?"

"알았어." 사이먼은 몸을 앞으로 기울여 클라리의 뺨에 가볍게 키스를 했다. 전혀 예상치 못한 키스를 받고 그녀는 깜짝 놀랐다. 그것은 짧은 순간 입술이 피부에 스치듯 닿는 키스였다. 뒤로 몸을 뺐을 때 그녀는 자신의 얼굴이 벌겋게 달아오르는 것을 느꼈다. 침대에서 일어서면서 다른 사람들의 시선을 보고 얼굴이 달아올랐다고 느낀 건지도 모르겠지만.

복도로 나온 클라리는 멍한 상태로 뺨을 어루만졌다. 볼 키스야 그리 대수로울 게 없었지만 사이먼이 그런 것은 정말로 뜻밖이었다. 왜 사이먼은 느닷없이 키스를 했을까? 이사벨을 의식하고 일부러 그런 행동을 한 걸까? 클라리는 그 두 사람의 관계가 너무나 혼란스럽다고 생각했다. 게다가 제이스는 마치 부상을 입은 왕자라도 되는 것처럼 굴고 있었다. 클라리는 제이스가 시트를 가지고 불평을 늘어놓기 전에 방문을 닫았다.

"클라리!"

깜짝 놀라 뒤를 돌아보자, 알렉이 경중경중 달려오고 있었다. "할 얘기가 있어."

"뭔데?"

알렉은 머뭇거렸다. 창백한 피부와 암청색 눈을 가진 알렉의 외모는 자기 여동생만큼이나 인상적이지만, 이사벨과 달리 외모에 걸맞지 않은 짓을 서슴없이 했다. 너덜너덜한 스웨터와 어둠 속에서 직접 자른 것 같은 머리 모양은 그중 일부일 뿐이었다. 알렉은 자신의 외모를 불편하게 생각하는 듯했다.

"아무래도 넌 여기를 떠나야 할 것 같아. 집으로 돌아가."

클라리는 알렉이 자기를 좋아하지 않는다는 사실을 이미 알고 있었지만, 막상 그런 소리를 듣고 보니 뺨이라도 한 대 얻어맞은 듯한 기분이 들었다.

"알렉, 저번에 내가 갔을 때 우리 집에는 추방자들이 우글거리고 있었어. 기다란 송곳니를 가진 래브너들도 있었고. 나보다 더 간절하게 우리 집으로 돌아가고 싶은 사람은 아무도 없을 거야. 하지만……."

"친척은 있을 것 아냐?" 알렉의 목소리에는 절박함이 배어 있었다.

"없어. 게다가 호지 선생님은 내가 이곳에 머물기를 원해." 클라리는 퉁명스럽게 말했다.

"그럴 리가 없어. 그러니까 내 말은, 네가 그런 행동을 했기 때문에……."

"내가 뭘 했는데?"

알렉이 침을 꿀꺽 삼켰다. "너 때문에 하마터면 제이스가 죽을 뻔했잖아."

"나 때문에? 무슨 소리를 하는 거야?"

"네 친구를 찾으러 뒤쫓아 갔잖아. 네가 제이스를 얼마나 심각한 위험에 빠뜨렸는지 알아? 네가……."

"제이스가 말이야?" 클라리는 알렉의 말을 자르며 물었다. "모든 건 제이스의 아이디어였어. 제이스가 매그너스에게 뱀파이어의 소굴이 어딘지 물었고 무기를 가지러 성당으로 갔어. 내가 함께 가지 않았다면 제이스는 혼자서라도 소굴을 찾아갔을 거야."

"넌 이해 못해." 알렉이 말했다. "넌 제이스를 모르지만 난 제이스를 알아. 걔는 세상을 구해야 한다고 생각하고 있어. 세상을 구할 수만 있다면 자기 목숨까지도 내놓을 친구야. 가끔 난 제이스가 죽기를 원하는 건 아닌지 의심스러워. 하지만 아무도 목숨을 버리도록 제이스를 부추길 수는 없어."

"무슨 소린지 난 모르겠어." 클라리가 말했다. "제이스는 네피림이야. 너희가 하는 일이 바로 그런 거잖아. 사람들을 구하고, 악마들을 죽이고, 자신을 위험에 빠뜨리잖아. 어젯밤 일이 내가 지금 말한 것들과 뭐가 다르다는 거지?"

거기서 알렉은 자제력을 잃고 말았다. "날 두고 혼자 떠났잖아!" 그는 고함을 질렀다. "평소에 난 제이스와 함께 움직였어. 제이스를 엄호해 주고 뒤를 봐주고 안전하게 지켜줬지. 하지만 넌 제이스한테 거추장스러운 짐만 될 뿐이야. 먼데인이잖아." 알렉은 그 말을 욕설을 듯 내뱉었다.

"아니야. 난 인간이 아니라 네피림이야. 너희와 똑같은."

"그럴지도 모르지. 하지만 훈련이고 뭐고 아무것도 받지 않았으니 아직은 별 쓸모가 없겠지. 안 그래? 네 어머니는 너를 먼데인 세상에서 키웠어. 네가 속한 곳은 여기가 아니라 거기란 말이야. 이곳에 속한 제이스에게 엉뚱한 짓을 시키면 안 되는 거야. 알아? 클레이브에 대한 맹세를 어기도록 해서도 안 되고 법을 어기도록 해서도 안 되며……."

"잠깐." 클라리가 날카롭게 말했다. "난 제이스에게 아무것도 시키지 않아. 제이스는 자기가 원하는 일을 할 뿐이야. 그걸 좀 알아줬으면 좋겠어."

알렉은 이제껏 한 번도 보지 못한 아주 역겨운 악마를 대하듯 클라리를 바라보았다. "너희 먼데인은 정말 이기적이야. 안 그래? 제이스가 널 위해 무슨 일을 했는지 모르겠어? 어떤 종류의 위험을 무릅썼는지 모르겠어? 난 지금 제이스의 안전에 대해서만 얘기하는 게 아니야. 그 애는 모든 걸 잃을 수 있었어. 제이스는 벌써 아버지와 어머니를 잃었어. 이젠 그나마 남아 있는 가족까지 잃었으면 좋겠어?"

클라리는 움찔했다. 그녀의 마음속에서 분노가 검은 파도처럼 일었다. 그것은 알렉에 대한 분노였다. 그의 말이 어느 정도는 옳았기 때문

뼈의 도시 375

이었다. 또한 다른 모든 사람에 대한 분노였다. 그녀가 태어나기도 전에 아버지를 데려간 빙판길, 하마터면 목숨을 잃을 뻔했던 사이먼, 순교자인 척하면서 자신의 생사에 전혀 신경을 쓰지 않는 제이스에 대해 분노가 솟구쳤다. 거짓으로 그녀를 대해온 루크도 미웠고, 지루하고 평범하고 무계획적으로 사는 것 같았는데 알고 보니 전혀 다른 사람이었던 어머니도 미웠다. 어머니는 훌륭하고 용감한 사람이었는데 클라리는 그 사실을 전혀 모르고 있었다. 하지만 그녀가 어머니를 간절히 필요로 하는 지금 이 순간, 어머니는 그 자리에 없었다.

"뭐가 그렇게 이기적인지 한번 말해봐." 클라리가 독기를 가득 품은 목소리로 씩씩거리자 알렉은 놀라서 한 걸음 뒤로 물러섰다. "알렉 라이트우드, 넌 이 세상에서 너 자신 말고는 어느 누구도 신경 쓰지 않아. 네가 악마를 하나도 죽이지 못했던 건 겁이 너무 많기 때문이야."

알렉은 깜짝 놀란 것처럼 보였다. "누가 그런 말을 했어?"

"제이스가."

알렉은 뺨을 한 대 얻어맞은 것 같은 표정을 지었다. "설마. 제이스가 그런 말을 했을 리 없어. 걘 그런 얘기를 할 녀석이 아니야."

"정말이라니까." 클라리는 자기가 알렉에게 얼마나 큰 고통을 안겨주고 있는지 알 수 있었다. 알렉이 고통받는 모습을 지켜보면서 클라리는 기뻤다. 그녀의 분노를 가라앉히려면 누군가 고통을 받아야 했다.

"너는 명예와 정직에 대해, 그리고 그런 자질을 전혀 갖추지 못한 먼데인에 대해 네 마음대로 떠벌릴 수 있어. 하지만 네가 정말 정직하다면 제이스를 사랑하기 때문에 이렇게 분통을 터뜨리는 거라고 솔직히 시인해야 할 거야. 네가 분노하는 진짜 이유는……."

그 순간 알렉은 눈에 보이지 않을 정도로 빠르게 움직였다. 무언가가 깨질 때 나는 날카로운 소리가 그녀의 머릿속에서 울려 퍼졌다. 알렉은 클라리를 벽으로 거세게 밀어붙였다. 어찌나 강하게 밀어붙였는지 그녀의 뒤통수가 나무판자에 쿵 하고 부딪히는 소리가 났다. 알렉은 클라리의 얼굴에 자기 얼굴을 바짝 갖다 댔다. 그의 눈은 크고 검었다. 그는 창백한 입술을 움직이며 속삭이듯이 말했다.

"앞으로 절대로…… 절대로 제이스에게 그런 소리 하지 마. 만약 제이스한테 그런 소리를 하면 널 죽여버리겠어. 천사를 두고 맹세하건대 널 죽여버릴 거야."

알렉에게 붙잡힌 양쪽 팔이 너무 아팠다. 클라리는 자기도 모르게 헐떡거렸다. 그는 꿈에서 깨어나는 것처럼 눈을 껌벅거리더니, 그녀의 피부에 데기라도 한 것처럼 얼른 양손을 뗐다. 그리고 한마디 말도 없이 돌아서서 양호실을 향해 서둘러 걸어갔다. 알렉은 술에 취했거나 현기증을 느낀 사람처럼 걸어가면서 이따금 비틀거렸다.

클라리는 알렉의 뒷모습을 노려보면서 아픈 팔을 비벼댔다. 그녀는 조금 전 자신이 했던 말에 스스로도 깜짝 놀랐다.

'참 잘했어, 클라리. 넌 이제 알렉이 널 정말 싫어하도록 만든 거야.' 그녀는 속으로 그렇게 말했다.

곧바로 잠들어야 했지만 몸이 그렇게 피곤한데도 잠은 좀처럼 오지 않았다. 결국 클라리는 잠을 포기하고 배낭에서 스케치북을 꺼내어 무릎으로 받치고 그림을 그리기 시작했다. 처음에는 낙서를 하듯 아무 생각 없이 대충 휘갈겼다. 당장이라도 허물어질 것 같은 뱀파이어 호텔의 외관과 건물 외벽에 붙어 있던 눈이 툭 튀어나오고 송곳니가 드러난 괴수의 조각을 그렸다. 텅 빈 거리에서 노란 불빛을 주변에 동그랗게 비추고 있던 가로등 하나와 가로등 불빛의 가장자리에 서 있던 어두운 형체도 그렸다. 클라리는 목에 십자가 흉터가 있으며 피투성이가 된 하얀 셔츠를 입고 있는 라파엘의 모습을 그렸다. 그런 다음 10층 건물의 지붕에 서서 아래를 내려다보고 있는 제이스를 그렸다. 그림 속에서 제이스는 두려워하지는 않았지만 만만치 않은 높이라고 여기는 듯한 표정을 짓고 있었다. 그는 자신의 능력을 절대적으로 믿고 있었고 자기가 감당할 수 없는 높이는 없다고 여기는 듯했다. 꿈에서 본 대로 클라리는 날개가 달린 제이스를 그렸다. 그의 날개는 뼈의 도시에 있는 천사 조각상처럼 호 를 그리며 어깨 뒤에 둥그렇게 솟아 있었다.

마지막으로 클라리는 어머니를 그리려고 했다. 그녀는 그레이북을 읽은 뒤에 조금도 감정의 변화가 없다고 제이스에게 말했는데, 그건 대체로 사실이었다. 하지만 지금 어머니의 얼굴을 머리에 떠올리려고 하자 그 기억들 가운데 한 가지 달라진 게 있다는 사실을 깨달았다. 클라리는 어머니의 흉터들을 볼 수 있었다. 폭설 속에 서 있기라도 한 것처럼 어머니의 등과 어깨는 작고 하얀 마크들로 뒤덮여 있었다. 지금껏 그녀가 항상 보아온 어머니의 모습, 어머니의 전 생애가 거짓이었다는 것을 알게 되자 마음이 아팠다. 그녀는 눈시울이 뜨거워져서 스케치북을 베개 밑으로 밀어 넣었다.

그때 누가 문을 똑똑 두드렸다. 부드러우면서도 머뭇거리는 노크 소리였다. 클라리는 눈가에 맺힌 이슬을 얼른 닦고 나서 말했다. "들어오세요."

사이먼이었다. 그는 샤워도 하지 않은 상태였다. 옷은 찢어지고 얼룩이 여기저기 묻어 있었으며 머리카락은 헝클어져 엉망이었다. 사이먼은 문간에 서서 머뭇거리며 그답지 않게 격식을 차리는 듯했다. 클라리는 얼른 옆으로 몸을 움직여 그가 앉을 공간을 내주었다. 사이먼과 나란히 침대에 앉아 있는 것은 전혀 이상할 것이 없었다. 그들은 지난 몇 년 동안 서로의 집을 오가며 외박을 했고, 어릴 적에는 담요로 텐트와 요새를 만들었으며, 나이가 좀 더 들어서는 만화책을 읽으며 함께 밤을 보내기도 했다.

"안경을 찾았구나." 클라리가 말했다. 한쪽 안경알은 금이 가 있었다.

"내 주머니에 들어 있었어. 예상했던 것보다 상태가 양호해. 렌즈크래프터 안경점에 감사 편지라도 보내야 할 것 같아." 사이먼은 클라리의 옆자리에 조심스럽게 앉았다.

"호지 선생님이 치료해주셨어?"

사이먼은 고개를 끄덕였다. "응. 아직도 딱딱한 지렛대를 몸에 지닌 것 같지만 아무데도 부러지지 않았어. 이제 괜찮아." 그는 몸을 돌려 클라리를 바라보았다. 망가진 안경 뒤의 눈은 클라리가 기억하는 바로 그 검고 진지한 눈이었다. 긴 속눈썹에 둘러싸인 사이먼의 눈은 남자애들은 별로 신경 쓰지 않지만 여자애들은 무척 선망하는 것이었다. "클라리, 나를 찾으러 와줘서…… 모든 위험을 무릅쓰고 그곳까지 찾아와줘서……."

"아무 말도 하지 마." 클라리는 멋쩍게 한 손을 들었다. "내가 네 입장에 처했으면 너도 그랬을 거야."

"물론이지." 사이먼은 오만과 허세라고는 없는 어투로 말했다. "당연히 그래야지. 너도 알겠지만 우리가 보통 사이는 아니잖아."

클라리는 사이먼을 마주 보려고 애쓰며 혼란스러운 표정을 지었다. "그게 무슨 말이야?"

"그러니까 내 말은……." 너무나 명백한 것을 굳이 설명해야 된다는 사실이 당혹스러운 듯이 사이먼이 말했다. "네가 나를 필요로 하는 것보다 내가 너를 더 필요로 했어. 항상."

"그건 사실이 아냐." 클라리는 깜짝 놀라며 말했다.

"사실이야." 사이먼은 여전히 차분한 어투로 말했다. "클라리, 지금까지 넌 어느 누구도 필요로 하지 않는 것처럼 보였어. 넌 항상 그만큼…… 냉정했어. 너만의 세계에 갇혀서 생활한 거지. 너에게 필요한 것이라곤 연필과 상상의 세계밖에 없었어. 같은 말을 여섯, 일곱 번씩 해야 반응을 보이곤 했어. 그런 경우가 한두 번이 아니었지. 넌 그만큼 나한테서 생각이 멀어져 있었어. 그러다 날 돌아보며 특유의 우스꽝스러운 미소를 짓곤 했어. 그럼 난 네가 나에 대해 까맣게 잊고 있다가 막 기억을 해냈다는 걸 알아차렸지. 하지만 난 조금도 화가 나지 않았어. 남들의 관심을 100퍼센트 받는 것보다 네 관심을 절반만 받는 게 더 낫다고 생각했으니까."

클라리는 사이먼의 손을 잡아주려다가 결국 손목을 잡았다. 피부 아래에서 맥박이 뛰는 게 느껴졌다. "지금껏 살아오면서 내가 사랑한 사람은 딱 세 사람밖에 없어. 우리 엄마, 루크, 그리고 너야. 이제 두 사람을 잃어버렸으니 내게 남은 사람은 너밖에 없어. 그러니까 네가 나한테 소중하지 않을 거라는 생각은 하지도 마."

"우리 엄마는 자아실현을 하려면 의지할 사람이 딱 셋만 있으면 된다고 말씀하셨어." 사이먼이 말했다. 그의 어조는 가벼웠지만 '실현'이라는 말을 할 때 목소리가 갈라졌다. "엄마는 네가 자아실현을 제대로 하고 있는 것 같다고 말씀하셨어."

클라리는 씁쓸한 미소를 지어 보였다. "어머니가 나에 대해 또 다른 지혜의 말씀은 안 해주셨어?"

"해주셨지." 사이먼은 클라리의 미소에 대한 화답으로 입술을 비틀며 미소를 지어 보였다. "하지만 무슨 말씀을 하셨는지는 밝히지 않을게."

"그런 걸 비밀로 하는 건 공정하지 못해!"

"세상이 공정하다고 누가 그래?"

마침내 두 사람은 어릴 적에 그랬던 것처럼 서로 어깨를 맞댔다. 클라리는 사이먼의 다리 위에 자기 다리를 걸쳤고, 그녀의 발가락이 그의 무릎 바로 아래에 내려와 있었다. 두 사람은 반듯이 드러누워 얘기를 나누는 동안 천장을 빤히 쳐다보았다. 그것은 어릴 적 클라리의 방 천장이 어둠 속에서 반짝반짝 빛나는 별들로 온통 뒤덮여 있을 때부터 생긴 버릇이었다. 제이스에게서는 비누와 라임 냄새가 났는데 사이먼에게서는 슈퍼마켓의 주차장을 뒹군 사람 같은 냄새가 났다. 하지만 클라리는 전혀 개의치 않았다.

"이상한 건……." 사이먼은 손가락으로 클라리의 머리카락을 돌돌 말면서 말했다. "그 모든 일이 벌어지기 직전에 뱀파이어에 관해 이사벨과 농담을 하고 있었다는 거야. 걔를 웃겨주려고 나 나름대로 애쓰고 있었거든. 알지? 이를테면 '무엇이 유대인 뱀파이어를 흥분시키는가? 다윗의 은색 별? 잘게 썬 간? 18달러짜리 수표들?'"

클라리는 깔깔거리며 웃었다. 사이먼은 만족해하는 듯이 보였다. "이사벨은 웃지 않았어."

클라리는 하고 싶은 말을 여럿 머리에 떠올렸지만 그것들을 입밖에 내지는 않았다. "이사벨이 좋아하는 유머가 아니어서 그랬을 거야."

사이먼은 자기 속눈썹 아래에 있는 그녀에게 곁눈질을 했다. "이사벨과 제이스는 잠자리를 함께하는 사이야?"

클라리의 놀란 비명은 기침으로 바뀌었다. "아, 아니야. 걔들은 사실상 남매나 다름없어. 그래서 엉뚱한 짓은 하지 않을 거야." 그녀는 잠시 말을 멈추었다가 다시 이었다. "아무튼 내 생각은 그래."

사이먼은 어깨를 으쓱했다. "신경 쓰여서 이러는 건 아니야." 그는 단호하게 말했다.

"그래, 신경 쓰지 마."

"신경 안 쓴다니까!" 그는 옆으로 돌아누웠다. "난 처음에 이사벨이, 뭐라고 해야 할까, 썩 괜찮은 애라고 생각했어. 재미있고 독특하고. 근데 파티에서 보니까 정말 이상한 애더라고."

클라리는 눈을 가늘게 뜨고 그를 바라보았다. "너보고 그 파란 칵테일을 마시라고 했어?"

사이먼은 고개를 가로저었다. "그건 순전히 내가 원해서 마신 거야. 난 네가 제이스와 알렉과 함께 가는 걸 봤어. 나도 모르겠어. 아무튼 넌 평소 모습과 완전히 달라 보였어. 너무나 달라 보였다고. 난 네가 벌써 변했다고 생각했지. 네가 새롭게 적응한 세상에서 나는 따돌림을 받겠구나 싶었어. 난 네가 속한 세상에서 좀 더 중요한 존재가 되기 위해 무슨 일이든 하고 싶었어. 그래서 그 작은 녹색 친구가 음료수가 담긴 쟁반을 들고 지나갔을 때……."

클라리는 신음 소리를 냈다. "이제 보니 너 바보구나."

"내겐 선택의 여지가 없었어."

"미안해. 끔찍했니?"

"쥐가 된 것 말이야? 아니야. 처음에는 뭐가 어떻게 되고 있는지 몰랐어. 갑자기 내 키가 사람들의 발목에도 미치지 못하더군. 난 몸이 오그라드는 약을 마신 거라고 생각했어. 하지만 남들이 버린 껌 종이를 왜 그렇게 씹고 싶은지는 이해할 수 없었어."

클라리는 킥킥거리며 웃었다. "아니, 내 말은 뱀파이어 호텔 말이야. 그렇게 끔찍했어?"

사이먼의 눈 뒤에서 무언가가 번쩍거렸다. 그는 고개를 돌렸다. "아니. 파티장에 있었던 시간과 주차장에 착륙한 시간 사이에 벌어진 일은 거의 기억이 안 나."

"기억을 못하는 편이 차라리 나을지도 몰라."

사이먼은 무슨 말인가 시작하려다가 하품을 하면서 말을 멈췄다. 방 안의 빛이 점점 흐릿해졌다. 클라리는 사이먼과 침대에서 벗어나 창문의 커튼을 젖혔다. 창밖의 도시는 붉은 석양빛에 물들어 있었다. 크라이슬러 빌딩의 은색 지붕과 도심의 50개 블록이 불 속에 너무 오래 넣어 둔 부지깽이처럼 벌겋게 달아올라 있었다. "해가 지고 있어. 뭐 먹을 만한 걸 찾아봐야겠어."

아무런 응답이 없었다. 그녀가 몸을 돌렸을 때, 사이먼은 양팔을 접어서 머리 밑에 넣고 두 다리를 쭉 뻗은 채 잠들어 있었다. 클라리는 한숨을 내쉬고 침대로 다가간 다음, 사이먼이 끼고 있는 안경을 벗겨 침대 옆에 있는 탁자에 내려놓았다. 사이먼이 안경을 낀 채 잠들었다가 안경알 깨지는 소리에 잠을 깬 적이 지금껏 얼마나 많은가.

'이제 난 어디에서 자지?'

사이먼과 한 침대에서 잠을 잘 수도 있었다. 하지만 사이먼이 침대를 대부분 차지해버려 누울 만한 공간이 없었다. 사이먼을 깨울까 하는 생각도 해봤지만 그는 너무도 평온하게 잠들어 있었다. 게다가 클라리는 아직 졸리지 않았다. 베개 밑에 넣어둔 스케치북을 꺼내려고 손을 뻗었을 때, 문을 두드리는 소리가 들렸다.

클라리는 맨발로 방을 가로질러 문의 손잡이를 조용히 돌렸다. 제이스였다. 청바지와 회색 셔츠를 깔끔하게 차려입고 머리까지 감은 상태였다. 아직 물기가 촉촉하게 남아 있는 금발이 후광처럼 보였다. 얼굴에 든 멍은 이미 자주색에서 흐릿한 회색으로 변해가고 있었다. 그는 양손을 등 뒤로 돌리고 있었다.

"자고 있었어?" 제이스의 목소리에는 미안함이 아닌 호기심만 있었다.

"아니." 클라리는 복도로 걸어 나온 다음 방문을 닫았다. "왜 그렇게 생각하지?"

클라리는 면으로 만든 푸르스름한 여성용 러닝셔츠와 잠잘 때 입는 짧은 팬츠를 입고 있었는데, 제이스는 그녀의 차림새를 훑어보았다. "그냥 물어봤어. 별다른 이유는 없어."

"거의 종일 침대에 누워 있었어." 따지고 보면 틀린 말은 아니었다. 클라리는 제이스를 보고 있자니 신경이 바짝 곤두섰지만 굳이 그런 얘기를 할 필요는 없다는 생각이 들었다. "넌 어때? 피곤하지 않아?"

제이스는 고개를 가로저었다. "악마 사냥꾼들은 잠을 자지 않아. 비나 눈, 무더위나 캄캄한 밤에도 아랑곳하지 않고 우리는 항상……."

"밤에도 그렇게 잠을 자지 않으면 나중에 큰 곤란을 겪을 수 있어."

제이스는 씩 웃었다. 머리카락과 달리 그의 치아는 그다지 완벽해 보이지 않았다. 앞쪽 윗니가 귀엽게 부서지고 금이 가 있었다.

클라리는 팔꿈치를 손으로 감쌌다. 복도에는 냉기가 감돌았고, 팔에 오소소 소름이 돋아나는 것을 느낄 수 있었다. "근데 넌 여기서 뭐하는 거야?"

"여기서? 이 장소에서 뭘 하느냐고 묻는 거야? 아니면 이 행성에서 우리가 뭘 하고 있느냐고 묻는 거야? 만약 네가 우주적 일치나 삶에 거창한 철학적 목표가 있느냐고 묻고 있는 거라면 글쎄, 그건 모든 시대에 어려운 문제라고 봐야지. 그러니까 내 말은, 단순한 존재론적 환원주의는 그릇된 주장이 분명하지만……."

"나 그만 들어가서 잘래." 클라리는 문의 손잡이를 잡았다.

제이스는 클라리와 문 사이로 재빠르게 몸을 밀어 넣으며 말했다. "호지 선생님이 오늘이 네 생일이라고 알려줘서 찾아왔어."

클라리는 감정이 격해져져 거칠게 숨을 내쉬었다. "내 생일은 오늘이 아니고 내일이야."

"지금부터 생일을 축하하지 말라는 법은 없지."

클라리는 제이스를 빤히 바라보았다. "너 이제 보니 알렉과 이사벨을 피하고 있구나."

제이스는 고개를 끄덕였다. "두 사람 모두 나랑 싸우려고 해서."

"같은 이유로?"

"나도 모르겠어." 제이스는 복도의 이쪽저쪽을 은밀하게 흘깃거렸다. "호지 선생님도 마찬가지야. 모두 나랑 얘기를 나누고 싶어해. 너만 제외하고. 넌 나와 얘기하고 싶지 않나 보더라."

"제대로 봤어." 클라리가 말했다. "난 지금 뭐라도 먹고 싶어. 배가 고파 죽을 지경이야."

제이스는 그제야 등 뒤에 있던 손을 앞으로 내밀었다. 그의 손에는 구겨진 종이 봉지가 들려 있었다. "이사벨이 보지 않을 때 몰래 부엌에서 음식을 좀 가져왔어."

클라리는 씩 웃었다. "소풍을 가자고? 센트럴 파크에 가기엔 좀 늦지 않았나? 거기에 가면 엄청나게……."

제이스가 한 손을 휘저었다. "요정이 많다는 건 나도 알아."

"난 강도가 많다는 얘기를 하려고 했어. 물론 널 노리는 강도는 불행한 결과를 맞이하겠지만."

"현명한 태도야. 그 점은 칭찬해주고 싶네." 제이스는 만족한 표정을 지으며 말했다. "하지만 내가 생각했던 건 센트럴 파크가 아니야. 온실은 어때?"

"지금? 이 밤에? 너무 어둡지 않을까?"

제이스는 비밀을 털어놓는 사람처럼 은밀한 미소를 지었다. "따라와. 내가 구경시켜줄게."

17
자정의 꽃

 지붕으로 가는 길에 그들이 통과한 빈방들은 어슴푸레했고 무대장치만큼이나 황량했다. 하얀 천으로 덮인 가구들이 안개 속의 빙산처럼 어렴풋이 모습을 드러냈다. 제이스가 온실 문을 열었을 때 독특한 향기가 클라리를 덮쳤다. 그 향기는 고양이가 앞발로 톡톡 건드리는 것처럼 부드러웠다. 풍부하고 진한 흙냄새와 밤메꽃, 새하얀 천사의 나팔꽃, 분꽃처럼 밤에 피는 꽃들의 진하고 싱그러운 향기가 한데 뒤엉켰다. 클라리가 모르는 꽃도 몇 개 있었다. 별 모양의 노란 꽃을 매단 나무는 꽃잎마다 황금색 꽃가루가 뿌려져 있어 아주 아름다웠다. 온실의 유리벽을 통해 그녀는 차가운 보석처럼 타오르는 맨해튼의 불빛들을 볼 수 있었다.
 "와." 클라리는 제자리에서 한 바퀴 천천히 돌면서 온실의 풍경을 하나도 놓치지 않고 눈에 담았다. "밤에 보니까 정말 아름다워."
 제이스는 빙그레 웃었다. "지금 이곳은 우리만의 장소야. 알렉과 이사벨은 여기 오는 걸 싫어해. 꽃가루 알레르기가 있거든."
 전혀 춥지 않은데도 클라리의 몸이 부르르 떨렸다. "이 꽃들은 어떤 종류지?"

제이스는 어깨를 으쓱한 다음 반들반들한 녹색 관목 옆에 조심스레 앉았다. 입을 꽉 다문 꽃봉오리가 관목의 여기저기에 맺혀 있었다. "나도 몰라. 내가 식물학 수업을 주의 깊게 들었을 거라고 생각해? 기록 보관자가 될 것도 아니고. 이런 걸 알 필요는 없어."

"오로지 상대를 죽이는 법만 알면 된다는 거야?"

제이스는 고개를 들어 클라리를 바라보며 미소를 지었다. 악마 같은 입만 제외하면 렘브란트 그림에 나오는 금발 천사처럼 보였다. "맞아." 제이스는 냅킨으로 감싼 꾸러미를 가방에서 꺼내 클라리에게 건넸다. "그것 말고도 보잘것없는 치즈 샌드위치를 만들 줄 알지. 하나 먹어봐."

클라리는 마지못해 미소를 짓고 그의 맞은편에 앉았다. 그녀의 맨다리에 닿는 온실의 돌바닥은 차가웠지만, 며칠 동안 혹독한 열기에 시달린 뒤라 기분은 괜찮았다. 제이스는 종이 봉지에서 사과 몇 개, 건포도와 견과류가 들어간 초코바 하나, 그리고 물 한 병을 꺼냈다. "제법 그럴듯하네." 그녀는 감탄을 하며 말했다.

치즈 샌드위치는 따뜻하고 약간 흐늘흐늘했지만 맛은 괜찮았다. 제이스는 재킷 안에 붙어 있는 수많은 주머니들 가운데 하나에서 상아 손잡이가 달린 칼을 꺼냈다. 칼은 회색곰의 내장도 도려낼 수 있을 것처럼 보였다. 그는 칼로 사과를 깎은 뒤 정확하게 여덟 조각으로 나누었다. 제이스는 사과 한 조각을 그녀에게 건네며 말했다. "비록 생일 케이크는 아니지만, 그래도 아무것도 없는 것보다는 낫잖아."

"나는 아무것도 기대하지 않았는데. 아무튼 고마워." 클라리는 사과를 한입 베어 먹었다. 사과는 상큼하고 시원했다.

"생일인데 아무것도 받지 않으면 안 되지." 제이스는 두 번째 사과를 깎고 있었다. 구불구불한 사과 껍질이 끊어지지 않고 길게 이어졌다.

"생일날은 특별해야 돼. 내 생일은 항상 무엇이든 할 수 있고 무엇이든 가질 수 있도록 우리 아버지가 허락한 날이었어."

"무엇이든?" 클라리는 깔깔 웃었다. "어떤 걸 원했는데?"

"다섯 살 적에 나는 스파게티 속에서 목욕을 하고 싶었어."

"그렇지만 아버지가 허락하지 않았겠지?"

"아니야. 허락하셨어. 아버지는 돈이 많이 들어가는 일도 아니고 내가 원하는 게 그런 거라면 굳이 막을 이유가 없다고 하시면서 하인들에게 펄펄 끓는 물과 파스타로 욕조를 가득 채우라고 지시하셨어. 욕조가 어느 정도 식었을 때……." 그는 어깨를 으쓱했다. "나는 거기에 들어가 목욕을 했지."

'하인들이라고?' 클라리는 생각했다. "목욕을 해보니 어땠어?"

"미끄러웠어."

"그랬을 거야." 클라리는 꼬마 제이스가 파스타에 귀 높이까지 파묻혀 킥킥거리는 모습을 머리에 그려보려고 애썼지만, 이미지가 제대로 떠오르지 않았다. 다섯 살이었을 때도 제이스는 킥킥거리지 않았을 게 분명했다. "그것 말고 또 뭘 요구했어?"

"대부분 무기였지. 이제 별로 놀랍지도 않을 거야. 그리고 책. 난 혼자서 책을 많이 읽었어."

"학교에는 안 다녔어?"

"응, 안 다녔어." 제이스는 별로 토론하고 싶지 않은 주제에 접근하고 있기라도 하듯 천천히 말했다.

"그렇지만 친구들은……."

"난 친구가 없었어. 아버지밖에 없었지. 아버지는 나한테 필요한 모든 것이었어."

클라리는 제이스를 빤히 바라보았다. "친구가 하나도 없었다고?"

그는 그녀와 계속 시선을 맞추었다. "알렉을 처음 봤을 때 난 열 살이었는데, 내 또래 아이를 만난 게 처음이었어. 그때 처음으로 친구를 가지게 된 거지."

클라리는 시선을 떨어뜨렸다. 이제 그녀의 머릿속에서 유쾌하지 않은 이미지가 형성되고 있었다. 클라리는 알렉과 자기를 바라보던 그의 눈길을 생각했다.

"날 불쌍하게 여기진 마." 클라리가 애처롭게 여기는 사람은 제이스가 아니었는데 그는 마치 그녀의 생각을 짐작이라도 하듯 그렇게 말했다. "아버지는 최고의 교육과 훈련을 제공했고 나를 데리고 런던, 상트페테르부르크, 이집트 등 세상 곳곳을 돌아다녔어. 우리는 여행을 좋아했어." 그의 눈빛이 어두워졌다. "아버지가 돌아가신 뒤로 나는 아무 데도 가보지 않았어. 줄곧 뉴욕에만 있었지."

"그래도 넌 운이 좋은 편이야." 클라리가 말했다. "난 평생 이 주를 벗어나본 적이 없어. 엄마는 내가 워싱턴으로 현장학습을 가는 것도 허락하지 않으셨어. 이제는 그 이유를 알 것 같아."

제이스가 침울한 표정으로 덧붙였다. "네가 환각 증상을 일으킬까 봐 두려워한 건가? 백악관에서 악마들을 보게 될까 봐?"

클라리는 초콜렛 한 조각을 조금씩 깨물어 먹었다. "백악관에 악마가 있어?"

"농담이야." 제이스가 말했다. "그냥 해본 생각이야." 그는 철학자처럼 진지한 표정을 지으며 어깨를 으쓱했다. "틀림없이 누군가 그런 말을 했을 거야."

"엄마는 내가 너무 멀리 떨어져 있는 게 싫었을 거야. 엄마는 아빠가 돌아가신 뒤로 많이 변했어." 루크의 목소리가 그녀의 머릿속에서 울려 퍼졌다. '당신은 그 일이 있고 나서 달라졌어. 하지만 클라리는 조너선이 아니야.'

제이스는 그녀를 향해 눈을 치켜뜨며 말했다. "아버지를 기억해?"

클라리는 고개를 가로저었다. "못해. 내가 태어나기도 전에 돌아가셨으니까."

"넌 운이 좋은 거야. 그러니까 아버지를 그리워하지도 않잖아."

다른 사람한테서 그런 소리를 들었다면 몹시 기분이 나빴을 테지만 제이스한테서 그런 소리를 들으니 별로 기분이 상하지 않았다. 그의 목소리에는 빈정거림이 전혀 배어 있지 않았고 자기 아버지에 대한 쓸쓸한 그리움만이 깃들어 있었다.

"지금은 어때?" 클라리가 물었다. "아직도 아버지가 그리워?"

제이스는 클라리를 비스듬히 바라보기만 하고 대답하지 않았다. "넌 어머니를 생각하고 있어?"

"아니. 사실 난 루크를 생각하고 있었어."

"그건 그 사람의 본명이 아니잖아." 제이스는 생각에 잠겨 사과를 한 입 베어 먹으며 말했다. "루크의 행동에는 앞뒤가 안 맞는 점이······."

"루크는 겁쟁이야." 클라리는 냉소적인 목소리로 말했다. "너도 그 사람이 하는 말을 들었잖아. 그 사람은 발렌타인에게 등을 돌리지 않을 거야. 우리 엄마를 위해서라고 하더라도."

"하지만 그건······." 어디에선가 쨍그랑 소리가 길게 울려 퍼지면서 제이스의 말을 중단시켰다. 종이 울리고 있었다. "자정이야." 칼을 내려놓으며 제이스가 말했다. 그는 클라리를 일으켜 세우려고 한 손을 내밀면서 자리에서 일어섰다. 사과즙이 묻은 제이스의 손가락은 약간 끈적끈적했다. "자, 저것 좀 봐."

제이스의 시선은 그들이 앉아 있던 자리 옆의 녹색 관목에 고정되어 있었다. 관목에는 윤이 흐르는 꽃봉오리 수십 개가 입을 다문 채 매달려 있었다. 클라리는 무엇을 보라는 소리인지 몰라 그에게 물어보려 했다. 하지만 그는 한 손을 들어 아무 말도 하지 못하도록 했다. 제이스의 두 눈이 빛나고 있었다. "기다려봐."

관목의 이파리들은 미동도 없이 달려 있었는데, 갑자기 입을 굳게 다물고 있던 꽃봉오리 하나가 떨리기 시작했다. 꽃봉오리는 처음 크기의 두 배로 부풀더니 탁 하고 터졌다. 꽃이 피는 장면을 초고속으로 촬영한 필름을 보는 것 같았다. 섬세한 녹색의 꽃받침 조각이 밖으로 벌어지면서 그 속에 뭉쳐 있던 꽃잎들이 드러났다. 꽃잎에는 화장용 분처럼 가벼운 금빛 꽃가루가 묻어 있었다.

"와!" 클라리는 저도 모르게 탄성을 질렀다. 클라리가 고개를 들었을 때 제이스가 그녀를 지켜보고 있었다. "밤마다 꽃이 피는 거야?"

"자정에만." 그가 말했다. "생일 축하해, 클라리사 프레이."

클라리는 이상하게 가슴이 뭉클했다. "고마워."

"너한테 줄 게 있어." 제이스는 주머니에 손을 집어넣더니 무언가를 꺼내서 그녀의 손에 쥐어주었다. 그것은 하도 만져서 매끈해진 회색 돌이었다.

"이게 뭐야, 응?" 돌을 뒤집으며 클라리가 말했다. "여자애들이 큰 바위를 원한다고 말할 때 정말로 큰 바위를 원해서 그런 말을 하는 줄 알았어? 그건 아니야."

"참 재미있군. 이 냉소적인 아가씨야, 이건 바위가 아냐. 모든 섀도우 헌터는 룬 문자가 새겨진 돌을 하나씩 지니고 있어."

"아." 클라리는 뒤늦게 흥미를 가지고 그것을 바라보다가 제이스가 지하실에서 그랬던 것처럼 손에 꼭 쥐어보았다. 확실하지는 않지만 손가락 사이로 흘러나오는 불빛을 본 듯했다.

"거기에서 빛이 흘러나올 거야. 이 세상과 그 밖의 세상들에서 네가 아무리 어두운 곳에 있더라도."

클라리는 그 돌을 주머니에 넣었다. "아무튼 고마워. 나한테 선물을 줄 생각을 하다니 자상하네." 두 사람 사이의 긴장감이 눅눅한 공기처럼 그녀를 내리누르고 있는 것 같았다. "스파게티 목욕보다 나은 것 같아."

제이스는 음울하게 말했다. "그런 사소하고 개인적인 정보를 다른 사람에게 누설하면 난 널 죽여버릴지도 몰라."

"다섯 살 때 나는 건조기 속에서 옷가지들과 뱅글뱅글 돌아보고 싶었어. 차이가 있다면, 우리 엄마는 내가 그렇게 하도록 허락하지 않았다는 거지."

"건조기 속에서 뱅글뱅글 도는 건 목숨을 잃을 수도 있는 위험천만한 행동이어서 그랬을 거야. 반면에 파스타는 치명적인 경우가 드물지. 이사벨이 파스타를 만드는 경우만 제외하면."

자정의 꽃잎들은 이미 떨어지고 있었다. 그것들은 별빛처럼 반짝이며 바닥으로 흘러내렸다. "열두 살 때 나는 문신을 하고 싶었어." 클라리가 말했다. "엄마는 그것도 허락하지 않으셨지."

제이스는 웃지 않았다. "대부분 섀도우 헌터는 열두 살 때 처음 마크를 받게 되지. 네 핏속에도 틀림없이 마크가 들어 있을 거야."

"그럴지도 모르지. 하지만 대부분 섀도우 헌터들이 왼쪽 어깨에 돌연변이 닌자 거북이 중 도나텔로의 문신을 하고 있는지는 의심스러운데."

제이스는 황당하다는 표정을 지었다. "넌 어깨에 거북이 문신이 있었으면 좋겠어?"

"난 수두 자국을 가리고 싶거든." 클라리는 탱크톱의 끈을 옆으로 약간 끌어당겨 어깨 위에 있는 별 모양의 하얀 흉터를 보여주었다. "보여?"

제이스는 시선을 다른 곳으로 돌렸다. "날이 어두워지고 있어. 그만 내려가야겠어."

클라리는 마치 제이스가 자신의 꼴사나운 흉터를 보기를 원하기라도 한 것처럼 쑥스럽게 끈을 끌어당겨 흉터를 가렸다. 그녀의 입에서 의도하지 않은 말이 흘러나왔다.

"너 혹시 이사벨과…… 데이트를 한 적 있니?"

제이스는 클라리를 똑바로 바라보았다. 달빛이 그의 본래 눈 색깔을 지우고 있었다. 이제 그의 눈은 금색보다 은색에 더 가까웠다. "이사벨?" 그는 멍한 표정으로 말했다.

"왜 물어보느냐면…… 사이먼이 궁금해하는 것 같아서."

"그럼 사이먼이 이사벨에게 직접 물어봐야지."

"사이먼이 그러고 싶어하는지 난 잘 모르겠어. 아무튼 신경 쓰지 마. 내가 신경 쓸 일도 아니고."

제이스는 힘없이 미소를 지었다. "대답을 하자면 데이트를 한 적은 없어. 우리 두 사람 중 하나는 데이트를 해볼까 하고 한 번 정도 생각했을지도 몰라. 하지만 이사벨은 나한테 여동생이나 마찬가지야. 그런 사이인데 데이트를 하면 이상하겠지."

"그러니까 이사벨과 너는 한 번도……."

"그런 일은 절대로 없었어."

"이사벨은 날 싫어해."

"아냐, 그렇지 않아." 제이스의 말에 클라리는 깜짝 놀랐다. "그건 네가 이사벨을 불안하게 만들어서 그래. 멋진 남자애들 가운데서 항상 유일한 여자애였는데 네가 오면서 아무것도 아닌 게 되어버렸으니까."

"그렇지만 이사벨은 아름답잖아."

"너도 아름다워." 제이스가 말했다. "그리고 넌 이사벨과 완전히 달라. 이사벨이 그걸 눈치 못 챘을 리가 없지. 걘 항상 작고 연약한 존재로 남고 싶어했어. 이사벨은 자기가 대부분 남자애들보다 키가 크다는 사실을 무지 싫어해."

딱히 할 말이 없었기 때문에 클라리는 아무런 대꾸도 하지 않았다. 제이스는 그녀를 보고 아름답다고 표현했다. 엄마를 제외하고 지금껏 클라리에게 그런 말을 한 사람은 아무도 없었다. 물론 엄마의 칭찬에는 의미가 없었다. 어머니란 누구나 자기 딸이 아름답다고 생각하기 때문이다. 클라리는 그를 빤히 쳐다보았다.

"그만 내려가야 할 것 같아." 그가 했던 말을 반복했다. 클라리는 자기가 빤히 쳐다봐서 제이스를 불편하게 만들고 있다고 확신했지만, 그를 쳐다보지 않을 수 없었다.

"그래, 내려가자." 클라리는 목소리가 정상으로 들려 다행이라고 생각했다. 돌아서며 그에게서 시선을 뗄 수 있었던 것도 다행이었다. 그들의 머리 바로 위로 솟아오른 달이 대낮처럼 환하게 만물을 비추고 있었다. 그녀는 바닥에 있는 무언가에서 하얀 불꽃이 튀는 것을 보았다. 그것은 제이스가 사과를 깎을 때 사용한 칼이었다. 칼은 옆으로 누워 있었고, 클라리는 칼을 밟지 않으려고 몸을 뒤로 빼다가 그의 몸에 어깨를 부딪치고 말았다. 제이스가 클라리를 붙잡아주려고 손을 내미는 순간, 그녀는 미안하다는 말을 하려고 돌아섰다. 곧이어 클라리는 제이스의 둥근 팔 안에 갇히게 되었다. 제이스가 그녀에게 키스를 했다.

처음에 클라리는 제이스가 키스를 하고 싶어하지 않는다고 생각했다. 그녀의 입에 포개진 그의 입은 나긋나긋하지 않고 뻣뻣했다. 다음 순간, 제이스는 양팔로 그녀를 감싸고 자기 쪽으로 끌어당겼다. 그제야 그의 입술이 부드러워졌다. 그녀는 그의 심장이 빠르게 뛰는 것을 느낄 수 있었다. 제이스의 입에서는 아직도 달콤한 사과 맛이 느껴졌다. 클라리는 양손을 그의 머리카락 속으로 집어넣었다. 클라리는 제이스를 처음 보았을 때부터 그렇게 해보고 싶었다. 비단처럼 부드러운 그의 머리카락이 그녀의 손가락에 휘감겼다. 클라리의 가슴은 방망이질치고 있었다. 그때 그녀의 귀에 무언가가 급히 움직이는 소리가 들렸다. 날개를 퍼덕이는 소리 같은…….

제이스는 낮게 탄성을 지르며 클라리의 몸에서 떨어졌다. 하지만 여전히 두 팔로 그녀를 휘감고 있었다. "누가 우리를 지켜보고 있군. 겁먹지는 마."

클라리는 고개를 돌렸다. 근처의 나뭇가지 위에 휴고가 앉아 있었다. 새는 구슬 같은 까만 눈알로 그들을 지켜보고 있었다.

"저 녀석이 여기에 있는 걸 보니 호지 선생님이 곧 여기로 올 거야." 제이스가 낮은 소리로 말했다. "빨리 여길 떠나야 해."

"널 감시하고 있는 거야?" 클라리가 거친 소리로 말했다. "호지 선생님 말이야."

"그런 건 아냐. 선생님은 생각을 하고 싶을 때 자주 여기에 올라오셔. 안타깝군. 재미난 대화를 나누고 있었는데." 그가 소리를 내지 않고 웃었다.

그들은 왔던 길을 되짚어 아래층으로 내려갔지만 이상하게도 클라리에게는 전혀 다른 길처럼 느껴졌다. 제이스는 줄곧 그녀의 손을 잡고 있었다. 손가락, 손목, 손바닥 등 그가 만지는 부위마다 작은 전기 충격이 그녀의 혈관을 타고 오르내렸다. 수많은 질문이 머릿속을 떠돌았지만 분위기를 깰까 봐 어떤 질문도 할 수 없었다. 제이스는 온실을 떠나기 전 안타깝다고 말했다. 그래서 클라리는 그들의 밤, 적어도 키스 타임은 그렇게 끝나버렸다고 짐작했다.

그들은 클라리의 침실 문에 이르렀다. 클라리는 문 옆의 벽에 몸을 기대고 제이스를 올려다보았다. "생일 소풍 고마워." 그녀는 자연스러운 어조를 유지하려고 애쓰며 말했다.

제이스는 클라리의 손을 놓아주기 싫은 듯이 보였다. "잘 거야?"

클라리는 제이스가 예의를 가장하고 있다고 생각했다. 그는 절대로 정중한 사람이 아니었다. 그녀는 그의 질문에 질문으로 응수했다. "넌 피곤하지 않아?"

제이스의 목소리는 낮았다. "지금처럼 정신이 말짱한 적은 한 번도 없었어."

제이스는 손으로 클라리의 얼굴을 감싸면서 키스를 하려고 허리를 굽혔다. 두 사람의 입술이 닿았다. 처음에는 부드럽게, 그러다가 좀 더 강하게. 사이먼이 침실 문을 왈칵 열어젖히고 복도로 걸어 나온 것은 바로 그 순간이었다. 사이먼은 눈을 껌벅거리고 있었다. 머리가 마구 헝클어지고 안경을 끼고 있지는 않았지만 충분히 잘 볼 수 있었다.

"지금 뭐하는 짓이야?" 사이먼이 캐물었다. 목소리가 하도 커서 클라리는 제이스의 손길에 데기라도 한 것처럼 얼른 그의 몸에서 떨어졌다.

"사이먼! 지금 뭐…… 아니, 난 네가 자고 있는 줄……."

"자고 있었다고? 그렇지, 자고 있었어." 사이먼이 말했다. 당황하거나 혼란스러울 때면 항상 그랬듯이 그의 광대뼈 위쪽은 시뻘게져 있었다. "자다가 깨어보니 네가 없더라고. 그래서 난 네가……."

클라리는 무슨 말을 해야 할지 전혀 생각이 나지 않았다. 이런 일이 벌어질지도 모른다는 생각을 왜 못했을까? 제이스의 방으로 갔더라면 괜찮았을 텐데 왜 그의 방으로 가자는 말을 하지 않았을까? 그 대답은 아주 단순했다. 클라리는 사이먼을 까맣게 잊고 있었던 것이다.

"미안해." 클라리는 자기가 누구한테 말하고 있는지도 모르고 그렇게 말했다. 그녀가 곁눈으로 제이스를 쳐다보았을 때, 그는 격노의 눈빛으로 그녀를 쏘아보고 있었다. 하지만 클라리가 그를 똑바로 쳐다보자 항상 그랬듯이 여유 있고 자신감 넘치며 약간 지루해하는 표정을 지었다. 제이스가 말했다.

"클라리사, 앞으로는 네 침대에 이미 남자가 있다는 얘기를 해주는 게 현명할 것 같아. 이런 따분한 상황을 피하려면 말이야."

"네가 이 친구를 침대로 부른 거야?" 사이먼이 캐물었다. 그는 충격을 받은 것처럼 보였다.

"바보 같은 소리 하지도 마." 제이스가 말했다. "비좁은 침대에 우리 세 사람이 앉을 수나 있겠어?"

"나는 침대로 부르지 않았어." 클라리가 발끈하며 말했다. "우린 그냥 키스를 하고 있었어."

"그냥 키스를 하고 있었다고?" 제이스는 상처를 입은 척하면서 그녀의 말투를 흉내 냈다.

"제이스……."

클라리는 제이스의 눈에서 명백한 악의를 보고 말꼬리를 흐렸다. 말을 해봤자 아무런 소용도 없을 것 같았다. 클라리는 갑자기 마음이 무거워졌다. 그녀는 지친 표정으로 말했다.

"사이먼, 시간이 늦었어. 우리 때문에 잠이 깼다면 미안해."

"나도 방해해서 미안해." 사이먼은 다시 침실로 들어가더니 문을 쾅 닫아버렸다.

제이스는 버터를 바른 토스트처럼 부드러운 미소를 지었다. "들어가 봐. 들어가서 친구의 머리를 쓰다듬으면서 아직도 네게 아주 특별한 존재라는 사실을 일깨워줘. 네가 하길 원하는 게 그거 아냐?"

"그만해. 제발 그런 식으로 행동하지 마."

제이스의 미소가 커졌다. "그런 식이라니?"

"화가 나면 화가 난다고 말해. 아무렇지도 않다는 듯이 행동하지 말고. 그러니까 마치 넌 아무것도 못 느끼는 것 같잖아."

"나한테 키스하기 전에 그런 생각을 했어야지."

클라리는 믿을 수 없다는 듯이 제이스를 바라보았다. "내가 너한테 키스를 했다고?"

그는 적의가 담긴 눈빛으로 그녀를 바라보았다. "걱정 마. 나한테도 그다지 기억에 남을 만한 일은 아니었으니까."

클라리는 제이스가 걸어가는 모습을 보면서 당장에 울음을 터뜨리고 싶은 욕구와 달려가서 발목을 걷어차고 싶은 욕구를 동시에 느꼈다. 두 가지 행동 중 어느 것도 제이스나 자신에게 만족감을 안겨주지 못할 거라는 사실을 깨닫고 클라리는 힘없이 침실로 들어갔다.

사이먼은 방의 한복판에 서서 허탈한 표정을 짓고 있었다. 그사이에 그는 안경을 끼고 있었다. 그녀는 머릿속에서 제이스의 비아냥거리는 목소리를 들었다. 친구의 머리를 쓰다듬으면서 아직도 네게 아주 특별한 존재라는 사실을 일깨워줘. 제이스는 그렇게 말했다.

클라리는 사이먼을 향해 다가가다가 그가 손에 스케치북을 들고 있는 것을 알아차리고 걸음을 멈췄다. 사이먼은 클라리가 그리던 그림, 즉 천사의 날개가 달린 제이스의 그림을 펼쳐들고 있었다. "멋지군. 아트 스쿨에서 강의를 듣더니 확실히 달라졌어."

보통 때 같으면 자기 스케치북을 함부로 들여다봤다고 따끔하게 야단을 쳤겠지만 지금은 그럴 때가 아니었다. "사이먼, 저기······."

"네 침실로 성큼성큼 걸어 들어와 부루퉁한 표정을 짓는 것도 점잖은 행동은 아니겠지." 사이먼은 클라리의 말을 뻣뻣하게 자르고 스케치북을 침대 위로 던졌다. "하지만 내 물건은 가져가야 해서 들어왔어."

"어디로 가려고?"

"집으로 가야지. 여기 너무 오래 머무른 것 같아. 나 같은 먼데인은 이런 곳에 있으면 안 되지."

클라리는 한숨을 쉬었다. "사이먼, 미안해. 됐어? 제이스에게 키스를 할 의도는 없었어. 어쩌다 보니 그렇게 된 거야. 네가 제이스를 좋아하지 않는다는 거 나도 알아."

"아니야." 사이먼이 더욱 뻣뻣하게 말했다. "나는 김빠진 탄산음료를 좋아하지 않아. 시시한 보이 밴드의 음악, 교통 체증에 갇히는 것, 그리고 수학 숙제도 좋아하지 않아. 난 제이스를 증오해. 이제 차이를 알겠어?"

"제이스는 네 목숨을 구해줬어." 클라리는 그렇게 말하면서 자기가 속임수를 쓰고 있다는 느낌을 받았다. 따지고 보면 제이스는 클라리가 죽어버리면 자기가 곤란해질까 두려워 뒤모트까지 따라왔던 것이다.

"한마디로 그 자식은 쓰레기 같은 놈이야. 네가 그 정도는 알고 있을 거라고 생각했어."

클라리의 감정이 폭발하고 말았다. 그녀는 발끈하며 말했다. "네가 뭔데 나한테 이러는 거야? 넌 학교에서 몸매가 가장 잘 빠진 여자애와 데이트를 하려고 했잖아."

그녀는 에릭의 느릿느릿한 말투를 흉내 내며 말했다. 사이먼은 화가 나서 입을 굳게 다물었다. "제이스가 가끔 바보짓을 하면 또 어때? 넌 내 오빠도 아니고 아빠도 아니잖아. 네가 제이스를 좋아할 필요까지는 없어. 사실 난 네 여자 친구들이 하나도 마음에 안 들었어. 하지만 예의상 그런 생각을 마음에만 두고 있었지 너처럼 대놓고 불만을 터뜨리지는 않았어."

사이먼은 화가 나서 이를 악물고 말했다. "이건 사정이 달라."

"어떻게? 어떻게 다른데?"

"네가 그 녀석을 바라보는 눈빛을 내가 봤단 말이야!" 사이먼은 소리를 버럭 질렀다. "나는 너처럼 그런 식으로 여자애들을 바라보지 않았어! 난 그냥 때가 될 때까지 연습 삼아……."

"무슨 때가 될 때까지?" 클라리는 자신이 소름 끼치게 행동하고 있다는 것을 어렴풋이 깨달았다. 이 모든 상황이 소름 끼쳤다. 그들은 지금껏 크게 싸워본 적이 단 한 번도 없었다. 싸움이라고 해봐야 나무 위의 오두막집에서 누가 마지막 팝타트(켈로그에서 생산하는 스낵―옮긴이)를 먹었느냐는 문제로 말다툼을 벌인 정도였다. 하지만 지금 클라리는 감정을 주체하지 못할 것 같았다.

"이사벨과 본격적으로 사귈 때까지? 바보처럼 그 애한테 푹 빠져서 정신도 못 차리면서 지금 제이스를 놓고 나한테 설교를 할 수 있는 거야!" 그녀의 목소리는 높아져서 이제 거의 비명에 가까웠다.

"난 너한테 질투심을 유발시키고 싶었단 말이야!" 사이먼이 곧바로 되받아쳤다. 그는 부르쥔 두 손을 허리에 얹고 있었다. "넌 너무 멍청해, 클라리. 너무 멍청하단 말이야. 그렇게도 모르겠어?"

클라리는 어리둥절한 표정으로 그를 바라보았다. 도대체 사이먼은 무슨 소리를 하고 있는 걸까?

"질투심을 유발시키고 싶었다고? 왜?"

클라리는 그게 자신이 할 수 있는 최악의 질문이라는 것을 즉각 깨달았다.

"왜냐하면 지난 10년 동안 난 너에게 푹 빠져 있었으니까. 짝사랑이었던 거지. 난 네가 나와 같은 느낌을 갖고 있는지 확인할 때가 됐다고 생각했어. 지금 보니까 너는 나를 애틋하게 생각하지 않는 것 같아." 사이먼이 너무나 비통하게 말했기 때문에 클라리는 충격을 받았다.

사이먼은 그녀의 배를 걷어차고 싶었을지도 모른다. 클라리는 폐에서 숨이 모두 빠져나가 말을 제대로 할 수 없었지만, 그를 빤히 바라보면서 무슨 말이라도 하려고 애썼다.

사이먼이 클라리의 말문을 날카롭게 막아버렸다. "말하지 마. 네가 할 수 있는 말은 아무것도 없어."

클라리는 마비가 된 것 같은 표정으로 사이먼이 문으로 걸어가는 것을 지켜보았다. 그녀는 그를 붙잡고 싶지도 않았고 붙잡을 수도 없었다. 무슨 말을 할 수 있단 말인가? 나도 너를 사랑한다고? 하지만 그녀는 그를 사랑하지 않았다. 그를 사랑했던 적이 있기나 했던가?

사이먼은 문으로 다가가더니 문의 손잡이를 잡고 클라리를 돌아보았다. 이제 안경 뒤의 눈은 화가 났다기보다는 지쳐 보였다. "우리 엄마가 너에 대해 또 무슨 말을 했는지 정말 알고 싶어?"

클라리는 고개를 가로저었지만, 그는 그녀의 반응을 알아차리지 못한 것처럼 보였다. "엄마는 네가 내 마음을 아프게 할 거라고 말했어." 그 말을 하고 사이먼은 방을 나갔다. 문이 쾅 소리를 내며 닫히자 클라리는 드디어 혼자 남았다.

사이먼이 가버린 뒤 클라리는 침대에 걸터앉아 스케치북을 집어 들고 가슴에 안았다. 그림을 그리고 싶어서가 아니라 잉크, 연필, 초크 등 익숙한 사물들의 느낌과 냄새를 갈망했기 때문이었다.

클라리는 사이먼을 뒤따라가서 불러 세울까 하는 생각도 했다. 하지만 그에게 무슨 말을 한단 말인가? 대체 무슨 말을 할 수 있단 말인가? 넌 너무 멍청해, 클라리. 그렇게도 모르겠어? 사이먼은 그렇게 말했다.

클라리는 사이먼이 했던 말이나 행동, 에릭과 다른 애들이 두 사람에 대해 했던 농담들, 그리고 그녀가 방에 들어갔을 때 자기들끼리 수군거리다가 중단했던 대화 내용을 모두 머리에 떠올려보았다. 제이스는 처음부터 알고 있었던 것이다. 난 사랑 고백이 우스워서 웃었던 거야. 특히 그게 짝사랑일 경우. 클라리는 제이스가 무슨 말을 하는 건지 진지하게 생각해보지 않았지만 이제는 알 수 있을 것 같았다.

클라리는 그동안 살면서 오직 세 사람, 즉 엄마, 루크, 그리고 사이먼만 사랑했다고 사이먼에게 말했다. 불과 일주일 만에 사랑하는 사람을 모두 잃을 수도 있는 건지 궁금했다. 그리고 자신이 이 상황을 이겨낼 수 있을지 궁금했다. 제이스와 함께 지붕 위에 있을 때, 그 짧은 시간 동안 클라리는 엄마를 까맣고 잊고 있었다. 루크와 사이먼도 잊고 있었다. 그리고 행복했다. 그녀가 행복했다는 사실이야말로 가장 참을 수 없는 일이었다.

어쩌면 사이먼을 잃어버리게 된 것은, 비록 짧은 시간이었지만 어머니가 여전히 실종된 상황에서 행복감을 느낀 이기심에 대한 벌일지도 모른다고 클라리는 생각했다. 물론 그것은 전혀 사실이 아니었다. 제이스가 키스를 잘하는지는 모르겠지만 그는 클라리를 좋아하지 않았다. 제이스도 그렇게 말했다.

클라리는 스케치북을 무릎 위에 천천히 내려놓았다. 사이먼의 평가는 옳았다. 제이스의 그림은 자신이 보기에도 훌륭했다. 클라리는 제이스의 딱딱한 입술 라인, 그리고 그것과 어울리지 않게 유약해 보이는 눈을 제대로 포착해서 그림으로 옮겼다. 너무도 사실적으로 보이는 날개는 손가락으로 쓰다듬으면 부드러움이 느껴질 것만 같았다. 그녀는 생각에 잠겨 페이지를 손으로 쓰다듬다가 갑자기 손을 떼어내고 그림을 뚫어지게 바라보았다. 클라리의 손가락이 건드린 것은 마른 종이가 아니라 부드러운 깃털이었다. 그녀의 시선이 종이 구석에 휘갈겨놓은 룬 문자로 옮겨갔다. 그것들은 제이스가 스텔레를 가지고 그린 룬 문자들처럼 빛을 내고 있었다. 클라리의 가슴이 빠르고 날카롭게 뛰기 시작했다. 룬 문자가 그림에 생명을 불어넣을 수 있다면…….

그림에서 시선을 떼지 않은 채 클라리는 연필을 찾았다. 그녀는 숨을 죽이고 새로운 페이지를 연 다음, 머릿속에 제일 처음 떠오른 것을 서둘러 그리기 시작했다. 그것은 침대 옆 탁자 위에 놓인 커피 머그잔이었다. 정물화 수업 시간에 들었던 내용을 머리에 떠올리며 클라리는 얼룩이 묻은 테두리와 손잡이에 나 있는 금까지 하나도 놓치지 않고 최대한 구체적으로 머그잔을 그렸다. 그 머그잔은 그녀가 만들어낼 수 있는 가장 정확한 것이었다. 제대로 이해하지도 못한 어떤 본능에 이끌려 클라리는 머그잔을 향해 손을 뻗은 다음, 그것을 그림 위에 내려놓았다. 그리고 그 옆에다 조심스럽게 룬을 스케치하기 시작했다.

18
죽음의 잔

문을 두드리는 소리가 무시할 수 없을 만큼 커졌을 때, 제이스는 침대에 누워 다른 누군가를 위해서가 아니라 그 자신을 위해 자는 척하고 있었다. 하지만 할 수 없이 얼굴을 찌푸리며 억지로 침대에서 나왔다. 온실에 있을 때는 아무렇지도 않은 척했지만 간밤에 받은 타격 때문에 아직도 온몸이 욱신거렸다.

제이스는 문을 열어주기도 전에 자신을 찾아온 사람이 누구인지 알고 있었다. 어쩌면 사이먼이 작정을 하고 다시 쥐로 변해버렸을지도 모른다. 만약 그랬다면 사이먼은 영원히 그 빌어먹을 쥐로 살게 될 것이다. 제이스가 무슨 조치를 취해볼 수도 있겠지만, 사이먼의 의지가 확고하면 그런 조치도 쓸모없을 것이다.

클라리가 머리를 풀어 헤친 채 스케치북을 쥐고 문 앞에 서 있었다. 제이스는 클라리를 보는 순간 자기도 모르게 몸에서 아드레날린이 분비되었지만 그런 신체 변화를 무시한 채 문에 몸을 기댔다. 그는 그 이유가 궁금했다. 그런 적이 처음은 아니었다. 이사벨은 채찍을 이용하듯 자신의 아름다움을 이용했지만, 클라리는 자기가 아름답다는 사실을 전혀 모르고 있었다. 어쩌면 그래서일지도 몰랐다.

제이스는 자기가 클라리에게 심한 말을 했기 때문에 도저히 이해가 되지 않았지만, 클라리가 거기에 서 있는 이유를 딱 한 가지 생각해낼 수 있었다. 말은 곧 무기라고 그의 아버지는 가르쳤다. 제이스는 지금까지 살면서 상처를 입힌 그 어떤 여자애들보다 더 큰 상처를 클라리에게 주고 싶었다. 사실 그는 여자에게 의도적으로 상처를 입힌 적이 한 번이라도 있었는지 확신하지 못했다. 대개는 상처를 주고 싶다고 생각만 했고, 그 전에 그들이 자신을 홀로 남겨두고 떠나주기를 원했다.

"설마 사이먼이 오실롯(모피 의류에 많이 쓰여 멸종 위기에 처한 고양잇과 동물—옮긴이)으로 변해서, 이사벨이 그 녀석을 숄로 만들기 전에 뭔가 해달라고 찾아온 건 아니겠지." 제이스는 클라리가 싫어하는 방식으로 말을 꺼냈다. "그런 일로 찾아왔다면 내일까지 기다려야 할 거야. 지금 난 일과를 마치고 쉬고 있으니까." 제이스는 자기가 입고 있는 청색 파자마를 가리켰다. "봐. 잠옷을 입고 있잖아."

클라리는 제이스가 하는 말을 제대로 못 들은 것처럼 보였다. 그제야 제이스는 클라리가 양손에 무언가를 쥐고 있다는 것을 알아차렸다. 그것은 그녀의 스케치북이었다. "제이스, 이건 중요한 일이야."

"설마 그림을 그리는 데 급한 도움이 필요해서 온 건 아니겠지. 누드 모델이 필요하다든지 말이야. 근데 난 지금 그런 요구에 응할 기분이 아니거든. 호지 선생님한테 가서 한번 부탁해보든지." 제이스는 뒤늦게 생각이 났다는 듯이 덧붙였다. "선생님은 무슨 부탁이든 들어준다던데……"

"제이스!" 클라리는 그의 말을 중간에 잘랐다. 그녀의 목소리가 높아져서 비명처럼 들렸다. "잠깐만 입 다물고 내 얘기 좀 들어줘. 응?"

제이스는 깜짝 놀라 눈만 껌벅거렸다. 클라리는 숨을 깊이 들이마시고 제이스를 올려다보았다. 그녀의 눈은 불확실로 가득 차 있었다. 제이스의 몸에서 익숙하지 않은 욕구가 치솟았다. 그것은 두 팔로 그녀를 감싸 안으며 괜찮다고 말해주고 싶은 욕구였다. 하지만 제이스는 욕구를 실행에 옮기지는 않았다. 그의 경험으로 판단하건대 괜찮은 일이란 거의 없었다.

"제이스." 클라리의 목소리가 너무 약해서 무슨 말인지 알아듣기 위해 몸을 앞으로 기울여야 했다. "엄마가 죽음의 잔을 어디에다 숨겼는지 알 것 같아. 바로 그림 속이야."

"뭐라고?" 제이스는 침묵의 형제들 가운데 하나가 복도에서 벌거벗은 채 옆으로 재주넘기를 하는 모습을 보았다는 소식이라도 들은 것처럼 클라리를 뚫어지게 바라보았다. "그러니까 네 어머니가 그림 뒤에 그 잔을 숨겼다는 거야? 하지만 집에 있는 액자 속 그림들은 전부 갈가리 찢겨 있었잖아."

"나도 알아." 클라리는 침실 안을 슬쩍 들여다보았다. 다행히 방에는 아무도 없는 것 같았다. "좀 들어가도 돼? 너한테 보여주고 싶은 게 있어."

제이스는 어깨를 구부린 채 문에서 몸을 뗐다. "꼭 그래야 한다면."

클라리는 침대에 걸터앉아 스케치북을 무릎 위에 올려놓았다. 제이스가 입었던 옷가지들이 침대 위에 흩어져 있었지만 방의 나머지 부분은 수도사의 방처럼 깔끔했다. 벽에는 친구나 가족의 사진은 물론이고 포스터나 그림 한 장 걸려 있지 않았고, 흰색 담요가 침대 위에 팽팽하고 납작하게 덮여 있었다. 확실히 평범한 10대 소년의 침실 모습은 아니었다. "자, 이것 좀 봐." 클라리는 머그잔 그림을 찾을 때까지 페이지를 훌훌 넘겼다.

제이스는 벗어놓은 티셔츠를 옆으로 밀어놓고 클라리의 옆에 앉았다.
"커피 잔이잖아."
"커피 잔이라는 건 나도 알아." 클라리의 목소리에 짜증이 묻어났다.
"클라리, 난 네가 브루클린 다리나 바닷가재 같은 복잡한 걸 그릴 때까지 기다려줄 수 없어. 이럴 거면 차라리 노래하는 전보(전화로 의뢰하면 꽃다발이나 풍선을 든 사람이 나타나 생일 축하 메시지와 함께 노래를 불러주는 서비스—옮긴이)를 보내든가 해."
클라리는 제이스가 하는 말을 들은 척도 하지 않았다. "잘 봐. 보여주고 싶었던 건 바로 이거야." 클라리는 그림 위로 자기 손을 올리고 나서 창을 던지듯이 재빠르게 그림 속으로 밀어 넣었다. 그리고 손을 다시 빼냈을 때 커피 잔이 그녀의 손가락에 걸려 달랑거리고 있었다.
클라리는 제이스가 깜짝 놀라 침대에서 벌떡 일어나면서 무슨 소리라도 지를 걸로 예상했다. 하지만 그런 일은 일어나지 않았다. 클라리는 제이스의 반응이 밋밋한 이유를 짐작해보았다. 어쩌면 그는 살면서 그보다 훨씬 이상한 장면을 목격했을 수도 있었다. 하지만 제이스의 눈은 휘둥그레졌다. "네가 그렇게 한 거야?"
클라리는 고개를 끄덕였다.
"언제?"
"방금 전에 내 방에서. 사이먼이 떠나고 나서."
제이스의 시선이 날카로워졌다. "룬 문자를 사용한 거야? 어떤 문자를 사용한 거지?"
클라리는 이제 백지가 되어버린 종이를 손가락으로 만지며 고개를 가로저었다. "나도 모르겠어. 갑자기 머리에 뭔가 떠올랐고 그걸 하나도 빼놓지 않고 그렸어."

"그레이북에서 본 거야?"

"모르겠어." 클라리는 여전히 고개를 흔들고 있었다. "뭐라고 말해야 할지 모르겠어."

"아무도 너한테 이런 방법을 안 가르쳐줬어? 어쩌면 네 어머니가……?"

"아니, 우리 엄마는 항상 나한테 마법 같은 건 없다면서……."

"어머니가 너한테 가르쳐준 게 분명해." 제이스가 클라리의 말을 잘랐다. "가르쳐주고 나서 나중에 그 방법을 잊어버리게 만든 거야. 매그너스가 기억이 천천히 되돌아올 거라고 말했잖아."

"그럴지도 모르지."

제이스는 자리에서 일어나 방 안을 서성거리기 시작했다. "물론 허가를 받기 전에 그런 식으로 룬 문자를 이용하면 법에 저촉될지도 몰라. 하지만 지금 당장 그건 문제가 안 돼. 넌 어머니가 그림 속에 잔을 숨겼을 거라고 생각해? 방금 네가 했던 것처럼?"

클라리는 고개를 끄덕였다. "하지만 집에 있던 그림들 속에는 숨기지 않았어."

"그럼 어디? 미술관? 미술관은 도처에 수없이……."

"그림이 아닐지도 몰라. 카드 속에도 감출 수 있고."

제이스는 걸음을 멈추고 클라리가 있는 쪽으로 몸을 돌렸다. "카드라고?"

"도로시아의 타로 카드 기억나? 우리 엄마가 그녀를 위해 그린 것들 말이야."

제이스는 고개를 끄덕였다.

"그리고 내가 컵 에이스를 뽑았던 것도 기억나? 나중에 천사의 조각상을 봤을 때 왠지 잔이 낯익었어. 그건 내가 컵 에이스에서 본 적이 있었기 때문이야. 엄마는 죽음의 잔을 도로시아의 타로 카드 속에 그려 넣었던 거야."

제이스는 클라리의 바로 뒤에 서 있었다. "네 어머니는 그 방법이 안전하다는 걸 알고 있었어. 그런 식으로 어머니는 그게 무엇이며 왜 그걸 숨겨야만 하는지 도로시아에게 밝히지 않고 건네줄 수 있었지."

"어쨌든 그걸 어딘가에 숨겨야 했으니까. 도로시아는 아무 데도 나가지 않고 그걸 누군가에게 줘버리는 일도 없었지……."

"그리고 네 어머니는 카드와 도로시아, 그 둘을 모두 감시할 수 있는 이상적인 위치에 있었지." 제이스는 감탄한 듯한 목소리로 말했다. "괜찮은 조치였어."

"내 생각에도 그런 것 같아." 클라리는 떨리는 자신의 목소리를 억누르려고 애썼다. "엄마가 조그만 덜 완벽했더라면 좋았을 텐데."

"그게 무슨 말이야?"

"그들이 그걸 찾아냈더라면 우리 엄마를 내버려뒀을 것 아냐. 그들이 원한 게 그 잔뿐이었다면……."

"클라리, 그래도 그들은 네 어머니를 죽였을 거야. 그들은 우리 아버지를 죽인 자들이야. 네 어머니가 아직도 살아 있을 거라고 생각되는 유일한 이유는 그들이 잔을 못 찾고 있기 때문이지. 어머니가 잔을 그렇게 잘 숨겨두어서 다행이야."

제이스는 동이 트자마자 인스티튜트에 있는 모든 사람을 깨웠다. 그는 전투 전략을 수립한다며 사람들을 도서관으로 불렀다. 알렉은 아직도 파자마 차림이었고, 이사벨은 분홍색 목욕 가운을 입고 있었다. 평소처럼 깔끔한 정장을 입은 호지는 이가 빠진 청색 머그잔에 담긴 커피를 홀짝이고 있었다. 흐릿한 멍에도 불구하고 눈이 맑은 제이스만 잠에서 완전히 깨어난 듯 보였다.

"이 모든 일이 우리와 무슨 상관이 있는지 모르겠군." 알렉이 머리카락 사이로 게슴츠레하게 제이스를 바라보며 말했다. "이제 잔을 찾는 일은 클레이브의 손에 맡겨진 줄 알았는데?"

"우리가 처리하는 게 더 나을 거야." 제이스가 참지 못하고 말했다. "호지 선생님과 나는 이 일을 이미 의논했고 그렇게 하기로 결정했어."

"그렇다면 나도 따를게." 이사벨이 분홍색 리본으로 묶은 머리를 귀 뒤로 넘기며 말했다.

"난 그렇게 못하겠어." 알렉이 반대를 하고 나섰다. "지금 이 도시엔 잔을 찾는 클레이브의 요원들이 깔려 있어. 정보를 주고 그들에게 찾으라고 하면 되잖아."

"그렇게 간단한 문제가 아니야." 제이스가 말했다.

"간단해." 알렉이 인상을 찌푸린 채 앉은 자리에서 몸을 앞으로 기울였다. "이 일은 너…… 위험에 중독된 너한테는 상관이 있을지 모르겠지만 우리하고는 아무 상관도 없어."

제이스는 화가 나서 고개를 흔들었다. "네가 이 일을 두고 왜 나와 싸우려고 드는지 모르겠어."

'네가 다치는 걸 알렉이 원치 않기 때문이야.' 클라리는 이렇게 생각하면서 왜 제이스가 그 명확한 사실을 알아차리지 못하는지 도무지 이해가 되지 않았다. 그러다가 자신도 사이먼과의 관계에서 똑같은 실수를 저질렀다는 생각이 들었다. 따지고 보면 클라리는 제이스의 둔함을 비웃을 처지에 있지 않았다.

"은신처의 주인인 도로시아는 클레이브를 신뢰하지 않아. 사실 그녀는 그들을 증오하지. 하지만 우리는 신뢰를 받고 있어."

"도로시아는 나를 신뢰해." 클라리가 제이스의 말에 대꾸했다. "너에 대해서는 잘 모르겠어. 그녀가 널 좋아하는지 어떤지."

제이스는 클라리의 말을 무시했다. "알렉, 재미있을 거야. 죽음의 잔을 이드리스로 되찾아오면 얻게 될 영광을 생각해봐! 우리 이름은 절대로 잊히지 않을 거야."

"영광 따위는 신경 안 써." 알렉이 제이스의 얼굴에서 시선을 떼지 않은 채 말했다. "다만 어리석은 짓은 아무것도 하고 싶지 않아."

"하지만 이 경우에는 제이스의 말이 옳아." 호지가 말했다. "클레이브가 은신처를 찾게 되면 끔찍한 일이 벌어질 거야. 도로시아가 잔을 가지고 도망갈 테고, 그렇게 되면 절대로 찾을 수 없을 테니까. 조슬린은 이 세상에서 오직 한 사람만 그 잔을 찾기를 원해. 그건 분명해. 그 사람이 바로 클라리야."

"그럼 클라리 혼자 가라고 하죠." 알렉이 말했다.

이사벨조차 그 말에 놀랐는지 낮게 헉 소리를 냈다. 양손을 책상 위에 펼치고 몸을 앞으로 기울이고 있던 이사벨은 자리에서 곧장 일어나 알렉을 싸늘하게 쏘아보았다. 클라리의 생각에 거기서 그나마 냉정을 유지할 수 있는 사람은 파자마 바지에 낡은 티셔츠를 입은 제이스밖에 없었다. 하지만 제이스 역시 순전히 의지의 힘으로 감정을 억제하고 있었다. "추방자들이 두려워서 그런 거라면 넌 여기 꼼짝 말고 있어." 그는 부드럽게 말했다.

알렉의 얼굴이 하얗게 변했다. "난 두렵지 않아."

"좋아. 그럼 아무 문제도 없어. 그렇지?" 제이스는 방을 둘러보았다.

"우리 모두 함께 행동하는 거야."

알렉이 긍정적인 답변을 우물거리는 동안 이사벨은 확고하게 고개를 끄덕였다. "그래, 재미있을 것 같아."

"재미있을지는 모르겠지만 나도 찬성이야." 클라리가 말했다.

이때 호지가 재빨리 끼어들었다. "그렇지만 클라리, 위험이 두려우면 넌 가지 않아도 돼. 우리가 클레이브에 통보해서……."

"아니에요. 우리 엄마는 제가 잔을 찾길 바랐어요. 발렌타인이나 다른 사람들이 아닌 제가 말이에요. 엄마가 그 물건을 발렌타인한테서 숨기려고 자신의 생애를 바쳤다면, 제가 할 수 있는 일이라고는 이것밖에 없어요."

호지는 클라리에게 미소를 지었다. "조슬린도 네가 그렇게 말할 걸 알고 있었을 것 같구나."

"아무튼 걱정 마." 이사벨이 말했다. "넌 괜찮을 거야. 우리도 추방자 두셋 정도는 쉽게 처리할 수 있으니까. 그들은 미치광이나 다름없지만 별로 영리하진 않아."

"게다가 악마들보다는 처리하기가 훨씬 더 쉽지." 제이스가 말했다. "그다지 교활하지도 않거든. 아, 그리고 보니 차가 한 대 필요할 것 같군. 될 수 있으면 큰 차로."

"왜?" 이사벨이 물었다. "지금까지는 차가 필요 없었잖아."

"지금까지는 그 정도로 귀중한 물건을 가진 적이 없었으니까 걱정할 필요가 없었지. 그 귀중한 걸 전철로 옮기고 싶진 않아."

"택시가 있잖아. 승합차를 빌려도 되고."

제이스는 이사벨의 제안에 고개를 가로저었다. "나는 우리가 통제할 수 있는 환경을 원해. 이렇게 중요한 일을 하면서 택시 기사나 렌터카

회사를 상대하고 싶지 않다고."

"혹시 운전면허증이나 차 없어?" 알렉이 혐오감을 숨긴 채 클라리에게 물었다. "먼데인이라면 누구나 그런 것들을 가지고 있잖아."

"열다섯 살이 되어야 가질 수 있어. 올해 면허증을 딸 수 있는 나이가 되긴 했지만 지금은 없어." 클라리가 토라져서 말했다.

"흠, 여러모로 쓸모가 많은 아이로군."

클라리가 톡 되쏘았다. "하지만 내 친구들은 운전할 수 있어. 사이먼도 면허증을 가지고 있고."

클라리는 그렇게 말하고 나서 곧바로 후회했다.

"그래?" 제이스가 무척이나 진지한 어조로 말했다.

"근데 사이먼한테 차가 없어." 클라리는 재빨리 그렇게 덧붙였다.

"그럼 부모님 차를 모는 거야?" 제이스가 물었다.

클라리는 책상에 몸을 기대며 한숨을 쉬었다. "아니. 사이먼은 주로 에릭의 승합차를 몰고 다녔어. 때때로 에릭이 빌려주었거든. 데이트가 있을 때 쓸 수 있게 한다든지."

제이스는 콧방귀를 뀌었다. "데이트 상대를 승합차에 태웠다고? 여자들한테 인기가 대단했겠어."

"그건 그냥 차야. 넌 너한테 없는 걸 사이먼이 가졌다는 이유만으로 사이먼을 미워하고 있어."

"사이먼은 나한테 없는 것들을 많이 가지고 있지. 근시안적인 사고, 나쁜 자세, 참담할 정도의 친화력 등."

"대부분 심리학자들은 적의가 뒤틀린 성적 이끌림의 표출이라는 사실에 동의하지."

"아, 이제야 알겠어." 제이스가 유쾌하게 말했다. "그래서 내가 날 싫어하는 것처럼 보이는 사람들을 그토록 자주 만났던 거군."

"난 널 싫어하지 않아." 알렉이 재빨리 말했다.

"그건 우리에게 형제애가 있기 때문이야." 제이스는 책상으로 성큼성큼 걸어가서 검은 전화기를 붙잡더니 클라리에게 내밀었다. "그 친구한테 전화해."

"누구한테?" 클라리는 잠시 시간을 끌기 위해 그렇게 말했다. "에릭? 걘 나한테 차를 빌려주지 않을 거야."

"사이먼한테 전화하라고. 전화해서 우릴 태워줄 수 있는지 물어봐."

클라리는 마지막으로 애를 썼다. "차를 가진 섀도우 헌터는 없어?"

"뉴욕에서?" 제이스의 웃음이 희미하게 사라졌다. "이봐, 다들 협정 때문에 이드리스에 있어. 그리고 그들은 우리를 따라오려고 고집을 부릴 거야. 그러니 이 방법밖에 없어."

클라리는 잠시 제이스와 시선을 맞추었다. 두 사람의 시선에는 한 치도 물러서지 않으려는 의지, 아니 그 이상의 무언가가 깃들어 있었다. 제이스의 눈빛은 클라리에게 왜 주저하는지 설명을 요구하고 있었다. 클라리는 얼굴을 찡그린 채 책상으로 걸어가서 제이스의 손에 들려 있는 전화기를 낚아챘다.

클라리는 전화를 걸기 전에 굳이 생각할 필요가 없었다. 사이먼의 번호는 그녀 자신의 번호만큼이나 익숙했다. 사이먼의 어머니나 누나가 전화를 받을까 봐 긴장했지만, 벨소리가 두 번 울렸을 때 사이먼이 받았다. "여보세요?"

"사이먼?"

침묵이 흘렀고, 제이스가 그녀를 바라보고 있었다. 클라리는 눈을 질끈 감고 제이스가 옆에 없는 것처럼 여기려 애썼다. "나야, 클라리."

"알아." 사이먼의 목소리에는 짜증이 묻어 있었다. "자고 있었어."

"아, 그랬구나. 너무 이른 시각이지. 미안해." 클라리는 전화선을 손가락으로 돌돌 말았다. "너한테 부탁을 하나 해야 돼서."

또다시 침묵이 흐르고 나서 사이먼이 삭막한 웃음을 터뜨렸다.

"농담 마."

"농담 아냐. 죽음의 잔이 어디에 있는지 알아냈어. 그걸 찾으러 가야겠어. 차만 있으면 돼."

사이먼은 다시금 웃음을 터뜨렸다. "악마를 처리하는 네 친구들을 다음 임무 수행지까지 태워달라는 거야? 그러니까 지금 뭐야, 우리 엄마의 어둠의 힘을 이용하겠다고?"

"난 네가 혹시 에릭한테서 승합차를 빌릴 수 있지 않을까 해서 전화한 거야."

"클라리, 그런 생각으로 전화했다면……."

"죽음의 잔을 손에 넣기만 하면 엄마를 구할 수 있는 방법이 생길 거야. 그 잔 때문에 발렌타인이 엄마를 죽이지 않고 살려둔 거야."

사이먼은 휘파람 소리가 나는 숨을 길게 내쉬었다. "거래가 그렇게 쉽게 성사될 거라고 생각했어? 클라리, 난 모르겠어."

"나도 몰라. 내가 아는 건 기회가 찾아왔다는 거야."

"그 잔은 막강한 힘을 가졌어. 그렇지? 생명이 걸린 위험한 게임에서 상대가 그걸 가지고 뭘 할지 정확히 알기 전에는 그런 강력한 물건에 손대지 않는 게 좋아."

"난 건드리지 않을 거야. 그저 엄마를 찾는 데 이용하겠다는 것뿐이야."

"그건 말도 안 되는 소리야, 클라리."

"이건 위험한 게임이 아니야, 사이먼!" 클라리는 고함을 지르다시피

했다. "주사위를 잘못 굴리면 최악의 상황이 벌어지는 그런 게임이 아니란 말이야. 이건 우리 엄마를 찾느냐 못 찾느냐의 문제야. 발렌타인이 엄마를 고문할지도 몰라. 엄마를 죽일 수도 있고. 엄마를 찾기 위해 난 무슨 일이든 해야 돼. 내가 널 위해 그렇게 했듯이."

잠시 침묵이 흘렀다. "네 말이 옳은지도 몰라. 암튼 난 잘 모르겠어. 근데 차를 몰고 정확히 어디로 가는 거지? 에릭한테 얘기해줘야지."

"에릭은 데려오지 마."

"알았어." 사이먼이 과장된 인내심을 가지고 대꾸했다. "난 그 정도로 바보는 아니야."

"우리 집으로 갈 거야. 우리 집에 그 잔이 있어."

다시금 짧은 침묵이 흘렀다. 사이먼은 당황하고 있었다. "너희 집? 거기엔 좀비들이 들끓고 있을 텐데?"

"추방된 전사들이지, 좀비는 아니야. 아무튼 내가 잔을 찾는 동안 제이스와 그 친구들이 그들을 처리할 수 있을 거야."

"왜 하필이면 네가 그 잔을 찾아야 하지?"

"그 일을 할 수 있는 사람은 나밖에 없으니까. 지금 당장 모퉁이로 와서 우리를 태워줘."

사이먼은 거의 알아들을 수 없는 낮은 소리로 무어라고 중얼거리고 나서 말했다. "알았어."

클라리는 눈을 떴다. 눈물 때문에 세상이 흐릿했다. "고마워, 사이먼. 넌 정말······."

하지만 사이먼은 이미 전화를 끊어버렸다.

"힘의 딜레마는 항상 동일하다는 생각이 드는군." 호지가 말했다.

클라리는 호지를 힐끗 쳐다보았다. "그게 무슨 말씀이세요?"

호지는 팔걸이에 휴고를 올려놓고 자기 의자에 앉아 있었다. 끈적거리는 잼, 토스트 부스러기, 버터 얼룩 등 아침 식사의 흔적이 탁자에 쌓인 접시들에 들러붙어 있었다. 어느 누구노 그것들을 치울 생각이 없어 보였다. 아침을 먹고 나자 그들은 떠날 채비를 갖추기 위해 뿔뿔이 흩어졌고, 가장 먼저 자리로 돌아온 것은 클라리였다. 다른 사람들은 중무장을 해야 했지만 그녀는 청바지와 셔츠를 입고 머리만 대충 빗으면 됐기 때문에 전혀 놀라운 일이 아니었다. 호텔에서 제이스의 단검을 잃어버린 탓에 몸에 지닌 초자연적인 물건이라고는 주머니에 든 반짝이는 돌밖에 없었다.

"사이먼이라는 친구와 알렉, 그리고 제이스에 대해 생각하고 있었어." 호지가 말했다.

클라리는 창밖을 내다보았다. 굵직한 빗방울이 유리창을 때리고 있었고, 하늘은 온통 회색빛이었다. "그들이 서로 무슨 관련이 있는 거죠?"

"불필요한 감정이 있는 곳에는 힘의 불균형이 생기지. 그건 이용하기 쉬운 불균형이지만 현명한 과정은 아니야. 사랑이 있는 곳에는 종종 증오도 있는 법이야. 그 둘은 공존할 수 있어."

"사이먼은 절 미워하지 않아요."

"시간이 흘러 자기가 이용당한다는 느낌이 들면 증오심도 자랄 거야. 물론 네가 그 친구를 이용할 의도가 없다는 건 나도 알아. 필요가 미묘한 감정을 이기는 경우가 종종 있지. 하지만 이번 상황은 다른 생각을 하도록 만드는군. 내가 준 사진은 아직 가지고 있나?"

클라리는 고개를 가로저었다. "방에 있어요. 가서 가져올……."

"아니, 됐어." 호지는 휴고의 새까만 깃털을 쓰다듬었다. "네 곁에 사이먼이 있듯이 네 어머니에게는 젊은 시절에 아주 친한 친구가 있었어. 두 사람은 남매처럼 친했어. 사실 그들은 남매라는 오해를 종종 받았지. 나이가 들면서 그 남자가 네 어머니를 사랑하고 있다는 걸 주변 사람들은 모두 눈치챘어. 네 어머니만 그 사실을 몰랐지. 네 어머니는 항상 그 남자를 단순히 친구라고 여겼고 또 그렇게 불렀어."

클라리는 호지를 빤히 바라보았다. "그 남자 친구가 루크인가요?"

"응. 루션은 자기와 조슬린이 함께 살게 될 거라고 항상 생각했어. 하지만 조슬린이 발렌타인을 만나 사랑에 빠지자 루션은 견딜 수 없었지. 그들이 결혼을 하자 서클을 떠나버렸어. 사라진 거지. 우린 모두 루션이 죽었다고 생각했어."

"루크는 그런 말을 전혀 하지 않았어요. 그런 일이 있었다는 암시조차 주지 않던데요. 지금까지 살면서 엄마한테 어필을 해볼 수도……."

"어떤 대답을 듣게 될지 이미 알고 있었던 거야." 호지는 클라리에게서 시선을 떼고 빗방울이 떨어지는 천장의 채광창을 쳐다보았다. "루션은 착각을 할 정도로 눈치 없는 사람이 아니었어. 아니, 조슬린 주변에 머무르면서 스스로 만족했던 거지. 시간이 지나면 그녀의 감정이 변할지도 모른다고 생각했을 거야."

"우리 엄마를 정말 사랑했다면 왜 엄마한테 무슨 일이 벌어지든 관심 없다는 말을 그들에게 했을까요? 엄마가 어디에 있는지 그들이 알려주려 해도 왜 들으려고 하지 않았을까요?"

"조금 전에 말했듯이 사랑이 있는 곳에는 증오도 있는 법이야. 오래 전에 조슬린은 루션에게 커다란 상처를 입혔어. 등을 돌린 거지. 그런데도 루션은 조슬린의 충실한 애완견 노릇을 했어. 항의나 비난도 하지 않았고, 감정을 억누르지 못해 대드는 법도 일절 없었지. 아마 그는 보복할 기회를 엿봤을 거야. 자기가 상처를 입은 만큼 상처를 주자는 생각이었겠지."

"루크는 그런 짓을 할 사람이 아니에요." 하지만 클라리는 자기한테 부탁할 생각일랑 아예 하지 말라던 루크의 얼음처럼 차가운 말투를 기억했다. 그리고 발렌타인이 보낸 사람들을 대하던 단호한 눈빛을 보았다. 그것은 클라리가 알던 루크의 모습이 아니었다. 그녀가 자라면서 보아온 루크는 그렇지 않았다. 그녀가 알고 있는 루크는 자기를 충분히 사랑하지 않는다거나 자기 마음에 들지 않는다고 해서 어머니에게 응징을 가할 사람이 절대로 아니었다. "하지만 엄마는 루크를 정말 사랑했어요." 클라리는 자기도 모르게 큰 소리로 말했다. "다만 루크가 엄마를 사랑한 방식과 달랐을 뿐이에요. 그 정도면 충분한 것 아닌가요?"

"아마 루션은 그렇게 생각하지 않았을 거야."

"잔을 찾고 나면 어떻게 되는 거죠? 우리가 잔을 가지고 있다는 걸 발렌타인이 알아야 하잖아요. 어떻게 알리죠?"

"휴고가 발렌타인을 찾아낼 거야."

빗방울이 유리창을 후려쳤다. 클라리는 몸을 부들부들 떨었다. "방에 가서 재킷을 가져와야겠어요."

클라리는 녹색과 분홍색이 뒤섞인 후드 재킷이 배낭 속에 박혀 있는 것을 발견했다. 옷을 배낭에서 꺼냈을 때 무언가가 부스럭거렸다. 그것은 어머니와 발렌타인이 함께 찍힌 서클의 사진이었다. 그녀는 오랫동안 사진을 들여다보다가 배낭 속에 다시 밀어 넣었다.

클라리가 도서관으로 돌아왔을 때 사람들이 모두 모여 있었다. 호지는 휴고를 자기 어깨에 얹은 채 책상에 걸터앉아 있었다. 제이스는 온통 검은색으로 차려입고 있었고, 이사벨은 악마를 짓뭉개는 부츠를 신고 금색 채찍을 손에 들고 있었다. 알렉은 가죽으로 된 팔목 보호대를 오른팔에 부착하고 어깨에는 화살집을 대각선으로 메고 있었다. 호지만 제외하고 모두의 맨살에는 새로 새겨 넣은 마크, 즉 소용돌이무늬가 촘촘히 박혀 있었다. 제이스는 왼쪽 소매를 걷어 올려 팔에 팔각형 마크를 새기다가 얼굴을 찌푸렸다.

알렉이 제이스를 건너다보았다. "엉망이 되었잖아. 내가 해줄게."

"내가 왼손잡이라서 그래." 제이스는 부드럽게 말하고 나서 스텔레를 내밀었다. 알렉은 안도하는 표정으로 그것을 받았다. "기본적인 이라체로." 제이스는 자신의 팔 위로 알렉이 머리를 기울이고 치유의 룬 문자를 조심스럽게 그려 넣는 동안 말했다. 그는 스텔레가 피부 위로 미끄러지는 동안 몸을 움찔거리면서 눈을 반쯤 감고 왼팔의 혈관이 전선처럼 도드라질 때까지 주먹을 움켜쥐었다. "알렉, 제발……"

"조심하려고 노력하고 있어." 알렉은 제이스의 팔을 놓고 물러서서 자신의 수작업을 보고 감탄했다. "됐어."

제이스는 팔을 내리며 주먹을 풀었다. "고마워." 그는 그제야 클라리의 존재를 알아차렸는지 금색 눈을 가늘게 뜨고 그녀를 쳐다보았다. "클라리."

"이제 준비가 다 된 것 같네." 클라리가 말했다. 알렉은 갑자기 얼굴을 붉히며 제이스에서 떨어져 화살을 매만지는 시늉을 했다.

"응. 준비는 끝났어. 내가 준 단검은 아직 가지고 있지?"

"아니. 뒤모트에서 잃어버렸어. 기억나?"

"맞아." 제이스는 흐뭇한 표정으로 클라리를 바라보았다. "그걸로 늑대인간 하나를 죽일 뻔했지."

창가에 있던 이사벨이 눈알을 굴렸다. "제이스, 난 네가 그런 일을 도저히 못 참고 펄펄 뛸 줄 알았어. 여자애들이 살해하는 것 말이야."

"난 악의 무리를 해치우는 사람은 누구든 좋아해." 제이스는 차분하게 말했다.

클라리는 조바심을 내며 책상에 놓인 시계를 바라보았다. "아래층으로 내려가야 해. 사이먼이 곧 도착할 거야."

호지가 의자에서 일어섰다. 클라리의 눈에 호지는 며칠 동안 잠을 한숨도 못 잔 사람처럼 매우 피곤해 보였다.

"부디 너희 모두에게 천사의 가호가 있기를 빈다." 정오를 알리는 종소리가 울려 퍼지자 호지의 어깨에 앉아 있던 휴고가 큰 소리로 까욱까욱 울면서 허공으로 날아올랐다.

사이먼이 모퉁이에 승합차를 세우고 경적을 두 번 울렸다. 클라리는 가슴이 뛰었다. 마음 한구석에서 혹시라도 사이먼이 오지 않을까 봐 걱정했던 것이다. 제이스는 눈을 가늘게 뜨고 떨어지는 빗방울을 바라보았다. 그들 넷은 돌을 깎아서 만든 처마 아래 모여 보슬비를 피하고 있었다.

"저게 차야? 꼭 썩어 문드러진 바나나 같네." 제이스가 투덜거렸다.

좀 심한 말이긴 하지만 부인할 수 없는 지적이었다. 에릭은 차를 온통 노란색으로 칠했는데, 여기저기 녹이 슬고 움푹 들어간 자국들이 부패의 흔적처럼 무수히 박혀 있었다.

사이먼이 다시 경적을 울렸다. 클라리는 사이먼을 볼 수 있었다. 빗물에 젖은 차창 속에 흐릿한 형체가 보였던 것이다. 그녀는 한숨을 쉬고 나서 후드를 끌어 올려 머리를 덮었다. "가자."

그들은 도로에 고인 더러운 물웅덩이를 질퍽거리며 가로질렀다. 이사벨의 거대한 부츠는 그녀가 발을 디딜 때마다 듣기 좋은 소리를 냈다. 시동을 켠 채 앉아 있던 사이먼은 문을 열어주려고 뒷좌석으로 건너갔다. 문이 열리자 쿠션이 반쯤 썩어버린 좌석들이 모습을 드러냈고, 좌석의 찢어진 틈으로 위험해 보이는 스프링이 튀어나와 있었다. 이사벨이 코를 찡그렸다. "앉아도 괜찮을까?"

"지붕에 묶여 있는 것보다는 안전해. 앉아서 가지 않으면 차 지붕에 묶여 가는 수밖에 없어." 사이먼이 쾌활하게 말했다. 그는 클라리를 완전히 무시한 채 제이스와 알렉에게 고개를 끄덕여 인사했다. "헤이."

"헤이." 제이스는 짤막하게 대꾸하고 나서 무기들이 담겨 있어 덜커덕 소리가 나는 캔버스 더플백을 들어올리며 말했다. "이건 어디에 싣지?"

사이먼은 친구들이 주로 악기를 싣는 뒤쪽을 손으로 가리켰다. 알렉과 이사벨은 차에 올라 좌석에 조심스레 걸터앉았다. "내가 조수석에 탈게!" 제이스가 더플백을 싣고 차량의 측면으로 돌아왔을 때 클라리가 선언하듯 말했다.

알렉은 자기 활을 거머쥐더니 등에 대각선으로 둘러멨다. "뭐라고?"

"클라리가 앞자리에 앉고 싶대." 눈앞을 가린 젖은 머리카락을 옆으로 넘기며 제이스가 말했다.

"멋진 활이네." 사이먼이 알렉을 향해 고개를 끄덕이며 말했다.

알렉은 눈을 껌벅거렸다. 빗방울이 속눈썹을 타고 흘러내렸다. "활 좀 쏠 줄 알아?" 그는 사이먼의 실력을 의심하는 말투로 물었다.

"캠프에서 궁술을 했지. 경력이 6년은 돼."

그 말을 듣자 세 사람은 놀랐는지 멍한 표정을 지었다. 클라리가 미소를 지어 보였지만 사이먼은 그녀의 반응을 무시했다. 사이먼은 낮게 가라앉은 하늘을 바라보며 말했다.

"비가 다시 세게 퍼붓기 전에 출발해야겠어."

앞좌석은 도리토스 봉지와 팝타트 부스러기로 뒤덮여 있었다. 클라리는 지저분한 쓰레기를 손으로 털어내며 최대한 깔끔하게 치우려 했다. 그런데 청소를 미처 마치기도 전에 사이먼이 급하게 출발하는 바람에 그녀의 등이 좌석에 부딪히고 말았다. "아야." 클라리가 비난하듯 말했다.

"미안." 사이먼은 클라리를 쳐다보지도 않고 말했다.

클라리는 나머지 아이들이 뒷자리에서 자기들끼리 속닥속닥 얘기하는 소리를 들을 수 있었다. 아마도 새 가죽 부츠에 피를 묻히지 않고 악마의 목을 자르는 최선의 방법과 전략을 의논하는 것 같았다. 앞좌석과 뒷좌석을 가로막는 것은 아무것도 없었지만 클라리는 사이먼과 단둘이 있는 것처럼 어색한 침묵이 흐르는 것을 느꼈다.

"아까 쟤네한테 '헤이'라고 했잖아. 왜 그런 거야?" 차가 이스트 강을 따라 뻗어 있는 고속도로인 FDR 파크웨이로 들어섰을 때 클라리가 물었다.

"왜 '헤이'라고 했냐고?" 사이먼은 검은색 SUV 차량의 진로를 막으며 대꾸했다. 정장 차림으로 손에 휴대전화를 들고 있던 SUV 운전자는 색깔이 진한 유리창 너머에서 그들을 향해 욕설을 퍼붓는 몸짓을 했다.

"제이스와 알렉에게 네가 '헤이'라고 하니까 쟤네들도 '헤이'라고 답했어. '헬로우'라고 하는 것과 무슨 차이가 있어?"

클라리는 사이먼의 뺨이 실룩거리는 것을 보았다. "'헬로우'는 여자애들이나 쓰는 표현이지." 그가 무슨 거창한 정보를 제공하듯 말했다.

"진짜 사나이들은 짧게 말해. 간결하게."

"남자다울수록 말을 짧게 한다는 거야?"

"그렇지." 사이먼은 고개를 끄덕였다. 그녀는 사이먼의 뒤쪽으로 축축한 회색 안개가 이스트 강 위로 내려앉으며 깃털처럼 포근히 강기슭을 감싸는 것을 볼 수 있었다. 강물 자체는 납빛이었지만 쉬지 않고 부는 바람에 밀려가는 모습이 마치 거품 크림처럼 보였다.

"영화에서 보면 악당들은 서로를 그런 식으로 맞이하지. 아무 말도 안 하고 그냥 고개만 끄덕여. 고개를 끄덕이는 행동은 '난 나쁜 놈이고 너도 나처럼 나쁜 놈이라는 걸 알고 있어' 뭐 그런 의미지. 구구절절 말을 하면 분위기를 망칠까 봐 그러는 거야. 〈엑스맨〉에 나오는 울버린과 매그니토처럼."

"난 너희가 무슨 소릴 하는지 전혀 모르겠어." 뒷좌석에서 제이스가 말했다.

"몰라서 다행이네." 클라리가 말하자 사이먼이 희미하게 미소를 지었다. 이제 차는 맨해튼 다리로 접어들어 브루클린과 집으로 달려가고 있었다.

그들이 클라리의 집에 도착했을 무렵에는 더 이상 비가 내리지 않았다. 구름의 틈새로 흘러내린 햇살이 지상에 남아 있는 안개를 흩뜨리고 있었고, 인도에 고인 물웅덩이들은 말라가고 있었다. 제이스, 알렉, 이사벨은 자기들이 측정을 하는 동안 차 옆에서 기다리고 있으라고 사이먼과 클라리에게 지시했다. 제이스는 '악마들의 활동 수치'를 측정하는 거라고 말했다.

사이먼은 세 섀도우 헌터가 장미가 줄지어 늘어선 소로를 따라 집으

뼈의 도시 425

로 올라가는 것을 지켜보았다.

"악마들의 활동 수치? 그럼 쟤네들이 집 안에서 파워 요가를 하는 악마들이 있는지 측정하는 장비라도 가지고 있다는 거야?"

"아니야." 클라리는 헝클어진 머리카락에 햇볕이라도 좀 쐬고 싶어 축축한 후드를 뒤로 벗었다. "혹시 집에 악마들이 있다면 얼마나 강력한 악마인지 알려주는 센서야."

사이먼은 감명을 받은 표정을 지었다. "그것 정말 유용하군."

그녀는 그를 향해 몸을 돌렸다. "사이먼, 어젯밤에는……."

사이먼이 한 손을 들었다. "그 얘기라면 됐어. 말하고 싶지 않아."

"한 가지만 말하게 해줘." 클라리는 재빨리 말했다. "네가 날 사랑한다고 했을 때…… 내 대꾸가 네가 듣고 싶었던 말이 아니었다는 거, 나도 알아."

"사실이야. 내가 어떤 여자한테 '사랑해' 하고 용기를 내 말했으면 상대방이 '나도 알아' 하고 대꾸해주길 난 항상 바라왔어. 〈제다이의 귀환〉에서 레이아 공주가 한 솔로에게 했던 것처럼 말이야."

"너무 오타쿠 같아." 클라리는 참지 못하고 말했다.

사이먼은 그녀를 노려보았다.

"미안해. 사이먼, 난……."

"그만해. 클라리, 날 봐. 날 똑바로 쳐다보라고. 제발 그래줄 수 없어?"

클라리는 사이먼을 찬찬히 바라보았다. 홍채의 가장자리 쪽으로 색이 연한 반점들이 찍혀 있는 검은 눈, 클라리에게 익숙한 울퉁불퉁한 눈썹, 기다란 속눈썹, 검은 머리카락, 어설픈 미소, 섬세한 손. 그것들은 모두 사이먼의 일부였고 사이먼은 클라리의 일부였다. 만약 그녀가 진실만을 말해야 한다면 사이먼이 자기를 사랑하고 있다는 사실을 전혀 몰랐다고 해야 할까? 아니면 그 사실을 알았지만 뭘 어떻게 해야 할지 몰랐다고 해야 할까?

클라리는 한숨을 쉬었다. "글래머를 꿰뚫어보는 건 쉬워. 정작 어려운 건 사람들이야."

"우리 모두는 보기 원하는 걸 보게 돼 있어." 사이먼은 조용히 말했다.

"그렇지만 내가 제이스를 바라보는 건 아니야." 그녀는 제이스의 맑고 냉정한 눈을 떠올리며 말했다.

"아니야. 넌 오로지 그 녀석만 바라보고 있어."

클라리는 얼굴을 찌푸렸다. "대체 무슨 근거로……."

"좋아." 제이스의 목소리가 끼어들어 두 사람의 대화를 잘랐다. 클라리는 황급히 몸을 돌렸다. "사방을 모두 측정해봤는데 아무것도 나타나지 않았어. 활동 수치가 낮게 나오는 걸로 봐서 추방자들만 있는 것 같아. 아파트 위층으로 들어가지만 않으면 녀석들은 우리를 괴롭히지 않을 거야."

채찍만큼이나 반짝이는 미소를 지으며 이사벨이 말했다. "만약 녀석들이 우리를 괴롭히면 본때를 보여주면 돼."

알렉은 무거운 캔버스 가방을 차량의 뒤쪽에서 끌어 내려 인도에 떨어뜨렸다. "준비됐어." 그가 큰 소리로 말했다. "가서 녀석들을 혼내주자고!"

제이스가 이상하다는 눈빛으로 알렉을 바라보았다. "괜찮아?"

"응, 괜찮아." 알렉은 제이스를 쳐다보지도 않고 말했다. 그는 자신의 활과 화살을 버리고 그 대신 반들반들한 나무 지팡이를 쥐었다. 손가락으로 가볍게 건드리자 번쩍이는 칼날 두 개가 지팡이에서 튀어나왔. "이게 더 낫겠어."

이사벨은 자기 오빠를 걱정스러운 눈빛으로 바라보았다. "하지만 활은······."

알렉이 그녀의 말을 자르며 말했다. "내가 알아서 해, 이사벨."

뒷좌석에 눕혀 놓은 활이 햇빛을 받아 반짝거렸다. 사이먼은 활을 잡으려고 손을 뻗었다가 유모차를 밀며 공원 쪽으로 걸어가는 젊은 여자들의 깔깔거리는 웃음소리를 듣고는 얼른 손을 거뒀다. 여자들은 중무장을 한 10대 세 명이 노란색 승합차 옆에 웅크리고 있는 것을 알아차리지 못했다.

"어째서 난 너희를 볼 수 있는 거지?" 사이먼이 물었다. "사람들의 눈에 안 보이도록 하는 그 마술은 어떻게 된 거야?"

제이스가 말했다. "네가 우리를 볼 수 있는 건 이제 네가 보는 것의 진실을 알기 때문이야."

"그렇군. 그런 것 같아."

사이먼은 승합차 옆에서 기다리고 있으라고 하자 약간 반발했다. 하지만 제이스는 일을 마치고 곧장 달아날 수 있도록 차를 길가에 대기시켜놓는 게 얼마나 중요한지 그를 설득했다. "햇빛이 악마들에게는 치명적이지만 추방자들에게는 아무런 해도 입히지 못할 거야. 추방자들이 우리를 뒤쫓아 오면 어떻게 되겠어? 차가 견인이라도 되면?"

아파트에 들어가기 직전 클라리가 현관에서 손을 흔들어주려고 돌아섰을 때, 사이먼은 기다란 두 다리를 계기판 위에 척 올려놓고 에릭의 CD 모음집을 뒤적거리고 있었다. 그녀는 안도의 한숨을 내쉬었다. 적어도 사이먼은 안전했다.

그들이 정문을 통과하는 순간 뭐라고 딱히 표현할 수 없는 냄새가 훅 끼쳐왔다. 썩은 달걀 냄새 같기도 하고, 구더기가 우글거리는 고기 냄새 같기도 하고, 뜨거운 해변에서 해초가 썩어가는 냄새 같기도 했다. 이사벨은 코를 찡그렸고 알렉은 얼굴이 푸르스름하게 변했지만, 제이스는 보기 드문 향수 냄새를 맡은 사람처럼 별다른 내색을 하지 않았다. "악마들이 여기 있었군." 그는 냉정하면서도 기쁨에 들떠서 큰 소리로 말했다. "최근에도 있었어."

클라리는 걱정스러운 눈빛으로 그를 바라보았다. "그럼 아직도 이곳에……."

"아니야. 그랬다면 기계가 감지했을 거야." 제이스는 도로시아의 문을 향해 턱짓을 했다. 문은 굳게 닫혀 있었고 문 아래로는 불빛 한 줄기도 흘러나오지 않았다. "도로시아가 악마들을 대접해왔다는 소문을 클레이브가 듣는다면 그녀에게 몇 가지 물어볼 수도 있겠지."

이사벨이 말했다. "클레이브는 우리가 이러는 걸 별로 좋아하지 않을 거야. 모든 걸 고려해봤을 때 도로시아가 우리보다 나을지도 몰라."

"우리가 결국 잔을 손에 넣게 되면 클레이브도 뭐라고 하지 않을 거야." 알렉은 주변을 둘러보았다. 그의 새파란 눈은 상당한 크기의 로비와 위층으로 이어지는 나선형 계단, 벽에 묻어 있는 얼룩 등을 찬찬히 훑어보았다. "잔을 손에 넣는 과정에서 추방자 몇을 죽이면 더욱 당당할 수 있겠지."

제이스는 고개를 가로저었다. "녀석들은 위층 아파트에 있어. 이건 내 추측인데, 우리가 거기 들어가려고 애쓰지만 않으면 우리를 괴롭히지 않을 거야."

이사벨은 얼굴에 들러붙은 머리카락 한 가닥을 훅 불고 나서 인상을 찌푸린 채 클라리를 바라보았다. "뭘 기다리는 거야?"

클라리는 무의식적으로 제이스를 쳐다보았다. 그는 그녀를 향해 미소를 지어 보였다. '들어가 봐.' 제이스의 눈빛은 그렇게 말하고 있었다.

클라리는 로비를 가로질러 도로시아의 문으로 조심스레 다가갔다. 천장의 채광창은 먼지가 끼어 새까매져 있었고 입구 통로에 붙어 있는 백열전구는 여전히 불이 나가 있었다. 빛을 내는 것이라고는 제이스가 준 반짝이는 돌밖에 없었다. 공기는 덥고 텁텁해서 숨이 막힐 것 같았다. 그림자들이 악몽의 숲에서 빠르게 자라는 식물처럼 그녀의 앞에서 솟아오르는 듯이 보였다. 클라리는 문으로 다가가 노크를 했다. 처음에는 가볍게, 조금 있다가는 좀 더 강하게 문을 두드렸다.

문이 활짝 열리면서 황금색 불빛이 한꺼번에 로비로 쏟아져 나왔다. 거기에는 육중한 체구의 도로시아가 녹색과 오렌지색 옷을 입고 당당하게 서 있었다. 오늘 그녀는 네온 성분이 들어간 노란색 터번을 쓰고 있었다. 터번은 속을 두툼하게 채운 카나리아 인형과 지그재그 모양의 끈으로 장식되어 있었다. 샹들리에 귀고리가 도로시아의 머리에 부딪혀 까닥거리고 있었고 큼지막한 발에는 아무것도 신고 있지 않았다. 그 모습에 클라리는 깜짝 놀랐다. 지금껏 도로시아가 맨발로 있는 것을 단 한 번도 보지 못했기 때문이다. 도로시아는 항상 카펫 천으로 만든 빛바랜 슬리퍼를 신고 있었는데 어쩐 일인지 오늘은 맨발이었다. 그녀의 발톱은 연한 핑크 색깔이었다. 그걸 보면 도로시아의 미적 감각이 상당하다는 것을 알 수 있었다.

"클라리!" 도로시아는 흥분해서 소리치며 클라리를 와락 껴안았다. 한순간 클라리는 향수가 짙게 밴 살, 벨벳 옷, 숄에 달린 술에 파묻혀 버둥거렸다. "하나님 맙소사, 애야." 폭풍우에 흔들리는 풍경처럼 귀고리를 어지럽게 흔들며 그녀는 도저히 믿을 수 없다는 듯이 고개를 가로저었다. "내가 널 마지막으로 봤을 때, 넌 포털을 통해 사라졌지. 어디로 갔던 거야?"

"정신을 차리고 보니 윌리엄스버그였어요." 간신히 숨을 돌리며 클라리가 말했다.

도로시아는 문을 활짝 열어젖히더니 밖에 서 있는 아이들에게 들어오라는 손짓을 했다. 그곳은 클라리가 마지막으로 보았을 때와 조금도 달라진 것이 없어 보였다. 탁자 위에는 타로 카드와 수정 구슬이 그대로 흩어져 있었다. 클라리는 카드에 손을 뻗고 싶어 손가락이 근질거렸다. 마음 같아서는 당장 카드를 낚아채서 매끄럽게 칠한 표면 안에 무엇이 숨겨 있는지 확인하고 싶었다.

도로시아는 유쾌한 표정으로 안락의자에 앉아, 모자에 붙어 있는 카나리아 인형의 눈알처럼 구슬 같은 눈으로 섀도우 헌터들을 응시했다. 탁 여기저기에 놓인 접시에서는 향초가 타오르고 있었지만, 집 전체에 퍼져 있는 지독한 냄새를 없애는 데는 별로 도움이 되지 않았다. "보아하니 아직 엄마를 못 찾았군. 그렇지?"

"하지만 누가 엄마를 데려갔는지는 알아요."

도로시아의 시선이 클라리에게서 알렉과 이사벨로 옮겨갔다. 그들은 벽에 걸린 손바닥 그림을 유심히 바라보고 있었다. 경호원의 역할을 완전히 망각한 듯이 보이는 제이스는 의자의 팔걸이에 몸을 기댔다. 도로시아는 자신의 물건이 하나도 망가지지 않은 것에 만족하며 다시 시선을 클라리에게 돌렸다. "혹시 엄마를 데려간 사람이……."

"네, 발렌타인이에요." 클라리가 확신을 가지고 말했다.

도로시아는 한숨을 쉬었다. "두려워하는 일이 결국 벌어졌군." 그녀는 쿠션에 등을 기댔다. "그 사람이 엄마한테 뭘 바라는지 아니?"

"엄마가 그 사람과 결혼했다는 걸 알아요……."

점쟁이는 투덜거리듯이 말했다. "잘못된 사랑이지. 결국 최악의 사랑이 돼버렸어."

제이스는 그 말에 귀에 들리지 않을 정도로 약한 소리를 냈다. 혼자서 낄낄거리고 있었던 것이다. 도로시아의 귀가 고양이처럼 뾰죽 솟았다. "뭐가 그렇게 우습지?"

"여사님이 그걸 어떻게 아시죠? 사랑 말이에요."

도로시아는 부드럽고 하얀 두 손을 무릎 위에 포갰다. "친구가 예상하는 것보다는 많이 알고 있지. 이봐, 섀도우 헌터. 내가 예전에 찻잎으로 점을 쳤는데 기억나지? 아직 엉뚱한 사람과 사랑에 빠지지 않았나?"

"불행하게도. 피난처의 여사님, 제게 단 하나의 진실한 사랑은 바로 저 자신입니다."

그 말을 듣고 도로시아는 폭소를 터뜨렸다. "그럼 적어도 거절을 당할 염려는 없겠군, 제이스 웨이랜드."

"꼭 그렇다고는 할 수 없죠. 저는 이따금 재미 삼아 저 자신을 거부할 때가 있거든요."

도로시아는 다시금 폭소를 터뜨렸다. 클라리가 도로시아의 말을 가로막았다. "저희가 왜 찾아왔는지 궁금하실 텐데요, 도로시아 부인."

도로시아는 간신히 웃음을 진정하고 눈을 닦았다. "부탁인데 저 친구처럼 적당한 호칭으로 불러줘. 여사라고 부르면 되겠네. 내 추측으로는, 말벗이 되어주려고 찾아온 것 같은데. 내가 틀렸나?"

"전 지금 누군가의 말벗이 될 시간이 없어요. 엄마를 도와줘야 해요. 그러기 위해서는 제게 필요한 게 있어요."

"그게 뭐지?"

"죽음의 잔이라는 건데, 발렌타인은 엄마가 그걸 갖고 있다고 생각했나 봐요. 그래서 엄마를 데려간 거죠."

도로시아는 깜짝 놀란 듯이 보였다. "천사의 잔?" 그녀는 미심쩍어하는 목소리로 말했다. "라지엘이 천사의 피와 인간의 피를 섞어서 어떤 사람에게 마시도록 주었고, 그렇게 해서 첫 번째 섀도우 헌터를 만들어 냈다는 그 잔 말이냐?"

"그게 맞을 거예요." 약간 건조한 어조로 제이스가 말했다.

"대체 왜 발렌타인은 네 엄마가 그걸 가지고 있다고 생각할까?" 도로시아가 캐물었다. "하고 많은 사람들 중에 왜 하필 조슬린이야?" 클라리가 미처 대꾸도 하기 전에 도로시아의 얼굴에 깨달음의 빛이 떠올랐다. "그건 그녀가 조슬린 프레이가 아니기 때문이야. 그녀는 조슬린 페어차일드, 발렌타인의 아내였어. 모든 사람이 죽었다고 생각한 바로 그 여자. 그 여자가 잔을 가지고 도망친 거야. 그렇지 않나?"

그때 점쟁이의 눈 안쪽에서 무언가가 번쩍였지만 그녀가 너무 빨리 눈꺼풀을 내리는 바람에 클라리는 자기가 상상을 한 건지도 모르겠다고 생각했다.

"그럼 넌 이제 뭘 해야 하는지 알고 있니? 네 엄마가 그걸 어디에다 감추었는지 모르겠지만 발견하기 쉬울 리가 없어. 발렌타인은 그 잔을 손에 넣기 위해 아주 끔찍한 짓도 서슴지 않을 거야."

"그 잔을 찾았으면 좋겠어요." 클라리가 말했다. "우리는……."

제이스가 부드럽게 클라리의 말을 잘랐다. "우리는 그게 어디 있는지 알아요. 회수하는 일만 남은 거죠."

도로시아의 눈이 휘둥그레졌다. "그게 어디에 있지?"

"여기요." 제이스가 무척이나 의기양양한 어조로 말했다. 그의 말투가 갑자기 달라지자 책장을 훑어보고 있던 이사벨과 알렉이 무슨 일인가 싶어 건너왔다.

"여기? 그럼 너희가 그걸 여기로 가져왔다는 말이야?"

"그 말이 아닙니다, 여사님." 클라리는 제이스가 정말 지독한 방식으로 그 순간을 즐기고 있다고 생각했다. "그러니까 제 말은 여사님이 계신 이곳에 그 잔이 있다는 거죠."

도로시아가 입을 딱 다물었다. "지금 나하고 장난하자는 거야!"

도로시아의 목소리가 너무 날카로웠기 때문에 클라리는 일이 틀어질까봐 걱정이 되었다. 왜 제이스는 항상 모든 사람의 반감을 사려고 할까?

"여사님이 가지고 계신 게 맞아요." 클라리는 두 사람의 대화에 서둘러 끼어들었다. "하지만……."

도로시아는 더 이상 못 참겠는지 안락의자에서 벌떡 일어섰다. 그녀는 이글거리는 눈빛으로 그들을 내려다보았다. "너희는 두 가지 실수를 저질렀어. 내가 그 잔을 가지고 있을 거라고 멋대로 상상한 것, 또 감히 여기까지 와서 나를 거짓말쟁이 취급한 것."

알렉이 자신의 지팡이 쪽으로 손을 가져갔다. "오, 이런." 그는 속삭이듯이 말했다.

클라리는 당황해서 고개를 가로저었다. "아니에요. 거짓말쟁이라는 게 아니에요. 전 단지 그 잔이 여기에 있는데 여사님이 그 사실을 모르고 있다고 말씀드리는 거예요."

도로시아는 클라리를 빤히 바라보았다. 주름에 거의 가려진 도로시아의 두 눈은 대리석만큼이나 딱딱해 보였다. "무슨 말인지 설명해봐."

"그러니까 제 말은, 엄마가 그걸 여기다 숨겼다는 거예요. 여러 해 전에요. 엄마는 여사님을 그 일에 연루시키고 싶지 않았기 때문에 여사님한테 말하지 않은 거예요."

"그래서 선물의 형태로 위장해서 여사님에게 준 겁니다." 제이스가 설명했다.

도로시아는 멍한 표정으로 제이스를 바라보았다.

'기억을 못하는 걸까?' 클라리는 혼란스러웠다. "타로 카드 말이에요. 여사님을 위해 엄마가 직접 그린 카드 있잖아요."

점쟁이의 시선이 비단 리본에 묶인 채 탁자 위에 놓여 있는 카드로 옮겨갔다. "카드?"

도로시아의 눈이 휘둥그레지는 동안 클라리는 탁자로 다가가 카드 묶음을 집었다. 손에 닿는 카드의 느낌은 따스하고 약간 미끌미끌했다. 예전에는 느끼지 못했지만 이제는 카드 뒷면에 그려진 룬 문자의 힘을 느낄 수 있었고, 그 힘이 클라리의 손가락 끝으로 전해졌다. 클라리는 감촉만으로 컵 에이스를 찾아내어 뽑은 다음 나머지 카드는 탁자에 도로 내려놓았다.

"여기 있어요."

모두 미동도 하지 않고 기대에 차서 그녀를 바라보았다. 클라리는 천천히 카드를 뒤집어 어머니의 작품을 다시 들여다보았다. 거기에는 미끄럽게 뻗은 손이 그려져 있었고, 손가락들은 잔의 황금색 굽을 감싸 쥐고 있었다.

"제이스, 스텔레 좀 줘봐."

제이스는 살아 있는 느낌이 드는 따스한 스텔레를 그녀의 손바닥에 쥐어주었다. 클라리는 카드를 뒤집어 거기에 있는 룬 문자를 따라 그렸다. 이쪽의 굴곡과 저쪽의 선은 전혀 다른 무언가를 의미하고 있었다. 클라리가 카드를 도로 뒤집었을 때 그림은 미묘하게 달라져 있었다. 잔의 굽을 감싸고 있던 손가락들은 풀려 있었고 이제는 손이 그녀에게 잔을 바치고 있는 것처럼 보였다. 그것은 마치 '자, 이것을 받으세요' 하고 말하는 것 같았다.

클라리는 스텔레를 주머니 속에 넣었다. 그런 다음 자신의 손 크기밖에 안 되는 정사각형 카드가 마치 커다란 구멍이라도 되는 것처럼 그 속으로 손을 밀어 넣었다. 클라리의 손가락이 잔을 감싸 쥐었고, 손을 빼냈을 때 그 손에는 잔이 꼭 쥐어 있었다. 이제는 아무것도 그려져 있지 않은 빈 카드가 재로 변하기 전에 내뱉은 미세한 한숨 소리를 클라리는 들었다. 재가 클라리의 손가락 사이로 흘러내려 양탄자가 깔린 바닥으로 떨어졌다.

19
아바돈

클라리는 자신이 어떤 반응을 예상했는지 잘 알지 못했다. 환성이나 박수가 터져 나올 줄 알았는데 그게 아니었다. 클라리가 잔을 꺼내는 순간, 그곳에는 침묵이 흘렀다. 그리고 제이스가 입을 열었을 때 그 침묵은 깨졌다. "잔이 생각보다 작네."

클라리는 손에 든 잔을 바라보았다. 꽤 무거웠지만 크기는 와인 잔과 비슷했다. 건강한 혈관을 타고 흐르는 피처럼 잔에서는 힘이 느껴졌다. "아주 적당한 크기야." 클라리는 화가 나서 말했다.

제이스는 생색을 내며 말했다. "아, 그 정도면 괜찮은 크기지만, 그래도 내가 예상했던 건…… 이 정도 크기였어." 그는 두 손으로 허공에 고양이 크기 정도의 동그라미를 그려 보였다.

"제이스, 이건 죽음의 잔이야. 죽음의 변기가 아니란 말이야." 이사벨이 말했다. "그럼 이제 다 된 거야? 가면 돼?"

도로시아는 고개를 한쪽으로 기울이고 있었다. 구슬 같은 맑은 눈알이 흥미를 보이고 있었다. "하지만 그 잔은 손상됐어!" 그녀가 큰 소리로 말했다. "어떻게 그런 일이 일어났지?"

"손상됐다고요?" 클라리는 당혹스러운 표정으로 잔을 살폈다. 그녀의 눈에는 멀쩡해 보이기만 했다.

"자, 내가 보여주지." 점쟁이는 클라리를 향해 한 걸음 다가가며 잔을 받으려고 양손을 내밀었다. 도로시아는 기다란 손톱을 빨갛게 물들이고 있었다. 클라리는 이유도 모른 채 뒷걸음질을 쳤다. 그때 갑자기 제이스가 두 사람 사이에 끼어들었다. 그의 손은 허리에 찬 칼 주변을 맴돌고 있었다. 제이스는 차분하게 말했다.

"나쁜 뜻은 없어요. 하지만 우리를 제외하곤 누구도 죽음의 잔에 손댈 수 없어요."

도로시아는 제이스를 잠시 바라보다가 멍한 눈빛이 되었다. "자, 성급하게 굴지 말자고. 그 잔에 무슨 일이라도 생기면 발렌타인이 불쾌하게 생각할 거야."

부드럽게 찰칵 하는 소리가 들리더니 제이스의 허리에 붙어 있던 칼이 뽑혔다. 칼끝이 도로시아의 턱 바로 아래를 겨누었다. 제이스의 표정은 조금도 변함이 없었다. "무슨 소리를 하는지 모르겠지만 우리는 그만 떠나겠어요."

노파의 눈이 반짝 빛났다. "좋을 대로 해, 섀도우 헌터." 그녀는 커튼이 드리워진 벽 쪽으로 물러나며 말했다. "포털을 이용하고 싶어?"

제이스가 혼란스러워하며 잠시 바라보는 동안 그의 칼끝이 흔들렸다. 다음 순간 클라리는 제이스의 턱이 팽팽하게 긴장하는 것을 보았다. "그건 절대 건드리지……."

도로시아는 깔깔 웃으며 번개처럼 빠른 속도로 벽에 드리워진 커튼을 끌어 내렸다. 커튼이 바닥으로 떨어지며 약하게 쿵 소리가 들렸다. 커튼에 가려 있던 포털은 열려 있었다.

클라리는 자기 뒤에 서 있던 알렉이 헉 하고 숨을 들이마시는 소리를 들었다. "저게 뭐야?"

제이스가 모두 바닥에 엎드리라고 소리쳤을 때, 클라리는 문 뒤로 보이는 형체를 얼핏 보았다. 검은 번개가 가득 들어찬 붉은 구름과 무시무시한 검은 형체가 그들을 향해 날아왔다. 제이스는 클라리를 끌어당기는 동시에 바닥에 엎드렸다. 그녀가 양탄자 위에 납작하게 엎드려 고개를 들었을 때, 문 밖으로 튀어나온 검은 형체가 도로시아를 강타하는 것이 보였다. 도로시아는 양팔을 위로 뻗으며 비명을 질렀다. 검은 형체는 도로시아를 넘어뜨리지 않고 수의처럼 그녀의 몸을 휘감았다. 잉크가 종이에 스며들듯 칠흑 같은 형체가 도로시아의 몸에 스며드는 것이 보였다. 도로시아의 등이 둥글게 구부러지며 괴물처럼 변했고, 허공으로 점점 솟아오르며 몸 전체가 불어났다. 도로시아의 몸뚱어리가 길게 늘어져 다른 모습이 되었다. 물건들이 바닥으로 떨어지며 날카로운 소리를 냈기 때문에 클라리는 얼른 고개를 숙였다. 그것들은 비틀리고 부서진 도로시아의 팔찌들이었다. 바닥에 흩어진 보석 가운데는 작은 흰색 돌처럼 보이는 것들도 있었다. 그것들이 이빨이라는 것을 클라리가 깨닫기까지는 시간이 걸렸다.

옆에 엎드린 제이스가 무어라고 속삭였다. 눈앞의 광경을 보고도 믿을 수 없다는 소리 같았다. 그의 옆에서 알렉이 헐떡거리며 말했다. "악마들의 활동이 없을 거라고, 수치가 낮게 나왔다고 했잖아!"

"분명히 수치가 낮았어." 제이스가 화가 나서 식식거렸다.

"네가 생각하는 낮은 수치와 내가 생각하는 낮은 수치가 다른 게 틀림없어!" 알렉이 소리쳤다.

조금 전까지만 해도 도로시아였던 괴물이 으르렁거리며 몸을 비틀자,

몸집이 커지면서 등이 굽고 작은 혹이 생겨나 흉측한 모습이 되었다.

클라리가 시선을 다른 곳으로 돌렸을 때, 제이스가 자리에서 일어나 그녀의 팔을 끌어당겨 일으켜 세웠다. 이사벨과 알렉도 무기를 단단히 움켜쥐고 휘청거리며 일어섰다. 채찍을 든 이사벨의 손이 약간 떨리고 있었다.

"나가!" 제이스가 클라리를 아파트 문 쪽으로 떠밀었다. 어깨 너머로 뒤를 돌아보았을 때, 그녀의 눈에는 폭풍 구름처럼 소용돌이치는 짙은 잿빛밖에 보이지 않았다. 그 중앙에 검은 형체가 있었다.

네 사람은 로비로 후다닥 뛰어나갔다. 이사벨이 제일 앞에서 달렸다. 그녀는 정문을 향해 달려가서 문을 열려고 애쓰다가 당혹스러운 표정으로 돌아섰다. "문이 안 열려. 분명히 주문을 걸어……."

제이스는 욕설을 내뱉으며 주머니를 더듬었다. "그 빌어먹을 스텔레가 대체 어디에……."

"내가 갖고 있어." 클라리가 주머니로 손을 가져가려는 순간, 천둥 같은 소리가 방에서 터져 나왔다. 바닥이 심하게 요동을 치는 바람에 클라리는 비틀거리며 쓰러질 뻔하다 간신히 난간을 붙잡았다. 고개를 들었을 때 그녀는 도로시아의 아파트와 로비를 가르는 벽에 커다란 구멍이 생긴 것을 보았다. 구멍의 가장자리는 나무와 시멘트 조각들로 들쭉날쭉했다. 그리고 무언가가 구멍으로 기어오르고 있었다. 벽에서 새어 나오고 있다는 것이 정확한 표현이었다.

"알렉!" 제이스가 소리쳤다. 얼굴이 새하얗게 질린 알렉은 구멍 바로 앞에 서 있었다. 벽을 타고 흘러내린 그것이 드디어 벽에서 떨어져 로비로 흘러드는 동안 제이스는 욕설을 내뱉으며 달려가 알렉을 끌고 왔다.

클라리는 자신의 숨이 턱 막히는 소리를 들었다. 괴물의 살은 멍이 든 것처럼 검푸른 빛이었고, 진물이 흘러나오는 찢어진 피부 밖으로 뼈가 튀어나와 있었다. 하얀 새 뼈가 아니라, 땅속에 족히 천 년은 묻혀 있었을 것처럼 시커멓고 지저분한 뼈들이었다. 괴물의 손가락은 살갗이 벗겨졌고 앙상했다. 깡마른 팔에 점점이 박혀 있는 시커먼 상처 속으로 누르스름한 뼈가 보였다. 얼굴은 해골바가지로 코와 눈이 있어야 할 자리에는 움푹한 구멍만 보였다. 맹금류의 발톱 같은 손가락이 바닥을 더듬었고, 손목과 어깨 둘레에는 밝은 천 조각이 뒤엉켜 있었다. 도로시아의 비단 스카프와 터번이 찢겨나가고 남은 것이었다. 괴물은 최소한 3미터는 되어 보였다.

괴물은 속이 텅 빈 눈구멍으로 네 사람을 내려다보았다. "이리 내놔." 괴물이 말했다. 바람이 불어 썰렁한 도로 위로 쓰레기가 휘날리는 것 같은 목소리였다. "죽음의 잔을 내놔라. 그것만 내놓으면 목숨은 살려주지."

겁에 질린 클라리는 다른 아이들을 쳐다보았다. 이사벨은 주먹으로 배를 한 대 얻어맞은 것 같은 표정을 짓고 있었고, 알렉은 미동도 하지 않았다. 항상 그랬듯이 이번에도 입을 연 것은 제이스였다. "넌 뭐야?" 그는 클라리가 지금껏 본 중 가장 긴장한 기색이었지만 침착한 목소리로 물었다.

괴물이 고개를 기울였다. "난 아바돈이다. 심연의 악마지. 세상과 세상 사이의 빈 공간, 바람, 그리고 울부짖는 암흑이 모두 내 거라고. 독수리가 파리와 질적으로 다르듯 너희가 악마라고 부르는 그 가냘프게 울부짖는 것들과 나는 차원이 달라. 날 무찌를 거라는 기대는 하지 않는 게 좋아. 잔을 내놓지 않으면 모두 죽는 수밖에 없어."

이사벨의 채찍이 파르르 떨렸다. "우두머리 악마야. 제이스, 잔을 내놓지 않으면……."

"도로시아는 어떻게 된 거지?" 클라리의 목소리가 스스로 제지하기도 전에 입에서 흘러나왔다. "그녀한테 무슨 일이 벌어진 거야?"

악마의 텅 빈 눈이 클라리 쪽으로 돌아갔다. "그녀는 단지 그릇에 불과했어. 그녀가 포털을 열어주어 내가 집어삼킨 거지. 그녀는 순식간에 죽음을 맞았고." 괴물의 시선이 클라리가 들고 있는 잔으로 옮겨갔다. "네 죽음은 그렇지 않을 거야."

괴물은 클라리를 향해 몸을 움직이기 시작했다. 그때 제이스가 괴물의 앞을 가로막았다. 그는 한 손에 번쩍이는 칼을, 다른 손에는 천사의 검을 들고 있었다. 알렉은 여전히 겁에 질린 표정으로 제이스를 지켜보고 있었다.

"이런 젠장." 악마를 아래위로 훑어보며 제이스가 말했다. "우두머리 악마가 흉측하게 생겼을 거란 짐작은 했다만 냄새가 이렇게 지독할 줄이야."

아바돈은 입을 벌리더니 쉿소리를 냈다. 괴물의 입안에는 유리처럼 날카롭고 들쭉날쭉한 이빨이 두 줄 있었다.

"바람과 울부짖는 어둠에 대해서는 잘 모르겠다만, 마치 매립 쓰레기 냄새 같군. 혹시 스태튼 아일랜드(뉴욕에 있는 섬으로 쓰레기 매립지가 있음—옮긴이)에서 온 거 아냐?"

악마가 제이스에게 달려들었고, 제이스는 놀라운 속도로 칼을 휘둘렀다. 두 칼 모두가 가장 살이 많은 부위, 즉 복부로 파고들었다. 녀석은 으르렁거리며 마치 고양이가 새끼 고양이를 옆으로 차버리듯 제이스를 옆으로 쓰러뜨렸다. 제이스는 몸을 굴려 얼른 자리에서 일어섰지만, 팔을 감싸 쥐고 있는 것으로 보아 부상을 입었다는 걸 알 수 있었다.

상황이 이렇게 되자 이사벨도 더 이상 참을 수가 없었다. 그녀는 앞으로 나가면서 악마를 향해 채찍을 휘둘렀다. 채찍이 녀석의 회색 가죽을 후려치자 시뻘건 자국이 생겨나며 핏방울이 맺혔다. 아바돈은 이사벨을 무시하고 제이스를 향해 움직였다.

제이스는 다치지 않은 손으로 두 번째 천사의 검을 빼냈다. 그가 칼을 향해 무어라고 속삭이자 칼이 빛을 발했다. 괴물의 엄청난 덩치 때문에 제이스는 꼬마나 다름없어 보였다. 악마가 자신을 붙잡으려고 하는데도 그는 씩 웃고 있었다. 이사벨이 비명을 질러대며 놈에게 채찍을 휘두르자 굵직한 핏방울들이 바닥으로 튀었다.

악마는 제이스를 향해 면도칼처럼 날카로운 손을 휘둘렀다. 제이스는 비틀거리며 물러섰지만 전혀 해를 입지 않았다. 그 순간 제이스와 악마 사이에 무언가가 불쑥 끼어들었다. 호리호리한 그림자의 손에는 번쩍이는 칼이 들려 있었다. 그림자의 주인공은 알렉이었다. 악마가 날카로운 비명을 질렀고, 알렉의 지팡이가 놈의 피부를 뚫었다. 악마는 으르렁거리며 맹금의 발톱 같은 손으로 알렉을 후려갈긴 뒤 그를 번쩍 들어 벽으로 던져버렸다. 알렉은 뼈가 으깨지는 소리와 함께 벽에 쿵 부딪혔다가 바닥으로 미끄러졌다.

이사벨이 미친 듯이 자기 오빠의 이름을 불렀지만, 알렉은 꿈쩍도 하지 않았다. 이사벨이 채찍을 내리고 알렉에게 달려갔다. 악마가 돌아서며 손등으로 이사벨을 후려치자 그녀는 그 자리에서 한 바퀴 빙글 돌더니 바닥으로 쓰러졌다. 이사벨이 피를 토하며 자리에서 일어나려고 하자, 아바돈이 다시 한 번 그녀를 강타하여 바닥으로 넘어뜨렸다. 그러자 이사벨은 더 이상 일어서지 못했다.

이윽고 악마는 클라리를 향해 움직였다. 제이스는 알렉의 뒤틀린 몸을 바라보며 마치 꿈을 꾸는 사람처럼 그 자리에 얼어붙어 있었다. 클라리는 아바돈이 다가오자 비명을 질렀다. 계단을 기어오르던 클라리는 부서진 계단에 발이 걸려 비틀거렸다. 스텔레가 그녀의 피부에 뜨겁게 닿았다. 아무 거라도 좋으니 무기만 있다면 얼마나 좋을까 하고 그녀는 생각했다.

바닥에 쓰러져 있던 이사벨이 손가락으로 바닥을 긁으며 간신히 일어나 앉았다. 그러고는 피범벅이 된 머리카락을 뒤로 쓸어 넘기며 제이스를 향해 고함을 질렀다. 클라리는 이사벨의 고함 속에 자신의 이름이 들어 있는 것을 듣고 제이스를 바라보았다. 제이스는 뺨을 한 대 맞고 정신이 번쩍 든 사람처럼 그녀를 향해 돌아섰다. 다음 순간 그는 달리기 시작했다. 아바돈은 이제 클라리에게 바짝 다가와 있었다. 클라리는 녀석의 피부에 생긴 시커먼 종기를 볼 수 있었는데, 종기 속에는 무언가 자잘한 것들이 꼼지락거리고 있었다. 악마가 클라리를 붙잡으려고 손을 내밀었다.

하지만 어느새 다가온 제이스가 아바돈의 손을 쳐냈다. 그는 악마를 향해 천사의 검을 휘둘렀다. 칼은 이미 두 개의 칼이 박혀 있는 녀석의 가슴으로 파고들었다. 악마는 고통스러워하기는커녕 자기 몸에 박힌 세 개나 되는 칼이 성가시다는 듯이 으르렁거렸다. "섀도우 헌터, 네 뼈가 으깨지는 소리를 들어보고 싶군. 네 친구가 그랬던 것처럼 말이야."

제이스는 난간으로 펄쩍 뛰어올라 아바돈을 향해 몸을 날렸다. 악마는 제이스의 몸에 부딪혀 비틀거리며 물러섰다. 아바돈이 잠시 중심을 잃고 비틀거리는 사이에 제이스는 녀석의 등에 찰싹 매달렸다. 그는 악마의 가슴에 박힌 천사의 검 하나를 거머쥐고 힘겹게 뽑아냈다. 아바돈의 가슴에서 피가 뿜어져 나왔고, 제이스가 악마의 등을 연거푸 찔렀다.

그러자 악마의 어깨에서 시커먼 액체가 흘러내렸다.

아바돈은 으르렁거리며 벽 쪽으로 물러났다. 녀석의 등에서 떨어지지 않으면 벽에 짓뭉개질 위기에 처한 제이스는 가볍게 바닥으로 떨어져 또다시 칼을 들었다. 하지만 아바돈의 동작도 날렵했다. 악마는 손을 휘둘러 제이스를 계단 쪽으로 밀쳤고, 제이스는 맥없이 쓰러졌다. 녀석이 제이스의 멱살을 쥐려고 날카로운 손가락을 내밀었다.

"잔을 넘기라고 저 녀석들에게 말해라." 제이스의 피부 바로 위에서 날카로운 손가락이 맴돌았다. "잔을 넘기면 저들의 목숨을 살려주지."

제이스가 침을 꿀꺽 삼켰다. "클라리……."

그 순간 문이 확 열렸기 때문에 클라리는 제이스가 무슨 말을 하는지 듣지 못했다. 처음 보인 거라고는 문으로 쏟아져 들어오는 눈부신 빛밖에 없었다. 다음 순간, 불길 같은 잔상이 사라지자 사이먼이 문간에 서 있는 것이 보였다. 사이먼. 그렇다. 클라리는 사이먼이 건물 밖에서 기다리고 있다는 사실을 까맣게 잊었다.

사이먼은 계단에 웅크린 클라리를 보았다. 그의 시선은 아바돈과 제이스에게로 옮겨갔다. 사이먼은 자신의 어깨 너머로 손을 뻗었다. 클라리는 사이먼이 알렉의 활을 들고 있다는 사실을 깨달았다. 화살집은 그의 등에 대각선으로 매여 있었다. 사이먼은 화살집에서 화살을 하나 뽑아 시위에 메기고는 지금까지 수백 번은 다뤄본 것처럼 능숙하게 활을 치켜들었다.

화살은 거대한 왕벌처럼 윙윙거리는 소리를 내며 날아갔고, 아바돈의 머리 위를 스치고 지나가 채광창을 박살 냈다. 그러자 지저분하고 시커먼 유리가 빗방울처럼 쏟아졌다. 깨진 창문으로 엄청난 햇빛이 들어와 로비를 환하게 밝혔다.

아바돈이 비명을 질렀다. 녀석은 양손으로 흉측한 머리를 가리며 물러섰다. 제이스는 부상을 입지 않은 목에 손을 갖다 대고 악마가 으르렁거리며 바닥으로 쓰러지는 모습을 믿을 수 없다는 듯이 바라보았다. 클라리는 악마가 활활 타오를 것이라고 예상했지만, 녀석은 자신의 몸속으로 말려 들어가며 줄어들기 시작했다. 두 다리는 몸통 쪽으로 접혔고 두개골은 불이 붙은 종이처럼 구겨졌다. 아바돈은 고작 1분 만에 불에 탄 자국만을 남기고 눈앞에서 완전히 사라졌다.

사이먼은 들고 있던 활을 내렸다. 그는 입을 약간 벌린 채 눈을 껌벅거렸다. 사이먼도 클라리만큼이나 놀란 듯이 보였다. 제이스는 악마가 자기를 내팽개친 계단에 그대로 쓰러져 있었다. 클라리가 계단을 미끄러지듯 내려와 그의 옆에 무릎을 꿇고 앉았을 때 그는 자리에서 일어나 앉으려고 애썼다. "제이스……."

"난 괜찮아." 그는 입에 문 피를 닦으며 일어났고, 기침을 하며 피를 뱉었다. "알렉……."

"네 스텔레로 치료할 수 있을까?"

제이스는 클라리를 바라보았다. 부서진 채광창으로 쏟아져 들어온 햇살이 그의 얼굴을 환하게 비추었다. 제이스는 무척 힘들어하며 무언가를 억제하고 있었다. "난 괜찮아." 제이스는 했던 말을 반복하며 클라리의 몸을 거칠게 옆으로 밀었다. 휘청거리며 자리에서 일어나던 그는 다시 쓰러질 뻔했다. 그녀는 제이스가 그렇게 무례하게 행동하는 걸 한 번도 보지 못했다. "알렉은?"

클라리는 제이스가 의식을 잃은 친구를 향해 절룩거리며 걸어가는 모습을 지켜보다가 죽음의 잔을 주머니에 넣고 자리에서 일어섰다. 이사벨은 오빠 옆으로 엉금엉금 기어와 그의 머리를 자기 무릎에 올려놓고 머리카락을 쓸어주었다. 알렉의 가슴이 오르내리며 느리게나마 숨을 쉬고 있었다. 벽에 몸을 기대고 그들을 지켜보던 사이먼은 진이 다 빠진 것처럼 보였다. 클라리는 사이먼의 앞을 지나치면서 그의 손을 꼭 잡아주었다. "고마워." 그녀가 속삭였다. "정말 멋졌어."

"나한테 고마워할 필요 없어. 브네이 브리스(유대인 남성 봉사 단체—옮긴이) 여름 캠프의 활쏘기 프로그램에 고마워해야지."

"사이먼, 난……."

"클라리!" 그녀를 부른 사람은 제이스였다. "내 스텔레 좀 가져와."

사이먼은 마지못해 그녀를 보내주었다. 그녀는 섀도우 헌터들 옆에 무릎을 꿇고 앉았다. 죽음의 잔이 옆구리에 부딪히며 무거운 소리를 냈다. 핏방울이 점점이 찍힌 알렉의 얼굴은 하얗게 변해 있었다. 그의 눈이 이상할 정도로 새파랬다. 제이스의 손목을 쥐고 있던 그의 손이 핏자국을 남겼다.

"내가 혹시……." 그가 입을 열었다. 알렉은 클라리를 처음 보는 듯한 표정이었다. 그의 표정에는 클라리가 예상하지 못한 무언가가 있었다. 그것은 승리감에 도취된 표정이었다. "내가 악마를 죽였어?"

제이스의 얼굴이 고통스럽게 일그러졌다. "너는……."

"응. 괴물은 죽었어." 클라리가 대답했다.

알렉은 클라리를 보고 웃음을 터뜨렸다. 그의 입에서 피거품이 끓어올랐다. 제이스는 알렉에게 잡힌 손목을 빼내고 그의 얼굴 양쪽을 손가락으로 건드렸다. "안 돼. 가만히 있어. 그냥 가만히 있기만 해."

알렉은 눈을 감았다. "알았어. 맘대로 해봐."

이사벨은 자신의 스텔레를 제이스에게 내밀었다. "자, 받아."

제이스는 고개를 끄덕이고는 스텔레 끝으로 알렉의 셔츠 앞쪽을 끌어

내렸다. 옷은 마치 칼로 잘라낸 것처럼 갈라졌다. 이사벨은 제이스가 셔츠를 열어 알렉의 맨가슴을 드러내는 동안 간절한 눈빛으로 그를 지켜보았다. 알렉의 피부는 무척 창백했다. 오래된 흉터가 여기저기 흐릿하게 찍혀 있었고 다른 부상의 흔적들도 있었다. 갈고리발톱이 할퀸 거무튀튀한 상처에는 검붉은 피가 배어 있었다. 긴장으로 턱이 경직된 제이스가 알렉의 피부에 스텔레를 갖다 대고 앞뒤로 능숙하게 움직였다. 하지만 무언가가 잘못되었다. 제이스가 치유의 마크를 피부에 그리자 물 위에 글을 쓰는 것처럼 마크들이 흔적도 없이 사라졌다.

제이스는 스텔레를 옆으로 던졌다. "제기랄."

이사벨이 날카로운 목소리로 말했다. "왜 그래?"

"악마의 손톱이 스칠 때 독이 들어갔어. 그래서 마크가 말을 듣지 않아." 제이스가 알렉의 얼굴을 다시 부드럽게 건드렸다. "알렉, 내 말 들려?"

알렉은 움직이지 않았다. 눈 그늘이 검푸른 멍처럼 보였다. 약하게나마 숨을 쉬고 있기에 망정이지 그렇지 않았다면 클라리는 알렉이 이미 숨을 거두었다고 생각했을 것이다.

이사벨이 고개를 숙였고, 그녀의 머리카락이 알렉의 얼굴을 덮었다. 이사벨이 두 팔로 오빠를 껴안았다. "어쩌면…… 우리가……."

"병원으로 옮겨야 해." 그들을 내려다보며 서 있던 사이먼이 말했다. 그의 손에서는 활이 달랑거리고 있었다. "내가 차 있는 곳까지 옮기는 걸 도와줄게. 7번가에 감리교 병원이 있어."

이사벨이 말했다. "병원은 안 돼. 인스튜티트로 옮겨야 돼."

제이스가 말했다. "병원에 데려가도 알렉을 치료하는 방법은 모를 거야. 알렉은 우두머리 악마한테 부상을 입었어. 먼데인 의사들은 이런 부상을 치료할 수 없어."

사이먼은 고개를 끄덕였다. "알았어. 우선 차 있는 곳까지 옮기자."

천만다행으로 승합차는 견인을 당하지 않고 그 자리에 있었다. 이사벨이 뒷좌석에 더러운 모포를 깔았다. 그들은 알렉을 자리에 눕혔고, 이사벨은 무릎 위에 알렉의 머리를 올려놓았다. 제이스는 친구의 옆 바닥에 웅크리고 앉았다. 그의 셔츠는 악마와 인간의 피로 양쪽 소매와 가슴이 흥건하게 젖어 있었다. 제이스가 사이먼을 바라보았을 때, 클라리는 당황과 공포 때문에 그의 눈에서 모든 금빛이 사라진 것을 깨달았다. 제이스가 말했다.

"최대한 빨리 달려. 악마가 쫓아오고 있는 것처럼 운전하란 말이야."

사이먼이 차를 몰기 시작했다.

차는 플랫부시 지역을 순식간에 지나 다리로 올라섰고, 굉음을 내며 파란 강물 위를 달리는 동안에는 전철과 속도를 맞추었다. 태양은 클라리의 눈이 아플 정도로 밝게 빛났고, 햇살이 강물에 부서지며 불꽃처럼 허공으로 튀어 올랐다. 차가 다리를 벗어나 시속 80킬로미터의 속도로 곡선 램프를 빠져나가는 동안 클라리는 자기도 모르게 좌석을 꽉 붙잡았다.

클라리는 알렉에게 했던 모진 말들, 알렉이 아바돈을 향해 과감하게 몸을 던지던 모습, 그리고 그의 얼굴에 드러난 승리의 표정에 대해 생각했다. 그녀가 고개를 돌렸을 때, 제이스는 친구의 옆에 무릎을 꿇고 앉아 있었고 알렉의 피가 모포로 스며들고 있었다. 클라리는 죽은 매를 가지고 있던 꼬마를 생각했다. 사랑하는 것은 망가뜨리는 것이다.

클라리는 목 안쪽에 딱딱한 게 걸린 것처럼 갑자기 목이 메어 돌아앉았다. 비뚜름하게 달린 룸미러에는 알렉의 목을 모포로 감싼 이사벨의 모습이 보였다. 고개를 들던 이사벨의 시선이 클라리와 마주쳤다. "얼마나 더 가야 돼?"

"10분 정도. 사이먼은 최대한 빨리 달리고 있어."

"나도 알아." 이사벨이 말했다. "사이먼…… 넌 정말 믿을 수 없는 일을 했어. 엄청 재빨랐잖아. 먼데인이 감히 그런 일을 생각하리라고는 상상도 못했어."

사이먼은 예상치 못한 때와 장소에서 칭찬을 받고도 무덤덤한 표정이었다. 그의 시선은 전방의 도로에 고정되어 있었다. "천장의 채광창을 박살낸 거 말이야? 너희가 건물 안으로 들어가고 나서 악마들이 직사광선을 견디지 못한다고 했던 말과 채광창에 대해 곰곰 생각했지. 그걸 행동으로 옮기는 데까지 시간이 좀 걸린 거야. 너무 후회하지는 마." 사이먼은 덧붙였다. "거기 채광창이 붙어 있다는 걸 너희는 몰랐기 때문에 그걸 쳐다볼 생각도 못했던 거야."

'나는 알고 있었어. 내가 미리 조치를 취했다면 알렉이 이런 꼴을 당하진 않았을 거야. 사이먼처럼 활과 화살을 가지고 있지는 않았지만, 채광창을 향해 무언가를 집어 던질 수도 있었고, 제이스에게 알릴 수도 있었어.' 클라리는 자신이 멍청하고 아무 쓸모도 없는 사람처럼 생각됐다. 머릿속이 온통 솜으로 채워져 있는 것 같았다. 그녀는 사실 괴물을 보고 겁을 잔뜩 먹었다. 너무 겁에 질려 제대로 생각을 할 수 없었던 것이다. 눈꺼풀 뒤에서 수치심이 작은 태양처럼 밝게 떠올랐다.

그때 제이스가 입을 열었다. "아무튼 잘했어."

사이먼이 눈을 가늘게 뜨고 말했다. "괜찮다면 그 악마에 대해 말해 줄 수 있어? 그 놈은 어디에서 온 거지?"

"그건 도로시아였어." 클라리가 말했다. "내 말은 그러니까…… 도로시아가 변해서 그렇게 된 거야."

"도로시아가 매력적인 미녀는 아니었지만 그 정도로 흉측하게 생기진 않았던 걸로 기억하는데."

"아무래도 악령한테 홀린 것 같아." 클라리는 자기 머리에 그렇게 각인시키려 애쓰며 천천히 말했다. "도로시아는 내가 자기한테 잔을 넘겨주길 원했어. 포털을 열더니……."

제이스가 말했다. "악마는 영리한 놈이었어. 녀석은 도로시아를 홀린 다음 포털 바로 바깥, 그러니까 센서가 감지할 수 없는 곳에서 자신의 영적 형체를 감추고 있었지. 그래서 우리는 추방자와 맞서 싸울 각오만 하고 건물에 들어갔다가 생각지도 못한 우두머리 악마와 맞닥뜨린 거야. 그 괴물은 아바돈, 고대 악마 가운데 하나로 타락한 천사들의 우두머리야."

"타락한 천사들은 이제부터 우두머리 없이 살아가는 방법을 배워야겠군." 거리로 접어들며 사이먼이 말했다.

이사벨이 말했다. "녀석은 죽은 게 아니야. 지금까지 우두머리 악마를 죽인 사람은 거의 없었어. 육체적인 형제와 영적인 형체를 모두 죽여야 정말로 죽는데 우리는 그냥 겁을 주어 녀석을 쫓아낸 것뿐이야."

"그렇구나." 사이먼은 실망한 표정을 지었다. "그럼 도로시아는 어떻게 되는 거지? 이제 괜찮은……."

알렉이 캑캑거리자 그는 하던 말을 멈추었다. 제이스는 참지 못하고 욕설을 내뱉었다. "아직도야?"

"거의 다 왔어. 난 차로 벽을 들이받고 싶지 않은 것뿐이야." 사이먼이 모퉁이에 조심스럽게 차를 세우는 동안 클라리는 인스티튜트의 문이 열려 있는 것을 보았다. 호지가 아치형 문 앞에 서 있었다. 뒤뚱거리던 승합차가 멈춰 섰다. 제이스는 차에서 뛰어내린 다음 알렉을 아이처럼 번쩍 들어 올렸다. 이사벨은 오빠의 피로 더럽혀진 지팡이를 들고 제이스를 뒤따랐다. 그들이 인스티튜트로 들어가자 쾅 소리를 내며 문이 닫혔다.

한꺼번에 몰려온 피로를 느끼며 클라리는 사이먼을 바라보았다. "미안해. 네가 이 엄청난 피를 에릭에게 어떻게 설명하면 좋을지 모르겠다."

"에릭은 신경 쓰지 마." 사이먼은 확고한 의지에 차서 말했다. "넌 괜찮아?"

"난 아주 말짱해. 다른 사람들은 모두 부상을 입었지만 난 괜찮아."

"그건 그들의 임무야, 클라리." 사이먼이 부드럽게 말했다. "악마와 맞서 싸우는 게 그들이 하는 일이야. 네가 하는 일이 아니지."

"그럼 내가 하는 일은 뭐지?" 대답을 구하듯 사이먼의 얼굴을 살피며 클라리가 물었다. "난 뭘 해야 돼?"

"음…… 넌 잔을 찾았잖아. 그렇지?"

클라리는 고개를 끄덕이며 주머니를 톡톡 두드렸다. "맞아."

사이먼은 마음이 놓이는 표정을 지었다. "못 물어볼 뻔했는데. 잘된 거야, 그렇지?"

"응." 클라리가 말했다. 그녀는 어머니를 생각하며 잔을 꼭 감싸 쥐었다.

처치는 계단 꼭대기에서 클라리를 맞으며 길게 울어대더니 그녀를 양호실로 데려갔다. 문은 열려 있었다. 열린 문으로 미동도 없는 알렉의 모습이 보였다. 그는 하얀 침대에 누워 있었다. 호지가 그의 몸 위로 허리를 구부리고 있었고, 이사벨은 은색 쟁반을 들고 옆에 서 있었다.

제이스는 그들과 함께 있지 않았다. 그는 양호실 밖에서 피투성이 손으로 허리를 짚은 채 벽에 몸을 기대고 있었다. 클라리가 제이스의 앞에 서자 그의 눈꺼풀이 열렸다. 그녀는 팽창된 제이스의 눈동자 속에서 황금빛이 모두 검은색으로 변한 것을 보았다.

"알렉은 어때?" 클라리가 최대한 부드럽게 물었다.

"피를 많이 흘렸어. 악마의 독에 당하는 건 흔한 일이지만 우두머리 악마라서. 호지 선생님이 주로 쓰는 해독제가 효과를 발휘할지 선생님조차 아직 모르는 상황이야."

클라리는 제이스의 팔을 향해 손을 뻗었다. "제이스……."

제이스가 움찔하면서 클라리의 손길을 거부했다. "이러지 마."

클라리는 숨을 급히 들이마셨다. "알렉에게 무슨 일이 벌어지길 바란 건 절대 아니야. 정말 미안해."

제이스는 그곳에 있는 그녀를 처음 보기라도 하는 것처럼 바라보았다. "네 탓이 아니야. 모두 내 탓이지."

"네 탓이라고? 제이스, 그건 네 탓이……."

"아, 내 잘못이야." 제이스의 목소리가 약하게 들렸다. "메아 쿨파, 메아 맥시마 쿨파."

"무슨 말이야?"

"내 탓이라고. 내 탓이오, 내 큰 탓이로소이다. 라틴어야." 제이스는 자기가 뭘 하고 있는지도 모르는 듯 멍한 표정으로 클라리의 이마를 덮고 있는 머리카락을 넘겨주었다. "미사에서 외치는 말이야."

"난 네가 종교를 믿지 않는 줄 알았는데."

"종교는 믿지 않을지 모르지만 죄책감은 느껴. 우리 섀도우 헌터들은 법령에 따라 살고 있어. 그런데 그 법령은 융통성이 없어. 명예, 잘못,

참회 같은 것들은 우리에게 현실적인 개념이야. 그것들은 종교가 아니라 우리의 실체와 관련이 있지. 이게 나의 모습이야, 클라리." 제이스는 절박한 심정으로 말했다.

"난 클레이브의 일원이야, 피와 뼛속까지. 넌 이게 내 탓이 아니라고 말했지만, 내가 아바돈을 처음 봤을 때 제일 먼저 들었던 생각은 동료 전사들이 아니라 너의 안전이었어. 그런데도 이게 내 탓이 아니라고?" 제이스는 다른 손으로 클라리의 얼굴을 감쌌다. "나도 알아. 알고말고. 알렉은 그답지 않게 행동했어. 난 뭔가 잘못됐다는 걸 알았어. 하지만 내가 생각할 수 있었던 건 오직 너밖에……."

제이스가 고개를 앞으로 숙였다. 그러자 두 사람의 이마가 서로 닿았다. 클라리는 제이스의 숨결에 자신의 속눈썹이 파르르 떨리는 걸 느낄 수 있었다. 그녀는 눈을 감고 친밀한 느낌이 물결처럼 자신을 덮치도록 내버려두었다.

"만약 알렉이 죽는다면 내가 죽인 거나 마찬가지야. 나는 아버지를 죽게 내버려두었고 이제는 하나밖에 없는 형제를 죽인 거야."

"그렇지 않아." 클라리가 속삭였다.

"아니, 사실이야." 그들은 키스를 할 수 있을 만큼 몸을 밀착하고 있었다. 그녀의 실체만이 자신을 안심시킬 수 있다고 생각하는 것처럼 제이스는 클라리를 꼭 껴안았다. "클라리, 내게 무슨 일이 벌어지고 있는 거지?"

클라리는 마땅한 대답을 찾느라 머리를 굴리다가 누군가 헛기침을 하는 소리를 들었다. 그녀는 감고 있던 눈을 떴다. 호지가 양호실 문 옆에 서 있었다. 그의 깔끔한 정장에는 여기저기 피가 묻어 있었다. "내가 할 수 있는 건 다 했다. 알렉은 진정되었어. 문제는 그냥 고통이 아니라…… 침묵의 형제들에게 연락을 해야겠다. 내 능력으로는 안 되는 일이야."

제이스는 클라리에게서 천천히 몸을 떼었다. "형제들이 오는 데 얼마나 걸릴까요?"

"그야 나도 모르지." 호지는 고개를 가로저으며 복도를 걸어가기 시작했다. "당장 휴고를 보내야겠어. 형제들이 여기로 올지 안 올진 모르는 일이야. 그들의 재량에 달린 문제니까."

"하지만 이건 너무나 중대한……." 제이스는 보폭이 넓은 호지의 걸음걸이를 따라가느라 애를 먹었다. 클라리는 두 사람 뒤에 멀찍이 처져 제이스가 무슨 말을 하는지 듣기 위해 귀를 쫑긋 세워야 했다. "형제들이 오지 않으면 알렉은 저대로 죽을지도 몰라요."

"그럴지도 모르지." 호지의 응답은 그것뿐이었다.

도서관은 어두웠고 비 냄새가 났다. 창문 하나가 열려 있었고, 커튼 아래에 빗물이 고여 있었다. 호지가 성큼성큼 걸어가서 책상 위의 램프를 켜자 휴고가 짹짹거리며 횃대에 올라앉았다. "안타까운 일이야." 종이와 만년필로 손을 뻗으며 호지가 말했다. "잔을 가져오지 못한 거 말이야. 그 잔만 있으면 알렉이 안심하고 확실히……."

"잔은 제가 가져왔어요." 클라리가 깜짝 놀라서 말했다. "제이스, 말씀 안 드렸어?"

제이스는 눈을 껌벅거리고 있었다. 놀라서 그러는 건지, 아니면 갑작스레 불빛을 받아서 그러는 건지 분간할 수 없었다. "말씀드릴 시간이 없었어. 알렉을 위층으로 허겁지겁 옮기느라……."

호지는 손가락 사이에 만년필을 끼운 채 그 자리에 얼어붙어 미동도 하지 않았다. "잔을 가져왔다고?"

"네." 클라리는 호주머니에서 잔을 꺼냈다. 그녀와의 접촉으로는 금속을 전혀 데울 수 없다는 걸 보여주듯 잔은 여전히 차가웠고 루비가 빨간 눈알처럼 깜박거렸다. "여기 있어요."

만년필이 호지의 손에서 완전히 빠져 그의 발 근처 바닥으로 떨어졌다. 위를 비추고 있는 램프의 불빛은 그의 황폐한 얼굴을 그대로 보여주었다. 그것은 걱정과 절망, 그리고 참담함으로 깊게 파인 주름살을 드러냈다. "그게 천사의 잔이라고?"

"네. 한때는······." 제이스가 말했다.

"이제 그건 신경 쓰지 마." 호지가 말했다. 그는 책상에 종이를 내려놓고 제이스에게 다가가 제자의 양쪽 어깨를 잡았다. "제이스 웨이랜드, 네가 무슨 일을 했는지 알아?"

제이스는 놀라며 호지를 올려다보았다. 클라리는 두 사람의 대조적인 모습을 보았다. 나이가 많은 선생의 황폐한 얼굴과 주름살 하나 없는 청년의 얼굴. 흘러내린 머리카락이 눈을 덮은 탓에 제이스는 더욱 어려 보였다. "무슨 말씀이신지 모르겠군요."

호지는 악문 치아 사이로 거친 숨을 내뱉었다. "넌 꼭 그를 닮았어."

"누구를 닮았다고요?" 제이스가 놀라서 말했다. 그는 호지가 그런 식으로 말하는 것을 한 번도 들어본 적이 없었다.

"네 아버지." 호지는 그렇게 말하고 나서 눈을 들어 휴고를 쳐다보았다. 휴고는 검은 날개로 습한 공기를 휘저으며 머리 위를 맴돌았다. 호지가 눈을 가늘게 뜨며 말했다. "후긴." 그러자 새는 까옥까옥 소리를 내면서 갈고리발톱을 활짝 편 채 곧장 클라리의 얼굴로 날아들었다. 클라리는 제이스가 고함을 지르는 것을 들었다. 다음 순간 그녀의 눈에 비친 세상에는 소용돌이치는 깃털과 마구 쪼아대는 부리와 날카로운 발톱

밖에 없었다. 뺨을 따라 또렷한 고통이 피어났다. 그녀는 본능적으로 얼굴을 양손으로 감싸며 날카로운 비명을 질렀다.

클라리는 어떤 힘이 자신의 손에 들린 죽음의 잔을 낚아채려는 것을 느꼈다. "안 돼!" 그녀는 잔을 빼앗기지 않으려 꼭 쥐었다. 지독한 통증이 팔을 타고 올라왔고, 두 다리에 힘이 풀리면서 자리에 푹 주저앉을 것만 같았다. 결국 클라리는 쓰러지며 두 무릎을 딱딱한 바닥에 심하게 부딪히고 말았다. 갈고리발톱이 그녀의 이마를 할퀴었다.

"그만하면 됐어, 휴고." 호지가 조용한 목소리로 말했다. 새는 순순히 클라리에게서 물러났다. 클라리가 숨이 막혀 캑캑거리며 눈을 껌벅거리자 눈에서 피가 흘러내렸다. 그녀는 얼굴이 갈가리 찢긴 듯한 느낌을 받았다. 호지는 움직이지 않고 그 자리에 서 있었고, 이제 그의 손에는 죽음의 잔이 들려 있었다. 흥분한 휴고가 부드럽게 까옥거리며 그의 주변을 맴돌고 있었다. 그리고 제이스는 갑자기 잠이라도 든 것처럼 호지의 발 근처에 쓰러져 미동도 하지 않았다. 다른 모든 생각이 그녀의 머릿속에서 빠져나갔다.

"제이스!" 뺨의 통증을 느끼고 깜짝 놀란 그녀는 자신의 입속에서 피 맛을 느꼈다. 제이스는 전혀 움직이지 않았다.

"다친 데는 없어." 호지가 말했다. 클라리는 간신히 자리에서 일어나 그를 향해 몸을 날렸다. 그녀는 눈에 보이진 않지만 유리처럼 단단하고 강한 무언가에 부딪혀 비틀거렸고, 화가 치밀어 허공을 향해 주먹을 휘둘렀다.

"호지 선생님!" 클라리는 눈에 보이지 않는 벽을 향해 발길질을 하다가 두 발에 시퍼렇게 멍이 들 뻔했다. "어리석은 짓 하지 마요. 선생님의 행위를 클레이브가 알게 되는 날에는……."

"그때쯤이면 난 벌써 이곳을 떠나 있겠지." 무릎을 꿇고 제이스를 내려다보며 그가 말했다.

"하지만……." 그 순간 전기에 감전된 것처럼 충격적인 깨달음이 클라리의 몸을 훑고 지나갔다. "이제 보니 클레이브에 전갈을 보내지 않았군요. 그렇죠? 그래서 전갈에 대해 물었을 때 이상하게 행동했던 거예요. 자기 자신을 위해 그 잔을 원한 거였어요."

"아니, 나 자신을 위해서는 아니야."

클라리의 목은 먼지처럼 말라 있었다. "이제까지 발렌타인을 위해 일하고 있었어." 그녀가 속삭였다.

"나는 발렌타인을 위해 일하지 않아." 호지는 제이스의 손을 들고 거기에서 무언가를 뽑아냈다. 그것은 제이스가 항상 끼고 다니던 반지였다. 호지는 문양이 새겨진 반지를 자신의 손가락에 끼웠다. "하지만 발렌타인의 수하에 있는 사람인 건 맞아."

호지는 빠른 동작으로 손가락에 낀 반지를 세 번 비틀었다. 잠깐 동안은 아무 일도 일어나지 않았다. 클라리는 문이 열리는 소리를 듣고 누가 도서관으로 들어오는지 보려고 본능적으로 돌아섰다. 다시 몸을 돌렸을 때, 그녀는 호지 옆의 공기가 멀리서 바라보는 호수의 표면처럼 아른아른 빛나는 것을 보았다. 아른거리는 공기의 벽이 은색 커튼처럼 갈라지더니 마치 습한 공기가 뭉쳐져 만들어진 듯한 형체의 키 큰 사내가 호지의 옆에 서 있었다.

"스타크웨더. 자네가 잔을 가지고 있다고?"

호지는 잔을 들어 보이며 아무 말도 하지 않았다. 두려워서인지 놀라서인지는 모르겠지만 마비가 되어버린 듯했다. 클라리에게는 늘 커 보이던 그가 지금은 작고 초라해 보였다.

"발렌타인 주인님." 드디어 호지가 입을 열었다. "이렇게 빨리 오시리라고는 생각도 못했습니다."

발렌타인. 그의 두 눈은 아직도 검었지만 사진의 잘생긴 아이와는 조금도 닮아 보이지 않았다. 그의 얼굴은 클라리가 예상했던 것과 달랐다. 그것은 슬픈 눈을 가진 성직자의 얼굴, 차분하고 근엄하고 온순해 보이는 얼굴이었다. 맞춤 양복의 검은색 소맷부리 밑으로 수년 동안 스텔레를 사용한 흔적, 즉 주름을 이룬 하얀 흉터들이 보였다.

"포털을 통해 오겠다고 말했잖아." 그의 목소리는 낭랑했고 왠지 익숙하게 들렸다. "나를 믿지 않은 건가?"

"아니, 믿었죠. 전 단지…… 팽본이나 블랙웰을 보내실 거라고 생각했지, 이렇게 몸소 오실 거라고는 꿈에도 생각하지 못했습니다."

"그 친구들을 보내서 잔을 전달받을 거라고 생각했단 말인가? 나를 바보로 아는군." 발렌타인이 손을 내밀었다. 클라리는 그의 손가락 위에서 반짝이는 물건을 보았다. 그것은 제이스의 손가락에 있던 것과 같은 모양의 반지였다. "이리 줘."

하지만 호지는 잔을 더욱 세게 움켜쥐었다. "먼저 제게 약속한 것을 주십시오."

"먼저? 나를 못 믿는 건가, 스타크웨더?" 발렌타인은 미소를 지었다. 어딘지 유머가 느껴지는 미소였다. "원하는 대로 해주겠네. 흥정은 흥정이니까. 자네의 전갈을 받고 솔직히 놀랐네. 나는 자네가 숨어서 명상이나 하는 생활도 꺼리진 않을 거라 생각했어. 자네는 전쟁터에서 싸움을 벌이는 타입이 절대로 아니었지."

"주인님은 그 생활이 어떤 건지 모르고 계십니다." 거칠게 숨을 내쉬며 호지가 말했다. "항상 두려움에 떨어야 하는 생활이……."

"맞아. 난 모르지." 발렌타인은 호지에게 연민을 느꼈는지 그의 눈만큼이나 구슬픈 목소리로 말했다. 하지만 그의 눈에는 반감과 냉소도 어느 정도 깃들어 있었다. "그 잔을 내게 넘길 의도가 없었다면 나를 부르지도 말았어야지."

호지의 표정이 달라졌다. "누구나 자신이 믿고 있는 것을 배반하기란 쉽지 않죠. 자신을 신뢰하고 있는 사람들 말입니다."

"라이트우드 부부를 말하는 건가? 아니면 그 자식들?"

"둘 다죠."

"아, 라이트우드 가족 말이군." 발렌타인은 손을 뻗어 책상 위에 놓인 놋쇠 지구본을 어루만졌다. 그 기다란 손가락이 대륙과 바다의 윤곽을 따라 움직였다. "그런데 그 사람들한테 대체 무슨 신세를 졌기에 그러지? 자네는 그들을 대신해서 벌까지 받고 있잖아. 든든한 연줄이 있었기에 망정이지, 그런 거라도 없었으면 그들은 자네와 함께 벌을 받았을 거야. 연줄 덕분에 일반인처럼 햇빛을 받으며 마음대로 돌아다닐 수 있는 거지. 그들은 언제든지 집으로 돌아갈 수 있어." '집'이라는 말을 할 때 그의 목소리는 그 낱말이 지니고 있는 모든 의미 때문에 바르르 떨렸다. 지구본 위에서 한동안 움직이던 그의 손가락이 멈췄다. 클라리는 발렌타인이 이드리스가 위치한 지점을 건드리고 있다고 확신했다.

"그들은 누구나 할 수 있는 일을 했을 뿐입니다."

"자네라면 그런 일을 하지 않았을 거야. 나도 그런 일을 하지 않았겠지. 어떻게 나 대신 친구에게 고통을 겪게 한단 말인가? 스타크웨더, 그들이 자네한테 이런 불운을 떠넘긴 걸 알고 틀림없이 서운한 감정이 생겼을 것 같은데……."

호지의 어깨가 떨렸다. "하지만 그건 아이들 잘못이 아닙니다. 애들은 아무것도 모르……"

"스타크웨더, 자네가 아이들을 그렇게까지 좋아하는지 몰랐네." 발렌타인이 재미있다는 듯이 말했다.

호지의 숨이 거칠어졌다. "제이스……."

"제이스 얘기는 하지 마." 처음으로 발렌타인이 화난 목소리로 말했다. 그는 바닥에 드러누워 미동도 하지 않는 제이스를 쓱 쳐다보며 말했다. "피를 흘리고 있군. 무슨 일이지?"

호지는 자기 가슴에 잔을 갖다 댔다. 어찌나 힘을 주었던지 손가락 마디가 하얗게 변해 있었다. "저 친구 피가 아닙니다. 의식을 잃긴 했어도 부상을 입지는 않았어요."

발렌타인은 흐뭇한 미소를 지으며 고개를 들었다. "저 친구가 깨어나서 자네를 어떻게 여길지 궁금하군. 배신은 절대로 아름답지 않아. 하지만 아이를 배신하는 건 두 배로 나쁜 짓이지. 그렇게 생각하지 않나?"

"아이를 해치지 않으실 거죠? 해치지 않겠다고 약속하셨잖아요."

"난 지금껏 한 번도 그런 짓을 한 적이 없어. 자, 이제." 발렌타인은 책상에서 벗어나 호지 쪽으로 움직였다. 호지는 덫에 걸린 작은 동물처럼 주춤거리며 물러났다. 클라리는 그의 비참한 처지를 눈으로 확인할 수 있었다. "내가 아이를 해칠 계획을 세웠다면 어쩔 텐가? 나랑 싸울 거야? 잔을 넘기지 않을 텐가? 설사 자네가 날 죽인다 해도 클레이브는 자네에게 내린 벌을 거두지 않을 거야. 자네는 죽을 때까지 이곳에 숨어 살아야 할 거야. 겁에 질려 유리창도 활짝 열 수 없을 거고. 더 이상 두려워하고 싶지 않다면 거래를 망설일 이유가 없지 않나? 다시 집으로 돌아갈 수만 있다면 포기하지 못할 게 뭐가 있어?"

클라리는 다른 곳으로 시선을 돌렸다. 그녀는 호지의 얼굴에 드러난 표정을 차마 더 이상 감당할 수가 없었다. 꽉 막힌 목소리로 그가 말했다. "아이를 해치지 않겠다고 약속하시면 잔을 넘겨드리죠."

"그럴 순 없어." 발렌타인은 더욱 부드럽게 말했다. "자네는 어쨌든 그걸 나한테 넘겨주게 되어 있어." 그렇게 말하면서 그가 손을 뻗었다.

호지는 눈을 감았다. 한순간 그의 얼굴은 책상 아래의 대리석 천사들처럼 엄청난 무게에 짓눌려 고통스러워하는 표정이었다. 애처롭게도 호지는 낮게 욕설을 내뱉으며 죽음의 잔을 발렌타인에게 내밀었다. 그의 손이 강풍을 맞은 이파리처럼 부들부들 떨렸다.

"고맙네." 발렌타인은 잔을 받고 나서 생각에 잠겨 그것을 찬찬히 살펴보았다. "자네가 어찌나 세게 움켜쥐었는지 테두리가 우그러졌군."

호지는 아무 말도 하지 않았고 그의 얼굴은 잿빛이 되었다. 발렌타인은 허리를 굽혀 제이스를 안아 들었다. 그 순간 양팔과 등을 덮고 있는 말쑥한 재킷이 팽팽해지는 것을 보고 클라리는 그가 믿을 수 없을 정도로 건장한 사람이라는 것을 알아차렸다. 발렌타인의 몸통은 참나무 줄기만큼이나 단단해 보였다. 그와 대조적으로 그의 양팔에 안겨 축 늘어진 제이스는 마치 어린아이처럼 보였다.

"이 아이는 머지않아 자기 아버지와 함께 있게 될 거야." 핏기가 가신 제이스의 얼굴을 내려다보며 발렌타인이 말했다. "그곳이 이 아이가 있어야 할 곳이야."

호지는 몸을 움찔했다. 발렌타인은 돌아서서 자기가 빠져나왔던 반짝이는 공기 커튼을 향해 걸어갔다. 클라리는 발렌타인이 포털의 문을 빠져나온 뒤 그대로 열어둔 게 틀림없다고 생각했다. 그쪽으로 고개를 돌리자 거울에 반사된 햇빛을 바라보는 것처럼 눈이 따갑고 시렸다.

호지는 애원하듯 손을 뻗었다. "잠깐! 약속은 어떻게 됐습니까? 저한테 내린 벌을 거두겠다고 약속하셨잖아요."

"그랬지." 발렌타인은 발길을 멈추고 호지를 뚫어지게 바라보았다. 호지는 심장을 무언가에 두드려 맞은 것처럼 가슴께로 손을 가져가더니 숨을 헐떡이며 물러났다. 쫙 벌린 손가락 사이로 검은 액체가 흘러나와 바닥으로 뚝뚝 떨어졌다. 호지는 겁에 질린 얼굴을 들었다. 그가 사납게 물었다. "이제 된 건가요? 벌을 거두신 건가요?"

"그래." 발렌타인이 말했다. "이제 그대가 얻은 자유가 그대에게 기쁨을 가져다주길." 그 말과 함께 발렌타인은 번들거리는 공기 커튼 속으로 들어갔다. 그리고 한순간 물속에 서 있는 것처럼 아른아른한 빛을 내더니, 곧 제이스를 데리고 사라졌다.

20
쥐들의 골목

호지는 숨을 헐떡거리며 발렌타인이 사라진 쪽을 뚫어지게 바라보았다. 그는 허리에 얹은 주먹을 반복해서 쥐었다 폈다. 호지의 왼손은 가슴에서 흘러내린 검은 액체로 범벅이 되어 있었고, 그 얼굴은 환희와 자기혐오가 뒤섞인 표정이었다.

"호지 선생님!" 클라리는 두 사람 사이의 벽을 손으로 치며 소리쳤다. 통증이 팔을 타고 올라왔지만 그녀의 가슴속에서 타오르는 통증에 비하면 아무것도 아니었다. 클라리는 심장이 흉곽 밖으로 튀어나올 것 같은 느낌을 받았다. 제이스, 제이스, 제이스. 당장 입 밖으로 튀어나올 것 같은 그 말이 머릿속에서 메아리쳤다. 그녀는 입술을 깨물며 그 말을 참아냈다. "호지 선생님, 절 내보내주세요!"

호지는 고개를 흔들며 돌아섰다. "그럴 순 없어." 깔끔하게 접은 손수건으로 더럽혀진 손을 닦으며 진심으로 후회하는 목소리로 그가 말했다. "너는 날 죽이려고 들 거야."

"그러지 않을게요. 약속해요."

"넌 섀도우 헌터로 자라지 않았기 때문에 네가 하는 약속은 아무런 의미도 없어." 손수건을 산에 적시기라도 한 것처럼 손수건의 가장자리에서 연기가 피어오르고 있었고, 호지의 손은 시커멓게 변해 있었다.

"그 사람이 하는 소리 못 들었어요? 발렌타인은 제이스를 죽일 거예요." 클라리가 절박하게 말했다.

"그런 말은 안 했어." 호지는 책상으로 가서 서랍을 열고 종이 한 장을 꺼냈다. 그는 주머니에서 펜을 꺼내더니 잉크가 흐르도록 책상 모서리에 날카롭게 두드렸다. 클라리는 그를 빤히 바라보았다. 편지를 쓰려는 걸까? 그녀가 조심스럽게 말했다.

"호지 선생님, 발렌타인은 제이스가 머지않아 자기 아버지와 함께 있게 될 거라고 말했어요. 제이스의 아버지는 죽었잖아요. 그게 제이스를 죽이겠다는 뜻이 아니면 뭐겠어요?"

호지는 고개를 들지 않았다. "복잡한 일이야. 넌 이해 못할 거야."

"저도 충분히 이해할 수 있어요." 클라리는 자신의 비통한 심정이 혀 위에서 활활 타오르는 것 같은 느낌을 받았다. "제이스는 선생님을 믿었어요. 그런데 선생님은 제이스의 아버지를 싫어하고 아마 제이스도 싫어할 사람에게 그 애를 넘겨버렸어요. 자기가 받고 있는 벌이 너무 무서웠기 때문이죠."

호지는 머리를 확 들었다. "네가 생각하는 게 그런 거야?"

"제가 알고 있는 사실이죠."

호지는 머리를 가로저으며 펜을 내려놓았다. 그는 지치고 무척이나 나이 들어 보였다. 호지는 발렌타인과 동갑이었지만 발렌타인보다도 훨씬 더 늙어 보였다. "넌 지금 자질구레한 사실들만 알고 있어. 어쩌면 그게 너한테는 더 나을지도 몰라." 그는 자기가 적었던 종이를 정사각형으로 반듯하게 접어서 불에 던져 넣었다. 종이는 푸르스름한 빛을 내며 활활 타오르더니 사그라졌다.

"뭐하시는 거예요?" 클라리가 캐물었다.

"전갈을 보내는 거야." 호지는 불을 보고 있다가 돌아섰다. 그는 클라리의 가까이에 서 있었고, 두 사람을 가로막고 있는 것은 눈에 보이지 않는 벽밖에 없었다. 클라리는 호지의 눈 속으로 손가락을 쑤셔 넣을 수 있기를 바라며 벽을 손가락으로 눌렀다. 발렌타인의 눈이 분노로 가득했다면 호지의 눈은 슬픔으로 가득 차 있었다.

"넌 아직 젊어. 늙은이에게 다른 나라가 아무 의미 없듯이, 또 죄를 지은 사람에게 악몽이 그렇듯이, 과거는 너에게 아무것도 아니야. 내가 발렌타인을 도왔다는 이유로 클레이브는 내게 이런 벌을 내렸어. 하지만 서클에서 그를 도운 사람은 나만이 아니야. 과연 라이트우드 부부가 나만큼 죄를 짓지 않았을까? 웨이랜드 부부라고 죄가 없을까? 하지만 건물 밖으로 한 발짝도 나갈 수 없고 창문 밖으로 손도 내밀지 못하는 혹독한 벌을 받은 사람은 나밖에 없어."

"그건 제 잘못이 아니에요. 제이스 잘못도 아니고요. 클레이브가 한 짓을 가지고 왜 제이스를 처벌하려는 거죠? 발렌타인에게 잔을 줘버린 건 이해할 수 있지만 왜 제이스까지 넘긴 거죠? 그 사람은 제이스를 죽일 거예요. 제이스의 아버지를 죽인 것처럼……."

"발렌타인은 제이스의 아버지를 죽이지 않았어."

클라리의 가슴에서 흐느끼는 소리가 터져 나왔다. "전 더 이상 당신을 믿지 않아요! 선생님은 거짓말밖에 할 줄 몰라요! 선생님이 지금까지 했던 모든 말이 거짓말이었다고요!"

"아, 젊은 친구들의 도덕적 절대주의는 정말 피도 눈물도 없군. 클라리, 나도 나름의 방식으로 착한 사람이 되려고 노력하고 있어. 그걸 모르겠나?"

"그런 방식은 통하지 않아요. 선생님이 행한 선한 일이 나쁜 행위를 상쇄하지는 못해요. 하지만……." 그녀는 입술을 깨물었다. "발렌타인이 어디에 있는지 말씀해주시면……."

"그건 안 돼. 네피림은 인간과 천사의 자식이라고 알려져 있어. 이런 천사의 유산이 우리에게 준 것이라곤 더 높은 곳에서 추락하는 일밖에 없어." 호지는 손가락 끝으로 보이지 않는 벽을 건드렸다. "너는 우리처럼 자라지 않았어. 흉터와 살해로 가득한 이 생활을 전혀 접해보지 않았지. 지금이라도 도망갈 수 있어, 클라리. 가능한 한 빨리 인스튜티트를 떠나. 이곳을 떠나거든 두 번 다시 돌아오지 말고."

클라리는 고개를 가로저었다. "안 돼요. 전 그럴 수 없어요."

"그렇게 고집을 부리다니 참으로 딱한 일이군." 호지는 그 말을 끝으로 방에서 나갔다.

문이 닫히자 클라리는 침묵에 휩싸였다. 그곳에는 자신의 거친 숨소리와 단단하고 투명한 장벽을 손가락 끝으로 긁는 소리밖에 없었다. 클라리는 옆구리가 시큰거리고 녹초가 될 때까지 벽을 향해 연거푸 몸을 날렸다. 그러다가 그녀는 결국 바닥에 털썩 주저앉고는 울지 않으려 애썼다.

장벽 너머 어딘가에서 알렉이 죽어가고 있었다. 이사벨은 호지가 와서 오빠의 목숨을 구해주길 기다리고 있었다. 이 방 너머 어딘가에서 발렌타인이 제이스를 거칠게 흔들어 깨우고 있었다. 또 어딘가에서는 클라리의 어머니가 무사히 돌아올 가능성이 매 순간, 매초 조금씩 줄어들고 있었다. 그리고 그녀는 이곳에 갇혀서 어린아이처럼 아무것도 못하고 있었다.

그때 클라리는 도로시아의 집에서 제이스가 손에 스텔레를 쥐여주던 순간을 기억하고 똑바로 앉았다. 스텔레를 받고 나서 제이스에게 돌려주었던가? 숨을 죽인 채 재킷의 왼쪽 주머니 안을 더듬었다. 아무것도 없었다. 클라리의 손이 천천히 오른쪽 주머니 안으로 기어들았다. 땀으로 축축한 손가락이 보푸라기를 일으켜 세우더니 딱딱하고 매끄러우며 둥근 무언가를 스치면서 미끄러졌다. 스텔레였다.

클라리는 쿵쾅거리는 가슴을 진정하고 자리에서 벌떡 일어나 왼손으로 보이지 않는 벽을 더듬었다. 벽을 찾아내자 정신을 바짝 가다듬고 다른 손으로 스텔레의 끝이 매끄럽고 평평한 공기에 닿을 때까지 앞으로 조금씩 내밀었다. 이미 그녀의 머릿속에서는 어떤 이미지가 형성되고 있었다. 고기 한 마리가 흐릿한 물에서 수면 가까이로 솟구치면서 비늘의 모양이 점점 더 또렷해지는 것과 같았다. 처음에는 천천히, 그다음에는 자신감을 가지고 그녀는 스텔레를 벽에 갖다 붙이고 움직였다. 이제 클라리의 눈앞에서는 활활 타오르는 듯한 밝은 잿빛 선들이 허공을 맴돌았다.

룬 문자가 완성되었을 때, 클라리는 손을 내리고 거친 숨을 내쉬었다. 한순간 모든 것이 정지하면서 고요해졌다. 룬 문자는 강렬한 네온사인처럼 허공에 걸려 그녀의 눈을 붉게 물들였다. 다음 순간, 지금까지 들어본 소리 가운데 가장 커다란 파열음을 들을 수 있었다. 돌맹이들이 폭포수처럼 땅에 떨어져 박살이 나는 소리같았다. 그녀가 허공에 그린 룬 문자는 검게 변하더니 재처럼 크기가 줄어들었고, 발을 디디고 있는 바닥이 흔들거렸다. 진동이 끝났을 때 클라리는 자기가 풀려났다고 확신했다.

클라리는 여전히 스텔레를 손에 쥐고 창문으로 달려가 커튼을 열어젖혔다. 황혼이 내리고 있었고 도로는 진한 자줏빛으로 물들어 있었다. 클라리는 비록 짧은 순간이었지만 호지가 도로를 가로질러 가는 모습을 똑똑히 보았다. 그의 회색 머리가 수많은 사람들의 머리 위로 까닥거리며 움직이고 있었다.

클라리는 도서관에서 후다닥 달려 나가 계단을 급히 내려갔다. 재킷 주머니에 스텔레를 도로 집어넣은 뒤 황급히 거리로 나갔을 때 벌써 옆구리가 욱신욱신 쑤셨다. 그녀가 이스트 강을 따라 나 있는 보도를 전력으로 질주하자 습한 황혼 속에서 개를 산책시키던 사람들이 펄쩍 뛰며 길가로 물러났다. 모퉁이를 돌아가면서 클라리는 아파트 건물의 어두컴컴한 유리창에 비친 자신의 모습을 얼핏 보았다. 땀에 젖은 머리카락은 이마에 찰싹 달라붙었고, 얼굴에는 핏자국이 말라붙어 있었다.

클라리는 호지가 길을 건너던 교차로에 도착했고, 한순간 호지를 놓쳐버렸다고 생각했다. 클라리는 지하철역 입구에 잔뜩 모여 있는 사람들을 빠르게 헤집고 나아갔고, 무릎과 팔꿈치를 무기로 사람들을 밀쳐냈다. 클라리가 군중을 헤치고 나왔을 때, 트위드 정장 차림의 사람이 모퉁이를 돌아 두 건물 사이의 좁은 골목으로 막 들어가는 모습이 그녀의 눈에 들어왔다.

클라리는 대형 쓰레기통을 간신히 지나 골목 어귀에 접어들었다. 숨을 쉴 때마다 목 안쪽이 불에 타는 것처럼 뜨거웠다. 거리에는 이제 땅거미가 지고 있는데 골목은 밤이 된 것처럼 벌써 어두컴컴했다. 골목 저쪽 끝에 호지가 서 있는 것이 보였다. 그가 있는 지점은 패스트푸드 음식점의 뒤쪽으로, 막다른 골목이었다. 밖에는 음식점 쓰레기가 잔뜩 쌓여 있었다. 호지가 클라리 쪽으로 돌아설 때, 버린 음식이 담긴 봉지들,

지저분한 종이접시들, 그리고 플라스틱 수저들이 그의 부츠에 짓눌리면서 귀에 거슬리는 소리를 냈다. 클라리는 문득 영어 수업 시간에 읽었던 시가 기억났다.

> 나는 죽은 자들이 자기 뼈를 잃은 쥐들의 골목에
> 우리가 있다고 생각한다.
> (T. S. 엘리엇의 〈황무지〉에 나오는 시구―옮긴이)

"나를 뒤쫓아 왔군. 이럴 필요까진 없었는데 실수한 거야."
"발렌타인이 어디에 있는지만 알려주면 더 이상 따라가지 않을게요."
"그건 곤란하다니까. 내가 그걸 알려줬다는 걸 발렌타인이 알게 되면 내가 되찾은 자유도 내 목숨과 함께 짧아질 거야."
"죽음의 잔을 발렌타인에게 넘겨줬다는 걸 클레이브가 알게 되면 어차피 똑같은 일이 벌어질 거예요. 우리를 꾀어 잔을 되찾게 하고 그 잔을 발렌타인한테 넘겼잖아요. 발렌타인이 그 잔으로 무슨 일을 꾸밀지 뻔히 알면서 어떻게 자존심을 지키고 살 수 있죠?"
호지는 짧은 웃음소리로 말을 잘랐다. "나는 클레이브보다 발렌타인을 더 두려워해. 네가 몰라서 그렇지 사정을 알게 되면 너도 그를 겁낼 거야. 발렌타인은 내가 돕든 돕지 않든 결국 그 잔을 찾아냈을 거야."
"그럼 발렌타인이 아이들을 죽이기 위해 그 잔을 사용해도 상관하지 않겠다는 건가요?"
앞으로 한 걸음 다가서는 호지의 얼굴에 경련이 일어났다. 클라리는 그의 손에서 무언가가 반짝이는 것을 보았다. "정말 이 일이 너한테 그렇게 중요한 거야?"

"전에 말씀드렸잖아요. 전 이대로 포기할 수 없어요."

"너무 안타깝군." 클라리는 그가 팔을 드는 걸 보면서 제이스가 호지의 무기는 차크람, 즉 날아다니는 원반이라고 했던 말이 기억났다. 그녀는 밝은 금속 원반이 바람을 가르는 소리를 내며 자기 머리로 날아오자 고개를 숙였다. 원반은 윙윙거리는 소리를 내며 간발의 차로 얼굴을 비껴 지나가 그녀의 왼편에 있는 비상계단에 그대로 박혔다.

클라리가 고개를 들었을 때 호지는 그녀를 노려보고 있었다. 호지의 오른손에는 어느새 두 번째 금속 원반이 가볍게 쥐어 있었다. "넌 지금이라도 달아날 수 있어."

머리는 그녀에게 차크람이 양손을 산산이 조각낼 거라고 말했지만 그녀는 본능적으로 양손을 높이 들었다. "호지 선생님……."

그때 무언가가 클라리의 앞으로 튀어나왔다. 회흑색에 덩치가 큰 생물이었다. 그녀는 호지가 겁에 질려 소리치는 것을 들었다. 비틀거리며 뒤로 물러서는 동안 클라리는 자신과 호지 사이에 끼어든 것을 좀 더 또렷하게 볼 수 있었다. 그건 길이가 1.8미터가량 되는 늑대였다. 녀석은 새까만 털로 덮여 있었는데 회색 줄무늬 하나가 옆구리에 그려져 있었다.

손에 금속 원반을 쥔 호지는 얼굴이 뼈처럼 하얗게 질려 있었다. "너는……." 그는 간신히 입을 열었다. 클라리는 호지가 늑대에게 말하고 있다는 것을 깨닫고 약간 놀랐다. "넌 멀리 도망간 줄 알았는데……."

늑대의 입술이 뒤쪽으로 당겨지면서 이빨이 드러났고, 축 늘어진 붉은 혀가 보였다. 호지를 바라보는 녀석의 눈은 적대감으로 가득 차 있었다. 그것은 인간이 가질 만한 노골적인 적대감이었다.

"나 때문에 온 거야, 아니면 저 여자애 때문에 온 거야?" 호지의 관자놀이에서 땀이 주르륵 흘러내렸지만 그는 땀을 닦을 생각조차 하지 않았다. 늑대는 낮게 으르렁거리며 호지를 향해 천천히 다가갔다.

"아직 시간이 있어." 호지가 말했다. "발렌타인이 너를 다시 거둬 갈……."

으르렁거리는 소리와 함께 늑대가 허공으로 뛰어 올랐다. 호지는 다시 비명을 질렀다. 다음 순간 은색 불빛이 비치는가 싶더니 차크람이 늑대의 옆구리로 파고들면서 소름 끼치는 소리가 났다. 늑대는 뒷발로 간신히 몸을 지탱하며 그 자리에 풀썩 주저앉았다. 클라리는 호지를 들이받은 늑대의 털 밖으로 삐죽 튀어나온 원반의 가장자리에서 피가 줄줄 흘러내리는 것을 보았다.

호지는 쓰러지면서 딱 한 번 비명을 질렀다. 늑대의 턱은 그의 어깨를 죔쇠처럼 단단히 물고 있었다. 깨진 깡통에서 페인트가 뿌려지듯 피가 허공으로 솟구치며 시멘트 담을 붉게 적셨다. 늑대는 호지의 축 늘어진 몸에서 고개를 들어 늑대 특유의 잿빛 눈으로 클라리를 돌아보았다. 녀석의 이빨에서는 주홍색 핏방울이 뚝뚝 떨어지고 있었다.

클라리는 비명을 지르지 않았다. 그녀의 폐 속에는 뽑아 올려 소리를 만들어낼 수 있을 만큼의 공기조차 들어 있지 않았다. 클라리는 간신히 자리에서 일어나 달리기 시작했다. 무조건 달려야 했다. 골목의 어귀를 향해, 거리의 익숙한 네온사인을 향해, 안전한 현실 세계를 향해 달리는 수밖에 없었다. 그녀는 뒤에서 늑대가 으르렁거리는 소리를 들었고, 녀석이 내뿜는 더운 입김이 자신의 맨다리에 닿는 것을 느낄 수 있었다. 거리로 나가려고 마지막 남은 힘을 다해 죽기 살기로 달려가는데…….

늑대의 억센 턱이 다리를 꽉 무는 바람에 클라리의 몸이 뒤로 휙 꺾였다. 단단한 도로에 머리를 부딪히기 직전, 암흑 속으로 빠져들면서 그녀는 아직 비명을 지를 충분한 공기가 폐에 남아 있다는 것을 깨달았다.

물방울이 똑똑 떨어지는 소리에 클라리는 천천히 눈을 떴다. 눈에 보이는 것은 별로 없었다. 넓은 침대에 누워 있었고, 그 침대는 우중충한 벽으로 둘러싸인 방의 바닥에 놓여 있었다. 한쪽 벽에는 곧 쓰러질 것 같은 낡은 탁자가 서 있었다. 탁자 위에는 싸구려로 보이는 놋쇠 촛대가 놓여 있었고, 촛대에는 굵직한 빨간색 양초가 꽂혀 있었다. 방을 밝히는 것은 그 촛불뿐이었다. 천장은 금이 가 있었고 습기가 차서 눅눅했다. 금이 간 돌에서 물기가 배어 나오고 있었다. 클라리는 어렴풋이 방의 어떤 점이 이상하다고 생각했지만, 그런 생각은 물에 젖은 개의 지독한 냄새에 묻혀버렸다.

자리에서 일어나 앉은 클라리는 금방 후회했다. 차라리 일어나지 말고 그대로 누워 있는 편이 나았을 거라는 생각이 들었다. 대못으로 콕콕 찌르는 것 같은 지독한 통증이 머리를 휘젓고 지나갔다. 뒤이어 지독한 멀미가 한바탕 밀려왔다. 뱃속에 음식물이 조금이라도 들어있었더라면 모조리 토해냈을 것이다.

침대 위에는 거울이 하나 있었다. 거울은 두 개의 돌 사이에 박아 넣은 못에 걸려 있었다. 클라리는 거울을 언뜻 들여다보고 나서 깜짝 놀랐다. 얼굴에 상처가 나 있었다. 오른쪽 눈가에서 시작해 입술 가장자리까지 내려오는 기다란 할퀸 자국이 두 개 보였다. 오른쪽 뺨에는 피가 말라붙어 있었고, 피는 목과 셔츠의 앞쪽, 그리고 재킷에까지 묻어 있었다. 갑자기 두려운 생각이 들어 클라리는 얼른 주머니로 손을 가져갔다가 안심을 했다. 스텔레는 아직 주머니에 있었다.

방이 어딘가 이상하다는 것을 깨달은 것은 바로 그 순간이었다. 방의 한쪽 벽은 쇠막대기로 되어 있었다. 바닥에서 천장까지 굵직한 쇠막대기가 촘촘히 박혀 있었다. 그녀는 그제야 자기가 감방에 갇혀 있다는 것을 깨달았다.

몹시 흥분한 클라리는 비틀거리며 자리에서 일어섰다가 갑자기 현기증이 밀려와서 중심을 잡으려고 탁자를 붙잡았다. '정신 차려야 돼.' 그녀는 힘주어 혼잣말을 했다. 그때 어디선가 발소리가 들려왔다. 누가 감방 밖의 복도를 걸어오고 있었다. 클라리는 탁자에 몸을 기댔다.

발소리의 주인공은 어떤 사내였는데, 그는 램프를 손에 들고 있었다. 램프의 불빛이 촛불보다 더 밝아 눈을 껌벅거려야 했고, 환한 램프 불빛 뒤에 서 있는 사내는 시커먼 그림자로만 보였다. 하지만 클라리는 사내의 키와 떡 벌어진 어깨, 헝클어진 머리카락의 윤곽을 볼 수 있었다. 사내가 감방의 문을 열고 안으로 들어서고 나서야 그녀는 그가 누구인지 알아볼 수 있었다. 그는 예전의 모습과 조금도 달라진 게 없었다. 낡은 청바지, 데님 셔츠, 작업용 부츠, 들쭉날쭉한 머리카락, 콧마루에 걸치듯이 끼고 있는 안경, 모두가 예전 모습 그대로였다. 지난번에 보았던 목 옆의 흉터는 이제 보니 반들반들한 살색 반창고였다. 루크.

그동안 클라리는 혼자서 감당하기 힘든 일을 겪었다. 몸은 녹초가 되었고 잠도 제대로 자지 못했으며 먹은 것도 없었다. 공포에 질렸고 피까지 흘렸다. 그 모든 것이 한순간에 그녀를 덮쳤다. 클라리는 바닥으로 스르르 미끄러지면서 자신의 무릎이 꺾이는 것을 느꼈다.

불과 몇 초 만에 루크가 방을 가로질러 왔다. 그의 동작이 워낙 빨랐기 때문에 클라리의 몸이 바닥에 부딪힐 새도 없었다. 순식간에 다가온 루크는 쓰러지는 클라리를 붙잡고는 어렸을 때 그랬던 것처럼 그녀를 번쩍 들어 올렸다. 루크는 클라리를 침대에 내려놓고는 뒤로 물러났다.

"클라리?" 그는 걱정스러운 눈빛으로 부르면서 그녀를 향해 손을 뻗었다. "괜찮아?"

클라리는 몸을 움찔하면서 루크의 손길을 막으려고 얼른 양손을 들었다. "건드리지 마요."

심하게 상처 입은 표정이 그의 얼굴에 고스란히 드러났다. 루크는 힘없이 거둬들인 손으로 자기 이마를 짚었다. "난 이런 취급을 받아 마땅해."

"네, 그래요."

루크는 수심이 가득한 표정이었다. "나를 믿어줄 거라고는 기대도 안 했어……."

"그래요. 아저씨를 더 이상 신뢰하지 않아요."

루크는 감방을 서성거리기 시작했다. "내 행동을 네가 이해해줄 거라고는 기대하지 않아. 넌 내가 널 버렸다고 생각하겠지. 나도 알아."

"정말 버렸잖아요. 두 번 다시 전화하지 말라고 했잖아요. 루크는 저나 엄마 생각을 조금도 안 했어요. 아저씨 말은 모두 거짓이었어요."

"아니야. 모든 게 거짓은 아니었어."

"그럼 아저씨 이름이 정말로 루크 개러웨이인가요?"

그의 어깨가 눈에 보일 정도로 축 처졌다. "아니야." 루크는 그렇게 대꾸하고는 시선을 떨어뜨렸다. 암적색 반점 하나가 그의 데님 셔츠 앞자락으로 번져갔다.

클라리는 자세를 고치고 똑바로 앉았다. "피예요?" 한순간 그녀는 분노해야 한다는 사실조차 잊었다.

"응." 허리에 손을 얹으며 루크가 말했다. "널 들어 올렸을 때 상처가 찢어진 것 같아."

"상처라뇨?"

루크는 신중하게 대꾸했다. "호지의 차크람은 여전히 날카로워. 그걸 던지는 팔은 예전 같지 않지만. 그 친구는 늑골에 금이 갔을지도 몰라."

"호지 선생님 말인가요? 언제……."

루크는 아무 말도 하지 않고 클라리를 바라보았다. 그녀는 골목에 있던 늑대가 갑자기 기억났다. 옆구리에 회색 줄무늬가 있고 온통 검은 털로 덮여 있던 늑대. 클라리는 원반이 늑대를 맞히던 장면을 기억해낸 다음, 비로소 깨달았다.

"아저씨는 늑대인간이었군요."

루크는 서츠에서 손을 뗐다. 그의 손가락은 붉게 물들어 있었다. "응." 그는 짤막하게 말하고 나서 날카롭게 벽을 두드렸다. 한 번, 두 번, 세 번. 그런 다음 클라리를 향해 돌아섰다. "난 늑대인간이야."

"아저씨가 호지 선생님을 죽였어요. 그렇죠?"

"심한 부상을 입었을 뿐이야. 시신을 확인하러 가보니 감쪽같이 사라졌더군. 억지로 몸을 끌고 도망친 게 분명해."

"호지 선생님의 어깨를 물어뜯었잖아요. 제가 봤어요."

"그랬지. 그때 그 친구는 널 죽이려 했어. 그 친구가 혹시 다른 사람도 해쳤니?"

클라리가 입술을 꽉 깨물었다. 피 맛이 느껴졌다. 하지만 그것은 휴고한테 당한 상처에서 흘러나온 피였다. "제이스가 당했어요." 그녀는 소곤거렸다. "호지는 제이스를 쓰러뜨리고 그를 넘겨줬어요. 발렌타인에게."

"발렌타인한테 넘겨줬다고?" 깜짝 놀란 표정을 지으며 루크가 말했다. "호지가 죽음의 잔을 발렌타인에게 바친 건 알고 있었지만 제이스까지 넘겨줬을 줄은……."

"그걸 어떻게 아셨죠?" 그렇게 물어보자마자 클라리는 문득 기억이 났다. "골목길에서 제가 호지 선생님하고 나눈 얘기를 들었군요. 그에게 달려들기 전에요."

"그가 네 머리를 잘라낼 것 같았어. 그래서 내가 달려든 거야." 루크는 그렇게 말하고 나서 고개를 들었다. 감방 문이 다시 열리더니 어떤 키 큰 남자가 몸집이 자그마한 여자를 데리고 들어왔다. 여자는 키가 너무 작아서 마치 어린아이처럼 보였다. 두 사람은 청바지와 면 셔츠 등 특이할 것 없는 평상복을 입고 있었고, 모두 머리가 바람에 날린 것처럼 헝클어져 있었다. 여자의 머리는 금발이었고, 남자의 머리는 오소리처럼 진한 회색이었다. 두 사람 모두 주름살 하나 없이 젊어 보이는 얼굴이었지만 눈만은 피곤해 보였다. "클라리." 루크가 말했다. "우리 세컨드와 서드인 그레텔과 알라릭이야."

알라릭은 클라리를 향해 커다란 머리를 기울였다. "전에 만난 적이 있지?"

클라리는 놀라서 그를 빤히 바라보았다. "우리가 만났다고요?"

"뒤모트 호텔에서. 넌 내 늑골에 칼을 박아 넣었어."

그녀는 움찔하며 몸을 벽에 기댔다. "뭐…… 뭐라고요?"

"겁먹지 마. 칼을 다루는 솜씨가 제법이더군." 알라릭은 가슴에 달린 호주머니에 손을 넣더니 제이스의 단검을 꺼냈다. 칼에 박혀 있는 빨간 눈알이 반짝거렸다. 그는 단검을 그녀에게 내밀었다. "네 거 맞지?"

클라리는 멍한 표정으로 그것을 바라보았다. "하지만……."

"걱정 마." 그는 클라리를 안심시켰다. "칼날은 내가 깨끗이 닦았어."

클라리는 잠자코 단검을 받아들었다. 루크는 낮게 큭큭거리고 있었다. "돌이켜보면 뒤모트 습격은 기대했던 것만큼 좋은 계획은 아니었던 것 같아. 나는 우리 늑대들에게 네가 위험에 빠질 경우에 대비해 뒤를 밟으라고 지시했지. 네가 뒤모트에 들어갔을 때······."

"그 정도 일은 제이스와 제가 충분히 처리할 수 있었을 거예요." 클라리는 단검을 혁대 속에 찔러 넣었다.

그레텔은 클라리를 향해 관대한 미소를 지었다. "대장, 그것 때문에 저희를 불렀나요?"

"아니야." 루크는 자기 허리를 건드렸다. "여기 상처가 벌어졌어. 클라리도 부상을 좀 입어서 치료를 해야 하고. 괜찮다면 약품을 좀 가져와서······."

그레텔은 고개를 숙였다. "가서 구급상자를 가져올게요." 그녀는 그 말을 하고 자리를 떴다. 알라릭은 실물보다 큰 그림자처럼 그레텔을 뒤따라 나갔다.

"아까 그 여자가 루크를 '대장'이라고 부르던데." 감방 문이 닫히자 클라리가 말했다. "그리고 세컨드와 서드라니 무슨 뜻이죠? 뭐가 세컨드와 서드라는 거죠?"

"서열이지." 루크가 천천히 말했다. "난 이 늑대 무리의 리더야. 그래서 그레텔이 나한테 '대장'이라고 부른 거야. 처음엔 날 '주인님'이라 부르는 버릇이 있었는데 그걸 고치느라 상당히 애를 먹었지."

"우리 엄마도 알고 있었어요?"

"뭘 말야?"

"루크가 늑대인간이라는 사실 말이에요."

"응. 네 엄마는 알고 있었지."

"하지만 두 분 모두 저한테는 전혀 말해주지 않았어요."

"나는 얘기해주려고 했지. 그런데 네 엄마가 섀도우 헌터나 섀도우 세계에 대해 알려줘서는 안 된다고 워낙 고집을 부리는 바람에. 클라리, 난 늑대인간이라는 사실을 일종의 동떨어진 사건 같은 걸로 설명할 수가 없었어. 그 모든 건 엄마가 너한테 알리고 싶지 않은 커다란 비밀의 일부였어. 네가 어디까지 알고 있는지는 모르겠지만……."

"이젠 많은 걸 알아요. 전 엄마가 섀도우 헌터였다는 걸 알아요. 발렌타인과 결혼했고 죽음의 잔을 훔쳐 달아났다는 것도 알고요. 저를 낳고 나서 엄마는 2년에 한 번씩 제 투시력을 없애기 위해 매그너스 베인에게 데려갔죠. 전 발렌타인이 엄마 목숨을 살려주는 대가로 잔이 어디 있는지 루크에게서 알아내려고 했을 때 그 사실을 알았어요. 그때 루크는 엄마 따위는 전혀 상관하지 않는다고 말했죠."

루크는 벽을 뚫어지게 쳐다보았다. "그때 나는 잔이 어디에 있는지 몰랐어. 조슬린이 말해주지 않았으니까."

"그렇더라도 협상을 할 수는 있었잖아요."

"발렌타인은 협상을 하지 않아. 한 번도 그러지 않았지. 자기한테 유리하지 않으면 협상 테이블에 나서지도 않고, 한 가지 목표에만 골몰하는 타입이야. 연민이나 동정심 따위는 아예 없는 인물이지. 그 사람이 한때 네 엄마를 사랑했을지는 모르지만, 그는 주저하지 않고 조슬린을 죽일 수 있는 사람이야. 아니, 나는 발렌타인과 협상할 생각이 없었어."

"그래서 루크는 엄마를 그냥 포기하기로 마음먹은 건가요?" 클라리는 화가 나서 캐물었다. "루크는 엄마가 늑대인간의 도움 따위는 필요로 하지 않을 거라고 멋대로 결론을 내린 건가요? 전 루크가 섀도우 헌터라고 생각했고 섀도우 헌터의 어떤 어처구니없는 서약 때문에 엄마에게 등을 돌린 거라고 생각했어요. 그런데 알고 보니 루크는 비열한 다운월드 사람일 뿐이었어요. 엄마는 수년 동안 친구로서 대등하게 대해주었는데 루크는 그런 배려는 조금도 생각하지 않고 배신을 했다고요!"

루크가 조용히 말했다. "말본새를 보니 꼭 라이트우드 같구나."

클라리는 눈을 가늘게 떴다. "알렉과 이사벨에 대해 잘 알고 있는 것처럼 말하지 마세요."

"나는 그 아이들의 부모를 말하는 거야. 난 걔들의 부모를 잘 알지. 우리 모두가 새도우 헌터였을 때."

클라리는 놀란 나머지 자신의 입술이 벌어지는 것을 느꼈다. "전 루크가 서클에 있었다는 걸 알아요. 근데 늑대인간이었다는 사실을 어떻게 감출 수 있었죠? 정말 그들이 그 사실을 몰랐나요?"

"몰랐지. 왜냐하면 난 태어나면서부터 늑대인간은 아니었으니까. 말하자면 나는 늑대인간으로 만들어진 거야. 내가 들려주는 이야기를 네가 믿을 거란 걸 난 이미 알고 있어. 넌 내 이야기를 모두 들어야 할 거야. 긴 이야기지만 이야기를 할 시간은 있을 테니."

3부
손짓하며 부르는 내리막

내리막이 손짓하며 부른다.
오르막이 그랬던 것처럼.
— 윌리엄 칼로스 윌리엄스의 《내리막》에서

21
늑대인간의 이야기

사실 나는 네 엄마를 어릴 적부터 알고 지냈어. 우리는 이드리스에서 자랐지. 아름다운 곳이야. 나는 네가 그곳을 눈으로 보지 못했다는 사실을 항상 안타깝게 생각했어. 네가 만약 그곳에 가봤더라면 겨울에 반들반들하게 윤이 나는 소나무, 어두운 땅, 맑고 차가운 강물을 무척 마음에 들어했을 거야. 그곳에는 작은 마을들이 옹기종기 모여 있고 도시라고는 클레이브가 만나는 알리칸테 하나밖에 없어. 우리는 그곳을 유리의 도시라고 부르지. 왜냐하면 거기 탑들은 우리의 스텔레처럼 악마를 격퇴하는 물질로 지어졌기 때문이야. 햇빛을 받은 탑들은 유리처럼 반짝반짝 빛을 냈지.

조슬린과 내가 어느 정도 나이가 들었을 때, 우리는 알리칸테에 있는 학교로 보내졌어. 그곳에서 나는 발렌타인을 만났지. 그는 나보다 한 살이 많았는데 단연코 학교에서 가장 인기가 많은 아이였어. 얼굴도 잘생겼고 영리하고 집안도 부유하고 헌신적인 데다가 아주 뛰어난 전사이기까지 했으니까, 어떻게 보면 당연한 일이겠지. 반면에 나는 아무것도 아니었어. 집안도 부유하지 않았고 총명하지도 못했지. 나는 별 볼일

없는 시골 집안 출신이었어. 학업 성적도 고전을 면치 못했지. 조슬린은 태어나면서부터 섀도우 헌터였지만 나는 그렇지 않았어. 나는 가장 가벼운 마크조차 감당할 수 없었고 가장 단순한 기술도 배우지 못했어. 때때로 나는 그곳에서 도망쳐서 수치심을 안고 집으로 돌아가는 것을 꿈꾸기도 했고 먼데인이 되는 것도 생각해봤어. 그 정도로 비참한 생활을 하고 있었지.

그때 나를 구해준 것이 바로 발렌타인이었어. 그는 내 방으로 직접 찾아왔어. 나는 그가 내 이름조차 모를 거라고 생각했는데, 나를 도와주겠다고 하더군. 내가 학교생활에 적응도 못하고 수업을 따라가지 못해 힘들어하는 걸 알고 있었다면서, 그래도 뛰어난 섀도우 헌터가 될 수 있는 소질을 내게서 발견했다고 하더군. 아무튼 그렇게 해서 나는 그의 지도를 받았고 모든 면에서 발전했어. 시험도 통과했고 첫 번째 마크를 새겼고 처음으로 악마를 죽일 수 있었지. 그렇게 되자 나는 그를 숭배하다시피 했어. 태양이 떠올라 발렌타인 모겐스턴의 머리 위에 자리를 잡는다고 생각할 정도였지.

물론 그가 구해준 부적응자가 나 하나는 아니었어. 다른 아이들도 있었지. 사람들과 어울리는 것보다 책을 더 좋아했던 호지 스타크웨더, 먼데인과 결혼한 오빠를 둔 메이리스 트루블러드, 마크를 두려워했던 로버트 라이트우드 등. 발렌타인은 그들 모두를 자신의 날개 밑으로 끌어들인 거야. 그때만 해도 나는 그게 친절한 행위라고 여겼어. 지금은 그렇게 생각하지 않지만. 이제 와서 생각해보니 그는 자신을 숭배의 대상으로 만들고 있었던 거야.

발렌타인은 세대가 이어지면서 섀도우 헌터의 수가 점점 줄어들고 있다는 생각에 집착하고 있었어. 우리가 멸종을 앞두고 있다고 생각한 거지. 그는 라지엘의 잔을 좀 더 자유롭게 이용할 수만 있다면 더 많은 섀도우 헌터를 만들 수 있다고 생각했어. 교사들에게 그런 생각은 신성모독이나 다름없었지. 섀도우 헌터가 될 수 있고 없고는 어느 누가 함부로 결정할 문제가 아니니까. 경솔하게도 발렌타인은 '그럼 모든 사람을 섀도우 헌터로 만들어버리면 되지 않느냐? 섀도우 세상을 볼 수 있는 능력을 선물로 주려고 하는데 왜 안 되느냐? 왜 이기적으로 그런 능력을 우리만 가지려고 하느냐?' 하고 서슴없이 묻곤 했지.

교사들이 대부분 인간은 변이 과정에서 살아남지 못할 거라고 대답하자, 발렌타인은 네피림의 능력을 일부 엘리트로 제한하려고 거짓말을 하는 거라고 주장했지. 그는 최종 결과를 얻기 위해서라면 부수적으로 따르는 피해는 감수해야 한다고 느꼈던 것 같아. 아무튼 그는 자신의 신념을 작은 모임에게 설파했어. 우리는 멸종의 위기에서 섀도우 헌터 종족을 구해낸다는 명확한 목표를 가지고 서클을 구성했지. 물론 열일곱 살밖에 안 되었으니까 뭘 어떻게 해야 하는지 제대로 알지 못했지만, 뭔가 거창하고 뜻깊은 일을 해내고 말 거라고 생각했어.

그러다가 어느 날 밤, 발렌타인의 아버지가 평소처럼 늑대인간의 야영지를 습격했다가 죽게 됐어. 발렌타인이 부친의 장례를 치르고 학교로 돌아왔을 때, 그는 애도의 뜻을 나타내는 빨간색 마크를 몸에 새기고 있었어. 발렌타인은 여러모로 달라졌어. 평소엔 친절했지만 이따금 잔인하다 싶을 정도로 분노를 표출했어. 난 아버지를 잃은 슬픔 때문에 달라졌다고 생각하고 그의 기분을 달래주려고 전보다 더 노력했지. 그가 아무리 화를 내도 나는 절대로 화를 내지 않았어. 나 자신이 그를 실망시켰다고 생각하고 오히려 죄책감만 느꼈지.

발렌타인의 분노를 가라앉힐 수 있었던 사람은 네 엄마밖에 없었어.

조슬린은 우리를 발렌타인의 팬클럽이라고 놀리면서 항상 우리 모임과 거리를 두었어. 하지만 그런 태도는 발렌타인의 아버지가 죽고 나자 달라졌어. 발렌타인의 고통이 그녀의 동정심을 일깨운 거지. 두 사람은 서로 사랑에 빠졌어.

나도 그를 사랑했지. 그는 나의 가장 친한 친구였어. 나는 조슬린이 발렌타인과 함께 있는 것을 보고 행복했어. 우리가 학교를 떠났을 때, 그들은 결혼을 해서 조슬린의 가족 농장에 가서 살았지. 나도 집으로 돌아갔지만 서클은 계속 유지됐어. 서클은 학창 시절의 모임으로 시작됐지만 규모나 세력 모두 성장했고, 그와 더불어 발렌타인도 성장을 했지. 이상도 바뀌었어. 서클은 여전히 죽음의 잔을 갈구했지만, 아버지가 죽고 난 뒤로 발렌타인은 협정을 어긴 사람들만이 아니라 모든 다운월드 사람들과의 전쟁을 거리낌 없이 제안했어. 그는 이 세계가 부분적으로 악마인 사람들이 아니라 인간들을 위한 것이라고 주장했어.

나는 서클의 새로운 지침이 마음에 들지 않았지만 순순히 따랐지. 발렌타인을 실망시키고 싶지 않았기 때문이기도 했지만 조슬린이 내게 발을 빼지 말아달라고 부탁을 했기 때문이야. 그녀는 내가 극단적인 서클을 완화시킬 수 있을 거라고 희망을 걸었지. 하지만 그건 불가능한 일이었어. 발렌타인을 누그러뜨릴 수 있는 방법은 없었어. 지금은 결혼해서 같이 살고 있는 로버트와 메이리스 라이트우드도 발렌타인 못지않게 극단적이었어. 나처럼 확신이 없는 사람은 마이클 웨이랜드밖에 없었어. 우리는 내키지 않았지만 그들의 의견을 따랐어. 집단을 이루어 지칠 줄도 모르고 다운월드 사람들을 사냥했지. 아주 사소한 위반이라도 저지른 자들을 찾아 곳곳을 뒤지고 다녔어. 발렌타인은 협정을 어기지 않은 녀석은 절대 죽이지 않았지만 다른 끔찍한 짓들을 했지. 나는 발렌타인이 늑대인간 소녀의 눈꺼풀에 은화를 매달아 눈이 안 보이게 하는 걸 봤어. 그녀의 오빠가 어디에 있는지 실토하도록 만들려 한 거야. 또 한 번은…… 이런 이야기까지 들을 필요는 없겠지. 그래, 말하지 않는 게 좋겠어. 미안해.

그 뒤에 무슨 일이 벌어졌느냐 하면, 조슬린이 임신을 했어. 내게 그 얘기를 하던 날, 그녀는 자기 남편이 두려워졌다고 고백했어. 언제부턴가 남편의 행동이 이상해졌다는 거야. 지하실에 한번 들어가면 며칠 밤이 지나도록 나오지 않는다고 하더군. 어떤 때는 벽을 뚫고 흘러나오는 비명도 들었다고 했어.

조슬린의 말을 듣고 나는 발렌타인에게 가봤지. 그는 껄껄 웃더니 첫애를 가져 신경이 예민해져서 그런 소리를 하는 거라며 조슬린의 두려움을 대수롭지 않게 여기더군. 그는 그날 밤 함께 사냥을 나가자고 했어. 그 당시 우리는 오래전에 발렌타인의 아버지를 죽인 늑대인간들의 보금자리를 깨끗이 정리하려고 애쓰고 있었지. 우리는 파라바타이, 그러니까 완벽한 한 쌍의 사냥꾼, 상대를 위해 죽을 수도 있는 절친한 전사들이었어. 그래서 발렌타인이 그날 밤 내 뒤를 지켜주겠다고 말했을 때, 나는 그를 믿었어. 그 빌어먹을 늑대가 나를 덮칠 때까지 난 녀석을 보지 못했어. 늑대가 이빨로 내 어깨를 콱 물었던 일을 빼면 그날 밤 일은 하나도 기억이 안 나. 정신을 차리고 보니 발렌타인의 집에 누워 있더군. 어깨에는 붕대가 감겨 있었고 조슬린이 곁에 있었어.

늑대인간한테 물렸다고 모두가 늑대가 되는 건 아니야. 나는 상처가 치유된 뒤 고통스러운 기다림 속에서 몇 주를 보냈어. 보름달이 떠오르기를 기다린 거야. 클레이브가 알았더라면 날 관찰실에 가두었을 거야. 하지만 발렌타인과 조슬린은 입을 다물었지. 3주 뒤에 보름달이 환하게 떠올랐고, 나는 변하기 시작했어. 항상 첫 번째 변화가 가장 견디기 힘든 법이지. 고통과 어둠으로 혼란스러워하다가 몇 시간 뒤 도시에서 몇 킬로미터나 떨어진 풀밭에서 깨어났던 일이 기억나는군. 내 몸은 온통 피로 범벅이 되어 있었고 발치에는 숲 속에 사는 작은 동물의 시체가 찢겨 있었어.

저택으로 돌아왔을 때 그들은 문간에서 날 맞이했어. 조슬린이 흐느끼면서 내 품으로 쓰러졌지만 발렌타인은 그녀를 내게서 떼어냈어. 나는 몸을 덜덜 떨며 피투성이가 된 채 서 있었어. 아무 생각도 할 수 없었고 아직도 생고기의 맛이 입안에서 느껴졌지. 그때 나는 어떻게 된 영문인지 알아야 된다고 생각했던 것 같아.

발렌타인은 나를 끌고 계단을 내려가 숲 속으로 들어갔어. 자기 손으로 나를 죽여야 하는데 막상 나를 보니 차마 그럴 용기가 안 난다고 하더군. 발렌타인은 자기 아버지가 쓰던 단도를 주며 스스로 명예롭게 목숨을 끊길 바란다고 말했어. 그는 단도를 건넬 때 단도에 키스를 하고는 저택으로 들어가 문의 빗장을 질러버렸어.

난 밤새도록 달렸어. 어떤 때는 인간이 되고 또 어떤 때는 늑대가 되어 국경을 넘을 때까지 줄곧 달렸지. 나는 단도를 마구 휘두르며 늑대인간들의 야영지 한복판으로 들어가 내 어깨를 물어 자기들처럼 만들어버린 늑대인간과 맞장을 뜨고 싶다고 소리쳤어. 그들은 깔깔 웃으며 자기네 우두머리를 손가락으로 가리켰어. 대장이라는 녀석의 손과 이빨에는 사냥을 하고 난 뒤라 아직도 피가 묻어 있었어. 녀석은 자리에서 일어나 나를 마주 봤어. 나는 일대일로 싸워본 적이 별로 없었어. 나의 무기는 석궁이었고 조준을 아주 멋지게 했지. 하지만 근거리에서는 그다지 효력을 발휘하지 못했어. 육박전을 노련하게 잘하는 건 발렌타인이었지. 하지만 나는 죽고 싶었을 뿐이었어. 나만 죽는 건 억울하니 날 그 모양으로 만든 녀석과 함께 죽고 싶었어. 나는 그때 내 복수를 하고 발렌타인의 아버지를 살해한 늑대들을 죽여버리면 발렌타인이 죽음을 슬퍼해줄 거라 생각했던 것 같아. 나는 대장이라는 녀석과 맞붙어 싸웠어. 어떤 때는 인간 대 인간으로, 또 어떤 때는 늑대 대 늑대로 드잡이를 벌이는 동안 나는 녀석이 내 사나움에 놀라는 걸 알아차렸어. 밤이 지나고 날이 희미하게 밝아오자 녀석은 지치기 시작했지만 내 분노는 조금도 누그러지지 않았어. 다시 날이 저물 무렵 내가 단도를 녀석의 목 안에 박아 넣자 녀석은 자기 피로 날 흠뻑 적시며 결국 숨을 거두었어.

나는 나머지 녀석들이 내 몸을 갈기갈기 찢어놓을 거라고 예상했어. 하지만 녀석들의 행동은 전혀 뜻밖이었어. 그들은 내 발 앞에 무릎을 꿇더니 복종의 뜻으로 목구멍을 드러내 보이는 거야. 늑대들한테는 무리의 우두머리를 죽이는 자가 우두머리 자리를 차지하게 되는 법칙이 있었어. 늑대들의 보금자리를 찾아가 복수를 하고 죽으려던 내가 그곳에서 새로운 인생을 찾았던 거야. 난 과거의 나를 버리고 섀도우 헌터 생활을 거의 다 잊어버렸어. 하지만 조슬린만은 잊지 않았지. 그녀는 언제까지나 내 친구였으니까. 나는 발렌타인과 함께 생활하는 조슬린이 걱정됐지만 내가 저택 근처로 가면 서클이 날 뒤쫓아 와서 죽여버릴 거라는 사실을 알고 있었어.

결국에는 조슬린이 나를 찾아왔어. 야영지에서 잠을 자고 있는데 서열 2위가 다가오더니 젊은 섀도우 헌터 여성이 날 기다리고 있다고 하더군. 그 말을 듣자마자 나는 누가 찾아왔는지 알 수 있었어. 조슬린을 만나려고 허겁지겁 달려가면서 나는 2인자의 눈빛에 담긴 반감을 읽을 수 있었지. 물론 그들 모두는 내가 한때 섀도우 헌터였다는 사실을 알고 있었지만, 그건 부끄러운 비밀이었기 때문에 어느 누구도 입에 올리지는 않았어. 발렌타인이 그 사실을 알았더라면 웃음을 터뜨렸을 거야.

 조슬린은 야영지 바깥에서 기다리고 있었어. 더 이상 배가 부른 상태가 아니었고, 얼굴은 여위고 창백해 보였어. 남자아이를 낳았다고 하더군. 아이한테 조너선 크리스토퍼라는 이름을 붙였다고 했어. 그녀는 나를 보는 순간 울음을 터뜨렸어. 내가 살아 있다는 사실을 자기한테 알려 주지 않아 화가 나 있었어. 발렌타인은 내가 자살했다고 서클에 말했지만 그녀는 그 말을 믿지 않았대. 조슬린은 내가 그런 짓을 할 사람이 절대 아니라는 걸 알고 있었지. 나에 대한 그녀의 믿음은 아무 근거도 없는 것 같았지만, 그녀를 다시 보게 되니 정말로 마음이 놓여서 나는 아무런 반박도 하지 않았어.

 어떻게 내가 있는 곳을 알아냈는지 묻자, 한때 섀도우 헌터였던 늑대인간에 대한 루머가 알리칸테에 떠돌고 있다고 대답했어. 발렌타인도 그 루머를 들었기 때문에 경고를 하기 위해 말을 타고 허겁지겁 달려왔다는 거야. 아니나 다를까, 발렌타인이 곧 들이닥쳤지만 나는 다른 늑대인간들과 몸을 숨겼지. 그는 유혈 사태 없이 떠났어.

 그 일이 있고 나서 나는 은밀히 조슬린을 만나기 시작했어. 협정이 체결되는 해여서 다운월드 전체는 협정과 그걸 파괴하려는 발렌타인의 계획으로 한창 시끄러웠지. 그는 클레이브에서 협정을 극렬하게 반대했지만 뜻한 바를 이루지 못했다고 하더군. 그래서 서클은 은밀하게 새로운 계획을 세웠어. 그들은 협정이 조인되는 천사 대회관으로 몰래 들여올 수 있는 무기를 얻기 위해 섀도우 헌터의 최대 적인 악마들과 동맹을 맺었어. 그리고 발렌타인은 어떤 악마의 도움을 받아 죽음의 잔을 훔쳤고, 그 자리에는 복제품을 놓아두었지. 몇 달이 지나서야 클레이브는 잔이 없어진 걸 깨달았어. 그때는 이미 너무 늦어버렸지만 말이야.

조슬린은 발렌타인이 그 잔으로 뭘 하려는지 알아내려고 애썼지만 밝혀내지 못했지. 하지만 비무장 상태의 다운월드 사람들에게 잔을 떨어뜨려 회관에 있는 그들을 몰살시킬 계획이라는 건 알고 있었어. 그런 대학살이 있다면 협정은 당연히 무산되겠지.

혼란스럽긴 했지만 이상하게도 그때가 행복했어. 조슬린과 나는 요정들, 마법사들, 심지어는 예로부터 적이었던 늑대인간들과 뱀파이어들에게도 비밀리에 전갈을 보내 발렌타인의 계획을 미리 알려주고 전투에 대비하도록 했지. 우리는 함께 일했어. 늑대인간과 네피림이 말이야.

협정이 조인되는 날, 나는 잘 보이지 않는 곳에 몸을 숨기고 조슬린과 발렌타인이 저택을 나서는 걸 지켜보았어. 조슬린이 허리를 굽혀 아들의 머리에 키스를 하던 장면이 기억나는군. 그녀의 머리에 내리쬐던 햇살과 그녀의 미소도 기억이 나.

그들은 마차를 타고 알리칸테로 갔어. 나는 무리를 이끌고 네 발로 달려갔지. 천사 대회관은 사방에서 모여든 클레이브와 다운월드 사람들로 초만원을 이루었어. 조인을 위해 협정이 제출되었을 때, 발렌타인이 자리에서 일어나자 서클도 동시에 일어서며 겉옷을 뒤로 젖히고 무기를 집어 들었지. 회관은 순식간에 아수라장이 됐고, 조슬린은 거대한 문으로 달려가 그것을 활짝 열었어.

내가 이끄는 무리는 문 밖에서 대기하고 있다가 회관 안으로 들어가며 길게 짖어댔지. 우리의 울음소리가 회관 안에 쩌렁쩌렁 울려 퍼졌어. 유리와 비비 꼬인 가시로 무장한 요정 기사들이 우리 뒤를 따라 들어왔어. 그 뒤를 이어 밤의 아이들이 어금니를 드러내며 달려왔고, 마법사들은 화염과 쇠파이프를 휘두르며 들어왔지. 겁을 집어먹은 군중이 회관 밖으로 우르르 몰려 나가자 우리는 서클 멤버들을 덮쳤어.

천사 대회관이 그런 유혈 사태를 겪은 적은 한 번도 없었어. 우리는 서클 멤버가 아닌 섀도우 헌터들은 해치지 않으려고 애썼어. 조슬린은 멤버가 아닌 섀도우 헌터들을 하나하나 가려냈어. 하지만 많은 섀도우 헌터가 목숨을 잃었고, 그중 일부는 우리 때문에 억울하게 숨을 거뒀어. 우리는 나중에 억울하게 죽은 수많은 섀도우 헌터에 대한 비난을 면치 못했지. 서클 멤버들은 우리가 생각했던 것보다 훨씬 더 많았어. 그들은 다운월드 사람들과 격렬하게 충돌했지.

난 군중을 뚫고 발렌타인에게 나아갔어. 내 머릿속에는 오직 발렌타인밖에 없었어. 내 손으로 발렌타인을 처치하는 영광을 누려야겠다고 생각했지. 나는 거대한 천사 조각상 옆에 있는 그를 드디어 발견했어. 발렌타인은 피 묻은 칼을 크게 휘둘러 요정 기사를 해치우고 있었어. 그는 날 보더니 사납고 끔찍한 미소를 지으며 말했어.

"장검과 단검을 가지고 싸우는 늑대인간은 포크와 나이프로 먹이를 먹는 개만큼이나 부자연스럽지."

"넌 검을 알지. 내가 누군지도 알고 말이야. 내게 말을 걸려거든 이름을 불러."

"나는 절반만 인간인 녀석의 이름은 몰라. 한때 나한테는 친구가 있었지. 자신의 피가 더럽혀지기 전에 기꺼이 죽음을 택할 만큼 명예를 중시하던 친구였어. 그런데 지금 내 앞에는 이름도 없는 괴물이 뻔뻔하게 얼굴을 들고 있군." 그러면서 발렌타인은 칼을 치켜들었어.

"기회가 있었을 때 널 죽여버려야 했는데 내가 실수를 했군." 그는 그렇게 소리치면서 내게 달려들었어.

나는 그가 불쑥 내민 칼날을 잽싸게 피했어. 주변에서 거친 싸움이 벌어지면서 서클 멤버들이 하나씩 쓰러지는 동안 우리는 연단을 오르내리며 싸웠어. 나는 라이트우드 부부가 무기를 버리고 달아나는 걸 봤지. 호지는 이미 자취를 감췄더군. 싸움이 벌어지자마자 달아났던 거야. 그러다가 나는 조슬린이 허겁지겁 계단을 올라오는 걸 보았어. 그녀의 얼굴은 파랗게 질려 있었어.

"발렌타인, 멈춰요! 이 사람은 당신의 친구 루션이에요. 당신한테 형제나 다름없는……."

발렌타인은 으르렁거리며 조슬린을 붙잡아 자기 앞에 세우더니 목에 칼을 들이댔어. 나는 할 수 없이 칼을 떨어뜨렸지. 그녀를 다치게 할 수는 없었어. 발렌타인은 내 눈빛을 보고 무언가를 감지한 것 같았어.

"넌 항상 이 여자를 원했어." 그는 식식거리며 말했어. "그런데 이제 너희 둘이 나를 배반하기로 계획을 짰군. 너희는 죽을 때까지 너희가 했던 행동을 후회하게 될 거야."

그 말과 함께 발렌타인은 조슬린의 목걸이를 낚아채더니 내게 던졌어. 은 목걸이는 채찍처럼 매서웠고 몸에 닿는 순간 살이 타들어가는 것 같았어. 나는 비명을 지르면서 뒤로 벌러덩 넘어졌어. 그 순간을 틈타 그는 조슬린을 끌고 혼잡한 공간 속으로 사라져버렸어. 나는 살이 타는 고통 속에서 피를 흘리며 뒤쫓았지만 그를 따라잡기엔 역부족이었어. 그는 군중을 헤치고 죽은 사람들을 넘으며 순식간에 사라졌어.

나는 비틀비틀 회관을 빠져나와 달빛 속으로 들어갔어. 회관은 활활 불타오르고 있었고 하늘은 불길로 환해졌어. 수도의 녹색 잔디밭과 그 너머에 있는 어두운 강을 굽어보니, 강둑을 따라 나 있는 길에서 사람들이 어둠을 향해 달아나고 있었어. 마침내 나는 강둑 옆에 있는 조슬린을 발견했어. 발렌타인의 모습은 보이지 않았고, 그녀는 조너선이 걱정이 되는지 한시바삐 집으로 돌아가려 했어. 다행히 우리는 말 한 마리를 발견했어. 그녀가 말을 타고 달리자 나는 늑대가 되어 그녀를 바짝 뒤따랐지.

늑대도 빠르지만 휴식을 취한 말은 더 빠르단다. 결국 나는 멀찍이 뒤처지고 말았어. 그녀가 나보다 먼저 저택에 도착했지. 집으로 다가가면서 나는 무언가가 단단히 잘못되었다는 걸 알아차렸어. 불이 타오르는 냄새가 허공에 짙게 배어 있었어. 그뿐만이 아니라 그걸 감싸고 있는 짙고 달콤한 냄새가 있었는데, 말하자면 악마적인 마법이 풍기는 악취라고나 할까. 기다란 진입로를 따라 절름거리며 걸어 올라가는 동안 난 다시 인간의 모습이 되었어. 달빛을 받아 하얗게 빛나는 진입로는 은박을 입힌 강처럼 보였고, 저택은 잿더미로 변해 있었어. 밤바람에 휘날린 허연 재가 잔디밭 위에 겹겹이 쌓여 있었지. 눈으로 확인할 수 있는 건 불에 타버린 뼈다귀 같은 저택의 토대밖에 없었어. 대대로 전해 내려오는 귀한 책들과 오래된 태피스트리는 모두 재가 되어 달빛 속에 휘날렸지. 발렌타인이 악마의 불로 집을 무너뜨린 거였어. 이 세상의 그 어떤 불도 그렇게 뜨겁게 타오르지 않고 그토록 적은 흔적을 남기진 않으니까.

나는 아직도 연기가 흘러나오는 잿더미 쪽으로 들어갔어. 저택이 불타기 전에는 현관 계단이었을 곳에서 조슬린이 무릎을 꿇고 있었어. 계단은 불에 타서 시커멓게 변해 있었어. 그리고 뼈들이 있었는데, 불에 시커멓게 그을렸지만 인간의 뼈라는 걸 알아볼 수 있었지. 옷 조각이 여기저기 흩어져 있었고 불길 속에서 살아남은 보석도 보였어. 빨간색과 황금색 실들이 조슬린 어머니의 유골에 들러붙어 있었어. 조슬린 아버지의 단검은 열기에 녹아버린 상태로 뼈가 앙상하게 드러난 손에 쥐어 있었지. 다른 뼈 무더기 속에서는 발렌타인의 은색 호신부가 빛나고 있었는데, 그 위에 새겨진 서클의 표시가 아직도 빨갛게 타오르고 있었지. 그리고 서로 이어 붙일 수 없을 만큼 약해 보이는 다른 유해들 속에 어떤 아이의 뼛조각이 있었어.

너희는 죽을 때까지 너희가 했던 행동을 후회하게 될 거야. 조슬린과 함께 불타버린 포장용 석재 위에 무릎을 꿇은 순간, 나는 발렌타인의 말이 옳았다는 걸 깨달았어. 내가 저지른 일을 후회했고, 그날 이후로 지금까지 날마다 후회해왔지.

그날 밤 우리는 다시 도시로 나갔어. 그리고 아직도 활활 타오르는 불길과 날카로운 비명을 질러대는 사람들 사이를 지나 도시 너머에 있는 어두컴컴한 시골로 들어갔어. 꼬박 일주일이 지나서야 조슬린은 다시 말을 하기 시작했어. 나는 이드리스에서 그녀를 데리고 나와 파리로 건너갔지. 우리한테는 돈이 한 푼도 없었어. 하지만 그녀는 그곳에 있는 인스티튜트에 도움을 청하고 싶어하지 않았어. 조슬린은 섀도우 헌터와 섀도우 세상에 진절머리가 나서 그런 것들과 모든 인연을 끊고 떠나고 싶다고 말했어.

나는 조슬린과 함께 얻은 작은 싸구려 호텔 방에 앉아 그녀를 설득하려고 애써봤지만 아무런 소용이 없었어. 조슬린의 태도는 완강했어. 마침내 그녀는 내게 이유를 말해줬는데, 자신이 다른 아이를 임신한 상태라는 거였어. 임신 사실은 몇 주 전에 알았다고 했지. 조슬린은 자신과 장차 태어날 아기를 위해 새로운 삶을 시작하겠다면서 클레이브나 코브넌트가 자신의 미래를 더럽히지 않았으면 좋겠다고 말했어. 그러면서 뼈 무더기 속에서 가져온 호신부를 보여줬어. 조슬린은 파리에 있는 클리낭쿠르 벼룩시장에서 그걸 팔아버리고는 그 돈으로 비행기 표를 샀지. 어디로 가는지는 밝히려 하지 않았어. 이드리스에서 멀리 떨어진 곳일수록 더 낫다고만 말했지.

나는 조슬린이 그때까지의 삶을 뒤로하고 떠난다는 것은 곧 나를 버리고 떠나는 거라고 생각하고 언쟁을 벌여봤지만, 도무지 소용이 없었어. 임신을 했기에 망정이지 그러지 않았더라면 스스로 목숨을 끊었을 거야. 나는 그녀를 먼데인 세상에 빼앗기는 편이 자살로 잃는 것보다는 낫다고 생각하고, 선뜻 내키진 않았지만 결국 그 계획에 동의했지. 공항까지 나가 그녀에게 작별 인사를 했는데, 황량한 공항에서 조슬린이 내게 했던 마지막 말은 뼛속까지 서늘할 정도로 충격적이었어. "발렌타인은 죽지 않았어." 그녀는 그렇게 말했어.

조슬린을 보내고 무리로 돌아왔지만 그곳에서는 마음의 안정을 찾을 수 없었어. 항상 마음이 허전했고 그녀의 이름을 읊조리면서 잠에서 깨어나곤 했지. 나한테서는 예전의 우두머리 모습을 전혀 찾아볼 수 없었어. 그 정도는 나도 알고 있었지. 바르고 공정했지만 무리와 어울리지 못하고 혼자 동떨어져 있었어. 늑대인간 속에서는 친구도, 인생의 반려자도 찾을 수가 없었어. 내게는 인간적인 면이 너무 많았던 거야. 섀도우 헌터의 모습이 너무 많이 남아 있어서 늑대인간들 속에서 마음이 편치 못했던 거지. 사냥을 하면서도 아무런 만족감도 느끼지 못했어. 협정에 조인할 시간이 다가왔을 때, 나는 서명을 하러 도시로 들어갔어.

핏자국이 말끔히 씻겨나간 천사 대회관에는 섀도우 헌터들과 다운월드의 네 종족이 평화를 가져다줄 서류에 서명을 하기 위해 다시금 한자리에 모였어. 그곳에서 나는 라이트우드 부부를 발견하고 깜짝 놀랐어. 그들도 내가 죽지 않고 살아 있는 데 깜짝 놀라더군. 서클 멤버 가운데 그날 밤 회관에서 죽지 않고 탈출한 사람은 자기들과 호지 스타크웨더,

그리고 마이클 웨이랜드밖에 없다고 하더군. 아내를 잃고 무척 괴로워하던 마이클은 어린 아들을 데리고 시골로 내려갔어. 클레이브는 나머지 셋에게 추방 명령을 내렸지. 그들은 뉴욕으로 건너가 인스티튜트를 운영할 거라고 했어. 클레이브의 고위층과 연줄이 닿는 라이트우드 부부는 호지보다 훨씬 가벼운 처벌을 받았지. 호지는 그들과 함께 가되, 만약 인스티튜트의 신성한 땅을 조금이라도 벗어나면 즉각 피살을 당하도록 되어 있었어. 그들 부부는 학업에 전념하고 있는 호지가 자기 아이들에게 훌륭한 선생님이 되어줄 거라고 말했어.

나는 협정에 서명하고 회관을 빠져나와, 폭동이 일어났던 날 밤에 조슬린을 발견했던 강둑으로 내려갔어. 어두운 강물이 흘러가는 걸 지켜보며 이제 고국 땅에서는 절대로 마음의 평화를 얻을 수 없을 거라는 사실을 깨달았어. 난 무슨 일이 있어도 조슬린과 함께 있어야 했어. 조슬린을 떠나서는 어디에서도 평안을 얻을 수 없었고, 그래서 그녀를 찾아가기로 결심했지.

날 대신해서 무리를 이끌 사람을 지명하고 나는 무리를 떠났어. 그들도 내가 떠나는 걸 보고 마음이 후련했을 거야. 나는 무리를 잃고 떠도는 늑대처럼 여행을 했어. 샛길과 시골길을 따라 밤에 혼자 걸었지. 파리로 돌아갔지만 거기서는 어떤 단서도 찾아낼 수 없었어. 그래서 런던으로 건너가 보스턴으로 가는 배를 탔어. 이런저런 도시를 한동안 떠돌았고 꽁꽁 얼어붙은 북쪽의 화이트 산맥에서 머물기도 했지. 엄청난 거리를 여행했지만 추방당한 섀도우 헌터들이 살고 있을 뉴욕이 점점 더 마음에 걸리더군. 따지고 보면 조슬린도 추방된 거나 다름없었으니까. 결국 나는 더플백 하나만 가지고 뉴욕에 도착했어. 네 엄마를 찾으러 어디로 가야 하는지는 전혀 모른 채 말이야. 늑대 무리를 찾아내서 합류하면 훨씬 수월했을 테지만, 난 그렇게 하지 않았어. 다른 도시들에서 했던 대로 다운월드에 전갈을 보내 조슬린의 흔적을 찾아봤지만 응답을 얻을 수 없었지. 흔적을 일절 남기지 않고 먼데인 세상 속으로 사라져버린 것 같았다니까. 나는 절망하기 시작했어.

그러다가 어느 날 아주 우연히 조슬린을 발견하게 된 거야. 소호를 정처 없이 배회할 때였어. 브룸 가의 도로 포장용 자갈 위에 서 있는데 화랑의 진열창에 걸린 그림이 내 눈길을 사로잡았어. 어떤 풍경을 스케치한 작품이었는데, 난 작품 속 풍경을 당장에 알아보았지. 그것은 조슬린 가족의 저택 창문에서 내다본 풍경이었어. 푸른 잔디가 끝없이 펼쳐져 있고 그 끄트머리엔 나무들이 줄지어 있었지. 원래 나무들 뒤에는 길이 하나 있었는데 나무에 가려 길은 보이지 않았어. 난 조슬린의 화풍과 화법을 바로 알아봤어. 화랑의 문을 쾅쾅 두드렸지만 문은 잠겨 있었어. 그래서 할 수 없이 그림으로 돌아가 서명을 살펴보았지. 그녀의 새 이름을 본 건 그때가 처음이었어. 조슬린 프레이.

그날 저녁 무렵 나는 드디어 조슬린이 사는 곳을 찾아냈어. 예술가들의 안식처인 이스트 빌리지에서 승강기도 없는 5층짜리 아파트에 살고 있더군. 불빛이 흐릿하고 더러운 계단을 걸어 올라가는데 숨이 턱까지 차올랐어. 문을 두드리니까 암적색 머리카락을 땋아 늘이고 호기심 가득한 눈을 반짝이는 여자애가 문을 열어주더군. 다음 순간, 나는 여자애 뒤쪽에서 조슬린이 나를 향해 걸어오는 걸 봤어. 조슬린의 손에는 물감이 묻어 있었고, 그녀의 얼굴은 우리가 어린아이였을 때 모습과 꼭 같았어. 그 뒤의 일은 네가 알고 있는 그대로야.

22
렌윅의 붕괴

루크가 이야기를 마치자 방에는 오랫동안 침묵이 감돌았다. 들리는 소리라고는 석벽을 타고 내리는 희미한 물소리밖에 없었다. 한참 만에 그가 입을 열었다.

"무슨 말이든 해봐, 클라리."

"제가 무슨 말을 했으면 좋겠어요?"

루크는 한숨을 쉬었다. "이해하겠다는 말이라도?"

클라리는 귀에서 피가 펄떡이는 소리를 들을 수 있었다. 자신의 삶이 종이처럼 얇은 얼음장 위에 지어진 것처럼 느껴졌다. 이제 그 얼음장은 금이 쩍쩍 가기 시작했고, 그녀는 캄캄하고 차가운 물속에 빠질 위기에 처해 있었다. 클라리는 어머니의 모든 비밀이 둥둥 떠다니는 어두운 물속으로 빠져들면서 난파한 삶의 망각된 유물들을 생각했다.

클라리는 루크를 올려다봤다. 흐릿한 유리를 내다볼 때처럼 그가 희미하게 어른거렸다. "우리 아빠 말이에요. 엄마가 항상 벽난로 선반 위에 두었던 그 사진……."

"그건 네 아빠가 아니야."

"저한테도 아빠가 있었을 것 아니에요?" 클라리의 목소리가 높아졌다. "그럼 존 클라크라는 사람은 애초에 존재하지 않았던 건가요? 그 사람도 엄마가 만들어낸 거예요?"

"존 클라크는 실제로 존재했지. 하지만 그 사람은 네 아빠가 아니야. 그 사람은 네가 이스트 빌리지에 살았을 때 마을에서 네 엄마와 친하게 지내던 부부의 아들이었어. 엄마가 말한 대로 그 사람은 자동차 사고로 죽었지. 하지만 엄마는 그 사람을 제대로 알지도 못했어. 그의 사진을 가지고 있었던 이유는 그 부모가 군복을 입고 있는 자기 아들의 사진을 주면서 초상화를 그려달라고 부탁했기 때문이야. 엄마는 초상화를 그려주고 사진은 돌려주지 않았다가 사진 속의 사람을 네 아빠라고 속인 거야. 엄마는 그런 식으로 둘러대는 편이 더 간단하다고 생각했을 거야. 아빠가 달아났다거나 사라졌다고 말했다가는 네가 아빠를 찾는다며 무작정 나설지도 모르는 일이니까. 죽은 사람은……."

"자신에 대해 무슨 거짓말을 하든 반박할 수 없는 법이죠." 클라리는 비통한 표정으로 루크가 하려는 말을 대신 마무리했다. "그렇게 오랜 세월 아빠가 돌아가셨다고 속이면서 엄마는 아무런 죄책감도 느끼지 않았을까요? 제 진짜 아빠는……."

루크는 아무 말도 하지 않고 클라리가 문장을 끝내도록 내버려두었다. 그녀가 지금껏 감히 상상도 할 수 없었던 생각을 스스로 하도록 내버려둔 것이다.

"발렌타인인데 말이죠." 그녀의 목소리가 떨렸다. "루크가 지금 저한테 하는 말이 그거죠? 그렇죠? 그 발렌타인이라는 작자가 제 아빠였다…… 아니, 아빠라는 거죠?"

루크는 고개를 끄덕였다. 그는 손깍지를 낌으로써 긴장감을 느끼고 있음을 드러냈다. "응."

"오, 이런." 클라리는 더 이상 가만히 앉아 있을 수가 없어 자리에서 벌떡 일어섰다. 그녀는 쇠막대기로 되어 있는 벽으로 다가갔다. "그건 말도 안 되는 소리예요. 전혀."

"클라리, 그렇게 흥분하지 말고……."

"흥분하지 마라고요? 근본적으로 사악한 지배자가 우리 아빠라고 하면서 저더러 흥분하지 말라고요?"

"처음부터 사악한 사람은 아니었어." 루크는 사과라도 하듯 주눅 든 목소리로 말했다.

"아니, 제 표현이 잘못된 것 같군요. 제 생각에 그는 근본적으로 사악한 게 아니라 명백히 사악했어요. 인류의 순수성과 더럽혀지지 않은 피의 중요성을 설파하던 그는 소름 끼치는 백인우월주의자 같았죠. 루크와 엄마는 그의 말에 완전히 속아 넘어갔고요."

"몇 분 전에 '비열한' 다운월드 사람들에 대해 얘기하던 사람은 내가 아니야." 루크는 조용히 말했다. "그들을 신뢰할 수 없다고 말하지도 않았고."

"이거랑 그게 같아요?" 클라리는 자신의 목소리에 울음이 섞여 있는 것을 들을 수 있었다.

"저한테는 오빠가 있었어요." 그녀는 숨이 막히는 듯한 목소리로 말했다. "할아버지와 할머니도 있었고요. 그분들은 돌아가셨나요?"

루크는 무릎 위에 펼쳐진 자신의 큼지막한 손을 내려다보며 고개를 끄덕였다. "돌아가셨지."

"조너선은 저보다 몇 살이 많은 거죠? 한 살?" 클라리는 부드럽게 말했다.

루크는 아무 말도 하지 않았다.

"오빠가 있었으면 좋겠다고 항상 생각했어요."

"제발." 루크가 일그러진 표정으로 말했다. "자학하지 마. 엄마가 왜 이 모든 사실을 너한테 숨겼는지 너도 알잖아. 안 그래? 네가 태어나기도 전에 있었던 일을 안다고 너한테 무슨 도움이 되겠니?"

"그 상자 말인데요." 클라리는 열심히 머릿속 기억을 더듬으며 말했다. "'J. C.라고 적혀 있던 상자. 조너선 크리스토퍼. 엄마는 항상 그걸 보고 눈물을 흘렸는데, 그 안에 들어 있던 머리 타래는 이제 보니 아버지 것이 아니라 오빠 것이었군요."

"맞아."

"예전에 루크가 엄마한테 '클라리는 조너선이 아니야' 하고 말했을 때 전 그게 무슨 말인지 몰랐는데, 이제 보니 제 오빠 얘기였어요. 엄마는 이미 아이 하나를 잃었기 때문에 절 그토록 과보호했군요."

루크가 대꾸하기도 전에 감방 문이 철커덕 소리를 내며 열리더니 그레텔이 들어왔다. 클라리는 그레텔이 구급상자를 가져온다기에 빨간 십자가 표시가 그려진 딱딱한 플라스틱 상자를 상상했는데, 알고 보니 그것은 나무로 만든 커다란 소반이었다. 소반에는 접은 붕대들과 정체불명의 액체가 담긴 사발들과 레몬 냄새를 풍기는 약초들이 담겨 있었고, 사발에서는 김이 피어오르고 있었다. 그레텔은 소반을 침대 옆에 내려놓고 클라리에게 앉으라는 손짓을 했다. 클라리는 마지못해 자리에 앉았다.

"착한 아가씨군." 늑대 여자는 사발 하나에 천을 살짝 담근 다음에 그걸 클라리의 얼굴로 가져가며 말했다. 그녀는 부드러운 손길로 말라붙은 피를 닦아냈다. "무슨 일이 있었던 거야?" 그레텔은 클라리가 마치 치즈 강판으로 얼굴을 갈아버리기라도 한 것처럼 못마땅한 투로 물었다.

"나도 그게 궁금했어." 팔짱을 끼고 그 모습을 지켜보던 루크가 말했다.

"휴고한테 공격을 당했어요." 클라리는 그레텔이 따끔거리는 액체를 상처에 발라주는 동안 몸을 움찔거리지 않으려 애썼다.

"휴고라고?" 루크는 눈을 껌벅거렸다.

"휴고는 새인데 전 호지 선생님 거라고 생각했어요. 하지만 어쩌면 발렌타인의 것일지도 모르겠다는 생각이 드네요."

"후긴과 무닌(북유럽 신화에서 주신 오딘에게 세상의 정보를 전하는 까마귀들—옮긴이)은 발렌타인의 애완용 새들이었어. 그것들의 이름은 '사상'과 '기억력'을 뜻하지."

"차라리 '공격'과 '살해'가 더 어울리겠어요. 하마터면 휴고가 제 눈을 도려낼 뻔했다니까요."

"그렇게 하도록 훈련을 받았지." 루크는 손가락으로 다른 팔을 톡톡 두드리면서 말했다. "호지는 틀림없이 폭동이 일어나고 나서 휴고를 데려갔을 거야. 그렇지만 휴고는 여전히 발렌타인의 소유지."

"호지 선생님도 발렌타인의 소유나 마찬가지죠." 클라리는 그레텔이 상처를 닦아내자 몸을 움찔했다. 베인 자국에는 먼지와 말라버린 피가 엉켜 있었다. 그레텔은 소독을 마친 상처를 붕대로 깔끔하게 감싸기 시작했다.

"클라리……."

"더 이상 과거는 얘기하고 싶지 않아요. 이제부터 뭘 어떻게 할 건지 알고 싶어요. 발렌타인은 엄마와 제이스, 그리고 잔까지 손에 넣었어요. 이제 우리가 가진 건 아무것도 없어요."

"나라면 우리가 가진 게 아무것도 없다는 말은 하지 않겠어. 우리에게는 막강한 늑대 무리가 있어. 문제는 발렌타인이 어디에 있는지 모른다는 거야."

클라리는 고개를 가로저었다. 실오라기처럼 곧은 머리카락이 그녀의 눈앞으로 흘러내렸다. 클라리는 못 참겠다는 듯이 머리카락을 홱 뒤로 젖혔다. 그녀는 지저분하기 이를 데 없었고 무엇보다도 샤워를 하고 싶었다. "발렌타인에게는 아지트 같은 게 있나요? 은신처 말이에요."

"그런 게 있다면 정말 아무도 모르게 감춰뒀겠지." 루크가 말했다.

그레텔이 팔을 놓아주자 클라리는 조심스럽게 팔을 움직여보았다. 그레텔이 상처에 발라준 푸르스름한 연고가 통증을 완화시켜주었지만 팔은 여전히 나무토막처럼 딱딱하고 뻣뻣하게 느껴졌다.

"잠깐만요. 혹시 발렌타인이 뉴욕 어딘가에 있지 않을까요?"

"그럴지도 모르지."

"인스티튜트에서 발렌타인을 봤을 때 그는 포털을 통해 왔거든요. 내 그느스는 뉴욕에 포털이 두 개밖에 없다고 했어요. 하나는 도로시아의 포털, 그리고 다른 하나는 렌윅의 포털. 도로시아의 포털은 파괴되었으니 거기에 숨어 있을 리는 없고, 그렇다면……."

"렌윅의 포털에?" 루크는 난감한 표정을 지었다. "렌윅은 섀도우 헌터의 이름이 아니야."

"렌윅이 사람이 아니라면요? 사람이 아니라 어떤 장소라면? 음식점이나 호텔, 뭐 그런……."

루크의 눈이 갑자기 커졌다. 루크가 그레텔을 향해 몸을 돌리자 그녀는 구급상자를 들고 그에게 다가왔다. "전화번호부를 가져와."

그레텔은 걸음을 멈추고 루크에게 소반을 내밀며 타이르듯이 말했다. "하지만 대장, 그 상처부터 우선 치료하고……."

"내 상처는 신경 쓰지 말고 전화번호부나 갖다 줘." 루크는 발끈하며 말했다. "여긴 경찰서 건물이잖아. 낡은 전화번호부가 여기저기 굴러다닐 거야."

기분이 상했는지 그레텔은 오만한 표정으로 소반을 바닥에 내려놓고 터벅터벅 걸어서 방을 나갔다. 루크는 안경 너머로 클라리를 바라보았다. 안경이 콧마루 쪽으로 약간 미끄러져 내려와 있었다. "좋은 생각이야."

클라리는 아무 대꾸도 하지 않았다. 그녀의 배 한복판에는 매듭이 단단하게 묶여 있었고, 그녀는 조심조심 숨을 쉬려 애쓰고 있었다. 어떤 생각이 머릿속에 떠올라 점점 완벽한 모양을 갖추어갔다. 클라리는 배 위에 묶인 매듭을 단호하게 끌어 내려 치워버렸다. 오로지 눈앞의 문제에만 집중해야 했다. 다른 것에 힘을 쏟을 여유는 없었다.

그레텔이 눅눅해 보이는 업종별 전화번호부를 가지고 돌아와 루크에게 내밀었다. 루크가 자리에서 일어나 전화번호부를 들여다보는 동안 늑대 여자는 붕대와 끈적끈적한 연고로 그의 옆구리를 치료했다.

"전화번호부에는 렌윅이 일곱 개 있군." 루크가 한참 만에 입을 열었다. "음식점이나 호텔은 아니야." 그는 콧마루에 걸린 안경을 올렸지만 안경은 금방 다시 미끄러졌다. "섀도우 헌터들도 아니고. 발렌타인이 먼데인이나 다운월드 사람의 집에 본부를 설치했을 가능성은 없어 보여. 하지만 어쩌면……."

"전화 있어요?" 클라리가 그의 말을 자르며 말했다.

"나한테는 없어." 루크는 여전히 전화번호부를 들고 책 아래 있는 그레텔을 힐끔 내려다보며 말했다. "전화 좀 가져다주지?"

그레텔은 화가 나서 콧방귀를 뀌면서 손에 들고 있던 피 묻은 천 쪼가리를 팽개친 뒤 다시 방을 나갔다. 루크는 전화번호부를 탁자에 내려놓고 붕대 뭉치를 집어 들었다. 그는 늑골 위 대각선 방향으로 나 있는 상처를 붕대로 둘둘 감기 시작했다. "미안해." 클라리가 물끄러미 바라보자 그가 말했다. "역겨울 거라는 거 나도 알아."

"만약 발렌타인을 잡으면 죽여도 되나요?" 그녀가 불쑥 물었다.

루크는 하마터면 붕대를 떨어뜨릴 뻔했다. "뭐라고?"

클라리는 청바지 주머니 밖으로 삐죽 튀어나와 있는 실 하나를 만지작거렸다. "그 사람은 우리 오빠를 죽였고 할머니와 할아버지까지 죽였어요. 그렇죠?"

루크는 붕대를 탁자에 내려놓고 셔츠를 끌어 내렸다.

"발렌타인을 죽이면 어떻게 될 거라고 생각하지? 악몽 같은 사건들을 기억에서 말끔히 지워버릴 수 있나?"

클라리가 무슨 말을 하기도 전에 그레텔이 돌아왔다. 그레텔은 순교자 같은 표정을 지으며 거추장스러울 정도로 묵직한 구식 휴대전화를 루크에게 건넸다. 클라리는 누가 전화 요금을 지불하는지 궁금했다.

클라리가 손을 내밀며 말했다. "내가 전화해볼게요."

루크는 망설이는 듯 보였다. "클라리……."

"렌윅과 관련해서 전화해본다고요. 몇 초밖에 안 걸릴 거예요."

루크는 조심스럽게 전화기를 건넸다. 클라리는 번호를 누르고 나서 사적인 전화라도 하는 것처럼 그에게서 반쯤 몸을 돌렸다. 세 번째 발신음이 울렸을 때 사이먼이 전화를 받았다. "여보세요?"

"나야."

사이먼의 목소리가 갑자기 한 옥타브 올라갔다. "괜찮아?"

"난 괜찮아. 근데 왜? 이사벨한테 무슨 소리라도 들었어?"

"아니. 이사벨한테 무슨 소리를 들어야 하는데? 뭔가 잘못되기라도 했어? 알렉 문제야?"

"아니야." 클라리는 알렉이 잘 있다고 거짓말을 하고 싶지는 않았다. "알렉 문제는 아니야. 사이먼, 부탁 좀 할게. 구글에 들어가서 검색 좀 해줘."

사이먼은 코웃음을 쳤다. "지금 농담해? 거기엔 컴퓨터도 없어?" 클라리는 전화기 저편에서 문이 열리는 소리와 함께 야옹 소리를 들었다. 사이먼의 어머니가 기르는 고양이 소리였다. 뒤이어 컴퓨터 자판 위에 올라가 있던 고양이를 떨쳐내는 소리가 들렸다. 클라리는 머릿속으로 사이먼이 컴퓨터 앞에 앉아서 자판 위로 손가락을 빠르게 움직이는 모습을 제법 또렷하게 그릴 수 있었다. "뭘 검색할까?"

클라리는 사이먼에게 검색할 내용을 알려주었다. 통화하는 동안 그녀는 자신을 바라보는 루크의 걱정스러운 눈빛을 느낄 수 있었다. 열한 살 때 클라리는 갑작스러운 고열을 동반한 독감에 걸렸는데, 그때도 그는 그런 눈빛으로 그녀를 바라보았다. 그뿐만 아니라 각얼음을 가져다주며 빨아 먹게 했고, 그녀가 좋아하는 책을 온갖 목소리로 읽어주기도 했다.

"네 말이 맞아." 사이먼의 목소리에 클라리는 몽상에서 깨어났다. "어떤 장소야. 아니, 적어도 예전에는 어떤 장소였던 것 같아. 지금은 버려졌지만."

휴대전화를 들고 있던 손이 땀 때문에 자꾸 미끄러져 클라리는 전화기를 바짝 움켜쥐었다. "어떤 장소인지 얘기 좀 해줘."

사이먼은 검색한 내용을 읽어주었다. "1800년대 루스벨트 아일랜드에 세워진 정신병원, 채무자 감옥, 그리고 병원 가운데 가장 유명한 건물이다. 건축가 제이콥 렌윅은 걷잡을 수 없는 유행성 천연두에 걸린 맨해튼의 가난한 환자들을 격리하기 위해 렌윅 천연두 병원을 설계했다. 그다음 세기 동안 병원은 버려져 황폐해졌고, 지금은 일반인의 접근을 막고 있다."

"알았어. 그 정도면 충분해." 클라리의 가슴이 쿵쾅거렸다. "틀림없이 그곳일 거야. 루스벨트 아일랜드라고 했지? 거긴 사람이 안 살아?"

"모든 사람이 파크 슬로프에 사는 건 아니에요, 공주님." 사이먼은 놀리는 말투로 말했다. "그건 그렇고 이번에도 내가 차로 실어다줘야 하나?"

"아냐! 괜찮아. 아무것도 필요 없어. 난 그냥 정보만 얻고 싶었어."

"알았어."

클라리는 사이먼이 약간 상처를 받았을 거라고 생각했지만 크게 신경 쓸 필요는 없다고 속으로 말했다. 사이먼은 집에 무사히 있었고, 중요한 건 바로 그 점이었다. 그녀는 전화를 끊고 루크를 향해 몸을 돌렸다. "루스벨트 아일랜드 남단에 렌윅이라는 폐쇄된 병원이 있대요. 제 생각엔 발렌타인이 거기에 있는 것 같아요."

루크는 안경을 다시 고쳐 썼다. "블랙웰 아일랜드. 당연히 거기겠지."

"블랙웰이라고요? 저는 루스벨트라고……."

루크는 손짓으로 클라리의 말을 잘랐다. "옛날엔 루스벨트 아일랜드를 블랙웰 아일랜드라고 불렀어. 어떤 섀도우 헌터 가족이 그 섬을 소유하고 있었지. 왜 발렌타인이 거기 숨어 있을 거라는 생각을 못했을까."

루크는 그레텔을 향해 몸을 돌렸다. "알라릭을 데려와. 최대한 빨리 모두 불러 모아야 할 거야." 루크는 입술을 구기면서 반쯤 미소를 지었다. 그걸 보자 클라리는 싸움 도중 제이스가 짓던 싸늘한 미소가 생각났다. "모두 전투 준비를 갖추라고 해."

그들은 미로처럼 얽혀 있는 감방과 복도를 돌아 한때 경찰서 로비였던 공간으로 나갔다. 이제 건물은 버려져 있었다. 늦은 오후의 비스듬한 햇살이 텅 빈 책상들과 맹꽁이자물쇠가 채워진 캐비닛 위로 기묘한 그림자를 드리우고 있었다. 캐비닛에는 시커먼 구멍이 숭숭 뚫려 있었고, 금이 간 바닥 타일에는 뉴욕 경찰청의 모토인 'Fidelis ad Mortem'이 적혀 있었다.

"죽도록 충성하라." 클라리의 시선을 따라가며 루크가 뜻을 알려주었다.

"잠깐만요. 건물 안은 분명히 경찰서인데 밖에서 보이는 건 버려진 아파트 건물이나 공터, 아니면……."

"사실 밖에서는 중국 음식점으로 보여. 배달만 되고 탁자는 없는."

"중국 음식점이오?" 클라리는 믿기지 않는다는 듯이 물었다.

루크는 어깨를 으쓱했다. "우리는 지금 차이나타운에 있어. 이곳은 한때 제2구역 건물이었어."

"사람들이 이상하게 생각하겠어요. 음식을 주문하려고 해도 전화번호가 없으니까요."

루크는 씩 웃었다. "번호는 있어. 전화가 와도 잘 안 받아서 그렇지. 내가 데리고 있는 젊은 친구들은 가끔 지루해지면 무슈포크를 만들어서 배달하곤 하지."

"설마요."

"정말이야. 알아두면 유용할 거야." 루크가 정문을 밀어서 열자 햇살이 쏟아져 들어왔다.

그가 농담을 하는 건지 진실을 말하는 건지 여전히 혼란스러워하며 클라리는 그를 따라 백스터 가를 가로질러 차가 서 있는 곳으로 갔다. 픽업트럭의 내부는 편안할 만큼 익숙했다. 차에서는 나뭇조각, 오래된 종이, 그리고 비누 냄새가 희미하게 났다. 밀레니엄 팔콘의 백미러에 달린 황금색 주사위와 닮았다고 해서 클라리가 루크에게 주었던 황금색 주사위 한 쌍도 보였고, 껌 종이들과 커피 컵들도 바닥에 굴러다니고 있었다. 클라리는 조수석에 올라앉아 머리 받침대에 편안히 몸을 기대며 한숨을 쉬었다. 인정하고 싶지 않을 정도로 몹시 피곤했다.

루크는 그녀가 차에 올라타자 문을 쾅 닫았다. "여기 꼼짝 말고 있어."

클라리는 루크가 낡은 경찰서 계단에 서서 초조하게 기다리는 그레텔과 알라릭에게 말을 건네는 것을 지켜보았다. 클라리는 멍하니 눈의 초점을 맞추었다 풀었다 했다. 그녀의 눈앞에서 경찰서 건물이 나타났다가 사라지기를 반복했다. 처음에 그것은 낡은 경찰서였다가 다음 순간에는 허물어져가는 가게가 되었다. 가게의 노란색 차양에는 '제이드 울프 중화요리'라고 적혀 있었다.

루크는 서열 2위와 3위에게 손짓으로 거리 쪽을 가리켰다. 거리에는 승합차, 오토바이, 지프, 심지어는 다 망가진 것처럼 보이는 낡은 스쿨버스까지 줄지어 서 있었다. 루크의 픽업트럭은 맨 앞에 있었고, 기다랗게 한 줄로 늘어선 차량들은 한 블록을 지나 모퉁이 뒤까지 이어져 있었다. 늑대인간들의 수송 차량이었다. 클라리는 어떻게 그토록 짧은 시간에 그렇게 많은 차량을 빌리거나 훔치거나 빼앗아왔는지 궁금했다. 아무튼 케이블카를 타고 이동하지 않아도 되는 건 다행이었다.

루크는 그레텔한테 하얀색 종이 봉지를 받아들며 고개를 끄덕이고는 픽업트럭을 향해 달려왔다. 그는 마르고 홀쭉한 몸을 운전석에 싣고는 종이 봉지를 클라리에게 건넸다. "이건 네가 맡아줘."

클라리는 봉지를 미심쩍은 표정으로 바라보았다. "이게 뭐죠? 무기들이에요?"

루크는 소리 없는 웃음을 터뜨리며 양쪽 어깨를 들썩거렸다. "돼지고기가 들어간 찐만두하고 커피야." 트럭에 시동을 걸어 도로 쪽으로 올리며 그가 말했다.

주택 지구로 달리는 동안 클라리는 봉지를 찢었다. 그녀의 배에서는 계속해서 꼬르륵 소리가 났다. 클라리는 만두를 반으로 찢어서 돼지고기의 짭조름한 맛을 음미했다. 약간 질기고 하얀 만두피를 달콤한 커피와 함께 뱃속으로 내려 보냈다. 그렇게 하나를 뚝딱 해치우고 나서 클라리는 루크에게도 만두를 권했다. "하나 드실래요?"

"응." 커넬 가로 접어들었을 때, 그녀는 옛날로 되돌아간 것 같은 느낌을 받았다. 예전에 그들은 골든캐리지 제과점에서 뜨거운 만두 한 봉지를 사서 맨해튼 다리를 건너 집으로 가는 길에 절반을 먹곤 했다.

"제이스라는 친구에 대해 얘기 좀 해줘." 루크가 말했다.

만두를 먹다 목이 막힐 뻔했던 클라리는 얼른 뜨거운 커피로 기침을 잠재웠다. "무슨 얘기요?"

"발렌타인은 그 친구를 데려가서 무엇을 얻어내고 싶은 걸까?"

"전 모르겠어요."

루크는 지는 해를 보고 얼굴을 찌푸렸다. "난 제이스가 라이트우드 부부의 자식 중 하나라고 생각했는데?"

"그건 아니에요." 클라리는 세 번째 만두를 먹기 시작했다. "그 친구의 성은 웨이랜드예요. 그의 아버지는……."

"마이클 웨이랜드?"

"제이스가 열 살이었을 때 발렌타인이 아버지를 죽였어요. 마이클 말이에요."

"발렌타인의 소행이라고 확신하는 것 같군." 루크가 말했다. 그의 말투엔 아무런 감정도 실려 있지 않고 차분했지만, 클라리는 그의 목소리에서 무언가를 느끼고 곁눈으로 그를 쳐다보았다. '내 얘기를 믿지 않는 건가?'

"제이스는 자기 아버지가 죽는 걸 봤어요." 클라리는 자신의 주장을 뒷받침하려는 듯이 그렇게 덧붙였다.

"저런. 이제 보니 불쌍하고 엉망진창인 친구였군."

이제 그들은 59번가 다리를 건너가고 있었다. 클라리는 다리 아래를 슬쩍 내려다보았다. 지는 해 때문에 강물은 온통 황금색과 피 색깔로 물들었다. 그 지점에서 클라리는 비록 북쪽의 자그마한 얼룩에 불과했지만 루스벨트 아일랜드의 남단을 볼 수 있었다. "그래도 나쁜 친구는 아니에요. 그동안 라이트우드 부부가 제이스를 잘 보살펴줬어요."

"충분히 상상이 가. 그 부부는 마이클과 늘 가깝게 지냈지." 루크는 왼쪽 차선으로 들어가면서 말했다. 클라리는 뒤따르던 차량들이 루크를 따라 차선을 변경하는 것을 사이드미러로 볼 수 있었다. "그래서 마이클의 아들을 보살펴주고 싶었을 거야."

"그런데 달이 떠오르면 무슨 일이 벌어지죠?" 클라리가 물었다. "모두가 갑자기 늑대 울음소리를 내는 건가요?"

루크의 입술이 실룩거렸다. "꼭 그렇지는 않아. 늑대인간이 된 지 얼마 되지 않아 그걸 감당 못하는 젊은 녀석들이나 울부짖지. 우리 가운데 대부분은 세월이 흐르는 동안 그런 변화를 감당하는 방법을 터득했어.

이제는 완전한 보름달이 떠야만 나한테 변화가 일어나지."

"그럼 달이 약간만 둥글 때는 늑대의 습성도 조금만 나타난다는 건가요?"

"그렇다고 할 수 있지."

"원하시면 차창으로 고개를 내밀어도 돼요."

루크는 웃음을 터뜨렸다. "난 늑대인간이지 골든리트리버가 아니야."

"무리의 리더가 된 지는 얼마나 되셨어요?" 클라리가 느닷없이 물었다.

루크는 머뭇거렸다. "일주일쯤 됐어."

클라리는 몸을 돌려 그를 빤히 바라보았다. "일주일이라고요?"

그는 한숨을 쉬었다. "난 발렌타인이 네 엄마를 데려갔다는 걸 알고 있었어." 루크는 억양이 별로 없는 목소리로 말했다. "나 혼자 힘으로 발렌타인을 대적해봐야 승산이 없고 클레이브의 지원도 기대할 수 없다는 걸 깨달았지. 가장 가까이 있는 늑대인간 무리를 추적하는 데 꼬박 하루가 걸렸어."

"무리의 우두머리를 죽이고 그 자리를 차지하신 건가요?"

"짧은 시간에 상당수의 동맹 세력을 확보하려면 그게 가장 빠른 길이었어." 루크의 말투에서는 죄책감을 전혀 찾아볼 수 없었다. 그렇다고 뿌듯하게 생각하는 것 같지도 않았다. 클라리는 루크의 집에서 그를 몰래 훔쳐보던 일을 머리에 떠올렸다. 그는 양손과 얼굴에 심하게 긁힌 상처가 있었고 팔을 움직일 때는 움찔거렸다. "그전에도 그런 일을 한 적이 있었기 때문에 또 그렇게 할 수 있다는 확신이 있었지." 그는 어깨를 으쓱했다. "네 엄마도 사라졌고 네가 날 증오하고 있다는 것도 알게 됐어. 나로선 더 이상 잃을 게 없었지."

클라리는 다리를 들어 녹색 운동화를 조수석 수납함에 갖다 붙였다.

발끝 위의 금이 간 유리를 통해 다리 위로 달이 솟아오르는 모습이 보였다. "이젠 다시 잃을 게 생겼네요."

루스벨트 아일랜드 남단에 있는 병원은 밤이면 투광조명이 비추고 있었다. 유령이라도 나올 것 같은 외관이 어두운 강과 맨해튼의 화려한 불빛을 배경으로 신기하게도 눈에 잘 들어왔다. 픽업트럭이 규모가 작은 섬의 가장자리를 따라 나아가는 동안 루크와 클라리는 침묵을 지켰다. 그들이 달리던 포장도로가 자갈길로 바뀌더니 딱딱한 흙길로 이어졌다. 도로는 굵은 철사를 다이아몬드 모양으로 엮은 높은 울타리를 따라 뻗어 있었고, 울타리 꼭대기에는 리본 고리 모양의 둥근 철조망이 얹혀 있었다.

길이 너무 울퉁불퉁해서 더 이상 운전이 힘들어지자 루크는 트럭을 멈추고 조명을 껐다. 그는 클라리를 바라보았다. "내가 여기에서 기다리고 있으라고 하면 그렇게 할 거야?"

클라리는 고개를 가로저었다. "차 안에 있다고 해서 반드시 안전하다고는 할 수 없어요. 발렌타인이 외곽 지대를 순찰하라고 지시했는지도 모르는 거잖아요."

루크는 부드럽게 웃었다. "외곽 지대? 말하는 게 제법이군." 그는 트럭에서 뛰어내리더니 클라리를 내려주려고 트럭을 돌아 조수석 쪽으로 왔다. 클라리는 트럭에서 혼자 뛰어내릴 수도 있었지만 그녀가 아주 어렸을 적에, 그러니까 혼자 힘으로는 도저히 트럭에서 내려오지 못했을 적에 루크의 도움을 받았던 것처럼 다시 그의 도움을 받게 되니 기분이 좋았다.

클라리의 두 발이 딱딱한 흙에 닿았을 때 허공으로 훅 하고 먼지가 피어올랐다. 뒤따르던 차량들은 루크의 트럭을 중심으로 원을 그리며 하나씩 멈춰 섰다. 전조등 불빛이 철제 울타리를 비추자 울타리는 새하얀 은빛이 되었다. 울타리 너머로 보이는 병원 건물은 황폐한 상태를 낱낱이 까발리는 무자비한 불빛에 젖은 폐허였다. 지붕도 없는 벽들이 부서진 이빨처럼 울퉁불퉁한 땅에서 허공으로 삐죽삐죽 솟아 있었고, 총안이 설치된 석벽은 녹색 담쟁이덩굴로 뒤덮여 있었다.

"완전히 폐허네요." 클라리는 자기도 모르게 내뱉었다. 그녀의 낮은 목소리에는 불안감이 배어 있었다. "어떻게 발렌타인이 이런 곳에 숨어 있을 수 있었는지 전 모르겠어요."

루크는 클라리를 힐끗 쳐다보고 나서 병원 건물로 시선을 옮겼다. "굉장한 글래머가 걸려 있는 곳이야. 불빛들만 보지 말고 그 너머를 보려고 노력해봐."

알라릭이 길을 따라 그들이 서 있는 곳으로 건너오고 있었다. 미풍이 불어와 데님 재킷이 펄럭이자 흉터투성이 가슴이 드러나 보였다. 클라리의 눈에는 그를 뒤따르는 늑대인간들이 완벽한 보통 사람들처럼 보였다. 만약 그녀가 다른 곳에서 무리를 지은 그들을 보았더라면 자기들끼리 알고 지내는 사람들이라고 여겼을지도 모른다. 그들에게는 서로 닮은 점이 있었다. 외모가 아니라 싸늘한 눈빛과 무뚝뚝한 표정이 닮았다. 어쩌면 그들을 농부라고 여겼을지도 모른다. 도시에 사는 보통 사람들과 비교했을 때 햇볕에 그을렸고 체구가 말라 보였기 때문이다. 아니면 오토바이 갱단이라고 생각했을지도 모른다. 그렇지만 그들은 전혀 포악해 보이지 않았다.

그들은 미식축구에서 작전 회의를 하듯 루크의 트럭 옆으로 빠르게 모여들었다. 심한 소외감을 느낀 클라리는 돌아서서 병원을 바라보았다. 이번에는 얇은 페인트 밑에 무엇이 있는지 살펴볼 때처럼 표면이 아닌 불빛 주변과 그 너머를 들여다보려고 애썼다. 그러자 효과가 있었다. 불빛들이 흐릿하게 사라지는가 싶더니 참나무가 심어져 있는 잔디밭 너머로 화려한 고딕 복고조의 건축물이 보였다. 건축물은 거대한 선박의 뱃전에 두른 방벽처럼 나무들 위로 우뚝 솟아 있었다. 낮은 층의 창문들은 어두웠고 셔터가 내려져 있었지만, 3층에 있는 주교관(主敎冠) 모양의 창문들에서는 불빛이 쏟아져 나오고 있었다. 그 모습은 저 멀리 떨어진 산맥의 등성이를 따라 불꽃들이 일렬로 피어오르는 것 같았다. 돌을 깎아서 만든 현관이 밖으로 길게 튀어나와 있는 바람에 정문은 보이지 않았다.

"이제 보여?" 늑대의 둔한 발소리를 내며 그녀의 뒤로 다가온 루크가 말했다.

클라리는 여전히 건물을 바라보고 있었다. "병원이라기보다는 성처럼 보여요."

루크는 그녀의 양쪽 어깨를 잡아 자기를 바라보도록 몸을 돌렸다. "클라리, 내 말 좀 들어봐." 어찌나 꽉 붙들었는지 아플 정도였다. "난 네가 내 옆에 꼭 붙어 있었으면 좋겠어. 내가 움직이면 너도 따라서 움직이는 거야. 필요하다면 내 소매를 붙잡아도 돼. 다른 친구들은 우리를 빙 둘러싸고 지켜줄 거야. 그렇지만 네가 그 테두리를 벗어나면 널 지켜줄 수 없을 거야. 우리는 문 쪽으로 함께 이동할 거야."

루크는 클라리의 어깨를 붙잡고 있던 양손을 떨어뜨렸다. 그가 몸을 움직일 때, 클라리는 그의 재킷 바로 안쪽에서 어떤 쇠붙이가 번쩍이는 것을 보았다. 클라리는 루크가 무기를 지니고 있다는 사실을 모르고 있었는데, 그 순간 사이먼이 루크의 낡은 녹색 더플백에 들어 있는 물건에 대해 얘기했던 것이 생각났다. "내가 말하는 대로 하겠다고 약속해줄 수 있지?"

"약속할게요."

울타리는 글래머의 일부가 아니라 진짜였다. 여전히 앞쪽에 서 있던 알라릭이 시험 삼아 한쪽 손으로 울타리를 붙잡고 흔들어보더니 다른 쪽 손을 들었다. 그의 손톱 밑에서 기다란 갈고리발톱이 나왔고, 알라릭은 그 발톱으로 철제 울타리를 후려쳤다. 그러자 꿈쩍도 안 할 것 같던 쇠붙이가 떨어져 나갔다. 굵은 철사들이 쨍그랑 소리를 내며 떨어져 팅커토이(조립식 집짓기 장난감―옮긴이)처럼 수북하게 쌓였다.

"자, 들어가." 알라릭이 손짓을 하자 그들은 마치 한 사람인 것처럼 일사불란하게 앞으로 몰려왔다. 루크는 클라리의 팔을 붙잡아 자기 앞에 세우고는 다른 사람들처럼 울타리를 통과하려고 고개를 숙였다. 울타리 안으로 들어간 그들은 고개를 들어 천연두 병원을 바라보았다. 병원 현관에 모인 어두운 형체들이 계단을 내려오기 시작했다.

알라릭은 고개를 들고 바람의 냄새를 맡는지 코를 킁킁거렸다. "죽음의 악취가 허공에 짙게 배어 있군요."

루크는 숨이 막히는지 헉헉거렸다. "추방자들이야."

루크는 클라리를 끌어당겨 자기 뒤에 세웠다. 클라리는 울퉁불퉁한 땅을 걸어가며 약간 비틀거렸다. 무리가 클라리와 루크를 향해 가까이 다가오더니 땅에 풀썩 엎드려 네 발 달린 짐승이 되었다. 으르렁거리는 소리와 함께 입술이 뒤쪽으로 밀리면서 기다란 송곳니가 뻗어 나왔고 팔다리가 늘어나면서 털로 뒤덮인 네 발이 되었다. 입고 있던 옷을 뚫고 털이 삐져나왔다. 클라리의 뇌 안쪽에서 본능적인 작은 목소리가 '늑대들이야! 얼른 달아나!' 하고 외쳤다. 양손의 신경이 심하게 요동치는 것을 느낄 수 있지만, 클라리는 내면의 목소리와 맞서 싸우며 그 자리에 꿋꿋이 머물러 있었다.

늑대 무리는 그들을 빙 둘러싸더니 주변을 경계하듯 모두 바깥을 향했다. 더 많은 늑대들이 커다란 원의 양쪽 측면에 달라붙었다. 이제 클라리와 루크는 별의 중심부처럼 보였다. 그 모습으로 그들은 병원 현관 쪽으로 움직이기 시작했다. 루크를 줄곧 뒤따라가느라 클라리는 첫 번째 추방자의 얼굴도 보지 못했다. 다만 어떤 늑대가 고통스러운 듯이 가늘고 길게 울부짖는 소리를 들었다. 울부짖는 소리는 점점 더 커지더니 어느 순간 갑자기 으르렁거리는 소리로 바뀌었다. 그러다 쿵 하고 무언가가 세게 부딪히는 소리가 들리더니 꾸르륵거리는 울음소리와 종이를 찢는 듯한 소리가 났다.

클라리는 늑대들이 추방자들을 먹을 수 있는지 궁금했다. 루크를 쳐다보자, 그의 얼굴은 뻣뻣하게 굳어 있었다. 이제 그녀는 원을 그리고 있는 늑대들 너머에 있는 추방자를 볼 수 있었다. 투광조명과 맨해튼의 가물거리는 불빛 때문에 주변은 충분히 환했다. 추방자 수십 명이 그녀의 눈에 들어왔다. 외상 같은 룬 문자가 새겨진 그들의 피부는 달빛을 받아 송장처럼 창백했다. 늑대들을 향해 달려들 때 그들의 눈에는 초점이 하나도 없었다. 늑대들도 물러서지 않고 정면으로 맞섰다. 달려드는 상대를 발톱으로 찢어발기고 날카로운 이빨로 사정없이 물어뜯었다. 클라리는 추방자 중 한 여자가 목이 물어뜯긴 채 뒤로 벌러덩 나자빠지는 것을 보았다. 여자의 양팔은 아직도 움찔거리고 있었다. 다른 추방자는 한 팔로 늑대를 공격하다가 1미터쯤 뒤로 나가떨어졌다. 그의 몸통에서는 피가 콸콸 쏟아져 나왔다. 늪의 물처럼 시커멓고 역겨운 피가 줄기를 이루어 흐르며 주변의 풀밭을 적셨다. 반들반들한 풀밭 때문에 클라리는 하마터면 중심을 잃고 쓰러질 뻔했다. 다행히 루크가 땅바닥으로 쓰러지려는 그녀를 붙잡아주었다. "내 옆에 꼭 붙어 있어."

클라리는 '저 여기 있어요' 하고 대꾸해주고 싶었지만 입에서는 아무런 말도 나오지 않았다. 무리는 아직도 병원을 향해 다가가고 있었지만, 그 속도는 고통스러울 정도로 느렸다. 루크의 손아귀 힘은 강철처럼 억세었다. 클라리는 어느 쪽이 이기고 있는지 알 수 없었다. 규모와 속도 면에서 늑대들이 우위를 점하고 있었지만 추방자들은 방어 의지가 확고했고 하나를 해치우기도 엄청나게 어려웠다. 클라리는 덩치 큰 얼룩무늬 늑대가 상대의 다리를 쫙 찢어 넘어뜨린 다음, 목을 물려고 달려드는 것을 보았다. 그 늑대는 바로 알라릭이었다. 추방자도 가만히 당하고 있지만은 않았다. 알라릭이 자기 몸을 찢어발기는데도 녀석은 계속해서 꿈틀거리더니 결국에는 알라릭의 반들거리는 털 속으로 도끼날을 박아 넣었다. 알라릭의 몸에는 빨갛고 기다란 상처가 생겼다.

클라리는 싸움을 지켜보느라 정신이 팔려 추방자 하나가 방어막을 뚫고 들어오는 것도 알아차리지 못했다. 추방자는 그녀의 발 근처 풀밭에서 튀어 오른 것처럼 눈앞에 불쑥 모습을 드러냈다. 눈알이 희뿌옇고 머리가 온통 헝클어진 추방자가 핏물이 뚝뚝 떨어지는 칼을 치켜들었다. 클라리는 비명을 질렀다. 루크가 홱 돌아서며 클라리를 자기 옆으로 끌어당기고는 놈의 손목을 붙잡아 꺾어버렸다. 뼈가 뚝 부러지는 소리가 들렸고, 녀석이 들고 있던 칼이 풀밭으로 떨어졌다. 추방자의 손이 축 늘어져서 대롱거렸다. 하지만 녀석은 조금도 고통스러워하는 표정 없이 그들을 향해 계속 다가왔다. 루크가 알라릭을 향해 거칠게 소리쳤다. 클라리는 혁대에 꽂혀 있는 단도를 뽑으려 애썼지만 팔을 붙잡은 루크의 손아귀 힘이 너무 강했다. 팔을 놓아달라고 그녀가 소리치기 전에 가느다란 은색 불빛 같은 것이 그들 사이에 불쑥 끼어들었다. 그레텔이었다. 그녀는 앞발로 추방자의 가슴을 강하게 밀쳐 땅바닥에 쓰러뜨렸다. 그레텔의 입에서 분노의 포효가 흘러나왔지만 추방자가 더 강했다. 그것은 그녀를 봉제 인형처럼 옆으로 가볍게 던져버리더니 몸을 굴려 땅바닥에서 일어났다.

그 순간 무언가가 클라리를 땅에서 번쩍 들어 올렸다. 그녀는 비명을 질렀지만 알고 보니 알라릭이었다. 이제 그는 반만 늑대의 모습이었다. 아직 양손은 날카로운 갈고리발톱이었지만 클라리를 번쩍 들어서 부드럽게 감싸 안았다.

루크가 그들을 향해 손짓을 했다. "여기서 데리고 나가! 얼른 문으로 데려가란 말이야!" 그는 그렇게 소리치고 있었다.

"루크!" 클라리는 알라릭의 품에서 벗어나려고 몸부림을 쳤다.

"보지 마." 알라릭이 으르렁거리며 말했다.

하지만 클라리는 보지 말아야 할 장면을 보고야 말았다. 루크가 손에 칼을 들고 그레텔을 향해 달려갔지만 이미 때는 너무 늦어버렸다. 추방자는 피로 물든 풀밭에 떨어진 칼을 거머쥐더니 그레텔의 등에 칼날을 박아 넣었다. 앞발을 버둥거리며 몸부림치는 그레텔의 등에 연거푸 칼날을 박아 넣자 그녀는 더 이상 버티지 못하고 푹 고꾸라졌. 은색 눈알에서 번득이던 불빛이 점점 사그라지며 어둠에 잠겼다. 루크는 고래고래 소리를 치며 추방자의 목을 향해 칼을 휘둘렀다.

"내가 보지 말라고 했잖아." 알라릭이 으르렁거렸다. 그는 자신의 엄청난 몸집으로 클라리의 시선을 가리기 위해 돌아섰다. 이제 그들은 계단을 달려 올라가고 있었다. 갈고리발톱이 화강암 계단을 스치는 소리가 마치 칠판을 못으로 드르륵드르륵 긁는 소리처럼 들렸다.

"알라릭." 클라리가 말했다.

"응?"

"칼을 던진 거, 미안해요."

"미안해할 필요 없어. 칼을 다루는 솜씨가 제법이더군."

클라리는 그의 뒤편을 보려고 애썼다. "루크는 어디에 있죠?"

"나 여기 있어." 루크가 말했다. 그는 재킷 아래의 옆구리에 붙어 있는 칼집에 칼을 꽂아 넣으며 계단을 올라오고 있었다. 칼날에는 시커멓고 끈적끈적한 액체가 묻어 있었다.

알라릭은 클라리를 현관에 슬그머니 내려놓았다. 클라리는 발이 바닥에 닿자마자 돌아섰다. 그레텔과 그녀를 죽인 추방자의 모습은 보이지 않고 한데 뒤엉켜 싸우는 무리와 여기저기에서 번쩍거리는 쇠붙이밖에 없었다. 클라리의 얼굴은 축축하게 젖어 있었다. 피를 흘린 건가 싶어 손을 들어 얼굴을 만지던 그녀는 자기가 울고 있다는 것을 깨달았다. 루크가 클라리를 신기하게 바라보았다. "그녀는 다운월드 사람이었을 뿐이야."

클라리의 두 눈이 벌겋게 달아올랐다. "그런 식으로 말하지 마요."

"알았어." 그는 알라릭을 향해 돌아섰다. "클라리를 돌봐줘서 고마워. 우리가 가는 동안……"

"저도 같이 갈 겁니다." 알라릭이 말했다. 이제 그의 몸은 거의 인간으로 변했지만 눈은 아직도 늑대의 눈알이었다. 입술이 뒤로 당겨지면서 이쑤시개처럼 날카로운 이빨이 드러나 보였다. 알라릭은 기다란 손톱이 달린 손을 구부렸다.

루크의 눈빛에는 혼란스러워하는 기색이 역력했다. "알라릭, 안 돼."

알라릭의 으르렁거리는 목소리는 전혀 흔들림이 없었다. "대장은 무리의 우두머리죠. 전 이 무리의 2인자이고 그레텔은 죽었어요. 이런 마당에 대장이 혼자 가도록 내버려두는 건 누가 봐도 옳지 않아요."

"나는……." 루크는 클라리를 바라보고 나서 병원 앞의 풀밭을 바라다보았다. "알라릭, 이곳에 남아줘. 미안하지만 이건 명령이야."

알라릭은 분개하듯 눈빛을 반짝였지만 옆으로 한 걸음 물러섰다. 묵직한 목재로 되어 있는 병원 문에는 화려한 조각이 있었는데 클라리에게는 모두 익숙한 것들이었다. 거기에는 이드리스의 장미와 소용돌이 모양의 룬 문자와 광선을 내뿜는 태양이 그려져 있었다. 루크가 문을 발로 힘껏 걷어차자 빗장이 쾅 하고 부서지는 소리가 났다. 그는 문이 활짝 열리자 클라리를 앞으로 떠밀었다. "들어가."

클라리는 휘청거리며 루크를 지나간 다음, 문지방 위에서 돌아섰다. 짧은 순간, 두 사람을 바라보는 알라릭과 눈빛이 마주쳤다. 늑대의 눈알이 번득이고 있었다. 그의 뒤편, 그러니까 병원 앞 풀밭에는 시체들이 흩어져 있었고, 땅은 검은 피로 젖어 있었다. 그녀가 건물 안으로 들어가자 쾅 소리를 내며 문이 닫혔다. 클라리는 자신의 시야를 차단해준 문이 고마웠다.

클라리와 루크는 어둠침침한 곳에 서 있었다. 돌로 되어 있는 입구의 통로를 밝혀주는 것은 횃불 하나밖에 없었다. 시끄러운 싸움을 한바탕 겪고 난 뒤에 맞이한 고요는 숨 막히는 외투와도 같았다. 클라리는 공기를 들이마시기 위해 헉헉거리고 있었다. 공기에는 습기도 없었고 피 냄새도 섞여 있지 않았다.

루크가 그녀의 어깨를 단단히 붙잡았다. "괜찮아?"

클라리는 손으로 양쪽 뺨을 닦았다. "그런 말은 하지 말았어야죠. 그레텔이 다운월드 사람일 뿐이라는. 저는 그렇게 생각하지 않아요."

"그런 소리를 들으니 기분이 좋군." 루크는 쇠로 된 받침대에 꽂혀 있는 횃불을 향해 손을 뻗었다. "난 널 자기들처럼 만들려는 라이트우드 가족의 생각이 마음에 안 들어."

"그건 사실이 아닌데요."

받침대에서 횃불이 잘 뽑히지 않자 루크는 얼굴을 찌푸렸다. 클라리는 주머니에 손을 넣어 제이스한테 생일 선물로 받은 돌을 꺼내 높이 쳐들었다. 매끄러운 돌에는 룬 문자가 새겨져 있었다. 클라리의 손가락 사이로 환한 불빛이 흘러나왔다. 마치 어둠의 씨앗을 깨뜨려 지금껏 그 속에 갇혀 있던 불빛을 세상에 꺼내놓은 것 같았다. 루크는 횃불에서 손을 뗐다.

"뭐야? 마법의 불빛인가?"

"제이스한테 받은 거예요." 클라리는 작은 새의 심장박동처럼 자신의 손 안에서 돌이 팔딱거리는 것을 느낄 수 있었다. 제이스가 이 회색 석조 건물의 어느 방에 들어가 있는지 궁금했다. 또 제이스가 겁에 질려 있는지, 다시 클라리를 볼 수 있을지 궁금해했는지도 알고 싶었다.

"마법의 불빛으로 싸워본 지도 벌써 몇 년이나 되었군." 루크는 그렇게 말하고 나서 계단을 올라가기 시작했다. 그의 부츠 아래에서 계단이 심하게 삐거덕거렸다. "따라와."

너울거리며 환하게 타오르는 마법의 불빛은 기묘하게 늘어진 두 개의 그림자를 반들반들한 화강암 벽에 드리웠다. 그들은 아치 모양으로 되어 있는 층계참에 이르러 잠시 걸음을 멈췄다. 클라리는 머리 위에 있는 불빛을 보았다. "과거에, 그러니까 수백 년 전에 병원의 모습이 이랬나요?" 클라리가 속삭이듯이 말했다.

"아, 렌윅이 지은 뼈대는 아직 여기에 있어." 루크가 말했다. "하지만 발렌타인, 블랙웰, 그리고 또 다른 사람들이 이곳을 자기네 취향에 맞게 개조를 했지. 여기 좀 봐." 그는 부츠로 바닥을 긁었다.

클라리는 아래를 내려다보고 화강암 바닥에 룬 문자가 새겨져 있는 것을 발견했다. 거기에는 커다란 원이 그려져 있었는데, 원의 한복판에는 라틴어로 'In Hoc Signo Vinces(콘스탄티누스 1세가 쓴 좌우명으로, 싸움에 임하기 전에 이 말이 새겨진 십자가의 환상을 보았다고 함—옮긴이)'라고 적혀 있었다.

"무슨 뜻이죠?"

"'이 표지 아래 승리를 거두리라.' 서클의 모토였지."

클라리는 머리 위의 불빛을 쳐다보았다. "그래서 그들이 여기에 있는 거군요."

"그래, 맞아." 루크의 말투에는 약간의 기대감이 묻어 있었다. "그만 가지."

그들은 나선형 계단을 올라갔다. 불빛을 받으며 계단을 한참 돌아서 올라가자 길고 폭이 좁은 복도의 입구에 도착할 수 있었다. 복도에 늘어선 횃불들이 환하게 빛을 발하고 있었다. 클라리가 마법의 불빛을 손으로 가리자, 그것은 빛을 잃은 별처럼 깜박거리더니 꺼져버렸다.

복도에는 일정한 간격을 두고 문이 있었는데 모두 굳게 닫혀 있었다. 그녀는 문 너머의 공간들이 과거에 병원이었을 때 병실이었는지 궁금했다. 어쩌면 개인용 방일 수도 있었다. 복도를 지나다 클라리는 바닥에 어지럽게 찍힌 부츠 자국을 보았다. 발자국에는 건물 밖 풀밭에서 묻은 진흙이 들러붙어 있었다. 누군가가 최근에 그곳을 지나갔던 것이다.

첫 번째로 열어본 문은 의외로 수월하게 열렸지만 안은 텅 비어 있었다. 방에는 반들반들한 나무 바닥과 돌로 된 벽밖에 없었다. 창문으로 쏟아져 들어오는 달빛을 받아 방은 왠지 으스스한 분위기를 풍겼다. 밖에서 치열하게 싸움을 벌이는 소리가 희미하게 들려왔다. 소리는 바닷물처럼 일정한 리듬으로 밀려와 방 안을 가득 채웠다. 두 번째 방은 갖가지 칼, 철퇴, 도끼 등 무기들로 가득했다. 칼집에 끼우지 않은 차가운 쇠붙이가 여러 층으로 쌓여 있었고, 달빛이 쇠붙이 위를 은빛 물결처럼 넘실거리고 있었다. 루크는 낮게 휘파람을 불었다. "무기가 엄청나군."

"발렌타인이 이 모든 걸 사용할까요?"

"그렇진 않을 거야. 자기 군대가 쓰는 거겠지." 루크는 그렇게 말하고 돌아섰다. 세 번째 방은 침실이었다. 네 개의 기둥이 박힌 침대에는 파란색 천이 걸려 있었다. 바닥에 깔린 페르시아 융단에는 청색, 흑색, 회색 무늬가 그려져 있었고, 가구는 아이들 방에 있는 가구들처럼 하얀색 페인트가 칠해져 있었다. 먼지를 얇게 뒤집어쓴 그 모든 것들이 달빛을 받아 희미하게 빛을 내고 있었다.

침대에는 조슬린이 누워 있었다. 그녀는 한 손을 가슴 위에 아무렇게나 올려놓고 반듯하게 누워 잠이 든 것처럼 보였다. 머리카락은 베개 위에 넓게 퍼져 있었으며, 클라리가 한 번도 본 적이 없는 하얀색 잠옷 같은 것을 입고서 고요하고 규칙적으로 숨을 쉬고 있었다. 창문으로 날카롭게 파고드는 달빛 속에서 클라리는 꿈을 꾸고 있는 어머니의 눈썹이 파르르 떨리는 것을 볼 수 있었다.

클라리가 약한 비명을 내지르며 앞으로 막 달려 나가려고 했을 때, 루크가 가슴 위로 팔을 뻗어 쇠창살처럼 그녀를 가로막았다. "기다려." 그의 목소리는 팽팽하게 긴장되어 있었다. "조심해야 돼."

클라리는 이글거리는 눈빛으로 그를 노려보았지만, 루크는 고통과 분노가 뒤섞인 표정만 짓고 있을 뿐 클라리를 쳐다보지도 않았다. 클라리는 루크의 시선을 따라가다 보고 싶지 않은 장면을 보고 말았다. 조슬린의 손목과 발목에는 은색 쇠고랑이 채워져 있었고, 쇠사슬의 끝은 침대 양쪽의 돌바닥에 깊게 파묻혀 있었다. 침대 옆 탁자에는 갖가지 튜브, 유리병, 유리 항아리, 끝이 길고 뾰족한 수술용 기구가 수북하게 쌓여 있었다. 고무를 입힌 튜브는 유리 항아리에서 시작되어 조슬린의 왼팔 혈관까지 이어져 있었다.

클라리는 제지하는 루크의 손을 뿌리치고 침대로 달려가 어머니의 반응 없는 몸을 껴안았다. 하지만 그것은 인형을 껴안으려고 발버둥치는 것 같았다. 조슬린은 미동도 없이 뻣뻣하게 굳어 고르고 낮게 숨을 쉬고 있었다. 얼마 전이었더라면 어머니가 사라진 것을 처음 발견하고 경악했던 그 끔찍한 밤처럼 울음을 터뜨렸겠지만, 지금은 웬일인지 눈물도 나지 않았다. 클라리는 어머니를 놓아주고 허리를 곧게 세웠다. 이제 그녀에게는 두려움도 자기 연민도 없었다. 들끓는 분노와 어머니한테 이런 짓을 한 사람, 그 모든 일에 책임이 있는 사람을 당장 찾아내야겠다는 생각밖에 없었다.

"발렌타인의 짓이에요."

"물론이지." 루크가 어느새 옆으로 다가와 조슬린의 얼굴을 부드럽게 건드려보고 눈꺼풀을 올려보고 있었다. 조슬린의 눈알은 대리석처럼 생기도 없고 멍해져 있었다. "약을 먹인 건 아니야. 어떤 마법에 걸려 있는 것 같아."

클라리는 반쯤 흐느끼며 한숨을 내쉬었다. "어떻게 여기에서 데리고 나가죠?"

"난 쇠고랑을 어떻게 할 수가 없어. 은이군. 혹시……."

"아, 무기고." 클라리는 자리에서 일어섰다. "무기고에서 도끼를 봤어요. 여러 개가 있던데 그걸로 쇠사슬을 끊어낼 수 있을……."

"그 쇠사슬은 끊어지지 않아." 문간에서 들려온 목소리는 낮고 껄끄러우며 익숙했다. 그 소리에 클라리는 뒤를 홱 돌아봤다. 블랙웰이었다. 그는 예전처럼 후드가 달린 짙은 피 색깔의 로브를 입고 씩 웃었다. 옷단 아래로 진흙이 묻은 부츠가 보였다. "그레이마크. 여기서 자네를 보게 되다니 이렇게 반가울 수가."

루크는 자리에서 일어섰다. "날 보고 그렇게 놀랐다면 자넨 바보야. 조용히 도착한 게 절대 아니었거든."

블랙웰의 뺨은 짙은 자줏빛이 되었지만 루크를 향해 다가오지는 않았다. "다시 무리의 리더가 된 건가? 응?" 그는 그렇게 말하고 나서 불쾌한 웃음을 터뜨렸다. "다운월드 사람들에게 지저분한 일을 시키는 버릇을 끊을 수가 없었나 보지? 발렌타인의 병력은 저들을 풀밭에서 처치하느라 정신이 하나도 없는데 자네는 여자 친구와 여기 태평하게 있었군." 블랙웰은 클라리 쪽을 바라보며 코웃음을 쳤다. "루션, 저 아가씨는 자네한테 너무 어린 것 같은데?"

클라리는 화가 나서 얼굴이 벌겋게 달아올랐다. 그녀는 양손을 말아서 주먹을 쥐었다. 하지만 대꾸를 하는 루크의 목소리는 차분했다. "블랙웰, 난 저들을 '병력'이라고 부르고 싶지 않군. 저들은 추방자들이야. 한때는 인간이었던 학대받는 존재들. 내 기억에 클레이브는 저들 때문에 아주 어두웠지. 사람들을 고문하고 해로운 마법이나 쓰고 말이야."

"빌어먹을 클레이브." 블랙웰이 으르렁거렸다. "우리는 그들을 필요로 하지 않아. 잡종을 너그럽게 대하는 방식도 마음에 안 들고. 추방자들이 오랫동안 추방자로 남아 있진 않을 거야. 발렌타인이 추방자들을 상대로 그 잔을 사용하면 우리와 마찬가지로 섀도우 헌터가 될 테니. 요즘 클레이브에서 전사 행세를 하는 것들보다 더 나을 거란 말이야. 다운월드 사람들을 사랑하는 얼뜨기들." 블랙웰은 뭉툭한 이빨을 드러냈다.

"발렌타인이 그 잔으로 이루려는 계획이 그거라면 왜 아직까지 그렇게 하지 않았지? 뭘 기다리는 거야?"

블랙웰의 눈썹이 올라갔다. "그 이유를 모른단 말이야? 그는 자신의……."

부드러운 웃음소리가 블랙웰의 말을 잘랐다. 팽본이 블랙웰의 팔꿈치 옆으로 나타났다. 팽본은 어깨에 가죽끈이 달린 검은 옷으로 차려입고 있었다. "그만해, 블랙웰. 자넨 말이 너무 많아서 탈이야." 팽본은 루크를 향해 날카롭고 뾰족한 이빨을 드러냈다. "이거 일이 재미있어지는군, 그레이마크. 난 자네가 새로운 무리를 이끌고 자살 미션을 감행할 배짱이 있을 거라곤 생각도 못했지."

루크의 볼 근육 하나가 실룩거렸다. "발렌타인이 이 여자한테 대체 무슨 짓을 한 거지?"

팽본은 리듬감 있게 낄낄거리며 웃었다. "이제 저 여자에게 관심 없다고 했던 것 같은데?"

"발렌타인이 이제 와서 조슬린을 데리고 뭘 할지 모르겠어." 루크는 조롱을 무시하고 계속해서 말했다. "잔을 손에 넣었으니 조슬린은 더 이상 필요가 없을 텐데 말이야. 발렌타인은 무턱대고 살인을 저지르는 사람이 아니야. 그럴 만한 이유가 있어야 살인을 저지르지."

팽본은 무심하게 어깨를 으쓱했다. "발렌타인이 저 여자를 데리고 뭘 하든 우리한테는 중요하지 않아. 저 여자는 그의 아내였으니까. 어쩌면 저 여자를 증오하는지도 모르지. 그것도 살인의 이유가 될 수 있어."

"이 여자를 풀어줘. 풀어주면 무리를 철수하고 여기를 떠나지. 은혜는

잊지 않을게."

"안 돼요!" 클라리가 거칠게 소리치자 팽본과 블랙웰은 그녀에게 시선을 돌렸다. 두 사람 모두 클라리가 말하는 바퀴벌레라도 되는 것처럼 당혹스러운 표정을 지었다. 클라리는 루크를 향해 돌아섰다. "아직 제이스가 남아 있어요. 이곳 어딘가에 있을 거예요."

블랙웰이 낄낄거리며 웃었다. "제이스라고? 제이스라는 친구에 대해서는 들은 바가 없는데. 내가 팽본한테 저 여자를 풀어주라고 부탁해볼 수도 있겠지만 그러고 싶지 않군. 저 여자는 항상 날 무시했어. 외모나 가문이 우리보다 낫다고 생각하는지, 원. 가문만 좋으면 뭐해. 우리 모두를 깔아뭉개려고 발렌타인과 결혼을……."

"자네가 발렌타인과 결혼하지 못한 게 원통한 건가, 블랙웰?" 루크는 그렇게만 대꾸했다. 하지만 클라리는 그의 목소리에서 차가운 분노를 느낄 수 있었다.

화가 나서 얼굴이 자줏빛으로 변한 블랙웰이 방 안으로 한 걸음 들어섰다. 루크가 눈 깜짝할 사이에 침대 옆 탁자에 놓인 외과용 메스를 집어서 던졌다. 그의 몸놀림이 어찌나 날렵한지 클라리는 그가 움직이는 것조차 보지 못했다. 메스는 허공에서 두 번 뒤집히며 날아가더니 블랙웰의 목에 정통으로 박혔다. 으르렁거리던 그는 양손으로 목을 붙잡고 캑캑거리다가 무릎을 풀썩 꿇었고, 눈알이 뱅글뱅글 돌더니 흰자위를 드러냈다. 블랙웰이 펼친 손가락 사이로 주홍색 액체가 콸콸 쏟아져 나왔다. 그는 말을 할 것처럼 입을 벌렸지만 입에서는 핏방울만 똑똑 떨어졌다. 블랙웰의 양손이 목에서 미끄러지며 나무가 쓰러지듯 바닥으로 쿵 쓰러졌다.

"오, 이런." 팽본은 혐오스러운 동물이라도 바라보듯 잔뜩 얼굴을 찡그리며 바닥에 쓰러진 동료를 보고 말했다. "끔찍하군."

블랙웰의 목에서 피가 계속 흘러나와 바닥에는 끈적거리는 붉은 웅덩이가 생겼다. 루크는 클라리의 어깨를 붙잡고 그녀의 귀에 무언가 속삭였지만, 클라리의 머릿속에서는 윙윙거리는 소리만 울려 퍼졌다. 영어 수업 시간에 배웠던 또 다른 시가 기억났다. 첫 번째 죽음을 맞이하고 나면 더 이상의 죽음들은 아무런 의미도 없다는 내용이었다. 그 시인은 자기가 무슨 말을 하고 있는지 전혀 알지 못했다. 루크는 클라리를 놓아주었다.

"열쇠 이리 내, 팽본."

팽본은 한 발로 블랙웰을 쿡 찔러보고 나서 고개를 들었다. 그는 흥분한 듯이 보였다. "그렇게 못하겠다면? 나한테 주사기라도 던질 텐가? 저 탁자에는 칼이 하나밖에 없었어." 그는 등 뒤로 손을 돌려 어깨에서 길고 흉측해 보이는 칼을 뽑았다. "열쇠를 원한다면 직접 와서 가져가야 할 거야. 조슬린 모겐스턴에게 관심이 있어서가 아니라 널 죽이는 순간만을 고대해왔기 때문이야. 지난 몇 년 동안……."

팽본은 마지막 낱말을 즐겁게 음미하듯 내뱉으며 방으로 들어왔다. 달빛을 받아 그의 칼이 반짝 빛났다. 클라리는 루크가 한 손을 자기 쪽으로 불쑥 내미는 것을 보았다. 이상할 정도로 길어 보이는 손에는 작은 단도 같은 손톱이 박혀 있었다. 그 순간 클라리는 두 가지를 깨달았다. 루크의 모습이 이제 곧 변할 거라는 것과 자신의 귀에 그가 속삭인 말이 단 한 단어였다는 것이었다. 달려.

클라리는 달리기 시작했다. 그녀는 팽본 주변을 지그재그로 움직였지만, 팽본은 그녀를 거의 쳐다보지도 않았다. 클라리는 루크의 모습이 변하기 전에 블랙웰의 시체를 돌아 문 밖으로 달려 나갔다. 가슴이 쿵쾅거렸다. 뒤도 돌아보지 않고 복도를 달려갔지만, 길고 날카롭게 으르렁거리는 소리는 들을 수 있었다. 쇠와 쇠가 서로 부딪치는 소리와 무언가가 바닥으로 쿵 쓰러지며 박살 나는 소리가 들렸다. 클라리는 유리가 깨지는 소리라고 생각했다. 어쩌면 그들이 침대 옆 탁자를 쓰러뜨린 건지도 몰랐다.

클라리는 복도를 달려 무기고로 들어갔다. 손잡이가 강철로 되어 있는 낡은 도끼를 붙잡았는데, 벽에 붙어 있는 도끼는 그녀가 아무리 세게 잡아당겨도 꿈쩍하지 않았다. 그녀는 할 수 없이 도끼를 포기하고 칼, 칼날이 붙은 지팡이, 심지어 단검까지 잡아당겨봤지만 어느 것 하나 움직이는 게 없었다. 어찌나 힘을 썼던지 결국에는 손톱이 부러지고 손가락에서 피가 났다. 클라리는 어쩔 수 없이 포기했다. 그 방에는 마법이 작용하고 있었다. 룬 문자의 마법이 아니라 무언가 사납고 괴상하며 어두운 마법이었다.

클라리는 방을 나왔다. 그 층에 그녀를 도와줄 수 있는 건 아무것도 없었다. 축 늘어진 몸으로 복도를 걷자, 팔다리에 극도의 피로가 밀려왔다. 걷다 보니 어느덧 계단과 계단이 만나는 지점에 있었다. 올라가야 할지, 아니면 내려가야 할지 몰라 클라리는 잠시 머뭇거렸다. 아래층은 불빛도 없고 텅 비어 있었다. 마법의 불빛이 주머니에 들어 있었지만, 어두운 공간으로 혼자 들어가는 것은 생각만 해도 겁이 났다. 위층에는 불빛이 많았다. 무언가가 깜박거리는 것도 보았는데 어쩌면 움직이는 물체일지도 몰랐다.

클라리는 결국 위층으로 올라갔다. 다리도 아프고 발도 아프고 온몸이 쑤셨다. 몸에 난 상처에는 붕대를 감았지만 붕대가 쿡쿡 쑤시는 통증까지 막아주지는 못했다. 휴고의 공격을 받았던 얼굴 부위가 아팠고 입에서는 쓴맛이 났다.

클라리는 마지막 층계참에 도착했다. 뱃머리처럼 부드러운 곡선으로 되어 있는 그곳은 아래층만큼이나 조용했다. 밖에서 싸우는 소리도 일절 들리지 않았다. 그 앞에는 또 다른 복도가 길게 뻗어 있었다. 그곳에도 여러 개의 문이 붙어 있었는데, 그중 어떤 문은 열려 있었다. 열린 문으로 빛이 쏟아져 나와 복도는 제법 밝았다. 어떤 본능에 이끌려 클라리는 왼쪽의 제일 마지막 문으로 다가갔다. 그녀는 조심스레 안을 들여다보았다.

그 방을 보자마자 메트로폴리탄 미술관에 있는 시대 복원 전시품 가운데 하나가 생각났다. 마치 과거 속에 발을 들여놓은 것만 같았다. 끝없이 이어진 기다란 식탁 위의 깨지기 쉬운 자기들과 널빤지로 되어 있는 벽은 최근에 닦은 것처럼 반짝반짝 빛이 났다. 화려한 황금색 틀에 끼운 거울이 긴 벽을 장식하고 있었고, 거울은 묵직한 액자에 들어 있는 유화 초상화 두 점 사이에 걸려 있었다. 음식이 잔뜩 담긴 접시들, 백합처럼 생긴 가늘고 긴 유리잔, 색이 너무 하얘서 눈이 부실 지경인 리넨 등 횃불 아래 모든 것이 빛났다. 방의 저쪽 끝에는 커다란 창문 두 개가 있었는데, 창문의 커튼은 두꺼운 벨벳으로 되어 있었다. 한쪽 창가에 제이스가 서 있었다. 미동조차 하지 않아 잠시 동안 클라리는 그것이 제이스가 아니라 조각상이라고 생각했다. 그녀는 제이스의 머리 위로 빛이 쏟아지는 것을 보았다. 제이스의 왼손은 커튼을 열어젖힌 채 멈춰 있었다. 방 안에 있는 촛불 수십 개가 어두운 유리창에 반사됐고, 촛불은 유리창에 갇힌 개똥벌레들 같았다.

"제이스." 클라리의 목소리는 마치 저 멀리서 들려오는 것만 같았다. 놀람, 감사, 그리고 열망이 너무 강렬해 고통스럽게 들릴 정도였다. 제이스는 커튼을 놓고 돌아섰다. 클라리는 제이스의 얼굴에서 어리둥절한 표정을 보았다.

"제이스!" 클라리는 다시 한 번 부르고 나서 그에게 달려갔다. 제이스는 자신의 품으로 달러드는 그녀를 두 팔로 꼭 껴안았다. "클라리." 그의 목소리는 거의 알아볼 수 없을 정도로 변해 있었다. "클라리, 여기서 뭐 하는 거야?"

제이스의 셔츠에 얼굴을 파묻은 클라리의 목소리는 또렷하지 못했다. "널 찾으러 왔어."

"그럴 필요 없었는데." 그녀를 휘감은 팔의 힘이 갑자기 느슨해졌다. 제이스는 클라리를 껴안은 팔을 풀지 않고 몸을 조금 뗐다. "이런." 클라리의 얼굴을 만지며 제이스가 말했다. "바보야, 왜 이런 어리석은 짓을 했어." 제이스의 목소리는 화가 나 있었지만 그녀의 얼굴을 훑는 시선과 머리카락을 부드럽게 넘겨주는 손가락은 부드러웠다. 클라리는 그의 그런 모습을 한 번도 본 적이 없었다. 제이스는 가녀린 면을 보여주었다. 클라리의 등장에 제이스는 감동뿐 아니라 상처도 받은 것처럼 보였다. 제이스가 속삭였다. "생각을 좀 하고 행동하지."

"충분히 생각했어. 너에 대해 생각했단 말이야."

제이스는 잠시 눈을 감았다. "너한테 무슨 일이라도 벌어졌으면……." 그곳에 클라리가 정말 존재하는지 확인이라도 하는 듯 제이스의 양손이 그녀의 두 팔을 부드럽게 쓰다듬으며 팔목까지 내려왔다. "날 어떻게 찾았어?"

"루크랑 함께 왔어. 널 구하려고."

여전히 클라리를 안은 채 제이스는 그녀의 얼굴에서 창문으로 시선을 옮겼다. 그의 입술 가장자리가 약간 비틀어졌다. "저 늑대 무리와 함께 온 거야?" 이상한 말투로 그가 물었다.

"루크는 늑대인간이야. 그리고……."

"알아." 제이스가 클라리의 말을 잘랐다. "그 생각을 했어야 하는데…… 쇠고랑." 그는 문 쪽을 슬쩍 쳐다보았다. "루크는 어디 있지?"

"아래층에." 클라리가 느리게 말했다. "루크가 블랙웰을 죽였어. 난 널 찾으러 올라왔고……."

"무리를 철수시켜야 할 거야."

클라리는 무슨 말인지 몰라 제이스를 바라보았다. "뭐?"

"루크 말이야. 자기 무리를 철수시켜야 할 거라고. 오해가 있어."

"그럼 네가 스스로를 유괴한 거란 말이야?" 클라리는 놀리는 듯이 말을 꺼냈지만 그녀의 목소리는 너무도 가늘었다. "얘기해봐, 제이스."

클라리는 제이스의 손목을 뿌리치려 했지만 그는 버텼다. 클라리는 미처 알아차리지 못한 것을 깨닫고 가슴이 철렁 내려앉았다. 클라리가 제이스를 마지막으로 봤을 때, 그의 몸에는 상처가 나고 멍이 들어 있었다. 옷은 흙과 피로 더러워져 있었고, 머리는 먼지와 악마의 피로 지저분했다. 그런데 지금 보니 제이스는 헐거운 하얀색 셔츠와 어두운 바지를 입고 있었다. 바람에 날리는 창백한 금빛 머리카락이 흘러내려 얼굴을 덮자, 그는 가느다란 손으로 몇 가닥을 옆으로 치웠다. 클라리는 묵직한 은반지가 제이스의 손가락에 다시 끼워져 있는 것을 보았다.

"이거 네 옷이야?" 클라리가 어리둥절한 표정으로 물었다. "온통 붕대가 감겨져 있고……." 그녀는 말끝을 흐렸다. "발렌타인이 너를 극진하게 보살펴주고 있는 것처럼 보여."

제이스는 지친 표정으로 애써 미소를 지어 보였다. "사실대로 말하면 넌 나를 미쳤다고 할 거야."

벌새의 빠른 날갯짓처럼 클라리의 가슴에서 심장이 쿵닥거렸다. "아니야. 그러지 않을게."

"아버지가 이 옷들을 주셨어."

쿵닥거리던 심장은 이제 빠르게 쿵쾅거리기 시작했다. 클라리는 조심스럽게 말했다. "제이스. 네 아버지는 돌아가셨잖아."

"아니야." 제이스가 고개를 가로저었다. 클라리는 그가 엄청난 감정, 이를테면 두려움이나 기쁨, 어쩌면 그 두 개 모두를 간신히 억제하고 있다는 느낌을 받았다. "나도 아버지가 돌아가셨다고 생각했는데 그게 아니었어. 모든 게 착각이었어."

클라리는 호지가 발렌타인에 대해 했던 말이 기억났다. 발렌타인은 상대를 홀리는 그럴듯한 거짓말을 할 수 있다고 했다. "발렌타인이 그렇게 말했어? 그는 노련한 거짓말쟁이야, 제이스. 호지 선생님이 했던 말을 기억해. 네 아버지가 살아 있다는 발렌타인의 말은 널 이용하려고 하는 거짓말이야."

"아버지를 봤어. 얘기까지 나눴는걸. 아버지가 이걸 주셨어." 제이스는 증거라도 내밀듯 깨끗한 새 셔츠를 잡아당기며 말했다. "아버지는 돌아가시지 않았어. 발렌타인은 아버지를 죽인 게 아니었어. 호지 선생님이 나한테 거짓말을 한 거야. 난 여태껏 아버지가 돌아가셨다고 생각했는데 그게 아니었어."

클라리는 방 안을 둘러보았다. 윤이 나는 자기와 횃불, 아무것도 담겨 있지 않은 눈부신 거울을 보고 나서 그녀는 물었다. "좋아, 아버지가 정말 이곳에 있다면 어디 있지? 발렌타인이 아버지까지 납치했던 거야?"

제이스의 눈이 반짝였다. 셔츠의 목 부분이 열려 있어 클라리는 그의 쇄골을 뒤덮은 가늘고 하얀 흉터를 볼 수 있었다. 흉터는 매끄러운 황금빛 피부에 난 금과 같았다. "아버지는……."

그 순간 클라리가 닫았던 방문이 삐걱거리며 열리더니 어떤 남자가 방 안으로 들어섰다. 발렌타인이었다. 짧게 깎은 은색 머리가 반들반들한 강철 헬멧처럼 빛났다. 그의 입술은 굳어 있었고, 두꺼운 혁대에는 칼집이 매달려 있었는데 기다란 칼의 손잡이가 칼집 밖으로 튀어나와 있었다.

"자, 물건은 챙겼어?" 발렌타인은 말하면서 손을 칼 손잡이에 올려놓았다. "우리의 추방자들은 늑대 녀석들을 아주 잠깐 동안만 저지할 수……."

클라리를 발견한 발렌타인이 중간에 말을 멈췄다. 그는 방심하다 허를 찔리는 사람이 아니었지만, 그의 눈빛엔 놀란 기색이 있었다. "이건 뭐야?" 발렌타인이 제이스 쪽으로 시선을 돌리며 물었다.

클라리는 이미 허리춤에 꽂은 단도를 더듬고 있었다. 그녀는 단도의 손잡이를 붙잡고 칼집에서 뽑으며 손을 뒤로 끌어당겼다. 북소리처럼 그녀의 눈 안쪽에서 분노가 고동쳤다. 클라리는 자기 앞에 있는 사람을 죽일 수 있었다. 아니, 그녀는 그를 죽일 생각이었다.

그 순간 제이스가 클라리의 팔목을 붙잡았다. "안 돼."

클라리는 불신감을 억누를 수 없었다. "하지만 제이스……."

"클라리." 제이스가 단호하게 말했다. "이분이 바로 우리 아버지야."

23
발렌타인

"내가 방해를 한 것 같군." 발렌타인이 사막의 오후처럼 건조한 목소리로 말했다. "아들아, 이 아가씨가 누군지 말해줄래? 라이트우드의 자식들 중 하나인가?"

"아닙니다." 제이스는 지치고 언짢은 목소리로 말했지만 클라리의 손목을 붙잡은 손아귀의 힘은 풀지 않았다. "클라리예요. 클라리사 프레이. 제 친구죠. 얘는……."

발렌타인의 검은 눈이 클라리의 헝클어진 머리부터 닳아빠진 운동화 앞부분까지 천천히 훑었다. 그의 시선이 아직도 그녀의 손에 쥐인 단도에 고정되었다. 뭐라고 딱히 규정하기 힘든 표정이 발렌타인의 얼굴을 스치고 지나갔다. 흥미로워하는 것 같기도 하고 화가 난 것 같기도 한 표정이었다. "그 칼은 어디에서 났지, 어린 아가씨?"

"제이스가 준 거예요." 클라리는 쌀쌀맞게 대답했다.

"물론 그랬겠지." 발렌타인이 부드러운 말투로 말했다. "한번 봐도 될까?"

"안 돼요!" 클라리는 발렌타인이 달려들까 봐 한 걸음 뒤로 물러섰다.

그 순간 그녀는 손가락에서 칼이 쑥 뽑혀 나가는 것을 느꼈다. 제이스가 단도를 거머쥐고 미안한 표정으로 클라리를 바라보았다.

"제이스." 클라리는 자신이 느낀 모든 배신감을 그의 이름에 담아서 소리쳤다.

"클라리, 넌 아직도 이해를 못하고 있어." 제이스가 한 말은 그것뿐이었다. 그는 역겨울 정도로 형식적인 예의를 클라리에게 표한 다음 발렌타인에게 단도를 건넸다.

"여기 있어요, 아버지."

발렌타인은 뼈마디가 큰 손으로 단도를 쥐더니 찬찬히 살펴보았다. "킨잘이군. 체르케스 지방의 단검이지. 본래는 한 쌍을 이루고 있었는데 그중 하나군. 여길 봐. 모겐스턴의 별이 칼날에 새겨져 있지?" 그는 칼을 뒤집어서 그것을 제이스에게 보여주었다. "라이트우드 가족이 이걸 못 봤다니 놀랍군."

"제가 보여준 적이 없으니까요. 그들은 제 프라이버시를 존중했어요. 몰래 엿보거나 캐내려고 하지 않았죠."

"물론 그랬겠지." 발렌타인은 킨잘을 제이스에게 돌려주었다. "그들은 널 마이클 웨이랜드의 아들이라고 생각했으니까."

제이스는 빨간 손잡이가 달린 단도를 혁대 속에 넣고 고개를 들었다. "저도 그런 줄 알고 있었어요." 제이스는 부드럽게 말했다. 그 순간 클라리는 그 말이 농담이 아니라는 걸 깨달았다. 제이스는 자신의 목적을 이루기 위해 거짓말을 하고 있는 게 아니었다. 그는 발렌타인이 자기에게 돌아온 아버지라고 진심으로 믿고 있었다.

차가운 절망감이 클라리의 혈관으로 퍼졌다. 화가 난 제이스, 적대감을 보이는 사나운 제이스라면 충분히 감당할 수 있겠지만, 개인적인 기적에 감격해 어쩔 줄 모르는 연약한 제이스는 클라리에게 완전히 낯선 사람이었다.

발렌타인이 제이스의 황갈색 머리 너머로 클라리를 바라보았다. 그의 차분한 눈빛은 흥미로워하고 있었다. "클라리, 이제 자리에 좀 앉는 게 좋을 것 같은데?"

클라리는 가슴 위로 단단히 팔짱을 꼈다. "됐어요."

"좋을 대로 해." 발렌타인은 의자 하나를 빼내어 식탁의 상석에 앉았다. 잠시 뒤 제이스도 포도주가 반쯤 담긴 병 옆에 자리를 잡고 앉았다. "하지만 내가 하는 이야기를 들으면 의자에 앉았으면 좋았을걸 하고 생각할 거야."

"그런 마음이 들면 알려드리죠."

"좋아." 발렌타인은 양손을 머리 뒤에 대고 의자 깊숙이 앉았다. 벌어진 셔츠의 목 부위로 흉터가 있는 쇄골이 드러나 보였다. 자기 아들과 모든 네피림처럼 그에게도 흉터가 있었다. 호지는 '흉터와 살해로 가득한 인생'이라고 말한 적이 있었다.

"클라리." 발렌타인은 그녀의 이름을 음미하듯 다시 말했다. "클라리사를 줄여서 그렇게 부르는 거야? 나라면 선택하지 않을 이름이군." 발렌타인의 입술이 징그럽게 말려 올라갔다.

'이 사람은 내가 자기 딸이라는 걸 알고 있어. 어떻게 알게 됐는진 모르지만 알고 있는 게 분명해. 하지만 그 사실을 털어놓진 않는군. 왜 그럴까?'

클라리는 발렌타인이 제이스 때문에 그런 얘기를 하지 않고 있다는 것을 깨달았다. 제이스가 그 얘기를 들으면 무슨 생각을 할지 그녀는 상상도 할 수 없었다. 발렌타인은 문으로 들어설 때 두 사람이 포옹하는 장면을 목격했다. 그는 자신이 대단히 곤혹스러운 정보를 손에 쥐고 있다는 사실을 알고 있는 게 틀림없었다. 깊이를 가늠할 수 없는 검은 눈동자 뒤쪽 어딘가에서 그의 예리한 두뇌가 이 사실을 어떻게 하면 가장 효과적으로 이용할지 판단하느라 빠르게 돌아가고 있었다.

클라리는 다시금 제이스에게 애원하는 눈길을 보냈지만, 그는 왼손 옆에 놓인 포도주 잔만 물끄러미 내려다보고 있었다. 유리잔에는 자줏빛을 띤 붉은 액체가 반쯤 담겨 있었다. 클라리는 제이스가 숨을 쉴 때마다 가슴이 빠르게 오르내리는 것을 보았다. 그는 겉으로 드러난 것보다 더 흥분하고 있었다.

"전 댁이 어떤 이름을 고르든 신경 쓰지 않아요."

"내가 봐도 아가씨는 그런 것 같아." 발렌타인은 몸을 앞으로 기울이며 대꾸했다.

"당신은 제이스의 아버지가 아니에요. 우릴 속이려고 하는 거죠. 제이스의 아버지는 마이클 웨이랜드예요. 라이트우드 부부도 그걸 알고 있고요. 모두가 아는 사실이에요."

"라이트우드 부부가 잘못 알고 있는 거야. 그들은 제이스가 자기 친구인 마이클의 아들이라고 믿었고 지금도 믿고 있지. 클레이브처럼 말이야. 심지어 침묵의 형제들까지도 그가 정말 누구인지 모르고 있어. 하지만 머지않아 알게 되겠지."

"하지만 웨이랜드의 반지가……"

"아, 그렇지, 반지." 발렌타인은 제이스의 손을 보며 말했다. 반지는 마치 뱀의 비늘처럼 반짝이고 있었다. "재밌지 않아? M을 거꾸로 하면 W와 닮아 보인다는 사실 말이야. 물론 조금만 생각해봤더라면 웨이랜드 가문의 상징이 유성이라는 사실이 이상하게 생각됐을 거야. 모겐스턴 가문의 상징이라면 전혀 이상하지 않지만."

클라리는 발렌타인을 빤히 쳐다보았다. "무슨 뜻인지 모르겠네요."

"먼데인들의 교육이 얼마나 허술한지 내가 잊었군. 모겐스턴은 '샛별'이란 뜻이야. '너 아침의 아들 계명성이여, 어찌 그리 하늘에서 떨어졌으며 너 열국을 엎은 자여, 어찌 그리 땅에 찍혔는고!(이사야 14장 12절—옮긴이)'"

약한 전율이 클라리의 몸을 휩쓸고 지나갔다. "사탄을 말하는 거군요."

"아니면 잃어버린 거대한 힘이거나. 사탄은 나와 마찬가지로 복종을 거부했지. 난 부패한 정부에 복종하고 싶지 않았어. 그래서 가족도 땅도 잃고 하마터면 목숨까지 잃을 뻔했지."

클라리가 발끈해서 말했다. "폭동은 당신 잘못이었어요! 폭동으로 사람들이 죽었다고요! 당신 같은 섀도우 헌터들이요!"

"클라리." 제이스가 앞으로 몸을 기울이는 바람에 하마터면 그의 팔꿈치에 유리잔이 넘어질 뻔했다. "그냥 얘기를 들어줘. 사실은 네가 생각하는 것과 달라. 호지 선생님이 우리한테 거짓말을 한 거야."

"나도 알아. 호지 선생님은 발렌타인에게 우릴 팔아넘겼어. 그는 발렌타인의 인질이었어."

"아니야. 그게 아니란 말이야. 처음부터 죽음의 잔을 손에 넣고 싶어 한 건 호지 선생님이었어. 네 어머니한테 래브너를 보낸 것도 그였고. 우리 아버지, 그러니까 발렌타인은 그 사실을 나중에야 깨닫고 호지를 막으려고 왔던 거야. 네 어머니를 해치기 위해서가 아니라 치료해주려고 여기 데려온 거야."

"넌 그런 거짓말을 믿어?" 클라리는 역겹다는 듯이 말했다. "그건 사실이 아니야. 호지 선생님은 발렌타인을 위해 일하고 있었어. 서로 공모해서 잔을 차지한 거야. 호지 선생님이 우릴 위험에 빠뜨린 건 사실이야. 하지만 그는 도구에 불과했어."

"하지만 죽음의 잔이 필요한 사람은 바로 호지 선생님이었어. 자기한테 내려진 저주를 풀고 우리 아버지가 그의 모든 행적을 클레이브에 알리기 전에 도망치려고 했던 거야."

"그건 사실이 아니라니까." 클라리가 열띤 목소리로 말했다. "내가 그 자리에 있었단 말이야!" 클라리는 발렌타인에게 몸을 돌렸다.

"당신이 잔을 가지러 왔을 때 난 그 방에 있었어요. 당신은 날 볼 수 없었지만 난 분명히 그곳에 있었고 당신을 봤다고요. 당신은 잔을 가져가고 호지 선생님에게 내려진 저주를 풀어줬죠. 선생님은 혼자 힘으로 저주를 풀 수 없었어요. 그렇게 말하더군요."

"내가 호지의 저주를 풀어준 건 사실이야." 발렌타인이 신중하게 말했다. "하지만 그건 연민의 정에 이끌려서 그랬던 거야. 너무 측은해 보였거든."

"연민 따위는 느끼지 않았어요. 당신은 아무것도 느끼지 못했다고요."

"그만해, 클라리!" 제이스가 소리쳤다. 클라리는 제이스를 빤히 바라보았다. 그는 팔꿈치 옆에 놓인 포도주를 마시기라도 한 것처럼 두 뺨이 붉어져 있었고 눈빛이 지나치게 밝았다. "우리 아버지한테 그런 식으로 말하지 마."

"이 사람은 네 아버지가 아니라니까!"

제이스는 클라리에게 뺨을 얻어맞은 것처럼 보였다. "왜 그렇게 우리 얘기를 믿지 않으려 고집을 피우지?"

"널 사랑하기 때문이야." 발렌타인이 말했다.

클라리는 얼굴에서 핏기가 가시는 것 같았다. 그녀는 발렌타인의 입에서 다음에 무슨 말이 튀어나올지 몰랐지만 두려운 표정으로 그를 바라보았다. 천 길 낭떠러지 쪽으로 조금씩 다가가는 듯한 기분이었다. 갑자기 현기증이 일면서 눈앞이 캄캄했다.

"뭐라고요?" 제이스가 놀란 표정을 지었다.

발렌타인은 핀으로 고정시킨 나비처럼 클라리를 붙잡았다고 생각하는지 흥미로운 표정으로 그녀를 바라보았다. "이 아가씨는 내가 널 이용할까 봐 두려워하고 있어. 내가 널 세뇌시켰다고 생각하는 것 같군. 물론 그건 사실이 아니지. 클라리, 자신의 기억을 들여다보면 진실을 알게 될 거야."

"클라리." 제이스는 그녀에게 시선을 고정한 채 자리에서 일어섰다. 클라리는 제이스의 눈 아래 드리워진 그늘을 볼 수 있었다. 그동안 그가 긴장 속에서 살았다는 증거였다. "나는……."

"그냥 앉아 있어." 발렌타인이 말했다. "자기 발로 오도록 내버려둬, 조너선."

제이스는 금방 마음을 고쳐먹었는지 다시 자리에 앉았다. '조너선이라고?' 클라리는 어질어질한 현기증을 느끼면서도 상황을 파악하려고 애썼다. "난 네 이름이 제이스인 줄 알았는데. 그것도 거짓말이었던 거야?"

"아니. 제이스는 애칭이야."

클라리는 이제 낭떠러지 바로 근처까지 와 있었다. 낭떠러지 아래를 내려다볼 수도 있을 정도였다. "왜 그런 애칭을?"

제이스는 그토록 사소한 문제를 왜 그렇게 시시콜콜 따지는지 이해할 수 없다는 듯이 클라리를 바라보았다. "내 이름의 머리글자야. J. C."

낭떠러지가 클라리의 앞에 열려 있었고, 어둠 속으로 뻗은 까마득한 추락의 길이 보였다. 클라리가 힘없이 말했다. "조너선. 조너선 크리스토퍼."

제이스의 눈썹이 한곳으로 모였다. "그걸 어떻게?"

그 순간 발렌타인이 끼어들며 달래는 목소리로 말했다. "제이스, 난 네게 상처를 주고 싶지 않았단다. 죽은 엄마 이야기가 돌도 되기 전에 널 버린 엄마 이야기보다는 상처가 덜할 거라 생각했어."

제이스의 가느다란 손가락이 포도주 잔을 발작적으로 움켜쥐었다. 클라리는 저러다 잔이 깨져버릴지도 모르겠다고 잠시 생각했다.

"어머니가 살아 계세요?"

"응. 지금 이 순간 아래층의 어느 방에 잠들어 있어." 발렌타인은 제이스가 뭔가 말하기 전에 말을 이었다. "그래, 조슬린이 바로 네 엄마다, 조너선. 그리고 클라리는 네 여동생이야."

제이스가 손을 뒤로 확 뺐다. 그 바람에 포도주 잔이 쓰러지면서 거품이 인 주홍색 액체가 하얀 식탁보 위로 퍼졌다. 발렌타인이 말했다.

"조너선."

제이스는 안색이 변하면서 새파랗게 질렸다. "그럴 리가 없어요. 분명 뭔가 착오가 있을 거예요. 절대로 그럴 리가 없다고요."

발렌타인은 자기 아들을 가만히 바라보았다. "난 네가 기뻐할 줄 알았다." 그는 생각에 잠긴 목소리로 낮게 말했다. "어제까지만 해도 넌 고아였다, 조너선. 그런데 이제 생각지도 못했던 아버지와 어머니, 게다가 여동생까지 생기지 않았니."

"그럴 리 없다고요." 제이스가 다시 말했다. "클라리는 제 여동생이

뼈의 도시 543

아니에요. 만약 제 여동생이라면……."

"여동생이라면?" 발렌타인이 말했다.

제이스는 아무런 대꾸도 하지 않았지만, 섬뜩한 공포에 사로잡힌 표정을 보고 클라리는 그의 심정이 어떨지 충분히 이해할 수 있었다. 그녀는 비틀거리며 식탁을 돌아 제이스의 의자 옆에 무릎을 꿇고 손을 잡으려고 했다. "제이스……."

제이스는 클라리의 손길을 뿌리쳤다. "이러지 마."

발렌타인에 대한 증오가 꾹 눌러 참은 눈물처럼 클라리의 목에서 타올랐다. 발렌타인은 자신이 알고 있는 사실, 즉 클라리가 딸이라는 사실을 밝히지 않고 비밀로 간직하여 그녀가 공범이 되도록 만들었다. 그리고 지금, 거대한 바위 같은 비밀을 그들의 머리 위에 떨어뜨리고 자신은 물러나 앉아 느긋하게 결과를 지켜보고 있는 것이다. 제이스는 발렌타인이 얼마나 가증스러운 사람인지 어째서 깨닫지 못하는 걸까?

"사실이 아니라고 말해줘." 제이스는 식탁보를 뚫어질 듯 내려다보며 말했다.

클라리는 목이 바짝 타들어가 침을 꿀꺽 삼켰다. "그럴 수 없어."

발렌타인은 미소를 짓는 듯한 목소리로 말했다. "내가 줄곧 진실을 말해왔다는 걸 이제 인정하는 거야?"

"아니에요." 클라리는 그를 보지도 않고 톡 쏘았다. "당신은 약간의 진실이 가미된 거짓말만 늘어놓고 있어요."

"이것 참 지루해지는군. 클라리사, 진실을 듣고 싶다면 알려주지. 폭동에 대한 이야기를 들었으니 날 나쁜 사람이라고 생각하고 있겠군. 그렇지?"

클라리는 아무 말도 하지 않았다. 그녀는 제이스를 바라보고 있었다.

그는 당장이라도 토할 것처럼 보였다. 발렌타인은 무자비하게 말을 이었다.

"아주 간단해. 네가 들은 이야기 가운데 일부는 사실이지만 나머진 사실이 아니야. 네가 방금 말한 대로 약간의 진실이 가미된 거짓이지. 마이클 웨이랜드는 그때나 지금이나 제이스의 아버지가 아니야. 웨이랜드는 폭동이 일어났을 때 죽었어. 아들과 함께 도망쳤을 때 난 마이클의 이름과 주소를 땄지. 어려운 일은 아니었어. 웨이랜드에게는 친척이 하나도 없었으니까. 그리고 가장 친한 친구인 라이트우드 부부는 추방을 당한 상태였지. 마이클도 폭동에 가담했기 때문에 죽지 않고 살아남았더라도 불명예를 안았을 거야. 나는 그의 이름과 주소를 얻는 대신 불명예스러운 삶을 살았지. 웨이랜드 집안의 땅에서 제이스와 단둘이 조용히 살았어. 책도 읽고 아들을 키우며 기회를 기다렸지."

발렌타인은 생각에 잠겨 섬세하게 장식된 유리잔 가장자리를 손가락으로 어루만졌다. 클라리는 그가 제이스처럼 왼손잡이라는 것을 알아차렸다.

"그렇게 10년이 지났을 때 편지를 한 통 받았어. 편지를 보낸 사람은 내 진짜 정체를 알고 있다면서, 어떤 조치를 취하지 않으면 내 정체를 세상에 까발리겠다고 협박을 하더군. 누가 보낸 편지인지 몰랐지만 그런 건 중요하지 않았어. 난 그 사람이 원하는 걸 내놓을 생각이 없었으니까. 내 안전이 위협받고 있다는 걸 알았고, 내가 죽었다고 그 사람이 믿지 않는 한 더욱 위협받게 될 거란 사실을 알고 있었어. 블랙웰과 팽본의 도움을 받아 나는 또 한 번 죽은 것처럼 꾸몄지. 그리고 제이스의 안전을 위해 라이트우드 부부에게 보호를 받도록 이곳으로 보냈어."

"제이스는 그것도 모르고 자기 아버지가 죽었다고 믿었던 거군요? 지금까지 아버지가 죽었다고 믿도록 그냥 내버려둔 거예요? 정말 야비하군요."

"그러지 마." 제이스는 양손으로 얼굴을 감쌌다. 그는 손가락으로 입을 막은 채 불분명하게 말했다. "클라리, 제발."

발렌타인은 제이스가 볼 수 없는 미소를 지으며 아들을 바라보았다. "그래, 조너선은 내가 죽었다고 믿고 있어야 했어. 마이클 웨이랜드의 아들이라고 믿어야 했지. 그렇지 않으면 라이트우드 부부가 보호해주지 않았을 테니까. 라이트우드 부부는 내가 아니라 마이클에게 빚을 지고 있었어. 그들이 조너선을 아끼고 보살펴준 건 내 덕분이 아니라 죽은 마이클 덕분이었지."

"어쩌면 제이스를 진심으로 사랑해서 그랬는지도 몰라요." 클라리가 말했다.

"지극히 감상적인 해석이군. 그랬을 가능성은 별로 없어. 넌 라이트우드 부부를 나만큼 몰라." 발렌타인은 제이스가 움찔하는 모습을 못 본 것 같았다. 아니, 봤더라도 무시했을 것이다. "아무튼 그런 건 별로 중요하지 않지. 라이트우드 부부는 조너선에게 대체 가족이 아니라 보호자 역할만 하면 됐어. 조너선에게는 가족도 있고 아버지도 있으니까."

제이스는 목에서 어떤 소리를 내더니 양손을 얼굴에서 떼었다. "어머니는……."

"폭동 직후에 달아났지. 난 폭동으로 불명예를 안게 된 사람이었고 내가 살아 있다는 걸 알면 클레이브는 날 추적했을 거야. 조슬린은 나와의 관계를 감당할 수 없어서 달아났어." 클라리는 발렌타인의 목소리에 담긴 고통이 빤한 거짓이라고 생각했다. 속임수가 능수능란한 인물이었다. "그때 난 그녀가 클라리를 임신한 상태라는 걸 몰랐어." 발렌타인은 희미한 미소를 지으며 손가락으로 포도주 잔을 천천히 쓸어내렸다.

"하지만 핏줄은 서로 통한다는 말처럼 운명은 우리를 이렇게 한자리에 모이도록 만들었어. 우리 가족이 다시 모인 거야. 우리는 포털을 이용할 수 있어." 발렌타인이 제이스에게 시선을 돌리며 말했다. "이드리스로 가는 거야. 고향으로 돌아가는 거라고."

제이스는 여전히 자기 손을 멍하니 바라보며 약간 몸을 떨었지만 고개를 끄덕였다.

"그곳에 가서 함께 사는 거야." 발렌타인이 말했다. "당연히 그래야겠지."

'아주 멋진 생각이군. 당신, 혼수상태에 빠진 아내, 심한 충격으로 정신을 못 차리는 아들, 그리고 당신을 지긋지긋하게 싫어하는 딸, 이렇게 한곳에 모여 살면 아주 볼만하겠어. 게다가 당신의 두 자식은 서로 사랑에 빠졌을지도 모르는데 말이야. 그래, 정말 완벽한 가족의 재결합이네.' 속으로 그렇게 생각했지만 클라리는 이 말만 했다. "전 당신과 함께 어디도 가지 않을 거예요. 엄마도 그럴 거고요."

"아버지 말씀이 옳아, 클라리." 제이스가 거친 목소리로 말했다. 그가 양손을 구부리자 손끝이 새빨개졌다. "우리가 갈 곳은 그곳밖에 없어. 거기로 가서 정리하면 돼."

"그렇게 쉽게 생각해선……."

그때 무언가가 박살 나는 엄청난 소음이 아래층에서 들려왔다. 어찌나 소리가 큰지 병원의 한쪽 벽이 그대로 무너지는 것 같았다. 클라리는 루크를 생각하고 자리에서 벌떡 일어섰다.

제이스는 혼란한 와중에도 자리에서 반쯤 일어나며 반사적으로 손을 혁대 쪽으로 가져갔다. "아버지, 지금 저들이……."

"퇴각하는 거야." 발렌타인이 자리에서 일어섰고, 클라리는 발소리를 들었다. 잠시 뒤에 방문이 벌컥 열리더니 루크가 문간에 나타났다.

클라리는 입술을 깨물며 터져 나오는 울음을 참았다. 루크는 피로 온통 범벅이 되어 있었다. 청바지와 셔츠에는 검붉은 피가 엉겨 붙어 있었고 얼굴의 아래쪽에 난 수염에도 피가 묻어 있었다. 양손 역시 손목까지 시뻘건 피로 물들어 있었다. 손에서는 아직까지 축축한 피가 흘러내리고 있었는데, 그 피가 그의 몸에서 나온 것인지는 알 수 없었다. 클라리는 자기도 모르게 그의 이름을 소리쳐 불렀다. 그러고 나서 셔츠 가슴팍을 붙잡고 매달리고 싶은 마음에 방을 가로지르다가 하마터면 발이 걸려 넘어질 뻔했다. 루크에게 매달리는 것은 여덟 살 이후로 한 번도 해보지 않은 행동이었다.

루크는 큼지막한 손으로 클라리의 뒤통수를 감싼 채 한 팔로 그녀를 와락 껴안았다. 다음 순간 루크는 클라리를 부드럽게 밀쳐냈다. "온통 피투성이야. 걱정하진 마. 내 피가 아니니까."

"그럼 누구 피지?" 발렌타인의 목소리를 듣고 클라리는 돌아섰다. 루크의 팔이 그녀의 양쪽 어깨를 보호하듯이 감싸고 있었다. 발렌타인은 속으로 계산이라도 하듯이 눈을 가늘게 뜨고 그들 모두를 지켜보고 있었다. 제이스는 자리에서 일어나 식탁을 돌아 자기 아버지 뒤에 머뭇거리듯 서 있었다. 클라리는 제이스가 머뭇거리는 모습을 한 번도 본 적이 없었다.

"팽본의 피야." 루크가 말했다.

발렌타인은 그 말을 듣고 고통스러운지 자기 얼굴로 손을 가져갔다. "자네 이빨로 팽본의 목을 물어뜯었나?"

"이걸로 그를 죽였지." 루크는 추방자를 죽인 길고 얇은 칼을 내밀었다. 불빛 속에서 클라리는 칼 손잡이에 박힌 파란 돌들을 볼 수 있었다.
"기억이 나나?"

 발렌타인은 칼을 바라보았다. 클라리는 그의 턱이 팽팽해지는 것을 보았다. "기억하지." 클라리는 그들이 나누었던 대화를 발렌타인이 기억하고 있는지 궁금했다. 킨잘이군. 체르케스 지방의 단검이지. 본래는 한 쌍을 이루고 있었는데 그중 하나군.

 "자네는 지금으로부터 17년 전에 이걸 내게 주면서 스스로 목숨을 끊으라고 했지." 루크는 무기를 손에 꼭 쥐고서 말했다. 그 칼날은 제이스의 혁대에 꽂혀 있는 빨간색 손잡이의 킨잘보다 더 길었다. 정확히 말하자면, 단검과 대검의 중간쯤에 속했고, 칼날의 끝은 바늘처럼 뾰족했다. "그리고 나는 이걸로 정말 목숨을 끊을 뻔했지."

 "내가 그 사실을 부인할 거라고 생각하나?" 발렌타인의 목소리에는 아픔이 담겨 있었다. 오래전의 고통이 기억나는 듯했다. "나는 자네를 구해주려고 애썼네, 루션. 내가 큰 실수를 했어. 그때 자네를 내 손으로 죽일 힘만 있었더라면 자네는 용감한 남자로 죽음을 맞이할 수 있었을 텐데."

 "자네 같은 남자 말인가?" 루크가 물었다. 그 순간 클라리는 그동안 자기가 알고 있었던 루크의 모습을 보았다. 루크는 클라리가 거짓말을 하거나 가식적인 모습을 보이면 예리하게 알아차렸고 거만하거나 불성실한 태도를 보일 때는 따끔하게 지적을 했다. 루크의 빈정거리는 목소리에서 클라리는 한때 그가 발렌타인에게 가졌던 애정을 느낄 수 있었다. 이제 그 애정은 지긋지긋한 증오로 굳어졌다. "깨어나면 고문해서 정보를 캐내려고 의식도 없는 아내를 침대에 묶어놓는 남자? 그게 자네가 생각하는 용기인가?"

제이스는 자기 아버지를 빤히 바라보고 있었다. 클라리는 발렌타인이 분노를 이기지 못해 순간적으로 얼굴이 일그러지는 것을 보았다. 하지만 그의 얼굴은 곧바로 평온을 되찾았다. "난 고문하지 않았어. 조슬린은 스스로를 지키기 위해 그렇게 묶여 있는 거야."

"무엇으로부터 자신을 지킨다는 거지?" 방 안으로 조금 더 들어서며 루크가 캐물었다. "조슬린을 위험에 빠뜨리는 건 자네밖에 없어. 지금껏 그녀를 위험에 빠뜨린 유일한 존재가 자네였지. 조슬린은 자네한테서 달아나기 위해 평생을 바쳤어."

"나는 조슬린을 사랑해. 그녀를 해칠 의도는 조금도 없었다고. 그녀가 내게 등을 돌리도록 만든 사람은 바로 자네였어."

루크는 웃음을 터뜨렸다. "나 때문에 조슬린이 자네한테 등을 돌렸다고? 그건 아니지. 조슬린 스스로 자네를 혐오하게 된 거야."

"거짓말이야!" 발렌타인은 갑자기 사납게 으르렁거리며 허리춤에 있는 칼집에서 칼을 뽑았다. 밋밋하고 검은 칼에는 은색 별들이 새겨져 있었다. 그는 루크의 심장을 향해 칼날을 겨누었다.

제이스가 발렌타인을 향해 한 걸음 다가섰다. "아버지……."

"조너선, 조용히 해!" 발렌타인이 소리쳤지만 이미 늦었다. 클라리는 제이스를 바라보는 루크의 얼굴이 충격에 사로잡히는 것을 보았다.

"조너선?" 루크는 속삭이듯 말했다.

제이스의 입술이 비틀어졌다. "그렇게 부르지 마요." 그는 금빛 눈알을 번득이며 사납게 말했다. "그런 식으로 부르면 내 손으로 당신을 죽여버리겠어요."

루크는 자신의 심장을 겨누고 있는 칼날을 무시하고 제이스에게서 시선을 떼지 않았다. "네 어머니가 자랑스러워하겠군." 그의 목소리가 너무 약해서 옆에 있는 클라리조차 귀를 기울여야 했다.

"나한텐 어머니가 없어요." 제이스의 양손은 부들부들 떨리고 있었다. "나를 낳은 여자는 내가 자기 얼굴을 익히기도 전에 떠나버렸어요. 그녀에게 나는 아무것도 아니었으니, 나한테 그녀도 아무 의미 없어요."

"네 어머니는 널 두고 떠나지 않았어." 루크가 말했다. 그의 시선이 발렌타인에게로 천천히 옮겨갔다. "난 자네가 피와 살을 나눈 혈육까지 미끼로 삼을 거라곤 생각하지 못했어. 내가 잘못 생각한 것 같군."

"그만하지." 발렌타인의 말투는 맥이 빠져 있었지만 당장에라도 폭력을 행사할 것 같은 섬뜩한 기운이 있었다. "내 딸을 보내줘. 그러지 않으면 이 자리에서 죽여버리겠어."

"난 당신 딸이 아니에요." 클라리가 사납게 말했다. 하지만 루크는 그녀를 세게 떠밀었다. 어찌나 거칠게 떠밀었던지, 클라리는 하마터면 바닥으로 쓰러질 뻔했다.

"여기에서 나가. 안전한 곳으로 피해."

"루크를 두고 떠날 수 없어요!"

"클라리, 제발 내 말 들어. 빨리 나가란 말이야." 루크는 벌써 칼을 높이 들고 있었다. "이건 너의 싸움이 아니야."

클라리는 층계참으로 나가는 문 쪽으로 비틀거리며 물러났다. 여차하면 알라릭에게 달려가 도와달라고 고함을 지를 참이었다. 그 순간, 제이스가 클라리 앞에 나타나 문으로 가는 길을 가로막았다. 그녀는 제이스가 얼마나 빨리 움직일 수 있는지 까먹고 있었다. 그는 고양이처럼 부드럽고 물처럼 빠르게 움직였다.

"정신 나갔어?" 제이스가 거친 소리로 말했다. "그들이 정문을 부숴버렸어. 이곳은 추방자들로 가득 들어찰 거야."

클라리는 제이스를 옆으로 밀쳐냈다. "나가게 해줘……."

제이스는 강철 같은 손아귀 힘으로 그녀를 붙들었다. "나더러 그들이 널 갈가리 찢어버리게 내버려두라고? 어림없는 소리."

클라리의 뒤편에서 쇠가 부딪치는 소리가 크게 들렸다. 클라리는 제이스한테서 떨어졌다. 그녀는 발렌타인이 루크를 향해 칼을 뻗는 것을 보았다. 루크는 발렌타인의 공격을 잽싸게 피했고, 칼날이 서로 부딪치며 귀청이 찢어질 듯한 소리가 났다. 그들은 이제 공격과 방어를 현란하게 반복하면서 방 안을 휘젓고 다녔다.

"오, 이런." 클라리가 낮게 속삭였다. "저러다가 두 사람 다 죽겠어."

제이스의 눈은 거의 검은색이었다. "넌 이해 못해. 이렇게 될 수밖에 없어."

제이스는 루크가 발렌타인의 방어를 뚫고 어깨를 가격하자 놀라서 숨을 헉 하고 들이마셨다. 피가 콸콸 쏟아져 발렌타인의 흰색 셔츠를 흥건하게 적셨다. 발렌타인은 고개를 뒤로 젖히고 웃음을 터뜨렸다.

"제대로 맞혔군. 자네가 이 정도 실력일 줄은 몰랐네, 루션."

루크는 아주 꼿꼿하게 서서 칼로 자신의 얼굴을 가렸다. "그 수는 자네가 나한테 가르쳐준 거야."

"하지만 아주 오래전 일이지." 발렌타인은 가공하지 않은 비단 같은 목소리로 말했다. "그 뒤로 자네는 칼을 쓸 필요가 거의 없었을 텐데. 안 그런가? 이제 자네는 날카로운 발톱과 송곳니를 가졌으니까."

"자네의 심장을 도려낼 수만 있다면 좋겠지."

발렌타인이 고개를 가로저었다. "예전에도 자네는 내 심장을 도려냈지." 클라리는 발렌타인의 목소리에 담긴 비애가 진짜인지 거짓인지 알 수 없었다. "자네가 날 배신하고 버렸을 때."

루크가 다시 발렌타인을 공격했다. 하지만 발렌타인은 잽싸게 뒤로 물러서며 루크의 공격을 피했다. 그는 덩치가 상당했지만 놀라울 정도로 가볍게 움직였다.

"내 아내가 가족에게 등을 돌리도록 만든 사람이 바로 자네였어. 자네는 조슬린이 가장 약할 때 접근해서 그녀를 구워삶았어. 난 그때 멀리 떨어져 있었지. 조슬린은 자네가 자신을 사랑한다고 믿었어. 그녀가 바보였지."

제이스는 클라리 옆에서 전선처럼 팽팽하게 긴장했다. 끊어진 전선에서 튀는 스파크 같은 그의 긴장감이 느껴졌다. "발렌타인이 말하는 게 바로 네 엄마야." 클라리가 말했다.

"그녀는 나를 버렸어." 제이스가 말했다. "엄마라는 사람이 말이지."

"네가 죽었다고 생각했으니까. 내가 그걸 어떻게 아는지 알고 싶어? 엄마는 침실에 상자를 보관했어. 상자에는 J. C.라고 적혀 있었어."

"상자를 가지고 있었다고? 그런 사람은 무지 많아. 다들 상자에 이런저런 물건을 보관하지. 요즘 트렌드가 그렇잖아."

"거기엔 네 머리카락 한 타래가 들어 있었어. 아기 때 머리카락이었지. 사진도 한두 장 들어 있었고. 엄마는 해마다 그걸 꺼내어 보면서 울음을 터뜨리곤 했어. 가슴이 찢어지도록 슬퍼하면서……."

제이스는 허리에 댄 손을 움켜쥐었다. "그만해." 그는 이를 악문 채 말했다.

"뭘 그만해? 진실을 그만 말하라고? 엄마는 네가 죽었다고 생각했어. 살아 있다는 걸 알았다면 절대 널 떠나지 않았을 거야. 넌 아버지가 돌아가셨다고 생각했지만……."

"아버지가 죽는 모습을 내 눈으로 봤어! 아니, 봤던 것 같아. 난 소문만 듣고 아버지가 돌아가셨다고 믿은 게 아니란 말이야!"

"엄마는 타버린 네 뼈를 발견했어." 클라리가 조용하게 말했다. "폐허가 된 자기 집에서. 자신의 어머니, 아버지의 뼈와 함께."

마침내 제이스는 그녀를 바라보았다. 클라리는 그의 눈에서 불신을 보았다. 제이스의 눈이 주름이 그런 불신을 유지하려고 애쓰고 있었다. 그녀는 제이스가 아버지에 대한 신뢰라는 가냘픈 구조물을 투명 갑옷처럼 입고 진실로부터 자신을 지키고 있는 것을 보았다. 클라리는 그 갑옷 어딘가에 갈라진 틈이 있다고 생각했다. 클라리가 적당한 말만 찾아낸다면 그 틈은 벌어지고 갑옷은 깨져버릴 터였다.

"어처구니가 없군. 난 죽지 않았어. 죽지 않았으니 유골도 없었지."

"아니, 유골이 있었어."

"그건 글래머였어." 그는 내던지듯이 말했다.

"네 아버지한테 가서 장인과 장모한테 무슨 일이 있었는지 물어봐." 클라리가 말했다. 그녀는 제이스의 손을 잡으려고 손을 뻗었다. "그것도 글래머였냐고 물어봐."

"닥쳐!" 제이스는 자제력을 잃고 소리쳤다. 클라리는 루크가 고함 소리에 놀라 자기 쪽으로 시선을 돌리는 것을 보았다. 루크가 한순간 정신이 팔려 있는 기회를 틈타 발렌타인은 몸을 숙이고 루크의 쇄골 바로 아래쪽에 칼날을 찔러 넣었다.

아파서라기보다는 깜짝 놀라 루크는 두 눈을 부릅떴다. 발렌타인은 얼른 손을 거두어들였다. 그의 칼날에는 손잡이까지 피가 묻어 있었다. 날카로운 웃음을 터뜨리며 발렌타인은 다시 공격을 했다. 이번에는 루크의 손에서 무기를 떨어뜨렸다. 칼은 바닥에 부딪혀 공허하게 쨍그랑 소리를 냈다. 발렌타인은 칼을 세게 걷어찼고, 루크가 바닥으로 쓰러지는 동안 칼은 식탁 아래로 데굴데굴 굴러갔다.

발렌타인은 바닥에 엎어진 루크 위로 검은 칼을 치켜들고 결정타를 가할 준비를 했다. 칼날을 따라 은색 별들이 반짝였다. 공포로 몸이 얼어붙은 클라리는 그걸 보며 생각했다. '이렇게 끔찍한 장면에서 어쩌면 저리도 아름답게 빛날 수 있을까?'

제이스는 클라리가 무엇을 할 것인지 마치 알고 있는 것처럼 그녀를 향해 돌아섰다. "클라리……."

제이스가 양손을 뻗었을 때, 클라리는 고개를 숙여 그에게서 벗어났고 돌바닥을 가로질러 루크에게 달려갔다. 바닥에 쓰러진 루크는 한 팔로 자신을 지탱하고 있었다. 발렌타인이 칼을 아래로 휘두르는 순간, 클라리는 루크의 몸 위로 자신을 던졌다.

클라리는 자신에게 칼이 떨어지는 순간 발렌타인의 눈을 보았다. 불과 1초도 안 되는 짧은 순간이었지만 아주 긴 시간처럼 느껴졌다. 그녀는 발렌타인이 원하기만 하면 칼을 충분히 멈출 수 있다는 걸 알았다. 칼을 멈추지 않으면 클라리가 다칠 거라는 사실을 발렌타인도 알고 있었다. 어쨌든 그는 칼을 멈추지 않을 것 같았다. 클라리는 양팔을 든 채 두 눈을 질끈 감았다.

그 순간 쨍그랑 하는 소리가 들렸다. 클라리는 발렌타인의 고함 소리를 듣고 고개를 들어 그를 올려다보았다. 칼을 쥐고 있던 그의 손에서 피가 흘러내리고 있었다. 빨간 손잡이가 달린 킨잘이 저만치 떨어진 검은 칼 옆에 내팽개쳐져 있었다. 깜짝 놀라 몸을 돌렸을 때, 클라리는 제이스가 문 옆에서 아직도 한쪽 팔을 들고 있는 걸 보고 그가 단도를 힘껏 날려 아버지의 손에서 검은 칼을 떨어뜨렸다는 사실을 깨달았다.

아주 창백한 얼굴로 제이스는 발렌타인에게 시선을 고정한 채 천천히 팔을 내렸다. 그의 눈빛은 애원하고 있었다. "아버지, 전……."

발렌타인은 피가 흐르는 손을 바라보았다. 클라리는 불빛이 깜박이다 꺼지는 것처럼 그의 얼굴에 한순간 분노의 경련이 스치는 것을 보았다. 입을 열었을 때 발렌타인의 목소리는 부드러웠다.

"단도를 던지는 솜씨가 아주 훌륭하구나, 조너선."

제이스는 머뭇거렸다. "하지만 아버지 손이…… 전 단지……."

"난 네 여동생을 해칠 생각이 아니었다." 그렇게 말하면서 발렌타인은 재빨리 자신의 칼과 빨간 킨잘을 주워 혁대 속에 찔러 넣었다. "네가 막지 않았더라도 난 칼을 멈추었을 거야. 아무튼 가족을 걱정하는 네 마음은 갸륵하군."

그것은 새빨간 거짓말이었다. 하지만 클라리는 발렌타인의 말에 이러쿵저러쿵 반박할 여유가 없었다. 그녀는 몸을 돌려 루크를 보고 가슴이 찢어지는 아픔을 느꼈다. 루크는 등을 바닥에 댄 채 반쯤 눈을 감고 있었다. 숨소리도 고르지 못했고, 찢어진 셔츠에서는 피가 솟구치고 있었다. "붕대가 필요해. 아무 천이나 좋아." 클라리는 헐떡거리며 말했다.

"움직이지 마, 조너선." 발렌타인이 강철 같은 목소리로 말했다. 그러자 제이스가 그 자리에 얼어붙었다. 발렌타인의 손은 벌써 주머니 쪽으로 움직이고 있었다.

"클라리사." 그녀의 아버지가 버터를 바른 강철처럼 번들거리는 목소리로 말했다. "이 친구는 우리 가족의 적, 클레이브의 적이야. 우리는 사냥꾼이야. 그건 우리가 가끔 살인자가 될 수도 있다는 뜻이지. 너도 알고 있을 거야."

"악마 사냥꾼이죠. 그냥 살인자가 아니라 악마를 죽이는 사람이오. 둘 사이엔 분명한 차이가 있어요."

"이 친구는 악마야, 클라리사." 여전히 부드러운 목소리로 발렌타인이 말했다. "인간의 얼굴을 한 악마. 이런 괴물들이 얼마나 속임수를 잘 쓰는지 난 잘 알지. 기억하겠지만 난 이 친구의 목숨을 한 번 살려줬어."

"괴물이라고요?" 클라리는 발렌타인이 내뱉은 낱말을 되풀이했다. 그녀는 루크에 대해 생각했다. 클라리가 다섯 살 때 루크는 그녀가 탄 그네를 하늘 높이 밀어줬다. 중학교를 졸업하던 날에는 자랑스러워하는 아버지처럼 연신 사진을 찍어줬다. 루크는 가게에 도착한 책을 하나하나 정리하면서 그녀가 좋아할 만한 책이 보이면 따로 챙겨두곤 했다. 그리고 농가 근처에 있는 나무에서 사과를 딸 수 있도록 그녀를 번쩍 들어 주기도 했다. 지금껏 클라리의 아버지 역할을 한 루크의 자리를 이제 발렌타인이 대신 차지하려고 애쓰고 있었다.

"루크는 괴물이 아니에요." 강철에는 강철로 맞서려는 듯 클라리는 발렌타인처럼 단호한 목소리로 말했다. "살인자도 아니고요. 살인자는 바로 당신이에요."

"클라리!" 제이스가 소리쳤다.

클라리는 제이스를 무시했다. 그녀의 시선은 아버지의 차갑고 까만 눈에 고정되어 있었다. "당신은 아내의 부모를 죽였어요. 싸우다 죽인 게 아니라 그냥 냉혹하게 살해한 거예요. 그리고 장담하건대 마이클 웨이랜드와 어린 아들까지 죽인 게 분명해요. 그들을 죽이고 나서 그 뼈를 할머니와 할아버지의 유골 속에 던져놨죠. 당신과 제이스가 죽었다고 엄마가 믿도록 말이에요. 당신은 마이클 웨이랜드를 불태우기 전에 자기 목걸이를 그의 목에 걸어 모든 사람이 그 뼈가 당신 뼈라고 믿도록 만들었어요. 당신은 클레이브의 깨끗한 피에 대해 항상 얘기했지만, 그들을 죽일 때는 그들의 피나 결백에 조금도 신경 쓰지 않았어요. 그렇죠? 나이 많은 사람들과 아이들을 냉혹하게 살해하는 것, 그건 극악무도한 짓이에요."

분노의 경련으로 또다시 발렌타인의 얼굴이 일그러졌다. "닥쳐!" 발렌타인은 으르렁거리며 별이 새겨진 검은 칼을 다시금 높이 들었다. 클라리는 발렌타인의 목소리에서 그의 정체를 알 수 있었다. 그 목소리에는 평생 그를 내몰았던 분노가 담겨 있었다. 그것은 끊임없이 펄펄 끓어오르는 분노였다. "조너선! 얼른 여동생을 끌고 가. 그렇지 않으면 괴물을 죽이기 위해 네 동생을 때려눕힐 수밖에 없어!"

아주 짧은 순간, 제이스는 머뭇거리다 고개를 들었다. "알겠어요, 아버지." 그는 방을 가로질러 클라리에게 다가갔다. 클라리가 밀쳐내기도 전에 제이스는 그녀의 팔을 우악스럽게 붙잡았다. 제이스는 클라리를 끌어당겨 일으켜 세운 다음 루크에게서 떼어냈다.

"제이스." 깜짝 놀란 클라리가 낮게 속삭였다.

"그만해." 제이스의 손가락이 그녀의 양팔에 아프도록 파고들었다. 그에게서 포도주와 쇠와 땀 냄새가 났다. "나한테 아무 말도 하지 마."

"하지만……."

"말하지 말라고 했잖아." 제이스는 클라리의 몸을 거칠게 흔들었다. 그녀는 비틀거리다 다시 균형을 잡고 위를 쳐다보았다. 발렌타인은 축 늘어진 루크의 몸을 만족스러운 표정으로 내려다보고 있었다. 그는 깔끔한 부츠의 코로 루크를 쿡 쑤셨다. 그러자 루크는 목이 막혀 캑캑거리는 소리를 냈다.

"제발 내버려두세요!" 클라리가 소리쳤다. 그녀는 제이스의 손아귀에서 벗어나려고 버둥거렸지만 소용이 없었다.

"그만해." 제이스는 그녀의 귀에 대고 거칠게 속삭였다. "상황을 더 어렵게 만들 뿐이야. 차라리 안 보는 게 나아."

"지금 너처럼?" 클라리가 톡 쏘았다. "눈을 질끈 감고 외면한다고 해서 아무 일도 벌어지지 않는 건 아니야. 제대로 생각해야……."

"클라리, 그만." 그의 속삭임에 클라리는 멈칫했다. 그만큼 그의 말투는 절박하게 들렸다.

발렌타인은 껄껄 웃었다. "내가 은으로 된 칼을 가져올 생각만 했더라면 자네를 한번에 보내버렸을 거야, 루션."

루크는 클라리가 알아듣지 못하는 말을 으르렁거렸다. 클라리는 그것이 욕설이기를 바랐다. 그녀는 제이스의 손아귀에서 벗어나려고 발버둥을 쳤다. 클라리의 두 발이 미끄러지자 제이스는 그녀를 붙잡아 고통스러울 정도로 끌어당겼다. 제이스가 클라리를 힘껏 껴안았지만, 그것은 그녀가 한때 바랐던 방식이 아니었고 한때 상상했던 방식도 아니었다.

"자리에서 일어설 수 있게만 해줘." 루크가 말했다. "이왕 죽더라도 일어나서 죽고 싶어."

발렌타인은 칼을 따라 시선을 옮기다 루크를 바라보더니 어깨를 으쓱했다. "바닥에 누워서 죽든가 무릎을 꿇은 상태로 죽을 수는 있지. 진짜 남자만이 서서 죽을 가치가 있는데 자넨 그런 남자가 못 돼."

"안 돼요!" 클라리가 소리쳤다. 루크는 그녀를 쳐다보지도 않고 고통스럽게 몸을 일으켜 무릎을 꿇는 자세를 취하고 있었다.

"넌 왜 상황을 악화시키려고 하지?" 제이스가 낮고 긴장된 목소리로 속삭였다. "내가 보지 말라고 했잖아."

클라리는 온몸에서 진이 빠지고 고통스러워 헉헉거리고 있었다. "넌 왜 자신에게 거짓말을 하지?"

"난 거짓말을 하고 있는 게 아냐!" 그녀가 버둥거리지도 않았는데 그의 손아귀 힘이 무서울 정도로 세졌다. "단지 내 인생, 내 아버지, 그리고 내 가족에게 유리한 일을 할 뿐이야. 두 번 다시 그 모두를 잃을 순 없어."

루크는 이제 무릎을 꿇고 똑바로 앉아 있었다. 발렌타인이 피 묻은 칼을 들었고, 루크는 눈을 감고 뭐라고 중얼거리고 있었다. 그것이 말인지 기도인지 클라리는 알 수 없었다. 클라리는 제이스의 품 안에서 몸을 비틀며 그의 얼굴을 쳐다보려고 애썼다. 입술은 굳게 다물어져 있었고 턱은 긴장으로 팽팽했지만 눈은……. 망가지기 쉬운 갑옷이 부서지고 있었다. 클라리가 한 번만 살짝 충격을 가하면 부서져 내릴 것 같았다. 그녀는 적당한 말을 찾느라 머리를 굴렸다.

"너한테는 가족이 있어. 가족, 널 사랑하는 사람들 말이야. 라이트우드 가족 같은. 알렉, 이사벨……." 클라리의 목소리가 갈라졌다. "루크는 내 가족이야. 네가 열 살 때 아버지가 죽는 모습을 지켜봤던 것처럼 나더러 루크가 죽는 모습을 지켜보라는 거야? 제이스, 네가 원하는 게 이런 거였어? 네가 되고 싶었던 게 이런 사람이었어? 이를테면……."

자기 말이 너무 심하다고 생각한 클라리는 깜짝 놀라 말을 멈추었다.

"우리 아버지 같은 사람이지." 제이스의 목소리는 차갑고 무심하며 칼날처럼 밋밋했다.

'이제 난 제이스를 잃어버렸어.' 클라리는 절망적으로 생각했다.

"앉아." 제이스는 클라리를 강하게 내리누르며 말했다. 그녀는 휘청거리며 바닥으로 쓰러져 한쪽 무릎을 꿇었다. 그녀는 발렌타인이 머리 위로 칼을 높이 드는 것을 보았다. 다음 순간, 천장에 매달린 샹들리에 불빛에 칼날이 부딪히는가 싶더니 눈부신 빛줄기가 그녀의 눈을 따갑게 찔렀다.

"루크!" 클라리는 날카로운 비명을 질렀다.

칼이 떨어져 바닥에 깊이 박혔다. 루크는 더 이상 그곳에 없었다. 제이스가 상상도 할 수 없는 속도로 빠르게 달려가 루크를 밀쳐낸 것이었다. 제이스는 자기 아버지와 마주 보며 서 있었다. 바닥에 꽂힌 칼의 손잡이가 부르르 떨고 있었다. 제이스의 얼굴은 하얗게 질려 있었지만 시선은 차분했다.

"그만 떠나주셔야 할 것 같네요." 제이스가 말했다.

발렌타인이 믿을 수 없다는 눈빛으로 자기 아들을 바라보았다.

루크는 간신히 몸을 일으켜 앉았고 새 피가 그의 셔츠를 적셨다. 그는 제이스가 무심한 표정으로 바닥에 꽂힌 칼의 손잡이를 어루만지는 것을 물끄러미 바라보았다.

"제 말을 들으신 것 같은데요, 아버지."

발렌타인의 목소리는 마치 채찍 같았다. "조너선 모겐스턴……."

번개처럼 빠른 동작으로 제이스는 마루에 꽂힌 칼을 뽑아냈다. 그는 칼을 가볍게 쥐고 칼끝으로 아버지의 턱 바로 아래쪽을 겨누었다. "그건 제 이름이 아닙니다. 제 이름은 제이스 웨이랜드예요."

발렌타인의 시선은 여전히 제이스에게 고정되어 있었다. 그는 칼날이 자기 목을 겨누고 있다는 사실도 눈치채지 못하는 것 같았다. 그가 으르렁거렸다. "웨이랜드라고? 너한테는 웨이랜드의 피가 한 방울도 섞이지 않았어! 마이클 웨이랜드는 너한테 완전히 낯선 사람……."

"그건 아버지도 마찬가지죠." 제이스가 차분하게 말했다. 그는 칼을 왼쪽으로 치웠다. "이제 가시죠."

발렌타인은 고개를 흔들었다. "그럴 수 없어. 난 아이의 명령은 받아들이지 않으니까."

칼끝이 발렌타인의 목에 닿았다. 클라리는 두려움에 사로잡혀 그 모습을 지켜보았다. "이래 봬도 전 훈련을 제대로 받은 아이랍니다. 아버지가 몸소 살인 기술을 가르쳐주셨죠. 전 아버지 목을 자르기 위해 두 손가락만 움직이면 됩니다. 아시죠?" 제이스의 눈빛은 강철처럼 확고했다. "아실 거예요."

"제법이군." 클라리가 듣기에 발렌타인의 말투는 오만하게 들렸지만 그는 미동도 하지 않고 그 자리에 서 있었다. "하지만 넌 날 죽일 수 없을 거야. 넌 항상 마음이 여렸거든."

"자네 말처럼 죽일 수 없을지도 모르지." 자리에서 일어선 루크가 말했다. 얼굴이 창백하고 온몸이 피투성이가 되어 있었지만 그는 꼿꼿하게 서 있었다. "하지만 난 죽일 수 있어. 제이스가 날 막을 수 있을지 잘 모르겠군."

발렌타인은 루크를 힐끗 쳐다봤다가 다시 아들에게로 시선을 옮겼다. 루크가 말하는 동안 제이스는 돌아서지 않고 손에 칼을 든 채 조각상처럼 가만히 서 있었다. "괴물이 나한테 협박을 하는구나, 조너선. 넌 이런 괴물과 한편이란 말이냐?"

"근거 없는 얘기는 아니죠." 제이스가 부드럽게 말했다. "루크가 아버지에게 부상을 입히고 싶어하면 제가 과연 막아낼 수 있을지 모르겠어요. 늑대인간은 상처가 아주 빨리 아물죠."

발렌타인의 입술이 일그러졌다. 그는 침을 퉤 뱉고 나서 말했다. "그럼 너도 네 엄마처럼 이 잡종 악마 녀석이 네 피, 네 가족보다 더 좋다는 거냐?"

제이스의 손에 쥐여 있던 칼이 처음으로 부들부들 떨렸다. "아버지는 제가 어릴 때 절 버리고 떠났어요." 그는 침착한 목소리로 말했다. "아버지가 돌아가셨다고 믿게 하고는 낯선 사람들과 살도록 절 떠나보냈죠. 어머니와 여동생이 있다는 사실은 전혀 밝히지 않았고요. 절 외톨이로 남겨뒀어요." 제이스는 '외톨이'라는 말을 하면서 웃음을 터뜨렸다.

"그건 다 널 위해서 그랬던 거야. 널 안전하게 지켜주기 위해서." 발렌타인이 항의하듯 말했다.

"제이스를 조금이라도 생각했다면, 핏줄을 조금이라도 생각했다면, 할머니와 할아버지를 죽이지 않았을 거예요. 당신은 아무 죄도 없는 사람들을 죽였어요." 클라리가 화가 나서 끼어들었다.

"아무 죄도 없었다고?" 발렌타인이 발끈했다. "전쟁에서 죄가 없는 사람은 하나도 없어! 그들은 조슬린과 한패가 되어 날 배신했어! 조슬린이 내게서 아들을 데려가게 만든 거야!"

루크는 거친 숨을 내쉬었다. "자네는 조슬린이 자네를 두고 떠날 줄 알고 있었어. 폭동이 일어나기도 전에 조슬린이 달아날 거라는 사실을 알고 있었지?"

"그야 물론 알고 있었지!" 발렌타인은 사납게 소리쳤다. 그의 차가운 자제력에 금이 갔다. 클라리는 발렌타인의 이면에서 녹아내린 분노가 부글부글 끓어오르는 것을 볼 수 있었다. 그의 목에는 힘줄이 솟았고, 양손은 어느새 불끈 쥐어져 있었다.

"난 나를 지키기 위해 마땅히 해야 할 일을 했을 뿐이야. 오히려 그들에게 필요 이상을 주었지. 화장용 장작더미는 클레이브에서 최고의 전사들에게만 주어지는 거였으니!"

"그들을 불태웠잖아요." 클라리가 단호하게 말했다.

"그래 맞아!" 발렌타인이 소리쳤다. "내가 불태웠지."

제이스는 목이 졸린 것 같은 소리를 냈다. "우리 할머니와 할아버지가……."

발렌타인이 말했다. "넌 그들을 몰랐잖아. 괜히 괴로운 척하지 마."

이제 칼끝은 더욱 빠르게 떨리고 있었다. 루크는 제이스의 어깨에 손을 얹었다. "진정해."

제이스는 루크를 바라보지 않았다. 그는 먼 거리를 달려온 것처럼 숨을 헉헉거렸다. 클라리는 제이스의 날카로운 쇄골 위에서 땀이 번들거리는 것을 볼 수 있었다. 관자놀이에는 머리카락이 붙어 있었고, 손등에는 핏줄이 도드라져 있었다. '제이스가 발렌타인을 죽일 거야.'

클라리는 황급히 앞으로 나섰다. "제이스…… 우린 잔이 필요해. 저 사람이 그걸로 무슨 짓을 할지 알잖아."

제이스는 메마른 입술을 혀로 핥았다. "아버지, 잔은 어디 있죠?"

"이드리스에." 발렌타인이 조용히 말했다. "너희는 절대 찾지 못할 거야."

제이스의 손이 부들부들 떨렸다. "말해주……."

"그 칼 이리 줘, 조너선." 루크의 목소리는 차분하고 부드러웠다.

"네?" 제이스의 목소리는 우물 바닥에서 울려 퍼지는 것처럼 들렸다.

클라리는 앞으로 한 걸음 나아갔다. "루크에게 칼을 줘. 그렇게 해, 제이스."

제이스는 고개를 가로저었다. "그럴 순 없어."

클라리는 앞으로 한 발짝 더 나아갔다. 거기에서 한 걸음만 더 떼면 제이스를 건드릴 수 있었다. "아니, 그렇게 해. 제발." 그녀는 부드럽게 말했다.

제이스는 클라리를 보지 않았다. 그의 시선은 줄곧 자기 아버지를 향하고 있었다. 비록 한순간이었지만 아주 긴 시간처럼 느껴졌다. 결국 제이스는 손을 내리지 않고 짧게 고개를 끄덕였다. 그는 루크를 자기 옆으로 오게 해서 칼의 손잡이를 잡은 자신의 손 위에 그의 손을 얹었다.

"이제 가봐도 돼, 조너선." 루크는 클라리의 얼굴을 쳐다보고는 바꾸어 말했다. "제이스."

제이스는 루크가 하는 말을 못 들은 것처럼 보였다. 그는 칼을 놓고 아버지에게서 멀어져갔다. 제이스의 안색이 약간 돌아와 퍼티 가루 같은 색이 되었다. 입술을 깨문 자리에는 벌겋게 피가 맺혀 있었다. 클라리는 양팔로 제이스를 껴안아주고 싶지만, 그가 절대로 허락하지 않을 거라는 사실을 알고 있었다.

"한 가지 제안을 하지." 발렌타인이 놀라울 만큼 차분한 어조로 루크에게 말했다.

"무슨 제안일지 내가 추측해볼까. 혹시 '제발 날 죽이지 마' 뭐 그런 것 아닌가?"

발렌타인이 웃음을 터뜨렸다. 아무런 감정도 실려 있지 않은 메마른 웃음소리였다. "목숨을 구걸하려고 나 자신을 낮출 생각은 없어."

"좋아." 루크가 칼날로 발렌타인의 턱을 살짝 건드리며 말했다. "불가피한 경우만 아니면 죽이진 않겠어. 자식들 앞에서 자네를 죽이는 짓은 하지 않겠다고 약속하지. 내가 원하는 건 그 잔이야."

아래층의 소음은 더욱 거세졌다. 클라리는 복도 바깥에서 발소리 같은 것을 들었다. "루크……."

"나도 들었어." 루크가 짧게 말했다.

"말했다시피 잔은 이드리스에 있어." 발렌타인은 루크의 뒤편을 쓱 쳐다보았다.

루크는 땀을 흘리고 있었다. "포털을 이용해 잔을 이드리스로 가져간 거군. 그럼 자네하고 함께 가서 잔을 가져오면 되겠어." 루크의 시선이 불안하게 흔들렸다. 이제 복도에서는 더 많은 움직임이 있었고, 고함 소리와 무언가가 박살 나는 소리까지 들려왔다.

"클라리, 제이스와 함께 있어. 우리가 여기를 벗어나거든 포털을 이용해서 안전한 곳으로 옮기도록 해."

"전 여기를 떠나지 않을 거예요." 제이스가 말했다.

"안 돼, 떠나야 돼." 무언가가 문을 쿵쿵 들이받았다. 루크가 목소리를 높였다. "발렌타인, 포털로 가지. 어서."

"그렇게 못하겠다면?" 발렌타인은 뭔가 궁리하는 표정으로 문에 시선을 고정하고 있었다.

"불가피한 경우엔 자네를 죽일 수밖에 없어. 자식들이 있든 없든. 포털로 가, 빨리."

발렌타인은 양손을 넓게 벌렸다. "자네가 원한다면 할 수 없지."

발렌타인이 뒤쪽으로 가볍게 물러나는 순간, 문이 박살 나며 방 안으로 쓰러졌고 경첩들이 바닥에 흩어졌다. 루크는 쓰러지는 문에 압사당하지 않으려고 옆으로 몸을 피했다. 그의 손에는 여전히 칼이 쥐어 있었다. 문간에는 얼룩무늬 털로 뒤덮인 늑대 한 마리가 서 있었다. 녀석은 양쪽 어깨를 앞으로 구부린 채 이빨을 드러내며 으르렁거렸다. 온몸을 뒤덮은 상처에서 피가 흘러내리고 있었다.

이미 천사의 검을 뽑아든 제이스는 낮게 욕설을 내뱉고 있었다. 클라리가 그의 손목을 붙잡았다. "안 돼. 우리 친구야."

제이스는 믿을 수 없다는 눈길로 그녀를 쳐다보았지만 들고 있던 팔을 내렸다.

"알라릭……" 루크는 클라리가 이해할 수 없는 언어로 소리쳤다. 알라릭은 다시금 으르렁거리며 바닥 가까이에 웅크렸다. 잠시 혼란에 빠진 그녀는 알라릭이 루크를 향해 달려들 거라고 생각했다. 그 순간, 클라리는 발렌타인의 손이 혁대에 가 있는 것을 보았다. 붉은 보석들이 번쩍이는 것을 보고 그녀는 발렌타인이 제이스의 단검을 가지고 있다는 사실을 뒤늦게 깨달았다. 클라리는 루크의 이름을 소리쳐 부르려고 했지만 목구멍에 접착제를 바른 것처럼 소리가 나오지 않았다. 결국 고함을 지른 것은 제이스였다.

발렌타인의 손을 떠난 칼이 은색 나비처럼 허공에서 여러 번 뒤집히며 날아가는 동안 루크는 지독하게 느린 속도로 돌아섰다. 루크가 자신의 칼을 드는 순간, 황갈색의 거대한 무언가가 루크와 발렌타인 사이로 달려들었다. 클라리는 알라릭의 울음소리를 들었다. 점점 커지던 울음소리가 갑자기 뚝 끊어졌고, 칼날이 박히는 소리가 들렸다. 클라리는 숨을 헐떡이며 앞으로 나가려 했지만 제이스가 그녀를 잡아당겼다.

늑대는 루크의 발치에 축 늘어졌고, 얼룩무늬 털에서는 피가 뚝뚝 떨어졌다. 알라릭은 힘없는 앞발로 가슴 밖으로 삐져나온 칼 손잡이를 움켜쥐었다.

발렌타인이 웃음을 터뜨렸다. "이것이 그토록 싸게 구한 무조건적인 충성에 자네가 보답하는 방식이군, 루션. 자네를 위해 부하들을 죽게 만들다니." 발렌타인은 여전히 루크에게 시선을 고정한 채 뒤로 물러서고 있었다.

얼굴이 하얗게 질린 루크는 발렌타인을 보고 나서 알라릭을 내려다보았다. 루크는 고개를 한 번 가로젓고 나서 풀썩 무릎을 꿇고 쓰러진 늑대인간 위로 몸을 기울였다.

클라리의 양쪽 어깨를 붙잡고 있던 제이스는 거친 목소리로 말했다.

"꼼짝 말고 여기 있어. 알았어? 여기 붙어 있으란 말이야."

제이스는 무슨 영문인지 허겁지겁 서두르는 발렌타인을 뒤따라 저쪽 벽으로 건너갔다. 창문 밖으로 뛰어내리기라도 하려는 걸까? 클라리는 제이스가 황금색 틀에 박혀 있는 커다란 거울로 다가갈 때, 거울에 비친 그의 모습을 보았다. 그녀는 반쯤 안도한 듯한 제이스의 표정을 보고 살인적인 분노를 느꼈다.

"나더러 여기 붙어 있으라고? 말도 안 되지." 그녀는 혼잣말을 중얼거리며 제이스를 뒤따라 가려고 움직였다. 클라리는 발렌타인이 발로 차버렸던 청색 킨잘을 거머쥐었다. 클라리가 쓰러진 의자를 옆으로 밀치고 거울 쪽으로 다가가는 동안 무기는 그녀의 손에 편안하게 달라붙어 위안을 주었다.

제이스가 천사의 검을 뽑아들었고, 검의 불빛이 허공을 환하게 밝히자 그의 눈 아래와 움푹한 뺨이 어두워졌다. 발렌타인은 불빛에 윤곽을 드러낸 채 거울을 등지고 서 있었다. 거울의 표면에는 그들 뒤에 있는 루크도 보였다. 루크는 칼을 내려놓고 알라릭의 가슴에 박힌 빨간 킨잘을 조심스럽게 뽑아내고 있었다. 클라리는 역겨운 기분을 느끼며 칼을 더욱 바짝 움켜쥐었다.

"제이스……." 그녀가 입을 열었다.

제이스는 거울에 비친 그녀를 볼 수 있었지만 돌아보지는 않았다. "클라리, 내가 기다리라고 했잖아."

"클라리는 자기 엄마를 꼭 닮았군." 발렌타인이 말했다. 그의 한 손은 등 뒤로 돌아가 있었는데, 그 손으로 거울의 묵직한 금색 테두리를 어루만지고 있었다. "남이 시키는 대로 하는 걸 좋아하지 않아."

제이스가 몸을 떨지는 않았지만, 클라리는 그의 자제력이 북의 가죽처럼 얇게 늘어졌다는 걸 느낄 수 있었다. "이드리스에 함께 가서 잔을 가져올게, 클라리."

"안 돼, 넌 갈 수 없어." 클라리는 거울을 통해 일그러진 그의 얼굴을 보았다.

"더 나은 생각이라도 있어?" 제이스가 캐물었다.

"하지만 루크가……."

발렌타인이 말했다. "루션은 쓰러진 동료를 돌봐주고 있잖아. 잔과 이드리스는 멀리 있지 않아. 거울을 통과하기만 하면."

제이스의 눈이 가늘어졌다. "거울이 포털이라고요?"

발렌타인의 입술이 가늘어졌다. 그는 손을 내리고 거울에서 물러났다. 거울의 표면이 그림 속 물감처럼 소용돌이치며 변했다. 어두운 목재와 촛불로 가득한 방 대신 푸른 들판, 짙은 에메랄드 빛깔의 나뭇잎, 그리고 저 멀리 커다란 석조 주택까지 이어지는 광활한 목초지가 보였다. 클라리는 꿀벌들이 윙윙거리는 소리와 바람에 나뭇잎들이 바스락거리는 소리를 들을 수 있었고, 바람에 실려 오는 인동덩굴 냄새를 맡을 수 있었다.

"내가 멀지 않다고 했잖아." 발렌타인은 도금한 아치형 출입구에 서 있었다. 그의 머리카락이 저 멀리서 나무 이파리들을 흔들던 바로 그 바람에 헝클어지고 있었다. "조너선, 어때? 네가 기억하는 모습과 같나?"

클라리는 심장이 쪼그라드는 것 같았다. 그녀는 그것이 제이스가 어린 시절을 보낸 집으로, 사탕이나 장난감으로 아이를 구슬리는 것처럼 제이스를 유혹하기 위해 나타난 것이란 사실을 조금도 의심하지 않았다. 클라리는 제이스를 바라보았지만 그는 그녀를 전혀 보지 않는 것 같았다. 제이스는 포털과 그 너머의 푸른 들판과 저택만을 뚫어지게 바라보았다. 그의 입술 곡선이 변하면서 얼굴이 부드러워졌다. 마치 사랑하는 사람을 바라보고 있는 것 같았다.

"지금이라도 집으로 오면 돼." 그의 아버지가 말했다. 제이스가 쥔 천사의 검이 발하는 불빛이 그의 그림자를 뒤쪽으로 드리우고 있었기 때문에, 그림자가 포털을 넘어 밝은 들판과 그 너머의 목초지까지 거무스름하게 물들이는 것처럼 보였다.

제이스의 입에서 미소가 사라졌다. "저기는 우리 집이 아니에요. 이제 여기가 우리 집이에요."

발작적인 분노로 얼굴이 일그러진 발렌타인이 아들을 바라보았다. 클라리는 그 표정을 잊을 수 없을 것 같았다. 그 모습을 보자 갑자기 어머니가 미치도록 보고 싶어졌다. 조슬린은 아무리 화가 나더라도 그런 식으로 딸을 보지 않았다. 조슬린은 항상 사랑스러운 눈길로 딸을 바라보았다. 클라리는 제이스에게 무한한 연민을 느꼈다.

"좋아." 발렌타인은 포털 속으로 재빨리 한 걸음 들어가 이드리스의 흙을 밟았다. 그의 입술이 구부러지더니 미소가 되었다. "아, 고향."

제이스는 비틀거리며 포털의 가장자리로 다가가더니 멈춰 서서 금박을 입힌 테두리에 손을 갖다 댔다. 사막의 신기루처럼 이드리스가 눈앞에 아른아른 빛나고 있는데도 그는 이상한 망설임에 사로잡힌 듯했다. 거기서 한 발짝만 내딛으면…….

클라리가 재빨리 말했다. "제이스, 가지 마. 따라가면 안 돼."

"하지만 잔을 가져와야지." 제이스가 말했다. 클라리는 제이스가 무슨 생각을 하고 있는지 알 수 없었지만, 그의 손에 쥐어 있는 칼이 심하게 흔들리고 있었다.

"잔은 클레이브가 찾도록 내버려둬! 제이스, 제발." 그 포털을 통과하면 두 번 다시 못 돌아올지도 몰라. 발렌타인은 널 죽일 거야. 넌 믿고 싶지 않겠지만 그가 널 해치고 말 거야.

"여동생 말이 옳아." 발렌타인은 녹색 풀과 들꽃 사이에 서 있었다. 그의 발 주변으로 풀잎이 파도처럼 넘실거리고 있었다. 클라리는 발렌타인과 자신들이 불과 몇 미터밖에 떨어져 있지 않지만 서로 다른 나라에 있다는 사실을 깨달았다.

"네가 이 싸움에서 이길 수 있을 거라고 생각해? 넌 천사의 검을 갖고 있고 난 아무 무기도 없어. 하지만 난 너보다 강해. 게다가 너한테는 날 죽일 만한 배짱이 없어. 잔을 갖기 전에 넌 나를 죽여야 할 거다, 조너선."

제이스는 천사의 검을 잡은 손에 더욱 힘을 주었다. "난 할 수 있어요."

"아니, 넌 못해." 발렌타인은 포털 밖으로 손을 뻗어 제이스의 손목을 붙잡았다. 그런 다음 천사의 검의 끝이 자기 가슴에 닿을 때까지 끌어당겼다. 제이스의 손과 손목이 포털을 통과하자 물에 잠긴 것처럼 아른아른 빛났다.

"그럼 한번 해봐. 칼을 밀어보란 말이야. 7센티미터, 아니 10센티미터만 밀면 돼." 발렌타인은 칼을 앞으로 끌어당겨 칼끝으로 자신의 셔츠를 찢어버렸다. 그의 심장 바로 위쪽에 양귀비처럼 붉은 원이 피어났다. 제이스는 숨을 헐떡거리며 팔을 끌어당기고는 비틀거리며 물러났다.

"내가 생각했던 대로야. 넌 마음이 너무 여려." 발렌타인은 전혀 생각지도 못한 순간에 제이스를 향해 주먹을 날렸다. 클라리는 비명을 질렀지만, 주먹은 목표물에 닿는 대신 그들 사이에 있는 포털의 표면을 가격했다. 수천 개의 연약한 것들이 산산이 부서지는 소리가 났다. 거미집 모양의 금이 유리 아닌 유리에 퍼져나갔다. 포털이 들쭉날쭉한 파편들의 홍수로 변하기 전에 클라리가 마지막으로 들었던 것은 발렌타인의 조롱하는 웃음소리였다.

무수한 얼음 조각들처럼 유리가 바닥으로 쏟아졌다. 은색 파편들은 이상하게도 아름다운 폭포처럼 느껴졌다. 클라리는 얼른 뒤로 물러났지만, 제이스는 쏟아지는 유리 속에서도 꼿꼿이 서서 거울의 빈 틀을 바라보고 있었다.

클라리는 제이스가 아버지에게 욕을 하거나 고함을 지르거나 저주를 퍼부을 거라고 예상했지만, 그는 그저 파편들이 더 이상 떨어지지 않을 때까지 기다리고 있었다. 제이스는 깨진 유리 더미 속에서 말없이 무릎을 꿇더니 제법 커다란 파편 하나를 집어 손 위에서 뒤집어보았다.

"그러지 마." 클라리는 제이스의 옆에 무릎을 꿇고 들고 있던 칼을 내려놓았다. 칼은 더 이상 그녀에게 위안이 되지 못했다. "네가 할 수 있는 건 아무것도 없었어."

"아니야, 있었어." 제이스는 아직도 유리를 내려다보고 있었다. 아주 작은 파편들이 그의 머리카락을 먼지처럼 하얗게 뒤덮고 있었다. "난 아버지를 죽일 수도 있었어." 그는 그녀에게 파편을 보여주었다. "봐."

클라리는 그것을 들여다보았다. 그녀는 유리 조각에서 이드리스의 일부를 볼 수 있었다. 거기에는 파란 하늘 한 조각과 푸른 나뭇잎의 그림자가 보였다. 그녀는 고통스럽게 숨을 내쉬었다. "제이스……."

"두 사람 다 괜찮아?"

클라리가 위를 쳐다보자 루크가 그들을 내려다보고 있었다. 그는 너무 지쳐서 두 눈이 움푹 꺼져 있었다. "우린 괜찮아요." 클라리는 루크의 뒤편 바닥에 구겨져 있는 형체를 볼 수 있었다. 그것은 발렌타인의 긴 외투로 반쯤 덮여 있었는데, 외투의 가장자리 밑으로 한 손이 삐져나와 있었다. 갈고리발톱이 달린 손이었다. "알라릭은?"

"죽었어." 루크의 목소리에는 억제된 아픔이 가득했다. 클라리는 루크가 알라릭에 대해 많이 알지 못했지만 평생토록 엄청난 죄책감에 시달리게 될 거라는 사실을 알고 있었다. 이것이 그토록 싸게 구한 무조건적인 충성에 자네가 보답하는 방식이군, 루션. 자네를 위해 부하들을 죽게 만들다니. 발렌타인은 그렇게 말했다.

"아버지가 잔을 가져가버렸어요." 제이스의 목소리에는 기운이 전혀 없었다. "우리가 그에게 잔을 바친 거예요. 제가 일을 망쳐버렸어요."

루크는 한 손을 제이스의 머리에 얹고 유리 파편을 털어주었다. 루크의 손톱은 여전히 길게 뻗어 나와 있었고, 손가락은 피에 젖어 있었다. 하지만 제이스는 그런 데 개의치 않는다는 듯이 루크의 손길을 참아내며 아무 말도 하지 않았다.

"그건 네 잘못이 아니야." 클라리를 내려다보며 루크가 말했다. 그의 파란 눈은 흔들림이 없었다. 네 오빠는 널 필요로 하고 있어. 그러니 곁에 있어줘. 루크의 눈은 그렇게 말하고 있었다.

클라리는 고개를 끄덕였다. 루크는 그들을 떠나 창문으로 향했다. 그는 창문을 활짝 열어 방 안으로 한바탕 공기를 들여보냈다. 바람에 촛불이 꺼질 듯이 위태롭게 흔들렸다. 클라리는 루크가 건물 아래에 있는 늑대들을 향해 소리치는 것을 들었다.

클라리는 제이스 옆에 무릎을 꿇었다. "괜찮아." 분명히 괜찮을 리 없고 앞으로도 괜찮지 않겠지만, 그녀는 머뭇거리며 그렇게 말하고는 제이스의 어깨에 손을 얹었다. 손끝에 닿는 그의 셔츠 옷감은 거칠고 땀에 젖어 있었지만 이상하게도 편안하게 느껴졌다. "우리는 엄마를 되찾았어. 너도 되찾았고. 이제 중요한 건 모두 가졌어."

"그의 말이 옳았어. 난 소심해서 포털을 통과하지 못했던 거야." 제이스가 속삭이듯 말했다. "나는 그렇게 할 수 없었어. 난 그를 죽일 수 없었단 말이야."

"넌 일을 망쳤다고 했지만 사실 그럴 기회조차 없었는걸."

제이스는 아무 말도 하지 않고 아주 낮게 속삭이기만 했다. 클라리는 그게 무슨 소리인지 제대로 들을 수 없었지만, 손을 뻗어 그의 손에서 유리 조각을 빼앗았다. 제이스가 유리를 움켜쥔 부위에는 가느다랗게 베인 자국이 두 개 있었고, 거기에서는 피가 흘러내리고 있었다. 클라리는 파편을 내려놓고 제이스의 손을 잡았다. 그런 다음 그의 손가락을 구부려 손바닥의 상처를 감쌌다.

"뭐하는 짓이야, 제이스. 유리 조각을 가지고 할 수 있는 놀이가 고작 그것밖에 없어?"

제이스는 캑캑거리며 웃음을 터뜨리더니 팔을 뻗어 클라리를 자신의 품으로 끌어당겼다. 그녀는 루크가 창가에서 지켜보고 있다는 것을 알았지만, 눈을 질끈 감고 제이스의 어깨에 얼굴을 파묻었다. 제이스에게서는 소금기와 피 냄새가 났다. 그의 입이 그녀의 귀 가까이로 다가왔을 때에서야 클라리는 그가 무슨 말을 하는지, 그리고 조금 전에 무어라고 속삭였는지 이해했다. 그것은 모든 기도 중에서도 가장 짧은 기도였다. 그녀의 이름, 그녀의 이름이 그 기도의 전부였다.

에필로그

　병원 복도는 눈이 부실 정도로 희었다. 여러 날 동안 횃불, 가스등 불빛, 으스스한 마법의 불빛만 본 탓에 형광등 불빛 아래의 사물들이 창백하고 부자연스럽게 느껴졌다. 접수처에서 접수를 할 때 클라리는 간호사의 피부가 밝은 불빛 아래에서 이상하게도 누르스름하게 보인다는 것을 깨달았다. '어쩌면 이 여자도 악마일지 몰라.'
　"복도 끝에 있는 마지막 방이에요." 친절하고 환한 미소를 지어 보이며 간호사가 말했다.
　'악마가 분명해. 악마가 아니면 내 손에 장을 지지겠어.'
　"알아요. 어제도 왔어요." 클라리가 말했다. '어제뿐만 아니라 그저께도, 그끄저께도 왔지.' 초저녁이었는데 복도는 붐비지 않았다. 카펫 천으로 만든 슬리퍼를 신고 길고 헐거운 옷을 입은 늙은이가 이동용 산소통을 끌며 천천히 걸어갔다. 수술용 녹색 가운을 입은 의사 둘은 커피 잔을 든 채 지나갔다. 액체의 표면에서 피어오른 김이 싸늘한 공기 속으로 퍼졌다. 바깥 날씨는 어느새 가을로 접어들기 시작했지만, 병원 안에는 냉방 장치가 완벽하게 가동되고 있었다.

클라리는 복도 끄트머리에 있는 문을 발견했다. 문은 열려 있었다. 루크가 잠들어 있다면 깨우고 싶지 않았기에 안을 빠끔히 들여다보았다. 클라리가 어제와 그저께 병원을 찾아왔을 때 그는 침대 옆 의자에서 잠들어 있었다. 그런데 오늘은 자리에서 일어나 있었다. 루크는 침묵의 형제들의 외투를 입은 키 큰 사람과 무언가를 상의하고 있었다. 클라리가 왔다는 것을 알아차렸는지 그가 돌아섰고, 그녀는 루크와 얘기를 나누던 사람이 제러마이어라는 것을 알아차렸다.

클라리는 가슴 위로 팔짱을 꼈다. "무슨 일이죠?"

루크는 지쳐 보였고, 사흘 동안 수염을 깎지 않아 얼굴이 지저분했다. 그는 안경을 머리 위로 밀어 올렸다. 클라리는 헐거운 플란넬 셔츠 속으로 루크의 위쪽 가슴을 감싼 붕대들을 볼 수 있었다. "제러마이어 형제는 막 떠나려던 참이었어."

후드를 올려 머리에 쓰고 문 쪽으로 움직이려던 제러마이어를 클라리가 가로막았다. "어쩌실 건가요?" 그녀는 그에게 대들듯이 말했다. "엄마를 도와주실 건가요?"

제러마이어는 클라리에게 좀 더 가까이 다가섰다. 그녀는 제러마이어의 몸에서 흘러나오는 냉기를 느낄 수 있었다. 그것은 마치 빙산에서 피어오르는 김과 같았다. '먼저 자신을 구하지 못하면 남들을 구할 수 없어.' 그녀의 머릿속에서 목소리가 말했다.

"포춘 쿠키 같은 말은 이제 정말 지긋지긋하네요. 엄마한테 무슨 문제가 있는 거죠? 혹시 아시나요? 침묵의 형제들이 알렉을 도와준 것처럼 우리 엄마를 도와줄 순 없나요?"

'우린 어느 누구도 돕지 않았어.' 제러마이어가 말했다. '게다가 클레이브에서 자발적으로 나간 사람들을 돕는 건 우리가 할 일이 아니야.'

클라리가 뒤로 물러나자 제러마이어는 그녀를 스쳐 복도로 나갔다. 클라리는 제러마이어가 저쪽으로 걸어가 사람들과 뒤섞이는 것을 지켜보았다. 그에게 관심을 보이는 사람은 아무도 없었다. 반쯤 눈을 감았을 때 클라리는 제러마이어를 둘러싼 아른거리는 글래머의 기운을 보았다. 그녀는 남들에게 제러마이어가 어떻게 보일지 궁금했다. 또 다른 환자? 수술용 가운을 입고 허겁지겁 달려오는 의사? 슬픔에 잠긴 방문객?

"제러마이어의 말이 맞아." 클라리의 뒤에서 루크가 말했다. "그는 알렉을 치료하지 않았어. 알렉을 치료해준 건 매그너스 베인이었지. 그리고 제러마이어는 네 엄마한테 무슨 문제가 있는지 몰라."

"알아요." 방 쪽으로 돌아서며 클라리가 말했다. 그녀는 조심스럽게 침대로 다가갔다. 침대에 누워 있는 작고 하얀 형체, 온몸이 튜브로 감싸인 그 형체를 불꽃 같은 머리카락을 가진 쾌활한 엄마와 연결시키기란 쉽지 않은 일이었다. 물론 그녀의 머리카락은 아직도 붉었고, 구릿빛 실로 짠 숄처럼 베개 위에 넓게 펼쳐져 있었다. 하지만 피부는 너무도 창백해서, 마담 투소 밀랍 인형 박물관에 전시된 잠자는 미녀를 상기시켰다.

어제도, 그제도 그랬듯이 클라리는 어머니의 가느다란 손을 잡아 꼭 쥐어보았다. 조슬린의 손목에서 한결 같은 속도로 맥박이 꾸준하게 뛰는 것을 느낄 수 있었다. '엄마는 깨어나길 원하고 있어. 난 알아. 엄마가 깨어나고 싶어한다는 걸.'

"물론 깨어나고 싶겠지." 루크가 말했다. 클라리는 생각을 자기도 모르게 입밖에 낸 사실을 뒤늦게 깨닫고 깜짝 놀랐다. "이제 엄마는 모든 걸 얻었어. 자신이 상상도 할 수 없었던 것까지."

클라리는 엄마의 손을 침대에 가만히 내려놓았다. "제이스 말이군요."

"그래, 맞아. 엄마는 자그마치 17년 동안이나 아들의 죽음을 슬퍼했어. 이제 더 이상 슬퍼하지 않아도 된다는 말을 해줄 수 있다면……." 루크는 말을 중단했다.

"혼수상태에 빠진 사람들도 이따금 말소리를 들을 수 있다고 하던데요." 클라리가 의견을 제시하듯이 말했다. 물론 조슬린은 다른 혼수상태 환자들과 상황이 달랐고, 의사들은 조슬린이 평범한 혼수상태가 아니라고 말했다. 그녀는 부상이나 산소 부족, 또는 뇌나 심장의 갑작스러운 문제 때문에 혼수상태에 빠진 게 아니었다. 깨어나지만 못할 뿐, 그냥 편안히 잠들어 있는 것처럼 보였다.

"나도 알아. 그동안 조슬린에게 이런저런 얘기를 건넸지. 쉬지 않고 계속해서." 루크는 힘없이 미소를 지었다. "네가 얼마나 용감했는지 말해줬고, 전사와 같은 딸을 두고 있으니 얼마나 뿌듯하냐고 말했지."

클라리는 목 안쪽에서 날카롭고 고통스러운 뭔가가 울컥 치밀어 오르는 것을 느끼고 침을 꿀꺽 삼켜 그것을 내리눌렀다. 그녀는 창문으로 시선을 옮겼다. 창문을 통해 반대편 건물의 아무 무늬도 없는 벽돌 벽이 보였다. 그곳에서는 아름다운 나무나 강을 볼 수 없었다.

"부탁한 대로 쇼핑을 했어요. 포르투나토 브러더스 제과점에 가서 땅콩버터, 우유, 시리얼, 그리고 식빵을 샀어요." 클라리는 청바지 주머니 속으로 손을 찔러 넣었다. "그리고 여기 잔돈……."

"잔돈은 가져. 돌아갈 때 택시비나 하렴."

"사이먼이 차로 데려다줄 거예요." 클라리는 열쇠고리에 매달린 나비 시계를 들여다보았다. "지금쯤 아래층에 도착해 있을 거예요."

"좋아, 사이먼과 시간을 보낼 거라니 내가 다 기쁘군." 루크는 안도하는 표정을 지었다. "어쨌든 돈은 가져가. 오늘 밤에 뭐라도 사 먹든가."

클라리는 거절하려고 입을 열었다 다시 다물었다. 클라리의 어머니가 항상 말했듯이 루크는 어려움 앞에서 바위처럼 단단하고, 의지할 수 있고, 꿈쩍도 하지 않는 그런 사람이었다. "집에는 들어오실 거죠? 루크도 잠을 좀 자야 해요."

"잠? 누가 잠이 필요해?" 루크는 비웃었지만 침대 옆으로 돌아가 앉는 그의 얼굴에는 지친 기색이 역력했다. 루크는 부드러운 손길로 조슬린의 얼굴에서 머리카락 한 가닥을 걷어냈다. 클라리는 눈이 따끔거려 더 이상 그 모습을 볼 수 없었다.

클라리가 병원 출구로 나갔을 때 에릭의 차가 길가에 서 있었다. 머리 위의 아치 모양 하늘은 완벽한 청색의 자기 그릇 같았다. 해가 지고 있는 허드슨 강물 위는 사파이어색이었다. 차에 타고 있던 사이먼은 클라리를 위해 상체를 기울여 문을 열어주었다. 클라리는 차에 기어올라 사이먼의 옆자리에 앉았다. "고마워."

"어디로 갈까? 집으로?" 사이먼이 물었다.

클라리는 한숨을 쉬었다. "집이 어디에 있는지도 더 이상 모르겠어."

사이먼은 그녀를 힐끗 쳐다보았다. "신세 한탄이야, 프레이?" 그의 말투는 놀리는 투였지만 온화했다. 알렉이 이사벨의 무릎 위에 누워 피를 흘리던 뒷좌석에는 아직도 시커먼 핏자국이 남아 있었다.

"응. 아니, 나도 잘 모르겠어." 클라리는 헝클어진 구릿빛 머리카락을 잡아당기며 다시 한숨을 쉬었다. "모든 것이 변했어. 이제 모든 게 달라졌어. 언젠가는 예전의 모습으로 되돌아갈 수 있었으면 좋겠어."

"난 그렇게 생각 안 해." 사이먼이 말했다. 클라리는 그의 말을 듣고 깜짝 놀랐다. "아까도 물었는데 어디로 가야 돼? 시내로 들어가야 하는지, 아니면 변두리로 나가야 하는지 알려줘야 할 거 아니야."

"인스티튜트로 가." 클라리가 말했다. "미안해." 그녀는 사이먼이 차를 확 꺾어 불법 유턴을 감행하자 그렇게 덧붙였다. 차가 휘청거리자 바퀴가 저항이라도 하듯 날카로운 비명을 질렀다. "내가 미리 얘기를 해줬어야 하는데."

"젠장. 아직 정신이 안 돌아왔지? 그런 일을 겪고 나서……."

"제이스가 전화해서 알렉과 이사벨이 잘 있다고 알려줬어. 개네 부모님이 지금 이드리스에서 달려오고 있대. 누군가 무슨 일이 벌어지고 있는지 알려줬나 봐. 개네 부모님은 이틀쯤 뒤에 도착할 거야."

"제이스한테서 소식을 듣고 이상했지?" 사이먼이 조심스럽고도 무덤덤한 목소리로 물었다. "그러니까 내 말은, 네가 진실을 알고 나서……." 그는 말끝을 흐렸다.

"응?" 클라리가 날이 선 목소리로 말했다. "무슨 진실? 고양이를 괴롭히는 변태 살인자라는 진실?"

"그의 고양이가 모든 사람을 싫어할 만했군."

"제발 그만해, 사이먼." 클라리가 토라져서 말했다. "네가 무슨 뜻으로 그런 말을 하는지 알아. 아무튼 우리 사이에는 아무 일도 없었어."

"아무 일도 없었다고?" 사이먼이 클라리의 말을 반복했다. 그의 말투엔 불신감이 역력했다.

"응. 아무 일도." 클라리는 뺨이 벌겋게 달아오른 모습을 들키지 않으려고 창밖을 내다보며 단호하게 말했다. 이제 그들은 줄지어 늘어선 음식점들을 지나가고 있었다. 그녀는 땅거미 속에서 환하게 불을 밝히고 있는 타키를 볼 수 있었다.

해가 인스티튜트의 장미 무늬 유리창 뒤로 막 사라지며 조갯빛으로 거리를 물들이는 동안 그들은 모퉁이를 돌아섰다. 사이먼은 문 앞에 차를 세우고 시동을 껐다. 그는 손에 쥔 열쇠를 만지작거리며 안절부절못했다. "내가 함께 올라갈까?"

클라리는 머뭇거렸다. "아니야. 나 혼자 처리해야 할 일이야."

실망하는 기색이 사이먼의 얼굴을 스치고 지나갔다. 하지만 그런 기색은 금세 사라졌다. 사이먼은 클라리와 마찬가지로 지난 2주 동안 많이 성장한 것 같았다. 그것은 좋은 현상이었다. 사이먼은 클라리의 일부였다. 미술적 재능, 브루클린의 희뿌연 대기, 어머니의 웃음소리, 그리고 몸속을 떠도는 섀도우 헌터의 피가 그녀의 일부인 것처럼.

"알았어. 나중에 차로 태워다 줄까?"

클라리는 고개를 가로저었다. "루크가 택시비를 줬어. 내일 집에 올래? 같이 〈트라이건〉(일본 애니메이션—옮긴이)이나 볼까. 팝콘도 좀 튀겨 먹고. 간만에 소파에서 뒹굴며 쉬어야겠어."

사이먼은 고개를 끄덕였다. "괜찮은 생각이네." 그는 몸을 앞으로 기울여 클라리의 광대뼈에 스치듯 키스를 했다. 바람에 낙엽이 날아와 뺨을 스치고 지나가는 듯한 아주 가벼운 키스였지만, 그녀는 뼛속 깊이 전율을 느꼈다. 클라리는 사이먼을 보며 물었다.

"넌 그게 우연의 일치였다고 생각해?"

"뭐가?"

"우리가 팬데모니엄에 갔던 날 밤에 제이스와 다른 애들이 악마를 쫓아 거기까지 왔던 거 말이야. 발렌타인이 엄마를 찾아오기 전날 밤에 있었던 일."

사이먼은 고개를 가로저었다. "난 우연의 일치 따윈 믿지 않아."

"그건 나도 마찬가지야."

"하지만 우연의 일치든 그렇지 않든 간에 그게 우발적인 사건이었다는 사실은 인정할 수밖에 없지." 사이먼이 덧붙였다.

"우발적인 사건이라." 클라리가 곱씹듯 말했다. "너희 밴드 이름을 그걸로 하면 되겠네."

"그동안 우리가 내놨던 이름들보다는 나은 것 같아." 사이먼도 인정했다.

"그래, 맞아." 클라리는 차에서 펄쩍 뛰어내린 다음 차 문을 쾅 닫았다. 그녀는 무성한 풀밭 사이로 난 좁은 길을 따라 문을 향해 달려 올라갔다. 사이먼이 울리는 경적 소리를 듣고는 뒤를 돌아보지 않고 손을 흔들어주었다.

성당의 내부는 서늘하고 어두웠으며 비와 젖은 종이 냄새가 났다. 발소리가 돌바닥 위에서 크게 울려 퍼졌다. 클라리는 브루클린의 교회에서 제이스가 했던 말을 생각했다. 하나님이 존재하는지 존재하지 않는지는 아무도 몰라. 하지만 그런 문제는 중요하지 않아. 하나님이 있든 없든 어차피 우리는 혼자 힘으로 살아갈 수밖에 없으니까.

승강기에 올라타고 문이 쾅 소리를 내며 닫혔을 때, 클라리는 거울에 비친 자기 모습을 훑어보았다. 멍과 긁힌 자국은 대부분 나아서 눈에 보이지도 않았다. 그녀는 오늘처럼 깔끔한 모습을 제이스가 한 번이라도 본 적이 있는지 궁금했다. 클라리는 병원에 가느라 주름이 잡힌 검정 스커트에 분홍색 립글로스를 바르고 빈티지풍의 세일러복 블라우스를 입고 있었다. 그렇게 입으니 한 여덟 살 정도로 보였다. 제이스가 그녀의 모습을 보고 무슨 생각을 하는지가 중요한 게 아니었다. 클라리는 이따금 그 사실을 자신에게 상기시켰다. 그녀는 사이먼과 그의 누나처럼 자신도 제이스와 그런 사이가 될 수 있을지 궁금했다. 한편으로는 서로를 지겹게 생각하면서도, 또 한편으로는 서로를 아끼는 그런 관계. 클라리는 상상이 가지 않았다.

클라리는 승강기의 문이 열리기도 전에 고양이의 우렁찬 울음소리를 들었다. "아, 처치." 그녀는 회색 공처럼 바닥에 웅크린 녀석의 옆에 무릎을 꿇고 앉으며 말했다. "모두 어디 있지?" 배를 어루만져주길 바랐던 처치는 험악하게 투덜거렸다. 클라리는 한숨을 쉬며 녀석의 고집에 굴복하고 말았다. "고집 하나는 알아줘야 하는 고양이라니까." 그녀는 힘차게 배를 어루만져주었다. "모두 어디에……."

"클라리!" 이사벨의 목소리였다. 그녀는 기다란 붉은색 스커트 차림으로 달려 나왔다. 이사벨은 머리카락을 위로 말아 올려 보석이 박힌 핀으로 고정하고 있었다. "이렇게 반가울 수가!"

이사벨이 달려와 클라리를 와락 껴안았다. 클라리는 중심을 잃고 하마터면 뒤로 벌러덩 자빠질 뻔했다.

"이사벨." 클라리는 숨이 막혀 헉헉거렸다. "나도 정말 반가워." 그렇게 덧붙이고 나서 클라리는 이사벨이 자신을 일으켜 세우도록 내버려두었다.

"얼마나 걱정했는지 몰라." 이사벨이 밝게 말했다. "너희가 호지 선생님과 도서관으로 가고 나서 난 알렉과 함께 있었어. 엄청난 폭발음을 듣고 도서관으로 달려갔더니, 넌 거기 없었고 바닥에는 물건들이 어질러져 있었어. 피와 끈적거리는 검은 액체가 사방에 묻어 있었고 말이야." 이사벨이 치를 떨었다. "그 액체는 뭐였지?"

"저주." 클라리가 조용하게 말했다. "호지 선생님의 저주."

"아, 맞아. 제이스가 호지 선생님에 대해 말해줬어."

"그랬어?" 클라리는 깜짝 놀랐다.

"저주가 풀려서 떠났다고? 그래, 그랬지. 그래도 작별 인사는 할 줄 알았는데." 이사벨이 덧붙였다. "사실 호지 선생님한테 좀 실망했어. 하지만 선생님은 클레이브가 두려웠을 거야. 장담하건대 언젠가는 연락을 해올 거야."

이사벨의 얘기를 듣고 클라리는 호지의 배신을 제이스가 밝히지 않았다는 것을 깨달았다. 그녀는 제이스의 행동을 어떻게 생각해야 좋을지 알 수 없었다. 만약 제이스가 이사벨에게 혼란과 실망을 안겨주고 싶지 않아 일부러 진실을 숨긴 거라면, 클라리가 끼어들 필요는 없었다.

"어쨌든 정말로 끔찍했어. 매그너스가 나타나 마법으로 알렉을 고치지 않았다면 과연 어떻게 됐을까." 이사벨은 눈썹을 찡그렸다. "제이스가 무슨 일이 있었는지 우리한테 모두 말해줬어. 사실 우린 이미 알고 있었지만 말이야. 매그너스가 밤새도록 전화를 붙잡고 있었거든. 다운월드의 모든 사람이 거기에 대해 떠들어대고 있었어. 넌 이제 유명해졌어."

"내가?"

"응. 발렌타인의 딸로."

클라리는 몸을 부들부들 떨었다. "제이스도 유명해졌을 거야."

"너희 둘 다 유명해." 이사벨은 여전히 밝은 목소리로 말했다. "유명한 남매가 된 거야."

클라리는 이사벨을 신기하게 바라보았다. "솔직히 난 네가 날 보고 이렇게까지 기뻐할지는 상상도 못했어."

이사벨은 화가 난 듯이 양손으로 자기 엉덩이를 짚으며 말했다. "왜 기쁘지 않겠어?"

"난 네가 날 그 정도로 좋아하는 줄 몰랐거든."

이사벨의 환한 표정이 점점 사라졌다. 그녀는 자신의 은색 발가락을 내려다보았다. "그건 나도 마찬가지야." 이사벨은 솔직히 시인했다. "하지만 너랑 제이스를 찾으러 도서관으로 달려갔을 때, 네가 사라진 걸 보고……." 그녀는 말끝을 흐렸다. "제이스만 걱정이 된 게 아니라, 너도 걱정이 됐어. 넌 뭐랄까…… 주변 사람들에게 위안을 줬어. 그리고 네가 곁에 있으면 제이스도 한결 상태가 나아져."

클라리의 눈이 동그래졌다. "그래?"

"응, 정말이야. 덜 예민해지지. 더 친절해진다는 얘기가 아니라, 제이스의 내면에 있는 친절을 남들이 확인할 수 있게 된다는 거야." 이사벨은 잠시 말을 멈추었다. "처음엔 널 싫어했어. 하지만 지금은 그게 얼마나 어리석은 짓인지 깨달았어. 한 번도 여자애를 친구로 가져보지 못했다고 해서 앞으로도 여자 친구를 얻지 못하는 건 아니지."

"나도 같은 생각이야." 클라리가 말했다. "근데 이사벨?"

"응?"

"일부러 그렇게 친절하게 행동할 필요는 없어. 난 네가 원래 하던 대로 자연스럽게 행동하는 게 더 좋아."

"심술궂게 행동하라는 뜻이야?" 이사벨은 그렇게 말하고 나서 웃음을 터뜨렸다.

클라리가 그런 뜻이 아니라고 말하려는 찰나, 알렉이 양쪽 겨드랑이에 목발을 끼고 입구 쪽 통로에 모습을 드러냈다. 청바지를 무릎까지 말아 올린 한쪽 다리에는 붕대가 칭칭 감겨 있었고, 검은 머리카락 아래 관자놀이에도 붕대가 감겨 있었다. 그것만 빼면 알렉은 나흘 전에 거의 죽을 뻔했던 사람치고는 아주 건강해 보였다. 그는 한쪽 목발을 흔들며 클라리를 반갑게 맞았다.

"안녕." 클라리는 멀쩡하게 돌아다니는 그를 보고 놀라며 말했다. "이제 괜찮……."

"괜찮으냐고? 보다시피 멀쩡해. 며칠만 지나면 이것들도 필요 없을 거야."

죄책감으로 클라리는 목이 메었다. 자기만 아니었더라면 알렉은 목발을 짚고 다니지 않아도 됐을 것이다. "건강해 보여서 정말 기뻐, 알렉." 클라리는 긁어모을 수 있는 모든 진지함을 목소리에 실어서 말했다.

알렉이 눈을 껌벅거렸다. "고마워."

"매그너스가 고쳐줬다며? 루크 말로는……."

"맞아!" 이사벨이 말했다. "정말 대단했어. 매그너스가 나타나더니 방에서 모두 나가라고 하고는 문을 닫았어. 문 밑으로 파랗고 빨간 불빛이 계속 복도로 흘러나왔어."

"난 전혀 기억이 없어." 알렉이 말했다.

"그리고 매그너스는 알렉의 침대 옆에서 이튿날 아침까지 꼬박 밤을 지새웠어. 알렉이 무사히 깨어나는지 확인하려고 말이야."

"그것도 기억이 안 나." 알렉이 황급히 덧붙였다.

이사벨의 붉은 입술에 미소가 번졌다. "매그너스가 어떻게 여기로 왔을까? 내가 물어봤지만 대답을 안 하더라."

클라리는 발렌타인이 떠나고 난 뒤 호지가 불 속에 던진 접은 종이를 머리에 떠올렸다. 호지는 참 이상한 사람이었다. 그동안 보살펴온 모든 사람과 모든 것을 배신하는 동안에도 알렉을 구하기 위해 자기가 할 수 있는 일을 했던 것이다. "나도 모르겠어."

이사벨은 어깨를 으쓱했다. "아마 어딘가에서 소식을 들었던 것 같아. 인맥이 넓어서 온갖 소문을 다 듣고 다니는 사람이니까. 꼭 여자처럼 말이야."

"매그너스는 브루클린의 유명한 마법사야, 이사벨." 알렉이 이사벨에게 상기시켰지만 별반 진지한 어조는 아니었다. 그는 클라리를 향해 돌아섰다. "제이스를 만나고 싶으면 온실에 올라가봐. 내가 데려다줄께."

"네가 데려다준다고?"

"응." 알렉은 약간 불편해 보였다. "왜, 안 돼?"

클라리가 이사벨을 쳐다보자 그녀는 어깨를 으쓱해 보였다. 알렉은 무슨 일을 하든 여동생한테 의견을 물어보지 않았다. "가봐. 어차피 난 할 일이 있으니까." 이사벨은 그들에게 손을 흔들며 말했다. "빨리 가."

두 사람은 함께 복도를 걸어갔다. 알렉은 목발을 짚었지만 걷는 속도가 빨랐다. 클라리는 뒤처지지 않기 위해 거의 달리다시피 했다.

"난 다리가 짧아." 그녀는 알렉에게 일깨워주었다.

"미안해." 알렉은 걷는 속도를 늦추었다. "근데 있잖아, 혹시 기억나? 내가 제이스 일로 너한테 고함을 질렀을 때, 네가 나한테 했던 말……."

"기억나." 클라리는 작은 목소리로 말했다.

"그때 넌 내가…… 그러니까 네가 무슨 말을 했냐면……." 알렉은 완전한 문장을 만들어내는 데 어려움을 겪는 것처럼 보였다. 알렉은 다시 한 번 제대로 된 문장을 만들려고 시도했다. "넌 내가 단지……."

"알렉, 그만해."

"알았어. 그만할게. 신경 쓰지 마." 그는 입을 굳게 다물었다. "거기에 대해 얘기하기 싫은가 보구나."

"그게 아니야. 그때는 내가 너무 심한 말을 했어. 하지만 그건 내 진심도 아니었고……."

"하지만 모두 옳은 말이었어. 틀린 말은 하나도 없었어."

"그래도 그런 식으로 말하는 건 옳지 못했어. 사실이라고 모두 말해도 되는 건 아니야. 그건 야비한 짓이었어. 제이스는 네가 악마를 죽여본 적이 한 번도 없다고 말했어. 제이스가 그런 말을 한 이유는 네가 제이스와 이사벨을 항상 지켜주기 때문이었어. 제이스는 좋은 의도로 그런 말을 했지. 제이스는……." 너를 사랑하고 있어. 그녀는 그 말을 하려다 멈추었다. "너에 대해 나쁜 말은 하나도 하지 않았어, 절대로. 맹세할 수 있어."

"맹세까지 할 필요는 없어. 나는 이미 알고 있었어." 알렉의 목소리는 차분했고 확신이 배어 있었다. 클라리는 알렉에게서 그렇게 확신에 찬 목소리를 들어본 적이 없었다. 그녀는 놀라 알렉을 바라보았다.

"내가 아바돈을 죽이지 못했다는 것, 나도 알아. 그런데도 넌 내가 아바돈을 죽인 거라고 말했지. 아무튼 고마워."

클라리는 온몸을 흔들며 웃음을 터뜨렸다. "거짓말을 해줘서 고맙다고?"

"넌 친절한 마음에서 우러나온 거짓말을 했던 거야. 그건 큰 의미가 있어. 내가 널 함부로 대했는데도 넌 나한테 친절을 베풀었어."

"제이스가 그때 그렇게 흥분해 있지 않았더라면 내가 거짓말을 했다고 무척 화를 냈을 거야. 물론 그 일이 있기 전에 내가 너한테 했던 말을 알았다면 화를 낼 수 없었겠지만."

"나한테 생각이 있어." 알렉이 입 가장자리를 밀어 올리며 말했다. "제이스한테는 말하지 말자. 제이스는 코르크 따개와 고무 밴드만 가지고도 15미터나 떨어져 있는 악마의 목을 잘라낼 수 있겠지만, 사람들에 대해서는 잘 모르는 것 같아."

"동감이야." 클라리가 씩 웃었다.

그들은 지붕으로 올라가는 나선형 계단의 발치에 도착했다. "난 올라갈 수 없어." 알렉이 목발로 철제 계단을 탁탁 두드리자 쇳소리가 주변에 울려 퍼졌다.

"튼튼하군. 이제 그만 돌아갈게."

알렉은 돌아서서 갈 것처럼 굴더니 클라리를 쳐다보았다. "네가 제이스의 여동생이라는 사실을 왜 진작 알아차리지 못했을까. 너희 두 사람은 동일한 예술적 재능을 갖췄어."

클라리는 첫 번째 계단에 한쪽 발을 올려놓다가 깜짝 놀라 동작을 멈췄다. "제이스가 그림을 그릴 수 있다고?"

"아니." 알렉이 미소를 지었을 때 그의 눈이 파란 램프처럼 반짝였다. 클라리는 매그너스가 왜 알렉에게 그토록 매료되었는지 알 수 있었다. "그냥 농담이었어. 제이스는 그림은커녕 직선도 못 그린다고." 알렉은 낄낄 웃으며 목발을 짚고 돌아섰다. 클라리는 넋이 나간 표정으로 알렉이 걸어가는 모습을 지켜보았다. 비록 알렉의 유머 감각은 이해가 되지 않았지만, 이따금 농담을 하고 제이스를 놀려먹는 그의 모습에는 적응할 수 있을 것 같았다.

온실은 클라리가 기억하는 그대로였다. 유리 지붕 위의 하늘은 이제 사파이어색이었다. 갖가지 꽃에서 흘러나오는 깨끗한 비누 냄새가 그녀의 머릿속을 맑게 헹구어주었다. 클라리는 숨을 깊이 들이마시며 빼곡하게 얽힌 이파리와 나뭇가지를 뚫고 앞으로 나아갔다.

클라리는 온실 한복판의 대리석 벤치에 앉아 있는 제이스를 발견했다. 그는 고개를 푹 숙이고 양손에 든 어떤 물건을 뒤집어보고 있는 것 같았다. 클라리가 나뭇가지 아래로 고개를 숙이자, 제이스는 고개를 들더니 재빨리 그 물건을 손으로 감싸 쥐었다.

"클라리." 제이스는 깜짝 놀란 목소리로 말했다. "여기서 뭐해?"

"널 보러 왔지. 어떻게 지내는지 알고 싶었어."

"나야 잘 지내지." 제이스는 청바지에 흰색 티셔츠를 입고 있었다. 클라리는 아직도 흐릿하게 남아 있는 멍들을 볼 수 있었다. 마치 사과의 하얀 속살에 박혀 있는 어두운 점 같았다. 물론 진짜 상처는 겉이 아니라 마음속에 있을 것이다.

"그건 뭐야?" 클라리는 그의 손을 가리키며 물었다.

제이스가 손가락을 펼쳐 보였다. 그의 손바닥 안에는 들쭉날쭉한 은색 파편이 있었다. 파편의 가장자리에서는 청색과 녹색 빛이 반짝거렸다. "포털의 파편이야."

클라리는 제이스의 옆에 앉았다. "그 안에 뭐가 보여?"

제이스가 파편을 약간 돌리자 불빛이 물처럼 그 위를 흘러 다녔다.

"하늘의 일부, 나무, 오솔길…… 파편을 계속 기울여보고 있었어. 농가의 저택을 보려고. 그리고 아버지도."

"발렌타인이지." 클라리가 수정했다. "왜 그렇게 그를 보고 싶어하지?"

"죽음의 잔으로 뭘 하는지 볼 수 있을 것 같아서." 그가 마지못해 말했다. "그곳에 잔이 있잖아."

"제이스, 잔을 찾아오는 건 더 이상 우리 소관이 아니야. 우리 문제가 아니란 말이야. 이제 클레이브에서도 무슨 일이 벌어졌는지 알고 있고 알렉네 부모님도 돌아오고 있어. 그들이 처리하도록 내버려둬."

제이스는 클라리를 똑바로 바라보았다. 클라리는 제이스와 자기가 남매인데도 어쩌면 그렇게 닮은 부분이 적은지 신기했다. 제이스처럼 구부러진 검은 속눈썹이나 각이 진 광대뼈를 가질 만도 한데, 왜 자기는 그렇지 않은지 궁금했다. 불공평한 일 같았다.

"포털을 통해 이드리스를 봤을 때 발렌타인이 뭘 하려고 하는지 정확히 알 수 있었어. 그는 내가 포털을 깨뜨릴지 말지를 알고 싶어했지. 나한테 그건 중요하지 않았어. 난 집으로 돌아가고 싶었어. 그 마음은 그때까지 내가 상상했던 것보다 훨씬 더 간절했어."

클라리는 고개를 가로저었다. "난 이드리스라는 데가 뭐가 그렇게 대단한지 모르겠어. 그건 그냥 장소일 뿐이야. 호지 선생님과 네가 거기에 대해 얘기할 때……." 그녀는 중간에 말을 멈췄다.

제이스는 다시 파편을 감싸 쥐었다. "난 거기에서 행복했어. 그곳만큼 내가 행복감을 느낀 장소는 없었어."

클라리는 가까이 있는 관목의 줄기를 똑 부러뜨린 다음 거기에 붙어 있는 이파리를 하나씩 떼어내었다. "넌 호지 선생님에게 미안한 감정을 갖고 있지? 그래서 알렉과 이사벨에게 그가 무슨 짓을 했는지 말하지 않았고."

제이스는 어깨를 으쓱했다.

"결국엔 그들도 알게 될 거야."

"나도 알아. 하지만 내가 알리진 않을 거야."

연못 표면은 떨어진 이파리들로 뒤덮여 녹색이 되었다.

"제이스, 어떻게 그곳에서 행복할 수 있었지? 발렌타인은 끔찍한 아버지였어. 네 애완동물들을 죽였고, 너한테 거짓말을 했고, 내가 알기론 널 때리기까지 했어. 설마 그런 일이 없었다고 하지는 않겠지."

제이스의 얼굴에 미소가 언뜻 스치고 지나갔다. "격주로 목요일에만 맞았지."

"그러면서 어떻게 행복할 수……."

"내 존재에 확신을 가진 건 그곳에 있었을 때뿐이었어. 거긴 내가 속한 곳이었지. 바보처럼 들리겠지만……." 제이스는 어깨를 으쓱했다. "내가 악마를 죽이는 건 그게 내가 잘할 수 있는 일이고 내가 배운 일이기 때문이야. 하지만 그게 내 본모습은 아니야. 아버지가 돌아가셨다고 생각했을 때 나는 자유로웠어. 악마를 죽이는 일에도 어느 정도 소질을 보였지. 결과에 신경 쓰지 않아도 됐고 슬퍼할 사람도 없었어. 나와 연결된 사람은 아무도 없었어." 제이스의 얼굴은 단단한 무언가를 깎아서 만든 것처럼 보였다. "지금은 더 이상 그런 식으로 느끼지 않아."

줄기에 붙어 있던 이파리가 모두 떨어져 나갔다. 클라리는 줄기를 옆으로 던져버렸다. "왜?"

"너 때문이야. 너만 아니면 난 포털을 통해 아버지를 따라갔을 거야. 너만 아니면 난 지금이라도 아버지를 찾아갈 것 같아."

클라리는 이파리들로 가득한 연못을 들여다보았다. 그녀는 목이 뜨거워졌다. "내가 널 힘들게 했구나."

"난 어디엔가 소속감을 느끼고 싶어한 지 아주 오래됐어. 그런데 넌 나한테 소속감을 줬어."

"나랑 같이 어디에 좀 갔으면 좋겠어." 클라리가 느닷없이 말했다. 제이스는 그녀를 곁눈으로 쳐다보았다. 그의 연한 금빛 머리카락이 흘러내리는 걸 보고 클라리는 참을 수 없을 정도로 슬퍼졌다.

"어디?"

"함께 병원에 갔으면 해."

"그래." 제이스의 눈이 가늘어지면서 동전의 가장자리처럼 보였다. "그녀는……."

"네 어머니이기도 해, 제이스."

"알아. 하지만 나한텐 낯선 사람이야. 난 원래 부모님 중 한쪽밖에 없었는데 그 사람은 가버렸어. 죽은 것보다 더 나쁘지."

"나도 알아. 우리 엄마가 얼마나 위대한지, 얼마나 멋지고 대단하고 굉장한지, 엄마를 알게 되는 게 얼마나 행운인지 너한테 말해봐야 아무 소용도 없다는 걸 알아. 나는 널 위해서가 아니라 날 위해서 부탁하는 거야. 엄마가 네 목소리를 들으면……."

"들으면 뭐?"

"의식이 깨어날지도 몰라." 클라리는 제이스를 빤히 바라보았.

제이스는 클라리와 한참 시선을 맞추다가 미소를 지었다. 약간 맥이 풀린 어색한 미소였지만, 그래도 진짜 미소였다. "좋아. 함께 가자." 제이스는 자리에서 일어섰다. "네 엄마의 장점들을 열거하지 않아도 돼. 이미 알고 있으니까."

"그래?"

제이스는 어깨를 으쓱해 보였다. "널 키웠잖아. 안 그래?" 제이스는 유리 지붕을 쳐다보았다. "해가 거의 졌군."

클라리도 자리에서 일어났다. "병원으로 가야 해. 택시비는 내가 낼게." 그녀는 뒤늦게 생각이 났는지 이렇게 덧붙였다. "루크가 돈을 좀 줬어."

"그런 건 필요 없을 거야." 제이스가 활짝 미소를 지었다. "이리 와. 보여줄 게 있어."

"어디서 난 거야?" 성당 지붕의 가장자리에 세워진 오토바이를 바라보며 클라리가 물었다. 오토바이는 반들반들한 녹색이었다. 바퀴는 은색 테두리로 되어 있었고, 좌석에는 밝은 불꽃이 그려져 있었다.

"지난번에 파티를 했을 때, 매그너스가 자기 집 바깥에 누가 오토바이

뼈의 도시 593

를 두고 갔다고 불평을 했지. 나한테 달라고 그를 설득했어."

"그럼 이걸 타고 날아온 거야?" 클라리는 아직도 오토바이를 살펴보고 있었다.

"응. 이제 제법 익숙해졌어." 제이스는 한쪽 다리를 들어 안장 너머로 넘기고 나서 자기 뒤에 올라타라는 손짓을 했다. "자, 내가 솜씨를 보여주지."

"이번엔 제대로 몰아야 돼." 뒷자리에 올라타며 클라리가 말했다. "슈퍼마켓 주차장에 들이받으면 가만두지 않을 거야. 알았지?"

"바보 같은 소리 마. 어퍼 이스트 사이드엔 주차장이 없어. 식료품을 배달시키면 되는데 운전을 할 필요가 없잖아?"

굉음과 함께 오토바이의 시동이 걸렸고, 제이스의 웃음소리는 굉음에 묻혀버렸다. 오토바이가 인스티튜트의 경사진 지붕을 달려 내려가다가 날아가자, 클라리는 날카로운 비명을 지르며 제이스의 벨트를 꽉 붙잡았다.

오토바이가 허공으로 솟구쳐 성당과 주변의 고층 건물과 아파트 건물 위를 지나가는 동안 클라리의 머리카락이 바람에 마구 헝클어졌다. 잠시 뒤, 그녀가 상상했던 것보다 더 놀랍고 복잡한 도시가 활짝 열어둔 보석 상자처럼 눈앞에 펼쳐졌다. 센트럴 파크의 에메랄드 광장이 눈에 들어왔다. 한여름 밤의 그곳에는 요정들이 모여 있었다. 시내의 클럽과 술집의 불빛들도 보였다. 뱀파이어들이 팬데모니엄에서 춤을 추고 있었다. 차이나타운의 골목길도 눈에 들어왔다. 늑대인간들이 도시의 불빛을 털로 반사하면서 살금살금 돌아다니고 있었다. 박쥐의 날개와 고양이의 눈을 가진 마법사들이 걸어 다니는 모습도 보였다. 오토바이가 강 위를 날아갈 때, 클라리는 강물의 은색 피부 아래에서 여러 빛깔의 꼬리들이 반짝이는 것을 보았다. 진주를 흩뿌린 기다란 머리카락이 아른거리는 것도 보였다. 그녀는 높게 메아리치는 인어들의 웃음소리를 들었다. 바람에 제이스의 머리카락이 온통 헝클어졌다.

"무슨 생각해?" 그가 큰 소리로 물었다.

"저 아래 있는 모든 것이 완전히 다르게 보여. 예전엔 볼 수 없었는데 이젠 볼 수 있어."

"저것들은 예나 지금이나 똑같아." 이스트 강 쪽으로 방향을 틀며 제이스가 말했다. 그들은 브루클린 다리를 향해 날아가고 있었다. "달라진 건 바로 너야."

강물 쪽으로 하강하자 클라리는 제이스의 벨트를 꽉 붙잡았다. "제이스!"

"걱정 마." 제이스는 재미있어 죽겠다는 듯이 말했다. "어떻게 해야 하는지 알고 있으니까. 물에 빠져 죽지는 않을 거야."

클라리는 맹렬한 바람 때문에 눈을 거의 감았다. "알렉이 오토바이 중에 어떤 건 물속을 달릴 수 있다고 했는데 지금 시험해보는 거야?"

"아니야." 제이스는 오토바이가 강물 표면에 거의 닿을 때쯤 조심스럽게 방향을 틀어 강물과 수평으로 달렸다. "그건 그냥 꾸며낸 이야기일 거야."

"하지만 제이스, 모든 이야기는 진실이야."

클라리는 제이스의 웃음소리를 듣진 못했지만 그의 흉곽과 손끝이 가볍게 떨리는 걸로 보아 웃고 있다는 것을 알 수 있었다. 새장에서 풀려난 새처럼 오토바이가 다리 옆으로 빠르게 솟구쳤을 때, 그녀는 제이스의 허리를 꽉 붙잡았다. 은색 강물이 순식간에 멀어지면서 다리의 첨탑들이 발밑으로 미끄러지는 것을 보며 클라리는 가슴이 철렁 내려앉았다. 하지만 이번에는 그것들을 하나도 놓치지 않기 위해 줄곧 두 눈을 뜨고 있었다.

*《섀도우 헌터스 2 : 재의 도시》에서 계속됩니다.

번역 나중길
한국외국어대학교 영어과를 졸업하고 중앙대학교 예술대학원 문예창작과정을 수료했다. 옮긴 책으로
『스타더스트』, 『네버웨어』, 『그레이브야드 북』, 『라이어』, 『다운 리버』, 『천국보다 아름다운』, 『더 박스』,
『수도원의 죽음』 등이 있다.

섀도우 헌터스
1. 뼈의 도시

초판 1쇄 발행 2013년 8월 26일
초판 19쇄 발행 2022년 12월 26일

지은이 카산드라 클레어 **옮긴이** 나중길

발행인 이재진 **단행본사업본부장** 신동해
편집장 김경림 **교정교열** 최아림 **표지디자인** 디자인비따
마케팅 최혜진 이은미 **홍보** 반여진 최새롬 정지연
국제업무 김은정 **제작** 정석훈

브랜드 노블마인
주소 경기도 파주시 회동길 20
문의전화 031-956-7066(편집) 02-3670-1123(마케팅)
홈페이지 www.wjbooks.co.kr
페이스북 http://www.facebook.com/wjbook
포스트 post.naver.com/wj_booking

발행처 ㈜웅진씽크빅
출판신고 1980년 3월 29일 제406-2007-000046호

한국어판 출판권 ⓒ 웅진씽크빅, 2013
ISBN 978-89-01-15921-8 04800
　　　978-89-01-10688-5(세트)

노블마인은 ㈜웅진씽크빅 단행본사업본부의 브랜드입니다.
이 책은 저작권법에 따라 보호받는 저작물이므로 무단전재와 무단복제를 금합니다.
이 책 내용의 전부 또는 일부를 사용하려면 반드시 저작권자와 ㈜웅진씽크빅의 서면동의를 받아야 합니다.

* 잘못된 책은 구입하신 곳에서 바꾸어 드립니다.
* 책값은 뒤표지에 있습니다.